Knaur.

Knaur.

*Im Knaur Verlag sind bereits folgende Bücher des Autors erschienen:*

Ritus
Sanctum
Kinder des Judas
Blutportale
Judassohn
Judastöchter

*Über den Autor:*

Markus Heitz, geboren 1971, studierte Germanistik und Geschichte. Seit er mehrfach mit dem Deutschen Phantastikpreis ausgezeichnet wurde, gilt er zu Recht als Großmeister der deutschen Fantasy. Mit der Bestsellerserie um »Die Zwerge« drückte er der klassischen Fantasy seinen Stempel auf und eroberte mit seinen Werwolf- und Vampirthrillern auch die Urban Fantasy. Markus Heitz lebt mit seiner Familie in Zweibrücken.
Mehr Informationen unter: www.mahet.de und
www.pakt-der-dunkelheit.de

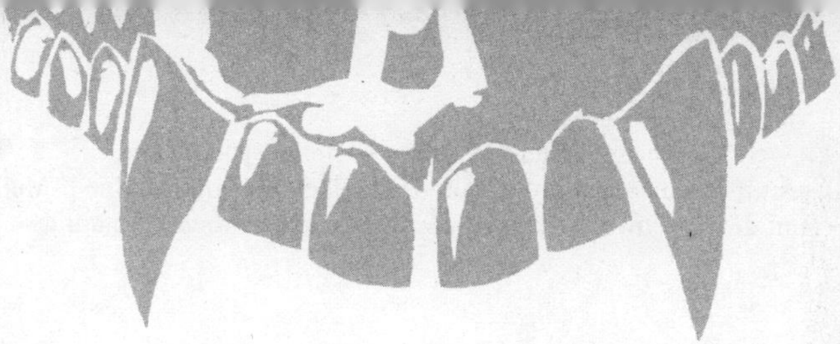

Markus Heitz

# JUDASSOHN

Ein Vampirthriller

Knaur Taschenbuch Verlag

Gerne empfehlen wir Ihnen weiteren spannenden Lesestoff aus unserem Programm – schreiben Sie einfach eine E-Mail mit dem Stichwort »Judassohn« an: fantasy@droemer-knaur.de

**Besuchen Sie uns im Internet:**
**www.knaur.de**

FSC www.fsc.org MIX Papier aus verantwortungsvollen Quellen FSC® C083411

Erweiterte Taschenbuchausgabe September 2011
Knaur Taschenbuch.
Ein Unternehmen der Droemerschen Verlagsanstalt
Th. Knaur Nachf. GmbH & Co. KG, München.

Ein Projekt der AVA international GmbH
Autoren und Verlagsagentur.
www.ava-international.de

Redaktion: Angela Kuepper
Umschlaggestaltung: ZERO Werbeagentur, München
Umschlagabbildung: N. Reitze de la Maza
Satz: Adobe InDesign im Verlag
Druck und Bindung: CPI – Clausen & Bosse, Leck
Printed in Germany
ISBN 978-3-426-63770-8

2 4 5 3 1

# DRAMATIS PERSONAE

## GEGENWART

Theresia »Sia« Sarkowitz
Emma und Elena Karkow
Harm Byrne: Großkrimineller
Jeoffray Charles Wilson: sein Butler
Kevin O'Malley: Antiquarienhändler
Eugeen Cardeerie: stellvertretender Museumsdirektor King John's Castle
Jonathan Smyle: Museumswächter
Louis Comte de Morangiès

## VERGANGENHEIT

Tanguy Guivarch: Schilfbauer in der Brière
Mariette Guivarch: seine Mutter
Gurvan und Pierrick Guivarch: seine Brüder
Gwenn Martin: Tanguys Verlobte
Albert Pirot: Tanguys Großvater
Charlotte Pirot: seine Frau
Malo: Räuber
Frèraud: Räuber
Arnot: Räuber
Szomor: Bewohner der Brière
Sandrine Carnasse: Sennerin
Natalie Darnot: Bäuerin
Claude: Hirte

Anjanka: Vampirin
Claude Penchenat: Medikus

Dominic de Marat: Räuber
Frèderic: Räuber
Santo: Räuber
de Launay: Befehlshaber der Bastille
Charlene de Launay: seine Tochter
Marquis de Sade: Lebemann
Marie de Flesselles: Bourgoise
Isabeaux und Isabelle de Flesselles: ihre Töchter
Comtesse de Winter, Marquis de Savoy und Marquis de Raton: Adlige und Royalisten
Pierre-Charles Comte de Morangiès, Marquis von Saint-Alban, Chevalier de Saint-Louis und einst Lieutenant Général: Adliger
Jean-François-Charles der Zweite: sein Enkel
Louis & Alphonse: Handlanger des Comte

Lydia Metunova: Vampirin (Judastochter), ehemalige Baronin in der Cognatio
Marek Illicz: Vampir (Judassohn), Baron in der Cognatio
Rubin: Vampir (Judassohn), Baron in der Cognatio
Octavius: Vampir (Murony)
Ignaz: Vampir (Nex)
Vanja: Vampirin (Murony)
Jussep und Hossein: Vampire
Gregorius: Vampir (Nachzehrer)
Estelle: Magd
Vignon: Krämer
Charles Brieux: Bootsbauer

# BESONDERE VAMPIRSORTEN

Abgesehen von den einfachen Vampiren existieren besondere Spezies, die sich durch ungewöhnliche Eigenschaften, Stärken und Schwächen auszeichnen.

Die **Kinder des Judas** haben immer rote Haare und töten ihre Opfer mit einem einzigen Biss. Sie können kein sichtbares fließendes Wasser überqueren. Spitze, scharfe Gegenstände über den Eingängen oder den Fenstern eines Hauses hindern sie am Eintreten.

Dafür sind sie schneller, stärker, reflexhafter und beweglicher als normale Menschen. Der Unterkiefer lässt sich aushängen wie bei einer Schlange, und die Reißzähne werden etwa so lang und dick wie der kleine Finger.

Im Allgemeinen kümmern sie sich um ihre eigenen Angelegenheiten und lassen Menschen weitestgehend in Ruhe – es sei denn, sie brauchen Forschungsobjekte, oder die Gier nach Blut wird zu stark. Üblicherweise töten sie alle anderen Vampire – den Abschaum –, die ihnen unter die Augen kommen.

Die **Viesczy** sind die Kinder einer Hexe und eines Werwolfs mit einem Teufel oder Dämon.

Sie vermögen sich in eine Schlange oder einen Luchs zu verwandeln, zu fliegen, sich unsichtbar zu machen und persönliche Krankheiten zu erschaffen, die an einen Menschen gebunden sind.

Allerdings reagieren sie auf christliche Symbole, sind aber damit nicht zu töten und können durch Zauberer und Dhampire (Kinder von Vampiren) gefangen werden.

Sie sind recht aggressiv und bevorzugen Männer als Opfer, mit denen sie sich auch gerne vergnügen.

Die **Tenjac** entstehen durch die Gabe eines verfluchten Blutstropfens nachts auf das Grab des Opfers oder durch Nekrophilie: Die Person, die sich vergangen hat, wird zum Vampir.

Sie bringen Alp- und Lustträume. Innerhalb dieser Träume können sie den Opfern Befehle erteilen, die sie nach dem Erwachen unbewusst ausführen.

Sie erscheinen auch in der Gestalt von Faltern und Spinnen und sind in ihrer menschlichen Form nur für das Opfer sichtbar. Oder wenn sie es wollen.

Sie hassen Kirchenglocken, reagieren auf stark riechende Gewürze und den Geruch grüner zerriebener Nussschalen. Und sie sind nicht sehr stark.

Die **Nex** hauchen ihren faulen Atem in den Mund des Menschen und bringen den Pesttod. Sie haben zerfetzte Lippen, bedingt durch die langen, nadelspitzen Zähne in ihrem Mund. Verwandeln können sie sich in dunkle Schmetterlinge, hässliche Hunde oder Katzen. Ihr Atem bringt neben der Pest auch andere verheerende Flächenkrankheiten. Allerdings können sie von Wölfen und schwarzen Hunden vernichtet werden.

Ein Nex mag es, eigenes Gebiet zu besitzen und Menschen zu erpressen. Kommen die Menschen den Wünschen nicht nach, bringt der Nex eine Krankheit über sie.

Die **Murony** sind hexende Vampire, die in Zirkeln zusammengeschlossen leben. Die Frauen haben trockene Haut und eine sehr lebendige Färbung, die Männer haben Glatzen und stechende Augen.

Sie können den Regen kontrollieren, Schönheit von den Hübschen rauben und sie in Amuletten verkaufen sowie die Lebenskraft stehlen und sie auf andere Lebewesen übertragen. Allerdings kann ein Murony von einer Hexe vergiftet werden.

Sie sind zurückhaltend, doch geschäftstüchtig und machen mit ihren Fertigkeiten viel Geld.

Ein **Umbra** ist der Schatten eines toten Mannes, der zu Lebzeiten viel Böses getan hat und vom Teufel seine Fertigkeiten als Belohnung erhielt.

Die Umbra haben eine enorme Stärke, vermögen Feuer zu speien und sich in Werwölfe zu verwandeln. Man erkennt von ihnen nicht mehr als einen schwarzen Umriss. Sie können sich nicht durch Biss vermehren, sondern werden vom Bösen ausgesucht. Außerdem leben sie nicht sehr lange. Sie sind extrem aggressiv, ziehen durch die Gegend und wüten blindlings.

**Nachzehrer** sind eine besondere Variante und keine echten Vampire im klassischen Sinn. Sie liegen im Grab und fressen sich selbst das Fleisch von den Knochen. Solange sie dies tun, müssen zuerst die Verwandten, dann die Freunde, dann der Rest des Dorfs sterben. Auf die Jagd nach Blut müssen sie nicht gehen.

# LAMENTO I

Ich habe mir alles genommen, mich selbst darum gebracht.

Kein Raubtier vermag solche Wunden zu schlagen und so zu verstümmeln wie ich. Mein Glück ist unwiederbringlich verloren. Zerfetzt.
Das Schöne, Gute und Klare in meinem Unleben existiert nicht mehr.

Doch bin ich schuldlos an dem, was ich tat.
Denn mein Handeln unterlag nicht meiner Kontrolle.
Mein Wesen veränderte sich zweifach, mit jedem meiner Tode.

Aber ich kenne die Frau, die Verantwortliche, die wahre Täterin, die mich zum Opfer dieser Mächte werden ließ, anstatt mich davor zu bewahren.

Jetzt habe ich sie gefunden.
Endlich gefunden!

Und ich werde ihr rauben, was ihr am Herzen liegt, damit sie mein Leid nachempfindet!
Bevor ich auch sie auslösche ...

# PRAETERITUM

8. 1. 2008, Deutschland,
Sachsen, Leipzig, 1.45

Ein ostdeutscher Winter konnte kalt sein.
Sehr kalt.

Der Himmel zeigte sich sternenklar, ein eisiger Wind schoss durch die Straßen und wirbelte den frisch gefallenen Schnee umher.

Bis vor ein paar Tagen hätte kein Leipziger wirklich daran geglaubt, dass die Temperaturen derart fallen würden.

*Von wegen Klimaerwärmung. Da wünscht man sie sich ja sogar.* Sia schob den Handschuh einen Fingerbreit nach unten und blickte auf die Armbanduhr. »Noch fünfzehn Minuten«, sagte sie zu Jochen, ihrem Kollegen.

Sie standen an der Treppe, die hinunter in den Innenhof der Moritzbastei führte, und passten gemeinsam auf, dass nur halbwegs nüchterne und friedlich wirkende Besucher in das unterirdische Backsteingemäuer gelangten.

Die alten Gewölbe waren als Einziges von der Festung übrig geblieben. Die Gastronomie hatte Einzug gehalten und die verwinkelten Räume mit ihren urigen Verbindungsgängen zu einem äußerst beliebten Platz gemacht. Alle möglichen Veranstaltungen fanden darin statt. Dass die Anlage einst der Verteidigung hatte dienen sollen, war in Vergessenheit geraten. Niemand, der sich auf den Tanzflächen dem Takt der Musik hingab oder biertrinkend in einer Nische saß, dachte an Belagerungen, an Krieg und Tod.

*So ändern sich die Zeiten.* Sia hatte sowohl den Zeiten als auch den Menschen beim Ändern zugeschaut.

Der heftige Wind rüttelte an den Verkehrsschildern, die einige Meter entfernt standen. Plastikplanen an den Gerüsten der nahen Baustelle flatterten laut, krachend fiel eine Signalbarke um.

*Muss es so kalt sein?* Der Heizpilz, unter dem sie standen, spendete zischelnd und fauchend ein Quentchen Wärme. Sia schaute nach oben. Das Metall um die unzähligen Gasflämmchen glühte. *Man könnte meinen, dass sie aufgeben wollen.*

»Du kannst gehen«, bot Jochen ihr an. »Da kommt heute niemand mehr, der Stress macht.« Er nickte wie zum Beweis die leer gefegte Straße hinab, in der nur zwei einsame Taxen auf Gäste lauerten.

Sia fröstelte bei der Vorstellung, mit dem Motorrad nach Hause fahren zu müssen. *Am besten so langsam wie möglich.* Die hohe Geschwindigkeit, die ihre ungedrosselte Hayabusa erreichen konnte, brachte gegen Kälte rein gar nichts. *Schleichen ist angesagt.* »Ich bleibe, Jochen. Man weiß nie.« Sie steckte die Hände in die Taschen ihres schwarzen Ledermantels. »Vielleicht wird es noch wärmer.«

»Du und dein Motorrad. Nimm bei dem Wetter doch die Tram.« Jochen steckte sich eine Zigarette an und warf ihr einen schnellen Blick zu. »Ja, ich weiß. Rauchen kann tödlich sein«, sagte er paffend.

»Rauchen *ist* tödlich«, gab sie zurück und pflückte ihm die Kippe von den Lippen. »Wenn du schon Nikotin brauchst, dann besorg dir ein paar Pflaster. Oder kau einen Kaugummi.«

»Ist nicht das Gleiche«, grummelte er und verfolgte leidend, wie sie die Zigarette unter dem Absatz ihrer Boots zertrat. Zischend starb der letzte Rest Glut im pudrigen Schnee.

»Wegen des Mundgeruchs?«, meinte sie spöttisch.

»Sehr witzig, Frau Sarkowitz.« Er grinste ertappt. »Hast ja recht.«

»Ich weiß, dass du dir eine anstecken wirst, sobald ich gegangen bin. Deswegen wolltest du mich doch loswerden, oder?« Sie lachte auf. »Solange wir beide Dienst schieben, lass ich dich nicht rauchen.« Sie rempelte ihn in die Seite. »Außerdem bist du so herrlich aggressiv, wenn du kein Nikotin bekommst. Genau richtig für hier.« Sia rückte die dunkle Militaryschirmmütze aus Wolle auf dem roten Schopf zurecht; die Sonnenbrille im Schweißer-Look hatte sie mit dem Bügel an den Kragen des Pullis geklemmt.

Ein letztes Fauchen, und der Heizpilz erlosch. Das heiße Metall tickte leise, kühlte ab.

»Super scheiße«, kommentierte Jochen. »Ich hol eine neue Gasflasche.« Er eilte die Stufen hinab.

Der Wind verlor seine Wucht, als sähe er sich als Sieger im Kampf gegen den Heizpilz. Die Schlacht war geschlagen.

*Wenigstens etwas.* Sias Blick wanderte zum Gebäude des MDR, das sich gleich neben der Bastei in den Himmel reckte. Kleine Lämpchen blinkten hoch oben und schienen mit den Sternen wetteifern zu wollen.

*Gestirne.* Ihre Gedanken schweiften ab.

Früher hatte sie wie viele andere Menschen geglaubt, dass die Seele nach dem Tod hinauf in den Himmel und zu den Engeln fliegen würde.

Gerade heute hatte sie das Gleiche wieder einem kleinen Jungen erzählt. Kalle, elf Jahre und ein aufgewecktes Kerlchen. Voller Ideen, was er später mal alles erfinden und machen wollte, und voller Krebszellen. Leukämie.

Dem Himmel und den Engeln waren Kalle und seine Ideen von der Zukunft gleichgültig. Das war die bisher härteste Lektion in ihrem Leben gewesen: Nicht alles, was geschah, konnte sie beeinflussen, weder allein noch mit der Hilfe anderer. Noch mit den außergewöhnlichen Kräften, die ihr gegeben waren.

Sie wusste, dass Kalles Leben sich dem Ende zuneigte, auch wenn die Prognosen gut waren. In drei Tagen stand seine Entlassung an, und sie hatte es noch immer nicht übers Herz gebracht, dem behandelnden Arzt einen Hinweis zu geben. Es machte in diesem Fall auch keinen Sinn, wenn er mit Kalle und dessen Angehörigen über den kommenden Tod sprechen würde. Sie würden es nicht verstehen angesichts der guten Laborwerte. Und der Arzt würde es nicht rational erklären können, obwohl er genau wusste, dass der Junge verloren war. Sia galt als ultimative Todesbotin. Hatte sie das Ableben einer Person laut ausgesprochen, dann war es so. Das medizinische Personal hatte es akzeptiert und ihre Kunst nicht weiter hinterfragt.

Denn Sia fühlte den Tod.

Es war keine berauschende, glücklich machende Gabe. Bei aller Faszination schmerzte sie ihr Wissen gelegentlich, gerade bei Kindern. Dabei verschuldete sie weder deren Ableben, noch vermochte sie es aufzuhalten. Für ein Wesen, das mit Unsterblichkeit geschlagen und zugleich gesegnet war, bedeutete der Tod etwas Besonderes.

*Gewöhnen werde ich mich dennoch nie daran.* Sie blies warme Luft gegen ihre Handschuhe, um die kriechende Kälte aufzuhalten.

Zudem hatte sie den Tod in den letzten Jahrhunderten allzu oft selbst gebracht: mit Zähnen und Händen, mit ihren Dolchen, mit anderen Waffen. Den Unschuldigen ebenso wie den Schuldigen.

Das Leben nach ihrem eigenen Ableben war einst rasant, dramatisch, opulent und tragisch verlaufen, bis es für viele Dekaden in ruhigere Fahrwasser geraten war.

Dann war Marek vor einigen Wochen aufgetaucht. Marek, ihr Halbbruder und ärgster Feind, war aus seinem zerfallenden Reich im Osten gekrochen. Die Vergangenheit hatte sie eingeholt. Die Kinder des Judas hatten sie eingeholt.

Es hatte deswegen Tote in der Stadt gegeben, die Polizei hatte sich für sie interessiert. Ihr Leben war plötzlich schrecklich kompliziert geworden. Mit genauso schrecklich komplizierten Lügen und Bestechung hatte sie die Aufmerksamkeit der Beamten von sich ablenken können. Korruption gab es selbst im ordnungsliebenden Deutschland. Sie wollte keinen Haftbefehl mit ihrem Gesicht darauf sehen.

Sia schauderte. *Vorbei. Alles ist geregelt und erledigt.*

Dennoch beabsichtigte sie, ihr übliches Leben als Sitzwache im Krankenhaus bei den Todkranken und mit Türsteherjobs aufzugeben, so wie sie es sich geschworen hatte. Bald. Die notwendigen Vorbereitungen liefen schon.

Die gelegentlichen illegalen Cage-Fights hatte Sia bereits sein lassen müssen, auch wenn das Geld geflossen war. Dort hatte sie Dampf abgelassen, sich ihren Schuss Adrenalin geholt. Eine wichtige Einkunftsquelle weniger.

*Wenn die Euros knapp werden, muss ich doch noch eine Bank überfallen.* Sie grinste. *Verlockend. Wer sollte mich aufhalten?*

Die Uhren am Rathaus und an den Kirchen schlugen viermal, gleich darauf dreimal.

*Zeit zu gehen.* Sie brauchte noch ein paar Geschenke für ihre besonderen Freunde, ein Mädchen und deren junge Mutter. Wobei »Freunde« der falsche Ausdruck war. Es gab ein verwandtschaftliches Verhältnis zwischen ihnen, von dem nur Sia etwas wusste. Seit Jahren beobachtete sie die beiden und wachte über sie.

Unter Verwandten half man einander. Und so hatte Sia dafür gesorgt, dass der nervende, gewalttätige Ex-Mann der jungen Mutter auf ungewöhnliche Weise für immer verschwand: Sie hatte Blitze befohlen, ihn auf offener Straße in ein rauchendes Bündel zu verwandeln.

Ein starker Blitz kochte einen Menschen, brachte das Wasser in ihm zum Verdampfen und verbrannte die Haut, überlastete die empfindlichen Synapsen durch Tausende Volt. Manchmal fingen die Haare und die Kleidung Feuer.

Weil ein Mensch aber einen Blitz durchaus überleben konnte, hatte es Sia nicht bei einem Einschlag belassen. *Lightning never strikes twice,* sagte ein britisches Sprichwort. Wenn sie in der Nähe war, schlug er ein, sooft sie wollte. Dieser Teil der Natur gehorchte ihr. Als Judastochter vermochte sie mehr aus- und anzurichten als ein herkömmlicher Vampir.

*Der Typ war ein Arschloch. Den spektakulären Abgang hatte er nicht mal verdient.*

»Ich gehe«, sagte sie zu Jochen, der eben die Stufen hinaufeilte und eine Gasflasche schleppte. »Warte mit der Zigarette wenigstens, bis ich weggefahren bin. Und pass mit dem Gas auf. Sonst ist Rauchen tödlicher, als es der Slogan auf deiner Packung gemeint haben kann.«

»Dann würde er wenigstens unbestreitbar passen«, erwiderte er grinsend. »Schönen Abend.«

Sia ging an ihm vorbei, die Treppe hinab und in das Gewölbe, das ihr tropisch heiß erschien. Neben der Garderobe für die Gäste gab es den kleinen Lagerraum fürs Personal. Sie holte ihren Rucksack, verließ die Moritzbastei durch den Nebenausgang und gelangte in die Querstraße, wo die Hayabusa auf sie wartete.

*Was bringe ich ihnen mit?* Sie wischte den Schnee vom Sitz und zog die Mütze tiefer über die Ohren, setzte die Schweißerbrille gegen den Fahrtwind vor die Augen. Auf einen Helm verzichtete sie. Sie wusste, dass sie nicht bei einem Motorradunfall ums Leben kommen würde. *Mal sehen, was die Tankstellen zu bieten haben. Oder ich kaufe erst morgen ein.*

Während Sia aufsaß und den Schlüssel ins Schloss steckte, mahnte sie sich, den neuen Ausweis bald zu besorgen.

Durch Mareks Erscheinen hatte sich nicht nur ihr Leben verändert, sondern auch ihre Einstellung zur Vergangenheit.

Sie akzeptierte, dass sie eine Judastochter war, und wollte ihre Herkunft nicht länger verleugnen. Ihre Haare schimmerten dunkelrot, sie färbte sie nicht mehr schwarz. Ihre Arbeitskollegen dachten genau das Gegenteil: Eine derartig intensives Rot hielt keiner für echt.

Blieb die Sache mit dem Blut. Als Vampirin musste und wollte sie trinken, aber bitte ohne zu großes Aufsehen.

*Wozu arbeite ich im Krankenhaus?* Schrankweise lagerte dort Nahrung, gut gekühlt und nach Blutgruppen geordnet. Nicht originell, sich auf dem Weg sein Essen zu besorgen. Aber effizient. *Und leicht.*

Zwar gab es im Internet verschiedene Plattformen von Menschen, die sich als Blutspender für Vampire anboten. Es war ganz einfach, die Seiten im Netz zu finden. *Black Swans,* schwarze Schwäne – der gebräuchlichste Ausdruck für solche Leute. Doch *das* war ihr zu gefährlich. Dennoch staunte sie über diese Offerten. Der Glaube an ihre Art war nicht verschwunden.

Sias Gedanken kehrten zu ihren Vorbereitungen auf das neue Leben zurück. Ganz oben auf der Liste stand der Ausweis, auch wenn sie dem Stress mit der Polizei bisher aus dem Weg gegangen war. Eine neue Identität musste her. Damit würde sie sich wohler fühlen.

*Jitka.*

Sie startete die Hayabusa. So hatte sie ihre Mutter im Jahr 1670 genannt, und so wollte sie möglichst bald wieder heißen.

*Jitka von Schwarzhagen.*

Den Nachnamen würde sie in Gedenken an den Mann tragen, den sie aufrichtig und aus tiefstem Herzen geliebt hatte. Als Einzigen in ihrer langen Existenz.

Sia fuhr vorsichtig los.

Das Wetter erinnerte sie an ihre alte Heimat, wo die Winter noch eisiger gewesen waren. Das siebzehnte und achtzehnte Jahrhundert hatten Minusgrade auf Lager gehabt, die moderne Menschen gar nicht mehr gewohnt waren.

Die Kälte hatte Vampire nicht daran gehindert, auf Beutezug zu gehen. Die Menschen hatten sich vor ihnen in die Häuser geflüchtet wie Vieh in den Stall. Nie war es einfacher gewesen, an Blut zu kommen.

*Vieh.* Sia dachte an die Experimente der Kinder des Judas, die sie angestellt hatten. Mit Menschen und mit anderen Vampiren, die sie als Abschaum betrachtet hatten. Eine elitäre, arrogante Versammlung von Blutsaugern mit ersponnener Ahnentafel, die sich als etwas Besseres angesehen hatten.

Sicher hatten sie mehr Fähigkeiten als herkömmliche Vampire. Jede Judastochter und jeder Judassohn waren diesen in Schnelligkeit und Geschwindigkeit überlegen, töteten ihr Opfer mit einem einzigen Biss. Sia konnte Unwetter erschaffen und Blitze kontrollieren und viele andere Dinge.

Aber letztlich war sie nicht *besser.*

Nur anders.

***

Mit vorgeschriebenen fünfzig Stundenkilometern, oftmals auch weniger, steuerte Sia die Maschine durch die schlafende, verschneite Stadt, in der sie bereits so lange lebte. *Ihre* Stadt.

Die Kälte schockfrostete jegliche aufkeimende Sentimentalität, die sich beim Anblick der weiß gepuderten Gebäude gewiss eingestellt hätte. Motive für Maler, Fotografen und Träumer, aber nicht für Motorradfahrer, denen der Fahrtwind harsch entgegenblies.

Der Untergrund war tückisch. Der bessere Grip der Winterreifen befreite sie nicht von ihrer eigenen Umsicht. Gerade die Tramschienen, auf denen sich schnell eine Eisschicht bildete, bedeuteten eine ganz besondere Gefahr für sie und die Hayabusa. Reparaturen waren kostspielig, neue Klamotten nicht gerade günstig.

Sie rollte vorwärts, ihrer neuen Wohnung entgegen. Dank Marek hatte sie ihre alte Behausung verlassen müssen: Eine Leiche, literweise Blut im Zimmer und ein Großaufgebot der Mordkommission hatten dafür gesorgt, dass ihr der Vermieter nach Abschluss der vorläufigen Untersuchungen gekündigt hatte. In weiser Voraussicht hatte Sia sich schon lange ein zweites Schlupfloch angelegt. Die Vorsicht hatte sich bezahlt gemacht.

*Was hat mir mein Halbbruder nur alles eingebrockt.*

An einer Kreuzung verringerte sie die Geschwindigkeit.

*Gleich geschafft.* Sia setzte den Blinker und bog ab – als zwei starke Lichtkegel sie von hinten erfassten und ein weißer VW Tuareg Sekunden später an ihr vorbeizog. Zu schnell für die Innenstadt und vor allem zu schnell für diese Witterung.

Der Sog riss an ihren Mantelschößen, sie zog den Kopf in einem Reflex ein. *Idiot! Wie kann man ...*

Im nächsten Moment donnerte ein schwarzer Porsche Cayenne ohne Licht dicht an ihr vorüber.

Der linke Außenspiegel verfehlte ihre Schläfe um wenige Zentimeter, der hintere Kotflügel touchierte ihr Vorderrad und versetzte der Hayabusa einen unerwarteten Schlag, den Sia mit Mühe abfing. Eine normale Frau hätte die Maschine nicht festhalten können. Gleich darauf wurde sie von einer weißen Wolke eingehüllt. Der Fahrtwind ließ sie in den wirbelnden Kristallen verschwinden. Undeutlich sah sie ein *M* auf dem Nummernschild.

*Verdammter ...* »Wichser!«, schrie sie ihm nach. Sie war sich sicher, dass der Fahrer das Schlaggeräusch gehört haben musste, aber er hielt nicht an. Die Polizei würde sich bei einer Verfolgungsfahrt anders benehmen ... Demnach war sie unfreiwillig Zeugin geworden – aber Zeugin wovon? Hatte sie den schwarzen Cayenne mit dem Münchner Kennzeichen nicht schon einmal gesehen?

*Das finde ich heraus!* Sia gab Gas und ließ die Maschine vorwärtsschnellen, bewahrte sie mit Kraft und Geschick vorm Ausbrechen.

Sie folgte dem breiten Heck des Cayenne. Der Fahrer wusste, wie man unbeleuchtet bei Eis und Schnee durch eine Stadt bretterte.

*Ein Wettrennen zwischen zwei Vollidioten ist es nicht. Der Cayenne hält den Abstand absichtlich.* Sia passte sich der Geschwindigkeit an und schaltete ebenfalls den Scheinwerfer aus. Vampiraugen kamen mit wenig Licht aus. Auf zwei Rädern ohne Spikes mit über zweihundert PS unterwegs, das verlangte nach außergewöhnlichen Balancefertigkeiten. In jeder Kurve gab sie eine Probe ihres Könnens.

Sia schielte kurz auf die Geschwindigkeitsanzeige. *87 Stundenkilometer.* Noch hatte sie keine Angst, aber es war nicht ohne, wie der Porsche über Kreuzungen driftete, sich absichtlich drehte und wieder gekonnt aufs Gas trat. Der Tuaregfahrer beherrschte seinen Wagen genauso gut. Sia musste ähnliche Manöver absolvieren, um dranzubleiben.

Das weiße Auto fuhr auf das Völkerschlachtdenkmal zu, bog ab und hielt auf das Eingangstor des Südfriedhofs zu.

Der Porsche zog sofort an die Seite und bremste.

Sia lenkte die Hayabusa auf den Bürgersteig hinter den Schutz eines parkenden Kleintransporters. *Friedhöfe sind normalerweise mein Spezialgebiet. Vor allem um diese Uhrzeit.* Nun wollte sie erst recht wissen, was hier vor sich ging.

Das Gitter öffnete sich für den Tuareg, er fuhr hinein und verschwand vorerst aus ihrem Blick.

Sia bockte das Motorrad auf, schob die Brille auf die Stirn und schwang sich mit einem kräftigen Satz aus dem Stand über die hohe Friedhofsmauer.

Ob sie einschreiten würde, wusste sie noch nicht. *Vielleicht überlasse ich dem Fahrer oder der Fahrerin des Cayenne diese Aufgabe.*

Das weiße Auto rollte die breite Straße hinab auf den Gebäudekomplex mit der Aussegnungshalle und der Urnenübergabestätte zu und bog nach links, dann wieder scharf nach rechts ab.

*Soso. Zum Krematorium also.* Sia blickte sich um, ob irgendwelche Menschen um kurz nach drei Uhr morgens auf dem Gelände unterwegs waren.

In dem kleinen Häuschen neben dem Tor brannte eine schwache Lampe mit kaltem Licht. Sie tippte auf eine gedämpfte LED-Leuchte. Eine Gestalt bewegte sich darin und schien mit dem Handy zu telefonieren. Ab und zu wurden die Züge des Mannes vom Display schwach beleuchtet.

Da huschte ein weißer Schemen über das Tor, rannte unglaublich schnell an dem Wärter vorbei, ohne bemerkt zu werden, und hetzte die Straße zum Krematorium hinab.

*Sieh an. Da hat jemand aber ordentlich trainiert.* Sie folgte ihm mit einigem Abstand, um ihn nicht auf sich aufmerksam zu machen.

Es war ein großer Mann, der vor ihr lief. Sehr athletisch gebaut, komplett in verschleierndes Weiß gekleidet, der offenkundig auf eine Jacke oder einen Mantel verzichtet hatte. Über dem breiten Kreuz spannte sich ein Doppelhalfter, zwei Pistolen steckten darin. Auf dem Rücken wippte die Halterung eines Kurzschwerts; Gesicht und Haare wurden durch eine hellgraue Sturmhaube verborgen.

*Schwert, Handfeuerwaffen, Tarnklamotten – entweder ein Profikiller oder ein Wahnsinniger.* Der schwache Geruch, den er in der kalten Luft als eine feine Spur hinterließ, machte Sia stutzig. *So riecht kein normaler Mensch.*

Die Reifenspuren des Tuareg, die im frischen Schnee leicht zu verfolgen waren, wiesen ihm den Weg. ZUTRITT NUR FÜR STÄDTISCHE BEDIENSTETE stand auf dem Schild neben dem Tor zu lesen. Sia folgte dem Mann und schaute kurz nach den vielen Abdrücken. Ihrer Einschätzung nach war der Geländewagen die Strecke bereits mehrmals gefahren.

Sie lief weiter, und nach ein paar Metern sah sie den Wagen mit geöffneter Klappe in einer Art Hof stehen. Hinter dem Steuer saß jemand und kramte im Handschuhfach.

*Sie sind zu den Verbrennungsöfen unterwegs.* Sia sah den Weißgekleideten sich durch die Schatten zum Fahrzeug schleichen. Er verursachte kaum ein Geräusch, bewegte sich trotz seiner muskulösen Statur äußerst geschmeidig. *Das macht er nicht zum ersten Mal. Passt zu seiner Montur.* Ihre Neugierde wuchs zusammen mit ihrem Ärger. *Was treibt ihr in meiner Stadt? Und wer seid ihr?*

Der Maskierte duckte sich neben die Fahrertür und klopfte sachte gegen die Scheibe.

Sia sah, wie sich ein kantiges Gesicht durch das Glas abzeichnete. Der Mann versuchte, etwas in der Umgebung zu erkennen, und wandte schließlich den Blick nach unten, neben den Tuareg.

Der Maskierte erhob sich blitzartig aus seiner Deckung. Er schlug mit beiden Fäusten die Scheibe ein und drosch den Fahrer auf Mund und Nase; geborstenes Sicherheitsglas überschüttete den Mann. Bevor er durch die Wucht nach hinten flog, packte der Maskierte ihn an den Haaren und zerrte ihn brutal durch das Loch heraus. Dort schleuderte er ihn auf den Boden und versetzte ihm einen brutalen Stampfschritt gegen den Hals, der dem Mann den Kehlkopf zerschmetterte. Ohne innezuhalten, lief er um den Tuareg herum, schaute kurz in das geöffnete Heck und machte sich auf den Weg ins Krematorium. Dabei zog er das Kurzschwert und eine Pistole.

*Das war ... effizient. Der Junge würde den Machern der Cage-Fights gefallen.*

Sia kam aus ihrer Deckung. Sie lief an dem Getöteten vorbei, der mit gebrochenen Augen in den Sternenhimmel starrte. Blut war ihm aus dem Mund gespritzt und hatte sich um Lippen und Kinn verteilt, Knochensplitter standen aus dem Nasenrücken.

Die zermalmte Kehle erinnerte sie an eine geplättete Pappröhre. Rings um den Kopf der Leiche herum war der Schnee rot gesprenkelt.

*Anscheinend ist der Junge ziemlich wütend auf die Typen.*

Sia verzichtete darauf, die Taschen des Toten zu filzen. Sie wollte mitbekommen, was passierte, wenn ihr weißer Ritter auf die Tuareg-Insassen traf.

*Oder bist du der Böse, und die anderen sind die Netten?*

Wahrscheinlicher war, dass es sich um Schurken handelte, die sich gegenseitig nachstellten. Aber es waren Schurken mit einem stattlichen Portemonnaie. Tuareg und Cayenne konnte sich nicht jedermann leisten.

Sia nahm zweierlei Sorten Blut wahr: frischen und alten Lebenssaft. Der frische Geruch stammte vom Fahrer. Der ältere war ihr im Vorbeigehen aufgefallen, aus dem Innenraum des Geländewagens, und das bedeutete: Etwas Blutiges war darin transportiert worden.

Unvermittelt roch sie Rauch und hob den Kopf. Aus dem rechten Schlot auf dem Dach des Krematoriums stieg Dampf. Einer der Öfen war angeheizt worden.

*Es geht los!* Sia betrat das Gebäude, immer dem schwachen Lichtschein und dem Geruch von frischem Blut folgend, das am Stiefel des Maskierten haftete.

Zu Neugier und Ärger mischte sich Erregung: Der Geruch des Blutes weckte ihren Durst, ihre Begierde.

Sie grollte, zog die Lippen auseinander und fühlte, wie die Reißzähne ausfuhren. *Ruhig,* mahnte sie sich selbst. *Du wirst dich gedulden müssen.*

Die gierige Seite in ihr drängelte, dass die Gelegenheit günstig sei. Sie konnte sich die Typen schnappen, sie leer trinken und die Leichen anschließend im angefeuerten Krematorium in Asche verwandeln. Ohne großen Aufwand, ohne Beweise. Mit ein bisschen Glück würden sie nicht mal als vermisst gemeldet werden.

*Geduld!*

Der Lichtschein einer entfernten, leicht geöffneten Tür lotste sie durch einen Korridor. Störender Duft von Blumen – Lilien – mengte sich unter den des Blutes, verfälschte den süßen, lockenden Geruch – und plötzlich stank es nach ...

*Tier? Hund?* Sie inhalierte tief, atmete leicht durch den Mund aus, um die Nuancen mit Hilfe der Zunge zu schmecken. *Wolf!*

Sias Neugier, Ärger und Erregung wurden Opfer des Gestanks und blitzschnell von höchster Alarmbereitschaft unterdrückt. Sie wusste von der Vampirrasse der Umbra, dass sie sich in schwarzpelzige Halbwölfe verwandeln konnten. Menschen nannten sie aus Unwissenheit Werwölfe.

Der Volksglaube sagte über den Umbra, dass er der Schatten eines toten Mannes war, der zu Lebzeiten viel Böses getan hatte und seine Fertigkeiten vom Teufel persönlich als Belohnung für sein Tun erhalten hatte. Sia war gewillt, sich der allgemeinen Ansicht anzuschließen. Zumindest wurde der Umbra von einem besonders fürchterlichen Dämon erschaffen.

*Schreckliche Gegner.* Die Erinnerung an frühere Begegnungen mit diesen Bestien ließ ihr einen Schauder den Rücken hinunterlaufen. Einer ihrer Kämpfe, damals in ihren Jugendjahren, wäre beinahe schiefgegangen ...

Sie hatte zuerst gar nicht gewusst, wem sie gegenüberstand, weil ein Umbra nicht wie ein herkömmlicher Blutsauger daherkam, weder in seiner Gestalt noch in seiner Kampfweise. Er zeichnete sich durch enorme Stärke aus, obwohl er nur als ein schwarzer Umriss erschien, und konnte sogar Flammen speien. Eine außergewöhnliche Vampirspezies, hoch aggressiv und blindlings wütend. Das einzig Gute an ihnen war: Sie vermehrten sich nicht durch eine Infizierung. Nur ein Dämon vermochte einen Umbra zu erschaffen.

*Wie konnten diese Viecher von mir unbemerkt nach Leipzig eindringen?* Sie langte hinter sich, zog ihren Dolch, den sie unter dem Mantel in einer Hülle am Gürtel trug; einen zweiten bewahrte sie in der Unterarmhalterung auf.

Ihr Ärger über diese Nachlässigkeit wuchs. *Jetzt kommen schon Porsche-Cayenne-Fahrer, um meinen Job zu machen.* Und das alles nur, weil sie die Verwandtschaft hegte und pflegte, anstatt mit allen Sinnen achtzugeben und zu wachen. *Früher wäre mir das nicht passiert.*

Kehliges Lachen erklang, eine schwere Klappe wurde mit Schwung geschlossen.

Der Maskierte war nicht weit entfernt von ihr, sie sah seine Silhouette. Die helle Kleidung bedeutete in der dunklen Umgebung einen Nachteil. Er stand am Eingang zum Einäscherungsraum und zwängte sich durch den Türspalt hinein.

*Wie viel Platz ist in einem Tuareg?* Sia schätzte, dass es nicht mehr als sechs bis sieben Leute sein konnten, wenn man ihn illegal belud. Eine mäßige Überzahl – aber wenn es sich wirklich um Umbra handelte, dann waren schon drei zu viel. Selbst für sie.

Sie pirschte voran und lugte in den Raum, aus dem ein überwältigend intensives Geruchskonglomerat aus Blut, Wolf und rohem Fleisch quoll. Speichel lief ihr im Mund zusammen. Ihr Durst steigerte sich.

Der Blick zeigte ihr: Ein modernes Krematorium hatte weder Geheimnisvolles noch Gruseliges an sich, so wie in den Zeiten, in denen sie in solchen Stätten ein und aus gegangen war. Es erinnerte eher an ein Krankenhaus. Der Raum war gefliest, und die Geräte auf dem kleinen Schreibtisch sprachen von einer vollelektronischen Steuerung der Verbrennungskammer.

Ein Mann, dessen kurze schwarze Haare über die Monitore ragten, saß dort und tippte auf die Tastatur ein. Gleitschienen im Boden führten zu zwei Ofenklappen, auf denen die Särge in die Flammen geschoben wurden, wie Sia annahm.

Vor der Klappe des linken Ofens stapelten sich gut gefüllte Abfallsäcke, die krumm und schief zusammengesunken waren. Den

Formen, die sich unter der Folie abzeichneten, und dem Blutgeruch nach befanden sich Leichenreste darin; der Duft deckte sich mit dem aus dem Tuareg.

*Sondermüll.*

Einer der Säcke wies einen Riss auf, durch den ein rötlich glitzernder, gesplitterter Knochen stach.

Zwei weitere Männer standen neben der geschlossenen, blau lackierten Luke und redeten gut gelaunt miteinander, rauchten Zigarillos. Ihre Kleidung und Frisur waren nicht besonders auffällig, am Hals des Blonden erkannte Sia jedoch ein tätowiertes Zeichen in sperriger, altdeutscher Schrift:

**Wehrwolf**

Sie verzog den Mund. *Mangelnde Rechtschreibkenntnisse besoffener Tätowierer oder ein schlechtes Wortspiel?* Sie wusste es nicht.

Ihr Blick fiel auf die Thermometer, die neben den Luken angebracht waren. Die Zeiger befanden sich noch unten im blau eingezeichneten Bereich der Skala.

Aus einer Ecke, die sie nicht einsehen konnte, kamen zwei weitere Männer und eine Frau und gesellten sich zu dem Grüppchen. Zigarillos wurden geschnorrt.

Sia glaubte, eine Tätowierung am Handgelenk der Frau zu erkennen: eine rote Wolfsangel mit einer silbernen Querstrebe.

*Meine Güte. Die Ewiggestrigen werden immer jünger. Jetzt ergibt* Wehrwolf *einen Sinn.*

Sie erinnerte sich, dass es gegen Ende des Zweiten Weltkriegs eine deutsche Einheit namens Wehrwolf gegeben hatte. Saboteure, Terroristen, Freischärler im Dienst der Nazis. Anscheinend hatten diese Nachwuchsnazis hier sie sich zum Vorbild genommen. Keiner von ihnen war über dreißig Jahre alt. Jung, dynamisch, rechtsradikal.

Sia grinste böse. *Und bald tot?* Aber noch wurde sie nicht schlau aus dem, was sie sah und roch.

Sie suchte mit Blicken nach dem Maskierten und lauschte. Es stellte ein kleines Wunder dar, dass sie ihn nicht ausmachen konnte. Das erklärte auch, warum er nicht von den vermeintlichen Nazis bemerkt worden war. *Er ist wirklich gut.*

Das Gespräch der Gruppe drehte sich um Jagd. Menschenjagd.

»Ich habe letzte Woche vier indische Rosenverkäufer plattgemacht«, protzte der Blonde und erhielt anerkennende Blicke. »Ich esse ab und zu gern auswärts.« Die Gruppe lachte rauh, bösartig.

»Und was sagt ihr zu meinen ausgemerzten Punkerinnen?«, wollte die Frau wissen und griente. »Sieben Stück. Eine nach der anderen hab ich mir vorm Hauptbahnhof geschnappt. Die Frischgewaschene roch einfach zu lecker, da habe ich sie gefressen.« Die Männer grinsten.

»Und die anderen, Jenny?«, wollte der Mann am Computer wissen, ohne seine Arbeit zu unterbrechen.

»Weggemacht. Wie den anderen Abschaum.« Sie deutete auf die Säcke. »Das asoziale Pack hat hier nichts verloren.«

»Ausgezeichnet! Das ist doch sehr gut«, lobte der Blonde und klopfte ihr auf die Schulter. Im Gegensatz zu den anderen sprach er reines Hochdeutsch. »Euer Jagdtrupp lernt ja verdammt schnell.«

Sia schüttelte den Kopf. *Aufbau Ost. Anscheinend bringen die Wessis den Ossis mal wieder Unsinn bei.*

»Bald wird Leipzig seinen eigenen Jagdzug erhalten«, fuhr der Blonde fort. »Der andere Jagdtrupp, den ich betreue, macht ebenso gute Fortschritte. Die zweite Stufe für Leipzig ist bald erklommen. Danach knöpfen wir uns die Russen vor. Die Geschäfte gehören in deutsche Hand.«

Die Männer und Frauen lachten zufrieden.

Sia hatte aufmerksam zugehört. Sie war sich nicht schlüssig, was sie tun sollte, wenn der Maskierte nicht handelte. Sie konnte sich nicht um jeden Verbrecher in Leipzig kümmern, schließlich war sie nicht Batgirl. Aber wenn sie die Gruppe gewähren ließ, hatte sie auch kein gutes Gewissen. Mitwissen und Nichtstun machte sie zur Mitschuldigen.

*Ich könnte einen von denen schnappen, verhören und den Bullen einen Tipp geben. Die sollten sich um die guten Deutschen kümmern.*

Der Blonde nahm sein Handy aus der Jackentasche. »Ich habe einen besonderen Auftrag. Sozusagen eine Fingerübung und für mich der Beweis, wie gut euer Trupp sein kann.« Er drückte ein paar Tasten. Sekunden darauf schwebten unterschiedliche Piepsignale durch den Raum. »Jeder von euch hat soeben eine SMS weitergeleitet bekommen. Wir suchen diesen Mann für einen Bekannten von mir. Jeder von euch erhält eintausend Euro, sobald ihr ihn in Leipzig aufgespürt habt.«

»Nicht schlecht«, warf Jenny ein. »Sollen wir ihn fertigmachen?«

»Nein. Nur aufspüren. Louis will ihn selbst erledigen. Wir sind uns aber nicht sicher, ob er wirklich in der Stadt ist. Gebt dennoch alles.«

*Wer du auch bist, den sie suchen: Viel Glück!*

Es stank noch immer nach Wolf. Der tierhafte Geruch schien von den Menschen auszugehen.

*Sie riechen definitiv anders.*

Unvermittelt sah der Computermann auf die einen Spaltbreit geöffnete Tür. Genau auf sie. Zuerst dachte sie, sie sei entdeckt worden. »Wo bleibt Sven?«

*Glück gehabt.*

»Ich dachte, er soll Wache halten?«, gab Jenny zurück.

Das Klackern wurde kurz unterbrochen, er zeigte ihr den Vogel. »Wozu haben wir denn Kamerad Fandow am Eingang? Er ruft mich an, wenn jemand auftaucht.«

Sie nickte. »Okay. Ich gehe ihn holen.«

»Aber nicht zu lange brauchen, ja, Jenny?«, rief ihr der Blonde nach. Sie zeigte ihm den Mittelfinger und verließ den Raum durch eine andere Tür.

»Ich leg jetzt was rein«, verkündete der Dritte und nahm einen der Säcke. »Mach mal auf«, rief er zum Computermann.

»Ist aber noch nicht heiß genug«, gab dieser zur Antwort.

»Egal. Wird noch werden.« Es klickte mehrmals kurz hintereinander, und die Klappe schwang scheinbar von selbst vor dem Blonden zurück.

Plötzlich erschien der Maskierte wie aus dem Nichts. Er packte den Mann vor der Klappe einhändig und beförderte ihn samt dem Sack kopfüber in den Verbrennungsofen; die andere Hand hielt die schallgedämpfte Pistole und richtete die Mündung auf die Gruppe, damit sie stehen blieb. Aus der Kammer drang lautes Schreien. »Zumachen.« Er sprach mit kräftiger männlicher Stimme.

Als der Befehl nicht sofort befolgt wurde, schoss der Maskierte dicht neben dem Computermann in die Wand. Dessen Finger flogen daraufhin über das Keyboard, und die Klappe schwang zu. Der Protest des Eingesperrten wurde leiser.

»Meine Güte«, sagte der Maskierte kalt. »Nazis, die sich *Wehrwölfe* nennen. *Das* ist doch mal innovativ.«

Die vier Männer wechselten schnelle Blicke.

Ein Handy klingelte.

Der Maskierte zog die zweite Pistole bedächtig aus dem Achselholster. »Nicht rangehen«, mahnte er. »Ich wette, es ist die Kleine, Jenny, die eben nach eurem Freund schauen wollte. Viel wird er ihr nicht mehr erzählt haben. Und mitkommen kann er schon gar nicht.«

»Du hast Sven kaltgemacht?«, fragte der Blonde ruhig.

»Nicht schwer. Bei dem Wetter«, gab der Maskierte zurück.

*Auch noch schlagfertig, der Junge.* Sia grinste in ihrem Versteck und lauschte, aber noch erklangen keine Schritte im Korridor.

Das Klingeln endete; keiner der Männer rührte sich.

»Du bist so ein Depp von der Antifa, dem sie ein bisschen Mut in die Eier gefüllt haben, was?«, schnarrte der Blonde und nahm einen tiefen Zug von seinem fast abgebrannten Zigarillo. »Denk noch mal drüber nach: Wenn du jetzt gehst, kommst du zumindest lebend hier *raus*. Wie *weit* du kommst, *das* entscheiden wir noch.«

*Kennen sie sich?* Sia schien es nicht so, doch sie musste zugestehen, dass der Blonde extrem gelassen blieb. Er schien sicher zu sein, nicht als Verlierer zu enden, obwohl alles danach aussah: vier Männer gegen zwei Pistolen, die augenscheinlich von einem Profi geführt wurden.

Der Lärm aus dem Verbrennungsofen war inzwischen verstummt. Der Eingesperrte hatte anscheinend aufgegeben oder war ohnmächtig geworden. Sie sah zum Thermometer. Der Zeiger näherte sich dem grünen Bereich. Lange würde der Nazi es nicht mehr darin unbeschadet aushalten.

Der Blonde formte grinsend einen Rauchkringel. »Ich habe dich gewarnt. Du hast keine Ahnung, mit wem du dich anl...«

Der Maskierte schoss ansatzlos. Die Kugel fuhr dem Sprecher durchs rechte Auge und trat aus dem Hinterkopf aus, ließ Blut, Knochensplitter und Hirnmasse gegen die Luke spritzen.

Der Getroffene fiel nieder, der Zigarillo prallte auf den weißen Boden und verlor die Glut. *Ausgelöscht.* Sia starrte auf den Toten: Die Einschussstelle rauchte leicht, kleine graue Qualmschlieren stiegen aus dem zerstörten Schädel auf. *Was hat denn das zu bedeuten?*

»Doch. Ich *habe* Ahnung«, sagte der Maskierte. »Nur, damit ihr versteht, dass ich Silber benutze. Jeder Schuss ein Treffer.«

»Silber?« Einer der Sachsen sah ihn an, als hätte er den Verstand verloren. Er war noch sehr jung, vermutlich der Frischling unter ihnen. »Was bist'n du für eener? Hält'ste dich für ...«, er wedelte mit den Armen, als könnte er damit das fehlende Wort einfangen, »... keene Ahnung. Irgendeenen ... Geisterjäger?«

»Wenn überhaupt, ginge es mehr in Richtung Blade«, erwiderte der Maskierte. »Allerdings für eine andere Spezies.« Seine braunen Augen musterten den Sachsen, als wollten sie bis unter die Haut dringen und die Wahrheit erkennen. »Ich denke, du bist falsch hier.« Er nickte zur zweiten Tür, die nach hinten hinausführte. »Du kannst gehen, wenn du willst. Aber lass in Zukunft die Leute in Ruhe.«

Der Sachse starrte ihn fassungslos an. Und blieb.

*Ich an seiner Stelle wäre gegangen.*

Wieder geschah nichts – bis das Handy in der Tasche des Toten läutete. Dieses Mal jedoch war das Signal ein anderes.

Alle verharrten an ihren Plätzen.

Fünf Sekunden, zehn Sekunden, zwanzig Sekunden. Das Klingeln hörte wieder auf.

Ein dumpfes Scheppern erklang überraschend von hinter der Ofenluke. »Hey! Hey, Kameraden! Habt ihr den Typen erledigt?«, hörten sie den darin Gefangenen leise durch die dicke Tür. »Holt mich raus! Hier drinnen ist es heiß wie in der Hölle. Mir schmelzen die Sohlen weg!«

»Gutes Stichwort.« Der Maskierte bewegte sich nach links, ging zum Bedienelement. Mit dem Lauf der rechten Pistole betätigte er den Schalter und aktivierte die tödlichen Gasflammen. Hitze flutete die Kammer, der Zeiger des Thermometers tat einen Sprung in den roten Bereich. Die Temperaturen wurden auf mehrere hundert Grad gejagt.

Sie hörten den Mann darin kreischen und lauter hämmern. Anfangs ...

Nach wenigen Atemzügen verebbten die Geräusche.

*Okay, der Junge ist nicht nur gut, sondern auch reichlich gründlich.*

»Jetzt weiß er wenigstens, was die Nazis früher mit ihren Opfern gemacht haben«, lautete der trockene Kommentar des Maskierten. »Learning by doing.« Sia glaubte zu erkennen, dass er unter der Sturmhaube grinste. Böse grinste. »Ich hätte noch ein paar Fragen, bevor die Kleine …«

Der junge Sachse warf seinen Kameraden einen Blick zu und schrie: »Was willst'n du, du Antifa-Arsch? Knall uns doch gleich ab!« Er breitete theatralisch die Arme aus und wies auf seine Brust. »Mach hinne!« Schritt für Schritt ging er auf ihn zu und verkürzte den Winkel des Schützen. Ein Trick. »Nu? Haste Schiss?«

»Bleib, wo du bist. Du gehörst nicht zu *ihnen!*« Der Maskierte wich ihm aus und schoss ihm ins Bein – dann überschlugen sich die Ereignisse.

Der Getroffene brüllte auf und stürzte auf die Fliesen; dieses Mal trat kein Rauch aus dem Einschussloch.

Gleichzeitig verwandelten sich die beiden, die hinter ihm standen, und sprangen auseinander, um schwerere Ziele zu bieten. Innerhalb von wenigen Sekunden spross braungraues Fell aus ihrer Haut, die Köpfe verformten sich. Mischwesen entstanden, halb Mensch, halb Bestie. Der Geruch nach Tier wurde nahezu übermächtig. Teils wurde ihre Kleidung von der veränderten Körperform gesprengt, teils rissen sie sich den störenden Stoff hastig herab, um nicht davon behindert zu werden.

*Werwölfe!* Sia stieß die Luft aus. *Keine Umbra. Das ist schon mal nicht schlecht.*

Auch der Mann an den Kontrollen veränderte seine Gestalt und wurde zum Werwolf. Er schleuderte den Schreibtisch samt Monitor nach dem Maskierten, der auswich und ihm zwei Kugeln in die Brust jagte.

Ächzend fiel er auf den Rücken. Er drehte sich jaulend hin und her und schlug mit den Armen um sich, während sich Qualm aus den blutenden Löchern in der Brust kräuselte.

Ein lauter Warnton erklang. Die Klappe zum Ofen schwang

unvermittelt auf, Hitze und Rauch fluteten den Raum. Sia konnte in die Kammer sehen, auf deren Boden die kokelnden Reste von Mann und Plastiksack lagen.

»Allvater! Odin, beschütze mich! Was geht'n hier ab?« Der junge Sachse mit der Oberschenkelwunde wühlte panisch in seiner Jackentasche und zog eine halbautomatische Pistole. »Weg von mir, ihr Viecher!« Er schoss abwechselnd auf die Werwölfe und den Maskierten und traf ihn zweimal ins rechte Bein. Keine Reaktion. Weder Schreien noch Wanken. Es war, als hätten die Kugeln gar nicht getroffen. »Verpisst euch!«

Sias Augenbrauen hoben sich. *Harter Bursche – oder eine Prothese.*

»Chance verpasst.« Der Maskierte streckte den Schützen mit einem Schnellschuss in den Hals vollends nieder.

Einer der Werwölfe nutzte die Gelegenheit und sprang ihn an, packte seine Arme und bog sie mit den Waffen zur Seite, schnappte knurrend nach dem Hals und setzte sofort nach, als der Mann auswich.

Bevor der Maskierte zur Gegenattacke ausholen konnte, warf sich das zweite Wandelwesen gegen die beiden Kämpfenden und trieb sie in den Ofen; sie taumelten überrumpelt hinein.

Der Werwolf schloss die Luke mit seinen gewaltigen Kräften manuell und verkeilte sie mit einer hastig herausgerissenen Bodenschiene. Die klauenartigen Finger mit den langen, scharfen Nägeln pressten die Funktionsknöpfe an der seitlichen Wand des Ofens.

Sia hörte das leise Fauchen, mit dem die Gasflammen im Innern wieder zum Leben erwachten. *Oh, schade, schade. Das ist Pech für den weißen Ritter.*

Gleichzeitig heulte die darin eingesperrte Bestie los. Mehrfache Detonationen erklangen. Die Munition der Pistolen ging vermutlich durch die Hitze von selbst los, oder der Mann erlegte den Werwolf noch eiskalt, bevor er selbst verbrannte.

*Bedauerlich.* Sia empfand Enttäuschung über den Ausgang. Erstens, weil sie dem Maskierten mehr zugetraut hätte, zweitens, weil sie seine Arbeit zu Ende führen musste. Werwölfe in Leipzig, das ging überhaupt nicht – woher auch immer sie kamen.

Sie beobachtete, wie sich die Kreatur ächzend in einen Mann zurückverwandelte. Knisternd und knackend verschoben sich die Knochen, die Statur wurde menschlicher, und das Fell zog sich in die Haut zurück.

*Ob sich die Verwandlungen immer derart leicht und schnell vollziehen?* Sia überlegte, wie sie den Werwolf vernichten konnte. Da sie kein Silber bei sich trug, blieb ihr nur, dem Mann den Kopf abzutrennen. *Oder ich warte, bis er hinausgeht, und erledige ihn im Freien mit einem Blitzschlag.*

Durchdringender Bestiengeruch drang in ihre Nase. *Zu spät!* Eine Hand packte sie im Nacken.

Sia wurde gegen die Wand geschleudert, fing aber den Aufprall vorher ab. Sie nahm die geringen Schmerzen als Strafe für ihre Nachlässigkeit. *Das Mädchen habe ich total vergessen.*

Sie duckte sich unter der nächsten Attacke hindurch.

Eine nagelbewehrte Klaue fuhr über sie hinweg und zerschlug die weißen Gangfliesen, ließ klirrend Splitter auf den Boden regnen.

Die Vampirin zog ihren zweiten Dolch, während sie mit dem ersten hinter sich stach, dorthin, wo sie den Solarplexus ihrer Gegnerin vermutete. Sie traf. Dabei drehte sie sich, stand dicht vor der Werwölfin und führte einen kraftvollen Sichelschnitt von rechts nach links.

Die Klinge zerschnitt statt der Kehle das weit geöffnete Maul, da die Bestie nach ihr geschnappt hatte. Das Metall kappte Muskeln und Bänder, so dass der Unterkiefer herabbaumelte. Mit einem erbärmlichen Heulen zuckte die Werwölfin zurück.

»Bleib doch, Jenny!« Sia gewährte ihr keine Flucht, wich den schlagenden Armen aus und trieb den steckenden Dolch bis zum

Heft in das Sonnengeflecht. Die Wölfin jaulte noch lauter. »Keine Angst, es ist kein Silber.« Die zweite Schneide fuhr dieses Mal seitlich in den Hals und durchtrennte mit einem harten Ruck das Rückenmark.

Die klagenden Laute erstarben, schlaff fiel die junge Bestie nieder.

*Aber es reicht dennoch für dich.* Hastig trat sie die Tür zum kargen Kremierungsraum auf und stürmte hinein, bevor der letzte Werwolf ihr in den Rücken fallen konnte. Außer ein paar Regalen und den Trümmern des Schreibtischs mitsamt PC und Monitor gab es darin nichts.

Der nackte Mann hob just die Pistole des erschossenen Sachsen auf und richtete die Mündung gegen sie, drückte ab.

Sia wich mit schnellen Bewegungen aus und kam fauchend auf ihn zu, die Kiefer weit geöffnet und ihm ihre tödlichen Fangzähne weisend. Keine der Kugeln traf.

Jetzt zeigte der Mann deutliche Angst. Er wich rückwärts und schoss weiter, bis der Schlitten der Halbautomatik hinten arretierte: Das Magazin war leer.

Sia versetzte ihm einen Tritt gegen die Brust, so dass er bis zur anderen Wand flog und daran hinabrutschte. Im nächsten Augenblick war sie neben ihm, setzte ihm eine Schneide an die Kehle, die andere gegen das Genital. »Wage es nicht, dich in einen Werwolf zu verwandeln«, raunte sie drohend und verstärkte den Druck, um ihn zum Aufstehen zu zwingen.

Er schluckte heftig, grollte. Mit Mühe beherrschte er sich, kleinere dicke Härchen sprossen dennoch bereits am Hals, der Bart wurde dichter. »Was bist du?«

»Wie viele seid ihr?«, antwortete sie mit einer Gegenfrage. »Was haben Werwölfe in meinem Leipzig verloren?«

»Warum sollten wir nicht hier sein?« Er knurrte. »Wieso *dein* Leipzig? Bist du eine Vampirin? Ich habe noch keine leibhaftig gesehen.«

»Was treibt ihr im Krematorium?«

Er sah ihr in die Augen. »Du lebst ebenfalls hier? Schließ dich uns an! Wir rotten den Abschaum aus, um die Stadt von ihnen zu säubern.«

Sia lächelte herablassend. »Ich auch. Gerade eben.« Antwort genug.

Der Mann biss die Zähne fest zusammen, schielte auf die Schneide. »Das sind keine Silberdolche. Du bist ...«

»Ich habe eben Jenny auf dem Flur den Kopf abgeschnitten. Das reicht, um euch zu vernichten.« Sie nahm die Klinge vom Genital, kreuzte die Dolche wie die Schenkel einer Schere an seinem Hals. »Noch mal: Wie viele seid ihr?«

Die Frage schien ihm Schmerzen zu bereiten. »Nur noch ich.«

»Was ist mit diesem zweiten Jagdtrupp?«

»Ich kenne sie nicht!« Er sah zu dem Blonden, aus dessen zerschossenem Gesicht es immer noch rauchte. »Frieder war der Verbindungsmann.«

Sia lächelte kalt. »Kein guter Abend für euch.« Ansatzlos ließ sie die Schneiden zuschnappen und durchtrennte die Haut, das Fleisch und das Rückgrat.

Der Schädel löste sich und fiel auf den Boden, der Körper kippte zur Seite. Das Blut des Mannes spritzte einige sterbende Herzschläge lang, bis es bald darauf nur noch aus den zerschnittenen Adern lief und einen kleinen roten See auf den Fliesen bildete.

Der ungewöhnliche Geruch stieg in Sias Nase. *Werwolfblut.* Sie tunkte einen Finger hinein. *Oder ist es nun keines mehr, weil ich ihn umgebracht habe?*

Sie leckte etwas davon vorsichtig ab, schnalzte und schmatzte wie bei einer Weinverkostung. Sie spürte nichts Ungewöhnliches, weder in der Wirkung noch vom Geschmack her.

*Normales Blut. Es wandelt sich mit dem Tod.* Sosehr sie Durst verspürte, es war ihr auf unbestimmte Weise zuwider, ihn damit zu stillen. *Vielleicht sauge ich den Fahrer aus.*

Kurz dachte sie darüber nach, woher diese Bestien stammten. Sie zweifelte nicht daran, dass Dämonen, die Vampire in die Welt der Menschen schleuderten, auch solche Bestien erschaffen konnten. *Anscheinend habe ich die Taten der Werwölfe zu oft für das Werk der Umbra gehalten.*

Sia sah sich um und beschloss, das Krematorium aufzuräumen, bevor sie ging. *Na schön. Ordnung muss sein.* Es würde keine Toten geben. Um Kamerad Fandow am Eingang würde sie sich auch kümmern. Leipzig brauchte nicht noch mehr Aufregung. Eine Meldung in der Volkszeitung über Vandalismus im Krematorium genügte vollends.

Sie trat an den Ofen heran und schaltete die Befeuerung ab. Das Thermometer zeigte warnend um die fünfhundert Grad an. Dann öffnete sie die Luke.

Eine Hitzewelle rollte ihr entgegen, obwohl sie seitlich stand.

*Los geht's.* Sia schnappte sich den Fuß des Enthaupteten und schleifte ihn vor den Eingang.

Der zweite Jagdtrupp bereitete ihr wenig Sorgen. Ohne Frieder wussten sie nicht, was sie tun sollten. Die Polizei würde von ihr handfeste Hinweise auf die Spinner und deren Verbrechen bekommen. *Sollen die sich darum kümmern.*

»Was, zur ...?« Überrascht blieb sie stehen und blickte auf den nackten, trainierten Körpers eines Mannes, der von grauem Staub umgeben war. Der Kopf der Leiche war zur Seite gewandt, und sie erkannte ein glattrasiertes, sympathisches Gesicht. Von der Statur her konnte es nur der Weißgekleidete sein. Das Feuer hatte ihn erstickt und ihm die Kleidung vom Leib gebrannt, ihn selbst jedoch unversehrt gelassen. Nicht einmal die halblangen schwarzen Haare waren versengt.

*Das habe ich noch nie erlebt!* Sia ließ den Fuß des enthaupteten Werwolfs los und näherte sich dem Ofen, aus dem extrem heiße

Luft und graue Flöckchen waberten. So unbeschadet durfte keine Leiche aussehen. Sie blickte sich sehr genau in dem Verbrennungsofen um: Der andere Gegner war zu Asche geworden.

*Lass dich mal anschauen, Hübscher.* Vom Regal nahm sie sich einen langen Eisenhaken, mit dem normalerweise in der Asche gerüttelt wurde, damit alles durch das Sieb fiel, wie Prothesen, Zahngold und andere Einbauten. *Was stimmt mit dir nicht?*

Sie fischte nach ihm, die Spitze bohrte sich durch die Haut und verhakte sich im Schultergelenk. Schnell zog sie ihn ins Freie.

Zwei, drei Fliesen platzten unter ihm. Der Leichnam verströmte unglaubliche Temperaturen, als könnte er die Hitze speichern und verstärken.

Sie prüfte ihn mit Blicken, drehte ihn mit dem Haken recht rüde auf den Rücken. Dabei bemerkte sie am rechten Unterarm etwas: eine Art geschwungene Brandnarbe, die sich mit ihrer eigentümlichen Form vom Handgelenk bis zur Armbeuge schlängelte. Nach Einschusslöchern der beiden Kugeln im Bein suchte sie vergebens.

*Okay. Das Zeichen erklärt es.* Deswegen wunderte sich Sia auch nicht, als sich der mächtige Brustkorb plötzlich hob und senkte. *Den Trick will ich auch können.* Vor ihr lag ein weiterer Dämonendiener, aber weder Vampir noch Werwolf. Das Symbol kannte sie nicht, doch sie trug ein ähnliches Mal.

Gebrandmarkt von einem Fürsten der Unterwelt. Das Wesen, dem der Mann diente, schien große Macht über das Feuer zu besitzen.

*Was tue ich mit dir?*

Sie schleifte ihn am Haken unsanft durch den Raum zur zweiten Tür und zum Nebeneingang hinaus, durch die Arkaden über die Stufen hinunter ins Freie. Als er in Berührung mit dem Schnee kam, zischte es laut, und Dampf stieg auf.

Sia ließ ihn im Gras liegen. Die Flocken fielen nun aus einem bewölkten Himmel. Noch bevor sie den Mann berührten, schmolzen sie und vergingen über der blanken Haut zu Dunst. Sie betrachtete ihn. *Und jetzt?*

Ganz schlüssig war sie sich nicht. Aber so nett er aussah und gegen die Werwölfe ins Feld gezogen war: Noch mehr Höllengestalten konnte sie nicht gebrauchen. Weder für sich noch für ihre Blutsverwandten, die ein Leben in Ruhe verdient hatten.

*Eine Chance gebe ich ihm.* Sia kniete sich neben ihn, spürte die Wärme. »Wenn ich später rauskomme und du bist noch da«, sagte sie laut, »mache ich dich fertig. Ich habe dir das Leben gerettet, also stehst du in meiner Schuld. Komm nie wieder nach Leipzig und jage Werwölfe, wo immer du willst. Aber *hier* bestimme ich! Merk dir das und und sage es allen, die so sind wie du.«

Sia kehrte ins Krematorium zurück. Sie durchsuchte die Toten, nahm Wertsachen und ein Handy an sich. Sie ließ sich das Bild des Mannes anzeigen, auf den die Werwölfe angesetzt werden sollten. Die Züge sagten ihr nichts – außer, dass er gar nicht mal schlecht aussah und etwa ihr Alter besaß. Äußerlich.

*Ein Glückspilz.*

Zügig sammelte sie alle Toten ein und schob sie in die Kammer, breitete die Leichen nebeneinander aus, so gut es ging, damit das Verbrennen schneller verlief. Normalerweise dauerte der Vorgang eine Stunde. Bei *einem* Körper und einer vorgeheizten Kammer.

Sia blickte auf die Uhr. *Das wird eng, aber es könnte klappen, um sie gänzlich in Asche zu verwandeln, bevor die erste Schicht auftaucht.* Sie schloss die Luke, aktivierte die Brenner manuell und stellte auf volle Leistung. Wehrwölfe und Werwölfe vergingen in den Lohen.

Die Vampirin nahm den Wasserschlauch von der Wand und spülte das Blut in den Ausguss, säuberte bei der Gelegenheit auch noch den Gang, in dem sie die Frau getötet hatte.

*Ich hätte Putzfrau werden können.*

Auch wenn sie sehr schnell arbeitete, brauchte es seine Zeit, bis sie mit dem Ergebnis zufrieden war. Sie hob einen Eddingstift vom Boden auf und schrieb ein paar Parolen an die Wand, welche die Polizisten an übermütige, jugendliche Vandalen glauben lassen sollten: »Zur Hölle mit den Toten«, »Scheiß Nazis«, »Tod allen Bullen« und andere Klassiker des juvenilen Überschwangs, inklusive des obligatorischen Pentagramms. Zur Asche konnten sie sich ausdenken, was immer sie wollten.

Sia grinste. *Viel besser!* Schnell schaltete sie den Brenner wieder ab, öffnete die Luke und schmiss noch die halbe demolierte Büroeinrichtung dazu. Jetzt gab es eine Erklärung für die Reste. *Klappe zu, Brenner an.*

Anschließend verließ sie das Gebäude.

*Na? Hast du mich gehört, mein Hübscher?* Sia hielt Ausschau nach dem unbekannten Mann.

An der Stelle, an der er vor einer knappen halben Stunde gelegen hatte, war nur mehr ein Umriss auf dem schmorenden Gras zu sehen. Die Erde strahlte seine Wärme noch immer ab, so dass der fallende Schnee nicht darauf liegen blieb.

*Aha! Er ist verschwunden.* Anscheinend war ihre Botschaft trotz des Dämmerzustands angekommen. Sie hatte nicht den Ehrgeiz herauszufinden, welchem Dämon er diente und was seine genauen Absichten in Leipzig gewesen waren. Sie war ihn los und die beiden Spezies Wehr- und Werwölfe gleich mit.

*Eine unerwartet aufregende Nacht.*

Sie verspürte, dass ihr Durst mehr und mehr stieg. Das Hantieren mit dem ganzen Blut hatte es nicht besser gemacht.

Bald müsste sie dem Drang nachgeben und von dem Lebenssaft trinken. Wenn sie um diese Uhrzeit im Krankenhaus auftauchte, würde das keiner merkwürdig finden. Sie arbeitete ausschließlich nachts als Sitzwache.

Sia ging unruhig, angetrieben von der Gier, um das Krematorium herum und stieg hastig in den VW Touareg.

Das würde die Ermittler garantiert stutzig werden lassen:

Edelkarossenreifenabdrücke. *Kann ja geklaut gewesen sein.* Sie gab Gas und hielt auf den Ausgang zu. Den Wagen würde sie verkaufen, und von dem Geld und den Kreditkarten der Toten würde sie eine Zeitlang gut leben können. Ein ordentlicher Lohn für eine Putzfrau.

Aus dem Wärterhäuschen flackerten Lichtzeichen.

*Kamerad Fandow.* Sie drosselte die Geschwindigkeit und ließ die Scheibe herab. *Den hätte ich fast vergessen.* Mit einer Fingerbewegung schaltete sie das Fernlicht ein.

Ein eher durchschnittlicher Typ mit einem angedeuteten Irokesenschnitt trat ins Freie, er sah genervt aus. Das starke Scheinwerferlicht blendete ihn, so dass er zunächst nicht erkannte, wer alles *nicht* im Wagen saß. In der Linken hielt er ein Nummernschild.

»Wieso hat das denn so lange gedauert? Keiner von euch Idioten ist an sein Handy gegangen.« Er kam ans Fahrerfenster. »Ihr habt was verpasst. Vorhin lief so ein perverser Spinner nackt über den Friedhof und ist mit einem Cayenne abgedüst. War aus München. Das Nummernschild hat er verloren ...« Da bemerkte er Sia. »Wer ...«

Sie packte ihn am Kragen und zog ihn zu sich.

Eigentlich hatte sie ihm sagen wollen, dass die Gemeinschaft der Wehrwölfe aufgelöst sei und er einen Umzug in Erwägung ziehen solle. Drohend und gefährlich hatte sie sein wollen, um ihn danach laufen zu lassen.

Aber ihr überwältigender Durst, die Gier nach frischem Blut verhinderte das.

Ihr Mund öffnete sich gegen ihren Willen weiter als bei einem normalen Menschen, der Unterkiefer hängte sich wie bei einer Schlange aus; gleichzeitig schnellten die Fangzähne hervor und zerrissen den stoppeligen Hals des jungen Mannes. Die Lippen umschlossen die klaffende Wunde, und sie sog und soff das Blut innerhalb weniger Sekunden aus den Adern.

Sie stöhnte dabei leise, schmeckte das Metallische und die Lebenskraft, die aus ihm wich und auf sie überging.

Fandow zappelte nicht einmal. Der Schock lähmte ihn, und bevor er den Schrecken hätte überwinden können, war er schon tot. Ausgesaugt bis auf den letzten Tropfen.

Sie ließ die Leiche fallen und sank in den Sitz. *Das habe ich gebraucht.* Sie lächelte und schloss die Augen, war satt und befriedigt. *Dringend.* Um den Mann tat es ihr nicht leid. Sie hatte schon bessere und schlechtere Menschen umgebracht.

Langsam entstand ein Grinsen auf ihrem Gesicht, während sie sich die letzten Blutreste von den Lippen leckte. Am offenen Fenster sein Mahl in Empfang zu nehmen, das hatte etwas von einem Drive-In. Dennoch: *Aufräumen*, sagte sie sich und stieg aus. Der Putzfrauenjob war noch nicht zu Ende.

Sie warf den leer gesaugten Fandow in den Kofferraum, als wäre er nichts als lästiger Müll, schwang sich wieder hinters Steuer und setzte rückwärts auf das Krematorium zu.

Bei der herrschenden Hitze im Ofen wäre er schnell verbrannt.

***

# PRAESENS I

31.12. 2008, Deutschland,
Sachsen, Leipzig, 17.41

»Kommt Sia heute Abend wirklich?« Elena hüpfte die Stufen im Treppenhaus hinauf, die braunen Zöpfe wippten, als wären es merkwürdige Flügelchen.

»Sie hat es zumindest gesagt.« Emma schleppte die beiden Einkaufstüten, in denen sich die Sachen für den gemeinsamen Abend befanden. Sie wohnte seit etwa einem Jahr in der Ritterstraße, auch wenn sie vorgehabt hatte, Leipzig zu verlassen. Wegen ihres geschiedenen Mannes.

Aber das Schicksal hatte eingegriffen. Zwei Blitzschläge, nicht mehr, nicht weniger.

Damit war das Thema Umzug zwar nicht erledigt gewesen, weil Emma die Wohnung bereits gekündigt hatte, doch in ihrem neuen Zuhause lebte es sich gut. Zentral, aber erschwinglich, in der Nähe des Schauspielhauses, wo sie eine Anstellung als Dame für alles gefunden hatte.

Ein schönes neues Leben. Alles hatte sich zum Besseren gewandelt, seit Sia Sarkowitz über ihre Schwelle getreten war.

»Und wer kommt sonst noch?«

Emma stöhnte. »Für eine fast Siebenjährige hast du aber kein gutes Gedächtnis. Ich habe es dir doch vorhin schon im Bus aufgezählt. Und vorgestern.« Auf dem Treppenabsatz angekommen, stellte sie die ramponierten Plastiktaschen vor der hohen Tür ab. Altbau, neunzig Quadratmeter, frisch renoviert. Wohnraum war in Leipzig nach wie vor günstig. Nur so konnte sie sich die große

Wohnung leisten. Und eine Silvesterparty mit genügend Platz für dreißig Freunde. Sie wischte sich eine dunkle Strähne aus dem schmalen Gesicht. »Sperr mal auf.«

Elena hüpfte lieber noch ein bisschen, bevor sie der Aufforderung nachkam. Dabei summte sie die Namen der Gäste vor sich hin. Natürlich kannte sie jeden Einzelnen.

»Wird das heute noch, Fräulein?«, sagte ihre Mutter gespielt ärgerlich. Emma war stolz, dass Elena sich als klug und ungewöhnlich eigenständig für ihr Alter erwies. Aber sie sagte es lieber nicht allzu oft. Sonst würde ihre Tochter noch eingebildet werden. In der Schule schrieb sie die besten Noten. »Wir müssen doch die Wohnung dekorieren.«

»Ach, Mama. Das mache ich doch mit links.« Elena nahm den Schlüssel, der am Halsband hing, und öffnete die Tür. Dann versuchte sie, eine der Tüten zu schleppen. Stattdessen riss der rechte Griff ab, und sie purzelte rückwärts in den Flur. »Menno«, machte sie beleidigt.

»Nicht schlimm.« Emma schob die Tasche mit dem Fuß hinein und trug die andere. »Dein Kopf ist noch dran, die Zöpfe sitzen auch. Und jetzt legen wir los!«

Ihr war nie aufgefallen, dass es noch nach neuen Möbeln roch, wenn man die Wohnung betrat. So ziemlich alles, auf dem man sitzen, liegen und stehen konnte, stammte aus einem sehr günstigen skandinavischen Möbelhaus. Zu mehr hatte das Geld nicht gereicht, und außerdem fand Emma es nicht einmal schlecht.

Alles war in hellem Holz oder weiß lackiert gehalten. Ihre neueste Errungenschaft, eine separate Anrichte, dünstete anscheinend die Buche in sich aus.

Die Einkäufe wanderten teils in den Kühlschrank, teils in die Vorratsregale, teils auf den Arbeitstisch.

Gemeinsam fertigten Mutter und Tochter Käse-Obst-Spieße an, über die sie Kürbiskernöl und alten Balsamicoessig gaben, und nannten es *Die Rache des schwarzblutigen Käseigels.* Danach begann die Fertigung der *adligen Unterlegscheiben:* runde Pumpernickelstücke, die mit Frischkäse und günstigem Forellenkaviar versehen wurden. Alles wanderte in den Kühlschrank.

»Haben wir doch gut hinbekommen! Ich mache rasch den Nudelsalat.« Emma sah auf die Uhr. Noch zwei Stunden. »Du kannst dein Zimmer aufräumen, damit Üdin, Greta und Joanna und du Platz genug zum Spielen haben. Und vergiss nicht zu duschen.«

Elena verdrehte die Augen und blies die Luft in die Höhe, die den hellgesträhnten Pony zum Fliegen brachten. »Menno.« Aber sie trottete los. Gleich darauf schallte Kindermusik durchs Haus. Zum sicherlich tausendsten Mal zogen Wickie und die Wikinger fest das Segel an, bevor die Biene, die Karel Gott meinte, Maja hieß. Kleine, freche, schlaue Biene Maja.

Emma hatte gelernt, es zu überhören. Spätestens beim Dröhnen der Dunstabzugshaube versank die Hymne von Bibi Blocksberg, der kleinen Hexe, in einem deutlich angenehmeren Rauschen.

Die nächsten Minuten verbrachte sie mit der Zubereitung des asiatischen Nudelsalats und war froh, von Elena in Ruhe gelassen zu werden.

Kaum war sie damit fertig, nutzte sie die Gelegenheit und verteilte in Küche und Wohnzimmer Schälchen mit Knabberzeugs, leere Gläser und ungekühlte Getränke. Der Rest stand auf dem Balkon.

Noch eine halbe Stunde. Emma war glücklich. Mit allem und ihrem Leben. Das hatte sie nicht immer behaupten können.

»Elena?«

Sie ging ins dunkellilafarbene Kinderzimmer, wo eine Ordnung herrschte, wie sie es selten erlebt hatte. Nur ihre Tochter fehlte.

»Gut gemacht«, rief sie laut und schaltete das Kinderlieder-

Gedröhne ab. Sie marschierte ins Bad, um sich ebenfalls schnell zu duschen und etwas anderes anzuziehen.

Denn unter den Partygästen würde sich auch Sebastian, ein netter Anfangsdreißiger, befinden, der ausgezeichnet zu einer Endzwanzigerin wie sie passte. Er hatte ebenfalls eine kleine Tochter. Sibylle, fünf Jahre. Ein Mann mit Sorgerecht *und* Karriere, das machte bei Emma Eindruck. Patchwork lautete das Zauberwort.

Das Bad war leer.

»Wo steckst du denn?« Emma zog das Shirt und die Hose aus, die Socken folgten. Sie bekam keine Antwort. »Elena?«

Aus irgendeinem Grund wurde ihr kalt.

Das leise Quietschen sagte ihr, dass eines der Fenster offen stand und in der kalten Winterluft schwang. Oder ...

*Der Balkon!* »Habe ich dir nicht gesagt, dass du keine Schneebälle machen und auf die Leute auf der Straße werfen sollst?!«, rief sie und schlüpfte in den dunkelgelben Morgenmantel. Sie eilte ins Wohnzimmer, von wo aus es auf die kleine Plattform ging.

Die Tür stand offen, Fußspuren im Schnee führten zum Geländer.

Aber nicht wieder zurück ...

Ihr wurde gleichzeitig heiß und kalt. Sie machte zwei, drei schnelle Schritte durch das Weiß, beugte sich über den Handlauf und blickte in den Hof, um das Schlimmste auszuschließen.

Der Schnee fünf Stockwerke unter ihr war unberührt. Keine kleine Gestalt mit braunen Haaren lag regungslos auf dem Boden.

*Gott sei Dank!* Innerlich atmete sie auf, auch wenn das Mysterium des Verschwindens nicht gelöst war. *Sie wird in ihren eigenen Abdrücken rückwärts gelaufen sein. Wo kann sie noch stecken?*

Von der schrecklichsten Vorstellung befreit, spürte sie die Dezemberkälte. Zitternd kehrte sie ins Wohnzimmer zurück. »Elena?« Inzwischen rang sie mit der Verärgerung. »Elena, verflixt, wo steckst du? Komm raus! Ich finde es nicht mehr witzig.«

Es klingelte an der Tür.

Emma lief zum Eingang und blickte durch den Türspion.

Im Flur stand eine Frau in ihrem Alter mit kurzen schwarzen Haaren, die einen dunkelgrauen Wintermantel und einen blauen Schal um den Hals trug. Das Gesicht war leicht abgewandt, sie schaute zu den Türen der Nachbarn.

*Wer ist das denn?* Sie hängte den Sperrbügel ein und öffnete. »Ja?«, sagte sie durch den Spalt.

»Oh, hallo.« Die Stimme war angenehm, wenn auch etwas tief für eine Frau. Ihr Deutsch hatte einen leichten Akzent; Emma meinte, etwas Britisches zu hören. Das Hallo klang mehr wie ein *hello.* »Ich suche Frau Theresia Sarkowitz.« Jetzt zeigte sie ihr Gesicht in Gänze. Es gab durchaus eine gewisse Ähnlichkeit mit Sia. »Eine Arbeitskollegin von ihr aus dem Krankenhaus meinte, dass ich sie hier finden könnte.«

Das klang ungewöhnlich, war aber auch nicht unwahrscheinlich. Emma wusste, dass Sia ihre Festnetznummer für Notfälle auf der Arbeit angegeben hatte. Allerdings konnte sie sich nicht daran erinnern, dass sie vom Krankenhaus jemals angerufen worden wäre. Über die Nummer war die Adresse durch minimalste Recherche herauszufinden. »Sie sind, bitte?«

Die Frau lächelte entschuldigend. »Tonja Umaschwili. Ich bin ihre Cousine aus London. Ich wollte sie überraschen. Bei ihr zu Hause war niemand.«

*Überraschen ist dir auch bei mir gelungen,* dachte Emma und wusste nicht, was sie tun sollte. Sia hatte erzählt, dass sie keinerlei Verwandte mehr besaß. Außerdem war da noch ihre verschwundene Tochter, die sie suchen musste. *Schlechtes Timing.* »Von einer Cousine weiß ich gar nichts.«

»Sie kennt mich nicht. Noch nicht.« Tonja bemerkte offenbar

ihre Unentschlossenheit. »Verzeihen Sie, dass ich Sie einfach so überfalle. Ich wäre an Ihrer Stelle auch misstrauisch.« Sie hob eine Plastiktüte. »Hier. Nehmen Sie das Geschenk, das ich für Sia gekauft habe, und sagen Sie ihr bitte ...«

*Was soll's. Das kann sie klären, wenn Sia da ist.* »Warten Sie.« Emma schloss die Tür, hängte den Sicherungsbügel aus und machte ihr auf. »Kommen Sie rein«, bat sie zerstreut und richtete den Bademantel. »Ich muss mich entschuldigen. Wir stecken mitten in der Vorbereitung für eine Silvesterparty, und anscheinend«, sie hob die Stimme und schaute über die Schulter, »will mich meine liebe Tochter zu einem ungünstigen Moment auf den Arm nehmen. Das kostet sie einen Monat Taschengeldsperre, wenn sie nicht gleich erscheint.« Dann blickte sie wieder nach vorne.

Tonja wirkte jetzt nachdenklich. »Ein kleines Mädchen? Mit braunen Zöpfen und einem Pony?«

»Ja!«

»Sie ist eben an mir vorbeigerannt und den Flur hinuntergelaufen. Ich glaube, sie ist nach rechts abgebogen.«

»Dieses Kind! Was macht es denn nun schon wieder?« Emma schlüpfte in ihre Schuhe, warf sich den Mantel über und rannte das Treppenhaus hinab. *Beginnt ihr Schlafwandeln schon am helllichten Tag?* »Machen Sie es sich bequem. Falls Gäste kommen und ich nicht zurück bin, öffnen Sie ihnen die Tür!« Sie hetzte los.

Tonja sah ihr hinterher. »Danke vielmals!«

Als Emma um den Absatz herum verschwunden war und kurz darauf die Hauseingangstür rumpelnd ins Schloss fiel, drehte sie den Kopf nach vorne. Sie legte die Hände auf den Rücken und machte einen überlegten Schritt in die Wohnung. Und blieb stehen.

Die flachen Sohlen ihrer Turnschuhe verursachten kein Geräusch auf dem altehrwürdigen Dielenboden, der normalerweise unter der geringsten Belastung knarzte.

Tonja schloss die Augen und atmete tief ein.

Sie sog die Gerüche ein, lauschte auf die Geräusche und ließ sie auf sich wirken.

Nach gut zwei Minuten schlüpfte sie aus den Schuhen und setzte sich auf blutroten Strümpfen lautlos in Bewegung.

Sie strich ungeniert durch die Zimmer, roch an Elenas und Emmas Kissen auf den Betten, roch an ihren Handtüchern im Bad, roch an den Jacken und Mützen im Flur. Als wollte sie eine Spur aufnehmen und wäre auf der Suche nach einer ganz bestimmten Person.

Mit den Fingerspitzen nahm sie jeweils ein Haar aus den Bürsten von Mutter und Tochter. Beide landeten in der Manteltasche.

Im Spiegel vor der Garderobe musterte sie sich.

Ganz zufrieden war sie nicht mit dem, was sie sah. Ihre rechte Hand strich über die Wange, und der Knochen veränderte sich. Er wölbte sich leicht, verschob sich und gab dem Gesicht eine neue Note. Die andere Seite passte sich der Wandlung an und machte Tonja ihrer Cousine Sia noch ähnlicher, so dass es keine Zweifel mehr an der Verwandtschaft geben würde.

»Besser«, sagte sie zu sich selbst und grinste. Perfekte Zähne leuchteten weiß auf.

Sie zog den Mantel aus und hing ihn an den Bügel. Dann ging sie ins Wohnzimmer und setzte sich brav auf die gemütliche dunkelbraun und weiß gemusterte Couch. Tonja hatte alles gesehen und gerochen, was sie hatte sehen und riechen wollen. Sie war in der Ritterstraße richtig.

Ein Schlüssel drehte sich im Schloss. Eine Tür öffnete sich, Papiertüten raschelten laut.

Tonja beugte sich nach vorn, um den Eingang sehen zu können.

Emma schob Elena hinein und hatte ein Brot unterm Arm. »Das nächste Mal sagst du mir was, bevor du einfach so verschwindest.«

»Mama, das erzählst du mir zum vierten Mal, seit du mich abgefangen hast«, gab sie zurück. »Aber ich habe laut gerufen, dass ich zum Bäcker gehe und die Bestellung abhole.« Sie zogen die nassen Schuhe auf dem Läufer aus und stellten sie neben die Tür. »Und von *uns* beiden hast *du* vergessen, dass wir noch was abholen müssen.« Ihre Blicke fielen auf die unbekannten Turnschuhe, dann auf den dunkelgrauen Mantel. »Schon jemand da?«

»Ja. Sias Cousine. Sie heißt Tonja. Den Nachnamen habe ich mir nicht gemerkt. Irgendwas mit -wili am Ende.«

»Was? Sie hat eine Cousine?« Elena rannte den Korridor entlang und linste ins Wohnzimmer. »Hallo«, sagte sie und schlenderte tänzelnd auf die schlanke Frau zu, die es sich mit ein paar Kissen auf der Couch gemütlich gemacht hatte. »Wir wussten gar nicht, dass Sia eine Cousine hat!« Sie blieb vor ihr stehen und musterte sie eindringlich. »Sieht man aber. Die Verwandtschaft.« Sie stellte sich auf die Zehenspitzen.

»Danke sehr«, gab Tonja zurück.

»Sei nicht so vorlaut«, wies Emma Elena an und trug das Brot herein, legte es auf den Couchtisch. »Zieh bitte deine Hausschuhe an, Töchterchen.« Ihr fiel auf, dass Tonja kein Parfüm aufgelegt hatte, was sie ungewöhnlich bei einer Frau fand. Gerade wenn sie so gut aussah und Wert auf anspruchsvollere Kleidung legte. »Sie kommt aus London.«

»Das ist in England. Die Hauptstadt.« Elena fischte die Tigerhausschuhe unter der Couch hervor. »Warum sind Sie denn bei uns und nicht bei Sia?«

»Sia war nicht zu Hause, und das Krankenhaus gab mir eure Nummer. Ich habe es ein paar Mal mit Anrufen versucht, bis ich spontan beschlossen habe vorbeizukommen«, antwortete Tonja, die das kleine Verhör erfreulicherweise mit Belustigung hinnahm. »Ich muss mich entschuldigen, wie ich deiner Mutter schon sagte. Aber ich wollte meine Cousine überraschen, und mein Flug geht schon bald wieder zurück. Deswegen wollte ich unbedingt mit ihr zusammentreffen.«

»Cousine heißt, dass die Schwester von Sia Ihre Mutter war, richtig? Oder der Bruder Ihr Vater?«, meinte Elena im Versuch, die Verwandtschaft zu ergründen. »Wieso wohnen Sie denn in London, und warum haben Sie sich niemals bei ihr gemeldet?«

»Das ist alles ein bisschen kompliziert«, erwiderte Tonja seufzend. »Die Schwestern hatten sich zerstritten, meine Mutter wanderte nach England aus und hat mir bis zu ihrem Tod nichts von der Familie erzählt. Ich habe ein Jahr lang nach Spuren gesucht, quer durch alle Länder, bis ich sie gefunden habe. Dann hielt mich nichts mehr.« Sie sah auf die Uhr. »Wann beginnt Ihre Party, Frau Karkow? Glauben Sie, dass Sia früh hier sein wird? Mein Flieger geht in vier Stunden.«

»Wir können sie anrufen!«, quakte Elena begeistert, deren Ablehnung mehr und mehr wich. »Das ist doch toll!« Sie schlug die Hände zusammen. »Dann haben wir ...«

»... noch einen Gast mehr«, fiel Emma ihrer Tochter ins Wort, weil sie wusste, was sie hatte sagen wollen: ... *noch eine Tante.*

Streng genommen würde Tonja keine echte Tante sein. Und Sia war eher eine Art Ururgroßmutter, aber sie waren wohl alle vier miteinander verwandt. *Wer hätte das gedacht?* Emma fand, dass es noch zu früh für die Wahrheit war. Erst sollte Sia bei ihnen sein und ihre Cousine kennenlernen. Alles andere würde sich danach ergeben. Sie wollte eine endgültige Verifizierung der Geschichte, bevor die Verwandtschaft offiziell erweitert wurde.

»Zu essen haben wir bestimmt genug. Und jetzt muss ich mir rasch was Partytaugliches anziehen.«

Verwundert schaute Elena sie an, schwieg jedoch.

Es klingelte stürmisch, eine krakeelende Kinderstimme war gedämpft aus dem Treppenhaus zu hören.

»Da sind schon die Ersten«, rief Elena begeistert und rannte hinaus in den Flur. »Ist bestimmt Üdin. Ich mach auf!«

Tonja lächelte auf eine unbestimmbare Weise, als sie sagte: »Kinder.« Das Glas Wasser, das Emma ihr hingestellt hatte, rührte sie nicht an.

Sia rannte kurz vor vierundzwanzig Uhr die Treppen nach oben, in der linken Hand eine gekühlte Flasche Sekt. Der schwarze Mantel wehte hinter ihr her.

Sie hatte sich schlicht und ergreifend zu lange im Club D.A.R.K. aufgehalten, um einen jungen Türsteherkollegen rasch einzuweisen, der für sie an diesem Abend eingesprungen war. Neben der Moritzbastei bedeutete der Club eine sichere Arbeitsstelle für sie.

Aber er war so nett und so jung gewesen, und sie hatte sich gern mit ihm beschäftigt. Dafür hatte sie dann die Geschwindigkeit der Hayabusa in der Innenstadt fast voll ausschöpfen können. Kurz vor Jahreswechsel gab es kaum Verkehr, und glücklicherweise hatte der Baubetriebshof Leipzigs Straßen mit gehörig Salz eingedeckt. Kein Eis.

*Gefahrloses Rasen.* Sie musste grinsen. *Ein schöner Widerspruch.*

Sie stand vor Elenas und Emmas Tür.

Der Anblick des selbstgebastelten Kranzes, der neben dem schmucklosen Türschild hing, erweckte die Vergangenheit zum Leben. Erinnerungen an den Abend, als sie in der alten Wohnung aufgetaucht war, um die beiden umzubringen, stiegen empor. Aber Elenas Augen, der Ausdruck darin, als sie Sias langen Dolch gesehen hatte, hatte sie davon abkommen lassen. Sie war sehr froh, es nicht getan zu haben. Es wäre der größte Fehler ihrer Existenz gewesen.

*Ich hätte es mir nicht verzeihen können. Nicht bei ihnen.* Sia hob die Rechte, der Zeigefinger näherte sich dem Klingelknopf.

Da roch sie es.

Das lockende, geliebte Aroma kam süß unter dem Türschlitz hindurch. Es quoll aus dem Türspion, dünstete durch das Holz und waberte direkt in ihre empfindliche Nase: Auf der anderen Seite gab es Blut.

Verschiedenes Blut.

Sehr viel Blut.

Durst und Wachsamkeit erwachten schlagartig. Etwas musste in der Wohnung vorgefallen sein, was einem Massaker gleichkam.

*Gott, was ist passiert?*

Sias Angst um Emma und Elena drängte jeglichen hastigen Gedanken über eine Erklärung zurück. Sie stellte die Flasche ab, zog ihre Dolche und trat die Tür auf.

Im Flur herrschte fahlgelbes Licht, lediglich eine der vier Birnen brannte. Beim Zurückschwingen der Tür vernahm sie ein leises Plätschern. Die untere Kante bewegte teilweise stockendes Blut und schob es nach hinten gegen die Wand; das flüssig gebliebene Rot strömte sofort wieder nach.

Wäre der intensive, verräterische Duft nicht gewesen, so hätte Sia im Halbdunkel ebenso an frischen roten Estrich denken können. Der gesamte Flur war überzogen mit einer dünnen, leicht glänzenden Schicht. Plan breitete sie sich aus. Eine leichte Welle durchlief sie von vorn nach hinten, ausgelöst durch das brachiale Türöffnen, und zerstörte die Illusion.

*Wo kommt das alles her?*

Es kostete Sia ein hohes Maß an Konzentration, sich nicht durch den Geruch ablenken zu lassen und niederzuknien, um vom Blut zu trinken. Das Verlangen danach konnte sehr, sehr intensiv und unwiderstehlich sein. Ein Preis, den sie für das ewige Leben und ihre Vampirkräfte bezahlte.

Sie hastete durch das Blut. Die Schuhspitzen wurden umspült, Tröpfchen spritzten und benetzten die Wand. Es klang, als eilte sie über eine regenüberflutete Straße. Mantel- und Hosensaum badeten im Rot.

Ihre Sinne waren hoch aufmerksam. *Wo sind sie?*

Ein leises Seufzen drang aus dem Wohnzimmer.

Sie bewegte sich behutsamer, doch das Rot plätscherte leise und verriet, wohin sie ging: immer dem Strom zur Quelle folgend.

Sia sah um die Ecke in den großen Raum.

Das Gemälde eines düsteren Künstlers hätte nicht schrecklicher sein können.

Der gemütliche schwere Sessel war auf die Couch gestellt worden. Darauf saß eine Frau mit kurzen schwarzen Haaren, die ihr sehr ähnlich sah. Die Kleidung hatte sich mit Blut vollgesogen und die eigentliche Farbe des Stoffs unkenntlich gemacht. Ihre aufrechte Haltung erinnerte an eine Königin, die Arme ruhten locker auf den Lehnen, und die Augen hielt sie geschlossen. Ein leichtes Lächeln lag auf ihrem blutbespritzten Gesicht. Der schwache Schein des gedimmten Deckenfluters beleuchtete sie sanft und berechnet.

*Wer ist das?*

Zu ihren Füßen stapelten sich die Leichen wirr durcheinander. Jüngere Männer und Frauen lagen verflochten, die Gliedmaßen ragten aus dem Knäuel heraus. Ihre Kehlen waren zerschnitten, die Wundränder allerdings leicht ausgefranst, als ob die Schneide gezackt gewesen wäre.

Alle hatten die Augen geöffnet. Sie waren nicht schnell getötet worden. Auf den verzerrten Gesichtern standen ihre erlittene Furcht und der unfassbare Schmerz. Wie viele Menschen waren um die Couch ausgebreitet? Auf der Gästeliste für die Party hatten dreißig gestanden, einige davon Kinder ... Aber das hier mussten wesentlich mehr sein!

Die Fenster der Wohnung waren durch die Wärme des Blutes von innen beschlagen, der metallische Geschmack lag Sia auf der Zunge und am Gaumen.

*Psychopathenwerk!*

Ihre Nerven waren bis zum Zerreißen gespannt.

*Wo sind Elena und Emma?*

Sie blickte sich suchend um.

*Liegen sie im Haufen?*

»Diejenigen«, sagte die Unbekannte auf Englisch mit dunkler Stimme, »die du suchst, sind hier.« Sie versetzte den oberen beiden Körpern je einen Tritt, und sie rollten den kleinen Hügel hinab, landeten platschend im Blut; zu Sias Erleichterung zeigten die Hälse von Mutter und Tochter keine Verletzungen. »Noch leben sie, Theresia Sarkowitz.« Ihre Lider hatten sich nicht gehoben. »Es liegt ganz allein an dir, ob ich es ändern werde.« Das Lächeln wurde dämonischer. »Du wunderst dich?!«

Sia hatte den ersten Schock überwunden und keine Ahnung, woher die Besucherin stammte. Dem Äußeren nach konnte sie ihre Schwester sein – wenn sie eine gehabt hätte.

Sie trat ins Wohnzimmer, die Dolche kampfbereit in den Fäusten. Eine Klinge wies nach oben, die andere nach unten. Für einen Angriff war es zu früh, die Lage erschien ihr undurchsichtig.

Sia witterte. Weitere Personen oder Kreaturen hielten sich nicht in der Wohnung auf. »Wer bist du?« Langsam kam sie auf den improvisierten Thron zu. »Mach die Augen auf und erkläre, was die Inszenierung bedeuten soll!«

»Ich wollte dir einen angenehmen Empfang bereiten und dir die Möglichkeit bieten, dich zu stärken, bevor wir kämpfen«, eröffnete die Fremde mild. »Sauf vom Boden wie ein Schwein! Mehr gebührt dir nicht!«, schrie sie plötzlich auf Serbisch, und ihre Stimme klang hasserfüllt. Die Finger schlossen sich um die Lehnen und drückten fest zu; das Holz splitterte unter ihrem Griff.

»Wer bist du?«, fragte Sia erneut und warf ihren Mantel auf den Boden, ohne die Waffen aus den Händen zu legen. Sie kannte diese Sprache aus der alten Zeit, als sie noch mit Marek zu tun gehabt hatte. *Sendet er mir seine verspätete Rache?*

Jetzt lachte die Unbekannte. »Solltest du dich weigern, dich mit mir zu messen, sterben die beiden hier.« Sie ließ die Lehnen langsam los, der rechte Zeigefinger wies auf Elena und Emma. »Gewinne ich, sterben sie sicherlich auch.« Sie lächelte zufrieden. »Ist das Ansporn genug für dich, Madame Charlotte Pirot?«, erkundigte sie sich auf Altfranzösisch.

Sia zuckte zusammen. »Woher ... Wie darf ich diese vielen Anspielungen verstehen?« Pirot war ihr Name im französischen Exil gewesen, wohin sie nach ihrer Abkehr von den Kindern des Judas und von Marek vor dreihundert Jahren geflüchtet war. In die Bretagne.

»Ja, ich kenne dich schon sehr lange. Vielleicht war ich dir schon früher auf den Fersen, ohne dass du es bemerkt hast?« Die Unbekannte kicherte. »Nein, es gab andere Dinge, die ich verfolgen wollte. *Du* wärst mir nicht davongelaufen, das wusste ich schon immer. Was ich tat, sollte mich auf *den* Tag vorbereiten, an dem ich dich ausfindig machen würde.«

*Was erzählt sie für einen Mist?*

Sia hatte keine Idee, wer vor ihr saß, aber sie wollte sich nicht länger damit aufhalten. Diese Geistesgestörte wollte kämpfen, gut. Gnade würde sie ihr keine gewähren.

*Wer Elena und Emma in Gefahr bringt, muss sterben.*

Sie machte übermenschlich schnelle Schritte über die Leichen hinweg und warf sich mit den Dolchen auf die unbewaffnete Gegnerin.

Die Frau brach blitzartig die Lehne ab und schlug nach ihr.

Sia wich aus, weil sie mit einer Attacke gerechnet hatte. Die gesplitterte Spitze verfehlte ihre Brust, dafür traf sie ein harter Schlag in den Rücken. Die zweite Lehne hatte sehr wohl getroffen: Eine blutige Holzspitze ragte aus ihrem Bauch, eine Fingerlänge unterhalb des Herzens.

*Das bringt dir nichts!*

Sia spürte den Schmerz, stach dennoch nach der Gegnerin.

Der rechte Dolch bohrte sich in die Sessellehne, der linke schrammte über die Sitzfläche. Die Feindin hatte sich ihren Angriffen entzogen.

Lautes, gehässiges Gelächter schallte durch das düstere Wohnzimmer.

*Wie hat sie das angestellt?*

Sia schaute gehetzt in alle Richtungen und nahm an, dass sie an eine Blutsaugerin geraten war.

Die Unbekannte saß auf der großen Standuhr, die Beine übereinandergeschlagen, und tat so, als sei sie gelangweilt. Das gespielte Gähnen bereitete ihr sichtlich Vergnügen. »Ich habe gehört, dass du eine herausragende Dolchkämpferin sein sollst. Gut, es liegt einige Jahrzehnte zurück. Sollte dir das Alter die Geschwindigkeit geraubt haben? Oder willst du mich täuschen?«

Sia zog sich den improvisierten Pflock aus dem Leib, schleuderte ihn davon.

*Sie weiß zu viel aus meinem Leben.*

»Ich hoffe, es tut dir richtig weh?« Wieder lachte die Gegnerin herzlich und böse zugleich. »Ich hatte wie du schon sehr viele Namen. Sie dir zu nennen würde nichts bringen.« Sie erhob sich und war im nächsten Augenblick unsichtbar geworden.

Das gab Sia einen Anhaltspunkt.

*Eine Viesczy!*

Diese Vampirrasse konnte unangenehm werden. Sia war sich keiner Schuld bewusst, in den letzten Jahren einen von ihnen getötet zu haben. Abgesehen von dem Vorfall an der Windmühle. Das jedoch lag in der Verantwortung von Marek.

»Du willst mich töten? Dann zeige dich, und ...«

Ein Hieb traf sie in den Rücken, die Wucht ließ sie stolpern.

Jemand zog ihr dabei die Füße weg, und sie stürzte in das Knäuel aus Toten. Unverzüglich wollte Sia auf die Füße springen.

Die Frau stand über ihr, drückte ihr die Sohle brutal ins Gesicht. Sias Nase brach.

Die Standuhr schlug viermal hell, dann setzte die Serie von dumpfen Schlägen ein.

»Frohes neues Jahr, *Mutter!*«

***

# LAMENTO II

»Denn alles, was entsteht,
ist wert, dass es zugrunde geht.«

Weise Worte, Mephisto. Weise Worte.
Doch wenn es *wieder* entsteht?
Und wieder?
Was sagst du dann, Mephisto?

Unheilige Renaissance, ausgekotzt von der Hölle,
unfähig, sich selbst zu begegnen.
Den Verstand zu bewahren.

Ach, ihr Schatten, du Dunkelheit!
Wär' ich dazu bereit
mein Leben zu geben -
wer würd' es nehmen?
Niemand will es,
vergeudet ist es.
Tue mir leid, so leid,
und wär' so gern
befreit.

# DAS BUCH TANGUY

# KAPITEL I

Spätsommer 1781, Frankreich,
Süd-Bretagne, nahe Kerhinet (Pays noir)

Die Landschaft der Brière sprach zu ihm.

Sie wogte, sie rauschte und sie flüsterte, während er im Boot lag und die Augen lächelnd geschlossen hielt. Die unzähligen langen Schilfhalme bogen sich im Wind, die Stengel rieben aneinander, und die Blätter raschelten. Wasser gluckste leise, Vogelrufe erklangen in unregelmäßigen Abständen.

Warm schien die Sonne auf ihn nieder und trocknete seine feuchte Haut. Das Boot, auf dessen Boden er lag, bewegte sich kaum im strömungslosen Wasser. Besser konnte man einen Tag nicht verbringen.

Dann schwankte der Untergrund plötzlich, das Holz knarrte sanft. Er spürte, dass sich ihm jemand näherte.

Eine Hand legte sich auf seine Brust, Lippen berührten seinen Mund und gaben ihm einen sanften Kuss. »Ich muss gehen, Tanguy. Mein Vater wird sich sonst wundern. So lange habe ich noch nie gebraucht, um die Netze zu prüfen.«

Er blinzelte in die Sonne und sah die Umrisse eines Frauenoberkörpers. »Bist du sicher?« Er streichelte ihr Gesicht, fuhr über ihre bloßen Schultern, ehe er sich aufrichtete und ihre langen blonden Haare zur Seite schob. Zärtlich küsste er ihre linke Brust und spürte, wie sie genießend erschauderte. »Ich glaube, ein Netz müsste noch geflickt werden.«

Gwenn lachte auf, schob ihn zurück und streifte ihr Gewand mit einer raschen Bewegung nach oben. Ihre Brüste verschwanden unter dem Stoff. »Du könntest ständig Netze flicken.« Sie prüfte die Schnürung des einfachen Leinenkleids und zog sie straffer. »Und ich auch. Nur mit dir. Aber noch sind wir nicht vermählt, also lassen wir unsere Eltern im Glauben, dass wir das hier nicht tun.« Sie schöpfte etwas Wasser mit der Hand und bändigte damit die zerzausten Haare, ehe sie die Haube daraufsetzte.

Tanguy beobachtete sie dabei und lächelte noch immer.

Er war der glücklichste Mann des kleinen Weilers Kerhinet, und das ganz ohne übermäßiges Vermögen. Das Geld, das er als Schilfbauer verdiente, erlaubte ihm nur ein bescheidenes Leben. Aber Gwenn machte ihn dafür umso reicher. Durch ihre Art, ihr Lachen und ihre Liebe zu ihm.

»Wie wundervoll du bist«, sagte er leise und richtete sich zum Sitzen auf. »Ich werde alles tun, um dich zu einer glücklichen Frau zu machen.«

»Das tust du schon. Und damit meine ich mehr als Liebe machen.« Sie erhob sich trotz des schwankenden Untergrunds und machte einen sicheren Schritt hinüber auf das zweite Boot, das längsseits lag. »Auch wenn du das sehr gut kannst«, fügte sie zwinkernd hinzu.

»Unsere Kinder werden einzigartig«, schwärmte er und sprang auf, und sie lachte wegen seines Überschwangs. »Es werden die besten und schönsten Kinder von Frankreich! Und sie werden schlau sein! So schlau, dass sie ... Minister ... nein, König werden!«

»Lieber nicht.« Gwenn nahm den Stab, mit dem der Kahn durch das Moor gestakt wurde. »Es ist keine gute Zeit für Könige. Es reicht, wenn unsere Kinder so gute Handwerker wie ihr Vater werden.« Sie warf ihm eine Kusshand zu. »Adieu! Wir sehen uns bald wieder. In ein paar Tagen ist das Salzfest in Guérande. Mein Vater möchte dich und deine Eltern dort sehen. Ihr seid eingeladen.« Sie stieß sich vom Grund des Moors ab und steuerte durch das Schilfmeer auf den kleinen Kanal zu, der nur wenige Meter von ihnen entfernt verlief.

»Das höre ich gern!« Tanguy jauchzte. Er wusste nicht, wohin mit seinen vielen Gefühlen und seinem Übermut. Er winkte ihr zu. »Ich denke an dich, Geliebte! Und ich vermisse dich schon jetzt!«

»Zieh dich lieber an«, rief sie zurück, während das Boot nach und nach durch die Halme verdeckt wurde. Aus der jungen Frau wurde wieder eine Silhouette. »Wer dich so sieht, glaubt am Ende noch, dass du die Enten zu Tode erschrecken und auf diese Weise fangen möchtest.« Dann war sie verschwunden.

»Ach«, seufzte er und schloss die Lider, um sich einige süße Momente der Leidenschaft, die sie eben geteilt hatten, mit Hilfe seiner Vorstellungskraft zurückzuholen: ihr schlanker Leib, der sich unter seinem bewegte, die goldenen Haare, in die er so gern sein Gesicht vergrub. Und ihr Geruch ...

*Nein. Ich muss zurück. Mutter wartet!* Um sich abzukühlen, sprang er ins dunkle Wasser und tauchte kurz unter. Dabei berührten seine Füße den weichen Boden des Moors.

Schnell zog er die Beine an. Der Untergrund war tückisch, hielt seine Beute fest wie eine weiche, zuschnappende Falle. Tanguy kannte die Besonderheiten. Er war in Kerhinet geboren und wusste mit seinen einundzwanzig Jahren, worauf er achten musste, um nicht in Gefahr zu geraten.

Er kehrte an die Oberfläche zurück und zog sich über den Rand zurück ins Boot, streifte das Wasser ab und zog sich an. Dabei fiel sein Blick auf den kleinen roten Fleck am rechten Unterarm. Das Feuermal hatte ihm die Mutter vererbt.

Am Bug lagen drei Enten, die er unmittelbar nach seinem Aufbrechen geschossen hatte. Er bevorzugte den Umgang mit Pfeil und Bogen, weil sich die lautlose Fernwaffe hervorragend zur Jagd im Schilfdickicht eignete. Ging ein Schuss fehl, wurde das Tier nicht gleich verjagt, und er bekam meist einen zweiten Versuch. Außerdem musste er kein anfälliges Pulver, keine schwere Muskete und kein Blei mitschleppen.

Tanguy stakte sein Boot aus dem Liebesversteck hinaus auf den kleinen Kanal, von denen es mehr als hundert in der weitläufigen, viele Meilen großen Brière gab. Schilfmeer, Moor, feste Inseln und Wasserwege wechselten einander ab und waren den Einwohnern – den Brièrones – Torfgrube, Jagdgebiet und Arbeitsstätte zugleich.

Tanguy steuerte die Barke gemächlich nach Hause.

*Gwenn ...*

Sie stammte aus Guérande und war die jüngste Tochter eines Salzbauern. Tanguy hatte es durch seine Tüchtigkeit geschafft, ihn davon zu überzeugen, dass er der Richtige für Gwenn war. Er und kein anderer.

Ein paar Vögel schwammen vor ihm davon. Er fuhr an Seerosen und treibenden Torfpolstern vorbei. Der Wind vertrieb den brackigen Geruch, der vor allem bei starker Hitze aufkam.

Er mochte das grüne, raschelnde Labyrinth, das etwas Verwunschenes besaß. Angst spürte er niemals, weder nachts noch tagsüber – auch wenn es unheimliche Legenden gab. Wie der Riese, der in der Brière hauste und nach den Lebenden rief. Wer ihm antwortete, so sagte man, war seines baldigen Todes sicher.

*Gehört habe ich ihn noch nie.*

Tanguy bewegte den Kahn mit routinierten Bewegungen. Leise plätscherte es, wenn das Holz eintauchte. Das Staken war eine Kunst für sich, und wer den Stab, die Pigouille, verlor, konnte mit dem Boot hilflos im Moor liegenbleiben.

*Ich hoffe, ich werde es auch niemals tun.*

Bald hatte er den Anlegesteg erreicht, von dem aus ein breiter Pfad ins Dorf führte. Auf ihm schleppten er und seine drei Brüder das geschnittene Schilf und verarbeiteten es in der Scheune weiter, um es als Dacheindeckung zu verkaufen. Das Reet der Brière versorgte die ganze Region.

Tanguy sprang hinaus, vertäute die Barke und nahm die Enten. Leise pfeifend eilte er den Weg entlang zum Weiler.

Kerhinet war nicht mehr als eine kleine Ansammlung von gedrungenen Granithäusern am Rand des Moors, mit Reetdächern und bunten Türen und Fensterrahmen, die blau, grün und weiß bemalt waren. Das Grau der Steine und der verwitterten Dächer unterstrich die Lebendigkeit der Farben.

Das Haus seiner Familie mit der angrenzenden Scheune lag im Mittelpunkt des Weilers. Von weitem sah er seine älteren Brüder in der Sonne schuften. Sie stapelten frisch gestochene Torfbarren aufeinander, damit die Wärme sie trocknete. Brennmaterial für den Winter.

»Hier«, rief er und schwenkte die Enten. Mit den Geschwistern sprach er ein Gemisch aus Bretonisch und Französisch. Meist jedoch verfielen sie gänzlich ins Bretonische, auch wenn ihre Mutter Wert darauf legte, dass sie beides beherrschten.

»Oha«, rief Gurvan und richtete sich auf. »Da kommt unser Abendessen.« Finger und Unterarme waren schwarz vom feuchten Torf. »Gut gemacht!«

»Dem Jäger gebührt aber noch mehr Ehre: Hol dir einen Eimer heißes Wasser und rupf sie«, steuerte Pierrick bei, der zwei Jahre älter war als Tanguy. Die Brüder ähnelten sich sehr. »Mit Federn mag ich sie nicht essen.«

»Oh, ich habe sie geschossen. Mehr muss ich heute nicht machen«, erwiderte er und kam näher. Er sah, dass seine Brüder nicht nur Torf gestochen, sondern auch einen dicken Stamm einer uralten Mooreiche aus dem Sumpf mitgebracht hatten. Wie alt diese Mortas waren, wusste keiner genau zu sagen. Das steinharte Holz eignete sich perfekt zum Schnitzen von Pfeifen. Pierrick vertrieb sich damit die Zeit und verdiente ein Zubrot für die Familie. Sie verkauften sich recht gut auf dem Markt.

Tanguy roch den Duft von gebackenen Galettes. Er kam eindeutig aus dem offenen Fenster ihres Hauses.

*Das passt mir gut! Lieben macht hungrig.*

Schon öffnete sich die Tür, und Mutter Mariette brachte eine Holzplatte, auf der sich ein Stapel der dünnen, weichen Fladen aus Buchweizenmehl türmte. Er war mit Honig übergossen, wie Tanguy sah; dazu reichte sie Gerstenkaffee aus einem verbeulten Kessel. »Ah, der Jägersmann ist zurück.«

Tanguy hob wieder die Enten. »Abendessen, Maman.«

»Sobald du sie gerupft hast, bekommst du was von den Galettes ab«, warf Pierrick rasch ein und begab sich an den Trog, um sich die Hände zu waschen.

»Falls dann noch welche übrig sind«, ergänzte Gurvan und schob sich Tanguy grinsend in den Weg. »Maman hat sie für uns gemacht.« Er zeigte ihm seine dreckigen Finger. »Harte körperliche Arbeit. Nicht wie du.«

»Es ist genug für alle«, beruhigte Mariette die Geschwister lachend. »Pierrick, geh und hol noch die Becher.« Sie stellte die Platte auf den Menhir neben dem Eingang. Er war schon immer da gewesen, seit sich Tanguy erinnern konnte.

Pierrick verschwand und kehrte rasch zurück. Die Angst, nicht genügend abzubekommen, trieb ihn an. Dann begann das Schmausen. Während Tanguy kaute, malte er mit einem Stückchen Kohle auf eine Baumrinde. Nach wenigen Strichen entstand ein Auge. Gwenns Auge.

»Schöne Enten.« Mariette strich über das Gefieder. »Daraus lässt sich bestimmt noch was machen.«

»Ein paar Federn brauche ich für meine Pfeile«, sagte Tanguy, legte die Kohle zur Seite und rollte sich eine Galette, biss ab und trank einen Schluck Kaffee. Sein bisher wundervoller Tag klang wundervoll aus. Er sah zur Morta. »Neue Pfeifen?«, fragte er Pierrick.

Sein Bruder nickte und schluckte. »Vorrat aufgebraucht«, erklärte er undeutlich und nahm sich bereits Nachschub. »Muss trocknen.«

Gurvan lachte und schwenkte sein Galetteröllchen. »Mon dieu! Da ist jemand besonders verfressen.« Dann schaute er an ihm vorbei auf die Straße, die durch den Weiler führte. »Sieh einer an: Wir haben Besuch.«

Tanguy glaubte zuerst, es sei eine List von Gurvan, um ihn abzulenken und an mehr Galettes zu kommen, doch am Gesicht der Mutter und Pierricks erkannte er, dass wirklich jemand dort stehen musste. Also wandte er sich auch um.

Ein Junge, nicht älter als dreizehn oder vierzehn Jahre, starrte auf den Berg aus Fladenkuchen, wie es Kinder gern taten, wenn es etwas Leckeres gab und sie nicht zu fragen wagten. Auffällig war seine Kleidung. Samtene Culottes in Weinrot, ein bestricktes Wams und ein weißes Rüschenhemd, Strümpfe und aufwendige Schnallenschuhe konnte sich kein normaler Arbeiter für seinen Sohn leisten. Dem Dreck an seinen Schuhen nach war er in der Brière umhergelaufen.

»Aus Kerhinet ist der nicht«, meinte Pierrick.

»Scharfsinnig, Bruder«, erwiderte Gurvan und handelte sich dafür einen Schlag auf den Oberarm ein. Lachend rieb er sich die Stelle. »Der kleine Seigneur ist seinem reichen Papa aus der Kutsche gefallen.«

Tanguy fand den Blick des Jungen merkwürdig. Das Gesicht würde ein Mädchen sicherlich als hübsch bezeichnen, woran auch das Muttermal unter dem linken Auge nichts änderte. Aber in dem Blick flackerte etwas natürlich Forderndes. *Der Bursche hat von Natur aus Mumm.*

»Hat einer gesehen, woher er kam?« Mariette schaute sich um.

Gurvan schüttelte den Kopf. »Nein. Er war plötzlich da. Wie aus dem Nichts.«

»Ein Moorgeist«, prustete Pierrick los – und bekam von seiner Mutter einen leichten Klaps mit der flachen Hand gegen den Hinterkopf.

»Sag so etwas nicht. Mit dem Moor macht man keine Späße!«, lautete ihre humorlose Anweisung.

Tanguy hätte beschwören können, dass der Knabe etwas Unheimliches besaß, auch wenn er es nicht zu ergründen vermochte. Die braunen Augen mit dem karamellfarbenen Ring um die Pupille verströmten Finsteres, die halblangen schwarzen Haare verliehen ihm etwas Wildes.

*Widerworte kennt der kleine Seigneur vermutlich nicht.*

»Bonjour«, sagte Tanguy höflich. »Wer bist du? Was machst du in Kerhinet?«

Der Junge stierte begierig auf die Galettes.

Mariette winkte. »Komm her, mein Kleiner. Wenn du Hunger hast, kannst du ihn hier loswerden.«

Gurvan und Pierrick stöhnten auf und sahen ihren eigenen Anteil in Gefahr.

Der Junge machte ein paar zögernde Schritte vorwärts, schnupperte wie ein Tier und kam näher. Tanguy dachte an einen streunenden Hund, der gelassen die Straßen entlangtrabte.

Die kleine Hand langte nach dem obersten Teigfladen – aber Gurvan schnappte sie und hielt das Gelenk fest. »Erst sagst du uns bonjour und danach deinen Namen, petit Seigneur«, verlangte er. »Die Galettes von Maman haben ein bisschen Freundlichkeit verdient.«

Tanguys Verwunderung nahm zu, als er sah, wie der Junge den Kopf langsam zu seinem Bruder drehte und seinen zwingenden Blick auf ihn richtete. Ohne ein Wort zu sagen, öffnete Gurvan die Finger.

*Mir hätte er das nicht durchgehen lassen!*

Der Junge riss ein Stückchen vom gebackenen, honiggetränkten Fladen ab und schob ihn langsam in den Mund, als wäre ihm die Speise nicht geheuer. Nach den ersten Kaubewegungen entspannte er sich, schluckte und riss sich noch mehr ab.

»Bravo!«, rief Mariette und lächelte breiter. »Es schmeckt dir!«

»Maman, du wirst bald eine Anstellung als Köchin in einem der Schlösser bekommen.« Pierrick wartete ungeduldig, bis er sich ein neues Röllchen drehen konnte. »Was schlecht wäre, weil wir dann auf dich und deine Kunst verzichten müssten.«

Tanguy betrachtete den Jungen genauer, der aß, als wären die Menschen um ihn herum gar nicht anwesend. Er sah sie nicht an, er redete nicht mit ihnen. »Wir haben deinen Namen noch nicht vernommen, petit Seigneur.«

Ohne darauf einzugehen, langte der Gast nach dem Becher, schüttete Gurvans falschen Kaffee ins Gras und ging zum Trog, um das Gefäß auszuschwenken, ehe er sich aus der eingefassten Quelle frisches Wasser einlaufen ließ. Hastig trank er, als hätte er schon lange dursten müssen.

»Allmählich reicht es mir!«, rief Gurvan, nachdem er sich von seiner Überraschung erholt hatte. »Dem versohle ich gleich den Hintern!«

»Sei leiser. Mag sein, dass er stumm ist.« Die Mutter gab ihren Becher an den maulenden Sohn weiter. »Wenn er nicht abgeholt wird, müssen wir ihn nach Guérande bringen. Er wird einer Jagdgesellschaft abhandengekommen sein.«

»Belohnung!«, brach es begeistert aus Pierrick hervor. »Très bien! Da lassen sich ein paar Livres machen.«

»Besser, wir liefern ihn ab, als dass der junge Seigneur in die Hände der Räuber fällt, die gerade einen Kaufmann bei Saint Nazaire überfallen haben.« Tanguy wagte es nicht, nach den Galettes zu greifen, was widersinnig war. Der Junge stellte keine Bedrohung da. *Es ist kein Moorgeist*, sagte er zu sich. Eine Legende von einem ertrunkenen Adelssohn kannte er nicht. Aber der Blick aus diesen Augen ...

Der schweigsame Junge kehrte zu ihnen zurück und aß im Stehen weiter. Vier Teigfladen später stieß er ein Rülpsen aus und schaute sich um. Als er die Enten sah, machte er zwei Schritte darauf zu und nahm sich die fetteste.

»Seigneur hin oder her!« Gurvan sprang auf die Beine. »Lass sie liegen! Jag dir selbst welche!« Er machte drohende Schritte auf ihn zu.

Der Knabe fixierte den viel größeren Mann, blieb unerschrocken stehen und legte die Hand mit dem Tier auf den Rücken, während er die Lippen leicht öffnete. Sie hörten es alle: Er knurrte drohend!

Verdutzt blieb Gurvan stehen. »Was tut er da? Ist er verrückt und hält sich für einen Hund?«

»Lass ihm die Ente«, sagte Tanguy. Er würde dem seltsamen Kind die Ente nicht entreißen wollen. »Ich schieße uns eine neue. Für heute Abend sind zwei ohnehin mehr als genug. Nach *dem* Berg Galettes.« Er sah zu, wie der ungebetene und sehr unhöfliche Gast auf die Straße zurückkehrte und Kerhinet entlangschlenderte; einige Bewohner blickten ihm neugierig hinterher.

»Schaut euch den an! Der petit Seigneur geht seine eigenen Wege.« Pierrick schien fassungslos.

»Hinterher«, befahl ihnen Mariette, als der Junge um die Kurve bog und vom Schilf verschluckt wurde. »Er kennt das Moor nicht. Bringt ihn sicher nach Guérande.« Sie nahm die beiden Enten. »Wenn ihr zurückkommt, habe ich einen Schmortopf fertig.«

Die drei Brüder schnappten sich ihre Mützen und rannten los. Doch als sie um die Biegung hetzten, fehlte von dem Jungen jede Spur.

Ansatzlos frischte der Wind auf und drehte. Es roch nach Atlantik.

Die Brière wogte vor ihnen heftig, Tanguy dachte an ein sturmgepeitschtes Meer. Schilf raschelte, und Nebel stieg am helllichten Tag trotz der Böen auf; das Moor gluckerte dumpf. Ein Vogel schrie auf eine unheimliche Weise, die allen drei Gänsehaut verursachte.

Tanguy sah auf den Dunst. Er verstand es als Zeichen und als

Warnung. Als wollte eine finstere Macht verhindern, dass sie dem Besucher folgten.

»Und wenn es doch ein Geist war?«, raunte Pierrick kehlig und bekreuzigte sich. Er schien ganz ähnliche Gedanken zu hegen.

Gurvan sah nach den feinen Nebelsäulen, die sich an vielen Stellen erhoben und vom Wind wieder nach unten gedrückt wurden. »Ein Wetterumschwung«, sagte er lahm. »Lasst uns kurz nach dem Knilch suchen, danach kehren wir zurück. Wir sind schließlich nicht seine Aufpasser.«

Angespannt machten sie ein paar Schritte auf den bekannten Pfaden durch den Sumpf, aber sie hörten und sahen nichts von dem Jungen. Es war, als hätte es ihn niemals gegeben.

Das Einzige, was sie fanden, war der abgebissene Kopf der Ente und ausgerissene, blutige Federn.

»Ob er sie gefressen hat?«, flüsterte Tanguy ungewollt.

Seine Brüder schwiegen lieber.

### Spätsommer 1781, Frankreich,<br>Süd-Bretagne, Stadt Guérande

Hört ihr das?«, rief Tanguy aufgeregt. »Sie spielen schon!« Er rückte an seinem Hut herum, als säße er schlecht. Dabei wusste er nur vor lauter Vorfreude nicht, wohin mit seinen Fingern.

*Gleich werde ich Gwenn wiedersehen!*

Er trug wie seine Brüder die Tracht der Bretagne mit weißem Hemd und dunklen Hosen.

Pierrick hatte seinen Binioù Kozh, den Dudelsack, dabei, Gurvan brachte die Bombarde mit zum Salzfest. Sie waren gute Musiker, die gerne in den Tavernen und in den Straßen zum Tanz aufspielten oder zum Singen aufforderten. Geld mussten sie gar keins verlangen, die Feiernden gaben es den Brüdern freiwillig.

Vor ihnen hoben sich die viele hundert Jahre alten Stadtmauern von Guérande ab, die von weitem über all die modernen Gebäude in ihrem Inneren hinwegtrogen. Die Stadt bildete den gewachsenen Mittelpunkt der Region. Das Salzherz. Tanguy kannte die weitläufigen Salzfelder zwischen Stadt und Atlantik, auf denen das Meerwasser stand und mit denen das kostbare Mineral sowie das seltene und teure *fleur de sel* gewonnen wurden. Sie waren auf dem Hinweg an etlichen der kleinen, flachen Weiher vorbeigekommen.

Tanguy fand, dass es eine Nacht zum Feiern war. Die Stadt hieß alle willkommen: Die Steine waren von Fackeln und Laternen einladend beleuchtet, die Tore standen weit wie zu einer Umarmung offen. Die Menschen strömten noch immer hinein, um auf den Plätzen und Flecken zu feiern. Zu gern wäre er bereits dort! *Bei ihr* ...

»Wir kommen schon noch rechtzeitig«, sagte Mariette mit einem wissenden Lächeln. Sie hatte das schwarze Kleid mit der weißen Spitzenschürze und der gewaltigen weißen Haube angelegt, wie sie es jedes Jahr tat. »Du wirst bald mit ihr tanzen können.«

»Ja, das kann er. Wenn du auch noch ein Instrument gelernt hättest, wären wir unschlagbar«, gab Pierrick zurück. »Dann machen wir mal auf uns aufmerksam!« Er pumpte den Dudelsack auf. Das leise Quäken der Bordunpfeifen ertönte. Er setzte die Lippen an das Mundstück und spielte los, Pierrick stimmte mit ein.

Bald gesellten sich Reisende hinzu, und sie zogen singend und klatschend durch das Stadttor ein. Die Ausgelassenheit war zu ansteckend.

Guérande platzte aus allen Nähten, die Mauern schienen die vielen Menschen nicht in sich fassen zu können. Die Arbeiter und Salzbauern hatten sich versammelt, um den vorläufigen Höhepunkt der Ernte zu feiern.

Tanguy staunte, obwohl er das Fest nicht zum ersten Mal erlebte. Der Duft von Gebratenem und Gesottenem ließ ihm das Wasser im Mund zusammenlaufen.

Die ersten Lieder drangen an ihre Ohren, zu denen in langen Menschenketten getanzt wurde. Jeder, der wollte, konnte sich einfach anhängen und mitmachen. Schon sah Tanguy einen ersten solchen Tanzwurm mit Gliedern aus Menschen, der sich durch das Getümmel wand, lang und länger wurde.

Gurvan und Pierrick legten zum Abschluss ihres Spiels einen fulminanten Fingerlauf hin, dann setzten sie strahlend die Instrumente ab und bekamen reichlich Applaus. Es gab Schulterklopfen, Küsschen und auch ein paar kleine Münzen als Lohn.

»Wo treffen wir uns mit den Martins?«, wollte Mariette wissen.

Tanguy deutete die kleine Gasse zur Rechten entlang, in der nicht ganz so viele Feiernde unterwegs waren. »Da hinein und dann zum Südtor. Da gibt es eine kleine Kneipe mit gutem Wein aus dem Bordeaux. Achtet auf eure Börsen. Die Menge bietet Dieben hervorragenden Schutz.« Er übernahm die Führung; seine Brüder flankierten die Mutter, um sie gegen die schlimmsten Drängler und Langfinger zu beschützen.

Tanguy ging voraus und winkte seiner Familie immer wieder, damit sie ihn nicht aus den Augen verlor. Als er sich nach vorne drehte, sah er plötzlich den Jungen, der ihnen die Galettes weggegessen hatte und tote Enten anscheinend roh zu verspeisen pflegte. Er trug die gleichen, dieses Mal sauberen Sachen wie bei ihrer ersten Begegnung und bog eben um eine Ecke.

*Also doch kein Moorgeist.*

Jetzt wollte er wissen, woher der merkwürdige, unheimliche Knabe stammte.

Er wandte sich wieder seinen Geschwistern zu. »Geht die Straße hoch, dann nach links«, brüllte er über die Köpfe der

Menschen hinweg. »Die Kneipe heißt *Pour l'âme.* Ich komme nach!« Und schon beschleunigte er seine Schritte, um den Anschluss an den Jungen nicht zu verlieren.

*Einmal entwischen genügt.*

Eine wilde, anstrengende Hatz entspann sich in den übervölkerten Gassen.

Für Tanguy war es, als renne er durch dichtes Unterholz. Er musste sich verbiegen, zwischen den Menschen hindurchwinden, er blieb mit seiner Jacke hängen, verlor mehrmals beinahe seinen Hut. In diesem Terrain war ihm der Junge klar überlegen, der wegen seiner geringeren Körpergröße und des schmaleren Wuchses einfacher vorwärtsgelangte.

Immer wieder sah Tanguy den schwarzen Schopf zwischen den Leibern und Ständen auftauchen und verschwinden. Der Schweiß brach ihm aus und rann in kleinen Bahnen den Rücken sowie die Stirn hinab. Mehr als ein böses Schimpfwort traf ihn bei seinem Drängeln und Rempeln.

Er hatte immer geglaubt, sich in Guérande auszukennen. Wer sich im Irrgarten der Brière zurechtfand, der sollte an den verwinkelten Mauern einer Stadt nicht scheitern. Aber bald kam ihm die Umgebung fremd vor.

Der Strom der Feiernden verebbte, die Häuser wurden größer und eindrucksvoller, wandelten sich zu Villen, vor deren Türen grobschlächtige Wächter standen.

*Wie wir es uns dachten: ein Kind von gutem Hause.*

Tanguy sah den Jungen die Stufen eines dieser kleinen Paläste hinauflaufen. Er schätzte, dass in einer solchen Villa das ganze Dörfchen Kerhinet samt der Tiere wohnen könnte. Das herrschaftliche dreistöckige Gebäude, in dem der Knabe verschwand, fiel weniger durch seine einfache Form als durch die Buntglasfenster auf, die ihm einen kirchenähnlichen Eindruck gaben. *Vermutlich wird es selbst bei schönstem Tageslicht nicht wirklich hell im Innern.*

Die beiden Männer in ungewöhnlichen schwarzen Livreen und mit kurzlockigen Weißhaarperücken auf den Köpfen unterbrachen ihr leises Gespräch. Sie verbeugten sich, und der Seigneur verschwand hinein.

Tanguy schlenderte die Straße entlang und betrachtete das Zuhause des Jungen. *Ich erzähle Pierrick und Gurvan lieber nicht, dass der Galettesvernichter in Guérande wohnt,* dachte er und blieb stehen, bevor er das Ende der Villa erreicht hatte. Er steckte die Hände in die Taschen seiner langen Hose. Culottes trugen nur Vornehme und Adlige. *Sonst sind sie imstande und sprechen vor, um sich die Verköstigung bezahlen zu lassen.*

Die Szene, die auf dem Fenster vor ihm mit dem Buntglas dargestellt war, brachte ihn zum Schaudern. Ein wolfsähnliches Wesen saß auf einem Thron, zu seinen Füßen krochen nackte Menschen und wurden von weiteren Wölfen verschlungen. *Ein Teil der Hölle?* Eine oder mehrere Kerzen mussten dahinter aufgestellt sein und brachten die Figuren zum Leuchten. Die Augen des Wesens auf dem Thron glitzerten diamantengleich kalt und grausam. *Wieso lässt man sich ...*

Die Tür öffnete sich.

Heraus trat ein älterer Mann, der von seinem Auftreten her Respekt einflößte, ohne dass er einen Ton sagen musste. Seine Züge, seine Augen besaßen etwas Hartes.

Die Wärter verneigten sich unverzüglich und vor allem viel tiefer als vor dem Jungen. Seine Weißhaarperücke war kunstvoller, üppiger und länger als die der Aufpasser. Um den hohen Kragen des weißen Hemds schlang sich ein gebundenes schwarzes Tuch mit einer funkelnden Brosche.

*Nicht mal der König könnte majestätischer wirken.* Tanguy hatte einen solchen Adligen noch niemals zu Gesicht bekommen, und er war von der Erscheinung zutiefst beeindruckt.

Der bulligere der beiden Wärter sah zu ihm und wandte sich um. Zwei Pistolen steckten im Gürtel, einen langen Knüppel hielt er in der Hand. »Verschwinde. Es gibt nichts zu gaffen!« Dabei machte er eine verscheuchende Bewegung. Er hatte auf Französisch gesprochen, nicht auf Bretonisch. Der Betonung nach musste er aus dem Süden stammen.

»Keine Sorge, mon Seigneur«, rief Tanguy freundlich zurück und bemühte sich, in sauberem Französisch zu antworten. Beinahe wären ihm bretonische Worte entschlüpft, und er räusperte sich, um es zu überspielen. »Ich wollte Euch nicht belästigen. Ich ziehe meiner Wege.«

Der Seigneur, der trotz des lauen Sommerabends eine schwere bestickte Jacke in Dunkelblau und schwarze Culottes trug, lachte auf, und seine Männer stimmten ein.

*Sie machen sich über mich lustig!* »Habe ich etwas Dummes gesagt, mon Seigneur?«, erkundigte Tanguy sich.

»Nein. Du *hast* etwas gesagt, mein Junge. *Das* war dumm«, kam die amüsierte Antwort des Adligen in geschliffenem Französisch.

Tanguy war klar, dass Widerworte fehl am Platz waren. Und dennoch ... »Ich weiß nicht, was Ihr meint, mon Seigneur.«

»Deine Sprache, Junge. Du klingst so bemüht, zu reden wie ein Franzose, aber deine Zunge stolpert über den Engländer in dir.«

Das war eine Beleidigung, wie Tanguy fand, auf die er aber nicht angemessen reagieren durfte. »Ich bin Bretone, so wie Ihr, mon Seigneur, aus dem Süden des Landes stammt. Aber wir sind alle Franzosen.«

Die Wärter machten zwei Schritte die Stufen hinab, hoben die Knüppel. Eine Abreibung als Lohn für die mutigen Widerworte stand kurz bevor.

Der Adlige hielt sie mit einem kurzen, scharfen Befehl zurück, als seien sie abgerichtete Hunde und keine Menschen. »Du bist ein halber Engländer, Junge, wie alle Bretonen. Finde dich damit ab.« Auf dem glattrasierten Gesicht zeigte sich Missmut. »Wenn der König mich fragen sollte, werde ich ihm empfehlen, das Land an die Briten zurückzugeben: das Meer zu rauh, die Menschen zu stur und die Musik zu furchtbar. Der Wein hilft mir zu vergessen, wo ich bin.«

»Warum geht Ihr nicht dahin, woher Ihr und Euer Sohn stammen?«, gab Tanguy zurück.

Der Mann zuckte zusammen, die Augen wurden zu schmalen Schlitzen.

»Wie redest du mit dem Comte de Morangiès?«, schrie der Bullige und lief die Stufen hinab. Jetzt wurde er nicht mehr von seinem Herrn zurückgepfiffen. »Verneige dich vor dem Marquis von Saint-Alban, Chevalier de Saint-Louis, Seigneur zahlreicher Pfarreien und einst erfolgreichen Lieutenant Général Seiner Majestät!« Bevor Tanguy etwas tun konnte, zuckte der Stock nieder und versetzte ihm einen schmerzhaften Hieb gegen den linken Oberarm. »Hast du nicht gehört, Bursche?«

Tanguy verbeugte sich hastig, wenn auch nicht ohne inneren Widerstand. Das Letzte, was er wollte, war ein Zwist mit einem Comte, der ihm das Salzfest und damit das Wiedersehen mit Gwenn verdarb.

De Morangiès trat an den oberen Treppenabsatz. Jetzt wirkte er misstrauisch, geradezu argwöhnisch-feindselig. »Wie lautet dein Name?«

»Tanguy Guivarch.«

»Woher weißt du von meinem Enkel?«

»Er war bei uns, mon Seigneur.«

»Lüge!«, rief der Comte, und der Wächter schlug sofort zu. Der Prügel knallte auf den Rücken, was Tanguy zum Aufstöhnen brachte. »Wage es nicht ...«

»Es war vor etwa einen Monat, mon Seigneur. Er kam allein nach Kerhinet«, erklärte er und spürte, wie der Schmerz langsam die Hitze verlor und zu einem dumpfen Pochen wurde. »Er hat bei uns Galettes gegessen. Galettes mit Honig. Er antwortete auf keine unserer Fragen und ging wieder. Aber er nahm sich eine meiner erlegten Wildenten mit.«

Der Comte warf dem Mann zu seiner Rechten einen langen, bösen Blick zu. »Sagtest du nicht, ihr hättet ihn zu keiner Zeit aus den Augen gelassen?«

»Der Bursche lügt, mon Seigneur!«

Tanguy wurde wütend und wollte etwas erwidern.

Aber der Comte war schneller. »Warum sollte er das?«

»Weil er ... sich wichtig machen will, mon Seigneur. Mag sein, dass er uns unterwegs mit dem Knaben gesehen hat, mon Seigneur, und jetzt versucht er, ein paar Livres mit der Geschichte zu ergaunern. Er will die Auslagen ersetzt haben und wittert Geschäfte.«

»Er war bei uns«, beteuerte Tanguy inständig und entsann sich der unschönen Einzelheiten. »Er hat den Kopf der Ente abgebissen und ihr die Federn ausgerissen.«

»Erfunden und erdichtet.« Der Wärter zeigte mit dem Stock auf ihn. »Er ist nicht zufällig vor Eurem Haus erschienen, mon Seigneur.«

»Unfug«, rief Tanguy aufgebracht. »Ich habe den Jungen vorhin in der Stadt gesehen und bin ihm bis hierher gefolgt, um ...«

»Was?«, brauste der Comte auf, packte den Diener an der Gurgel und hob ihn an, so dass er auf den Zehenspitzen stehen musste. Er besaß nicht nur unglaubliche Ausstrahlung, sondern auch unerwartet viel Kraft. »Ihr seid hier, damit er nicht unbemerkt verschwindet!«

»Ein Lügner, mon Seigneur«, krächzte der Mann mit Atemnot. »Er will sich wichtig machen. Ich schwöre, dass Euer Enkel nicht hinausgelangt ist!«

»Das ist ...«, setzte Tanguy zornig an und bekam wieder den Stock zu spüren, dieses Mal mit der stumpfen Spitze in den Bauch. Er hustete und sank auf das Kopfsteinpflaster.

Der Comte schleuderte den Livrierten mit einer beiläufigen

wie auch selbstverständlichen Bewegung zur Seite, als wäre er ein schmutziges Taschentuch, und damit die Treppe hinab. Kopfüber fiel er die Stufen hinunter und verlor dabei seinen Prügel. »Ich glaube dem Burschen«, gab er ihm zur Erklärung. »Das war der erste Teil deiner Strafe. Den zweiten erhältst du zu einer anderen Gelegenheit.« Er langte in die Tasche der Culottes und warf Tanguy ein paar Livres vor die Nase. Klingelnd und klirrend landeten sie vor ihm, hopsten und sprangen. »Das, Guivarch, ist für dich.« Er senkte die Stimme. »Dafür wirst du vergessen, dass mein Enkel bei euch war, oder es stets bestreiten, sollte dich jemand fragen. Höre ich anderes, komme ich nach Kerhinet.« Die graugrünen Augen blickten kalt und grausam. Keine noch so wortreiche Drohung hätte besser wirken können.

Umständlich erhob sich der Wärter und ächzte dabei, ergriff seinen Prügel und verbeugte sich in Richtung seines Herrn. Blut lief aus einer offenen Platzwunde auf der Wange und tropfte auf den Kragen.

Tanguy spürte, dass sein erstes Empfinden richtig gewesen war: Den Knaben aus Südfrankreich umgab ein Geheimnis. Er nickte und legte die rechte Hand auf den pochenden, schmerzenden Bauch.

De Morganiès wandte sich zum Eingang. »Damit du noch einen weiteren Anreiz hast, sowohl zu schweigen als auch zu leugnen, Guivarch, wirst du nun zusammengeschlagen werden. Merke dir die Qualen genau. Denn was *ich* mit dir mache, sollte ich in deinen Weiler reiten müssen, wird zehnmal mehr schmerzen, bevor du nichts mehr spüren wirst.« Er verschwand ins Haus.

Zehn Minuten danach lag Tanguy blutend in der Gosse. Jemand drückte ihm das Geld zwischen die Finger. Die Männer entfernten sich.

*Verflucht sollt ihr sein! Ihr alle!*

Warm liefen ihm Rotz und Blut aus der Nase, er hustete und

spuckte einen Backenzahn aus. Unbehende kroch er auf allen vieren bis zur nächsten Mauer und zog sich daran hoch. Alles drehte sich um ihm.

*Ich werde dich nicht vergessen, Comte de Morangiès,* versprach er stumm und taumelte vorwärts, tiefer in die Gassen und zurück in den Teil von Guérande, in dem sich das normale Volk aufhielt. An einem Brunnen wusch er sich einhändig das Blut aus dem Gesicht.

*Nein, vergessen kann ich das nicht!*

Er steckte das Geld sein, das ausreichte, um sich einen neuen Anzug zu kaufen. Die Jacke war verdreckt, Hemd und Hose voller Blut und eingerissen; den Hut hatten sie weggeworfen.

*So bekommt man also Gastfreundschaft entlohnt. Wenn ich deinen verzogenen Enkel das nächste Mal sehe, wird er sich danach lange an mich erinnern.*

Er wusch sich, so gut es ging, und versuchte, die schlimmsten Flecken aus dem Hemd zu entfernen.

*Und du, Comte, kannst mir einmal in einer dunklen Gasse alleine begegnen.*

An vielen Stellen durchnässt und mit einer gewaltigen Portion Wut auf den Adligen im Bauch machte er sich auf, seine Familie und Gwenn zu treffen.

Er kehrte in das Viertel von Guérande zurück, das seinesgleichen gehörte. Die Musik war von weitem hörbar, die ersten Feiernden erschienen auf den Gassen vor ihm. Doch noch konnten sie ihn mit ihrer Ausgelassenheit nicht anstecken. Sein Groll wurde nicht weniger. Die Schmach und die Ungerechtigkeit, die ihm widerfahren waren, verlangten schließlich nach Alkohol. Unterwegs kaufte Tanguy sich einen Weinschlauch an einem der Stände und trank ordentlich daraus, um die schlechten Gedanken zu vertreiben.

Er hatte den Mittelpunkt des Festes bald erreicht. Die laute Musik, die Fröhlichkeit und vor allem der Alkohol taten ihr

Übriges dazu, ihn die sinnlose Wut langsam vergessen zu lassen sowie die Schmerzen erträglicher zu machen. »Gwenn«, schwärmte er vor sich hin und betastete seine rechte Wange. Sie schwoll leicht an.

*Küssen kann ich heute vergessen.*

Endlich erreichte er das *Pour l'âme,* wo er von weitem mit großem Hallo und von nahem mit erschrockenen Rufen begrüßt wurde.

»Eine Rauferei. Ich musste die Ehre meiner Zukünftigen verteidigen«, sagte Tanguy ausweichend und setzte sich neben Gwenn, die ihn anstrahlte.

»Mein Held«, sprach Gwenn und gab ihm unter dem Beifall der beiden Familien einen sanften Kuss, der die Qualen davonzauberte.

Morgen war Zeit für die ganze Wahrheit, aber in den nächsten Stunden wollte er den Comte vergessen.

***

# KAPITEL II

Spätsommer 1781, Frankreich,
Süd-Bretagne, Stadt Guérande

Etwas Außergewöhnliches sollte in dieser Nacht geschehen. Belanglos und doch niemals da gewesen: Die Familie Guivarch würde *nicht* in ihrem kleinen Häuschen in Kerhinet schlafen. Sie nahm die Einladung von Gwenns Eltern an und wollte nach dem Salzfest bei den Martins unterkommen. Besonders Mariette hatte es eine große Überwindung gekostet, nicht in den Weiler zurückzukehren und das ungeplante Angebot anzunehmen. Doch die Familien verstanden sich sehr gut, wie der Abend im *Pour l'âme* bewies.

»Schau nur«, flüsterte Gwenn Tanguy ins Ohr. »Wie sie sich unterhalten. Über Gott und die Welt.«

»Ich freue mich, dass sie gut miteinander auskommen.« Aber er bedauerte, dass sie den zweifach anwesenden elterlichen Augen und Ohren nicht entkommen konnten, um sich mehr zu sagen. Ohne Worte, dafür mit Lippen und Berührungen.

Tanguy hatte einen Einfall. Er nahm Gwenns Hand und gähnte übertrieben laut. »Mesdames et messieurs, Maman«, rief er in die Runde. »Meine Wunden schmerzen. Gwenn und ich sind müde. Wir gehen schon mal vor ...«

Schallendes Gelächter von Gurvan und Pierrick verschluckte seine restlichen Worte, und er errötete. Die wahre Absicht des raschen Rückzugs ließ sich offenbar schwer verbergen. Die übrigen Vertreter der Familien Martin und Guivarch zeigten sich lächelnd und nachsichtig.

»Von mir aus, geht nur«, sagte Mariette und zwinkerte.

»Aber wahrt den Anstand bis zu einem gewissen Grad«, fügte Gwenns Vater hinzu, der es liebte, seine Worte mit sehr großen Gesten zu unterstützen, egal über was gesprochen wurde. »Noch seid ihr nicht verheiratet, verstanden?«

»Aber natürlich. Getrennte Betten, Monsieur«, versprach Tanguy flugs. *Aber nicht sehr weit voneinander.*

»Und nur einen Gutenachtkuss«, fügte seine Gemahlin hinzu, doch der schelmische Ausdruck auf ihrem Gesicht zeigte Tanguy, dass sie es nicht ganz so ernst mit dem Gebot nahm.

»Wir versprechen es«, sagte Gwenn fröhlich und erhob sich ebenfalls. »Wir sehen uns später.«

Die Verliebten eilten aus dem *Pour l'âme* hinaus auf die Straße, wo es noch immer laut und lebhaft zuging.

Kaum waren sie um die erste Biegung verschwunden, drückte Gwenn ihm mitten auf dem Weg einen langen, innigen Kuss auf die Lippen, den er stürmisch erwiderte. Das Verlangen und die Sehnsucht waren zu lange verborgen worden.

Sie löste sich von ihm, ihre hellgrünen Augen funkelten vor Freude. »Das war aber nicht der Gutenachtkuss«, betonte sie atemlos. »Von *dem* bekommst du nur einen. Und über die anderen schweigen wir.« Lachend nahm sie seine Hand und zog ihn mit sich.

*Ich habe die beste, schönste und liebste Frau der Welt.*

Tanguy folgte ihr. Die Schmerzen blieben wie durch Hexerei verschwunden. Das Glück machte es möglich und bestimmt ein bisschen auch der Wein.

Sie verließen Guérande und schritten eng umschlungen auf dem Weg nach Westen.

Es roch nach Meer, nach Blüten und nach Salz. Auf der Straße waren noch andere Nachtschwärmer zu sehen, die ihre Heimreise angetreten hatten. Laternen leuchteten in unterschiedlichen Abständen und machten die Menschen als Schemen sichtbar.

Gwenn hatte den Kopf in den Nacken gelegt und betrachtete die vielen Sterne weit über ihnen. »Wie schön sie sind.«

Tanguy zog ihr die Haube vom Kopf, woraufhin sich die langen blonden Haare über ihre Schultern ergossen. Tief atmete er den Duft ein, der sich mit dem des Salzes und der Blumen vermischte. »Kein Vergleich zu dir«, sagte er leise und spürte Ergriffenheit, als sie sich zu ihm drehte und ihm ein überraschtes Lächeln schenkte. Das silbrige Licht betonte die Ebenmäßigkeit ihrer Züge, entrückte sie. Fest sah er in ihre Augen. »Ich liebe dich, Gwenn Martin. Mehr als alles andere auf dieser Welt. Und ich werde nichts zwischen uns kommen lassen. Weder in diesem Leben noch im nächsten.« Er streichelte ihren Hals, fuhr durch die blonden Strähnen. »Das schwöre ich dir im Angesicht aller Sterne, die über uns schimmern.« Tanguy musste schlucken. So pathetisch hatte er überhaupt nicht sein wollen, doch es schien ihm angemessen.

Gwenn seufzte glücklich und schlang die Arme um seinen Hals, zog ihn zu sich und drückte ihn an sich. So verharrten sie lange und fühlten die Herzschläge des anderen.

Als ein vorbeilaufender Reisender eine anzügliche Bemerkung machte, trennten sie sich wieder. Die edlen Gefühle sollten nicht beschmutzt werden.

Sie rannten Hand in Hand die Straße hinab, bis Gwenn Tanguy nach rechts auf einen schmalen Pfad führte. »Hier entlang. Da sind wir schneller.«

Das dunkle Band schlängelte sich an den letzten, schwarz glitzernden Salzfeldern vorbei auf einen kleinen Wald zu, der Schutz vor neugierigen Blicken versprach. Perfekt für Liebende.

Ein Blick zeigte ihm: Niemand sonst nutzte diesen Weg. *Wir werden allein sein. Allein mit uns. Das wird spannend! Und aufregend!*

Durch weichen Sand ging es auf die Bäume zu. Immer wieder blieben sie stehen, um sich zu küssen. Voller Feuer und Begehren. Mehr als einmal streichelte er ihre Brüste, und ihre Hand wanderte über seinen Bauch hinab in den Schritt, um seine Erregung zu fühlen.

»Ich will dich«, flüsterte sie lockend. »Ich will dich so sehr! Schnell, in den Wald!«

Gwenn eilte los, und er rannte ihr nach, in die Ansammlung knorriger Eichen, die dem rauhen Atlantikwind seit vielen Jahren getrotzt hatten. Die Stämme waren dick, die Kronen ragten hoch hinaus. Die Blätter verdeckten die Gestirne und schufen liebliche Halbdunkelheit.

»Hab ich dich!« Er bekam ihre Hand zu fassen, und sie lachte laut auf. Er sah sie kaum, seine Augen mussten sich an die Finsternis erst gewöhnen. Aber Licht brauchten sie keines.

Sie schmiegte sich an ihn, öffnete das Hemd und bedeckte seinen Hals mit Küssen. Als er ihr Kleid lockerte und ihre Brüste freilegte, stöhnte sie auf. »Küss sie«, flüsterte sie verlangend. Die Lust machte ihre Stimme rauher.

Tanguy fuhr mit der Zungenspitze über ihre rechte Brust bis zu ihrer Brustwarze, umschloss sie mit den Lippen und sog daran, während seine andere Hand die linke Brust berührte und sie presste. Gwenn stieß einen leisen Erregungsschrei aus.

»Was war das?«, hörten sie unweit von sich eine tiefe Männerstimme alarmiert sagen.

Erschrocken hielten die Liebenden inne.

*Verdammt! Ich habe sie nicht bemerkt.*

Tanguy rauschte das Blut in den Ohren. Die Begierde hatte ihn blind und taub für seine Umgebung gemacht. Dabei standen sie gefährlich dicht am Weg. Leise richtete er sich auf, Gwenns Kleid raschelte. Sie bedeckte ihre Blöße. »Hinter den Baum«, wisperte er und nahm sie an der Hand. Sie schafften es, fast keine Geräusche zu verursachen.

»Ich habe nichts gehört«, sagte eine zweite, hellere Stimme.

»Da hat doch ein Weib aufgeheult«, beharrte der andere.

»Na und? Lass sie doch ficken. Uns geht es nichts an. Weiter!«, befahl der Mann mit der hellen Stimme. »Wir müssen noch mehr verdienen als die mickrigen Livres.«

Die Reisenden gingen dicht an Gwenn und Tanguy vorüber und waren wie sie ohne Laternen unterwegs. Er zählte sieben Schatten, die Musketen bei sich trugen; das metallische Klirren rührte von Säbeln und Degen her, die sie an den Gürteln befestigt hatten. Man konnte die Bewaffnung im schwachen Licht deutlich erkennen.

Es brauchte nicht viel, um eins und eins zusammenzuzählen. Tanguy erinnerte sich an die Räuber, die einen Kaufmann bei Saint Nazaire überfallen hatten. Die Stadt war nicht weit entfernt.

*Das Salzfest wird sie angelockt haben.*

Er legte Gwenn seinen Zeigefinger auf die Lippen und gab ihr zu verstehen, dass sie vollkommen ruhig sein musste.

*Sobald sie weg sind, muss ich nach Guérande und die Garde alarmieren.*

Das Klappern der Waffen entfernte sich zunehmend.

»Wenn ich aber auch ficken will?«, sagte der Mann plötzlich. »Sie ist ja schon gut geschmiert. Da kann ich gleich nachlegen.«

»Sei leiser!«, wurde er von einer dritten Stimme unterdrückt angeherrscht. »Merkst du nicht, wie weit die Stille deine Worte trägt?«

»Und wenn schon? Es wird ja wohl kein Regiment Soldaten im Gebüsch liegen und es sich besorgen. Was kann mir von einem Liebespaar schon blühen?« Der Mann mit der dunklen Stimme lachte auf, Äste knackten. Die schweren Schritte näherten sich ihrem Versteck.

Tanguys Herz schlug noch schneller. Der Mann kehrte zurück.

»Es muss hier irgendwo gewesen sein …« Er schnupperte laut. »Wo seid ihr?«, flötete er. »Ich kann deine heiße Möse riechen, Liebchen!«

»Malo, komm jetzt, verflucht! Wegen dir verpassen wir fette Beute«, wurde er harsch zurückbeordert. »Ich habe gesehen, wie ein ganzer Haufen besoffener Weinhändler aufgebrochen ist. Sie müssen bald auf der Straße durchkommen.«

Tanguy fühlte die Nähe des Räubers.

*Er ist nicht mehr als einen halben Schritt entfernt.*

Er wusste nicht, was er tun sollte. Vernunft und Mannhaftigkeit rangen miteinander. Es war die Einsicht, die ihm sagte, dass er gegen sieben bewaffnete Wegelagerer keine Chance hatte, schon gar nicht mit seinem Messer. Das geschwisterliche Raufen mit Gurvan und Pierrick verlieh ihm nicht die Fähigkeit, sich mit Männern zu messen, die ihren Unterhalt mit Plündern und Morden bestritten.

Gwenn drückte seine Hand, die Finger zitterten vor Furcht.

»Malo?«

Der Räuber antwortete nicht.

*Wo ist er hin?*

Leise zog Tanguy das Messer und hielt sich bereit.

Plötzlich krachte es laut. Das blitzende Mündungsfeuer der Pistole erhellte die Umgebung, und Gwenn schrie vor Schreck laut auf.

»Ha! Da sind die Täubchen!« Malo stand rechts von ihnen, zwei Schritte entfernt, und lachte widerlich. Die Dunkelheit kehrte so rasch in den Eichenhain zurück, wie sie gegangen war. Aber der Mann wusste nun, wo sie sich verbargen.

»Lauf!«, stieß Tanguy hervor und rannte los, zerrte seine Geliebte hinter sich her.

»Nicht aus dem Wald«, keuchte sie. »Auf dem Weg sind wir leicht zu sehen. Wir müssen uns verstecken!«

Das war leichter gesagt als getan. Viel Buschwerk gab es nicht, die Stämme waren mehr oder weniger der einzige Schutz. Aber da der Räuber ihnen dicht auf den Fersen war, durften sie nicht ans Verbergen denken. Allein die Flucht bedeutete Rettung.

»Du dämlicher Hundsfott!«, hörten sie die helle Stimme aus weiter Entfernung rufen. »Du bekommst keinen Anteil!«

»Den hole ich mir woanders«, knurrte Malo. »Bei der Kleinen hier. Er wird süßer sein als sonst!«

Tanguy ahnte, dass ihr Verfolger zu schnell für sie war. In dem langen Kleid konnte Gwenn nicht so rennen, wie es nötig war. Daher blieb er an einer lichtdurchfluteten Stelle stehen, um den Widersacher besser erkennen zu können, und ließ ihre Hand los. »Renn weiter! Raus auf den Weg und zurück zur Straße!«, wies er sie an und reckte das Messer gegen den anstürmenden Gegner. Er sah ihr an, dass sie widersprechen wollte. »Lauf, um Himmels willen! Wir sehen uns später.« Sie hetzte davon.

Malo blieb vor ihm stehen. Er war einen Kopf größer als Tanguy und ein Bär von einem Mann. »Soso. Du bist dir sicher, ihr Möschen noch mal kosten zu dürfen?« Ein dichter schwarzer Bart ließ sein Gesicht noch bösartiger wirken. »Wenn sie es mit einem echten Mann getrieben hat«, er pochte sich gegen die breite Brust, »wird sie einen Hänfling nicht mehr in sich reinlassen wollen.« Das fleckige Licht verlieh Malo etwas Unwirkliches. Der abgetragene Dreispitz auf seinem Kopf hatte einst einem Soldaten gehört. Die Kleidung war ein wüstes Sammelsurium, vermutlich bestehend aus den Sachen derer, die er ausgeraubt hatte. Er blieb stehen, hob die Muskete und legte locker an, spannte den Hahn. »Was willst du mit dem Messer, Idiot?«

Tanguy schluckte, aber die Spucke wollte nicht rutschen. »Mit dir kämpfen!«

»Warum sollte ich das tun? Ich habe eine Muskete.« Malo zielte lachend auf seinen Kopf.

Tanguy ließ sich fallen, gleichzeitig krachte der Schuss. Die Kugel sirrte an ihm vorbei und bohrte sich in den Stamm neben ihm, riss Rinde ab. Er rollte sich über die Schulter nach vorne, durch den wabernden Pulverdampf, und stach mit dem Messer zu.

Die spitze Klinge jagte dem verdutzten Räuber durch den Oberschenkel. Aufschreiend zog er das Knie hoch und traf Tanguy an der Stirn. Benommen fiel dieser auf den Hosenboden.

»Du ...« Malo drosch mit dem Musketenlauf nach ihm. »Ich erschlag dich!«

Unwillkürlich drehte sich Tanguy zur Seite und hieb mit der Faust gegen den Griff des Messers, das noch immer im Bein des Räubers steckte. Voller Wucht schnitt es sich durch das Fleisch und fiel auf den Waldboden.

Jetzt brüllte Malo und strauchelte, die breiten Prankenhände um das lose Fleisch geklammert. Das Rot sprudelte nur so zwischen den Fingern hervor. »Du Hundeficker!«, kreischte er und langte mit einer Hand nach dem Griff seiner Pistole. Er zog die Waffe und richtete sie an Tanguy vorbei scheinbar ins Nichts. »Ich knall das Möschen ab, dann hast du auch nichts von ihr.«

Ohne nachzudenken, warf sich Tanguy auf den Mann und drückte den Arm mit der Waffe zur Seite.

Der Schuss löste sich neben seinem Ohr. Es fiepte augenblicklich, ein stechender Schmerz zuckte durch das geschundene Gehör, dann vernahm er auf der rechten Seite nichts mehr. Der Knall hatte ihn taub gemacht!

Malos blutige Hand schloss sich um seine Kehle. »Beschissener Hundeficker!«

Tanguy wurde herumgeschleudert und gegen die weiche Erde gedrückt. Er roch das Laub, die nach Pilzen duftende Feuchtigkeit; dann spürte er das Gewicht des Räubers auf seinem Rücken und bekam einen Schlag gegen den Kopf.

»Du hast mir meinen Fick versaut. Das überlebst du nicht!«

Tanguy rang nach Luft und atmete Dreck mit ein, musste husten und drohte zu ersticken, während Malo dröhnend zu lachen begann.

*Ich muss Gwenn beschützen!*

Furcht und Sorge verliehen ihm übermenschliche Kräfte.

Er bäumte sich auf, schlug um sich und bekam die Beinwunde zu fassen. Mit den Fingern langte er hinein und riss am angeschnittenen Hautlappen.

Malo brüllte wieder und rutschte nach hinten. »Lass los!«

Aber Tanguy zerrte und bohrte wie ein Wolf an seinem Opfer, klammerte und hielt den Gegner fest. Das Gewebe riss, öffnete sich weiter. Der Lebenssaft rann wie aus einem geöffneten Schlauch heraus. Er wusste, dass Malo daran verbluten würde.

*Du wirst meiner Frau nichts mehr antun*, dachte er mit grimmiger Erleichterung. Dass mit dem Pistolengriff brutal auf ihn eingeschlagen wurde, spürte er kaum. Er konzentrierte sich einzig darauf, den Räuber nicht freizugeben.

»Stirb endlich!« Malo biss ihm in den Hals, spie einen Brocken Fleisch aus – dann sank er nach hinten und blieb liegen. Der Blutverlust hatte ihn ohnmächtig werden lassen.

*Ich habe es geschafft!*

Tanguy war zu benommen, um sich zu rühren. Sein Hals brannte, fühlte sich heiß an. Zwei Kämpfe in einer Nacht kosteten ihn enorme Kraft.

*Die Zeit müsste Gwenn gereicht haben.*

»Hier! Hier drüben liegen zwei!«, hallte der Ruf.

Das Trampeln vieler Schritte näherte sich. Er sah Stiefel um sich herum stehen, die im Mondlicht grau und schwarz wirkten.

»Merde!«, sagte die helle Stimme, die er nur auf einem Ohr deutlich vernahm. »Er hat Malo umgebracht.«

»Was für eine Schweinerei«, meinte eine zweite Stimme, die durchaus einer Frau gehören konnte. »Er hat ihm die Beinader mit den Fingern herausgerissen.«

Tanguy wurde von einem Absatz auf den Rücken gedreht. Über ihm schwebten zwei Gesichter, von denen er nur die Kinnpartien und Lippen erkannte; die Schatten der Hüte verdeckten den Rest. Einer trug einen dünnen Flaum, der andere ein kurzes braunes Knebelbärtchen.

»Ziemlich jung. Und mutig«, befand der Flaum ohne Groll. »Er hat seine Kleine vor Malo schützen wollen.«

»Hat er auch geschafft. Gut für die Kleine.« Der Knebelbart langte an die Seite, ein leises Schleifen erklang. »Aber sie wird um ihren Retter trauern müssen. Ein Leben für ein Leben.«

Tanguy sah die lange, schmale Klinge eines Rapiers, die sich auf sein Herz richtete und im Licht des Mondes schimmerte. *Gott, rette mich! Ich bin nicht bereit!*

»Nein«, stammelte er flehend. »Bitte. Ich musste ...«

»Ich weiß, Kleiner«, unterbrach ihn der Flaum. »Ich verstehe, was du getan hast. Das würde ich für meine Frau auch tun.«

»Sei stolz! Malo war ein Tier. Er hat von sich selbst stets behauptet, dass sein Vater ein Bär gewesen sei. Du hast ihr viel erspart.« Der Knebelbart klang gleichmütig. »Aber es bleibt dabei: Ein Leben für ein Leben.« Der Arm bewegte sich abrupt nach unten.

Tanguys Worte drangen nicht mehr über seine Lippen. Der glühende Stich durch sein Herz wirkte lähmend und raubte ihm die letzte Kraft. Aus seinem erneuten Bitten wurde ein langgezogenes Stöhnen, das ihm fremd erschien, als käme es von einer anderen Person. Es wurde leiser, gleichzeitig schien es dunkler im Wald zu werden.

*Gnädiger Gott, ich sterbe!*

Tanguy wollte schreien und um sich schlagen, um den Tod in die Flucht zu treiben, der nach ihm griff.

*Nein! Ich will nicht sterben! Zum Teufel mit dir, Gevatter!*

Der Flaum und der Knebelbart versanken in Schwärze, wurden von einem finsteren Meer verschlungen.

*Gwenn! Ich will zu Gwenn, koste es, was es wolle!*

Kälte kroch in ihn. Die Geräusche des Waldes und der Männer um ihn herum verstummten. Tanguy spürte seinen Leib nicht mehr. Nur seine Gedanken waren übrig geblieben, die im Nichts zu schweben schienen. Den unheiligen Schwur zu formen fiel ihm schwer.

*Gott und Teufel, hört mich an: Koste es, was es wolle ....*

### Spätsommer 1781, Frankreich,
### Süd-Bretagne, nahe Kerhinet (Pays noir)

Tanguys Leiche war am frühen Nachmittag nach Hause gebracht worden.

Die Trauernden hatten sich in der Stube versammelt. Gwenn saß rechts vom offenen Sarg und blickte zu Boden, die Augen rot und verquollen vom vielen Weinen. Neben ihr verharrte Mariette, auch sie war von Gram gebeugt. Sie klagte leise vor sich hin und wischte sich den unaufhörlichen Tränenstrom von den Wangen.

Pierrick hatte sich mit seinem Binioù Kozh neben dem Kopfende aufgestellt und spielte eine bretonische Weise. Gurvan hielt den Rosenkranz in den Händen und betete lautlos das Ave-Maria und Vaterunser. Die traurige Weise aus den Pfeifen des Dudelsacks schwebte durch Kerhinet.

Die Sonne zog über die Brière hinweg und sank dem Moor entgegen, während die Abendvögel zu ihrem leisen Konzert ansetzten, als wollten auch sie Tanguy das letzte Geleit geben und seine Seele ins Jenseits singen.

Schon den ganzen Nachmittag über traten Freunde und Verwandte herein und erwiesen dem jungen Mann die letzte Ehre. Sie legten Blumen in den Sarg, drückten die Hände der Brüder, der Mutter und seiner Verlobten.

*Es ist meine Schuld.*

Dieser Satz hämmerte in Gwenns Verstand, seit sie auf Tanguys Drängen hin aus dem Wald gelaufen war.

*Ich wollte die Abkürzung nehmen. Ich, nicht er.*

Sie musste den Kopf drehen und nach dem Leichnam sehen.

Der Anblick seines zertrümmerten Gesichts bereitete ihr seelisches Leid. Die Räuber hatten ihn mit furchtbaren Schlägen eingedeckt, ihm gar ein Stück aus dem Hals herausgebissen. Erstochen, durchs Herz. Der Arzt, der Tanguys Leichnam halbwegs ansehnlich gemacht hatte, hatte gesagt, dass ihm solche Grausamkeit noch nie untergekommen sei.

*Ich habe meine Liebe in den Tod geführt.*

Sie streckte die Hand langsam aus und berührte seinen rechten Arm. »Dafür komme ich in die Hölle«, schluchzte sie.

Gurvan sah auf. »Nein. Andere kommen dafür in die Hölle. Ihr werdet im Himmel zueinanderfinden«, sagte er langsam. »Er starb als Held und bleibt Guérande als Held in Erinnerung, nicht als einfacher Schilfbauer.«

»Was bringt ihm das?«, erwiderte sie mit erstickter Stimme. »Ich will ihn an meiner Seite. Als Lebendigen, nicht als einen Toten!« Sie spürte heißes Brennen in den Augen. Tränen hatte sie längst keine mehr.

Pierrick beendete die rührende Melodie und setzte den Binioù Kozh ab. »Wir vermissen ihn alle sehr. Jeder spürt einen anderen Schmerz. Bruder, Sohn und Frau.« Er stellte das Instrument neben den Sarg. »Aber nichts wird ihn ersetzen können.«

Für Gwenn bedeuteten die Worte eine verborgene Anklage gegen sie. »Ich weiß es doch«, stöhnte sie verzweifelt auf. »Hätte ich diesem verdammten Verbrecher doch meinen Leib hingegeben!« Sie barg ihr Gesicht in den Händen.

Zu ihrem eigenen Erstaunen spürte sie Mariettes Hand auf ihrem Rücken. »Dann hätte ich keinen Sohn und keine Schwiegertochter mehr«, meinte sie. »Eure Leichen lägen irgendwo im Hain, als Fressen für die Tiere. Oder sie hätten euch ins Moor geworfen. Ich trauere sehr um meinen Jüngsten, und zugleich bin ich stolz auf ihn.« Sie legte einen Arm um Gwenn und zog sie zu sich.

Sosehr es der jungen Frau Erleichterung verschaffte, keinen Hass der Familie Guivarch zu spüren, konnte es kein wahrer Trost für sie sein. Sie würde keinen anderen Mann mehr in ihrem Leben lieben können. Sie hatte das Beste gekostet; alles andere würde fade schmecken.

*Er fehlt. Jetzt und für alle Zeit.*

Gwenn würde sich ihre Schuld niemals verzeihen. So gern sie an Gurvans Worte geglaubt hätte, ihren Tanguy im Paradies zu treffen, fürchtete sie doch, dass sie nach ihrem eigenen Ableben irgendwann wieder auf Malo stoßen würde. In der Hölle.

Die Verzweiflung sprang sie erneut an, klammerte sich um ihren Hals und drückte zu. Im Zimmer kam es ihr unglaublich stickig vor. Es schien ihr, als ginge von dem Toten ein stechender Geruch aus.

»Ich muss an die frische Luft«, sagte sie, und Mariette ließ sie ziehen. An den wartenden Trauergästen hastete sie vorbei, trat in das dunkelgelbe Licht der sterbenden Sonne und lief los.

Ihre Schritte führten sie auf den Pfad, hinab zur Anlegestelle, wo sie sich auf den Steg setzte.

Die Knie angewinkelt, schloss Gwenn die Lider und lauschte auf das Rauschen des Schilfs, auf das gelegentliche Plätschern und Glucksen des trägen Wassers.

*Er hat die Brière so geliebt.*

Die Gedanken an Tanguy wurden freundlicher. Schöne Momente tauchten auf, die sie gleichermaßen rührten und erfreuten. Sie sah sein lachendes Gesicht an jenem Morgen im Schilf vor sich, nach dem wundervollen leidenschaftlichen Liebesspiel – doch die Züge wurden abrupt von einer unsichtbaren Gewalt zusammengedrückt. Seine Augen brachen. Die Melancholie und die Vorwürfe kehrten mit Macht zu ihr zurück. Gedanken an eine gemeinsame Zukunft konnte sie sich ersparen. Was sich gestern noch in greifbarer Nähe befunden hatte, ein Leben ohne Heimlichkeit, Zweisamkeit jeden Tag, Wärme und Geborgenheit, war ihr entrissen worden. *All unsere Pläne werden mit ihm zu Grabe getragen.*

Der Wind nahm zu, das Rascheln der Halme und Blätter wurde lauter.

Ihr schien es, als rufe die Brière nach ihr.

*Da ich ohnehin in die Hölle komme, kann ich mir gleich das Leben nehmen.*

Gwenns Verzweiflung drückte dumpf gegen die Brust, schnürte sie gleich einem Eisenband ein, das von einer Schraube eng und enger gezogen wurde.

*Was soll ich ohne ihn hier? Der Sumpf wird mich aufnehmen.*

Noch spürte sie inneren Widerstand gegen ihr Vorhaben. Als gäbe es doch einen Grund, auf Erden zu bleiben, der sich ihr im Augenblick nicht erschloss.

»Es tut mir leid«, sagte eine Jungenstimme plötzlich in feinstem Französisch hinter ihr.

Gwenn schrak zusammen und wäre beinahe ins Wasser gestürzt. Sie sah über die Schulter und erkannte den Knaben, von dem die Guivarchs am Abend zuvor noch berichtet hatten.

*Der galettesverschlingende Entenköpfer!*

Sie war überrascht von seinem Auftauchen.

*Rätselhaft wie schon zuvor.*

Das Holz des Stegs knarrte gewöhnlich unter dem geringsten Druck, sogar unter ihrem Gewicht. Aber nicht bei ihm. »Was tut dir leid?«

»Dass mein Großvater ihn schlagen ließ.« Er kam unsicher auf sie zu und setzte sich neben sie, als wäre sie seine Vertraute. Feinste schwarze Seidenculottes, Strümpfe, Hemd und Jacke mussten ein Vermögen gekostet haben. »Das wollte ich nicht.«

Gwenn verstand die Erklärung nicht. »Du meinst die Blessuren?« Er nickte. »Aber Tanguy sagte, er hätte sich wegen meiner Ehre geprügelt.« Sie bemühte sich, nicht ins Bretonische zu verfallen, weil sie davon ausging, dass er es nicht verstehen würde.

»Kann sein. Aber zuerst haben ihn Louis und Alphonse gezüchtigt.« Er zog die Nase hoch. »Die Galettes waren sehr lecker. So gute macht Großvaters Köchin nicht.«

»Wer ist denn dein Großvater, petit Seigneur?« Gwenn fand den Jungen ungewöhnlich. Wenn sein Auftauchen ein Zeichen sein sollte, wusste sie es nicht zu deuten. Sie unterdrückte ihre Ungeduld mit ihm. Er benahm sich zu gleichgültig und sprang zwischen den Themen, als rührte ihn Tanguys Tod nicht; doch in den braunen Augen erkannte sie Traurigkeit und Bedauern.

»Der Comte de Morangiès«, sagte er gelangweilt.

»Ihr seid nicht aus Guérande, oder?«

»Wir stammen aus der Auvergne. Kennst du das Gévaudan?«

Gwenn horchte auf. »Ging da nicht vor Jahren eine Bestie um?« Es war überall davon berichtet worden. »Ein Wolf, so sagte man.«

»Ja. Aber das war, als ich noch gar nicht geboren war. Mein Großvater half, die Bestie zu jagen. Sie hat über einhundertfünfzig Menschen gerissen«, erzählte der Junge mit bewundernswerter Gelassenheit. »Gerissen und gefressen wie dumme Schafe und nochmals hundert schwer verletzt.« Er richtete die braunen Augen auf sie. »Gibt es wieder Galettes?«

»Nein. Ich denke, dass Maman Mariette heute nichts backen wird, petit Seigneur«, erwiderte Gwenn und musste schlucken. »Ihr Sohn Tanguy ist gestern von Räubern ermordet worden. Wir ...« Ihre Stimme brach.

»Ah. *Er* ist der Held, von dem man in Guérande spricht.« Er lächelte. »Dich hat er also vor dem Tod bewahrt.« Er legte sich auf den Steg und verschränkte die Arme hinter dem Kopf; die Füße baumelten über dem Wasser. »Wenn ich mal sterbe, dann möchte ich auch ein Held sein. Das hat er mir schon mal voraus.«

Gwenn wurde der Junge immer undurchschaubarer. *Was möchte er von mir?* Das wollte sie herausfinden. Jedenfalls lenkte er sie von den tristen Selbstmordgedanken ab. Noch wusste sie nicht, ob sie das gut finden sollte. »Deinen Namen hast du noch gar nicht gesagt.«

»Jean-François-Charles der Zweite. Und du bist Gwenn.« Seine Blicke verfolgten die rasch ziehenden Wolken. »Du kannst Jean zu mir sagen. Ich brauche die ganzen Titel nicht.« Er atmete aus. »Keine Galettes. Das ist sehr schade.«

*Ein merkwürdiger Junge.* Sie ließ sich ebenfalls auf den Rücken sinken. Das Holz war noch angenehm warm. »Was hat dich zu mir getrieben, petit Seigneur?«

»Ich wollte es einfach, um dir Gesellschaft zu leisten. Ich bin auch traurig, weißt du?«

Nebeneinander lagen sie da und betrachteten den sich immer mehr verdunkelnden Himmel.

Gwenn wünschte sich, dass es Tanguy wäre und nicht ein Junge, der neben ihr ruhte. Früher hatte sie mit ihrem Geliebten oft so dagelegen und der Dämmerung zugeschaut, wie sie die Oberhand über den Tag gewann. Unaufhaltsam. Sie verlor sich in Erinnerungen und vergaß Jean.

Zeit verstrich. Die Sonne war gegangen, der bleiche, runde Mond sowie die ersten Sterne zeigten sich immer deutlicher am Firmament und gewannen an Strahlkraft. Das Licht veränderte sich, tauchte die Welt in Schatten. Die Brise ließ das Schilf nach wie vor laut rascheln.

»Vollmond!« Jeans begeisterter Ruf ließ sie zusammenzucken. Sein rechter Arm schnellte in die Höhe und zeigte auf die Silberscheibe. »Hüte dich vor ihm. Er weckt das Böse in den Leuten.« Dann schnupperte er vernehmlich. »Du riechst wie eine Schwangere«, sagte er ansatzlos zu ihr.

»Bitte?« Gwenn drehte verblüfft den Kopf. Sie fand seinen Blick und bemerkte den karamellfarbenen Ring um die Pupillen, der hypnotische Macht besaß.

»Ich habe eine sehr feine Nase. Die Menschen riechen stark. Was nicht immer schön ist«, erläuterte er mit Selbstverständlichkeit. »Alte Menschen vor allem. Ihnen haftet etwas an, was mich abstößt.« Er nickte ihr zu. »Du riechst wie eine Schwangere, Gwenn. Dein Körper hat sich verändert, auch wenn du es noch nicht spürst.« Er schenkte ihr ein Lächeln, und es wirkte ehrlich. »Dein Held hat dir ein Vermächtnis hinterlassen.« Er stand auf. »Ich muss zurück. Dieses Mal wird es keine Lügengeschichte geben, mit der sich Louis und Alphonse vor dem Zorn meines Großvaters retten können. Und seine Strafe wird ihnen mehr als Prügel einbringen. Das haben sie verdient.« Er lief den Steg entlang.

Gwenn erhob sich verdutzt. »Jean!«

*Ich habe vergessen zu fragen, warum sie Tanguy zusammengeschlagen haben!*

»Jean, warte!« Sie folgte ihm.

Es wunderte sie nicht, als sie ihn nach wenigen Schritten aus den Augen verloren hatte. Der Vorsprung war zu groß.

*Das Verschwinden scheint eine seiner Gepflogenheiten zu sein.*

Sie kehrte zum Haus der Guivarchs zurück, wo Pierrick wieder auf dem Binioù Kozh spielte und zwei Sänger begleitete. Maman Mariette stand in der Küche und verteilte eine stärkende Suppe an die Trauergäste, die von weither angereist waren. Sie würden bald wieder aufbrechen.

Gwenn half ihr, dachte dabei aber immer noch an Jeans Worte.

*Sollte ich wirklich schwanger sein?*

Die Vorstellung, dass ein Stück von Tanguy auf diese Weise bei ihr geblieben war, gab ihrem Leben wenigstens einen Sinn und eine schöne Verantwortung. Sie fürchtete sich nicht davor, ein Kind auszutragen. Es bedeutete keine Schande für sie. Mariette würde sich freuen, auch Gurvan und Pierrick.

*Onkel Gurvan und Onkel Pierrick.*

Gwenn lächelte still. Der Nachkomme eines Helden reifte in ihr – falls der seltsame Jean keinen Unsinn geredet hatte. Jetzt wusste sie sein Auftauchen zu deuten: der Bote einer frohen Kunde trotz der schweren Stunden, die sie durchmachte.

Unbewusst strich sie über ihren flachen Bauch.

*Wie kann der Junge das riechen?*

Zwar war ihre Blutung ausgeblieben, aber das konnte auch von der schweren Arbeit herrühren, die sie in den letzten Wochen verrichtet hatte. Das geschah gelegentlich bei ihr, wenn sie sich zu sehr anstrengte.

Gwenn goss sich einen Schluck Wasser ein und trank. In ihr tobte eine nie gekannte Zerrissenheit. Auch wenn Jean sich geirrt haben sollte, fand sie den Gedanken an ein Kind von Tanguy einerseits derart schön, dass es um ihr Herz leichter wurde. Aber die Vorstellung, dass dieses Kind niemals seinen großartigen Vater kennenlernen würde, machte die Trauer andererseits nur noch stärker.

*Ich werde dem Kind die gleiche Liebe geben, wie ich sie für dich empfunden habe, Tanguy.*

Nach und nach gingen die letzten Gäste. Die Traurigkeit blieb in den Wänden des Hauses Guivarch zurück.

Die Brüder, Mutter und Gwenn versammelten sich wieder am Sarg und beteten leise den Rosenkranz. Die Totenwache hatte begonnen. Die Kerzen brannten nieder, Zeit verstrich, und die Nacht vor den Fenstern wurde finsterer – bis der volle Mond sich den Weg durch die Wolken bahnte.

Das helle Licht fiel durch das Fenster auf die Männer und Frauen. Und auf den Sarg mit dem Toten.

Gwenn dachte an Jeans warnende Worte.

*Sollte ich mich nicht vor dem Vollmond hüten?*

Sie erhob sich und zog die Vorhänge zu, bevor sie an ihren Platz zurückkehrte.

Irgendwann hob Gurvan den Kopf. »Flieg davon, Seele meines Bruders. Über das Moor, hinauf in den Himmel ins Paradies. Sieh auf uns herab und schütze uns.«

»Amen«, murmelten die anderen.

»Mögen diejenigen, die dir das angetan haben, zur Hölle fahren«, sagte Pierrick mit Inbrunst und weitaus weniger christlich. »Der Teufel soll ihre Seelen fressen und ausscheißen, sie kochen und in heißem Fett braten! Ich wünsche ihnen Qualen! *Unendliche* Qualen!«

Auch hierauf antworteten alle mit »Amen«.

Dann senkte sich Stille auf den Raum herab; nur das Zirpen der Grillen drang gedämpft herein.

»Ich mache uns einen Gerstenkaffee«, verkündete Mariette und stand auf. »Er wird uns mit seiner Wärme durch die Nacht bringen.«

»Gibt es Neuigkeiten zum Verbleib der Verbrecher?« Gwenn nahm einen Span und entzündete ihn, brachte damit eine erloschene Kerze zum Brennen.

»Man hat ihre Spuren gefunden, wie mir einer von der Maréchaussée sagte. Sie haben eine Gruppe Weinhändler nach dem Überfall auf euch ausgeraubt und sind weiter zur Küste gezogen«, erzählte Gurvan verbittert. »Ich denke, sie sind mit einem Boot geflüchtet.«

»Möge die See sie verschlingen!«, stieß Mariette aus. »Ich wünschte, man würde sie fangen und hängen! Damit der Tod meines armen Jungen gerächt ist und seine Seele Ruhe findet. Das Moor braucht nicht noch eine weitere Spukgestalt.« Sie blieb am Kopfende des Sarges stehen, fuhr Tanguy über die Haare und legte die Hand auf seine Stirn. »O Herr, hab Erbarmen! Mein armer Junge«, flüsterte sie und griff mit der anderen Hand nach Gwenns Arm.

Gwenn rang erneut mit den Tränen und sah auf Tanguys Schuhspitzen, den Rosenkranz fest umklammert.

*Könnte ich es ungeschehen machen, ich würde mein Leben ...*

Mariettes unerwarteter Schmerzensschrei ließ sie zusammenzucken. »Was hast du?« Sie schaute erschrocken nach ihr – und sah, dass Tanguys Zähne sich um ihr Handgelenk geschlossen hatten! Das Blut floss aus der Wunde direkt in seinen Mund. »Gott im Himmel!«, rief sie entsetzt, sprang auf und bekreuzigte sich.

Gurvan und Pierrick saßen stocksteif auf ihren Stühlen, ihre Mutter starrte auf den Toten.

Tanguy riss die Augen auf, fauchte und biss fester zu. Die Hand wurde regelrecht abgeschnitten und fiel auf die Dielen. Gierig sog er am Stumpf, während Mariette ohnmächtig neben dem Sarg niedersank.

Er hielt ihren Arm fest und labte sich am sprudelnden Lebenssaft, die Augen verlangend auf die Brüder und seine Geliebte gerichtet. Er soff regelrecht, und das Blut lief ihm über das Kinn und den Hals hinab. Dabei veränderten sich seine Züge, wurden dämonischer. Die gebrochenen Knochen an der Wange und der Nase schoben sich zurück an Ort und Stelle, wo sie bei einem Menschen hingehörten.

»Revenant. Ein Wiedergänger! Jean hatte recht«, raunte Gwenn zutiefst erschüttert. »Der Vollmond! Er hat den Sarg beleuchtet ...«

Gurvan kam zu sich. »Bei Gott! Allmächtiger, stehe uns bei! Ein Fluch hat ihn getroffen!«, rief er aufspringend und wich zur Tür zurück. Unschlüssig machte er wieder einige Schritte nach vorn. »Maman!« Er raufte sich die Haare. »Hilfe!«, kreischte er.

Pierrick blieb ruhiger und hob den Rosenkranz, so dass das Kruzifix sichtbar vor seiner Faust baumelte. »Zurück, Revenant«, befahl er. »Lass ab von ihr!«

Tanguy gab den Arm frei. Er fauchte das Kreuz an und zeigte

dem Trio lange, kräftige Fänge, die ausgereicht hätten, um einem Pferd die Kehle zu zerfetzen. Der Unterkiefer klappte ihm dabei fast bis auf die Brust herab.

»Gurvan, du bringst Maman in Sicherheit«, wies er den Bruder an und ging langsam vorwärts. »Gwenn, lauf hinaus und hol den Pfarrer. Ich weiß nicht, was das ist, aber es hat nichts mit unserem Kleinen zu tun. Ein Dämon ist in ihn eingefahren. Wir brauchen den Pfarrer und seine Gebete. Seine *besten* Gebete!«

Aber Gurvan raufte sich noch immer die Haare, stammelte unverständliches Zeug. Er war zu verängstigt und verwirrt, um zu handeln.

Tanguy sprang aus dem Sarg und blickte zähnefletschend zum Fenster.

*Ich werde nicht wieder flüchten.*

Gwenn nahm ihren Mut zusammen, hängte sich den Rosenkranz um den Hals und kroch auf Mariette zu. Sie legte das Ohr auf die Brust der alten Dame. Das Herz schlug nicht mehr, wie sie erschüttert feststellte. »Sie ... ist tot!«

Tanguy packte plötzlich den Sarg, der in seinen Händen so wenig wie ein leerer Eimer zu wiegen schien, und schleuderte ihn nach Pierrick.

Das Geschoss flog so schnell, dass er nicht mehr ausweichen konnte. Eine Kante traf ihn an der Schulter und warf ihn um. Der Rosenkranz glitt ihm aus den Fingern.

Sofort stürzte sich der Revenant auf ihn. Die Fänge schnappten dermaßen schnell zu, dass Pierrick keine Zeit zum Schreien blieb. Seine Arme ruckten zwar noch in die Höhe und ließen den Abwehrversuch erkennen, da war seine Kehle jedoch bereits geöffnet.

Knurrend und stöhnend schluckte Tanguy das Blut seines Bruders und ließ den Leichnam achtlos fallen, um sich Gurvan zuzuwenden. Das Rot floss aus seinem weit geöffneten Maul und tropfte auf den Boden.

*Gott! Steh uns bei!*

Gwenn stürzte auf das Fenster zu, fegte die Vorhänge zur Seite und öffnete die Flügel. »Zu Hilfe!«, schrie sie aus voller Lunge und schwang sich auf das Brett. »Revenant! Revenant! Holt den ...«

Eine Hand packte ihr blondes Haar und zog sie kraftvoll zurück.

Sie flog zwei Schritte durch den Raum und fiel mit dem Rücken gegen den liegenden Sarg. Es knackte laut, und ihr Oberkörper verbog sich weiter, über das natürliche Maß hinaus. Schlagartig wurde ihr von der Hüfte an abwärts eiskalt. Sosehr sie es wollte, sie vermochte ihre Beine nicht mehr zu bewegen.

*Er hat mir das Rückgrat gebrochen!*

Ihre Angst steigerte sich weiter. Gwenn schob sich auf den Unterarmen vom Sarg weg und musste mit ansehen, was ihr einstiger Geliebter tat.

Tanguy schnappte sich Gurvan, der eben zur Tür hinauswollte. Er schlug ihm die rechte Hand mit den langen Nägeln durch die Kleidung hindurch in die Schulter und drückte zu. Aufjaulend fiel sein Bruder auf die Knie.

Schon beugte sich Tanguy über ihn und biss ihm seitlich in den Hals.

Gurvans Aufschreien endete unvermittelt und wurde zu einem erstickten Gurgeln, über das sich laute Schlürfgeräusche legten. Bald verstummte es gänzlich.

Gwenn vernahm die Stimmen der Dorfbewohner. Der Lärm aus dem Haus der Guivarchs war nicht unbemerkt geblieben.

*Gibt es keine Kraft auf Erden, die uns retten kann?*

Tanguy ließ von seinem Bruder ab; die Leiche fiel zuckend auf den Dielenboden. Mit grotesken Hüpfern eilte er auf Gwenn zu und ging vor ihr in die Hocke. Die Augen schimmerten fremd, schauten sie an, ohne sie zu erkennen.

Sie war sich sicher, dass dieses Wesen nichts mehr mit ihrem

Geliebten gemein hatte. Ein Dämon zeigte sich für das bestialische Morden verantwortlich. Sein Haar hatte die Farbe verändert und schimmerte im Kerzenschein kupferfarben, das ganze Gesicht war vom Blut der eigenen Familie rot gefärbt. Speichelfäden baumelten am Kinn herab.

»Was bist du?«, fragte sie ihn voller Grauen und musste die Augen schließen. »Warum hast du dir meinen Tanguy ausgesucht?« Sie roch das Blut durchdringender. Er schien sich ihr zu nähern.

Das Grollen wurde lauter. Hände fuhren ihr über das Gesicht, und sie schrie leise auf. Er tastete sie ab, gleich einem Blinden, der einen Eindruck von seinem Gegenüber haben wollte.

Dann spürte sie blutfeuchte Lippen auf den ihren ...

*Himmel!* Angewidert zuckte sie mit dem Kopf zurück und spie aus. »Lass mich, Dämon!« Sie hob die Lider und sah das verzerrte Gesicht dicht vor sich. Sie wusste, was ihr gleich geschehen sollte. »Lauft weg!«, rief sie zum geöffneten Fenster und hoffte, dass man sie in Kerhinet vernahm. »Er wird euch alle ...«

Die Kiefer öffneten sich weit. Der Revenant stieß ein zorniges Zischen aus. Die spitzen, scharfen Fangzähne flogen heran, und Gwenn kreischte laut.

***

# KAPITEL III

Winter 1781/82, Frankreich,
Süd-Bretagne, irgendwo in der Brière (Pays noir)

Er hetzte durch den stockfinsteren Sumpf.

*Nicht weit weg!*

Seine aufgeweichten Sohlen landeten immer dort, wo der Untergrund sein Körpergewicht trug. Nicht ein Mal trat er fehl.

*Gar nicht mehr weit weg!*

Warum er sich derart gut hier auskannte, wusste er nicht.

Er wusste gar nichts. Weder seinen richtigen Namen noch, woher er kam. Das Spiegelbild im Wasser zeigte ihm einen verwahrlosten jungen Mann mit verfilztem Bart.

Aber so empfand er nicht.

In ihm brannte ein Feuer, ein ewig währender Durst, den nur Blut für eine kleine Weile zu stillen vermochte. Blut von allen möglichen Lebewesen. Enten hatte er gerissen, Schafe und anderes Vieh, das auf den festen Inseln im Moor lagerte. Und unvorsichtige Menschen, die er von den Barken geworfen und ertränkt hatte, bevor er ihren Lebenssaft aus den Adern gesaugt hatte. Er schloss ihnen immer die Augen, weil er die starren Blicke nicht ertrug. Sie brachten Unglück.

Er wusste, dass er aussah wie einer von ihnen, aber keiner war. So hatte er sich selbst den Namen Autre gegeben: anders.

Also blieb er im Sumpf. Das Moor schien vor dem Verlust seiner Erinnerung seine Heimat gewesen zu sein. Das vermutete er aufgrund seiner guten Orientierungsgabe und der Sicherheit, mit der er sich vorwärtsbewegte.

Er wagte sich nur nachts ins Freie. Mit den ersten Sonnenstrahlen kroch er tief ins Dickicht der Halme und tauchte in die Dammbehausungen von Bibern und in die Löcher von Bisamratten, um sich vor dem grellen, schmerzenden Schein des Taggestirns zu schützen.

Es war nicht sein einziger Feind.

Einmal hatte Autre versucht, am Rand des Moors einen kleinen Bach zu überwinden, aber eine unsichtbare Macht hatte ihn daran gehindert. Mit der Zeit hatte er gelernt, dass fließendes Wasser eine Barriere bildete.

Aber nicht das stehende Moor. Nicht die regungslosen Wasseradern.

*Schnell, schnell!*

Ein Graspolster senkte sich unter seinem rechten Stiefel ab, sein Fuß tunkte in das schwarzbraune Wasser, doch mehr geschah nicht. Eilig folgte er dem Geruch, der ihn zu seinem Mahl hinzog.

Seine Augen mochten die Nacht, er sah sogar besser als am Tag. Die Geräusche klangen hell, klar und deutlich für ihn. Er bemerkte jede noch so kleine Besonderheit und Abweichung vom Üblichen und zog seine Schlüsse daraus. Lange bevor er es sah, wusste er, was sich im Schilf vor ihm versteckte. Wildente, Reiher, Kuh, Mensch, Schaf, Pferd, Maus, jedes laute und leise Rascheln, jeden Ton vermochte er zuzuordnen. Das Moor war sein Reich.

*Habe ich sie?*

Autre blieb stehen, die Arme leicht vom sehnigen Körper abgespreizt, lauschte und witterte.

Das leise Gluckern verriet ihm, dass eine Pigouille ins Wasser eingetaucht wurde; das darauffolgende Plätschern war die schwache Bugwelle, die die Barke vor sich herschob. Sie schwappte ins Schilf hinein und ließ die geschlossenen Seerosen tanzen. Das Pech, mit dem der Rumpf eingepinselt war, stank.

Ein breites Grinsen entstand auf seinem Gesicht. Der schwache Hauch von Fisch wehte zu ihm herüber. Ein Angler kehrte spät von seinem Streifzug zurück. Er sog die Luft nochmals ein.

*Nein. Ein Aalfänger ist es.*

Er hatte schon mehrmals Pferdeköpfe im morastigen Wasser gefunden, mit denen die Menschen die schlangenhaften Fische in die Falle locken wollten.

*Aalblut.*

Er verzog das Gesicht. Es schmeckte furchtbar und hatte ihm Übelkeit beschert. Aale eigneten sich im Gegensatz zu anderen Fischen, die er mit bloßer Hand fing, nicht zum Trinken.

Ein schwaches, pendelndes Leuchten näherte sich. Der Kahn glitt an ihm vorbei, der Fischer stakte im Schein einer Petroleumlampe und schien es eilig zu haben.

Durch das Licht wurde die Welt so hell, als stünde die Sonne senkrecht am Himmel.

*Endlich! Da kommt mein Mahl.*

Autre drückte sich vom Boden ab und warf sich durch die Halme hindurch gegen den jungen Mann.

Sie gingen beide über Bord und tauchten ins Wasser ein.

Auch unterhalb der Oberfläche sah er halbwegs gut und hundertfach besser als der Mensch; der schaukelnde Schein der Petroleumlampe reichte ihm aus. Er erfreute sich am verzweifelten Gesicht des Fischers, den er am Bein festhielt. Der Mann trat und schlug um sich, wusste nicht, wie ihm geschah.

*Los! Versuche, mir zu entkommen.* Er ließ von ihm ab, und sein Opfer schnellte wie ein Korken in die Höhe und durchbrach die Fluten. Natürlich nahm er die Verfolgung auf.

Sosehr ihn die toten Augen seiner gerissenen Opfer störten, so viel Vergnügen bereitete ihm die vorhergehende Jagd. Er benahm sich wie eine Katze, wollte sie leiden sehen. Autre mochte es, mit der Hoffnung und der Verzweiflung der Beute zu spielen, auch wenn eine dünne, mahnende Stimme in ihm ertönte.

Der Fischer rang lauthals nach Luft, hustete das Wasser aus. »Lass ab von mir, Riese!«, schrie er und paddelte verzweifelt, um zu seiner Barke zu gelangen. »Du hast vergessen, nach mir zu rufen! Halte dich an diese Regel!«

Das hörte er schon zum zweiten Mal. Ein anderer Mann hatte ihn auch für den Riesen gehalten. »Es gibt keine Riesen im Sumpf«, antwortete er und packte ihn im Nacken. Unter seinen Füßen spürte er Grund, und er schleifte sein Opfer aus dem Kanal auf eines der schwankenden Moospolster. »Glaub mir, ich kenne jede Handbreit des Moors. Er wäre mir begegnet.«

Der Fischer hustete und glotzte ihn an. Hinter ihm trieb sein Boot mit dem Licht davon. »Du bist ... ein Mensch?«

»Nein.« Die Wärme, die von dem Mahl ausging, lockte Autre. Er hörte den schnellen Herzschlag, der kräftiges Leben verhieß, sah das Pulsieren der Halsschlagader. Seine Fangzähne wuchsen und stießen von innen gegen die Lippen, Speichel floss. »Nein, wahrlich nicht.«

Das Verlangen und der Durst waren überwältigend.

Er öffnete den Mund weit und packte den Mann an seiner Jacke. Die scharfen Spitzen bohrten sich leicht durch die Haut, als bestünde sie aus Papier, das Fleisch darunter aus weichem Brei. Sehnen und Muskeln dehnten sich und rissen gleich dünnen Spinnenfäden.

Er spuckte den Fleischbrocken zur Seite, weil er ihn beim Schlucken störte, und sog alles Blut aus dem zappelnden Mann.

*Er windet sich wie einer seiner Aale.*

Aus Angst, die Augen des Sterbenden könnten ihn doch anschauen, stach er sie hastig mit dem Mittel- und Zeigefinger der freien Hand aus; die scharfen, krallenhaften Nägel zerschnitten sie. Pralle Trauben, die nach wenig Widerstand platzten und ausliefen.

Er saugte und schluckte, presste den Toten an sich wie einen Geliebten, um jeden Tropfen in sich aufzunehmen. Ein Rausch!

Das sengende Feuer in ihm schwächte sich ab, gelöscht vom Blut und von der Lebenskraft des Fischers, und verlor seine peinigende Wirkung. Leider verebbte der süßlich-eiserne Strom viel zu schnell.

»Ho, ihr da draußen!«

Autre hielt inne. Die säuselnde Stimme schien von überall gleichzeitig zu kommen und passte zum allgegenwärtigen Rauschen der Schilfhalme.

»Ho, ihr da draußen!«

*Ist noch ein Fischer unterwegs?*

Er zerrte die Leiche hinter sich her. Ganz in der Nähe war ein Moorloch, in dem er sie versenken wollte. Man würde das Verschwinden dem Riesen in die Schuhe schieben.

Wenig später hatte er die Stelle erreicht, die nicht mehr war als ein schwarzer Fleck im dunklen Braun, mit alten Schilfblättern bedeckt. Für Unvorsichtige und Unkundige bestand kein Unterschied zum übrigen Sumpf. Er ließ den Toten mit dem Kopf voran hineinrutschen. Blubbernd und kleine Blasen schlagend, sackte er durch die dünnen Blätter in die zähe Masse.

»Ho, ihr da draußen!« Das Säuseln war ihm gefolgt und echohafter geworden.

*Ist das der Riese?*

Die Vorstellung, dass er sich sein Reich mit einer anderen Kreatur teilen musste, die sich nicht zu den Menschen zählte, bereitete ihm Unbehagen.

Leise eilte er über die wippenden Graspolster und verlegte sich auf die Flucht. Auf einen Kampf wollte er es gegen das, was ihm nachstellte, nicht ankommen lassen.

»Ho! Ich sehe dich!«, erklang eine Art fröhlicher Singsang. Ein Schatten flog über ihn hinweg. Heftige Böen wehten ihm entgegen und schienen ihn am Weiterkommen hindern zu wollen! »Du entwischst mir nicht!«

Autre blieb stehen. »Bist du der Riese?«

»Ich bin, was ich bin. Nenn mich Riese, wenn du willst«, ertönte die seltsame Antwort in einem unbekannten Akzent. Dann trat ein übergroß gewachsener, schlanker Mann in schilffarbener Kleidung wie aus dem Nichts an ihn heran. Er war glatt rasiert und viel zu dünn. Die hohlen Wangen betonten die Augen, die im Mondlicht leuchteten. »Aber für die meisten bin ich nur *der Tod!*« In der Linken hielt er ein langstieliges Beil. »Ich weiß, der Schnitter sollte eine Sense führen. Aber mir gefällt diese Waffe besser. Sie erinnert mich an meine Heimat.« Mit dem letzten Wort drosch der Riese zu.

Der Schlag kam schnell, doch Autre wich der Schneide aus und ließ den Gegner nicht aus den Augen.

Der Riese fuhr sich durch die langen schwarzen Haare, legte den Kopf schief und betrachtete ihn. Er vollführte ein paar langsame, spielerische Hiebe. »Gelingt dir das noch einmal?«

Die Attacke schoss auf seinen Hals zu.

*Du bist zu langsam für mich.* Autre machte einen Schritt zur Seite und fing das Beil unterhalb der Klinge ab, dann trat er dem Riesen in den Bauch, was seinen Feind rückwärtsfliegen ließ. Nun hielt er die Waffe in der Hand. »Du bist nicht so stark, wie ich zuerst dachte. Die Menschen haben unberechtigt Angst vor dir«, lautete sein Urteil. »Ich denke, ich werde sie von dir erlösen. Ich teile mein Reich mit niemandem.«

Der Riese hatte das Gleichgewicht behalten, stand bis zu den Knien im Morast. Die dunkle Zunge leckte über die Lippen. »Mit dir stimmt was nicht, Bursche«, murmelte er – und verschwand. Die Löcher im Matsch, wo eben noch seine Beine gesteckt hatten, schlossen sich. Schmatzend strömte der Sumpf in die Hohlräume, als hätte es den Mann niemals gegeben.

*Wo ist er hin?* Autre grollte und duckte sich, packte den Stiel mit beiden Händen und witterte laut, um den Geruch des Riesen einzufangen. »Feigling!« Er konnte nicht verhindern, dass sich die Fangzähne vor Wut entblößten.

»Oh, dachte ich es mir doch! Kann es sein«, sprach die Säuselstimme aus jedem Halm, »dass sie dich geschickt haben, um mich zu töten?«

Er wusste nicht, wovon der Riese sprach. »Niemand schickt mich. Ich lebe hier«, erwiderte er knurrend. »Komm her! Ich hacke dir den Kopf mit deinem eigenen Beil entzwei!«

Ein lautes Lachen brandete von allen Seiten auf ihn ein. »Nein, du bist kein gedungener Mörder! Der hätte sich geschickter angestellt als du!«

Eine unsichtbare Hand legte sich von hinten um Autres Kinn, eine zweite in den Nacken. Den Ruck, der sein Genick brechen sollte, fing er ab, indem er sich einfach mitdrehte und dabei mit seiner ganzen Kraft zuschlug.

Die Klinge traf!

Unter der Wucht des Einschlags brach der Stiel. Es sah aus, als würde die Schneide in der Luft schweben und sich von ihm wegbewegen. Dann wurde der Riese sichtbar.

»Da bist du ja!« Mit ausgestreckten Armen und weit aufgerissenem Maul hechtete Autre brüllend auf ihn zu und versuchte, die dürre Kehle mit seinen Fängen zu umschließen.

Mit großer Mühe gelang es dem Riesen, ihn abzuwehren. »Judassohn!«, rief er erschrocken. Er bekam ein Knie unter ihn geschoben und schleuderte ihn davon. »Die roten Haare hätte ich zu deuten wissen müssen. Du bist ein Judassohn!«

*Was soll ich sein?* Seine Landung war weich. Gefährlich weich. Bis zu den Knien steckte er im Sumpf und war im gleichen Moorloch gelandet, in dem er die Leiche des Fischers versenkt hatte. Schnelle Bewegungen brachten gar nichts. *So will ich nicht enden!* Hastig blickte er sich um, doch er entdeckte nichts, womit er sich hinausretten konnte.

Der Riese richtete sich auf und zog sich den Kopf des Beils aus der Seite. Er hatte die Lage seines Gegners erfasst. »Mit euch hätte ich im Land der Werwölfe am wenigsten gerechnet. Oder wird es im Osten zu eng? Freiwillig würdet ihr niemals gehen. Haben sich die Machtverhältnisse gewandelt?«

»Ich weiß nicht, wovon du sprichst.«

Der Riese trottete bis an den Rand des Lochs; dabei leckte er sein eigenes Blut von der Klinge. »Ich ahnte doch gleich, dass mit dir was nicht stimmt. Aber ein Judassohn ...« Er schüttelte den Kopf. »Was tut ihr hier im Westen Frankreichs?«

»Ich verstehe nicht, was du da redest!«, schrie Autre ihn an.

Der Riese drückte das Holz aus dem Axtkopf und steckte ihn in seinen viel zu weiten Mantel. Er wartete ab.

Glucksend sank Autre ein Stück weiter ein, steckte jetzt bis zu den Oberschenkeln im zähen Tod. *Was tue ich?* Er griff nach Schilfhalmen, raffte ein ganzes Bündel zusammen und versuchte, sich daran herauszuziehen.

»Was machst du denn da?«, fragte der Riese irritiert.

»Mich retten.«

Jetzt lachte der Riese schallend. »Du willst mich aufs Kreuz legen!«

Knisternd und quietschend riss das Schilf. Für Autre ging es weiter abwärts, bis zum Schritt. Verzweifelt grabschte er nach neuen Halmen, doch auch sie konnten sein Untergehen nicht aufhalten.

Der Riese wurde plötzlich ernst. »Du willst mir allen Ernstes sagen, dass du nicht weißt, *was* du bist? Was die Kinder des Judas sind? Dass es dir ein Leichtes wäre, aus dieser Falle zu entkommen?«

»Ich weiß nichts!«, schrie Autre zornig zurück. »Ich lebe und trinke Blut, um das Feuer in mir zu kühlen. Das ist alles. Mein Aussehen ist das eines Menschen, doch das bin ich nicht!«

»Nicht *mehr*«, verbesserte ihn der Riese, dessen Gesicht einen verschlagenen Ausdruck annahm. »Wollen mal sehen, wie ernst dir diese Geschichte ist, die du mir auftischst.« Er tat einen gewaltigen Satz und sprang aus dem Stand über ihn hinweg. Dabei drückte er ihm mit den Füßen auf die Schultern und ließ ihn bis zum Hals ins Moor sinken. Anschließend ging er um das Loch herum und betrachtete ihn. »Nun?«

Autre wollte ihm antworten, und schon schwappte ihm der stinkende Schlamm in den Mund. Hustend spuckte er ihn aus. »Drück mich ganz nach unten, wenn du mich schon umbringen willst!«, sagte er undeutlich. »Mach schon!«

Der Riese schien überzeugt zu sein. »Wenn ich dich rette, gehört dein Leben mir. Du stehst fortan in meiner Schuld, bis ich dich daraus entlasse«, verkündete er. »Willigst du ein?«

»Ja«, kam es über Autres dreckige Lippen, bevor er nachdenken oder sein Stolz sich regen konnte. »Ich stehe in deiner Schuld.«

»Sehr gut!« Der Riese stellte sich auf die Zehenspitzen, machte einen Schritt in die Luft – und schwebte eine Handbreit über dem Boden. Er ging wie auf einer unsichtbaren Planke über das Moor bis neben den Sinkenden. Er langte in die roten Haare, dann machte er kehrt und marschierte auf festen Boden zurück.

Schmatzend begehrte der Sumpf dagegen auf, dass ihm sein neuestes Opfer genommen wurde, aber die Kraft des Riesen war zu groß. Er zerrte Autre schmerzhaft am Schopf auf das weiche, feuchte Gras.

»So.« Sein Retter sah auf ihn herab. »Du weißt also gar nichts?«

»Nein.«

»Nicht einmal deinen alten Namen als Mensch?« Offenbar nahm er das Schweigen als eine neuerliche Verneinung. »Dann nennen wir dich bis auf weiteres Mocsár.« Der Riese grinste. »Das bedeutet *Sumpf* in meiner Sprache.« Er zeigte auf sich. »Ich bin Szomor.«

Autre stellte sich auf die Füße und wischte sich den Schlamm von den Hosen, so gut es ging. Der neue Name klang nicht besser und schlechter als sein bisheriger. Aber er gefiel ihm nicht wirklich. Er würde so lange Mocsár heißen, bis ihm etwas Schöneres begegnet war, nach dem er sich nennen könnte. Autre war von diesem Herzschlag an Vergangenheit. »Und was jetzt?« Einerseits fühlte er sich erniedrigt, andererseits bot sich ihm die Möglichkeit, mehr über seine Vergangenheit und sein Dasein zu erfahren. Dieses Wesen konnte ihm dabei helfen zu verstehen, *was* er war.

»Wir gehen zu meiner Hütte.« Szomor zeigte auf den Mond und lief los. »Immer in diese Richtung.«

Mocsár folgte ihm aus vielen Gründen. Schuld, Neugier und Erleichterung, nicht mehr allein zu sein. Gleichzeitig fürchtete er sich ein wenig vor dem, was er zu hören bekommen sollte.

*Judassohn.*

So hatte ihn Szomor genannt, der lang und dünn vor ihm herrannte.

*Was mag das zu bedeuten haben?*

## Spätwinter 1781/82, Frankreich, Süd-Bretagne, irgendwo in der Brière (Pays noir)

Szomor und Mocsár saßen am kleinen Esstisch und schrieben beide mit Entenkielen wie die Besessenen auf die leeren Seiten ihrer Notizbüchlein.

*Es wird immer mehr!*

Eine Kanne mit Tee dampfte vor sich hin, das Getränk in der Tasse seines Mentors dagegen war bereits kalt.

Ein Wintersturm heulte durch die Brière und jagte Schneeregen durch das Pays noir. Richtig kalt war es nicht und wurde es auch nicht, aber wer nicht musste, ging an diesem Abend nicht hinaus. Der frische Wind drückte sich durch die Ritzen und fand einen Weg in das große Haus, das Szomor als Hütte bezeichnet hatte und das einst ein Stall gewesen war.

Szomor hatte ihn nach und nach umgebaut. Oder vielmehr umbauen lassen. Als legendärer Riese entführte er sich Menschen und ließ sie für sich schuften, bis sie vor Entkräftung starben. Daraus machte er keinen Hehl und bezeichnete es als Wiedergutmachung für erlittenes Unrecht. Die Leichen fraß das Moor.

*Und ich war richtig schnell mit dem Schreiben.*

»Bist du fertig für heute?«, fragte Szomor, ohne aufzublicken. »Wenn ja, könntest du eine Leiche entsorgen. Sie liegt neben deinem Verschlag.«

Mocsár sah den Hexer und Alchimisten an, der den Wundern der Natur und übernatürlichen Mächten nachstellte. Einiges hatte er ihnen schon entlocken können, wie das Wunder des Schwebens, der Unsichtbarkeit und die Manipulation des Schalls. Da die normalen Brièrones kein Verständnis für sein Streben hatten, lebte er im Sumpf. Das hatte er Mocsár erklärt.

*Ob ich es eines Nachts auch zu tun vermag? Das wäre zu schön. Was ich damit alles erreichen könnte! Sobald ich gut genug geworden bin, werde ich die Gegend verlassen. Ich möchte mehr von der Welt sehen. Möglicherweise lässt mich die Alchimie gegen die Sonne bestehen. Bei Tag umherlaufen, ihre warmen Strahlen spüren ...*

Er schaute sich um, was er zu gerne tat. Es fanden sich immer Sachen, die er malen konnte.

Das Haus war vollgestopft mit Kesseln, mit Gläsern voller absonderlichster Dinge, von Augen, die weder Mensch noch Tier gehören konnten, und Insektenbeinen über Pülverchen, Steine bis zu bunten Stäuben und vielem mehr. Auf vier breiten, verdreckten Eichentischen stapelten sich Gerätschaften, deren Sinn sich Mocsár nicht erschloss.

Und er sah sie: die nackte Leiche, die Szomor neben seinem lichtundurchlässigen Kabuff abgelegt hatte. Sie war einmal ein lebendiger Fischer gewesen, an dem der Hexer seine Experimente vollzogen hatte. Er hatte den Mann gefangen und Nadeln und

Spritzen in den Unglücklichen gesteckt. Es war nicht der Erste, dem Szomor Mittel in die Venen gedrückt und den er in den Käfig neben dem Haus gesperrt hatte, um die Wirkung studieren zu können.

*Pechvögel, allesamt.*

Mocsár beugte sich über das Büchlein, in das er gerade zeichnete. Seite um Seite. Außerdem trug er alles ein, was ihm Szomor zu den Kindern des Judas und den anderen Arten von Vampiren berichtet hatte.

Denn genau das war aus ihm geworden: ein Blutsauger. Ein Untoter.

Er hatte aus dem Munde seines Mentors zum ersten Mal von diesen Wesen gehört, und das war die schrecklichste Ironie an seiner Verwandlung: unwissend und unverschuldet zu einer Kreatur der Nacht geworden. Untot bedeutete zudem, dass er zwar gestorben war und sein menschliches Leben ausgehaucht hatte, aber das durchbohrte Herz von unheiligen Kräften zum Schlagen gebracht worden war. Gott war nicht länger zuständig für ihn. Sondern das Böse, obwohl er nichts Verwerfliches getan hatte. *Vielleicht kann mir die Alchimie auch dabei helfen.*

Da er keine Antwort auf seinen Befehl zur Entsorgung des Leichnams bekommen hatte, sah Szomor ihn über die flackernden Kerzenflämmchen hinweg durchdringend an. »Ich kenne nun deinen richtigen Namen«, sagte er ansatzlos. Dabei rollte er das R so ungewohnt wie jedes Mal. Seine Heimat lag weit im Osten, in Ungarn, von wo er vor den Kindern des Judas geflüchtet war, wie er eines Abends berichtet hatte.

»Meinen Namen?« Mocsár schaute gespannt. Noch hatte er seine Erinnerung an das Leben vor seiner Wandlung nicht zurückerlangt. Aber wenn er tagsüber schlief, in dem Verschlag und im sicheren Versteck vor der Sonne, kamen die Träume mit den vielen verwirrenden Gesichtern. Er kannte sie, wusste sie jedoch nicht einzuordnen. Mal erwachte er mit Angst, mal mit

Freude, mal mit Melancholie in seiner Seele. Er glaubte fest daran, dass er seine Seele nicht verloren hatte.

Aber sein neues Dasein verstärkte Fähigkeiten in ihm, die vorher vermutlich in feinen Prisen vorhanden gewesen waren. Er zeichnete. Er zeichnete die Gesichter derer, die er im Schlaf sah. Dazu kamen Orte, Gegenstände, die ihm scheinbar etwas bedeutet hatten. Unzählige Bilder waren auf diese Weise zustande gekommen.

Szomor nickte. »Tanguy Guivarch. So hast du geheißen.«

*Tanguy ... Ein schöner Name!* Er lauschte in sich hinein. »Er ... kommt mir nicht bekannt vor.«

»Du warst Schilfbauer in Kerhinet, ein kleiner Weiler am Rand der Brière. Es sind nicht mehr als ein Dutzend Häuschen.« Szomor betrachtete ihn aufmerksam, wohl um irgendwelche Reaktionen sofort von seinem Gesicht ablesen zu können.

»Woher kommt dein Wissen?«

»Ich war auf dem Markt von Guérande und hatte einige deiner Zeichnungen dabei. Dort erfährt man alles.« Der Hexer wirkte betrübt. »Es sind keine schönen Neuigkeiten, Mocsár.«

»Was hast du herausgefunden?« Tanguys Finger zitterten vor Aufregung, der Federkiel bebte und tropfte schwarze Tinte dick aufs Blatt. Schnell legte er ihn zur Seite und faltete die Finger zusammen. *Endlich!*

»Du hast deine zukünftige Gemahlin vor Räubern beschützt«, erzählte Szomor bedächtig. »Man sagte mir, dass deine Leiche ein tiefes Bissmahl am Hals aufgewiesen hätte. Also waren *sie* es, die dich mit dem Vampirfluch belegt haben.« Er nahm das Bild eines bärtigen, bulligen Mannes und hob es hoch. »Das war er. Malo, so wurde er genannt. Er infizierte dich mit dem Bösen und setzte weiteres Unglück in Gang.«

Beinahe war er glücklich darüber. »Ich habe meine Verlobte gerettet!« Zielsicher griff er nach dem Blatt mit den Zügen einer hübschen jungen Frau. »Weißt du auch ihren Namen?«

Szomor atmete tief ein. »Gwenn Martin.«

*Ich ... erinnere mich! Gwenn! Ich ... es kehrt zu mir zurück!*

Tanguy sprang auf. Er spürte, wie sich die alten Gefühle für sie in ihm regten. »Dann will ich sie besuchen, und ich ...«

»Setz dich«, befahl ihm der Hexer unwirsch. »Du kannst sie nicht mehr besuchen.«

»Wieso?«

»*Du* hast sie umgebracht. In der Nacht darauf.«

*Das kann nicht ... Lass es ein Irrtum sein! Wie schrecklich!* »Nein«, stöhnte er auf und sank auf den Stuhl zurück.

»Du hast sie getötet. Wie deine Brüder Gurvan und Pierrick. Und deine Mutter.« Szomor seufzte traurig. »In deinem Blutrausch hast du ganz Kerhinet ausgelöscht. Die Menschen in Guérande glauben zwar, es seien die Räuber gewesen, um sich zu rächen, aber ich weiß, was geschehen ist.« Er nahm seine Hand. »Nach dem Erwachen sind Vampire besonders gefährlich, Mocsár. Gerade die Kinder des Judas.«

Tanguy wurde übel vor Schuld.

*Ich habe meine Lieben ermordet ...*

Szomor beugte sich nach vorn. »Du kannst nichts dafür. Du bist ein Opfer der Räuber geworden.« Er klopfte ihm mitfühlend auf die Schulter. »Es war keine willentliche Tat. Das Böse in dir brach aus und verlangte nach dem Blut der Unschuldigen. Du kannst ein wildes, hungriges Raubtier nicht dafür verdammen, dass es Lämmer reißt. Es liegt in seiner Art.«

Tanguy fixierte den Hexer. »Wieso hast du keine Angst vor mir? Wärst du nicht auch ein Lamm?«

Er lachte gutmütig. »Ich wäre ein Lamm mit einem Innern aus Stahl und Klingen. Erinnere dich an unser erstes Zusammentreffen. Meine Kräfte sind durch die Magie stark genug, um mich zu schützen, sollte dich der Durst in meiner Hütte übermannen.« Szomor lehnte sich nach hinten und nahm eines der vielen gefüllten Reagenzgläschen vom Tisch. Sorgsam schüttete er das trübe Gebräu in seine Tasse. »Seit die Judaskinder meine Mutter getötet haben und ich fliehen musste, habe ich geschworen, jedes von ihnen zu vernichten.« Er prostete Tanguy zu. »Du bist eine Ausnahme. Meine erste, übrigens.«

»Weswegen?« Tanguy war noch leicht geschockt. *Ich habe meine Lieben ermordet ... Der Tod wäre mir schöner erschienen, als mit dieser schrecklichen Wahrheit leben zu müssen.* Er stockte. *Wie lange lebe ich überhaupt?*

»Weil du anders bist. Die Kinder des Judas haben sich in ihrer Heimat zu einem Bund vereint, der eigene Ziele verfolgt und jeden ausmerzt, der sich ihnen entgegenstellt. Ein Dreckshaufen arroganter Blutsauger, die keinen Deut besser als andere sind. Sie mögen mir in manchen Bereichen der Alchimie voraus sein, aber ich komme noch hinter ihre Geheimnisse.«

»Welche Geheimnisse?«

»Sie wollen unsterblich werden und mischen die abscheulichsten Dinge, um ihre nichtswürdigen Leben zu verlängern und der Hölle zu entkommen. Denn dahin fahren sie, wenn sie sterben müssen.« Der Hexer deutete mit dem linken Zeigefinger auf ihn. »*Du* bist nur ein Vampir, der zwar zu ihrer Art gehört, aber nicht durch ihre Lehren und die rigorose Erziehung verdorben wurde.«

Tanguy wurde heiß und kalt. *In die Hölle, wenn ich sterbe.* »Ich dachte, ich bin untot und lebe ... na ja ... unendlich«, warf er leise ein.

»Nein. Das tust du nicht. Mensch, Vampir, Werwolf – sie alle müssen irgendwann vergehen. Und frage mich nicht, wie lange du zu leben hast. Ein paar Jahrzehnte mit Sicherheit. Auf den Tod habe ich ebenso wenig Lust wie du.« Szomor zuckte mit den Achseln. »Anscheinend war dieser Malo ein Judasbastard, der sich bis zu uns an den Atlantik durchgeschlagen hat. Ungewöhnlich, aber so ist es nun mal geschehen.« Er trank seine Tasse aus. »Du bist nicht schlecht, Mocsár. Und nicht schlimmer als die französischen

Werwölfe. Damit kann ich leben.« Szomor grinste selbstgefällig. »Ich werde dich vorbereiten. Solltest du jemals einem anderen Judaskind begegnen, so rate ich dir: Töte es! Zögere nicht. Schlage ihm den Kopf ab und verbrenne den Leichnam. Sie sind Abschaum, der eifersüchtig über die Erfolge anderer wacht.«

»Welche Erfolge?«

»Hast du mir nicht zugehört?« Szomor deutete mit dem Daumen hinter sich. »Alchimie. Die wahren Judaskinder forschen und ergründen die Naturgesetze so wie ich. Kein Vergleich zu diesem rohen Malo. Deswegen dachte ich bei unserer Begegnung, sie hätten einen ihrer Eleven gesandt, um mich umzubringen. Sie waren schon damals neidisch auf mich und meine Mutter.«

»*Eleve* ist eine Bezeichnung für deren Schergen?«

»Nein. Es sind ... die Schüler der Alten und werden eines Tages deren Nachfolger. So hörte ich.« Er blickte ihm in die Augen und richtete sich weiter auf. »Schwöre, dass du jedes Judaskind töten wirst, Mocsár! Sei der Racheengel für meine ermordete Mutter! Sei der Racheengel für deine geliebte Gwenn!«

Tanguy überlegte nicht lange. Er stand in der Schuld des Hexers, der ihn schützte, ihn unterrichtete und ihm dabei half, die eigenen neuen Kräfte zu erkunden.

*Ohne Malo und die Kinder des Judas würde Gwenn noch leben. Ohne die Vampire hätte ich eine Familie, einen Weiler und eine Heimat!*

Der Hass ließ ihn das Ja förmlich herausschreien, die Fangzähne schnellten hervor.

*Wie gern würde ich einen von ihnen zerfleischen!*

Szomor lächelte zufrieden und sank in sich zusammen; sein Blick wurde freundlich. »Gut. Sehr gut, Mocsár! Von heute an werde ich dich noch besser vorbereiten, damit du ausziehen kannst und so viele wie möglich von ihnen zur Strecke bringst. Wir müssen herausfinden, wie du es schaffst, deinen Leib durchschimmernd werden und dich vom Wind tragen zu lassen. Deine körperliche Kraft und deine Schnelligkeit ertüchtigst du weiterhin im Kampf gegen mich.« Er rieb sich die Schläfen. »Was uns noch fehlt, ist, dass du Unwetter und Wolken beherrschst. Meine Mutter sagte mir, dass die Judaskinder auch in der Lage wären, die Gestalt eines Tiers anzunehmen sowie ihre Züge und Stimme zu verändern.«

Für Tanguy klang es nach einem unüberwindbaren Berg von Aufgaben. Und glaubhaft erschien es ihm obendrein nicht. Solche Macht …! »Wie viel Zeit bleibt mir?«

»So lange, wie es dauert. Streng dich an, und es geht schneller.«

»Nein. Ich meinte als Vampir. Wie lange lebe ich?«

»Du kannst es nicht lassen, nicht wahr?« Szomor erhob sich. »Das ist unterschiedlich.« Wieder warf er ihm einen abschätzenden Blick zu. »Ich denke, dass dir mindestens fünfzig bis sechzig weitere Jahre bleiben. Wie ich schon sagte: Vampire leben nicht ewig.« Er schritt tiefer in das Gewirr aus Kesseln, Röhren und Leitungen hinein, stellte im Vorbeigehen die Brenner darunter an. Es war das Zeichen, dass er sich seiner eigenen Forschung widmen würde.

*Er hat von einem Fluch gesprochen.*

»Kannst du ihn brechen, Szomor?«, rief er ihm hinterher.

Der Alchimist drehte den Hahn einer absonderlichen Apparatur auf. »Wen brechen?«

»Den Fluch!« Tanguy deutete auf seinen Hals, wo er glaubte, gebissen worden zu sein. »Kannst du es umkehren?«

Es dauerte, bis Szomor antwortete: »Ich fürchte nein, Mocsár. Dieser … Fluch ist mehr als das. Es sind dämonische Kräfte dabei im Spiel, die man nicht leicht täuschen oder einfach überwinden kann. Vampirdasein ist keine Krankheit, die sich mit der passenden Medizin kurieren lässt.« Er wandte den Kopf und sah ihn an. »Meine Mutter versuchte es einst auf Bitten eines Vampirs, aber sie scheiterte. Der Trunk wirkte nicht.«

»Das wird den Untoten nicht erfreut haben.«

Szomor zuckte mit den Achseln und richtete sich zu seiner hünenhaften Größe auf. Tanguy hatte den Eindruck, dass er nach vorn abknickte, wenn er sich zu schnell bewegte. »Er starb unter schrecklichen Schmerzen. Deswegen hatte sie es nie mehr probiert.« Er schlurfte um den vollgestellten Tisch und ging hinter den Gläsern, Tuben und Flaschen vorbei, was ihm die groteskesten Figuren verlieh.

»Wissen die Vampire selbst, wie man den Fluch abschüttelt?« Tanguy wollte sich nicht geschlagen geben. Er hegte die Hoffnung, am Ende seiner Rache als Mensch weiterleben zu können, um nicht länger auf der Suche nach Blut die Unschuldigen ermorden zu müssen. Sonst wäre er nichts Besseres als die Räuber. Und seine Seele hätte er auch gerettet.

*Aber sicher! Die Bande!*

Malo hatte ihn zum Vampir gemacht, also wusste er vielleicht, wie er entkam. »Was ist ...«

»Das weiß ich nicht«, gab Szomor abwesend zurück und befand sich in Gedanken längst bei neuen Experimenten. Er hatte verkündet, seine Geschwindigkeit durch einen Trank oder eine Salbe für die Beine erhöhen zu wollen, um mit Tanguy mithalten zu können. Wenn sie im Sumpf um die Wette rannten, verlor sein Mentor regelmäßig. Das Ringen gewann er nur durch Tricks, nicht durch Kraft.

»Man müsste einen von ihnen fragen«, murmelte Tanguy vor sich hin und klappte das Büchlein zu. Er ging zur Tür. »Mit deiner Erlaubnis nutze ich den Sturm«, sagte er laut. »Möglicherweise habe ich eine Eingebung, wie ich die Wolken beherrschen oder die Blitze leiten kann.«

»Fleißig, mein Schüler. Doch pass auf, dass der Blitz nicht *in* dich einfährt.« Szomor klang zerstreut. »Und achte auf die Werwölfe.« Dann lachte er. »Nur ein Spaß. Ich sagte schon mal: Wir haben keine Werwölfe in Guérande.«

Tanguy hielt den Riegel schon in der Hand. »Ich denke, es ist bei ihnen das Gleiche wie bei Vampiren.«

»Wie?« Der Kopf des Hexers schwebte über einer Reihe von Glaskolben, die er sorgsam verschloss.

»Die Legenden sagen, dass die Gebissenen selbst zum Werwolf werden.«

»Das ist wahr. Aber nur, wer gebissen wird und es *überlebt*, wandelt sich in eine Bestie. Um ein Vampir zu werden, muss ein Mensch sterben.« Er machte ein nachdenkliches Gesicht. »Man könnte meinen, Vampire und Werwölfe hätten manches gemeinsam. Ich glaube, es gibt Vampirarten, die man auch mit Silber vernichten kann.«

Tanguy fürchtete, dass eine neue theoretische Lektion folgte. Dabei wollte er unbedingt die Räuber finden. Er öffnete die Tür. »Ein anderes Mal. Ich muss üben.«

»Nimm die Leiche mit«, rief ihm Szomor nach.

»Ein anderes Mal.« Er trat hinaus in die Nacht, in der das Rauschen des Schilfs ertönte. Eine ständige Begleitmusik, vertraut und beruhigend.

*Tanguy Guivarch hat es bestimmt ebenso gemocht.*

Seit er herausgefunden hatte, dass Szomor der Riese war, fühlte er sich frei von jeglicher Angst. Es gab in der gesamten Brière nichts Schlimmeres als ihn, den Vampir. Kein Mensch, kein Raubtier konnte sich mit ihm messen. Ein König durchstreifte sein Reich.

Er rannte über das Moor, setzte in großen Sprüngen von Graspolster zu Graspolster, überwand gefährliche Sumpflöcher und nahm Abkürzungen quer durch den Halmwald.

Es dauerte lange, bis er bemerkte, welchen Weg er unbewusst eingeschlagen hatte: Binnen kürzester Zeit hatte er den Anlegesteg bei Kerhinet erreicht. Seit er seinen echten Namen vernommen hatte, schienen die Erinnerungen zurückzukehren.

Tanguy *musste* ihn sehen, den Ort des Grauens und der Zerstörung. Auch wenn ihn Szomor praktisch freigesprochen und Malo für das Unheil verantwortlich gemacht hatte, konnte er sich nicht verzeihen.

*Es bleibt doch meine Schuld.*

Die Schritte den Pfad hinauf bis zum Weiler fielen ihm unsagbar schwer; seine Knie zitterten. Jedes Mal, wenn die Sohlen den Boden berührten, löste sich eine Sperre in seinem Verstand und setzte aufblitzende Bilder von früher frei. Kurz, grell, zu hastig, um sie genau zu betrachten, doch er sah sie.

Die Last auf seinen Schultern, das schlechte Gewissen wogen tonnenschwer. Sicherlich hatten ihn die Räuber zu einem Vampir gemacht, aber dennoch hatte *er* die Menschen zerfetzt und *er* seine Verlobte bestialisch ermordet.

*Wie ein Tier.*

Dann tauchte die kleine Siedlung vor ihm im wolkengedämpften Schein der Sterne auf.

Tanguy blieb stehen.

Er wusste plötzlich: Fast ein halbes Jahr war seitdem vergangen. Die Fenster waren dunkel, teils zersprungen. Eine Tür pendelte im starken Atlantikwind vor und zurück, schlug im Takt zum Rascheln des Schilfmeeres. Es roch weder nach Menschen noch nach Vieh, die Feuer in den Kaminen und Öfen waren erloschen.

*Das Leben ist gewichen.*

Tanguy machte zwei, drei zögerliche Schritte vorwärts. Der Anblick des vertrauten Ortes brachte die Erinnerungen gänzlich zurück.

*Ich habe ihn entweiht und zu einer Stätte des Todes gemacht.*

Er erkannte das Haus seiner Familie, sah sich und seine Brüder zusammen mit der Mutter vor dem Haus Galettes essen und über den Tag sprechen. Er sah Pierrick beim Schnitzen einer Morta-Pfeife, hörte den Binioù Kozh und den Gesang seiner Mutter dazu.

*All das Schöne ist vergangen.*

Seine Vorstellungskraft schob die Sonne an den Himmel und zeigte ihm Kerhinet am Tag. Plötzlich war es mit geschäftigem Treiben erfüllt, mit Stimmen, Geräuschen und Gerüchen, die er aus frühester Kindheit kannte. Ein göttliches Wunder schien seine Heimat lebendig gemacht zu haben, als wäre das Massaker niemals geschehen. Alte Freunde schritten an ihm vorbei und grüßten ihn, während er steif auf dem Weg verharrte und an seinem Verstand zweifelte. Er roch die frischen Galettes und sah die spielenden Mädchen und Jungen am Brunnen, die sich zu ihm wandten und ihm winkten. Ihm, dem Mörder.

*Ich träume! Wie kann es sein?*

Dann stand sie ihm gegenüber. Sie! In dem hellen Leinenkleid und mit der schwarzen Schürze darüber, die blonden Haare unter der Haube gebändigt.

»Gwenn«, raunte er gebannt. Tief in seinem Innersten riss es furchtbar, als wollte ihm jemand das Herz rauben.

Sie lächelte ihm zu und winkte ihm. Ihr rechter Arm hob sich, die Hand zeigte auf die Brière, und sie lachte. Den Kleidersaum leicht angehoben, damit sie schneller rennen konnte, jagte sie den Pfad zur Anlegestelle hinunter. Dabei verlor sie die Haube, ihre langen Haare wehten im Wind. Sie sah über die Schulter und winkte nochmals.

»Gwenn!«, schrie er – und ein Blitz ging nieder und fuhr ganz in der Nähe ins Moor. Die Illusion zerstob. Tanguy fand sich im verlassenen, stillen Kerhinet wieder.

*Tot wie ich.*

Er schluckte. Sein Herz schmerzte noch immer, und aus der kurz aufgeloderten Freude wurde tiefste Verzweiflung. Es war ein Wachtraum gewesen, der Ausdruck seiner tiefsten Sehnsucht, der ihn noch mehr leiden ließ als zuvor. Er wusste, was er verloren hatte. Was *er* vernichtet hatte.

Der Wind zerrte an seinen Kleidern, Regen stürzte aus schwarzen Himmeln nieder; über ihm grollte es verheißend. Die nächsten Energien stauten sich an.

*Wie darf ich weiterleben? Wie kann ich weiterleben mit dieser Schuld?*

Tanguy überkam es, und er hob den Arm. »Triff mich!«, schrie er mit überschnappender Stimme. Das Wasser rann ihm in Strömen über die Züge, und die Reißzähne fuhren aus. »Triff mich, Unwetter! Ich befehle es dir!«

Wieder raste ein Blitz der Erde entgegen.

Dicht neben ihm wurde es gleißend hell, er wurde geblendet. Ein schrilles Kreischen machte ihn beinahe taub, die Hitze und der Druck zwangen ihn zu Boden. Gleich darauf krachte es, ein heißes Kribbeln rannte durch seinen Körper und versetzte seine Gliedmaßen in wildes Zucken. Den Geruch, der in der Luft lag, nahm er zum ersten Mal in seinem Leben wahr.

Als Tanguy wieder etwas sah, bemerkte er unmittelbar neben sich einen schwarzen Fleck, wo der Blitz in die Erde gefahren war. Er hatte ihn um eine Ellenlänge verfehlt.

*Fast. Fast hätte ich mich selbst erlöst.*

Er hob das Gesicht und ließ die Tropfen daraufprasseln.

*Selbst der Tod will mich nicht. Aber eines Tages muss er nach mir greifen!*

Er stand auf. Bis es so weit war, würde er die Räuber suchen und sie umbringen, damit nicht noch mehr Menschen leiden mussten. Sowohl unter ihren weltlichen Verbrechen als auch unter ihrem Treiben als Untote.

*Sobald ich sie bestraft habe, komme ich dem Schwur nach, den ich Szomor geleistet habe. Ich werde Vampire jagen und vernichten, um die Menschen vor Leid zu bewahren, wie ich es erleiden musste und es anderen gebracht habe.*

Er eilte fort aus Kerhinet, auf die Straße nach Guérande.

Auf dem Weg leistete er einen zusätzlichen Schwur.

Es mochten Dämonen hinter seinem neuen Dasein stecken,

aber er würde ihnen eins auswischen, indem er die erlangten Kräfte gegen Vampire, Werwölfe und alle anderen Bestien richtete, die nach dem Blut der Menschen trachteten. In dem Hexer und Alchimisten Szomor hatte er einen guten Lehrer gefunden, der ihm über die Kreaturen der Nacht berichten konnte.

*Das schwöre ich bei meiner Gwenn!*

Früher hätte er sich mit einem Mann wie Szomor niemals abgegeben. *Nimmt man es genau, müsste ich auch ihn töten,* dachte Tanguy. *Er nimmt sich Unschuldige gegen ihren Willen. Und bringt sie um.*

Ein weiterer Entschluss stand fest: Sobald der Hexer ihn aus seiner Schuld entließ, würde er ihn ermorden. Wenn er sein alchimistisch verändertes Blut trank, erlangte er vielleicht noch weitere Gaben.

Das warf den nächsten Gedanken auf.

*Ich werde mich nur noch vom Blut derer ernähren, die den Tod verdient haben. Halunken gibt es genug. Zu finden sind sie auch ganz leicht.*

Plötzlich ergab das Dasein als Vampir für ihn einen Sinn. Eine Reihe von Entscheidungen war gefällt worden, die seiner Existenz als Vampir einen Sinn verliehen.

Nach einer halben Stunde seines rasend schnellen Laufs erschienen die Umrisse der Stadt Guérande vor ihm. Früher hatte diese Strecke einen Tag in Anspruch genommen.

Er bog auf den kleinen Pfad ab, der in den verhängnisvollen Eichenhain führte.

*Hier beginne ich.*

Seine Suche nach den Räubern würde schwierig werden, aber nicht unmöglich. Langsam betrat er den Wald.

*Ich finde euch. Einem nach dem anderen schlitze ich die Kehle auf. Mit Malo fange ich an.*

Er sah den Knebelbart und das Flaumkinn vor seinem inneren Auge.

*Auch ihr werdet keine Gnade erwarten können, was immer ihr mir erzählt. Ihr verschont nicht, ich verschone nicht.*

Dann fiel ihm der Spruch ein, den der Knebelbart von sich gegeben hatte: Ein Leben für ein Leben.

*Aber eines von euch ist mir nicht genug.*

***

# KAPITEL IV

Frühling 1782, Frankreich,
Süd-Bretagne, irgendwo in der Brière (Pays noir)

Wieso gibt es in Frankreich keine Vampire?« Tanguy blätterte seine Notizen durch. Es war ihm aufgefallen, dass sein Mentor die Frage nach der Verbreitung bislang vermieden hatte.

Szomor hantierte im Kunstwald aus Röhrchen, Kolben und Tiegeln. Er schüttelte und klopfte gegen die Gefäße, als wolle er Früchte auf ihre Reife hin untersuchen. »Das habe ich nicht behauptet. Du bist eine Ausnahme, *das* habe ich gesagt. Judaskinder findet man nicht so weit im Westen. Das waren meine Worte. Oder so ähnlich.«

Tanguy sah zum Fenster hinaus, wo sich das Abendrot am Himmel hielt. Die Sonne war schon vor längerer Zeit versunken, das wenige Restlicht tat ihm nichts. Inzwischen konnte er die Kraft des Taggestirns und das, was es bei ihm anrichtete, gut einschätzen. Szomor hatte ihn vor sechs Wochen zum ersten Experiment ermutigt, in ihre Strahlen zu treten. Anfangs hatte Tanguy es nur kurz ausgehalten. Die Schmerzen waren zu groß und Verbrennungen auf der Haut sichtbar geworden. Inzwischen brachte er es auf eine halbe Stunde im vollen Sonnenlicht. »Es gibt viele Legenden über Werwölfe. Gerade vor ein paar Jahren tobte eine Kreatur im Gévaudan, von der einige behaupten, es sei ein Werwolf gewesen und kein tollwütiger Graupelz. Aber warum hört man so wenig über Vampire?«

Szomor hob den Finger. »*Du* hörst wenig darüber, weil es in deinem kleinen Kerhinet keinen gab, der Zeitschriften und Journale wie den *Mercure de France* las. Erinnere dich: Ich musste dir erst Schreiben und Lesen beibringen. Aber ich wette, dass in Guérande mancher gut Betuchte etwas von ihnen vernommen hat.« Er kam zu Tanguy an den Tisch und setzte sich ihm gegenüber. »Doch es stimmt. Die meisten Vampire gibt es auf dem Balkan. Alles Land, was östlich von Wien liegt, gehört den Blutsaugern, und ihren Anspruch behaupten sie unverhohlen. Die Handvoll, die im Westen leben, halten sich im Gegensatz dazu gut verborgen. Sie sind froh, denke ich, dass man eher an Hexen und Werwölfe glaubt denn an sie.« Er tippte sich gegen die Stirn, schien Erinnerungen wachzuklopfen. »War es vor fünfzig Jahren? Ja, ich glaube, so lange könnte es her gewesen sein. Da machte die Nachricht von einem Dörfchen in Serbien die Runde durch alle Zeitungen und Zeitschriften. In ganz Europa.«

»Ach?«

»Die Menschen litten unter den Attacken eines Rudels Vampire. Der Vorfall wurde von den Behörden untersucht, und so hörte man auch im Westen von den Blutsaugern.« Er kratzte sich am Kopf, die fettigen Haare schauten unter dem Rand seiner Kappe hervor. »Die Wissenschaftler und Theologen wollten erklären, wie es zu den Vampiren gekommen ist: Dämonen, Seelenaufspaltung, schwarze Magie, alles Mögliche haben sie in Betracht gezogen.«

Tanguy horchte auf. Bot sich eine Möglichkeit, dem Untotendasein zu entkommen, das ihn zum Morden zwang und mit dem grauenvollen Durst schlug? Regelmäßig ließ ihn das heiße trockene Gefühl in seinen Eingeweiden und in seiner Kehle glauben, von innen zu verbrennen, wenn es nicht umgehend gestillt wurde. Er hatte vieles versucht, Milch, Wasser, sogar Schlamm hatte er in sich hineingestopft. Ohne Erfolg. Es gab kein anderes Mittel dagegen als Blut. Das Töten von Menschen fiel ihm zwar leicht, das Töten von Wegelagerern, Bettlern und anderen Schurken sogar noch leichter. Aber er wollte es nicht. Nicht dann, wenn Durst und Gier gewichen waren. Dann bereute er seine Jagden. »Zu welchem Schluss sind sie gekommen?«

Szomor grinste wissend. »Man hat sich unter den Gelehrten darauf verständigt, dass es doch wohl nur Aberglaube und Unwissenheit seien, die zusammengenommen zum Glauben an Vampire führten. Ein Arzt namens Tallar hat vor ein paar Jahren angeblich bewiesen, dass die strengen Fastengebote der Orthodoxen schuld an den rätselhaften Todesfällen seien. Und unbekannte Krankheiten, natürlich.« Er verzog den Mund. »Wir beide wissen es besser.«

Irgendwo klirrte es, gefolgt von einem lauten Brodeln. Rauch stieg aus dem Dickicht der Apparaturen.

»Verdammt! Meine Tinktur geht dahin!« Szomor sprang auf und rannte dorthin, von wo das Geräusch gekommen war.

»Hat es einen tieferen Sinn, warum es weniger Vampire im Westen gibt als im Osten?«

Szomor reagierte zunächst nicht, sondern wirbelte umher, schöpfte und kratzte die übergelaufene Flüssigkeit von der Kupferwanne in eine Glasschale. »Was weißt du über die Hexenprozesse in den letzten hundert Jahren?«

Tanguy hatte ein paar Geschichten über Hexen gehört. »Nun ... dass es sie gab?«

»Ich habe meine Mutter einst erzählen hören, dass die Vampire sie in Gang gesetzt hätten, um sich zu rächen.« Szomor stieß einen lauten Fluch aus. »Es ist bestimmt etwas Wahres dran. Mich haben sie ja auch vertrieben. Aus Neid und Missgunst.« Er betrachtete traurig die kläglichen Überreste seines Versuchs und trank sie dann, ohne das Gesicht zu verziehen. »Angeblich haben die Werwölfe und Hexen die Vampire des Westens vernichtet, um mehr Macht zu erlangen. Es ist ihnen gelungen. Aber aus Rache stießen die überlebenden Vampire die Verfolgungen an. Sie hetzten die Kirchenleute auf und verbreiteten Lügen beim einfachen Volk. Tausende von Prozessen sind gegen Menschen geführt worden. Wegen Hexerei und Wolfswandlungen.« Szomor schüttelte sich und musste sich am Tisch festhalten. Die Tinktur schien ihre Wirkung schlagartig und geradezu überwältigend zu entfalten. »Wenn du mich fragst, Mocsár, haben die Grenzen gehalten. Noch immer hat die alte Aufteilung Bestand.«

Tanguy machte sich halbherzig ein paar Stichworte dazu, verfolgte das Thema jedoch nicht weiter. Es machte seine persönliche Lage nicht besser, von den alten Querelen dieser Albtraumwesen zu wissen.

*Das ist nicht das, was ich benötige.*

Er brauchte ein Judaskind, um sich mit ihm auszutauschen, um seine eigenen Kräfte noch besser zu schulen. Die Fortschritte verliefen schleppend. Keine Gestaltenwandlung, das Wetter gehorchte ihm nicht. Er war an einem Punkt angelangt, an dem er ohne fremde Hilfe nicht weitergelangte. Szomor vermochte ihm diesen Beistand nicht zu leisten.

*Malo oder irgendein anderer aus der Bande.*

Tanguy erhob sich und trat zur Tür.

»Gehst du wieder die Räuber suchen?«

»Ja.«

»Ich sagte dir schon einmal, dass sie aus dem Guérande verschwunden sind. Man erzählt auf dem Markt, dass sie mit einem Boot nach Süden gefahren sind. In Bordeaux werden gerade brutale Überfälle auf Reisende begangen, die nach der Handschrift der Bande aussehen.«

»Mag sein. Doch ich *muss* etwas tun. Untätigkeit kann ich mir nicht verzeihen.« Tanguy verließ das Haus.

Die Untätigkeit war eine Sache, der verfluchte Durst eine andere. Starker Durst, der ihn ungeduldig und zornig machte. Blut musste her. Am besten Menschenblut.

*Ich hasse diesen Zwang!*

Er eilte vom Haus weg, das von einem schützenden Ring aus

Moor und hohem Schilf umgeben war, und wanderte zügig durch die Abenddämmerung.

Die Natur um ihn herum erwachte aus der Winterstarre. Vögel sangen ihre Lieder und jagten mit den wenigen Wolken um die Wette. Der betörende Duft von blühenden Seerosen lag in der Luft, gegen den die üblen Gerüche des Sumpfes nicht ankamen.

Tanguy hielt nach Barken Ausschau.

Bislang hatte er sich an den Schwur gehalten, nur Halunken und Abschaum zu töten. Am einfachsten war es gewesen, als er sich noch die Gefangenen in den Kerkern schnappen konnte. Mit seiner Schnelligkeit und Lautlosigkeit bedeutete es ein Kinderspiel, in das Gewölbe zu gelangen Doch allmählich musste er sich etwas Neues einfallen lassen. Es wurde schon über die Toten in den Zellen geredet. Die Wärter sollten nicht seinetwegen der Selbstjustiz verdächtigt werden.

*Vielleicht muss der Riese doch wieder zuschlagen. Sonst haben die Brièrones keinen Respekt mehr vor ihm*, rechtfertigte er seine finsteren Gedanken vor sich selbst, um dem Bruch seines Gelübdes einen scheinbaren Sinn zu geben. Er wusste jedoch nur zu gut, dass er sich selbst betrog, und schämte sich.

*Ich kann nicht anders.*

Er wandte sich nach Osten und trabte los.

Sein Weg führte ihn an den Menhiren vorbei, an denen Blumen sowie kleine Gaben niedergelegt worden waren. Die alten Religionen und heidnischen Rituale wurden von manchem Bewohner des Pays noir noch immer ausgeübt, Christentum hin oder her.

Tanguy trat durch die Halme an das Ufer eines Kanals. Plötzlich tauchten in nicht allzu weiter Entfernung mehrere Barken auf.

*Eine Jagdgesellschaft!*

Besser konnte es nicht für ihn kommen. Edelleute ... einer verkommener, arroganter und nutzloser als der andere, wie er fand. Und nicht nur er. Schon des Öfteren war die Rede von Unruhen in Paris gewesen, vor allem in den Vierteln, in denen die Armen lebten. Den König und seinen Hofstaat interessierte die Not des Volks jedoch nicht.

*So ist es auch bei uns. Adlige sind ebenso Schurken, auf ihre Weise. Ich tue Gutes mit ihrem Tod.*

Das war seine selbst erteilte Absolution. Tanguy betrachtete erleichtert die fünf Kähne, die zum Schutz vor Sonne und Regen mit Baldachinen versehen worden waren. Er schätzte die Anzahl der Personen auf vierzig.

*Einer mehr oder weniger wird nicht auffallen.*

Er grollte voller Vorfreude auf das Blut, das er bald im Mund spüren würde, und machte einen Schritt zurück in den Schutz des wogenden Schilfs.

Sein Plan entstand in Windeseile. Er würde tauchen, den hintersten Kahn an einer schmalen Stelle zum Kentern bringen und einen von ihnen unter Wasser ins Dickicht ziehen.

*Einen von den Adligen. Oder auch zwei. Keinen Diener.*

An einer abseits gelegenen Stelle des Kanals stieg er in die dunkle Brühe und glitt unter die Oberfläche. Mit schnellen Zügen hielt er auf die Barken zu, die über ihm als schwarze Umrisse zu erkennen waren. Es war, als schwebten sie auf Gelee. Die Pigouilles stachen immer wieder gegen den Grund und stießen die Gefährte vorwärts.

Tanguy rückte dicht an das hintere Boot und schnappte den Stab, hielt ihn fest. Er sah, wie der Mann sich an das Holz klammerte und daran riss. Undeutlich vernahm er dessen Flüche.

*Kommt zu mir, edle Leute.*

Tanguy entwand ihm den Stab und tauchte bis auf den Grund. Mit ganzer Kraft drückte er sich vom Boden ab und rammte das Heck.

Die Planken barsten unter dem Einschlag. Platschend und von Blasen umgeben, fielen die überraschten Passagiere ins Wasser, gingen unter. Hektisch ruderten sie mit den Armen, um nach oben zu gelangen. Die schweren, teuren Stoffe sogen sich rasch voll und bildeten zusätzliches Gewicht. Sie erinnerten Tanguy an behäbige Tanzbären.

*Ihr sollt es sein!*

Er packte die zwei Männer, deren Kleidung am kostspieligsten aussah, und bewegte sich mit kräftigen Beinschlägen weg von der Unglücksstelle. Zwar wehrten sich seine Opfer noch, aber sie hatten zu wenig Luft in den Lungen, um lange Widerstand leisten zu können. Sie vergeudeten das bisschen auch noch mit sinnlosen Schreiversuchen.

Über ihnen zogen treibende Moospolster dahin, Enten schwammen vorüber und wirkten durch die Licht- und Wasserbrechung verzerrt. Tanguy genoss die Stille und die Vorfreude, bald trinken zu dürfen. Die beiden Männer, die er entführt hatte, hingen schlaff in seinem Griff. Die Gliedmaßen hatten ihre Spannung und ihre Kraft verloren. Bis er sein Ziel erreicht hatte, waren sie sicherlich ertrunken.

Tanguy tauchte unter einer schwimmenden Grasinsel hindurch und gelangte in einen benachbarten Kanal, der durch seine Enge und seine Entfernung für die Jagdgesellschaft unerreichbar war. Die Barken müssten einen Umweg fahren, um hierherzugelangen.

Geschätzte fünfhundert Schritte von seinem Angriff entfernt, tauchte er im Schutz einer Trauerweide auf. Die langen Äste berührten das Wasser und ragten weit in den Kanal hinein. Sie bildeten einen natürlichen Vorhang, der Schutz vor Blicken bot.

Zuerst wuchtete er die Leichen über den Grasrand, danach zog er sich selbst empor. Eine Blesshuhnfamilie suchte vor den Störern empört pfeifend das Weite.

Tanguy konnte sich nicht länger zurückhalten. Das Brennen in seinem Magen schmerzte, und er hatte das schreckliche Gefühl, gleich zu verdursten. Nichts konnte ihn mehr von seiner Beute trennen.

*Endlich!*

Er riss den Kragen des dickeren Mannes auf und schlug die Zähne in die nasse, kalte Haut, zerfetzte sie und trank stöhnend vor Wonne. Das warme Blut sprudelte in seinen Mund, und er sog mit aller Macht an der Wunde. Alles musste heraus, alles! Als nichts mehr aus den Adern kam, warf er sich auf sein zweites Opfer.

*Mehr! Mehr davon!*

Fauchend, mit lüsternem Blick entfernte er das hinderliche Halstuch und biss zu. Wieder soff er wie von Sinnen, schlürfte und presste und achtete darauf, dass kein kostbarer Tropfen auf den Boden fiel.

Der volle Geschmack, die Wärme und der betörende Geruch des Blutes machten ihn wahnsinnig vor Gier. Das Glück spritzte in seinen Schlund und ließ sich von ihm aufsaugen. Reine Erfüllung. Eine unglaubliche Lebendigkeit breitete sich dabei in ihm aus. Ein Laut der Enttäuschung drang über seine Lippen, als auch dieser Quell des Lebens viel zu schnell versiegte.

*Das tat gut!*

Ächzend lehnte er sich an den Weidenstamm und ließ sich auf dem Boden nieder. Er meinte, es in seinem Bauch gluckern zu hören.

*Es war viel zu schnell zu Ende. Ich könnte noch mehr ...*

Abrupt wandte er den Kopf nach rechts. Er hatte einen bekannten Geruch in die Nase bekommen.

Der Junge stand dort. Der schwarzhaarige Junge mit dem Muttermal unter dem linken Auge. Tanguy erinnerte sich an den Tag ihrer ersten Begegnung. An den Stapel honiggetränkter Galettes. An die Ente mit dem abgebissenen Kopf. Die braunen Augen zeigten keinerlei Furcht, auch kein Entsetzen oder Abscheu. Tanguy las in ihnen nichts als ... Neugier.

»Du hast sie nicht gefressen«, stellte er mit ruhigem Ton fest. In seinem breiten schwarzen Gürtel steckte eine kleine Pistole. Anscheinend hatte er zur Jagdgesellschaft gehört.

Tanguys Gedanken schwirrten in seinem Kopf herum. Er wischte sich mit dem Handrücken das Blut von den Lippen. »Nein«, gab er langsam zurück und konnte sich ein breites Grinsen nicht verkneifen.

*Du kommst mir gerade recht. Einen Nachtisch kann ich gut gebrauchen. Und eine Rechnung mit deinem Großvater ist ebenfalls noch offen.*

»Was hast du dann mit ihnen gemacht?«

»Das Blut aus den Adern gesogen.« Er schob sich am Stamm in die Höhe. Die helle Lederkleidung des unerwarteten Besuchers roch neu, unterstrich dessen Unberührtheit.

Der Junge schaute rätselnd auf die Leichen. »Ist das nicht Verschwendung? Sie haben sehr viel Fleisch.«

»Du klingst wie ein Metzger, petit Seigneur.« Tanguy hatte für sich beschlossen, ihn als Sonderling zu betrachten, dessen Zeit gekommen war. »Erinnerst du dich an mich?« Er kam auf ihn zu und hinterließ dabei eine Spur aus Wassertropfen im trockenen Gras.

»Sicherlich. Du bist der tote Tanguy Guivarch.« Der Junge betrachtete ihn mit Gleichmut und lüftete das spitze grüne Hütchen. »Ich habe mit deiner Verlobten gesprochen. Kurz bevor sie nachts ermordet und nach allen Regeln der Kunst in kleine Fetzen gerissen wurde. Sogar mein Großvater war tief beeindruckt von der Tat.«

*Beeindruckt? Sollte er nicht viel eher erschrocken sein?*

Der Durst und die Lust auf frisches, junges Blut ließen ihn die warnende Stimme in sich absichtlich überhören. Dabei war das Verhalten des Jungen ein einziges Mahnzeichen. So benahm sich kein Bursche in seinem Alter. Weder besaß er eine derartige Abgebrühtheit noch eine solche Kaltherzigkeit. Er langte nicht einmal nach der Pistole, um sich zu verteidigen.

»So? War er das?«, knurrte Tanguy und befand sich keine zwei Schritte mehr von dem Jungen entfernt. »Dann bin ich gespannt, was dein eingebildeter, arroganter Comte sagt, wenn er deinen Leichnam in den Armen hält!« Er grabschte blitzschnell nach ihm und hielt ihn am Arm fest, zeigte ihm die Fänge und riss den Mund weit auf.

Der Junge – lächelte. Die braunen Augen schauten plötzlich nach links.

Ein Schatten schoss heran, und gleich darauf drosch ein dicker Ast gegen Tanguys Arm. Der Schlag sprengte den Griff, der Junge war frei. Das Knacken seines gebrochenen Knochens hörte er zuerst, dann kam der Schmerz. Gleichzeitig traf ihn ein zweiter Hieb gegen die Brust, der ihn von den Beinen schleuderte, durch die Luft fliegen und gegen den Weidenstamm schlagen ließ. Die dünnen Äste erzitterten unter dem Aufprall.

Während Tanguy noch an der Rinde nach unten rutschte und versuchte, den Angreifer genauer zu erkennen, walzte der mannsgroße Schemen laut grollend und rasend auf ihn zu. Kaum berührten seine Schuhe den weichen Grasboden, umklammerte schon eine behaarte Klaue seinen Hals und drückte fest zu. Tanguy würgte und fauchte gleichzeitig.

Eine weit geöffnete, zahnbewehrte Schnauze zuckte heran und wollte in sein Gesicht beißen. Tanguy versuchte, den Kopf wegzudrehen, und griff seinerseits nach dem Feind. Stinkender Pesthauch wehte ihm aus dem schwarzen Rachen entgegen.

*Loup-Garou!*

Er stand einem echten Werwolf gegenüber, der sich offenkundig als Beschützer des Jungen verstand. Er hatte die Mischform gewählt: auf zwei Beinen und menschengroß, aber doch ein Tier mit wolfsähnlichem Kopf und einem kräftigen Körperbau.

Tanguys stählerner Griff gegen die Gurgel des Werwolfs verhinderte den fatalen Biss, doch er würde die Bestie nicht lange halten können. Die Kraft des wütenden Wesens mit den glutrot leuchtenden Augen imponierte und erschreckte gleichermaßen. Szomor war dagegen schwach und kein Vergleich.

Tanguy erkannte innerhalb eines Herzschlags, dass er in einem normalen Kampf ohne Aussicht auf Erfolg wäre.

*Ich muss flüchten!*

Er versuchte, sich aus der Umklammerung zu winden, aber die gelben, dicken Nägel hatten sich in seine Kehle geschlagen. Die Wunden brannten, warm sickerte das Blut über die Haut. *Sein* kostbares Blut! Tanguy hing fest. »Ich töte dich!«, fauchte er und hoffte, die Bestie ließe sich beeindrucken.

Die Antwort bestand aus einem furchtbaren Brüllen, das meilenweit durch die Brière trug. Wieder wurde er von fauligem Atem eingehüllt. »Du wirst meinen Enkel nicht berühren«, knurrte der Werwolf. »Ich hätte dich in Guérande umbringen und verbrennen lassen sollen, Bauer.«

*Der ... Comte?*

Tanguy schlug mehrmals gegen den haarigen, sehnigen Arm, der ihn festhielt, doch er richtete nichts aus. Stattdessen erhielt er einen Faustschlag, der ihn durchschüttelte.

»Das werde ich nun nachholen. Du gehörst ohnehin ins Reich der Toten!« Der Werwolf zog ihn zu sich heran und biss ihm in die Kehle, schüttelte ihn in Raubtiermanier.

Der Schmerz war unbeschreiblich, aber Schreien vermochte Tanguy nicht. Er wurde umhergeschleudert wie ein nasses Tuch. Sein Nacken knirschte unter dem Druck der Kiefer, die Pein wurde unerträglich. Einer solchen brachialen Gewalt war er nicht gewachsen.

*Er wird mir den Kopf abbeißen, wenn ich nicht ...*

In Panik tastete Tanguy nach den Augäpfeln des Loup-Garou und drückte sie ein. Flüssigkeit rann über seine Finger.

Aufjaulend ließ die Bestie von ihm ab.

Tanguy war frei, hustete und spie Blut. Sein Hals schien aus rohem Fleisch zu bestehen, der kleinste Luftzug schmerzte. Er verspürte ... Angst. Schreckliche Angst! An dem Feind vorbei sah er den lächelnden Jungen stehen, der die Hände auf den Rücken gelegt hatte und den Kampf verfolgte.

*Ich muss verschwinden! Im Moor bin ich ihm überlegen.*

Der schnaubende Werwolf regenerierte seine Verletzung bereits, die Augen entstanden neu. Das Rot leuchtete noch intensiver als vorher. Der Comte war hasserfüllt. Die scharfen Klauen öffneten und schlossen sich ankündigend, frisches Blut lief daran hinab.

Tanguy hastete nach rechts, auf das Wasser zu.

Vier Schritte gelangen ihm, dann bohrten sich lange Nägel rechts und links in seine Schulterblätter. Die Schnitte reichten tief, schrammten über das Rückgrat.

Tanguy schrie gellend und wurde von einem heftigen Schlag ins Kreuz getroffen. Das Gewicht des Gegners, der an ihm zu hingen schien, zog ihn nach unten. Wolfsgestank brach über ihn herein, er stolperte und fiel und sank mit dem Oberkörper unter Wasser. Der Feind saß auf seinem Rücken und biss ihm in den Nacken, um die Wirbel zu durchtrennen. Die Krallen rissen seine Flanken auf und wollten sich an den schützenden Rippen vorbei zu den Gedärmen vorwühlen.

*Zu stark! Dieses Wesen ist zu stark für mich!*

Tanguy versuchte es mit Kraft, mit Gewandtheit und voller Verzweiflung, doch der Loup-Garou ließ sich nicht abschütteln. Was immer der Vampir in seiner misslichen Lage aufbot, der Werwolf beherrschte ihn nach Belieben.

Die tödlichen Zähne spannten sich fester um das Genick, und er hörte seine Knochen knistern. Tanguy sah nur noch grelles Licht vor seinen Augen, der Schmerz machte ihn blind, während sein Kreischen vom Sumpf verschluckt wurde.

Als sein Bewusstsein schwinden wollte, endete der Druck. Die Zähne wurden aus seinem Fleisch gezogen.

*Was nun?*

Ächzend rollte Tanguy sich herum und richtete sich auf, eine Hand zur Abwehr des Gegners erhoben.

Der Loup-Garou stand vor einem langen, dürren Mann, der ihn mit einem ungewöhnlich wirkenden Schwert bedrohte, das silbrig glänzte.

*Szomor!?*

Tanguy erhob sich unsicher, wischte sich den Dreck aus den Augen und wankte an Land, um seinem Mentor beizustehen. Mehrmals knickte er ein, Wasser und Blut liefen an ihm herunter. Die Verletzungen heilten mit peinvollem Ziehen, und sein Durst verstärkte sich durch die Beanspruchung.

Der Werwolf sah kurz zu ihm und wich dem Hieb der langen Klinge reflexartig aus. Die Blicke aus den roten Augen wanderten rastlos zwischen den Feinden hin und her.

*Er kann sich nicht entscheiden.*

Da trat der Junge hinter der Weide hervor, die Pistole am ausgestreckten Arm haltend und auf den Hexer gerichtet. »Das ist dir nicht erlaubt!«

Es krachte.

Die Kugel jagte aus dem Lauf und trat Szomor durch die Brust, wo ein münzgroßes Loch sichtbar wurde. Er kippte nach hinten, ohne das Schwert fallen zu lassen, und schlug auf dem Boden auf.

»Nein!« Tanguy warf sich auf den Jungen. »Du wirst sterben!«

Die vom Loup-Garou geschlagenen Wunden hatten sich fast geschlossen, und die unbändige Wut verlieh ihm ungeahnte Kräfte und Geschwindigkeit. Durst und Hass verlangten nach Blut.

Fast hatte er den Knaben erreicht, da prallte er gegen seinen Verteidiger.

Der Comte hieb nach Tanguy, der mit einem Zischen unter dem Angriff wegtauchte und dem Werwolf gegen die Körpermitte schlug, die Hand dabei ausgestreckt und mit den scharfen Fingernägeln nach vorne. Sie drangen durch die Haut bis tief in die Leibesmitte.

»Verrecke!« Tanguy packte in die weiche Wärme und riss an allem, was er zu fassen bekam.

Der Comte machte aus dem Affekt einen Hopser nach hinten. Blut ergoss sich aus der offenen Verletzung, und Teile des Darms baumelten hervor. Er geiferte und jaulte, aber er fiel nicht.

Tanguy setzte mit einem Schrei nach. Sein harter Tritt warf die verletzte Bestie weit zurück, die sich überschlug und neben Szomor zum Liegen kam.

Es knallte.

Dieses Mal traf das Geschoss Tanguy und ging ihm durchs Herz. Er spürte den Einschlag und wie es schmerzte – doch der Muskel pumpte weiter. Die Öffnungen in Haut und Fleisch heilten kribbelnd. Vor Blei musste er sich nicht fürchten.

Das hatte wohl auch der Junge begriffen. Er starrte ihn an und zog ruckartig seinen Jagddolch aus dem Rückenfutteral. Er schien offenbar der Meinung zu sein, gegen einen Vampir bestehen zu können.

»Du bist gleich an der Reihe, Knabe.« Tanguy riss dem toten Szomor das merkwürdige Schwert aus der Hand und rammte es dem Loup-Garou zuerst durch die Klaue, die nach ihm schlug. Zischend schnitt die Klinge durch die Hand und hinterließ ein Loch mit verbrannten, rauchenden Rändern. »Gut. Es hilft also gegen dich«, rief er auftrumpfend und stach nochmals zu; die Spitze zeigte auf das Herz der Bestie.

Zwar versuchte der Comte, das silbrige Schwert mit den Fingern aufzuhalten, aber er verletzte sich daran nur; noch mehr Qualm entstand, der in Tanguys Augen und Nase biss.

Die Waffe traf das Ziel und begann ihr vernichtendes Werk: Der Werwolf brüllte ohrenbetäubend und wälzte sich zur Seite, wodurch er sich das Schwert schräg durch den Leib trieb.

Die Intarsien auf dem Schwert gerieten in Bewegung, verflüssigten sich und schienen von der Klinge in den Leib des Feindes zu fließen. Morast spritzte in die Höhe, den die Bestie im Todeskampf um sich warf. Grauer Rauch strömte aus ihrem Schlund und aus der Wunde, es stank verwesend und brennend zugleich. Silbrig schimmerndes Blut floss auf die Erde.

Tanguy roch es. Es zog ihn magisch an, und bevor er sich zur Ordnung zu rufen vermochte, stürzte er sich mit weit offenem Mund auf den vergehenden, sich schwach bewegenden Loup-Garou.

Doch was er in den Mund bekam, brachte ihn zum Würgen.

*Das ist …*

Er wich zurück, spuckte und versuchte, den Rachen mit Wasser auszuspülen. Aalblut bedeutete dagegen eine Delikatesse. Es hatte den Anschein, als ätzte sich das Blut, das er gierig geschluckt hatte, durch den Magen.

*Ich benötige etwas Besseres zum Nachspülen!*

Er trat von dem zuckenden Werwolf weg, der den Kampf gegen den Tod verloren hatte; knackend verformte er sich und nahm Menschengestalt an. Tanguys Augen verengten sich, er sah zum Jungen, der etliche Schritte von ihm entfernt stand. »Ich habe es dir versprochen«, flüsterte er und spie die letzten Reste des widerlichen Blutes aus. »Du schmeckst gewiss besser als dein Großvater, petit Seigneur!«

Der Junge hielt den Dolch stoßbereit. »Du wirst mich nicht töten, Blutsauger. Ich trenne dir den Schädel ab, und dann wirst du vergehen!« Er senkte den Kopf, die braunen Augen blickten trotzig und unglaublich sicher. Der karamellfarbene Ring leuchtete wie lichter Bernstein.

*Du wirst mir munden.*

Tanguy lachte auf und rannte immer schneller werdend auf sein Opfer zu, die Hände nach vorne gestreckt – und er verlor den Boden unter den Füßen.

*Ein Zauber!*

Eine unerwartete Leichtigkeit hatte sich seiner bemächtigt, die ihn sanft wie eine Feder schweben ließ. Nicht nur das: Er trieb auf sein Opfer zu und glitt durch es hindurch!

Der Junge machte große Augen und stach dennoch nach ihm. Die Klinge hätte Tanguy ins Herz getroffen, aber sie zischte harmlos durch seinen schimmernden Körper.

*Was geht hier vor?*

Der Wind packte ihn und trug ihn mit sich, schob ihn unter der Weide hindurch zum Abendhimmel empor.

»Komm zurück!«, rief der Junge unter ihm und reckte den Dolch senkrecht nach oben. »Komm zurück, feiger Blutsauger!«

Tanguy ahnte, dass er ungewollt eine seiner Vampirkräfte aktiviert hatte, und zwar zum ungünstigsten Augenblick. Er trieb höher und befand sich bereits elf, zwölf Schritt über dem Sumpf.

*Wie kann ich es steuern?*

Er bemühte sich, konzentrierte sich, aber er erlangte seine körperliche Form nicht zurück.

Der Junge blickte ihm hinterher. »Ich werde den Tod meines Großvaters rächen!«, schrie er ihm nach. »Hörst du mich, Tanguy Guivarch? Ich finde heraus, wie ich dich vernichten kann, und dann wird mich nichts aufhalten können!«

*Wenn ich könnte, wie ich wollte, petit Seigneur, wärst du mit deinem Großvater bereits vereint.*

Er flog mit dem Wind nach Westen, auf die Salzfelder rund um Guérande zu. Der Knabe blieb zurück und wurde bald von den Halmen verdeckt.

*Wie komme ich wieder nach unten?*

Sosehr es ihn ärgerte, seinen Zustand nicht ändern zu können, besaß die ungewollte Reise durchaus ihren Reiz. Die nächtliche, sternenbeschienene Brière erschien selbst aus der Perspektive eines Vogels unendlich und breitete sich nach allen

Seiten aus. Halme und flache Inseln reihten sich aneinander, die schwarzwässrigen Kanäle erinnerten an finstere Adern.

*Wunderschön!*

Tanguy hatte es aufgegeben, seinen Zustand beeinflussen zu wollen. Er genoss notgedrungen die Aussicht. Szomors Ende berührte ihn kaum, auch wenn er seinem Mentor dankbar war, dass er ihm zu Hilfe gekommen war. Auf diese Weise hatte Tanguy nicht selbst Hand an den Hexer legen müssen.

Gleich einem unsichtbaren Ballon trieb er dahin, über die Salzfelder, über die Stadt auf die Küstenlinie zu.

Nun wurde es gefährlich.

*Das darf unter keinen Umständen geschehen.*

Fließendes Wasser konnte er nicht überqueren, das hatte er herausgefunden. Was geschehen würde, wenn er ins Meer stürzte, wusste er nicht. Sein Gefühl sagte ihm, dass er es zu seinem eigenen Wohl nicht ausprobieren sollte.

Tanguy bündelte seine Gedanken, doch es gab keinen Angriffspunkt für ihn. Zudem befand er sich auf geschätzten fünfzig Schritt Höhe. Wie er den Aufschlag auf normales Land überstehen sollte, wusste er ebenfalls nicht.

Brausend rückte der Atlantik näher; die Luft roch frischer, nach Salz und Feuchtigkeit.

»Schluss!«, rief er verzweifelt. »Welche Macht auch immer dies bewirkt, ich befehle dir: Beende es!«

Tanguy sah die Wellen sich an einem Riff brechen. Schäumend rollten die Wogen den steinigen Sand hinauf, schoben Treibholz, Muscheln und Steinchen unaufhaltsam mit sich. *Ich werde sterben*, dachte er mit plötzlicher innerer Gewissheit. Der Anblick der Naturgewalt sprach seinen Selbsterhaltungstrieb an, und er wusste: *Die kleinste Berührung mit den aufgewühlten Wellen wird mein Ende bedeuten. Sie werden meinen Leib säuregleich zersetzen, und ich kann es nicht verhindern.*

Angst ums nackte Überleben befiel ihn. Es spielte keine Rolle, dass er einen mächtigen Loup-Garou besiegt hatte, dass er Menschen wie Schafe reißen konnte oder andere übernatürliche Gaben besaß. Vor ihm lauerte der Tod. Der endgültige Tod.

*Nein! Nein, es muss doch zu schaffen sein, dass ich ...* Er strampelte und vollführte absonderliche Verrenkungen, um seinen Flug aufzuhalten.

Unversehens war es, als hätte man sein Gewicht verdreifacht. Tanguy rauschte steingleich in die Tiefe.

Der Strand unter ihm kam rasend näher. Er bemühte sich, mit den Füßen voran aufzutreffen.

Der weiche Untergrund aus grobem Sand, Muschelresten und Algen dämpfte den Aufprall. Es krachte, als sei er auf Holz gelandet. Heiße Schmerzen fuhren durch seine Beine, die Gelenke schmerzten.

Tanguy lag nackt am feuchten Strand und blickte ungläubig auf die Verletzung. Das Krachen, das er vernommen hatte, stammte von seinem rechten Unterschenkel. Er keuchte vor Schmerz auf: Der Knochen war gesplittert und hatte sich durch das Fleisch gebohrt.

*Glimpflich davongekommen,* dachte er erleichtert, bis er das Plätschern wahrnahm, das sich ihm näherte. Hektisch drehte er den Kopf.

*Das Meer? Wo ist es?*

Die nächsten Wogen schwappten heran.

*Nein, nein, nein!* Er rutschte und schob sich wie eine Robbe davon, um der Berührung zu entgehen. Als es zu knapp zu werden drohte, rollte er sich um die eigene Achse.

Der Atlantik mit seinen Wellen blieb hartnäckig hinter ihm. Ein kleiner Ausläufer erwischte ihn an der rechten Schulter.

Das Meer verätzte blitzschnell seine Haut, fraß sich hindurch bis auf den Knochen, als bestünde sein Körper aus angemaltem Zucker; sogar die Knochen wurden angegriffen und in Mitleidenschaft gezogen.

Zur unsäglichen Pein gesellte sich eine immense, unbeherrschbare Furcht. So weich und kühl das Wasser war, so harmlos die erste Berührung im Vergleich zur Attacke des Loup-Garou daherkam, umso tödlicher war sie!

Tanguy kreischte und wimmerte. Vollkommen kopflos und getrieben vom Willen, dem Meer zu entkommen, rutschte er hastig den Strand hinauf. Winselnd wie ein Tier wand er sich weiter über die großen Steine, die unmittelbar an den Strand anschlossen. Erst als er verstanden hatte, dass die Wogen ihm nicht weiter folgten, beruhigte er sich.

*Welche Macht steckt im Wasser?*

Er biss die Zähne fest zusammen. Die Wunden, die ihm das Meer zugefügt hatte, verheilten nur unter großen Schmerzen. Dass sich sein Bruch längst geschlossen hatte, fiel ihm zunächst nicht auf. Tanguy umklammerte die Felsen, stöhnte und schnaufte, bis die Heilung abgeschlossen war. Erschöpft sank er nach hinten.

Die Sterne blinkten und funkelten über ihm. Sie kamen ihm unglaublich gleichgültig vor, starrten auf ihn herab und würden vermutlich immer noch am Firmament hängen, wenn er vergangen war. Um ein Haar hätte ihn die Endlichkeit heute zu sich geholt.

*Ich darf nicht verweilen*, sagte Tanguy zu sich selbst. *Der kleine Seigneur wird bestimmt Hilfe geholt haben, um die Brière nach meinem Unterschlupf abzusuchen.*

Er erhob sich und kletterte mit spielerischer Leichtigkeit die Steilwand hinauf.

Vieles war denkbar. Vielleicht würde man das Haus niemals finden, vielleicht hatte man es schon entdeckt. Es ging ihm lediglich darum, seine Notizen über die Vampire zu sichern. Dann würde er dem kleinen Comte einen Besuch abstatten.

*Ich habe dir zuerst den Tod geschworen, verzogener Rotzlöffel.*

Er hatte die Bruchkante erreicht, zog sich hinauf und blickte noch einmal nach dem Meer, das rauschte und Welle um Welle aussandte. Die Flut brandete herein. Tanguy schauderte.

*Ein wenig später, und ich wäre im Wasser gelandet.*

Dann rannte er los. Seine Schulter brannte noch immer. In dieser Nacht hatte er gelernt, dass es einen weiteren Grad von körperlichem Schmerz gab, der durchdringender war als alles bisher Gekannte.

Mit der Morgenröte erreichte Tanguy das Haus.

Er hatte sich unterwegs überlegt, ob er die Gefahr einer Rückkehr zu so früher Stunde eingehen oder lieber in einem Bisamrattenbau die Nacht abwarten sollte. Aber da er nirgends Anzeichen einer Suchmannschaft bemerkt hatte, ließ er es darauf ankommen.

Das große Haus lag vor ihm. Es sah nicht so aus, als ob sich Fremde Zugang verschafft hätten.

Ohne zu zögern, trat er durch die Tür.

»Da bist du ja endlich!«, vernahm er Szomors vertraute Stimme, in der Erleichterung und auch Vorwurf mitschwangen. Sein Kopf tauchte hinter den Apparaturen auf. »Wo warst du?«

*Er lebt?*

Tanguy fühlte neben der Überraschung unsagbare Enttäuschung. Damit war er aus der Schuld noch nicht entlassen. Nein, sie war sogar um das Doppelte gestiegen: Der Hexer hatte ihm zum zweiten Mal das Leben bewahrt. Zugeben würde er es nicht. »Ich habe mich verflogen.«

*Ich hätte es mir denken können. Er wird irgendwelche Zauberei angewandt haben, um sich zu retten.*

»Bitte?« Szomor verließ sein Forscherdickicht.

»Ich wurde durchscheinend, leicht und flog davon. Mit dem Wind.«

Szomor sah, dass Tanguy ohne Kleider vor ihm stand. »Es

wird auf Dauer teuer, dich jedes Mal neu einzukleiden«, kommentierte er trocken und deutete durch den Eingang zum Horizont. »Gut, dass du eine neue Facette deines Könnens gefunden hast, aber du musst jetzt in die Kammer. Die Sonne wird dich nicht schonen, auch wenn du dich ihr nackt und verwundbar zeigst.«

Tanguy nickte. »Wie hast du die Kugel ...«

»Ich bin ein Hexer«, fiel er ihm lachend ins Wort. »Es braucht mehr als einen Jungen mit einer Pistole, um mich umzubringen.«

»Was brauchte man *denn?*«, rutschte es Tanguy heraus.

Szomors Blick verlor jegliche Heiterkeit. »Ich unterstelle dir, dass du ein wenig flachsen wolltest«, sagte er eisig. »Vor dir steht dein zweimaliger Lebensbewahrer und Mentor!« Er legte den Zeigefinger gegen Tanguys Stirn. »Und ein sehr, sehr mächtiger Zauberkundiger.«

»Sicherlich. Ein Spaß«, antwortete Tanguy mit einem müden Lächeln und ärgerte sich, dass er sich selbst verraten hatte. Wenigstens wusste er jetzt, dass der Mann mit einer Kugel nicht zu töten war. »Ich danke dir, dass du mich gerettet hast.«

»Wieder«, fügte Szomor betont hinzu. »*Wieder* gerettet.«

Tanguy ging an dem Hexer vorbei zu dem Verschlag. »Ach, sag mir: Woher kamst du so schnell, und wieso hattest du dieses ... silberne Schwert dabei?«

»Vielleicht kann ich hellsehen, Mocsár? Was, denkst du, habe ich noch herausgefunden? Über dich und deine Gedanken?«

Ihre Blicke trafen sich.

Tanguy senkte als Erster die Augen und deutete eine Verbeugung an. »Verzeih mir meinen misslungenen Scherz. Ich könnte dir niemals etwas zuleide tun. Auch wenn ich ein Vampir bin.«

»Du bist ein Kind des Judas, ein Judassohn«, fügte Szomor schneidend hinzu. »Kein gewöhnlicher Vampir.« Er folgte ihm, um das Kabuff zu schließen. »Was ist das für eine Wunde auf dem Rücken?«, fragte er staunend. »Sie hat Narben hinterlassen! Eigentlich sollte ...«

»Das Meer hat mich berührt.« Mehr Erklärung gab er nicht. »Hast du den petit Seigneur getötet?« Er trat in seine bescheidene Schlafstätte und wandte sich Szomor zu.

*Bitte nicht. Ich will meine eigene Rache.*

»Er war verschwunden, als ich mich dazu entschloss, meine Rolle als Toter aufzugeben und mich wieder zu erheben.« Szomor langte in die Tasche und holte eine graue Metallkugel heraus. »Das war sie. Ein Spruch hat sie verlangsamt und unschädlich gemacht. Ich werde etwas Schönes mit ihr machen.« Er warf sie hoch ...

... und Tanguy fing sie vor seiner Nase auf. »Lass mir den Jungen«, verlangte er mit fester Stimme. »Er und ich, wir haben uns gegenseitig den Tod versprochen. Ich möchte der Schnellere sein.«

Szomor sah ihn lange an, bevor er die Hand ausgestreckt hinhielt. »Ich will deinem Glück nicht im Wege stehen, wenn du den kleinen Spross des Loup-Garou zur Strecke bringst. Der Comte de Morangiès, ein Loup-Garou. Vermutlich hat er auch etwas mit der Legende von der Bestie aus dem Gévaudan zu tun.« Sein Blick wurde stechend. »Erinnere dich stets daran, Mocsár, dass du mir zweifach das Leben schuldest.«

Langsam legte Tanguy die Bleikugel in die dürren Finger seines Mentors. »Wie könnte ich nicht?« Er lächelte falsch.

Szomor lächelte nicht weniger unaufrichtig zurück, dann drückte er die Tür des Verschlags zu.

***

# KAPITEL V

Frühsommer 1782, Frankreich,
Süd-Bretagne, Guérande

Tanguy hetzte durch die Gassen des schlafenden Guérande. Er war voller Vorfreude auf dem Weg zum Haus des Comte de Morangiès.

*In dieser Nacht löse ich mein Versprechen ein, petit Seigneur.*

Er trug die einfache Kleidung eines Schilfbauern, die er sich gestohlen hatte. Außer ihm waren eine Handvoll Menschen unterwegs. Ein paar Betrunkene torkelten von Wand zu Wand und sangen unanständige Lieder. Gelegentlich wurde ihnen aus den Fenstern ein Fluch zugeworfen, oder der Inhalt eines Nachttopfes verfehlte sie knapp.

Tanguy grinste. *Es erinnert mich an manche Nacht in Guérande, nach dem Besuch im* Pour l'âme. Er gönnte den Männern den Spaß und erhöhte die Geschwindigkeit seiner Schritte. Er bewegte sich derart schnell, dass normale Augen ihn ausschließlich mit Wissen und viel Mühe wahrnehmen konnten.

Tanguy gelangte in das Viertel, in dem die Reichen und Adligen lebten, und erreichte die Villa des Comte.

Im Gegensatz zu seinem ersten Besuch fehlten die Wachen vor der Tür. Die Mehrzahl der Fenster war unbeleuchtet.

*Komme ich zu spät?*

Tanguy flog aufgeregt die Stufen zur Tür hinauf und klopfte. Es war die einfachste Art, um an Wissen über den Verbleib des jungen Comte zu gelangen. Seine Vorfreude drohte in Enttäuschung umzuschlagen.

Niemand machte ihm auf.

»Ich weiß, dass ihr da seid!« Er schlug mit der Faust gegen das Holz, dass die Tür in den Angeln hüpfte und das Rumpeln weit durch das Haus hallen musste. Nur Taube und Tote würden es nicht hören.

Eine Lampe näherte sich dem Eingang, wie er am Lichtschein sah, der durch die Ritzen fiel. Die Tür wurde geöffnet, und ein verschlafener Bediensteter in einem Nachthemd mit einer langen Jacke darüber sah ihn verwundert an. »Was gibt es, Bursche?«, grummelte er.

»Ich habe eine Botschaft für den petit Seigneur.«

Er gähnte Tanguy offen an. »Da bist du zu spät. Er ist nach dem tragischen Unfall seines Großvaters abgereist.« Der Mann drückte die Tür zu.

Tanguy stellte den Fuß in den Spalt. »Die Nachricht ist wichtig. Wo finde ich ihn?«

Der Mann sah anklagend auf den versperrenden Schuh. »Er ist abgereist. Mehr weiß ich nicht.«

»Du wirst doch wohl wissen, wohin dein Herr gereist ist?«

»Er ist nicht mein Herr. Ich diene dem Marquis de Vertus und de Goello, der ein Freund des Comte ist.« Der Bedienstete trat mit dem Absatz auf Tanguys Zehenspitzen. »Weg damit!«

Tanguy fühlte den Schmerz, doch er nahm den Fuß nicht aus der Tür. »Mach das nicht noch einmal, oder es endet unschön mit dir.« Schnell sah er nach rechts und links die einsame Straße entlang. »Hast du irgendeinen Ort aufgeschnappt, durch den sie reisen? Geh und frag die anderen im Haus. Es ist wichtig, dass der Seigneur die Nachricht bekommt!«

»Ich bin allein, und jetzt verschwinde! Ich habe dir gesagt, was ich weiß.« Der Mann trat nochmals zu, dieses Mal kräftiger; drei Zehen brachen hörbar unter dem Tritt. »Oh! Tat das weh?«

Noch während der Mann gehässig grinste, packte Tanguy ihn am Jackenaufschlag und zerrte ihn nach vorn. Gleichzeitig nahm er den Schuh weg, packte mit der anderen Hand den Türklopfer und zog mit Wucht am Eisenring.

Der Kopf des überraschten Bediensteten geriet zwischen Rahmen und Tür, der Schädel brach krachend, das Gesicht wurde spitz wie das einer Maus. Rote Linien schossen aus der Nase, Blutströme ergossen sich auf die Schwelle.

»Ich habe dich gewarnt.« Tanguy roch den Lebenssaft, der vergeudet über den Boden sickerte. Auch wenn er durstig war, erst musste er seine Rachsucht befriedigen. Er ließ Ring und Kragen los, wandte sich um und ging. Hinter ihm rumpelte es, als der Diener tot auf den Boden fiel.

*Diese Werwolfbrut darf mir nicht entkommen.*

Ihm stand ein Lauf zu allen Stadttoren bevor, um die Wachen zu befragen. Vielleicht hatte einer von ihnen den Tross bemerkt. Falls nicht, würde es mit der Einlösung seines Todesversprechens kompliziert und höchst aufwendig werden.

Am Westtor erinnerte sich niemand an eine Gruppe mit einem adligen Jungen, auch am Nordtor gab es keine erfreulichen Neuigkeiten für Tanguy. Er machte sich auf zum Osttor der Stadt und nutzte seine übermenschliche Geschwindigkeit, um Zeit zu sparen. Eine vampirische Gabe, die er sehr praktisch fand.

Er erreichte den Ausgang, an dem zwei Uniformierte an einem Feuerkorb saßen und lange Stöcke mit Fleischstücken darüberhielten; es roch nach kross gebratenem Schweinebauch. Die Musketen lehnten an der Mauer.

»Verzeiht mir, Messieurs«, sagte Tanguy von weitem, um auf sich aufmerksam zu machen. Sie trugen blaue Röcke mit weißem Lederwehrgehänge, in denen Rapiere steckten. Auf den Schöpfen saßen breitkrempige Hüte und verdeckten teilweise die Gesichter.

Tanguy blieb wie angewurzelt stehen.

*Das Flaumkinn!*

Damit hatte er beim allerbesten Willen nicht gerechnet. Die

Überraschung machte ihn perplex und starr wie eine Statue: Der rechte der Stadtwächter musste der Räuber sein, der ihn im Hain erstochen hatte!

Der andere Wächter hob den Kopf und blickte in seine Richtung. »Was gibt es?«

*Was tue ich?* Schnell wandte sich Tanguy ab. »Ich ... habe mich geirrt. Ich dachte, ein Freund von mir wäre am Tor«, gab er mit verstellter Stimme zurück. »Euch einen guten Abend, Messieurs.« Er bog in die Seitengasse ab und blieb nach zwei Schritten stehen, so dass sie ihn nicht mehr sehen konnten.

*Mein Mörder! Ich habe meinen Mörder gefunden!*

Er ballte die Hände zu Fäusten. Das Schicksal war gut zu ihm und gewährte ihm einen Ausgleich für den entwischten Jungen.

Das Wiedersehen mit dem Flaumkinn setzte eine schmerzende Bilder- und Gefühlsflut in Gang. Er sah Gwenn vor sich, in ihrem schönen Kleid, wie sie von ihm weg aus dem Wald rannte; wie Malo sich auf ihn warf; wie die Klinge des Rapiers auf seine Brust gesetzt und nach unten gedrückt wurde. Tanguy hörte das Geräusch, mit dem das Metall durch ihn fuhr, und sein Herz verspürte einen schmerzhaften Stich. Er hielt sich aufkeuchend die Stelle, wo einst die Wunde gewesen war. Und dabei hörte er das Lachen der Gesetzlosen, die um ihn herumgestanden hatten, als er sein erstes Leben ausgehaucht hatte ...

*Ich will die ganze Bande. Keiner darf meiner Rache für Gwenn entkommen!*

Hastig überlegte er, wie er vorgehen sollte. Am einfachsten war es, er wartete bis zum Dienstende des Mannes, verfolgte ihn und brachte ihn zum Sprechen. Wie man Schmerzen bereitete, wusste Tanguy. Schnell sah er um die Ecke.

*Nein, ich täusche mich nicht. Er ist es.*

Er blickte zum Himmel. Die Nächte waren im Sommer kurz, und er wusste nicht, ob ihm die Zeit ausreichte. Außerdem unterstellte er dem Flaumkinn, auch ein Vampir zu sein, der sich an die Gesetze von Tag und Nacht zu halten hatte.

*Ich bringe ihn dazu, sich mit den anderen zu treffen. Am besten täusche ich eine wertvolle Ladung vor, die ich nach Saint Nazaire bringen möchte. Als ein Kaufmann. Ist das ein guter Plan? Werden sie darauf hereinfallen?*

Tanguy zwang sich zur Ruhe, fuhr sich mit der Hand durchs Gesicht. *Nein, denk nach! Er könnte mich erkennen. Ich muss meine Züge verändern,* fiel es ihm ein. Die Judaskinder beherrschten die Kunst, ihr Aussehen zu verwandeln, hatte ihm Szomor gesagt.

*Wie stelle ich es an?*

Er drückte und schob versuchsweise an den Wangenknochen in der Hoffnung, sie auf diese Weise verformen zu können.

*Nichts, verdammt!*

Er trat vor Wut und Enttäuschung gegen die Wand. Seine Aufregung legte sich nicht, und die Angst, die Gunst der Stunde zu vergeuden, wurde auch nicht weniger. Da kam ihm eine Idee!

Schnell wie ein Sturmwind fegte er durch Guérande zurück zur Villa des Marquis, wo der Leichnam des Bediensteten noch immer auf der Schwelle lag. Niemand hatte ihn entdeckt. Um den deformierten Kopf hatte sich inzwischen eine Blutlache gebildet, erste dunkle Bahnen rannen die Stufen hinab.

*Schade, schade. Ich hätte es doch trinken sollen. Jetzt schmeckt es nicht mehr.* Tanguy machte einen Schritt über den Toten hinweg und zog ihn an den Beinen ins Innere, drückte die Tür zu. Im riesigen Haus herrschte vollkommene Stille, es roch nach Veilchen und Jasmin.

*Darin sollte ich meine Maskerade finden.*

Er schlug den Weg ins obere Stockwerk ein und suchte die Privatgemächer. Schnell wurde er fündig und entdeckte einen Schrank, in dem der Marquis seine abgetragenen Gehröcke und Gewänder verstaute.

*Für meine Zwecke ist es ausreichend.*

Eine halbe Stunde später näherte sich Tanguy dem Osttor als Edelmann in teurer Garderobe und schwenkte eine Rotweinflasche, die aus dem Keller des Marquis stammte. Eine Weißhaarperücke trug er verrutscht halb im Gesicht. »Ah, die tapferen Wachen«, rief er und markierte den Lallenden. »Bewacht die ehrenwerten Bewohner von Guérande, Messieurs!«

Die Männer deuteten eine Verbeugung an und grinsten.

Tanguy achtete darauf, dass der Flaumbart sein Gesicht nicht zu genau von vorne sah, und torkelte entsprechend geschickt. Er langte in die Tasche und warf ihnen ein paar Livres hin. »Hier, als kleine Aufmerksamkeit. Dank euch kann ich beruhigt schlafen.« Er rülpste und stellte die Weinflasche in einer Mauernische ab. »Das ist auch für euch. Ich habe genug. Ich muss morgen einen langen Weg in finsterster Nacht zurücklegen. Aber pst«, machte er und lachte dann. »Wie gut, dass Männer wie ihr die gottverdammten Räuber in die Flucht geschlagen haben. Sonst würde ich mich mit meiner Ladung niemals alleine nach Saint Nazaire wagen. Aber so«, sprach er andeutend und wandte sich, wankte zurück. »Immer die Augen offen halten«, krakeelte er. »Es lebe der König, Messieurs!«

»Lang lebe der König, mon Seigneur«, sagte der Flaumbart lachend.

Hatte Tanguy jemals Unsicherheit gespürt, nun war sie verflogen. Die vertraute Stimme nahm ihm die letzten Zweifel. *Morgen Abend wirst du zum letzten Mal geatmet haben, Halunke,* dachte er und winkte aufs Geratewohl.

Auch wenn er den Jungen nicht erwischt hatte, kehrte er mit guter Laune in die Brière zurück. Doch kaum im Haus angelangt und zu Bett begeben, fand er keine Ruhe. Der aufregende Gedanke an die kommende Nacht und die süße Rache an seinen Peinigern machte es ihm schwer, in den Schlaf zu sinken.

Seit langer, langer Zeit träumte er wieder von Gwenn.

Am nächsten frühen Abend marschierte Tanguy wieder als namenloser Adliger in seiner gestohlenen Garderobe durch Guérande, wo man sich überall in den Gassen vom Mord am Bediensteten des Marquis von de Vertus und de Goello erzählte. Er hörte es im Vorbeigehen.

Die Ermittlungen seien noch am Laufen, aber da keinerlei Schmuck gestohlen worden war, vermutete man das grausige Ende einer Eifersuchtsgeschichte.

*Eifersucht, nein. Es war die Dummheit des Dieners.*

Tanguy bog ab, um das Osttor zu erreichen, und ließ die Menschen ihrer Wege ziehen.

Zu seiner Erleichterung fehlte das Flaumkinn in der Runde der Wachen.

*Er ist hoffentlich bei seinen Räubern und lauert mir auf.*

Der andere Wächter von der gestrigen Nacht war auf seinem Posten. »Ah, mein Bester«, grüßte Tanguy ihn großspurig. »Ich erinnere mich an dich! Wie war der Wein?«

»Gut, mon Seigneur! Selten einen solch edlen Tropfen genossen.«

»Das freut mich. Hast du Kunde von Räubern, die in der Nähe lauern sollen?«

»Nein, mon Seigneur«, antwortete der Mann beflissen. »Alles ist sicher. Kein Reisender berichtete etwas von Wegelagerern.«

Tanguy drückte ihm wieder ein paar Livres in die Hand. »Hier, für deine gute Vorhersage, mein Bester. Wo ist dein Kumpan?«

»Er hat sich von seiner Frau krankmelden lassen, mon Seigneur.«

»Wie schade.« Tanguy lächelte und wollte zum Tor hinaus.

»Sagtet Ihr nicht, Ihr hättet Ladung, mon Seigneur?«

»Die kommt noch. Ich gehe nur ein paar Schritte voraus. Das schwere Essen«, antwortete er und rieb sich den Bauch. »Dir eine gute Nacht.«

»Und Euch Gottes Schutz, mon Seigneur.«

Tanguy schlug den Weg nach Saint Nazaire ein.

*Dann schaue ich, dass ich wirklich noch eine Ladung bekomme.*

Als ihm nach einer halben Meile ein Eselfuhrwerk entgegenkam, zerrte er den überraschten Mann kurzerhand vom Kutschbock, schlug ihn nieder und legte ihn ein paar Schritte abseits des Weges ins Gebüsch.

*Es wird ihm keiner glauben, dass ihn ein Comte überfallen hat.* Nicht eine Sekunde lang dachte Tanguy daran, dem Unschuldigen die Adern zu öffnen und dessen Blut zu trinken. Sicher wäre es einfach. Und genauso sicher wäre es falsch. Der arme Kerl hatte es nicht verdient. Kein Adliger, kein Schurke, sondern ein hart arbeitender Mann mit Familie, schätzte er anhand des einfachen Rings am Finger. Außerdem würde Tanguy in dieser Nacht genug Lebenssaft bekommen, um mehr als satt zu werden.

Er kehrte zum Wagen zurück und lupfte die Segeltuchplane. Auf der Ladefläche befanden sich ein paar Fässer mit Salz.

*Da ist doch mein Schatz: weißes Gold.*

Grinsend schwang er sich auf den Bock, ließ die Zügel knallen und lenkte die zwei Esel, so gut es ihm möglich war. Auch wenn er es nicht erlernt hatte, mit Gespannen zu fahren, gelang es ihm, die Tiere auf der Straße zu halten. Vermutlich kannten sie den Weg gut genug.

Die Zeit verging quälend langsam.

Aus seiner Vorfreude wurde brennende Ungeduld. Da Tanguy es gewohnt war, sich schneller als ein Mensch zu bewegen, bedeutete das gleichbleibende Trotten der Esel eine Qual.

Als es zu dunkel wurde, entzündete er die beiden Laternen am Bock, damit die Räuber ihn kommen sahen. *Wo bleiben sie denn?*

Doch die Wegelagerer ließen auf sich warten.

Schließlich musste Tanguy absteigen und die Tiere führen, da sie in der Finsternis keinen Schritt aus eigenem Willen machen wollten. Er hingegen sah immer noch ausgezeichnet. »Kommt schon, ihr störrischen Grautiere«, sagte er und streichelte ihre Blessen; das Fell staubte. »Ich brauche euch doch, um meine Rache zu bekommen. Danach schenke ich euch die Freiheit. Dann könnt ihr zu eurem Besitzer zurück, wenn ihr möchtet.«

Die Esel folgten ihm, wenn auch mit zurückgeklappten Ohren. Geheuer war ihnen die Dunkelheit nicht.

*Ist das zu glauben? Ich möchte doch einfach nur überfallen werden!* Als Tanguy gar nicht mehr daran glauben wollte, knackte es im Gebüsch. *Na, endlich!*

Ein Maskierter mit einer Muskete trat hervor, die Mündung war auf ihn gerichtet. »Bleib stehen, du Geck!«, wurde er angeherrscht. »Her mit deinem Geld und deiner Ladung!« Sechs weitere Räuber kamen aus dem Unterholz, drei von ihnen waren ebenfalls kampfbereit. »Wenn du dich wehrst, stirbst du.«

»Nein, bitte«, stammelte Tanguy und musste sich das Lachen verkneifen. »Es ist doch so wertvoll!« Sie schoben ihn gegen die Wagenwand, die Mündung einer Muskete wurde ihm auf die Brust gesetzt. Er hob die Arme, während ihn ein Zweiter durchsuchte.

Die Plane wurde von den Fässern entfernt, die Deckel geöffnet.

»Salz?«, machte einer der Räuber ungläubig.

»Ist das so ungewöhnlich für Guérande?«, merkte Tanguy an und bekam dafür einen Schlag in den Magen. Er grinste trotzdem heimlich voller Vorfreude auf das, was er gleich mit ihnen anstellen würde. *Ihr werdet leiden. Ich werde euch die Haut abziehen, euch mit meinen Nägeln zerfleischen. Der Teufel kann nicht besser foltern als ich!*

»Halt's Maul, Pfau.« Der Mann, der ihn durchsucht hatte, hielt eine leere Börse in der Hand. »Du willst uns zum Narren halten!«

»Werft die Fässer um«, befahl Flaumkinn, der sich mit seiner

Stimme verriet. Er stand neben dem Maskierten, der Tanguy in Schach hielt, und hatte keine Augen für ihn. »Er wird das Gold im Salz verborgen haben.«

Ein Gefäß nach dem anderen wurde ausgeleert. Die groben, grauweißen Kristalle ergossen sich auf den Weg und wurden von den Räubern sorgsam durchwühlt. Es hätte Tanguy gewundert, wenn sie etwas gefunden hätten.

»Verdammte Scheiße!«, tobte eine weitere bekannte Stimme, die er dem Knebelbart zuordnete. Jetzt fehlte Tanguy für seine Rache nur noch Malo, und alle Hauptschuldigen von damals wären versammelt. »Salz! Wir haben uns auf den Weg gemacht, um *Salz* zu klauen, Frèraud!«

Damit war der Name des Flaumkinns enthüllt. »Ich kann nichts dafür«, verteidigte er sich. »Ihr hättet ihn sehen sollen, gestern Abend. Ich hätte ihm zugetraut, Reichtümer durch die Gegend zu schleppen.« Er kam auf Tanguy zu. »Ein Adliger, der Salz transportiert. Was ist *das* für ein Spiel?«

»Ich muss schauen, wo ich bleibe«, gab er zurück. Es amüsierte ihn, die enttäuschten Gesichter der Männer zu sehen, die sich Unmengen von Schätzen erhofft hatten. Aus der Enttäuschung würde gleich Schmerz werden. Er ließ sie noch ein wenig zappeln und gönnte sich mehr von seiner Scharade. »Auch ein Marquis hat es nicht mehr so üppig wie früher.« Er zeigte auf das Portemonnaie, das sich immer noch in den Händen des Räubers befand. »Auf dem Rückweg wäre es voller Münzen gewesen, Messieurs. Ihr kommt zu früh. Würdet ihr mein Salz wieder in die Fässer schippen? Dann würde ich es nach Saint Nazaire bringen und verkaufen, und ihr könntet mich auf meiner Rückkehr nochmals überfallen.«

»Ein Scherzbold«, befand einer der Männer verstimmt.

»Ich mag keine eingebildeten Scherzbolde«, sagte Frèraud und reckte den Arm nach links. Seine Hand fand den Abzug der Muskete des Kumpanen, und er drückte an dessen Stelle ab.

Der aufgesetzte Schuss verursachte weniger Lärm, dennoch erschrak Tanguy. Einmal wegen des unerwarteten Krachens, einmal wegen des heftigen Schmerzes, der ihm wie ein heißer Eisenstab durch die Brust jagte. Damit hatte er nicht gerechnet.

Die Kugel flog zusammen mit Blut aus seinem Rücken und jagte sogar noch in die Bordwand. Einer der Räuber auf dem Wagen fluchte. »Pass doch auf, Frèraud! Das ging knapp an meiner Wade vorbei!«

Tanguy beschloss, seinen Tod vorzutäuschen, um seinen Auftritt danach noch packender zu machen. Er ächzte auf und ließ sich fallen; die Augen behielt er offen.

*Gleich! Gleich werdet ihr euch wundern ...*

Frèraud zog sich das Tuch vom Gesicht. Er war ein Mann von mittlerem Alter, dem Tanguy durchaus mehr Bartwuchs zugestanden hätte. Sein Gesicht war voller roter Äderchen. Er befahl einem Räuber, den vermeintlichen Toten zu entkleiden und die Säume aufzutrennen. »Für den Fall, dass Wechsel oder Schuldscheine darin eingenäht worden sind.«

»Jetzt haben wir zwei alte Esel und einen Karren, die wir verkaufen müssen.« Der Knebelbart stellte sich neben Frèraud. »Dein Hinweis war nichts wert.«

»Seine Hinweise sind wenig wert«, fügte Tanguys Bewacher hinzu und lud seine Muskete neu. »Wir haben seit letztes Jahr kaum mehr Beute gemacht. Vielleicht hat uns jemand verflucht.«

*Euer Fluch liegt zu euren Füßen und kommt gleich über euch*, dachte Tanguy und grinste böse. *Ihr werdet euch in die Hosen scheißen.*

Prompt wurde es bemerkt.

»Seht!«, rief sein Bewacher aufgebracht. »Seht doch! Der Geck lächelt im Tod!« Er trat nach ihm. »Das ist kein gutes Zeichen! Die Dämonen der Hölle haben ihm geflüstert, was uns für unsere Taten blühen wird.«

Frèraud packte den Mann am Kragen. »Was ist denn mit dir,

Arnot? Beruhige dich. Es ist nur ein Marquis, ein Menschenquäler.«

»Er ist durch den Wind, seit er keine Livres mehr hat, um sich Cognac zu kaufen«, lautete die gehässige Bemerkung des Knebelbarts, der auf Tanguy herabblickte, der mittlerweile bis auf die Unterwäsche entkleidet worden war. Seine Miene wurde nachdenklich. »Nanu? Kenne ich den Burschen nicht?«

Frèraud näherte sich ihm. »Doch«, kam es langsam über die spröden Lippen, an denen eingetrockneter Rotwein haftete. »Doch, wir haben ihn schon einmal gesehen.« Er beugte sich über ihn, um das Gesicht besser betrachten zu können. »Er gleicht dem Helden, den ich im Wald erstochen habe, nachdem er Malo fertiggemacht hat.«

*Malo ist schon tot?*

»Vielleicht sein Bruder?«, mutmaßte der Knebelbart.

*Es geht los!* Tanguy fletschte die Zähne und zeigte ihnen die langen Fänge. »Der Teufel sandte mich, um euch alle zu bestrafen!«

Mit Entsetzensschreien fuhren die Räuber vor ihm zurück.

Er schlitzte Frèraud mit einem schnellen Hieb der langen Fingernägel die Kehle auf. Blut sprühte gegen ihn, und Tanguy ließ sich ein paar Schlucke in den Mund spritzen, ehe er auf die Beine sprang. Das Blut versetzte ihn augenblicklich in einen Rausch, in dem er all seine grausigen Foltervorhaben vergaß. Er wollte mehr davon kosten, trinken, saufen, in sich hineinstürzen, bis nichts mehr in seinen Magen passte.

Gleich einem rasenden Rachegott fuhr er unter die Wegelagerer. Den Knebelbart schleuderte er gegen den Wagen und rammte ihm das eigene Rapier durch die linke Schulter, nagelte ihn am Holz fest. »Bleib und sieh zu«, grollte er. »Flucht wird dein Leiden verlängern.«

Dann wandte er sich um und warf sich auf die anderen.

Einem riss er den Wanst weg, im nächsten Moment zerbiss er

eine Kehle, dann schnitten die kräftigen Klauen Gurgeln auf; zwei Köpfe trennte er mit bloßen Händen ab. Krachend barsten die Wirbel, knirschend gab das Rückgrat nach. Es ging so schnell, dass Tanguy selbst kaum verstand, was er gerade tat. Er tötete sie rasch, gnadenlos und zugleich grausam. Blutregen ging auf ihn nieder.

Tief atmete er ein und grölte vor Entzücken. Die vollkommene Hingabe an den Rausch des Tötens. Die Luft war angefüllt mit dem Geruch des mannigfachen Todes, den er gebracht hatte. Sein erstes Versprechen hatte er eingelöst.

*Wunderbar!* Tanguy schnalzte mit der Zunge. Das Blut schmeckte nicht außergewöhnlicher als das seiner sonstigen Opfer. *Sie bedeuten keine Gefahr. Ich hätte es mir schwerer vorgestellt.*

Nur einen verschonte er, auch wenn es ihn unglaubliche Mühe kostete: den Knebelbart. Von ihm wollte er Antworten.

Von Kopf bis Fuß besudelt, wischte er sich das Blut aus den Augen und leckte es von den Fingern, während er auf den Knebelbart zustrich. »Hast du genau zugeschaut, oder ist dir etwas entgangen?« Er zog ihm den Hut ab und tätschelte den Kopf, dann presste er ihm die roten Finger brutal ins Gesicht. »Riechst du das? Das waren einmal deine Kumpane! Ich habe ihr Blut getrunken und ihre Leben genommen, weil sie mir meines nahmen.«

Der Mann starrte durch ihn hindurch. Aus dem halb geöffneten Mund kam ein leises, fassungsloses Stöhnen. Der Schrecken hielt seinen Verstand gefangen.

»Hörst du mich?«, schrie ihn Tanguy erbost an. »Verstell dich nicht, du Bastard! Du hast so viele Menschen ermordet, dass dir das bisschen Blut nichts ausmachen wird. Oder ist es, weil das Sterben dieses Mal zu euch kam?« Er versetzte ihm einen Schnitt in den Arm, hob eine Hand Salz vom Boden auf und rieb es grob in die Wunde. »Ich bringe deine Gedanken zurück in diese Welt, glaube mir! Ich werde dir wenigstens die Haut in kleinen Streifen vom Leib wickeln, dich ... »

Der Knebelbart schrie auf, der Blick richtete sich auf Tanguy. »Was ... bist du?«, stammelte er atemlos und wollte den Blick von seinem Peiniger abwenden, doch es gelang ihm nicht. »Ein Dämon? Ein Revenant?«

»Ich bin ein Judassohn. Wie ihr es gewesen seid.«

Der Mann zeigte nicht den Hauch von Verstehen. »Was soll das sein, ein *Judassohn?*«

*Er stellt sich dumm.* Tanguy öffnete dessen Kiefer und schaute nach den Zähnen. »Was ist mit dir? Warum fauchst du mich nicht an?« Jetzt, wo der Verstand mehr und mehr die Oberhand über den Rausch gewann, wandte er den Kopf und sah nach den Räubern, die an ihren gewöhnlichen Verletzungen gestorben waren. Keiner von ihnen konnte ein Vampir gewesen sein. Die Wunden wären bereits zum größten Teil wieder verheilt gewesen.

*Es sei denn, ihr verstellt euch.*

Er ließ vom Knebelbart ab und hob einen Säbel auf. Tanguy drehte eine Leiche, deren Bauch aufgeschlitzt war, auf den Rücken. »Ich werde dir den Kopf abschlagen«, sagte er deutlich und holte aus. »Was wirst du dagegen tun?«

»Du bist verrückt!«, stammelte der Knebelbart. »Wie soll ein Toter denn zu dir sprechen?«

Tanguy schlug zu, und der Schädel wurde abgetrennt. Mehr geschah nicht. »Was ist? Steht auf und verhindert, was ich tue!«

Keiner rührte sich.

Zornig kehrte Tanguy zu dem letzten Räuber zurück und brüllte ihn an, die Fänge weit ausgefahren. »Ihr seid keine Judaskinder!« Hatte er sich nach getaner Rache noch wohl und befriedigt gefühlt, drohte seine Hochstimmung nun zu schwinden.

»Nein, nein, sind wir nicht! Was auch immer ... du bist«, rief der Mann verzweifelt. »Vater unser im Himmel ...«

Tanguy lachte ihn aus. »Du hast gemordet und geplündert, und jetzt denkst du, dass Gott kommt und dir seinen Beistand gewährt? Was kannst du ihm bieten, dass er das tun sollte? Glaubst du, er nimmt sich deiner schwarzen, verlorenen Seele an? Du solltest nach dem Teufel rufen.« Er schlug ihm hart auf den Mund. Die Lippe sprang auf, und blutige Zähne fielen auf die Erde. »Ich dachte, Malo hat mich gebissen. *Er* hat mich mit dem Vampirfluch belegt!«

»Malo? Malo könnte, wenn überhaupt, ein Loup-Garou gewesen sein, aber niemals ein Vampir!« Der Mann bebte am ganzen Körper, sein weißes Gesicht war von Schmerzen entstellt. »Wir sind ganz gewöhnliche Räuber ...«

»... die meine Verlobte ficken wollten und mich umgebracht haben«, hakte Tanguy aufbrausend ein. Er suchte fieberhaft nach einer anderen Lösung. *Wenn mich Malo nicht angesteckt hat, wie komme ich sonst zu dem Fluch?* Sein Überfall auf die Verbrecher hatte Tanguy Rache sowie die Erfüllung seines Schwurs, aber keine Erkenntnisse eingebracht. *Wem verdanke ich also mein Schicksal?*

»Es tut mir leid«, heulte der Knebelbart, und Tränen rannen ihm über das Gesicht. »Lass mich leben, und ich tue Buße. Ich tue Buße für alles und will mich fortan in die Dienste der Kirche stellen, um ...«

»Spar dir deine falschen Tränen!« Tanguy packte seine Kehle und riss sie ihm mit einem Ruck heraus. Er konnte nicht mehr trinken, sonst würde er platzen. Sprudelnd floss das Blut aus dem Loch und rann über die Brust, über die Kleidung und plätscherte auf die Stiefel. Es bedeutete ihm eine Genugtuung, den Mann sterben zu sehen.

*Für dich, Gwenn. Für dich.*

Sommer 1782, Frankreich,
Bretagne, irgendwo in der Brière (Pays noir)

Tanguy hatte sein Notizbuch aufgeschlagen und starrte auf die leeren Seiten. Eigentlich hatte er eintragen wollen, wie er zum Vampir geworden war: durch Malos Biss. Diese Spur hatte sich als falsch erwiesen. Die Blätter blieben unbeschrieben.

Er grübelte zum hundertsten Mal darüber nach, wie er zum Vampirdasein gekommen war, wenn die Schuld nicht bei den Räubern gelegen hatte.

*Verflucht.* Sein Blick richtete sich durchs Fenster auf das wogende Schilf. Mehr und mehr blieb nur eine Erklärung, die verantwortlich für seine Verwandlung war: er selbst. Tanguy erinnerte sich schwach daran, dass er kurz vor seinem Tod im Wald Gott und den Teufel angerufen und um Rettung aus der Not gefleht hatte. Da er nicht glaubte, dass Gott ihn in eine solche Kreatur verwandeln würde, blieb nur ...

»Vererbung«, sagte Szomor lapidar aus seinem Apparaturdickicht, als habe er Tanguys Gedanken gelesen.

»Bitte?« Er runzelte die Stirn, wandte den Kopf und suchte mit Blicken nach seinem Mentor. An einer Stelle stiegen gelbgraue Schwaden zäh auf und sanken bald wieder nach unten. Dem Geruch nach sollten Schwefel und Quecksilber unter Erhitzen miteinander verbunden werden. Tanguy bezweifelte, dass das Einatmen des Dunsts gesund war. »Verzeih, aber ich habe *Vererbung* verstanden.«

»Das sagte ich auch.« Szomor wuchs wie aus dem Nichts am zweiten Tisch in die Höhe. Er hustete und fluchte gleichzeitig, packte den rauchenden Tiegel mit einer Eisenzange und schleuderte ihn quer durch den Raum in den großen Kamin. Zischend und brodelnd verging die Mixtur auf den glühenden Kohlen. »Misslungen«, grummelte er und gesellte sich zu Tanguy. »Der Schwefel ist von minderer Qualität.«

»Szomor«, presste er fassungslos hervor, »was soll das bedeuten? Von wem soll ich denn *das* vererbt bekommen haben? Wie soll das angehen? Meine Maman war die freundlichste, netteste Person, die ich kenne, und gewiss weit von dem entfernt, was wir als Vampir kennen. Und ... sie lebte am helllichten Tag zusammen mit ...«

»Da es dieser Räuber Malo nicht war«, unterbrach Szomor ihn, »muss einer in deiner Familie ein Judaskind gewesen sein. Und damit meine ich nicht zwangsläufig deine Maman. Es kann über Generationen hinweg Wirkung zeigen. Er oder sie hat dein Schicksal nach dem Tod vorherbestimmt.«

»Das verstehe ich nicht.«

Szomor rieb die Hände aneinander, gelbliche Dreckklümpchen regneten auf die Dielen. »Man sagt, dass Vampire Kinder gebären können. Und diese Kinder sind nichts anderes als normale Menschen, die einen Teil des Bösen in sich tragen. Aber sobald sie vom Schnitter gefällt wurden, kann der Vampirkeim in ihnen erwachen, und sie verwandeln sich.«

Ganz glaubte es Tanguy noch nicht. »Weder meine Brüder noch Maman sind zu Vampiren geworden, nachdem ich sie ...« Er seufzte.

»Der Keim *kann* erwachen, sagte ich. Muss es aber nicht. Was ist mit deinem Papa?«

»Er hat sein Leben in jungen Jahren im Sumpf verloren.« Tanguy erinnerte sich nicht einmal an ihn. Die Brüder waren der Ersatz gewesen. Er hatte niemals das Gefühl gehabt, etwas zu vermissen.

Szomor hob rasch die Hände. »Nein, nein. Damit hatte ich nichts zu tun. Keiner meiner Versuchsleute trug den Namen Guivarch. Das schwöre ich! Manchmal nimmt sich der Sumpf einfach seine Opfer. Es muss nicht immer der Riese gewesen sein.«

»Aber hätten ...« Tanguy bekam die Namen seiner Geschwister und der Mutter nicht über die Lippen. Diese Schuld ... Er schluckte und hoffte, dass Szomor die Frage erahnte.

»Die Opfer müssen auch nicht zwangsläufig zu Blutsaugern werden, denke ich. Gerade wenn sie so übel zugerichtet wurden: das Rückgrat gebrochen, die Köpfe abgerissen«, erzählte der Hexer. »Deswegen ist es nicht ganz verwunderlich, warum deinen Verwandten dieses Schicksal der unheiligen Auferstehung erspart geblieben ist.«

Tanguy ertappte sich bei dem Gedanken, dass er es sich für Gwenn schon gewünscht hätte. Sie und er als Vampire vereint, ihre Liebe gerettet ... *Nein*, dachte er gleich darauf. *Sei nicht so selbstbezogen. Dieses mordende Dasein hätte ihr niemals gefallen. Sie hätte sich umgebracht, bevor sie als Vampirin leben und andere Menschen umbringen müsste. Dafür war sie ein zu zartes Geschöpf.*

»Wie es aussieht, wirst du den wahren Grund nicht mehr in Erfahrung bringen.« Szomor klopfte ihm auf die Schulter. »Was soll's?! Du hast Rache für deine Gwenn und deine Lieben genommen, jetzt ist deine Schuld erloschen. Kümmere dich nicht weiter darum und ergründe die Vorteile, die dir gegeben sind. Als ein Judassohn.« Er wandte sich um und bereitete das nächste Experiment vor. »Machst du Fortschritte?«

Tanguy sah erneut zum Fenster hinaus. Es beschäftigte ihn immer noch. *Vielleicht war mein Vater der Vampir? Vielleicht war er auch gar nicht gestorben ...*

Da er von den Toten keine Anworten bekam, bedeutete es, dass er den Weg nach Fougeray auf sich nehmen musste.

Was Szomor nicht wusste: Es gab noch einen lebenden Verwandten. Das letzte Mal hatte Tanguy ihn vor zehn Jahren gesehen. Mariette und er hatten sich zerstritten. *Vielleicht wegen der Vampirsache?*

Tanguy sprang auf und rannte zur Tür. »Ich ... wir sehen uns bald. Kann sein, dass ich im Sumpf übernachte. Ich möchte noch mehr ausprobieren.« Ohne eine Erwiderung abzuwarten, verließ er das Haus. Er hatte dem Hexer nicht sagen wollen, wohin er ging.

Und warum.

Für Tanguy war es seltsam, die Brière zu verlassen und nach Nordwesten zu gehen, um das Dörfchen zu erreichen. Sich nicht jederzeit ins schützende Moor zurückziehen zu können machte ihm zu schaffen.

Dazu kam der Umstand, dass er zwar überschnell lief, aber nicht überschnell reiste.

Denn das Wetter meinte es nicht gut mit ihm und seinen Plänen. Seit seinem Aufbruch regnete es stark, die Erde konnte das viele Wasser nicht aufnehmen. Überall entstanden kleine Rinnsale, denen er ausweichen musste. Ein Vorbeikommen gab es nicht. Fließendes Wasser. Er bekam erneut gezeigt, dass er zwar mächtig war, aber es auch für ihn Grenzen gab. Die Natur ließ sich weder von gefährlichem Fauchen noch langen, scharfen Zähnen beeindrucken. Um Fougeray zu erreichen, musste er gewaltige Umwege in Kauf nehmen.

Als der Regen endlich nachließ, war Tanguy regelrecht durchgeweicht und ärgerte sich. *Wenn ich das Manipulieren der Wolken oder das geisterhafte Schweben so abrufen könnte, wie ich will!* Es hätte ihn interessiert, ob er in seiner durchschimmernden Gestalt einfach über die Bächlein und Flüsse hinwegziehen würde. Sicher war, dass er den Rückweg in dieser Nacht keinesfalls schaffen würde.

Fougeray tauchte vor ihm auf. Ein kleines Nest voller Bauern.

*Ich hoffe, er lebt noch.*

Der Alte hatte Tanguy vorgeschwärmt, wie die Bretonen vor eintausend Jahren einen englischen König besiegt hätten. Damals war die Bretagne ein eigenes, mächtiges Königreich geworden. Darauf waren die Menschen ebenso stolz wie auf die Überreste des Schlosses, von dem sich die sieben Türme noch in die Höhe stemmten und weithin sichtbar waren.

Die letzten Wolken schwanden, dunkelblauer Abendhimmel kam zum Vorschein.

*Man könnte denken, es hat nur geregnet, damit ich länger brauche, um hierherzukommen.* Er gelangte in den Ort, dessen Anblick sich kaum von Kerhinet unterschied – nur dass es eben etliche Gebäude mehr waren. Ansonsten sah er Granithäuser mit Reetdächern, er hörte das Vieh in den Ställen brüllen. Hier und da drang Gesang aus offenen, beleuchteten Fenstern, dann wieder vernahm er Fetzen von Gutenachtgebeten. Fledermäuse zogen in lautlosem, taumelndem Flug über die Straße und jagten Insekten.

*Nichts hat sich geändert.*

Tanguy hatte Fougeray genau so in Erinnerung und eilte auf der matschigen Straße weiter.

*Fehlen nur noch die älteren Männer, die bei einem Glas Wein vor einem Haus sitzen und plaudern. Über die Ernte, über das Vieh, über das Wetter.*

In der Nähe der monumentalen Schlossreste wohnte Monsieur Albert Pirot. Sein Großvater.

Tanguy war gespannt, wie er heute aussah. Er hatte ihn als kräftigen, dunkelhaarigen Mann in Erinnerung, der in einem Nachbarort von Kerhinet gelebt hatte, unmittelbar an der Brière.

*Ist es das?*

Das Haus rückte näher, und er verfiel in eine für ihn unerträglich langsame, menschliche Geschwindigkeit, um keine Aufmerksamkeit zu erregen.

Dem Gestank nach hielt sich Albert Ziegen. Es roch außerdem nach erhitztem Käse und frisch gebackenem Brot. Er kam recht zum Abendessen. Die Vorhänge an den Fenstern waren zugezogen, die Läden nicht geschlossen, so dass er einen Schatten am Tisch sitzen sah. Leise Männer- und Frauenstimmen führten eine Unterredung.

Er klopfte gegen die einfache, grün bemalte Tür.

Sofort endete das Gespräch. Ein Stuhl wurde zurückgeschoben, und Schritte polterten heran.

Der Eingang öffnete sich, und er sah in das gealterte, aber dennoch bekannte Gesicht seines Großvaters, dessen Haare weiß wie die Gischt geworden waren. Sein grobes Hemd hing aus der schwarzen Hose, die Füße steckten in Pantoffeln. »Was möchtest du, junger Monsieur?«

Er lächelte und hob die Arme. »Grandpère!«

Die blauen Augen musterten ihn zunächst, ohne ihn zu erkennen. Es dauerte wohl, bis Albert begriff, wen er vor sich sah. Doch er schien sich nicht zu freuen. Blitzartig schnappte er ihn an der nassen Jacke und schüttelte ihn.

»Verschwinde, bevor ich die Hunde auf dich hetze!«, fuhr er ihn an und stieß ihn von sich.

»Grandpère? Ich bin es: Tanguy!«

»Mein Neffe ist tot, du übler Spaßvogel!«, rief Albert wütend. »Dir werde ich die Flügel stutzen.« Er stieß einen hohen Pfiff aus, und das Trappeln von Hundepfoten wurde hörbar.

»Nein, ich *bin* es! Ich bin es, Grandpère!«, beschwichtigte Tanguy ihn. »Du hast immer zu mir gesagt, dass die Bretagne eines Tages ihre Unabhängigkeit wiedererlangen wird«, erinnerte er an die alten Zeiten, als sie gemeinsam gespielt hatten. »Wie damals, unter König Erispoe. Und an dem Tag, sagtest du, würdest du das Schloss wieder aufbauen, um ihm eine …«

Albert trat ins Freie, packte ihn bei den Schultern und schaute ihm in die Augen. »Du bist es!«, sagte er verdutzt. »Bei Gott, du bist es!« Fest drückte er seinen Enkel an sich.

Tanguy spürte die Wärme, die Wärme des Blutes, und sah die Halsschlagader seines Großvaters vor sich. Er müsste nur die

Lippen etwas öffnen und zubeißen. Der Mann besaß Kraft, was wiederum guten, starken Lebenssaft bedeutete. Das Reisen hatte ihn angestrengt, und einen ordentlichen Schluck konnte er schon gebrauchen, um ...

*Nein! Er ist dein Grandpère! Du stillst deinen Durst an einem anderen Ort.*

Albert hatte ihn aus seiner Umarmung entlassen und zog ihn ins Haus. »Komm! Du musst hungrig sein. Wie kannst du nur um diese Zeit noch reisen? Bei dem Wetter?«

Tanguy folgte ihm und trat in die Stube, in der es warm und stickig war. Der Geruch von Torfrauch hatte sich im dunklen Gebälk niedergelassen, das letzte Essen musste eine Suppe gewesen sein.

*Linsen mit Speck.*

Am Tisch saßen vier Männer und zwei Frauen, die ihm zunickten. Sie tranken Wasser aus einfachen Bechern, auf denen grob das Wappen der Bretagne eingearbeitet war. Auf einem Brett lagen ein angeschnittener Laib Brot und mundgerechte Käsestückchen. Papiere und Pergamente stapelten sich vor ihnen, darunter auch sehr alte.

»Du hast die Pläne zur Unabhängigkeit tatsächlich nicht aufgegeben?«, schloss Tanguy aus dem, was er sah. »Bist du bei einer Beweisführung für den König?«

»Nur Spielereien.« Albert zog seinen Enkel weiter in die Küche und wollte ihm eine Schale von der Suppe reichen, die in einem Kessel auf dem Herd köchelte. »Setz dich und erzähle mir, warum es hieß, du seist tot? Dann leben Mariette, Gurvan und Pierrick wohl auch noch?«

Tanguy lehnte das Mahl rasch ab. Ihm wurde eiskalt, die Schuld marterte seine Seele. Er hatte so lange vermeiden können, die Namen der geliebten Menschen zu hören, doch es gab kein Entkommen vor seiner Tat. Er presste die Lippen aufeinander, um nicht vor Schmerz aufzuschreien. Dabei hatte er so sehr gehofft, die Pein würde durch den Tod der Räuber weniger. *Ich kann meinem Gewissen nichts vormachen. Ich bin der wahre Schuldige.* Es dauerte einige Lidschläge, bis er sich gefasst hatte. »Nein«, sagte er zäh. »Sie sind ... von ... sie sind ermordet worden. Meine Verletzungen waren schlimm, aber ich habe überlebt. Das hat mancher wohl nicht erfahren.« Er setzte sich an den Küchentisch, auf dem eine Karaffe Wein und Gläser standen, und bat Albert neben sich. »Ich habe eine Frage, Grandpère.«

»Glaub mir, dass ich meine Tochter beweint habe, aber ich konnte einfach nicht zur Beerdigung kommen, weil ...«

»Darum geht es mir nicht«, unterbrach er ihn.

»Aber es ist so wichtig, dass du dich nach all der Zeit nachts auf den Weg machst, um zu mir nach Fougeray zu kommen.« Albert nahm nachdenklich die Karaffe und goss sich tiefroten Wein in eines der dickwandigen Gläser; die Farbe erinnerte an Blut. »Ich bin sehr gespannt, Enkel.«

*Wie fange ich es an? Wahrscheinlich denkt er, ich bin verrückt.* »Grandpère, hast du jemals etwas von einem Fluch gehört, der auf deiner Familie lastete? Oder auf der meiner Eltern?« Er ließ den Blick nicht vom wettergegerbten Gesicht seines Großvaters weichen, um jedes noch so kleine Zucken zu erkennen.

Und wirklich verdüsterten sich Alberts Züge und verschlossen sich. Er trank sein Glas Wein unverzüglich leer und schenkte sich nach, schwenkte die rote, intensiv duftende Flüssigkeit darin, als könnte er daraus lesen.

*Er ringt mit sich!*

Tanguy wagte es nicht, ihn trotz der Aufregung und Ungeduld anzusprechen.

Albert schüttete den Wein in sich hinein und goss sich nach. »Was ist geschehen?«, erkundigte er sich dumpf. »Gab es unerklärliche Morde?«

»Du weißt von dem Fluch!«, platzte es aus Tanguy heraus. »Grandpère, ich ...«

»Nein, ich weiß nichts von irgendeinem Fluch«, fiel Albert ihm ins Wort und setzte das Glas ab. »Nein, *ich* nicht«, fügte er mit einem abwesenden Flüstern hinzu.

»Wer dann? Bitte, sag es mir! Was kann ich ... gegen das Morden tun?«

Albert atmete langsam aus. »Ich weiß es nicht.«

»Aber du ...«

»Deine Großmutter, Tanguy. *Sie* wusste etwas. Sie hatte einmal zu mir gesagt, dass wir aufpassen müssten, was mit unseren Nachkommen geschieht, falls sie vor uns sterben sollten.« Albert schluckte, sein Gesicht war grau. »Sie sagte, dass sie als Revenants zurückkehren könnten und sich auf die Lebenden werfen würden, wenn wir ihnen nicht die Köpfe abschneiden und die Leichen zu Asche verbrennen.« Er trank wieder vom Wein, die Hand zitterte. »Du hättest sie und ihre Geschichten hören müssen, Tanguy. Sie meinte es ernst. Ich gab nichts darauf.« Er sah seinen Enkel an. »Hätte ich wohl besser getan. Deine Fragen zeigen mir, dass sie recht behalten hat.« Albert deutete auf das Beil, das in dem kleinen Hauklotz steckte, um Späne zum Feuerentzünden zu schlagen. »Ich komme mit dir nach Kerhinet und helfe dir dabei.«

»Nicht nötig, Grandpère. Das schaffe ich allein.« Tanguy war einerseits erleichtert, endlich die Auslöserin für den Fluch gefunden zu haben. Doch die Anspannung wollte nicht weichen. Aus des Rätsels Lösung hatten sich viele weitere Fragen ergeben. Seine Großmutter vermochte ihm Antwort zu geben. »Wo ist Grandmère?«

»Ich weiß es nicht. Vielleicht wieder in ihre Heimat gegangen.«

*Ich wusste nicht, dass sie keine Französin war.*

Tanguy wollte nicht aufgeben. Er war entschlossen, sie zu verfolgen, um noch mehr Wahrheiten zu erfahren. »Woher stammt sie?«

»Aus irgendeinem Land, das weit entfernt liegt, tief im Osten, auf dem Balkan.«

Das deckte sich mit Szomors Erzählungen. Über die Vampire und die Kinder des Judas. *Alles fügt sich!*

»Gott, hätte ich geahnt, dass diese Geschichte wahr ist!« Albert legte seine Hand auf Tanguys und quetschte sie. »Du wirst es sicherlich alleine schaffen?«

»Ja«, presste er heraus. *Ich bin also Vampir geworden, weil meine Großmutter eine Judastochter ist. Und ihr droht das gleiche Schicksal nach dem Ableben wie mir.*

»Erwähnte sie eine Möglichkeit, den Fluch zu brechen?«, fragte Tanguy heiser. »Es könnte mich gleichermaßen treffen, wenn ich sterben würde. Und das will ich nicht.«

Albert dachte nach. »Es ist schon so lange her. Sie hat mich verlassen, nachdem ich nach Fougeray gezogen bin.« Er räusperte sich. »Hat man noch etwas vom Riesen in der Brière gehört, oder ist die Legende gestorben?«

Der Tonfall verriet, dass er etwas über Szomor wusste.

*Noch mehr Geheimnisse, die ich erkunden muss?* Seine ständige Anspannung war gerechtfertigt gewesen. Nach Monaten des Irrens und Suchens enthüllte dieser einzige Abend so vieles. Tanguy legte seine Hand auf die des Großvaters und suchte seinen Blick. »Erzähle mir jede Kleinigkeit, was dir seltsam am Leben mit Grandmère erschien«, bat er inständig. »Das kann mir helfen. Bitte!«

Es pochte gegen die Tür, die gleich darauf geöffnet wurde. Eine Frau steckte den Kopf herein. »Verzeih die Störung, Albert, aber wir brauchen dich wieder bei uns am Tisch«, sagte sie freundlich.

»Später«, erwiderte Tanguy ungehalten.

»Langsam, junger Mann.« Sie sah ihn maßregelnd an. »Ich denke, dass ...«

»Später, Weib!«, rief Tanguy und senkte die Stimme zu einem Grollen, was sie fluchtartig verschwinden ließ. Albert wollte sich ein weiteres Mal Wein einschenken, aber Tanguy hielt die Karaffe fest. »Nicht. Sonst macht dich der Alkohol schläfrig.«

»Deine Grandmère war eine wunderschöne Frau, mit beeindruckenden Augen, von schlankem Wuchs, wenn auch ein wenig zierlich. Ich weiß nicht, ob du dich so genau an sie erinnern kannst.« Er seufzte vor Gram. Der Verlust machte ihm noch immer zu schaffen. »Sie hat mich gefunden, wie ich immer sage. Bei einem der Salzfeste. Ihr anmutiger und zugleich leidenschaftlicher Tanz hat jeden Mann in ihren Bann geschlagen. Sie hätte sich einen Adligen nehmen können und ein Leben in Überfluss führen. Aber sie erwählte mich. Einen einfachen Schilfbauern«, sagte er lächelnd. »Die Brière hat sie immer gehasst. Sie zog nur meinetwegen dorthin. Wir hatten eine schöne Zeit, voller Arbeit und Anerkennung. Sie reiste sehr viel, um mit ihrem Tanz zusätzliche Livres zu verdienen. Unser Auskommen war gut, und unsere Leidenschaft übertraf alles, was ich vor ihr kennenlernen durfte. Doch sie warnte mich immer, nicht allein in die Sümpfe zu ziehen. Vor allem nicht dann, wenn sie unterwegs war. Etwas würde darin hausen, was kein Riese und auch kein Loup-Garou wäre.«

Tanguy lauschte gebannt.

*Sie wusste genau, was Szomor war.*

Ihn beschlich der Verdacht, dass sich der Hexer und seine Großmutter doch gekannt hatten.

»Sie hat jeden gewarnt, auch deinen Vater«, erzählte Albert traurig. »Als er an dem Abend nicht vom Aalfang zurückkehrte, machte sie sich selbst auf, ihn zu suchen. So hatte ich sie in all den Jahren nicht erlebt.« Er rang nach Worten. »Eine wütende Herrscherin, so kam sie mir vor. Man sah sie an und erstarrte in Ehrfurcht vor ihrer Ausstrahlung. Sie war es auch, die mit dem Toten zurückkam.« Seine Stimme wurde brüchig. »Wir haben ihn ... geköpft und ...« Er sog die Luft ein und hob das Weinglas an den Mund. Zitternd trank er.

Tanguy ließ ihn gewähren. »Meine Mutter sagte mir, dass mein Vater niemals gefunden worden wäre.«

»Wir haben Mariette belogen. Wie hätten wir ihr sagen können, wie wir mit dem Toten umgesprungen sind? Die Asche deines Vaters bekam die Brière.« Albert redete mittlerweile undeutlicher. Der Wein. »Dabei hat ihn dieses Wesen ermordet. Der Anblick deines Vaters war ... schrecklich. Überall steckten Nadeln in ihm, die Adern hatten sich verfärbt, und grünlicher Schaum stand vor ...« Er würgte.

»Gespickt wie ein Tier«, entfuhr es Tanguy halblaut; zu seiner Erleichterung hatte es sein Großvater nicht bemerkt. Er wusste die Beschreibung genau einzuordnen. Es machte ihn unglaublich wütend!

*Szomor, dieses niederträchtige Schwein! Er hat mich belogen. Er hat meinen Vater sehr wohl für seine Alchimie, für seine Experimente umgebracht!*

»Sie bekniete mich, die Brière zu verlassen, was ich auch getan habe. Aber deine Mutter, Tanguy, weigerte sich plötzlich.« Albert lehnte sich nach hinten und starrte in die kleinen Flämmchen der Feuerstelle. »Ich konnte mit der Lüge nicht leben und gestand Mariette, was wir mit ihrem Mann getan hatten. Daraufhin wollte meine Tochter nichts mehr mit mir zu tun haben. Sie verzieh mir nicht, dass ich ihm ein christliches Begräbnis vorenthalten und sie um ihren Abschied betrogen hatte. Bald darauf verließ mich Charlotte.« Er schwieg und verlor sich in Gedanken an die Vergangenheit.

Tanguy wusste nun mehr. Aber seinen Fluch wurde er trotz der neuen Erkenntnisse nicht los.

*Die einzige Person, die mir hätte helfen können, ist verschwunden.*

Aber Aufgeben kam nicht in Frage!

»Grandpère, nenne mir nur einen Ort, von dem sie gesprochen hat«, bat er leise und berührte ihn an der Schulter. »Ich muss sie finden. Wohin wollte sie?«

»Beograd«, gab Albert abwesend zur Antwort. »Oder so ähnlich. Davon sprach sie. Diese Stadt hatte sie als kleines Mädchen sehr beeindruckt, hat sie mir gesagt.«

Damit hatte Tanguy ein neues Ziel auf seiner Jagd nach Erkenntnissen. Zuvor wollte er in die Brière zurückkehren und dem Mörder seines Vaters ganz besonders Lebewohl sagen.

*Durch seine Lügen sind all meine Schulden bei ihm aufgewogen. Ich werde ihn zur Rechenschaft ziehen und den Sumpf von seiner Herrschaft befreien. Die Menschen dürfen fortan ohne den Schrecken leben.*

Er erhob sich und küsste den alten Mann auf den weißen Schopf, der nach Suppe und Schweiß roch. »Ich werde sie suchen und finden, Grandpère, und zurückkommen, um dir zu berichten.«

Albert stand auf und umarmte seinen Enkel. »Der Herr sei mit dir«, schluchzte er. »Er schütze dich und gebe dir seinen Beistand, damit du Charlotte findest und sich ein Weg auftut, dich von dem Fluch fernzuhalten.«

Tanguy spürte den Kloß in seinem Hals. Doch außer der Rührung machte ihm der Durst zu schaffen. Durch die Nähe zu einem Menschen und zu den sichtbaren Adern wurde das Verlangen angefacht. *Die Haut, so dünn. Leicht zu durchbohren.* Er hörte das Pulsieren des Lebenssafts, roch ihn durch die Poren. *Ich will es schmecken! Jetzt!* Ein leichtes Ziehen breitete sich in den Schläfen aus, die Vorfreude schuf sanften Schwindel. Sanft, begehrend stießen die Fangzähne von innen gegen seine Lippen.

*NEIN! Ich muss los, bevor ...*

»Danke ... danke, Grandpère.« Tanguy löste sich überstürzt und schüttelte ihm noch einmal die Hand, eilte durch die Stube. »Du hörst von mir!« Die Männer und Frauen dufteten für ihn plötzlich nach Nahrung. Ihre Herzschläge mischten sich zu einem Wummern, das anschwoll und ihn in seinen Bann ziehen wollte. Leichte Beute zum Satttrinken.

*Sie haben es nicht verdient!* Er hetzte zur Tür hinaus und rannte die Straße entlang. Sobald er Fougeray hinter sich gelassen hatte, nutzte er seine vampirischen Kräfte, um schneller als ein galoppierendes Pferd zu reisen. Wassertropfen spritzten hinter seinen Sohlen hoch in die Luft.

Tanguy wusste, wer es im Gegensatz zu den Freunden seines Großvaters verdient hatte zu sterben.

*Szomor! Du dreckiger, widerlicher Lügner!*

Er sah den Hexer vor seinem geistigen Auge, wie er in seinem Griff hing und um sein jämmerliches Leben flehte.

*Nein, so wird es nichts. Stell es schlau an,* rief er sich zur Ordnung. *Die Magie verleiht ihm starke Macht.*

Am einfachsten wäre es, wenn er Szomor überrumpeln würde: ansatzlos packen und ihn töten.

*Aber ich möchte, dass er für den Tod meines Vaters leidet!*

Tanguy raste dahin – und prallte in einem verschlafenen Weiler gegen ein massives, unsichtbares Hindernis.

Er stürzte rücklings auf die wasserdurchtränkte Erde und musste vor Qualen losschreien, bevor er überhaupt verstanden hatte, woher die Schmerzen in seinem Fuß rührten. Stinkender schwarzer Qualm wallte aus dem Stiefel und hüllte ihn ein.

Vor ihm verlief ein kleiner, unscheinbarer Wasserlauf, der kaum breiter als seine Elle war. Doch er besaß die Macht, ihn aufzuhalten. Tanguy hatte ihn schlicht übersehen.

*Nicht noch mal! Gott ...*

Er wälzte sich umher, rutschte vom Rinnsal weg und zerrte an dem Schuh, um nach seinem Fuß zu sehen. Die Sohle hatte ein winziges Loch, durch das Wasser eingedrungen war. Eine verbrannte Stelle zog sich von den Zehen über den Fußrücken; unter dem vergehenden Fleisch schimmerten die weißen Knochen.

Es war nicht ganz vergleichbar mit der Wirkung des Meerwassers, aber genügte, um ihn jegliche Beherrschung verlieren zu lassen. Er tobte, brüllte und fluchte.

Dann roch er Menschen.

Wie durch einen roten Schleier erkannte er Männer und Frauen hinter den erleuchteten Fenstern des Weilers.

*Gaffen mich an wie tumbe Tiere! Elende Bauern!*

Er grollte.

Zwei Mutige hatten den Schutz der Häuser verlassen und kamen auf ihn zu, riefen ihm etwas zu, was er nicht verstand. Die Laternen in ihren Händen blendeten seine Augen und machten ihn noch gereizter.

*Wagt es nicht! Kehrt in eure Betten zurück! Verschwindet, denn hier erwartet euch nur der Tod!*

Erneut grollte er und hoffte, dass der Laut sie vertreiben würde. Aber der helle Schein näherte sich weiter. Und der Geruch von Lebendigkeit verstärkte sich.

Der schwärende Durst übernahm mit Leichtigkeit die Kontrolle und befahl ihm, das Brennen in seinem Schlund zu löschen und die Trockenheit seiner Eingeweide zu beenden. Ganz gleich mit welchem Blut: Unschuldige, Schuldige, Frauen, Kinder ... Es spielte keine Rolle. Er wollte Lebenssaft. Unverzüglich!

Er sprang den Ersten mit einem Zischen an und riss ihn nieder, schlug die Zähne in den Hals. Als das Blut köstlich warm in seinen Mund schoss und sich der kupferne Geschmack wie Ambrosia am Gaumen verteilte, setzte sein Denken aus. Seine Hände wühlten sich durch feuchte Wärme, und er hörte von weitem Menschen vor Entsetzen aufschreien.

***

# KAPITEL VI

Sommer 1782, Frankreich,
Süd-Bretagne, irgendwo in der Brière (Pays noir)

Szomor saß am hintersten der großen Tische, umgeben von seinen Aufbauten, und grübelte aufgewühlt über den Formeln, die er auf dem obersten von unzähligen Blättern notiert hatte. Es *konnte* nicht sein, was ihm gelungen war. Die Gesetze der Alchimie und der Physik waren von der Mischung außer Kraft gesetzt worden.

*Unmöglich!*

»Sollte es jedoch kein Fehler von mir gewesen sein«, murmelte er vor sich hin und ging die Zahlen erneut durch, »dann wäre es zu schön.« Er unterdrückte den Triumphgedanken, der sich langsam in ihm ausbreitete. *Ruhig, ruhig. Wenn es doch nur eine Unachtsamkeit wäre, würde mich die Enttäuschung umbringen.* Szomor langte nach dem Federkiel, um mit einer vierten Berechnung zu beginnen. *So nahe war ich der Lösung noch nie.* Er musste absetzen, weil seine Hand vor Aufregung zu sehr zitterte.

Die Alchimie war eine diffizile Sache und voller Tücke, sowohl was die Berechnungen als auch was die Materialien anging. Denn stimmten die Formeln, konnten mangelhafte Zutaten die Wirkung eines Trank oder einer Salbe immer noch zunichtemachen, manchmal sogar umkehren! Das hatte er des Öfteren zu spüren bekommen. Schmerzhaft und qualvoll.

Szomor bekam seine Finger unter Kontrolle, die Spitze des Kiels senkte sich auf die Öffnung des gläsernen Tintenfässchens nieder.

Unvermittelt stand Tanguy neben ihm. Eine Brise folgte ihm und drohte, die Aufzeichnungen durcheinanderzuwirbeln.

*Das hätte mir noch gefehlt!* Schnell legte der Hexer die Hände auf die Papiere. »Kannst du nicht aufpassen? Kein Rennen innerhalb des Hauses! Der Sog schafft nur Unordnung. Wie oft muss ich dir das noch sagen?«

»Noch einmal«, antwortete Tanguy. »Nur noch ein einziges Mal.« Wassertropfen rollten über seinen Mantel und fielen mit einem leisen *Plop* zu Boden.

Szomor richtete sich auf und musterte ihn. »Machst du dich über mich lustig?«

Der Judassohn lächelte hintergründig.

*Ich habe keine Zeit für so etwas. Was immer das soll, es kann warten.* Er wedelte mit der Hand. »Kindereien, ja? Hat dich dein Forschen im Sumpf albern werden lassen? Geh und such ... was auch immer. Ich stehe kurz vor der Vollendung einer bahnbrechenden Entdeckung. Komm in ein paar Stunden wieder, dann können wir reden. Jetzt ist es ungünstig.« Er schaute auf die Blätter. *Angenommen, die Transmutation ließe sich mit vier Teilen zerriebenem Eisen ...*

Das *Plop* veränderte sich und wurde heller. Es bewegte sich vorwärts, die Wasserflecken kamen in einer Linie über den Tisch und näherten sich dem Geschriebenen.

»He, he!« Szomor wollte den erhobenen Arm zur Seite schieben, der sich auf seinen schwarzen Schopf zubewegte. »Was machst du denn da?«

Wasser traf auf Tinte, verschmierte sie und ließ die Buchstaben sowie die Zahlen und Zeichen verschwimmen und sich auflösen.

»Habe ich mich jemals bei dir bedankt?«, fragte Tanguy mit samtener Stimme und strich ihm durch die fettigen Haare. Die Stimme vibrierte leicht, zeigte die Unruhe des Vampirs.

»Ja. Und gerade schaffst du es, dich äußerst unbeliebt zu machen, verdammter Narr! Diese Formel ist von unschätzbarem Wert!« Szomor streute hastig feinen Sand über die Tropfen, damit der Auflösungsprozess nicht weiter voranschritt; dann blickte er auf. »Siehst du nicht, was du anrichtest? Ich habe etwas ...« Er stockte, als er Tanguys todernste Miene bemerkte. *Etwas stimmt nicht mit ihm.* »Wo bist du eigentlich gewesen?« Auch wenn die Kleidung vollkommen durchnässt war, zeigte sich der Hemdkragen durchgehend rot gefärbt. Blut.

»Auf Wanderschaft.« Tanguy hörte nicht auf, die Strähnen zu streicheln. »Es war aufregend. Man redete überall von den Räubern, die von Unbekannten ermordet wurden. Zwar hat die Garde versucht, den Erfolg für sich zu verbuchen, aber es glaubt ihnen keiner.«

»Ja, das hast du gut gemacht. Ich habe dich bereits dafür gelobt.« Szomor drückte seine Hand mit Kraft zur Seite. »Hör auf damit. Du benimmst dich merkwürdig. Hatte einer von deinen Opfern zu viel Rotwein im Blut? Bist du besoffen? So zutraulich kenne ich dich gar nicht.«

Tanguy sah ihn gütig an und legte ein Funkeln in seinen Blick. »Bitte, es dauert nicht lange. Danach lasse ich dir deine Ruhe. Vorher werde ich nicht weichen.«

»Also schön.« *Bevor er mir die Formeln ganz unlesbar macht. Aber danach lasse ich mir eine Strafe für ihn einfallen, die sich gewaschen hat. Die Missachtung meiner Anweisung lasse ich ihm nicht durchgehen.*

»Eine freundliche Seele, von denen es nur sehr wenige in dieser Zeit gibt, hatte mir unterwegs eine Frage gestellt. Ich konnte keine Antwort geben, aber ich versprach der freundlichen Seele, es herauszufinden.« Tanguy tippte ihm gegen die dürre Brust. »Dazu brauche ich deine Hilfe. Nur ein Hexer und Alchimist kann das Rätsel lösen.«

Szomor, der im Sitzen noch weit aufragte, fühlte sich geschmeichelt. »Lass hören.«

Tanguys Angriff kam zu unerwartet, als dass er reagieren konnte. Eine Hand schoss ihm in den noch leicht geöffneten Mund, packte die Zunge und zerquetschte sie, riss sie ab. Noch während Szomor versuchte, die Attacke abzuwehren, fuhr ihm der rechte Zeigefinger durch das linke Auge; ein kräftiger Biss ins Gesicht stahl ihm das andere.

Die Schmerzen peitschten Szomor in die Höhe. Er stemmte sich schreiend hoch, prallte blind gegen den Tisch und fiel auf die Dielenbretter. Er wollte etwas sagen, aber die Zunge hing in Fetzen. Er verschluckte sich an seinem eigenen Blut, wimmerte. Todesangst stieg in ihm auf.

*Was tut er mir an?*

»Die Frage lautete: Kann ein Hexer ohne Sprache und ohne Augenlicht seine Sprüche wirken?«, hörte er Tanguys Stimme über sich. »Die freundliche Seele, die mich das fragte, war die Seele meines Vaters, den du ermordet hast!«

*Weg, nur weg von dem Judasbastard!*

Szomor kroch los, rammte ein Tischbein mit seiner Schulter und spuckte Blut, stöhnte qualvoll.

»Du hast dich mit deiner Lüge zu sicher geglaubt, als du sagtest, du hättest mit dem Verschwinden meines Vaters nichts zu tun!«

Finger langten in seine Haare, dieses Mal allerdings nicht zärtlich, sondern brutal. Er wurde über den Boden geschleift, angehoben und durch die Luft geschleudert. Mit dem Rücken krachte er in die Apparaturen. Glas zerbrach unter ihm, Röhren und Stützstreben bohrten sich durch seine Haut ins Fleisch. Heiße und eisige Flüssigkeiten ergossen sich auf ihn, Säure verätzte sein linkes Bein.

»Du konntest nicht wissen, dass ich noch einen Grandpère in Fougeray habe«, schmetterte ihm Tanguy ins rechte Ohr und warf ihn mit einem lauten Schrei auf den nächsten Tisch.

Bäuchlings schlug er auf und schlitterte vorwärts. Metall zerschnitt sein Gesicht, eine Flamme verbrannte ihm das Ohr und die Haare. Dann hatte er das Ende der Platte erreicht und stürzte hinab, umgeben von einem scheppernden, rasselnden Regen aus Tiegeln und anderen alchimistischen Gefäßen.

Trotz aller Gefahr für das eigene Leben verschwendete Szomor einen wahnwitzigen Gedanken daran, was alles an wertvollen Substanzen verstreut auf dem Holzboden lag und unrettbar zwischen den Ritzen versickerte – darunter auch seine neueste Entdeckung, die ihm so vieles ermöglicht hätte.

*Er vernichtet mein Lebenswerk, meine Erlösung!*

Szomor brabbelte undeutlich, um Tanguy zum Aufhören zu bewegen, und verschluckte sich erneut. Er war der Spielball des außer sich geratenen Vampirs. Die Qualen und die Furcht fraßen sich in sein Denkvermögen.

»Du hast mich belogen, Szomor! *Du* hast meinen Vater getötet! Grandpère beschrieb mir die Wunden, die Nadeln, die eindeutigen Zeichen, die ich schon an den Leichen gesehen habe, die ich für dich in der Brière entsorgen musste.«

Er spürte Tanguys Finger, die sich mit den Nägeln wie Raubtierkrallen in seinen Rücken bohrten und ihn anhoben. Aber so sehr Szomor um sich schlug, er richtete nichts gegen seinen Peiniger aus.

Ein drittes Mal wurde aus dem Hexer ein Geschoss, das auf dem letzten intakt gebliebenen Tisch landete und Destilliergefäße, Mörser, Stößel, Gestänge und viele weitere Apparate abräumte, die darauf aufgebaut waren.

Noch während er die nächsten Schnittwunden erlitt und sich heißes Blei über seinen Nacken ergoss – formte sich in seinem Mund eine neue Zunge aus den ausgefransten Resten!

*Gut! Mein Körper tut seine Arbeit.*

Er drehte sich so, dass er sein Gesicht vor dem Vampir verbarg und der ihm nicht zu früh auf die Schliche kam. Die zerstörten Augen regenerierten sich. Damit kehrte zugleich sein

Selbstbewusstsein zurück. Der Schock war überwunden, und sein Verstand entwarf bereits einen Plan.

*Es ist gleich aus für dich, Judasbastard! Eines hast du nicht bedacht: Du bist lange nicht so mächtig, wie du glaubst.*

»Grandpère sagte mir, dass meine Großmutter aus dem Osten kam. Wie du.«

Szomor hörte, dass Tanguy unmittelbar neben ihm stand. Vorsichtig bewegte er die Zunge und spuckte die Stückchen der alten aus, die zwischen den Zähnen hingen. *Red du nur*, dachte er und sah durch die Fingerritzen nach ihm. *Jetzt wendet sich das Blatt.*

»Kanntest du meine Großmutter?« Ein schleifendes Geräusch erklang, etwas Kaltes legte sich an seinen Hals. »Klopf einmal auf den Boden für ja, zweimal für nein.«

Szomor hob den Arm einmal, ließ ihn nach unten schnellen – und machte sich unsichtbar. Sofort rollte er sich über die Schulter außerhalb der Reichweite seines Feindes und freute sich, als er die Überraschung auf dessen Gesicht sah. »Oh, damit hast du nicht gerechnet! Was glaubst du, wer du bist, Tanguy? Du existierst gerade mal ein paar Monate als Vampir und denkst, du könntest *mir* das Wasser reichen?« Er vollführte eine knappe Geste und schwebte bis zur hohen Decke empor. »So hältst du es also mit deinen Treueschwüren?« Er spie auf ihn herab. Roter Speichel traf Tanguy auf die linke Wange. »Ein echter Judassohn! Verrat, das ist, was ihr stets trefflich beherrscht!«

»Du *hast* sie also gekannt!« Tanguy hob den Kopf. Es machte den Eindruck, als wüsste er genau, wo der Hexer schwebte.

*Er riecht mich.*

Szomor glitt weiter nach rechts. Er wusste, dass nur einer von ihnen lebend aus dem Haus treten würde. Damit hatte er viel später gerechnet und bis dahin noch viele Experimente mit Tanguy beabsichtigt.

Von oben betrachtet, sah das Durcheinander noch verheerender aus. Die Arbeit von Jahrzehnten zunichtegemacht. Um ihn herum herrschte grauenvollste Verwüstung, bunte Rauchschwaden stiegen an verschiedenen Stellen auf. Brodelnd und unkontrolliert mischten sich Substanzen, kleine Flämmchen flackerten. Szomor wurde von wildem Hass geschüttelt.

*Makulatur! Das Stehlen der Formel und meine Flucht quer über den Kontinent, alles umsonst! Du sollst meine Wut zu spüren bekommen!*

Szomor stieß auf den Vampir nieder und trat ihm mit beiden Füßen ins Gesicht.

Der Getroffene fiel zwischen das Wirrwarr, rollte sich ab und sprang sofort wieder auf die Beine.

*Er hat viel zu schnell gelernt*, dachte der Hexer und flüchtete vor dem Gegenangriff zurück unter das Dach. *Ein Raubtier.* Er beobachtete ihn, suchte fieberhaft nach einer neuen, brauchbaren Taktik.

»Hast du sie gekannt oder nicht?«, rief Tanguy zornig.

»Nein, habe ich nicht. Aber es stimmt: Dein Vater diente mir als Versuchsobjekt.« Er suchte mit seiner Macht nach einer Verbindung zu den Wolken, die über dem Dach schwarz dahinzogen.

*Gehorcht mir! Gebt mir einen Teil eurer Energie!*

Ein Kribbeln breitete sich in den Fingern sowie an den Schläfen aus. Szomor veränderte die Wolkenbanken, schob sie gegeneinander und brachte sie zum Grollen. Innerhalb kurzer Zeit hatte er ein Gewitter erschaffen, das er nutzen wollte. »Er taugte nicht viel«, redete er dabei weiter. »Ein schwacher Schilfbauer, mehr war er nicht. Und deine Grandmère habe ich niemals getroffen.« Szomor lachte. »Es wäre besser gewesen, wenn ich dich so ansehe. Hätte ich sie getötet, müsste ich mich heute nicht mit einem undankbaren Verräter herumschlagen.«

*Es ist so weit.*

Er zog die Energien zu einem Blitz zusammen und hielt sich

bereit, ihn an die Stelle zu lenken, an der Tanguy stand. Szomor fühlte, dass der Blitz stark genug war, und ließ ihn aus dem schwarzen Himmel jagen.

Die Energie rauschte knisternd herab, durchbrach das Dach – und schlug an der Stelle ein, an der sich der Vampir eben noch befunden hatte.

*Wo ist er hin?*

Szomor blieb das verfrühte Siegerlachen im Hals stecken. Er schaute sich um. Angst kehrte zu ihm zurück.

Eine Aschewolke flog auf ihn zu und überschüttete ihn. Es brannte in den Augen.

»Erwischt, Szomor«, rief Tanguy von unterhalb und lachte laut. »Ich sehe dich ganz genau. Jetzt ist es aus mit dir!«

Szomor ließ sich nach unten sinken. Er hatte das Hornschwert entdeckt, das in dem Durcheinander auf dem Boden lag. Er hob es auf und machte sich kampfbereit. »Komm, Judasbastard. Ich teile dich in zwei Hälften!«

Sein Gegner sprang über ihn hinweg und landete in drei Schritt Höhe an der Wand, hielt sich mit zwei Fingern in einer Mauerritze fest. »Damit wirst du mich nicht bezwingen.« Knurrend drückte er sich ab und schoss auf ihn zu.

Szomor wich aus und schlug aus der Drehung zu, als Tanguy zu einem zweiten Angriff ansetzte. Die Klinge fuhr in Tanguys Brustkorb und brachte ihn zum Stehen. Die Intarsien verflüssigten sich zwar, aber sie drangen nicht durch die Wunde ein. Es schien eine lähmende, keine tödliche Wirkung davon auszugehen.

*Schade. Ich hätte das Schauspiel zu gern gesehen.*

Szomor schob den steifen Tanguy bis unter das Loch, durch das der Blitz geschlagen war. »Du bist mir zu gefährlich. Ich werde mit dir ein einmaliges Experiment durchführen.« Der freie Arm hob sich und zeigte auf den Durchbruch. Szomor zog einen weiteren Blitz in den tobenden Wolken zusammen.

Der aufkommende Sturm rüttelte an den losen Schindeln und fegte einige davon, zwei stürzten knapp an dem Hexer vorbei, eine zerschellte im Gesicht des jugendhaften Vampirs. Die Wunden und Brüche, die die Einschläge anrichteten, heilten unverzüglich.

*Das muss seine Wut sein, die ihn stärker werden lässt. Ich werde nicht länger mit der Hinrichtung warten, sonst löst er sich aus der Starre.*

»Ich habe dir das Leben zweifach gerettet, also nehme ich es dir«, sagte Szomor. Da er auf seine Kräfte vertraute und den Blitz genau steuern konnte, rührte er sich nicht vom Fleck. Er zog das Schwert heraus und warf es zur Seite. »Ein Kugelblitz soll dir dein Ende bereiten und deinen Kopf zum Platzen bringen!«

Szomor formte die niederstoßende Kraft zu einem Klumpen, komprimierte sie im Flug. Schrill kreischend jagte ein gleißender Ball auf einem langen, funkensprühenden Schweif durch die Öffnung und erhellte den Innenraum.

An Szomors Schopf wurde es heiß, dann wurde er von einem glühenden Hammer getroffen, der ihn zur Seite schleuderte.

*Es hat ... MICH getroffen?*

Arme und Beine fühlte er nicht mehr, das Gespür für seinen Körper schwand. Von der Kraft des Blitzes geblendet und am gesamten Leib betäubt, lag er da. Allein das Scharren, das er vernahm, zeigte ihm, dass er sich krümmte und wand. Der Verstand und das Empfinden waren abgehängt.

»Ich mag meine Fertigkeiten als Judassohn noch lange nicht zur Meisterschaft gebracht haben«, hörte er Tanguy angeschlagen sagen, »aber es genügt, um einen Blitz aus der Bahn zu werfen. Schön, dass er dich getroffen hat. Das war eine Zugabe, mit der ich nicht rechnen durfte.«

Ein schabendes Geräusch erklang.

»Da ist ja das ungewöhnliche Schwert«, sagte der Vampir. »Damit schneide ich dir das Herz heraus und zerstückle dich. Deine Reste verbrenne ich zu Asche und streue sie in die Brière, auf dass du niemals mehr zurückkommen wirst und deine Seele verloren ist, Hexer.«

*Das darf er nicht. Herr, das darf er nicht!*

Szomor versuchte, die Kontrolle über seinen Leib zurückzuerlangen und über seine Gliedmaßen zu gebieten. Doch der Kugelblitz hatte ganze Arbeit verrichtet. Das Gefühl kehrte nicht zurück, obgleich er an dem Rucken und den Geräuschen merkte, wie an seiner Brust geschnitten wurde.

Er sah wieder, konnte den Kopf leicht bewegen. Tanguy hatte ihn auf den Rücken gerollt und stand breitbeinig über ihm. Die lange Klinge steckte in seiner Brust und brach die Rippen schmerzfrei auf. Das pumpende Herz lag frei.

*Ich werde diese Nacht nicht überstehen. Ich weiß es!*

Ein Kribbeln in seinen Lippen gab ihm Hoffnung, wenigstens späte Vergeltung zu erlangen. Er tat das, was er am besten beherrschte.

»Fluch über dich!«, krächzte er erstickt. »Mein Herr möge dich strafen, sobald ich vergangen bin. Vernimm meinen Fluch, Tanguy Guivarch! *Mein* Tod bedeutet *deinen* Tod!« Er spie ihn an. Blutiger Speichel prasselte gegen die Züge seines Feindes.

Tanguy lachte. »Du willst mich töten? Was Besseres kann mir gar nicht geschehen.« Er wischte die Spucke weg. »Dann hätte alles ein Ende.«

Szomor schrie auf, als Tanguy ihm das Herz durchbohrt und herausgeschnitten hatte, um es ihm auf die nackte Brust zu legen. Er starrte auf den Muskel, aus dem das Rot sickerte.

*Es darf nicht ungesühnt bleiben, mein Gebieter! Erfülle mir den Wunsch!*

»Du lebst noch immer?« Tanguy hob das Schwert zum Hieb über den Kopf. »Jetzt will ich sehen, ob deine schwarze Magie und die Alchimie dich zu retten vermögen.«

»Herr! Vernichte ihn«, ächzte er. »Der dunkelste Fluch soll ihn treffen! Er soll ...«

Pfeifend stieß die Klinge nieder und durchtrennte den Hals, seine Anrufung endete.

Szomors Kopf rollte davon und blieb mit dem Gesicht nach unten in einer Lache aus geschmolzenem Blei liegen.

Tanguy atmete tief aus. »Endlich«, sagte er leise.

Er fühlte sich schwach, der Kampf hatte ihn unglaubliche Kraft gekostet. Jeder Knochen im Leib schmerzte und verlangte nach Linderung. Gerade die Umleitung des Kugelblitzes bedeutete eine immense Leistung. Wäre Szomor nicht getroffen worden, hätte er nicht länger gegen ihn bestehen können.

Die Anstrengung führte zu – Durst. Er musste sich die verbrauchte Energie aus dem Blut eines Lebenden zurückholen.

*Lass mich noch einmal dein widerliches Gesicht sehen und es bespucken, bevor ich es in die Flammen werfe.*

Er drehte den verbrannten, haarlosen Kopf des Hexers mit dem Fuß um. Das Blei war teils auf der Haut haften geblieben. Es sah aus, als hätte sich ein Statuenkopf zur Hälfte in den Schädel eines Menschen verwandelt.

Tanguy keuchte vor Überraschung auf: Im geöffneten Mund erkannte er Fangzähne! Zwar waren sie nicht so lang und ausgeprägt wie die seinen, aber sie gehörten unzweifelhaft einem Vampir. Die Entdeckung erklärte viele Besonderheiten und Mächte, die Szomor auf sein Hexertum geschoben hatte.

*Gibt es das? Er war lediglich ein Blutsauger, so wie ich!*

Tanguy hatte niemals Verdacht geschöpft.

*Wie auch? Es klang alles selbstverständlich und einleuchtend.*

Er schob den Toten dorthin, wo das größte Feuer im Chaos brannte, und warf das Haupt hinterher.

Sein Durst wurde stärker. Doch er wollte bleiben und sehen,

wie Szomor in den Lohen verging. Er musste Gewissheit haben, dass der Vampir niemals mehr zurückkehren würde. Das auffällige Schwert behielt er in der Hand. Eine Klinge aus Horn, mit Intarsien aus Silber und einem bemerkenswerten Griffschutz.

Die Flammen umspielten den ausgezehrten Leichnam, loderten durch das Loch in seiner Brust und schlugen höher. Sie reichten bald bis zum Giebel hinauf und quollen auseinander, als böte ihnen der Tote ganz besonderes Brennmaterial.

Die Farbe des Feuers änderte sich. Es flackerte schneeweiß und magnesiumgrell, wurde abrupt hellrot und dann schwarz.

Tanguy fühlte, wie sich Unsicherheit in ihm ausbreitete. Er wusste nicht, ob das, was er sah, beim Verbrennen eines Vampirs normal war. Die Hitze ließ ihn zurückweichen.

*Hauptsache, du vergehst, du Scheusal!*

Um das Haus tobte der Sturm mit ungebrochener Heftigkeit, weitere Blitze zuckten in den Sumpf nieder. Das Dach wurde weiter abgedeckt, aber der Sturzregen vermochte das Inferno, das rund um Szomors schmurgelnde, schrumpfende Überreste tobte, nicht zu löschen.

Tanguy fühlte ein Brennen am rechten Unterarm. Er dachte, ein Funke hätte seinen Ärmel entzündet, und warf einen Blick darauf. Der Stoff war unversehrt.

Aber das Brennen steigerte sich ...

*Das bilde ich mir nicht ein!*

Er raffte den Ärmel zurück. Sein rotes Mal warf Blasen und qualmte, als würde es innerlich erhitzt werden. Die Qualen rasten durch seinen Arm. Er wagte es nicht, den Fleck zu berühren. Stattdessen hielt er den Arm nach vorne gestreckt, in den herabstürzenden Regenguss, damit er gekühlt wurde.

Es zischte, als die Tropfen darauftrafen. Unvermittelt wölbte es sich hervor und barst. Eine schwarze Stichflamme schoss heraus. Tanguy schrie.

*Der Fluch des Hexers!*

Er bedeckte die Lohe, ohne nachzudenken, mit der anderen Hand, um sie zu ersticken.

Sie bohrte sich lanzengleich durch Haut und Knochen und schuf ein apfeldickes Loch, brannte weg, was sich ihr entgegenstemmte. Aufbrüllend ließ Tanguy das Mal los.

*Wie soll ich …*

Das Feuer erlosch zwei Herzschläge darauf von selbst. Der rote Fleck hatte der Flamme standgehalten und war nicht verschwunden. Er sah aus wie zuvor.

Doch es war nicht zu Ende: An seinem Unterarm wurden plötzlich rings um das Mal zarte, dunkle Ranken sichtbar.

Zuerst glaubte Tanguy, es seien seine Adern, die inwendig verbrannten, oder dass ihm das Blut darin stockte. Aber schon formten sich verschnörkelte Zeichen, die den Fleck umschlossen und ihn einbetteten, als habe er schon immer zu ihnen gehört.

*Was bedeutet das?*

Ein Ausläufer schlängelte sich auf der Haut bis zur Armbeuge und verschwand unter dem Hemdsärmel.

»Nein!«, brüllte er voller Furcht und drosch mit der verstümmelten Hand auf die Ranken ein. »Geht weg!«

In Tanguys Nacken kitzelte es. Netzartig breitete sich das Kribbeln über die Kopfhaut aus, dann wurden die feinen Maschen zugezogen und spannten sich um seinen Schädel. Sie schnitten sich durch den Knochen. Die Qualen waren überwältigend und lähmten ihn. Er stürzte auf die Dielenbretter.

Er konnte das Netz fühlen, wie es seinen Verstand durchteilte und ihn zerstörte, ihn auslöschte und vernichtete.

Sein Herz schlug langsamer.

*Mein Tod kommt mit seinem Tod,* dachte Tanguy sterbend und blickte durch das Loch im Dach zu den Wolken hinauf, die noch immer Blitze spien. Der Sturm toste und riss das Haus, in dessen Innerem die Flammen angefacht wurden, Stück um Stück auseinander.

*Szomors Fluch hat mich ereilt.*

Der Hexer hatte ihm seine Überlegenheit bewiesen. Tanguy zweifelte nicht an seinem Ende, das allerdings mit einer Hoffnung einherging: Bald durfte er mit Gwenn zusammen sein. Er würde seine Geliebte im Jenseits in die Arme schließen und endlich Ruhe finden.

*Herr, ich habe viel Gutes getan. Ich habe Räuber und furchtbare Menschen gerichtet, soweit ich es konnte, und die einfachen Leute geschont. Gedenke meiner guten Taten und schenke mir im Jenseits ein Leben mit meiner Gwenn.*

Er sah ihr Antlitz über sich in den Wolken, und sie lächelte auf ihn herab. Ein schwacher Schlag – und sein Herz setzte aus.

## Spätsommer 1782, Frankreich,
## Bretagne, Fougeray

Albert streifte in den verlöschenden Strahlen der Sonne durch die Ruinen des Schlosses.

*Man hätte diese Raubzüge verhindern müssen.*

Er bedauerte zutiefst, dass die Bewohner viele der kostbaren Steine in den letzten Jahrzehnten verwendet hatten, um daraus eigene Häuser und Ställe zu errichten. Mit den schwieligen Händen fuhr er am Fundament eines Turms entlang.

*Bald erhebt sich ein neues Schloss. Das Schloss des Königs der Bretagne. Frei und losgelöst von den Vorschriften aus Paris.*

Der stolze Bretone sah es bereits vor sich. Die Nachrichten von immer wieder aufflammenden Unruhen nährten seine Hoffnung, dass sich der Landstrich aus dem erzwungenen Verbund lösen würde. Dazu würde er notfalls das Bündnis mit einem anderen Staat eingehen.

Albert fiel es schwer, sich zurückzuhalten. Am liebsten hätte er schon morgen die Unabhängigkeit verkündet, hätte aber damit allenfalls Gelächter bei Hofe ausgelöst. Er wäre umgehend vom Gouverneur wegen Hochverrats verhaftet und gefoltert worden. Unter Schmerzen würde er seine Mitverschwörer preisgeben und ihnen an den Galgen folgen.

*Dann wäre alles umsonst gewesen.*

Er setzte sich auf einen Stein und betrachtete den brandroten Abendhimmel.

*Lange wird das Volk in Frankreich nicht mehr stillhalten und die Obrigkeit, die Pfaffen und Adligen zur Rechenschaft ziehen. Das ist unser Tag!*

Ein leises, freundliches Frauenlachen ließ ihn herumfahren. »Du glaubst noch immer daran, dass du zusammen mit deinen Freunden die Bretagne zur alten Größe zurückführen kannst.«

Albert erkannte seine einstige Gemahlin, die hinter dem Turm hervortrat. »Charlotte?« Er rieb sich die Augen, aber sie verschwand nicht. Das dunkelblaue Kleid, das sie trug, stand ihr gut.

»Du täuschst dich nicht, Albert«, sagte sie und gesellte sich neben ihn. »Du siehst gut aus. Älter, aber gut.«

Er betrachtete ihr schlankes Gesicht, sah in die dunkelgrauen Augen. »Du bist nicht einen Tag gealtert«, antwortete er verblüfft. »Zehn Jahre, und du siehst aus wie Anfang dreißig! Wie geht das? Die Zeit ist für dich stehengeblieben!«

»Die Meerluft, Albert. Salz macht haltbar.« Charlotte lächelte ihn an und gab ihm einen schnellen Kuss auf die Stirn. »Du hast dich an meinen Rat gehalten und bist hiergeblieben.«

»Ja. Obwohl du mich verlassen hast.«

Sie legte die Hände in den Schoß. »Es ging nicht anders, Albert«, lautete ihre Erklärung in einem Tonfall, der ihm klarmachte, dass sie nicht weiter darüber reden würde.

»Ändern kann ich es nicht mehr. Und du wirst es dir auch nicht noch einmal überlegt haben.« *Es gibt einen anderen Grund, warum sie gekommen ist.* »Du hast verfolgt, was mit unserer Tochter und ihrer Familie in Kerhinet geschehen ist«, sagte er nach einer Weile.

Sie schlug den Blick nieder. »Das habe ich. Es hat mir das Herz gebrochen, von der Tragödie zu hören. Erst haben die Räuber unseren Enkel, dann die Einwohnerschaft getötet.«

»Nein. Der Jüngste hat überlebt«, unterbrach Albert sie und freute sich, dass er ihr etwas Gutes mitteilen konnte.

Charlotte hob die Brauen. »War er nicht als das erste Opfer der Verbrecher genannt worden?«

»Das dachte ich auch. Aber er sagte mir, es sei ein ...«

»Er war hier?«, rief sie erstaunt. »Albert, du hast Tanguy mit eigenen Augen gesehen?«

»Nicht nur ich. Meine ... Freunde auch. Wir trafen uns an dem Abend, um über ... die Ernte zu sprechen, und er platzte herein.« Er lächelte. »Mein Herz freute sich so sehr, ihn zu sehen! Es war ihm natürlich anzumerken, dass ihn der Verlust verändert hat. Sein Gesicht war ernster, schlanker als früher, aber es war in der Seele noch immer unser Enkel.«

»Wann war das?« Merkwürdigerweise freute sich Charlotte nicht. Sie klang angespannt, ihr Blick lag durchdringend auf ihm und zwang ihn regelrecht zum Sprechen.

»Vor ungefähr sieben Wochen«, entgegnete er unverzüglich. »Er war hier und fragte nach dir, nach seinem Vater und den Umständen seines Todes. Ich habe es ihm erzählt. Er hatte ein Recht darauf. Nach so vielen Jahren.«

Sie stieß die Luft aus und sah auf das Dörfchen. Seine knappe Erzählung schien sie sehr zu beschäftigen. »Haben sich Unglücke nach seinem Auftauchen ereignet?«

*Ihre Reaktion ist merkwürdig.* »Unglücke kann man das nicht nennen. In der Nähe ist ein Weiler von einer Bande Marodeuren heimgesucht worden. Wir haben das Feuer in dieser Nacht gesehen. Sie haben die Menschen bestialisch ermordet«, erklärte

Albert. »Das sagt man jedenfalls. Die meisten sind in ihren Hütten verbrannt worden.«

Sie schnalzte ungehalten mit der Zunge. »Das passt. Leider.«

Albert runzelte die Stirn. *Wie meint sie das?* »Tanguy wollte dich suchen. Ich habe ihm dummerweise gesagt, dass ich glaube, du seist wieder in deine Heimat zurückgekehrt.«

»Wohin hast du ihn geschickt?« Charlotte lachte, und es klang wirklich amüsiert. »Du konntest dir doch nie merken, woher ich kam. Für dich war alles Balkan.«

Er grinste. »Beograd. Davon hast du mir mal erzählt. Wie du als Mädchen dort gewesen bist.«

Sie schüttelte den Kopf. »Du hast unseren Enkel nach Belgrad geschickt, nur weil du dich daran erinnert hast? Weißt du, wie lange er bis dahin unterwegs sein wird und was er alles anrichten könnte?«

»Was soll er denn anrichten?« Albert zog die Brauen zusammen und setzte sich gerade hin. Er wollte mehr als vage Andeutungen. »Weib ...«

»Ich bin nicht mehr dein Weib«, fiel sie ihm scharf ins Wort.

»Charlotte«, verbessert er sich milder. »Tanguy möchte wissen, wo seine Wurzeln liegen. Und wenn er unterwegs sein Glück findet, freut es mich umso mehr. Die Brière hat ihm nur Kummer gebracht. Oder weißt du etwas Schlechtes über ihn? Deine Worte sind ...«

»Die Brière«, wiederholte sie nachdenklich, ohne auf seine Frage einzugehen. »Hat sie sich auch geändert?«

»Nein, sie besteht immer noch aus Schilf, Inseln und Kanälen. Wo warst du, dass du mich solche einfachen Dinge fragst? Aber ... neuerdings haben sie Wölfe dort«, berichtete er. »Es gab viel totes Vieh. Zwei Hirten und fünf Wanderer sind von den Graupelzen zerrissen worden. Es werden Jagden zusammengestellt. Überall werden Treiber rekrutiert.«

»Wölfe in einem Sumpfgebiet? Das ist Unfug.«

»Das sagte ich auch. Es wird der Riese sein, der das Moor verlassen hat und außerhalb nach Opfern sucht.« Albert betrachtete verstohlen ihr Gesicht, die langen braunen Haare, ihre Figur. Sie hatte ihre Wirkung auf ihn nicht eingebüßt. Selbst nach all den Jahren fühlte er sich noch zu ihr hingezogen. »Nimm es mir nicht übel, dass ich ihn nach Belgrad sandte. Ich dachte wirklich, dass du dort bist.«

Sie blickte ihn erneut an. »Da werde ich niemals mehr zu finden sein«, erwiderte sie nach kurzem Schweigen. »Ich sollte mich auf den Weg machen und ihn abfangen.« Charlotte erhob sich vom Stein.

Albert wollte sie nicht so einfach gehen lassen. Er streckte die Hand aus und hielt sie an der Hüfte fest. »Wo warst du? Wo lebst du jetzt? Hast du einen Mann? Wieso interessiert dich ...«

Sie nahm seine Hand und küsste die Knöchel, bevor sie die Finger losließ. »Albert, vergiss, dass du mich gesehen hast. Wir werden uns in diesem Leben nicht mehr begegnen. Ich brauchte nur die Gewissheit, dass Tanguy noch lebt. Die habe ich von dir bekommen. Nun ist es meine Aufgabe, ihn zu finden.«

Albert öffnete den Mund, um zu widersprechen. Er wollte, dass sie dieses Mal bei ihm blieb und nicht wieder verschwand. Es war, als würden Herz und Verstand in diesem Moment erst begreifen, mit wem er Worte gewechselt hatte. Und dass sie wieder ging. »Charlotte«, brachte er verzweifelt hervor. »Ich habe mich so nach dir gesehnt!«

Sie gab ihm nochmals einen Kuss auf die Stirn. »Such dir eine junge Frau, die sich um dich kümmert. Deine Sachen müssten dringend gewaschen werden.« Sie ging ein paar Schritte auf Fougeray zu. »Wenn du einen König der Bretagne krönen möchtest, sollte dein Hemd sauberer sein.« Sie hob die Hand zum Gruß und eilte davon.

Albert sah ihr nach.

*Charlotte!*

Als wäre ein Verschluss in seinem Geist aufgesprungen, der die Erinnerungen an die gemeinsamen Jahre zurückgehalten hatte, flogen die schönen Bilder aus den entlegensten Winkeln heran und überfielen ihn. Wehmut und Glück kamen gemeinsam zu ihm.

Er seufzte tief und stand auf, um sie besser sehen zu können.

Bald hatte sie sich auf der Straße zu weit entfernt. Sie war nur noch ein Punkt, der unvermittelt verschwunden war.

Albert wusste, dass sie ihr Versprechen halten würde. *In diesem Leben nicht mehr.*

***

# KAPITEL VII

Spätsommer 1782, Frankreich,
Süd-Bretagne, irgendwo in der Brière (Pays noir)

Charlotte stakte auf der breiten Barke durch das Moor. Sie folgte dem Rauch, der mitten aus dem Niemandsland kam und nach den Aussagen der Bewohner am Rand der Brière mal deutlich und mal kaum am Himmel stand. Die einen beschrieben ihn als bunt, die anderen hatten ihn weiß, wiederum andere in leuchtendem Blau erblickt.

Unzweifelhaft brannte etwas im Sumpf. Und unzweifelhaft für die Menschen war, dass der Riese etwas damit zu tun hatte.

Charlotte glaubte jedoch etwas ganz anderes.

An diesem Abend war die Qualmsäule allerhöchstens zu erahnen. Was auch immer mit Feuer verging, es ließ allmählich nach. Charlotte vertraute mehr auf ihre gute Nase als auf ihre Augen.

*Es kommt mir vor, als sei ich gestern hier entlanggefahren.*

Angst spürte die Frau inmitten des hohen Schilfs nicht, denn sie war vorbereitet.

Gegen mögliche Werwölfe führte sie einen silbernen Dolch mit sich, gegen Verbrecher einen exzellent gearbeiteten Dolch von außergewöhnlicher Schärfe, auf dessen Pommel drei gekreuzte Dolchpaare eingraviert waren: eins oben, zwei darunter. Ein Erbstück.

Charlotte machte sich schwere Vorwürfe, weil sie nachlässig gewesen war: Sie hatte die Guivarchs aus den Augen gelassen, weil sie sich zu sehr um einen anderen ihrer Nachkommen gekümmert hatte.

*Unverzeihlich. Ein ganzer Weiler ausgelöscht. Wer weiß, wie viele Morde er noch begangen hat. Ich muss in den kommenden Wochen achtgeben, ob einige seiner Opfer sich ebenfalls zu Vampiren gewandelt haben.*

Mit viel Glück hatte sich der Fluch nur auf Tanguy ausgewirkt.

*Wölfe*, dachte sie an die Erzählungen und rollte mit den Augen. Doch es war gut, dass die Wahrheit verborgen blieb. Es ging in der Tat eine Bestie um, aber sie hörte auf den Namen Tanguy Guivarch.

*Schlimmer als jeder Wolf.*

Eine Rohrdommel sang für sie und schien ihre schweren Gedanken vertreiben zu wollen. Es gelang dem Vogel nicht; auch das beruhigende Rauschen des Schilfmeers konnte Charlotte nicht beschwichtigen.

Sie war sich sicher, das Versteck ihres Enkels ausfindig gemacht zu haben. Die Morde im Guérande folgten einem für sie bekannten Muster: Ein Kind des Judas war erwacht und wusste nicht, wie ihm geschehen war. Also zog es mordend durch die Gegend, nahm sich fremdes Blut und fremdes Leben, um eigene Kraft zu erhalten. Ohne Rücksicht auf Mensch, Tier, Hab und Gut.

*Ich kenne es zu gut.*

Auch wenn Tanguy in den Momenten des Dursts und der Raserei wirklich nicht mehr Verstand besaß als ein Raubtier, zeigte er sich ansonsten erstaunlich schlau. Er hatte seinen Großvater aufgesucht, um seine Vergangenheit und seinen Fluch zu ergründen. Damit fiel er aus dem Rahmen dessen, was sie von Judaskindern kannte. Ohne Beistand wurden nicht wenige vom Wahnsinn ereilt.

*Ich bin mir sicher, dass er Hilfe bekommen hat. Und das war nicht gut.*

Sie steuerte die Barke durch den Kanal und gelangte in morastiges, zähschlammiges Gebiet. Der flache Kahn bewegte sich nicht mehr weiter. Der unüberwindbare Streifen zog sich gut und gern einhundert Schritte hin; im Anschluss schob sich eine Wand aus vier Meter hohen Schilfstengeln in den Weg.

*Wie Burggraben und Wall. Da möchte jemand ungestört und ungesehen bleiben.*

Sie begab sich an den Bug des festgefahrenen Gefährts und prüfte den Untergrund mit der Pigouille. Der Stab drückte sich durch und sank und sank und sank ...

Ihre von den Jahren in der Brière geschulten Blicke fanden rasch heraus, welche Stellen ungefährlicher waren. Wenn sie auf ihnen wie auf Trittsteinen hüpfen würde, konnte sie bis zum Schilfgürtel gelangen.

Charlotte zog das störende lange Kleid aus, unter dem sie leichte weiße Unterwäsche trug. Die langen braunen Haare fasste sie mit einem Lederband zu einem Pferdeschwanz zusammen.

*Besser.*

Sie machte den ersten Sprung und drückte sich gleich wieder ab. Der Boden gab unter ihr nach, aber ihr geringes Gewicht verhinderte, dass sie einsank. Schneller und einfacher, als sie es selbst erwartet hatte, erreichte sie die Halme und katapultierte sich mitten hinein. Die Stiefelsohlen landeten auf sicherem Untergrund.

*Das lief gut.*

Es kostete Charlotte Kraft, sich durch den dünnhalmigen, dichten Wald zu bewegen. Hart und fest, als wären Eisenstückchen in den Röhren eingelassen, bot das Schilf Widerstand. Nicht nur das. Die Bewegungen der zitternden Stengel verrieten, dass sie sich dem Versteck näherte und wo sie sich befand.

Charlotte scherte sich nicht darum.

Nach vielen, vielen Schritten endete der Wall.

Sie trat heraus und vor die Reste eines großen Hauses, von dem nur noch die Grundmauern und der angebaute Stall standen. Das Gebälk war überwiegend eingestürzt, der Qualm drang aus der Mitte der Ruine und kräuselte sich empor; seine Farbe hatte sich wirklich geändert und leuchtete, als tanzten Hunderte Glühwürmchen darin.

*Ich bin am richtigen Ort.*

Charlotte ging weiter, die drei ausgetretenen Stufen hinauf zum offenen Eingang. Von der Tür waren nur noch die Angeln übrig geblieben.

Vorsichtig sah sie hinein.

Der Anblick kam ihr bekannt vor, auch wenn sie alchimistische Labore wesentlich aufgeräumter kannte. Brand und Regenschauer hatten zwar Verwüstung angerichtet, aber ihr genügte der Eindruck, um zu verstehen, dass ein Dilettant geforscht hatte.

Charlotte sah die vielen Pfützen: schwarz, grün, farblos, brodelnd, schillernd, erstarrt. Halbedelsteine waren in einer Lache aus einer grauen Legierung eingebacken, als wären es kleinste Dotter in einem großen Spiegelei.

*Da ist ein Experiment gründlich misslungen.*

Charlotte betrat langsam das Innere, tastete mit den Zehenspitzen, bevor sie den ganzen Fuß aufsetzte. Die spürbare Hitze in der Ruine hatte nichts mit den sommerlichen Temperaturen zu tun. Es roch durchdringend nach den verschiedensten Substanzen.

*Quecksilber, Schwefel, Phosphor* ordnete sie die Gerüche zu. *Magnesium und Kohle, gemahlenes Eisen, Mineralien und Pigmente.*

Sie zählte insgesamt drei Feuerchen, die in tiefen Kuhlen brannten. Milchig trübe Rinnsale führten hinein und machten daraus Schmelztiegel, in denen unentwegt alchimistische Prozesse abliefen. Unkontrolliert.

Charlotte sah zu den Überbleibseln des Dachstuhls hinauf.

*Das ist die Erklärung für die Rauchsäulen.*

Sie stieg achtsam über die Brandherde hinweg und begann ihre Suche nach Spuren. Aufzeichnungen vielleicht, die ihr Aufschluss auf den Besitzer gaben. Oder den Verbleib von Tanguy Guivarch.

Ganz weit außen, in der hintersten Ecke, entdeckte sie die Überreste eines rudimentären Bücherregals.

*Aha! Welche Werke hast du benutzt, um dein Laboratorium in diesem Chaos versinken zu lassen, unbekannter Alchimist?*

Charlotte lenkte ihre Schritte dorthin. Sie hob im Vorbeigehen einen verkohlten Eisenstab auf und rührte in den Schrankresten sowie in den kaum mehr vorhandenen Einbänden, bis sie auf lesbare Seiten stieß. Asche wirbelte davon.

Sie beugte sich nach vorn, um besser sehen zu können. Die Sprache, in der die Zeilen verfasst waren, weckte Kindheitserinnerungen.

*Serbisch.*

Sie wühlte weiter.

*Und das ist ... Ungarisch?!*

Nun war Charlotte doch überrascht. Weit entfernt von ihrer früheren Heimat hatte sie nicht damit gerechnet, auf Bekanntes zu stoßen. Schon gar nicht auf jemanden, der geheime Forschungen inmitten eines Sumpfes anstellte.

*Dann hat der Riese mehr getan, als sich gelegentlich Menschen zu holen. Dass er ein Vampir ist, hatte ich mir gedacht. Hätte ich von dem Laboratorium damals etwas geahnt, wäre ich der Legende auf den Grund gegangen.*

Sie erhob sich und schaute sich erneut um.

*Welcher Sorte Vampir hat er angehört?*

Ein wahres Kind des Judas hatte hier nicht gelebt. Diejenigen, die dem Zirkel der selbsternannten Auserwählten angehörten, bevorzugten Villen und Paläste, in denen sie die Lebenden schuften ließen. Keiner von denen würde sich aus freiem Willen an einem solchen Ort niederlassen.

*Ein Ausgestoßener womöglich.*

Charlotte fand es zwar unwahrscheinlich, aber nicht gänzlich ausgeschlossen. Sie nahm an, dass die Macht der Judassöhne und -töchter schwand, seit Zerstrittenheit innerhalb der Cognatio ausgebrochen war.

*Ein Eleve vielleicht, der sich mit der Formel seines Herrn abgesetzt hat, um auf eigene Faust das Geheimnis der Unsterblichkeit zu lüften.*

Sie beendete die müßigen Spekulationen. Ohne die Auskünfte des Hausbesitzers kam sie nicht weiter – sofern er die Zerstörung überlebt hatte.

Charlotte setzte den Gang durch die Ruine fort, wühlte und stocherte in den Überresten weiter nach Verwertbarem, nach Hinweisen, nach Spuren. Sie fand immerhin einen angesengten Oberschenkelknochen und die passenden Teile einer Hüfte.

*Der Vampir muss ein wahrer Hüne gewesen sein!*

Sie schätzte, dass er über zwei Schritte gemessen hatte.

*Es gab den Riesen wirklich. Nur anders, als die Leute dachten.*

Sie warf die Gebeine zurück.

Hinter ihr splitterte Glas.

Charlotte zog den Dolch, machte dabei einen Schritt zur Seite und duckte sich, um einem möglichen Angriff zu entgehen.

Im Eingang stand ein Mann, den Oberkörper leicht nach vorne gebeugt, als wäre ihm übel. Die Kleidung hing in Fetzen an ihm herab, er trug nur noch einen Schuh. Haare und Bart starrten vor Sumpfdreck; der Schmutz glitzerte feucht.

»Was tust du hier?«, fragte er kichernd und stotternd gleichzeitig. »Hier wohnt der Riese Szomor!« Er legte den Finger gegen die Lippen. »Sei leise, sonst kommt er und holt dich!« Er tänzelte durch den Schutt und machte sich einen Spaß daraus, die Feuer knapp zu verfehlen. Fünkchen stoben auf. »Kommt und holt dich«, sang er mit schräger Melodie.

Die braunen Augen ließen sie nicht los. Er pirschte sich an sie heran.

*Soll er es sein?*

Charlotte richtete sich bedächtig auf. Sie betrachtete ihn eindringlich und erkannte unter den vielen Haaren und der dunklen Kruste die Züge ihres Enkels. »Du bist Tanguy Guivarch.«

Er blieb stehen und schüttelte sich wie ein nasser Hund. »Nein, bin ich nicht. Bin ich nicht!« Er legte den Kopf schräg und klopfte sich dagegen. »Er ist nicht da. Tanguy ist fort, denke ich. Ich soll auf ihn warten.« Er hatte etwas auf der Erde entdeckt. Schnell bückte er sich, hob einen hellgrünen Flakon auf und hielt ihn gegen den Himmel. »Wie schön!«, flötete er. »Schau nur, wie schön er ist. Vom Himmel gefallen, der arme Stern!« Er holte aus und warf den Flakon senkrecht in die Luft. »Flieg zu den Deinen, kleiner Stern! Bleib und flirre und flimmere für mich!«

Sie war sich nicht sicher, ob er ihr eine Komödie vorspielte.

*Warum sollte er den Verstand jetzt erst verloren haben? Albert hätte dieses verrückte Verhalten erwähnt.*

Klirrend schlug der Flakon irgendwo in der Ruine auf. Tanguy ignorierte es. Für ihn schien der Stern, den er unverändert in den höchsten Tönen pries, als wäre er eine Geliebte, an den Himmel zurückgekehrt zu sein.

Charlotte wirbelte den Dolch spielerisch in der Hand. Eine Angewohnheit. »Hat der Riese sein Haus angesteckt?«

Tanguy unterbrach seine Ode an den geretteten Stern. »Der Riese kommt wieder.«

»Der Riese«, sie zeigte mit dem Dolch auf die geschwärzten Knochen, »ist verbrannt, Tanguy. Hast du ihn umgebracht?«

*Und was hat er dir angetan, dass du verrückt geworden bist?*

Er sackte mit einem Wimmern zusammen und setzte sich mitten ins Durcheinander. Seine Finger spielten mit Trümmerstücken, warfen sie weg, holten sich neue. Die Schnittwunden, die er sich dabei zuzog, verheilten sogleich. »Ja. Aber nur, weil er mich töten wollte.«

Charlotte glaubte ihm nicht. »Was hat er mit den ganzen Sachen gemacht?«

»Ein Alchimist, ein Hexer und ...«, Tanguy prustete kindhaft, »... ein Blutsauger. Ein Vampir.« Er zeigte um sich herum. »Da, das alles hat er aufgebaut. Tische voll mit Apparaturen, die von morgens bis abends blubberten und zischten und stanken, bis ...« Er riss die Arme nach oben. »Puff hat es gemacht. Puff! Alles ist verbrannt und explodiert wie in einem Feuerwerk.« Tanguy schob seine zerschlissene Kleidung über dem Bauch zur Seite und wies ihr seine makellose, bleiche Haut. »Mich haben die Splitter und Kügelchen überall getroffen. Hat mir aber nichts ausgemacht.« Er entdeckte eine gelbe Glasscherbe am Boden. »Oh! Noch ein Stern!« Er hob ihn an, schnitt sich dabei aufs übelste. Die Wunden schlossen sich.

*Er ist stark, wie es aussieht. Er heilt schnell.*

Charlotte ging langsam auf ihn zu; dabei schob sie mit den Füßen Holzreste in die Feuerchen, an denen sie vorüberkam, und fachte sie neu an. Darin würde sie Tanguy verbrennen, damit er nicht zurückkehrte. Er würde dem Riesen ins Jenseits folgen.

*Der arme Junge. Durch mein Versäumnis muss er ein zweites Mal sterben.*

Sie fühlte Mitleid wie selten bei den Nachfahren, die sie hatte umbringen müssen. Ein besonders tragischer Fall, der Schonung verdient hätte. Aber sie konnte den Verrückten nicht aufnehmen und erziehen. Die Flammen schlugen höher und beleuchteten Tanguy, der ein Lied über die Scherbe angestimmt hatte und deren Farbe pries. Die braunen Augen glommen im Wahn, den sie sich noch immer nicht zu erklären wusste.

*Denk nicht dran. Du kannst ihn nicht retten. Der Tod wird seine Erlösung sein.*

»Sag, hatte der Riese rote Haare?«

Tanguy warf ihr einen anklagenden Blick zu. »Du hast mich schon wieder in meinem Gesang gestört!« Er zeigte auf das Glasstück. »Das gefällt meinem Stern nicht.«

»Hatte er rote Haare oder nicht?«, wiederholte sie. »Hast du seine Fangzähne gesehen?«

»Er war nicht wie ich. Ein Riese mit kleinen Zähnen. Und schwarzen Haaren.« Er fuhr sich durch den dreckigen Schopf. »Kupfer auf dem Dach, sagen die Kinder oft zu mir, bevor ich sie trinke. Und ich trinke schnell.«

»Ich weiß, Tanguy.« Charlotte seufzte und blieb zwei Schritte vor ihm stehen.

*Der Riese hat wohl nicht zu den Judaskindern gehört. Demnach ein anderer Blutsauger, der auch nach Unvergänglichkeit trachtete. Mag sein. Sie wissen schon lange, dass sie nicht unsterblich sind.*

Sie verschwendete keinen weiteren Gedanken mehr an den unbekannten Vampir. Der Riese der Brière war tot. Und genau das musste auch mit ihrem Enkel geschehen.

Charlotte sah es als ihre Verantwortung den einfachen und nichtsahnenden Menschen gegenüber. Im Westen war ihr Dienst sogar bedeutsamer als im Osten, wo man wenigstens um die Gefährlichkeit der Blutsauger wusste und Mittel zur Verteidigung kannte.

Die Flammen in den Kuhlen brannten inzwischen hoch. Sie hatten durch das mit Chemikalien getränkte Holz neue Nahrung erhalten und züngelten, verlangten nach mehr.

*Das sollt ihr bekommen.*

Charlotte streckte die Hand aus. »Ich muss nun gehen, Tanguy. Bekomme ich noch einen Abschiedskuss von dir?« Sie neigte den Kopf, so dass der Pferdeschwanz zur Seite rutschte und sein Blick auf ihre Halsschlagader fallen musste.

Gier stand unverzüglich in seinem Gesicht geschrieben. »Einen

Kuss«, trällerte er und erhob sich. »Den sollst du bekommen, meine Schöne!« Tanguy deutete auf den Dolch. »Was willst du denn damit?«

»Mich schützen. Vor Räubern und Mördern.« Charlotte steckte ihn in die Gürtelhalterung auf dem Rücken. »Fürchte dich nicht. Du gehörst nicht zu ihnen. Du willst mir nichts Böses.« Sie neigte den Kopf noch weiter.

»So ist es!« Er machte einen langen Schritt und stand direkt vor ihr. Er stank nach altem Sumpf und Schmutz. »Es wird wahrlich ein Abschiedskuss.« Tanguy roch an ihrem schlanken Hals – und zögerte. »Was ... ist mit dir?« Er blickte in ihre dunkelgrauen Augen. »Du ...« Er schnupperte. »Wir kennen uns! Von früher ... als Tanguy noch lebte.« Er rieb sich über den rechten Arm.

*Er wittert, dass wir verwandt sind.*

Sie sah das Zeichen auf seiner Haut, das Feuermal, das auch sie von Geburt an besaß.

*Was ist das?*

Sie packte das Handgelenk und drehte den Arm so, dass die Flammen die Stelle besser beleuchteten. Das rote Mal wurde von schlangenhaften schwarzen Linien umschlossen und durchkreuzt, als wäre versucht worden, es unschädlich zu machen.

*Oder ein neues Symbol daraus zu formen.*

»Ist das eine Tätowierung? Wer hat sie gemacht? Der Riese?«

»Niemand. Sie kam von selbst«, antwortete er gereizt und befreite sich mit einem Ruck. Der Zeigefinger richtete sich auf die Gebeine. »Als er gestorben ist. Er wollte, dass ich auch sterbe, und hat mich verflucht. Aber es ist nicht gelungen!«

Charlotte begriff nun, warum es sich mit Tanguys Verstand zum Schlechten gewandelt hatte.

*Doch. Es ist ihm gelungen, bedauernswerter Tanguy. Welcher Sorte Vampir er auch immer angehört hat.*

»Nicht so wichtig, mein Lieber«, sagte sie und gab ihrer Stimme etwas Beruhigendes; dabei zog sie den Halsausschnitt des Unterhemds zurück, zeigte ihr rechtes Schlüsselbein. »Gib mir nun deinen Abschiedskuss.«

Aber Tanguy schien von ihrem ähnlichen Geruch zu verwirrt zu sein.

»Nein ... nein«, flüsterte er. »Nein, ich sage dir nicht Lebewohl.« Die Gier war noch immer da, doch die Unsicherheit hatte überhandgenommen. Er machte drei, vier schnelle Schritte rückwärts. »Du bist nicht gut! Ich sehe es an deinen kalten Augen! Du bist nicht gut für mich!« Er fauchte sie an, die Fangzähne schoben sich hervor. »Geh!«

Charlotte lächelte, zog erst einen Dolch. Sie kannte das Spiel, auch wenn es ihr kein Vergnügen bereitete. Keiner ihrer Nachfahren hatte sich freiwillig töten lassen. »Nein, Tanguy. Wir nehmen Abschied. Auf der Stelle. Auch ohne Kuss.« Während sie die zweite Klinge zückte, griff sie ihn an.

Er schnappte blitzschnell nach einer lange Holzlatte, die aus der Mauer ragte, und drosch sie ihr ebenso unvermittelt wie hart quer ins Gesicht.

Charlotte musste einen Schritt zur Seite machen, aber gefährlich war die Attacke für sie nicht gewesen.

*Ich darf ihn nicht unterschätzen.*

Tanguy sprang in die Höhe, um auf der Außenmauer zu landen; lose Steine fielen herab. Er hob flehend die Arme. »Wind, Wind! Komm und mache mich durchscheinend wie Nebel! Trage mich fort!«

Charlotte folgte ihm auf die Mauerkrone, lief auf ihn zu.

»Ja, so ist es gut! Fang mich doch!« Tanguy brach unvermittelt in Gelächter aus und ließ sich wieder in die Ruine fallen, mitten in einen großen Aschehaufen; eine schwarzgraue Staubwolke schoss empor, in der er verschwand.

*Er spielt mit mir. Dieser Verrückte.*

Sie sprang auf den Boden zurück, die Dolche zum Stoß erhoben. Sie hörte ihn, roch ihn und attackierte ihn durch den wirbelnden Staub hindurch.

Klirrend traf die erste Schneide auf Widerstand.

Charlotte sah Tanguy vor sich, der ihren Angriff mit einem langen Schwert pariert hatte und es über den Kopf schwang, um sie damit in Stücke zu schlagen. Es musste in dem Haufen verborgen gelegen haben. Bis auf den Griffschutz bestand seine Waffe nicht aus Metall.

*Horn? Elfenbein?*

Sie hatte nicht vor, ihn zum Zug kommen zu lassen. So ungestüm, wie er das Schwert führte, hatte er keine Fechtausbildung genossen. Das würde es leicht für sie machen. Charlotte unterlief Tanguy und durchtrennte die Sehnen an seinen beiden Unterarmen mit einer raschen Bewegung; gleichzeitig versetzte sie ihm einen Tritt, der ihn rückwärts in die Mitte der Ruine taumeln ließ. Seine Finger öffneten sich gezwungenermaßen, das Schwert fiel vor ihr nieder.

*Damit wird es rascher gehen.*

Einen Dolch steckte sie ein, schleuderte im Gegenzug Tanguys Waffe mit dem Fuß in die Höhe und fing den Griff. Charlotte schlug sofort zu.

Die Spitze ritzte ihrem Enkel eine lange Linie quer über das Gesicht. Sobald sein Blut auf die Schneide traf, leuchteten Schriftzeichen darauf auf.

Charlotte nahm es wahr, kümmerte sich aber nicht darum. Sie hatte in ihrem Leben Merkwürdigeres als das gesehen. »Verzeih mir, dass ich dich habe warten lassen«, sagte sie zu ihm und hielt seine Hand fest, bevor er nach ihr schlagen konnte. Die Nägel waren lang und hätten messertiefe Wunden in ihre Seite gerissen.

Sie überdrehte den abgefangenen Arm und ging um Tanguy herum, Gelenk und Unterarm barsten. Er schrie und wollte sich losreißen. Unerbittlich hielt sie ihn gepackt und schob ihn in Position. Das gelbweiße Feuer lauerte unmittelbar neben ihm.

Tanguy fauchte, schielte auf das Schwert und zu Charlotte. Beide schienen ihn einzuschüchtern.

*Ich hätte dir das Glück gegönnt, das du mit deiner Kleinen sicherlich gefunden hättest. Ein einfacher, zufriedener Schilfbauer mit vielen Kindern. Der Kummer und die Ungerechtigkeit der Welt haben dich viel zu früh getroffen.*

»Du hättest erst gar nicht erwachen und Leid bringen dürfen. Es war meine unverzeihliche Nachlässigkeit«, sagte Charlotte traurig zu ihm und ließ ihn los. Auf seinem Gesicht lag Angst, die Augen wurden schmaler. »*Ich* habe Mariette und deine Brüder und die übrigen Toten zu verantworten. Du tatest nur, was in deiner Natur liegt. Sollte sich ein Engel deiner erbarmen und dich vor Gott führen, dann sage ihm, dass ich dich geschickt habe. Wenigstens dir soll die Hölle erspart bleiben.« Sie hob seufzend das Schwert. »Ruhe nun für immer, Tanguy Guivarch.«

Ihr Hieb erfolgte ansatzlos.

Die Klinge surrte und schnitt in den Hals des fauchenden Vampirs, der sich im gleichen Moment abdrückte. Dadurch bekam er den Griffschutz gegen das Gesicht geschlagen, was den Schädel nach hinten klappen ließ. Tanguy stolperte so gut wie enthauptet rückwärts in die Flammen, die hochschlugen, als bestünde sein Körper nicht aus Fleisch, Blut und Knochen, sondern aus Rinde, Stroh und Petroleum.

*Verflucht! Was ist mit seiner Leiche?*

Charlotte musste zurückweichen und die Hand vors Gesicht heben, um sich vor der Hitze zu schützen. Sie warf das Schwert in die Lohen, die sich nach allen Seiten ausbreiteten und den Ruinenbrand neu entfachten. Es hatte den Anschein, als wollten sie die Vampirin ebenfalls umschließen und vergehen lassen. Überstürzt verließ sie das zerfallene Gebäude.

*Die Leute werden sich noch einmal über den Qualm wundern. Danach hat dieses Morden im Guérande ein Ende.*

Sie durchquerte den breiten Schilfgürtel und schwang sich in den Kahn.

*Was hatte es zu bedeuten, dass Tanguy lichterloh brannte? Waren es die alchimistischen Substanzen im Feuer?*

Charlotte zog ihr Kleid wieder an, nahm die Pigouille und stakte die Barke rückwärts, raus aus dem Sumpf. Fünkchen umspielten sie, brannten kleine schwarze Löcher in den Stoff und in ihre Haare. Die Stengel hatten sich entzündet und vergingen in den unnatürlichen Flammen rasend schnell. Dadurch wurde der Blick auf die Ruine frei.

Charlotte stockte der Atem. Ein Tor zur Hölle schien sich geöffnet zu haben!

In den himmelhoch schlagenden Lohen entzündete sich gelegentlich der bestialisch stinkende, bunte und schwarze Qualm. Die Verwirbelungen schufen die unterschiedlichsten Dämonenfratzen, die sich wiederum in lauten Verpuffungen zu nichts verwandelten. Es hätte Charlotte nicht gewundert, wenn sich ein riesenhafter Teufel aus den einbrechenden Mauerresten erhoben hätte. Dieses Inferno würde weithin zu sehen sein.

»Möge deine Seele Frieden finden, bedauernswerter Tanguy«, sprach sie laut und mitfühlend. »Und alle Seelen deiner Opfer.« Sie schob den Kahn an und nahm Kurs auf festes Land.

Ihre Aufgabe war noch lange nicht erledigt, was sie sich selbst zuzuschreiben hatte.

Denn diejenigen, die durch einen Vampir zu Tode gekommen waren, liefen unter Umständen Gefahr, selbst als eine solche Bestie zurückzukehren. Sie konnten Freunde, Verwandte und jeden anderen anfallen, dem sie begegneten, und das Vampirdasein in der Region weitertragen. Eine Flächenepidemie, deren Ausbruch sie verhindern musste. Zwar gab es nur eine sehr geringe Wahrscheinlichkeit, aber sie war vorhanden.

*Ich schwöre,* sagte sie zu sich und stakte so schnell sie konnte, *dass mir ein solcher Fehler nicht noch einmal unterlaufen wird.*

Charlotte würde die Gräber der Familie Guivarch öffnen und die Leichen untersuchen, sie alle vorbeugend köpfen und die Schädel verbrennen. Damit wäre die unmittelbare Gefahr gebannt. Für den Fall, dass einer von ihnen zum Vampir geworden war und schon gemordet hatte, würde sie einen Monat in der Nähe von Kerhinet bleiben und darauf achten, ob sich weitere unerklärliche Todesfälle ereigneten. Wenn nicht, konnte sie gehen.

Was sie danach tun würde, wusste Charlotte schon: ihr geliebtes Leben als Tänzerin und Musikerin wiederaufnehmen und durch die Bretagne ziehen. Ein unstetes, aber sehr friedliches Leben. Kein Vergleich zu dem, was sie in ihrer Heimat erlebt hatte.

Ein gedämpfter Knall ertönte.

Charlotte sah über die Schulter nach der Behausung des Riesen.

Eine grellblaue Stichflamme brannte unter einem grellen Pfeifen hinauf bis zum Firmament. Wind kam auf, der das verbliebene Dickicht aus brennenden Halmresten umfegte und knickte. Die Steine flogen in alle Richtungen davon, der Stall war weggesprengt worden.

*Sumpfgas, das sich entzündet hat!*

Sie warf sich flach in die Barke und hielt sich an den Rändern fest, als eine zweite, lautere Detonation erklang und die Brière zum Erzittern brachte. Die Druckwelle schob das Wasser vor sich her.

Charlotte wurde durchgeschüttelt und der Kahn angehoben, mit den Fluten davongerissen und den Kanal hinabgespült.

Rasch erhob sie sich und glich das gefährliche Schwanken mit Balancieren aus. Sie nahm die Unruhe aus dem unerwartet schnellen Ritt und hielt mit der Pigouille gleich einer Hochseiltänzerin das Gleichgewicht. Dann verebbte die Woge. Charlotte entspannte sich.

*Gutgegangen.*

Zum letzten Mal suchte ihr Blick die Ruine. Doch in der Brière brannte nichts mehr.

***

# LAMENTO III

Immer
ergreift das Schicksal diejenigen,
welche hinten laufen.
Immer
packt das Unrecht diejenigen,
welche die Wahrheit sagen.
Immer
zerreißt der Zorn Gottes diejenigen,
welche freundlich leben und niemandem etwas tun.
Immer
gewährt die Hure Glück
den Falschen
ihre
Gunst.

So rate ich dir:
Sei du Schicksal, sei Unrecht, sei Zorn Gottes
und mach dir die Hure zu Willen!
Und du wirst herrschen.
Es macht den Schmerz erträglicher.

# GESCHICHTEN AUS DEM LEBEN VON SANDRINE

# DIE GESCHICHTE VON DER LIEBE

## Mai 1787, Saint-Alban, Südfrankreich

Sandrine stand vor ihrem kleinen Steinhäuschen, hob die Hand über die Augen und betrachtete die Gegend, die im warmen Licht der untergehenden Sonne lag.

Der Ginsterduft war an diesem warmen Abend besonders betörend, die gelben Blüten leuchteten allgegenwärtig in der hügeligen, kargen Landschaft des Gévaudan. Sie leisteten dem eintönig grünen Gras, das zwischen den grauen Granitbrocken wuchs, Widerstand.

»Heya, wo seid ihr?«, rief sie und lockte damit die Ziegen, die irgendwo in der Nähe grasten. Sie nahm die Glocke, die neben dem Eingang auf dem Hauklotz stand, und schüttelte sie. Das Gebimmel schallte weithin und wurde gleich darauf von vielstimmigem Geblöke beantwortet.

*Na, ihr wart aber sehr weit weg,* dachte Sandrine und schätzte die Entfernung auf sicherlich eine halbe Meile. Normalerweise blieben sie in der Nähe des Stalls. Sie vermutete, dass dort Kräuter gediehen, die ihre Ziegen besonders schmackhaft fanden.

Die fünfzehn Tiere kamen angelaufen und blökten weiterhin, die prallen Euter baumelten schwer nach rechts und links.

*Viel Milch, viel Käse.*

Sandrine freute sich. Ihre Laibe gingen auf dem Markt in Windeseile über den Verkaufstisch, und sogar der junge Comte de Morangiès schätzte ihre Sennerinnenarbeit, wie sie gehört hatte. Noch mehr mochte er das Ziegenfleisch, das sie frisch und geräuchert feilbot. Die speziellen Gräser, mit denen sie die Filets umwickelte, verliehen den Stücken den besonderen Geschmack.

Sie ließ die Herde in den Stall, nahm sich Eimer und Schemel und schritt zur Tat. Es dauerte eine geraume Zeit, bis die Tiere alle gemolken waren. Danach schleppte sie die Milch ins Wohnhaus und setzte sie auf dem Herd auf.

Es klopfte zögerlich an der Tür. Der Besucher schien wohl Angst zu haben, das Holz zu beschädigen oder ihm Schmerzen zuzufügen.

Sandrine wunderte sich niemals über Besuch in der Nacht. Und sie hatte niemals Angst. »Herein, wenn es kein Loup-Garou ist«, bat sie fröhlich. »Es ist nicht abgeschlossen.«

Die Tür schwang auf

Auf der Schwelle stand Natalie Darnot. Sie hatte sich einen langen Mantel umgeworfen und einen Männerhut auf den Kopf gezogen. Schnell trat sie ein. »Bonnuit, weise Frau«, grüßte sie und schloss den Eingang.

»Bonnuit, Madame Darnot.« Sandrine musste lachen. »Wie ziehst du dich denn an, wenn du unterwegs bist?«

»So, damit mich keiner erkennt«, antwortete sie und setzte sich an den Tisch. »Hast du etwas zu trinken für mich?«

»Gegen den Durst oder gegen die Angst?«

»Gegen ... beides?«

Sandrine lachte noch lauter und sammelte einen Becher, einen Krug mit Wein, mit Wasser und eine Flasche Likör vom Küchenbord zusammen, baute alles vor ihr auf. »Da. Such dir was aus oder trink alles auf einmal.« Sie nahm neben ihr Platz.

Die pummelige Natalie wählte den Likör und goss sich zwei Fingerbreit ein. Sie stürzte ihn hinunter und schenkte sich danach Wasser in den Becher. »Einen Fluch«, stieß sie zornig aus. »Ich brauche einen Fluch.«

»Ist er dir wieder fremdgegangen?«, sagte Sandrine seufzend.

»Ja. Dieser räudige Bastard! Er nimmt sie jeden Tag. In unserem Haus!« Sie schlug die Hände über dem Kopf zusammen. »Ich bin das Gespött des Dorfes.«

»Nicht mehr lange.« Sandrine nahm einen Schluck aus dem Weinkrug. »Was schwebt dir für ihn vor? Warzen? Ausschlag an seinem Ding?«

»Ja! Ausschlag an seinem Ding!«, stimmte Natalie begeistert zu, so dass die dünnen braunen Locken tanzten. »Etwas Ansteckendes, damit sich die Mademoiselle die Fotze blutig kratzen muss!«

»Dann brauche ich auch etwas von ihr, um den Fluch nur auf sie zu richten. Sonst erwischt es dich ebenso.«

»Mich?«, machte sie empört. »Glaubst du, dass dieser Hurenbock noch einmal in mich reindarf?« Sie trank ebenfalls vom Wein. »Nein, nein, der soll in den Stall gehen und Schafe ficken. Mich bekommt er nicht mehr. Non, Monsieur!«

Sandrine lächelte die wutentbrannte Freundin verständnisvoll an. »Willst du dich von ihm scheiden lassen?«

»Ich weiß es nicht«, antwortete sie seufzend. »Es waren einfach zu viele Weiber, mit denen er mich betrogen hat. Er wird es immer wieder tun, und ich kann mich damit nicht arrangieren.« Sie atmete tief aus und nahm einen Schluck Likör. »Einen Fluch. Ausschlag. An seinem Schwengel«, wiederholte sie entschlossen. »Sagen wir für ein Jahr, damit er geläutert wird?«

»Das lässt sich einrichten.« Sandrine strich ihr tröstend über den Schopf. »Was machen die Kinder?«

»Ihnen geht es gut. Jacques wird einmal ein guter Schafhirte, und Marie ist von Tag zu Tag hübscher. Sie angelt sich eines Tages einen Comte oder Marquis und macht eine gute Partie«, sagte Natalie im Brustton der Überzeugung.

Sandrine ging zu ihrem Schrank, der neben dem Herd stand und auf dem magische Symbole und geheimnisvolle Zeichen aus einer anderen Welt von ihr geschnitzt worden waren. »Du willst, dass sich junge Comte in sie verliebt?« Sie öffnete den Schrank und betrachtete die Kräuter und all die flüssigen und festen Ingredienzen, die sie für ihre Elixiere und Flüche benötigte.

So sagte Sandrine zumindest denjenigen, die ihre Dienste in Anspruch nahmen. Wie bei jedem guten Schauspiel machten die Bühne und die Requisiten einen großen Teil der Wirkung aus. Es wurde einfach von ihr erwartet, dass Flüche mit viel Brimborium erschaffen wurden. Folglich stapelten sich in den Schubladen und Regalen die Sachen; in Hüfthöhe befand sich eine kleine Arbeitsplatte zur Vorbereitung. »Wie alt ist der Seigneur jetzt?«

»Er ist um die achtzehn Jahre und der Alleinerbe, seit sein Großvater bei dem Jagdunfall vor ein paar Jahren ums Leben gekommen ist«, drang es sofort aus Natalies Mund. Sie verfolgte den Heiratsplan fest. »Er ist der einzige männliche Nachfahre.«

»Von dem man *gehört* hat«, fügte Sandrine an. »Du weißt ja, dass die Herrschaften ihre Samen gerne in fremde Furchen säen.« Sie legte Beifuß und Löwenzahn auf einen Haufen, mischte darunter Schwefelstückchen, etwas Kohle und Wildschweinmist, gab alles in einen Mörser. Obwohl es sehr überlegt aussah, geschah die Zusammenstellung vollkommen willkürlich. Es spielte für das Sprechen des Fluchs keine Rolle. Die Kundschaft wollte es, die Kundschaft bekam es. Ein schlechtes Gewissen hatte Sandrine wegen der Täuschung nicht. Denn ihre Flüche wirkten. Immer.

»Man merkt, dass du nicht hier geboren wurdest«, kommentierte Natalie und sah bei den Handgriffen zu. »Der alte Comte war ein sehr anständiger Mann. Er hat sich damals, als die halbe Welt bei uns war, um die Bestie zu jagen, immer sehr eingesetzt und ist viele Jagden geritten, um den Wolf endlich zu erwischen.«

»Wärst du so gut und würdest einige Augenblicke schweigen? Ich muss die ersten Beschwörungen aufsagen, während ich die Zutaten mahle. Ein Fehler wäre unter Umständen gefährlich für dich und mich. Die Geister des Gévaudan können grausam sein, wenn man sie nicht behandelt, wie es ihnen gebührt.«

Natalie nickte. Sie war beeindruckt.

*Sehr gut. Glaub nur fest an die Geister.*

Das Schauspiel ging weiter. Sandrine zerstampfte alles unter lautem Gemurmel, und zwar in einer Sprache, die sie frei erfand. Früher hatte sie sich an dieser Stelle das Lachen verbeißen müssen, inzwischen gelang es ihr, ihre Belustigung zu unterdrücken. Mist und Schwefel erwärmten sich unter dem Reiben, Gestank breitete sich in der Hütte aus. Der Geruch passte zum Fluch.

*Perfekt!*

Die Zutaten waren zu feinem Pulver geworden. »Die erste Stufe ist geschafft. Die Geister sind mit uns.« Sie wandte sich um und sah, dass die Frau wieder vom Wein trank. »Ich bin froh, dass ich in diesen dunklen Jahren nicht im Gévaudan gelebt habe.«

»Ja, sei froh«, sagte Natalie und wischte sich über die Lippen. »Du wärst ein perfektes Opfer für die Bestie gewesen: eine Frau, blond und hübsch, Anfang zwanzig und alleine. Ich hätte deine zerfleischte Leiche eines Morgens finden müssen.«

Sandrine gab das Pulver in ein kleines Flachssäckchen und setzte sich zu ihr. Die Angst in Natalies Augen zeigte, wie sehr ihr die Ereignisse aus den Jahren 1764 und danach im Gedächtnis geblieben waren und welchen Schrecken sie verbreitet hatten. Die Flugblätter waren im ganzen Königreich zu lesen gewesen. Zweihundertfünfzig Menschen hatte die Bestie angegriffen und einhundertfünfzig getötet.

»Es ist vorbei, Natalie«, sagte sie behutsam und legte die Hand auf die ihrer Freundin. »Die Bestie ist erschossen worden.«

»Darauf trinke ich.« Sie prostete ihr zu und nahm einen Schluck vom Likör.

»Du wirst besoffen sein, wenn du nach Hause kommst«, warnte Sandrine und hielt das Säckchen, aus dem beißender Geruch waberte, leicht geöffnet. »Gib etwas von deinem Mann hinein.«

*Meine kleine Aufführung schreitet voran. Die wievielte ist es eigentlich? Ich sollte sie zählen.*

Natalie kramte in den Taschen und holte eine schwarze Locke heraus. »Da! Dein Ding soll aussehen wie ein Fliegenpilz«, giftete sie und warf die Haare hinein.

»Vielleicht solltest *du* den Fluch sprechen. Du bist in der besten Stimmung dafür.« Sandrine schloss das Säckchen mit einem Garnfaden und legte es auf den Tisch, dann stand sie auf und ging zum Schrank. Sie nahm eine flache Schüssel und gab Wasser hinein.

*Was passt jetzt am besten?*

Ihre Blicke huschten über die vielen Fläschchen.

*Ah, ich weiß es!*

Sie nahm einen grüngräulichen Flakon und träufelte die stinkende, verrottende Jauche daraus in das Wasser, bis es sich dunkel eingefärbt hatte. Der Gestank brachte Tote zum Davonlaufen. Dann kehrte sie an den Tisch zurück und legte das Säckchen hinein. Der Flachs sog sich voll.

*Jetzt zum Höhepunkt meiner Darbietung. Sie soll was zu sehen und zu hören bekommen. Aber wehe, sie hat den Lohn nicht dabei. Freundin hin oder her.*

»Ihr Geister des Gévaudan«, hauchte Sandrine und nahm Natalies dickliche Hände. »Hier sitzt die betrogene Natalie Darnot und verlangt nach Rache für die Schmach. Sie bittet euch durch mich: Straft ihren untreuen Ehemann mit einer Krankheit. Schlagt sein Ding mit Ausschlag, lasst es rot und picklig werden!«

*Na, ich sollte etwas lauter werden. Und abwesender klingen.*

»Und schont auch nicht die Frau, mit der er es treibt, denn sie hat sich an der Untreue willig beteiligt.« Sandrine schloss die Augen und täuschte unglaubliche Anstrengung vor, ließ ihre Züge zu einer steifen Maske werden. »Ihr Geister! Helft Natalie Darnot!«

Die Fensterläden wurden von einer plötzlich aufkommenden Böe mit lautem Knall zugeschlagen. Das Herdfeuer duckte sich im Kamin, und die Kerzenflämmchen bogen sich und tanzten so sehr, dass sie zu verlöschen drohten.

*Das Wetter spielt mit! Ich muss nicht einmal eingreifen. So kann es öfter sein. Und es ist ein guter Augenblick, um nach dem Lohn zu fragen.*

Natalie wollte vor Schreck die weichen, feuchten Finger zurückziehen, aber Sandrine hielt sie fest. »Die Geister möchten dir deinen Wunsch gewähren«, sprach sie mit Grabesstimme. »Sie fragen nach deinen Gaben.«

»Ich habe das Silberbesteck dabei, das wir von seiner Mutter geschenkt bekommen haben«, flüsterte Natalie furchtsam zurück. »Es soll ihnen gehören!«

»So sei es.« Sandrine öffnete die Augen und gab die Hände ihrer Freundin frei. Sie atmete langsam durch. »Es wird dir gewährt, sagen die Geister. Noch in dieser Nacht wird dein Mann von der Krankheit heimgesucht. Kein Arzt kann ihn heilen.«

*Ich war gut. Ich war unglaublich gut!*

Natalie rieb die schweißnassen Finger am Kleid ab. Sie beeilte sich, die drei silbernen Löffel, zwei Gabeln und ein Messer auf den Tisch zu legen. »Mehr ist es nicht mehr«, sagte sie, als sie Sandrines verwunderten Gesichtsausdruck bemerkte. »Wir mussten schon viel versetzen, um Schulden zu bezahlen und das Dach ausbessern zu lassen.«

*Such dir jemand anderen, dem du was vormachen kannst. Ich durchschaue dich. Du wirst mich nicht prellen!*

Sandrine nahm das Besteck langsam in die Hand, wog es abschätzend. »Das ist nicht viel«, sagte sie tadelnd. »Ich weiß nicht, ob den Geistern das langen wird. Du hattest ihnen mehr versprochen.«

»Was wollen Geister mit so viel Besteck? Es muss ihnen reichen«, gab sie abwiegelnd zurück. »Mehr habe ich nicht.« Sie erhob sich und warf sich den Mantel über. »Außerdem: Was wollen Geister überhaupt mit Silber? Sollten sie nicht Seelen oder Erstgeborene oder Lebensjahre verlangen?«

*Versuch nicht, die Neunmalkluge zu geben. Das kannst du nicht, Natalie.*

»Sie mögen Silber. Und Geschmeide. Geister haben Horte an verborgenen Orten angelegt, die sie beschützen und mehren.« Sandrine setzte auf die Wirkung des Übernatürlichen. »Natalie, ich warne dich! Geister vermögen mehr als Ausschlag zu bringen. Wenn man sie betrügt, wird Trauer in das Haus einziehen.«

Die ältere Frau starrte sie ungläubig an. »Drohst du mir? Nach all den Jahren der Freundschaft?«

*Ganz recht. Ich drohe dir.*

»Nein, das würde ich niemals!«, sprach Sandrine eindringlich und legte ein zartes Beben in die Stimme, was Bestürzung und Aufrichtigkeit vermitteln sollte. »Du liegst mir am Herzen, und deswegen *warne* ich dich, Natalie. Vor den Geistern, die ich auf *dein* Geheiß gerufen habe. Jeder möchte für das, was er leistet, entlohnt werden.« Sie zeigte auf das Besteck. »Geister sind nicht dämlich. Sie werden spüren, ob du in deinem Haus noch etwas Silbernes vor ihnen verbirgst.«

Schweigend langte Natalie in die Manteltasche und zog zwei weitere Löffel, ein Messer und zwei Gabeln aus Silber heraus, warf sie ohne einen Kommentar auf den Tisch und ging zur Tür hinaus.

*Ich wusste es. Sie hat versucht, mich zu hintergehen.*

»Eine weise Entscheidung, meine Gute! Sie haben keinen Grund, dir auf dem Weg ins Dorf Böses anzutun.« Sandrine schloss den Eingang hinter der Freundin. Kaum war die Tür zu, grinste sie breit.

*Sie muss bezahlen wie alle anderen auch.*

Sie nahm das Säckchen aus der Brühe und warf es ins Feuer,

schüttete die stinkende Flüssigkeit aus dem Fenster und setzte sich an den Tisch, wo sie die Lider schloss.

Was sie vor Natalies Augen dargeboten hatte, war das Schauspiel für einfache Gemüter, die ein solches Getue erwarteten. Es bereitete ihr obendrein großen Spaß, sich als gefährliche Kräuterkundige und Hexe darzustellen. In Wahrheit benötigte Sandrine keinen Hokuspokus.

Mittels ihrer Gedankenkraft war sie dazu in der Lage, Krankheiten bei Mensch und Tier auszulösen, sofern sie etwas vom Opfer in der Hand gehalten hatte oder es selbst kannte. Alles andere gelang wie von selbst.

Sandrine konzentrierte sich auf Natalies Mann und sandte ihm die Krankheit für sein Ding, dachte dabei an einen Fliegenpilz. Eine einfache Sache, die ihr nicht einmal das Ziehen in den Schläfen und das Kopfweh danach einbringen würde. Die kommenden Monate würde dieser Kerl in Verzweiflung leben und Reue zeigen.

*Er wird wieder zu einem treuen Gatten werden. Notgedrungen. Wenn er es danach nicht kapiert hat, soll sie ihn vom Hof jagen.*

Sie lächelte und öffnete die Augen, langte nach der Likörflasche.

Das Fluchbringen strengte Sandrine nicht mehr so an wie vor vier Jahren, als sie ihre Kräfte zum ersten Mal bemerkt hatte.

Sie hatte sich sehr über einen Jungen namens Michael geärgert und ihm mit aller Macht die Pest an den Hals gewünscht. Urplötzlich war sie mitten in ihren Gedanken kraftlos und ohnmächtig geworden. Zwei Tage danach erzählte man sich, dass Michael an Pocken leide, dann waren es die Blattern. Ein Medicus diagnostizierte abschließend die Pest an dem Jungen!

Zur großen Erleichterung des Dorfes breitete sich die Krankheit nicht aus, sondern befiel einzig Michael. Innerhalb einer Woche war er an den Folgen verstorben.

Sandrine hatte ihre Gabe angenommen und sich nicht davor gefürchtet. Nicht zuletzt machte sie damit Geld. Sie hatte ihre Gabe weiter ergründet und bemerkt, dass sie Hagel und Gewitter herbeirufen konnte, wenn sie sich anstrengte. Aber das Verfluchen fiel ihr am leichtesten.

Inzwischen waren ihr Zweifel am Umgang mit Natalie gekommen.

*Vielleicht hätte ich nicht alles aus ihr herauspressen sollen. Hoffentlich hält sie ihre Klappe.*

Sandrine trank. Letztlich waren es nicht die Opfer der Flüche, die Schwierigkeiten bereiteten, sondern die Hilfesuchenden selbst. Sie ärgerten sich dann über den vereinbarten Lohn, den sie bezahlen mussten, oder bekamen ein schlechtes Gewissen oder waren mit dem Resultat nicht zufrieden. Wegen Verrat und Anklagen hatte Sandrine schon viermal die Dörfer verlassen müssen, in denen sie gelebt hatte.

*Ich werde ihr vorsichtshalber eine Warnung der Geister zukommen lassen.*

Sandrine senkte die Lider und schuf das Gesicht der Freundin vor ihrem inneren Auge. Sie ließ ihr einen harmlosen Ausschlag an den Lippen und in der Nase zukommen, der nicht länger als zwei Tage anhalten würde.

*Sie wird verstehen, wie es die Geister meinen, und ihre Zunge im Zaum halten.*

Auch wenn der kleine, zweite Fluch ebenso keine besondere gedankliche Anstrengung bedeutete, verlangte die Gabe einen besonderen Tribut. Ihr Mund war ausgetrocknet, rauh und heiß wie eine Mauer in der Sommerglut. Während die Menschen ihr Schmuck und Geschmeide brachten, wollte die dunkle Macht in ihr einen ganz anderen Lohn.

Sandrine nahm zwei Silberlöffel und steckte sie ein, öffnete die Tür und lief hinaus. Sie rannte den Pfad entlang, der durch die Ginstersee an einem Fluss vorbei zu einer anderen kleinen

Hütte führte. Darin lebte Claude, ein Schafhirte, mit dem sie eine besondere Freundschaft pflegte.

Ihr Durst wurde brennender, verlangender.

*Ich muss mich beherrschen, sonst bringe ich ihn aus Versehen durch meine Gier um.*

Sie erreichte die Hütte und drückte sich ab, sprang auf das Dach und schwang sich durch die geöffnete Luke ins schlichte Schlafzimmer des Mannes.

Er lag nackt auf dem zerwühlten Bett, das helle Brusthaar leuchtete im schwachen Sternenlicht. Auch wenn sein Genital ein Prachtstück war und sich steif in die Höhe reckte, interessierte es Sandrine nicht. Sie mochte keine Männer. Besser gesagt, keine Männerkörper und Schwänze.

Der Hirte und sie hatten vereinbart, dass sie ihn weckte, bevor sie sich bediente; also kniete sie sich neben seinem Bett nieder und tätschelte seine feuchte Wange. Er schwitzte.

»He, Claude!« Normalerweise weckte sie ihn mit einem Kuss auf die Stirn, aber sie war zu durstig. Das Feuer in ihr brannte, ihr Atem schien sommerwindheiß. »Claude, mach die Augen auf! Es ist wieder so weit!«

Die Lider flatterten, er sah sich verwundert um. »Was ...«, murmelte er und schien mit den Gedanken noch in seinen Träumen zu stecken, in denen er wohl eine Frau genommen hatte. Das unübersehbare Zeichen zwischen seinen Beinen war eindeutig. »Oh, du bist es«, sagte er und lächelte schwach. »Es ist ungünstig. Ich ...«

Sie warf das Silberbesteck ungeduldig auf seinen Nachttisch. »Hier, dein Lohn.« Der Durst ließ sich nicht länger zügeln. Sie beugte sich nach vorne an seinen Hals und schlug die Zähne durch die Haut in seine Adern.

»Nein.« Er wehrte sich schwach gegen ihren Trunk von seinem Blut.

*Lieg still!*

Sie hörte nicht, sondern sog seinen Lebenssaft und seine Kraft in sich hinein. Warm sprudelte das Blut in ihren Mund, füllte den Rachen und brachte ihr den herrlichen, vollen Geschmack. Sie stöhnte leise vor Glück und hätte keinen Herzschlag länger warten können.

*Er schmeckt zu gut!*

Claudes Widerstand wurde heftiger, aber nicht kraftvoller, als wäre er sehr erschöpft und müde.

*Ein Mann ist doch zu was nütze. Und er hat mehr Blut als eine Frau. Mehr für mich!*

Sandrine befand sich im leichten, geliebten Rausch und drückte ihn auf das Lager, ohne dass er es verhindern konnte. Er ächzte und hechelte.

Aber schon nach wenigen kleinen Schlucken versiegte die Quelle unerwartet. Claudes muskulöse Arme fielen zu den Seiten herab.

*Er ist ohnmächtig geworden!*

Erschrocken ließ Sandrine vom Hirten ab, blickte in glasige Augen. »Claude?« Sie leckte sich das Blut von den Lippen und prüfte seinen Herzschlag.

*Tot? Das kann nicht sein! Ich war noch vorsichtiger als …*

»Sieh an«, sagte eine rauchige Frauenstimme aus dem Gebälk. »Er ist mir fremdgegangen.«

Sandrine fauchte und schaute nach oben.

*Wieso habe ich sie nicht bemerkt? Und warum sitzt sie …*

Ein schwarzer Falter kam aus der Dunkelheit geflogen und tanzte um ihren Kopf, setzte sich auf das helle Laken neben die Leiche. Ein dunkles Glühen umgab das Insekt, das zu einer Wolke auseinanderstob, aus der sich eine nackte, schwarzhaarige Frau formte.

*Zauberwerk! Eine Hexe!*

Sandrine richtete sich langsam auf, krümmte die Finger, die Nägel wuchsen und gewannen an Schärfe sowie an Länge. Eine weitere Gabe von ihr. Leise grollte sie.

*Ich werde dich in Streifen schneiden! Claude war so ein brauchbarer Blutgeber ...*

Ihre Wut wurde unvermittelt geringer, ohne dass es sich Sandrine erklären konnte. Ein Wechselbad der Gefühle. Der schlanke Wuchs der Unbekannten zog ihren Blick an und dämpfte zudem den Sinn für die Gefahr. Das feine Haar fiel in langen Locken auf die reine, helle Haut und bedeckte ihre vollen Brüste nur ansatzweise. Die reine Verführung, die Sandrine einfach anstarren *musste*. Ein Zwang. Schreck, Schuld und Wut wurden beiseitegedrängt.

*Sie ... ist ... wunderschön! Ich habe noch nie eine derart perfekte Frau zu Gesicht bekommen.*

Die Hand der Unbekannten streckte sich nach dem Gemächt des Hirten, das zusammengerunzelt in seinem Schritt lag. »Schau, was du gemacht hast. Ich hatte mich eben noch mit ihm vergnügt.«

Sandrine sah die roten Spritzer in ihrem Mundwinkel, und sie begriff, warum Claude so rasch gestorben war: Er hatte fast kein Blut mehr in sich getragen, als sie von ihm getrunken hatte. Und sie bemerkte, dass ihre Faszination für die Fremde stieg! Alles andere erschien ihr nebensächlich und gleichgültig. Sandrine wollte sie berühren, über die Haut streichen ...

*Was ist mit mir? Hat sie einen Zauber gegen mich gewirkt? Hat sie sich damit auch Claude willfährig gemacht?*

»Du bist diese Ziegenhirtin«, stellte die Schwarzhaarige fest. »Du hast nachts viel Besuch, wie ich gesehen habe.«

»Was bist du?«, flüsterte Sandrine und war von ihrer leisen Stimme selbst überrascht. Die Makellosigkeit der Frau machte sie schlicht ehrfürchtig. Oder war es doch Hexenwerk?

»Willst du wissen, *wer* ich bin oder *was* ich bin?« Die Unbekannte sah nochmals bedauernd auf Claude. »Ich bin sein Lusttraum. Er nannte mich Camilla. Ich trage die Namen, die mir meine Opfer geben, und ich lasse ihnen diese Illusion. Sein Blut war etwas Besonderes. Hätte ich gewusst, dass ich es mit einer anderen Upira teilen muss, hätte ich dir aufgelauert und dich umgebracht.«

»Ich bin keine ... Upira!«

Die Schwarzhaarige lachte auf. »Nein, bist du nicht? Dann Vampirin, wenn es dir besser gefällt? Upiercza? Oder Vrykolas?«

Sandrine hatte nur einen der Begriffe verstanden. »Ich bin keine ... Vampirin«, betonte sie.

»Du verleugnest, was du bist?« Sie erhob sich und kam dicht an sie heran. »Du kannst noch nicht lange eine von uns sein. Die meisten lehnen das neue Dasein am Anfang ab, bis sie begreifen, wie herrlich dieses Leben nach dem Tod ist.«

Sandrine sah in die klaren grünen Augen. Der Geruch der Vampirin zog sie an, und sie ließ all ihre Vorsicht fahren. Es interessierte sie nicht, ob es die Wirkung eines Zaubers war.

*Ich muss es einfach tun.*

Sie beugte sich nach vorne und gab der Fremden einen langen Kuss auf die Lippen.

Die Welt schien um Sandrine zu explodieren, in ihrem Magen kribbelte es. Ihr Geschmack wirkte anregend, und sie hob die Arme. Die Finger strichen zärtlich an der Taille entlang nach oben, unaufhaltsam auf die nackten Brüste zu.

Sandrine wollte mehr! Sie fühlte sich auf der Stelle bereit, sich mit der Vampirin in die Laken zu begeben, als wären sie ein vertrautes Liebespaar ...

Die Unbekannte ließ sich die Berührungen gefallen. Ihre Zunge drang zärtlich in ihren Mund ein, lockte und neckte sie mit kundigen Bewegungen.

*Was geht mit mir vor?*

Sandrine rief sich unter Aufbietung des letzten Rests an klarem Verstand zur Ordnung und machte einen Schritt nach hinten, um sich von der Frau loszureißen. Es fiel ihr alles andere als leicht. Ihr Herz raste, und in ihrer Mitte zog es schmerzhaft vor Verlangen. »Welchen Zauber wirkst du gegen mich?«, stieß sie verwirrt hervor.

Die Schwarzhaarige machte nicht den Eindruck, als wäre sie auf den Kuss und die Zärtlichkeit vorbereitet gewesen. »Das ... ist kein Zauber gewesen«, stammelte sie und blickte nicht weniger überrascht. »*Was* bist du? Du bist keine normale Upira!«

Sandrines Verwirrung wich nicht, sondern steigerte sich zu Hilflosigkeit und völliger Überforderung. In den wenigen Minuten war zu viel geschehen, mit dem sie nicht fertig wurde. »Ich bin keine Upira!«, schrie sie los. »Verstehst du nicht? Ich mache Käse, guten Käse, aus der Milch meiner Ziegen! Und ich kann höchstens ein paar Flüche ...« Ihr versagte die Stimme, die Anspannung staute sich in ihr auf und fand keinen Weg zu entweichen. Sie zeigte auf Claudes Leichnam. »Es ...« Sandrine wollte weinen, doch auch das gelang ihr nicht. Mehr als ein Brennen in den Augen kam nicht zustande. Keine Tränen. Keine Erlösung.

*Ich muss fort von hier!*

Zitternd machte Sandrine noch einen Schritt zurück.

»Bleib«, sagte die Schwarzhaarige mild und streckte die Hand nach ihr aus. »Bleib, bitte.« Sandrine konnte nicht fassen, dass sie deren zarte Finger ergriff.

*Doch ein Zauber!*

»Ich bin eine Tenjac. Eine Vampirin, die den Menschen Lust- und Alpträume bringt, ganz wie ich es möchte. Ich vergnüge mich mit denen, die mir gefallen, und kann diejenigen, die ich hasse, in Angst und Schrecken versetzen. Träume besitzen große Macht.« Sie neigte den Kopf nach vorne. Dieses Mal küsste sie Sandrine und bescherte ihr einen wohligen Schauder. »Aber *das* ist kein Traum! Ich kann es mir selbst nicht erklären, was eben geschehen ist. Du hast Besitz von mir ergriffen, von der Sekunde an, in der wir uns geküsst haben.« Sie schluckte. »*Du* hast einen Zauber über *mich* geworfen. Nicht umgekehrt.«

Sandrine stand wie angewurzelt und fühlte noch immer die Lippen der Unbekannten auf den eigenen. Sie wollte es erneut erleben, immer und immer wieder! Es ergab keinen Sinn, darüber nachzudenken, was geschehen war. Denn es *war* geschehen. Viel wichtiger erschien die Frage nach dem Kommenden.

*Was wird nun?*

Sandrine atmete durch, drückte die Hand der Tenjac. Oftmals hatte sie sich gewundert, was sie war und warum sie Blut trinken musste. Insgeheim hatte sie innerlich stets geleugnet, eine Vampirin zu sein. Sie hatte sich in die Lüge geflüchtet, eine normale Frau mit besonderen Kräften zu sein, die nach besonderer Nahrung verlangten. Oder Opfer einer Art Krankheit zu sein. In dieser Nacht war sie der Wahrheit begegnet, die sich nicht länger verbergen und ignorieren ließ.

Allmählich beruhigte sich Sandrine.

*Schicksal. Es ist ein Zeichen, dem ich folgen soll.*

Das Lächeln, das ihr geschenkt wurde, rührte Sandrines Seele und weckte Gefühle der Glückseligkeit, die sie überwältigten. Sie wollte sich nicht dagegen wehren, sondern schlang die Arme um die Vampirin und drückte sie an sich. Ihre Umarmung wurde sofort erwidert.

*Es fühlt sich ... unglaublich an! Ich würde sie am liebsten nie wieder gehen lassen.*

Lange standen sie so, hielten einander und wunderten sich über das, was in ihnen vorging.

»Kannst du mir mehr über das erzählen, zu dem ich geworden bin?«, bat Sandrine unsicher und roch an den schwarzen Haaren.

»Das werde ich, auch wenn ich im Moment nicht weiß, zu welcher Art du gehörst.« Die Tenjac ließ sie los und streichelte ihre Wange. »Mein Name«, sagte sie bewegt, »ist für dich Anjanka. *Nur* für dich und niemand sonst.« Sie gab ihr einen weiteren Kuss zur Besiegelung ihrer Worte. »Du bist etwas Einzigartiges. Ich kann es spüren.«

*Zauber oder nicht, es ist mir einerlei. Dafür ist es viel zu schön!*

Sandrine strahlte und ging los, zog Anjanka hinter sich her. »Gehen wir zu meiner Hütte. Da ist es sicherer.«

Sie verließen Claude und gingen die Treppen hinab, durch die karge Stube.

Anjanka nahm eine Öllampe vom Haken neben der Tür, schleuderte sie zu Boden, damit sich die Flüssigkeit verteilte.

»Was tust du da?«, wunderte sich Sandrine.

Anjanka entzündete das Öl, die Flammen leckten über die Dielen und die Möbel. Der Brand breitete sich rasch aus. »Ich sorge dafür, dass es nicht mehr als zwei Vampire gibt. Wir brauchen keinen Mann, der uns als Upir in die Quere kommt.«

Sie liefen hinaus, während die Lohen hinter den Fenstern zuckten und tobten. Man würde Claudes verkohlte Leiche in der eingestürzten Ruine finden und seinen jähen Unfalltod bemitleiden sowie Gebete für seine Seele sprechen.

Mehr nicht.

***

# DIE GESCHICHTE DES FLUCHS

Mai 1787, Saint-Alban, Südfrankreich

Eine Tenjac.« Sandrine ging in der Stube umher und zündete Kerzen an. Draußen tobte ein schweres Gewitter, der Wind pfiff durch die Ritzen des Häuschens und brachte die Flamme zum Zucken. Regen prasselte laut hörbar auf das Dach und gegen die Fensterläden. »Wie bist du dazu geworden?«

Anjanka saß am Tisch, rührte mit dem Finger im Wein und leckte den Tropfen ab. »Ich bin seit vier Jahren Vampirin. Ich lebte in einem kleinen Dorf, in der Nähe von Avignon. Fahrendes Volk kam zu uns, bot Kesselflickerdienste an, und ich verjagte sie auf Anweisung meines Vaters. Die Alte, die ich von den Stufen stieß, beschimpfte mich in einer unbekannten Sprache. Bald bekam ich Fieber und verfiel in einen unruhigen Schlaf, aus dem ich nicht mehr erwacht bin.« Sie stand auf und half, die übrigen Lichter anzustecken.

Sandrine betrachtete Anjanka bei ihrer Tätigkeit und bewunderte jede ihrer Bewegungen, die anmutig und verführerisch zugleich waren.

»Ich wurde zur Tenjac. Später habe ich erfahren, dass die Alte mich mit einem verfluchten Blutstropfen, den sie auf mein Grab gab, zu einer Vampirin gemacht hatte. Ich hatte mich bald nach meiner Beerdigung aus meinem Grab befreit, und da stand die Alte. Sie hatte auf mich gewartet und mir gesagt, dass ich ihre Schülerin werden müsse.« Anjanka seufzte. »In meiner Angst und Verunsicherung habe ich ihr lange geglaubt. Viel zu lange.

Sie war es, die mich unterrichtet hat, bis ich nach zwei Jahren vor ihr geflohen bin. Ich weiß nicht, was aus ihr geworden ist und was sie wirklich im Schilde geführt hatte, aber ich wollte nicht mehr bleiben. Ich konnte nicht mehr!« Die Vampirin schüttelte sich angewidert.

*Ich muss sie unentwegt küssen!*

Schnell trat Sandrine von hinten an sie heran und strich ihre schwarzen Locken zur Seite, die Lippen trafen auf die warme Haut des Nackens. Der Geruch weckte ihre Lust. »Du Arme«, wisperte sie in ihr Ohr und zog sie mit sich auf den Stuhl. Ihre Finger rutschten unter den Rock, streiften die Innenseite der Schenkel hinauf.

Anjanka umfasste ihr Gesicht. »Wir können es nicht schon wieder tun. Du sollst etwas *lernen!«* Sie versuchte, mahnend und vorwurfsvoll zu klingen.

»Ich lerne von dir. Unentwegt!«, stieß sie überschwenglich hervor. »Aber du hast recht.« Sie umarmte die Vampirin und zog ihr einen eigenen Stuhl mit dem Fuß heran, auf den sie sich setzte. »Ich höre dir zu, meine Liebe.«

*Auch wenn ich lieber andere Dinge mit dir tun möchte.*

»Meinen Opfern kann ich im Traum Befehle erteilen, die sie nach ihrem Erwachen ausführen«, berichtete sie und nahm Sandrines Hand, streichelte sie. »Ich kann mich in einen Falter oder eine Spinne wandeln. Und wenn ich will, sieht mich nur mein Opfer. Sonst niemand.«

»Ah, deswegen habe ich dich in Claudes Kammer nicht bemerkt!« Sandrine sah den Toten vor sich, im Bett, und die ausgebrannte Ruine, die sie drei Tage nach dem Feuer aufgesucht hatten. Jemand hatte in den Überresten nach dem Hirten gesucht, vermutlich hatte man seine verbrannte Leiche begraben. Sie hatten eine Blume vor der Schwelle für ihn niedergelegt. »Hast du eine Schwäche? Außer Sonnenlicht wie ich auch?«

Anjanka zögerte.

»Verzeih! Nein, sag es mir nicht!«, bat Sandrine entschuldigend. »Ich dachte mir nichts dabei. Sag es mir nicht, dann ...«

»Kirchenglocken. Wenn ich sie höre, muss ich kotzen und weglaufen«, gab sie zurück und schaute sie an. Ehrlich und aufrichtig. »Ich vertraue dir und weihe dich ein, damit du mich beschützen kannst, so wie ich dich beschützen werde. Sobald wir herausgefunden haben, was dich schwächt.«

Sandrine drückte gerührt ihre Finger.

»Man kann mich vertreiben, und zwar mit stark riechenden Gewürzen und dem Geruch grüner zerriebener Nussschalen«, fuhr Anjanka ernst fort. »Die menschlichen Kinder von Vampiren, die man Dhampire nennt, können meine wahre Natur mit einem Blick erkennen. Und im Vergleich zu dir bin ich weder übermäßig stark noch schnell. Deswegen hatte ich mich zuerst vor dir verborgen und auf Flucht eingestellt, als wir uns trafen. Doch dann spürte ich ... diese ... Besonderheit. *Deine* Besonderheit. Sie umgibt dich, strahlt von dir ab, und ich bin dir verfallen.« Anjanka seufzte erneut. »Damit kennst du meine Geheimnisse. Meine Schwächen. Du bist meine größte Schwäche.«

Sandrine zog sie zu sich und küsste sie.

Sie saßen und hörten dem Sturm zu, der über das Gévaudan brauste. Das Gewitter befand sich genau über ihnen, Blitze und Donner schlugen beinahe gleichzeitig ein. Eine Böe riss den Laden des rechten Fensters auf, klappte ihn auf und zu.

*Ich könnte es verjagen oder es zumindest umlenken, damit mir die Blitze nicht in die Hütte fahren.*

Sandrine mochte Unwetter. Sie fühlte die Kraft der Natur gern, der sie durchaus gebieten konnte, wenn sie sich sehr anstrengte. Es kostete wesentlich mehr Kraft als das Verfluchen. Claude war durch ihre Schuld an Blutlosigkeit gestorben, und sie hatten es versäumt, sich einen neuen Geber zu suchen. Deswegen scheute Sandrine davor zurück, ihre Macht einzusetzen, weil sie den anschließenden Durst nicht gestillt bekam. Ziegenblut mundete ihr nicht.

Laut knisternd jagte ein Blitz vor dem Fenster in den Wald und sprengte eine Eiche. Er verwandelte ihre Überreste in eine Fackel, aus der lodernde Flammen schlugen und die Dunkelheit verjagten.

*Eine Tenjac.*

»Und was«, sagte Sandrine nachdenklich und betrachtete die Lohen, »bin ich?« Sie erhob sich und trat ans Fenster, um den Brand besser betrachten zu können. Gedanken an die Vergangenheit stiegen auf.

Anjanka stellte sich hinter sie, legte die Arme um ihren Bauch und schmiegte sich tröstend an sie.

»Ich hatte mir lange Zeit eingeredet, dass ich an einer Krankheit leide«, flüsterte Sandrine. »Eine Krankheit, die mich die Sonne hassen lässt. Dachte ich. Die Nacht erhielt eine unglaubliche Schönheit. Meinen Ziegen war es gleich, sie haben mir die Treue gehalten. Meine Kräfte wurden stärker, auch wenn ich dafür das Blut der Lebenden trinken muss.«

*Ich habe mich selbst belogen.*

»Es ist keine Krankheit«, raunte ihr Anjanka zu. »Es ist eine Gabe, die dir von einem höheren Wesen verliehen wurde. Wir sind den Menschen gegenüber *erhöht. Sie* sind nichts als *unsere* Beute.«

»Ist das der wahre Zweck?«, sinnierte Sandrine. »Ich meine, *warum* haben wir uns verändert?«

»Das Böse, sagte die Alte, steckt dahinter. Wir sollen der Prüfstein für die Menschen sein und tun, wonach uns immer gelüstet. *Das* ist unsere Aufgabe.« Anjanka streichelte ihren Nacken, blies sanft in ihr rechtes Ohr. »Hast du Durst, meine Liebe?«

»Nicht sehr.« Gänsehaut breitete sich auf ihrer rechten Körperseite aus. Sandrine empfand den warmen Atem als unglaublich erotisch.

»Ich könnte dich mit ins Dorf nehmen. Es gibt eine Kammer, in der zwei Jünglinge schlafen. Da wäre genug für uns beide zu trinken.«

Sandrine zögerte.

Sie wusste, dass Anjanka eine Nacht mit ihnen verbringen müsste, um deren Träume zu beherrschen. Die Gabe verlangte außerdem, dass sie im Haus schlief, um ihre Kraft anwenden zu können. Eifersucht keimte auf.

*Ich will nicht sehen, wie sie es mit anderen treibt!*

Zwei laute Schläge hämmerten gegen die Tür, die beide zusammenfahren ließen.

»Besuch? Bei diesem Wetter?« Anjanka sah Sandrine fragend an.

»Angekündigt hat sich niemand.« Sie stand auf und ging zum Eingang. Ihre Hand legte sich auf den Riegel, um ihn zur Seite zu ziehen. »Könnte ein Notfall sein.«

»Warte!«, bat Anjanka plötzlich ängstlich.

»Warum?«

»Ich habe kein gutes Gefühl.«

Wieder dröhnten die Schläge. »Mach auf, Sennerin«, rief eine junge Männerstimme. »Ich muss dich sprechen.«

»Bitte«, flüsterte Anjanka und schüttelte den schwarzgelockten Kopf. »Der Tod steht vor der Tür. Ich spüre es! Lass ihn draußen stehen.«

Sandrine musste lächeln. »Wir beide *sind* der Tod. Wir müssen uns nicht vor ihm fürchten.«

»Sennerin! Mach auf, oder ich schwöre, dass deine Hütte in dieser Nacht brennt wie die Eiche, die du aus deinem Fenster sehen kannst«, rief die Männerstimme wütend und verlangend. »Lass mich nicht warten wie einen Bittsteller.«

*Ein aufdringlicher Notfall. Dir werde ich zeigen, wie ich ungehobelte Leute behandele.*

Sandrine öffnete die Tür.

Davor stand eine hochgewachsene, schmale Gestalt in einem schwarzen Ledermantel, dessen Kragen hochgeschlagen war. Aus den Falten seines Dreispitzes rann das Wasser wie aus einer Traufe; hinter ihm warteten zwei weitere, gleich angezogene Begleiter. Die braunen Augen schauten ungeduldig, dann milder, als er Sandrine sah.

»Es wurde Zeit«, sagte er undeutlich und ging an ihr vorbei in das Häuschen. Seine Männer folgten ihm auf den Fuß.

»Messieurs«, sprach Sandrine aufbegehrend. »Ihr benehmt Euch ungebührlich. Hat Euch drei der Anstand nicht gelehrt, dass man gefälligst wartet, bis man hereingebeten wird?«

*Was wird das?*

Als sie sich umdrehte, fehlte von Anjanka jede Spur. Stattdessen schwang sich ein schwarzer Falter zum Dachbalken hinauf. Die Tenjac war keine Kämpferin. Sandrine nahm es ihr nicht übel.

Der Anführer zog den Hut vom schwarzen Schopf, löste die Verschnürung des Kragens und drückte ihn herab, so dass sein Gesicht zu sehen war. Er konnte kaum älter als achtzehn Jahre sein, doch dem Ausdruck seiner Augen nach war er es gewohnt, Befehle zu erteilen, die umgehend befolgt wurden. »Du weißt, wer ich bin?«

»Nein.«

»Gut.« Er grinste wölfisch und ging zum Tisch. Das Regenwasser, das von seinem Mantel rann, malte geschwungene Spuren auf den trockenen Holzboden. »Es spielt keine Rolle.« Seine beiden Leute blieben am Eingang stehen. Einer von ihnen war eine Frau, die kleinen Brüste hoben sich kaum merklich unter dem Mantel ab. Der junge Mann setzte sich. Wieder ungefragt.

*Unhöflich kann ich auch sein.*

»Du bist nicht gekommen, um dich wegen des Unwetters unterzustellen.« Sandrine nahm ihm gegenüber Platz. »Also, was willst du?«

Er langte in die Manteltasche und schleuderte ein Säckchen auf den Tisch, das beim Aufschlag laut klimperte. Es schien ihm nichts zu bedeuten. »Ich habe gehört, dass die Geister des Gévaudan Silber mögen.« Er lehnte sich nach vorne, der rechte Zeigefinger deutete auf das Beutelchen. »Sollten sie sich auch mit Gold zufriedengeben und mir meinen Fluch erfüllen, würde mich das freuen, Sennerin.«

Sandrine hatte die massiven Ringe gesehen, die er an den Fingern trug. Edelsteine prangten in den Fassungen und wetteiferten um die Aufmerksamkeit eines jeden Betrachters, so dass sein Siegelring fast nicht auffiel. Das Zeichen darauf kannte sie.

*De Morangiès! Es ist der junge Comte!*

Sie blickte ihn erstaunt an.

»Oh, nun hast du mich doch erkannt. Ich begehe meist den Fehler und vergesse, das Wappen abzulegen, wenn nicht jeder wissen sollte, wen er vor sich hat.« Er zeigte wieder dieses Lächeln, das sie an ein gefährliches Raubtier denken ließ. Die Zähne waren schneeweiß und kräftig, die Eckzähne über die Maßen ausgeprägt.

»Mon Seigneur«, sagte Sandrine rasch und deutete eine Verbeugung an. »Die Geister sind über Eure Großmut erfreut.«

»Das weißt du jetzt schon?«, sagte er amüsiert. »Sind sie im Raum und reden bereits mit dir?«

*Er glaubt nicht an die Erzählungen, aber an die Wirkung meiner Flüche.*

Sie lächelte. »Spottet nicht zu sehr, da Ihr deren Dienste in Anspruch nehmen möchtet. Gegen Beleidigungen ist auch Gold machtlos. Am Ende trifft Euch noch der Fluch.« Im gleichen Moment ärgerte sie sich über ihre letzte Bemerkung. Adlige reagierten auf Drohungen anders als gemeines Volk.

Der Comte sah sie abschätzend an, dann legte er den Kopf in den Nacken und lachte schallend. »Ein Fluch mehr oder weniger, darauf käme es mir auch nicht mehr an.« Er langte auf Brusthöhe unter seinen Mantel und nahm ein Stück Wachspapier hervor, aus dem er wiederum eine Zeichnung schälte. Sandrine sah auf die Züge eines jungen Mannes von zwanzig Jahren. Nett, harmlos und mit einem freundlichen Gesicht, so hätte sie ihn beschrieben. »Diesen Kerl sollen die Geister jagen und quälen«, sagte er grollend.

»Er lebt nicht im Gévaudan?«

»Nein. Ich weiß auch nicht, *wo* und *ob* er noch lebt. Meine Suche verlief ergebnislos. Ich möchte jedoch sicher sein. Die Geister werden mehr Glück haben als ich. Übersinnliche Mächte sehen besser als meine weltlichen Augen.« Er schob ihr langsam das Porträt zu. »Sie sollen ihm Unglück bringen, bis ans Ende seines Daseins! Er soll keinen Tag mehr Freude haben.«

Sandrine hörte den mühsam verborgenen Hass in seiner Stimme. »Die Geister vermögen auch zu töten, wenn Ihr ...«

»Nein«, rief er rasch. »Nein, das wäre zu einfach. Er soll leiden!« Der Comte schlug mit der Faust mitten in das Gesicht auf der Zeichnung. »Können das deine Geister? Oder besser gesagt: Vermagst *du* es?«

Sie wusste es nicht. Es ging über den Wunsch nach einer Krankheit, wie sie es jedem anhexen konnte, weit hinaus. »Ich ...«

Der Comte sah sie gespannt an.

Die Wildheit in den braunen Augen warnte sie davor, zu schnell nein zu sagen. Ein bernsteinfarbener Ring leuchtete um die Pupillen.

*Der Tod steht vor der Tür.*

Plötzlich wusste sie, wie recht Anjanka mit dieser Warnung gehabt hatte.

*Er wird mich töten, wenn ich ablehne.*

»Die Geister werden es versuchen.« Sandrine wollte vage bleiben.

»Ich habe es schon *versucht*. Mit ganz anderen Mitteln«, hielt er dagegen. »Aus Verzweiflung komme ich zu dir und verlange nach deinen Kräften, und nicht weil mir danach ist oder ich es lustig finde, meine Todfeinde durch Spukgestalten hetzen zu lassen.« Er knurrte leise. »Ich hetze sehr gerne selbst, Sennerin. Auch dich, wenn du mir nicht gibst, nach was mir verlangt.«

»Gut«, antwortete sie mit belegter Stimme. »Ich tue es für Euch, mon Seigneur.« Sie betrachtete das Gesicht des jungen Mannes. »Was hat er Euch angetan?«

»Das ist nicht von Belang. Los, sprich deinen Zauber! Sein Name ist Tanguy Guivarch.«

Danach würde sie großen Durst haben, das wusste Sandrine. Für die Unversehrtheit des Comte konnte sie nicht bürgen; daher wollte sie, dass er verschwand. »Ich muss dazu alleine sein, mon Seigneur.«

»Woher weiß ich dann, dass du den Fluch auch gesprochen hast?«, hielt er dagegen. »Ich weiche nicht eher, bis ich ihn gehört habe. Nicht nur die Geister vermögen zu zürnen.«

*Verflucht!*

Sandrine schluckte. »Gut, mon Seigneur. Doch sobald die letzten Worte verklungen sind, müsst Ihr unverzüglich mein Haus verlassen. Ich möchte nicht, dass sich die Geister aus Versehen auf Euch werfen.« Sie sah zu seinen Begleitern, die wie Statuen dunkler Gottheiten am Eingang standen und ihn bewachten.

»Ich wüsste mich zu wehren«, meinte er knapp und wedelte mit der Hand. »Fang an!«

Sie sah noch einmal zum schwarzen Falter auf dem Dachbalken und schloss die Lider. »Ihr Geister des Gévaudan ...«

»Lass den Unfug, wenn du ihn nicht brauchst, Sennerin. Sprich den Fluch.«

Sandrine fühlte sich ertappt. Der Comte würde sich nicht durch ihre übliche Inszenierung täuschen lassen. »Tanguy Guivarch«, sagte sie mit dunkler Stimme und sammelte ihre Konzentration, um den schlimmsten Fluch zu sprechen, den sie je über jemanden geworfen hatte. Schlimmer als Krankheit und Sterben. »Seiest du tot oder lebendig, du entkommst deiner Strafe nicht! Nimm das Unglück, das ich dir sende! Nimm es und vergehe daran, zerbrich daran und empfinde niemals mehr Trost in diesem und im nächsten Leben!«, rief sie und sah sein freundliches Gesicht vor sich. In ihren Schläfen wurde es heiß, ihr Blut schien sich zu erhitzen und das Hirn zu kochen. Auch wenn die Schmerzen sich von Herzschlag zu Herzschlag steigerten, fuhr sie fort. »Tanguy Guivarch: Ich verfluche dich bis in die Ewigkeit! Wo immer du bist, lehnt Not und Unglück an deiner Schulter. Und wenn du Trost empfängst, soll er dir mit doppeltem Leid wieder genommen werden.«

Sandrine rann bei dem, was sie sprach, ein Schauder über den Rücken. Sie hatte das Leben eines Menschen gründlich ruiniert – vorausgesetzt, sie verfügte wirklich über diese große Macht. Ihr Kopf pochte, ihr war immer noch heiß. Schwindel packte sie. Das Zimmer umkreiste sie, und sie musste die Lider schließen, sonst hätte sie sich übergeben.

*Ich wüsste zu gern, ob ich diesen Guivarch damit erreicht habe.*

Sie verharrte einen Moment, bis sie die Übelkeit überwunden hatte, und blickte den Comte an. »Es ist getan, mon Seigneur.«

Er sah ihr in die Augen. Die Wildheit nahm zu, als stünde sie vor einem zerstörerischen Ausbruch, dem nichts widerstehen würde. Der Ledermantel knirschte leise und überall, ohne dass er sich selbst bewegte. Sein Geruch veränderte sich, er verströmte etwas Animalisches und allerhöchste Gefahr. Das Gesicht verfinsterte sich, und es schien insgesamt dunkler in der Hütte zu werden. Das Knirschen wurde lauter. Mit einem deutlich vernehmbaren Geräusch platzte eine Naht.

*Was ist mit ihm?*

Sandrine legte die Hände flach auf den Tisch, um ihn mit

dieser Geste zu beruhigen und zu zeigen, dass von ihr keinerlei Bedrohung ausging. Gleichzeitig machte sie ihr aufkeimender Durst ungeduldig.

*Keine gute Konstellation.*

»Mon Seigneur?«

Der junge Mann schien in schrecklichen Gedanken versunken und nahm den bedrohlichen Blick nicht von ihr.

*Als sinnierte er, ob er mir etwas antun soll oder nicht.*

Sie leckte sich über die Lippen, die ihr schrecklich trocken vorkamen. Die Zunge rieb rauh darüber, als schmirgelte sie die rissige Haut ab.

*Ich muss trinken!*

Ihr Blick, mit dem sie den Adligen bedachte, veränderte sich und wurde begierig. Wie jedes Mal, wenn ihr Durst zu stark wurde, hörte sie den Herzschlag eines Menschen, sah die Adern gleich Einladungen leuchten. Das Blut des Mannes lockte sie, reizte sie und forderte sie heraus. *Trink von mir,* schien es zu wispern. *Trink mich, ich gebe dir Kraft und lösche das Brennen in dir. Trink mich, Sandrine ...*

Eine weitere Naht platzte mit einem vernehmbaren Knall. Der Comte keuchte einmal auf und hielt sich die Schläfe. Er grollte wie ein gereiztes Tier.

Sandrine schluckte. »Mon Seigneur, wollt Ihr einen Schluck Wein? Ist Euch nicht wohl?«, fragte sie und sah zu den regungslosen Begleitern.

»Nein. Aber du wirst nichts dagegen tun können, Sennerin.« Er erhob sich. Seine Gestalt hatte sich verändert, war größer und breiter geworden. Der Comte wankte zur Tür, die ihm von seiner Leibwächterin geöffnet wurde. »Die Geister werden doch ihr Werk verrichten?«, merkte er im Gehen an.

»Solange ich lebe und sie daran erinnere«, sagte sie mit einem Geistesblitz.

*Damit habe ich mich an das Gelingen des Fluchs gekoppelt.*

Der Comte de Morangiès blieb stehen und schaute sie über die Schulter an.

»Sehr klug, Sennerin. Das muss ich dir lassen.« Er wandte den Kopf ab und stapfte hinaus in den Regen, der noch heftiger niederprasselte. Seine Begleiter folgten ihm, der Mann schloss den Eingang.

Sandrine atmete behutsam ein und aus. Der Durst wurde mit jeder Bewegung schlimmer.

Der Falter flatterte herab, zerstob auf dem Boden zur schwarzen Wolke, und Anjanka erschien vor ihr. »Verzeih mir bitte meine Flucht. Ich bin von mir selbst enttäuscht«, hauchte sie und berührte bittend Sandrines Schenkel. »Er war ...«

»Es ist gut, mein Herz«, sagte sie beschwichtigend. »Ich habe ihn auch unheimlich gefunden.«

»Mehr als unheimlich«, stieß Anjanka erleichtert hervor, küsste sich auf Sandrines Schenkel weiter nach oben und erhob sich dabei. »Ich habe genau verfolgt, wie er sich ... verändert hat. Als würde er wachsen. Ich bin mir sicher, dass der Tod sein Begleiter ist.« Sie schüttelte sich. »Die Leibwächter fühlten sich genauso an. Sie rochen ... nach Grausamkeit.«

In Gedanken war Sandrine nicht mehr bei dem Comte, sondern bei ihrem Durst, der das klare Denken zur Seite schob. Sie hatte mit dem Fluch Großes geleistet, das konnte sie anhand der Schmerzen und der Gier nach Lebenssaft genau spüren. Größeres als sonst.

*Blut! Viel Blut!*

Sandrine presste die Lippen zusammen. »Ich habe Durst«, flüsterte sie rasch, drängend. »Gehen wir ins Dorf und besuchen die Jünglinge.«

Anjanka nickte. »Lassen wir sie nicht warten.« Sie lief zur Tür.

»Eines noch.« Sandrine folgte ihr. »Ich möchte nicht dabei sein, wenn du sie nimmst.«

Die Tenjac nickte. »Das verstehe ich. Es wird mir auch kein Vergnügen bereiten.« Sie gab ihr einen langen, zärtlichen Kuss auf die Stirn. »Ich gehöre dir allein.«

Hand in Hand machten sie sich auf den Weg ins Dorf.

***

# DIE GESCHICHTE VON DEN MENSCHENFRESSERN

Juli 1787, Saint-Alban, Südfrankreich

Unmittelbar nach Sonnenuntergang verließ Sandrine ihr Häuschen.

Sie ging im sich rot färbenden Restlicht nach Norden, die Berge hinauf, um ihre Kräuter für die Verfeinerung des Käses zu sammeln. Anjanka wollte derweil die Ziegenkeule vorbereiten, die zum Comte geliefert werden sollte. Seit der Nacht, in der sein Fluch ausgesprochen worden war, sandte er einmal die Woche einen seiner Dienstboten, die sich nach Käse und Fleisch erkundigten. Beides musste aber noch ruhen.

Sandrine ahnte, dass der Adlige sich nicht mehr lange von dieser Entschuldigung hinhalten ließ.

*Heute Nacht muss der Käse fertig werden.*

Durch die Einsamkeit lief Sandrine auf die flachen Bergkuppen zu, wo sich das Grau des Gesteins mehr und mehr gegen Gras, Ginster und kargen Wald durchsetzte.

Mit der hereinbrechenden Dunkelheit frischte es auf. Dort, wo der Wind mit den wenigen Halmen spielte und es nichts drum herum gab, was ihn aufhielt, gediehen die Kräuter am besten. Sie mussten stark sein, um sich gegen die Böen zu behaupten.

Sandrine erreichte die abgerundete Spitze der Bergkette. Die langen blonden Haare wehten, Strähnen rutschten ihr immer wieder vor die Augen.

*Da seid ihr.*

Sie nahm die Sichel vom Gürtel. Neben dem schwarzen Granitstein, in den jemand Symbole geritzt hatte, wuchs es: Schattengras. Sandrine nannte es so, weil es dunkler und kräftiger grün leuchtete. Sogar nachts. Sein intensiver Eigengeruch hatte etwas von Trüffeln.

Sandrine schnitt die Halme mit der Sichel Büschel für Büschel ab, der starke, erdige Duft breitete sich aus. Die Ernte wanderte in ein Leinensäckchen, das sie aus ihrer Schürze nahm, und wurde darin eingeschlagen.

*Das genügt für ganze zwei Laibe.*

Sie packte das Bündel ein und richtete sich auf. Vor ihr breitete sich das Gévaudan aus, vom Sternenlicht silbrig erhellt.

*Eine Nacht zum Wandern und Im-Freien-Schlafen.*

Sandrine erfreute sich an dem Anblick. Der Mond und die Sterne waren zu ihren tausendfachen großen und kleinen Sonnen geworden.

Nicht einsehbar von ihr lag das Schloss des Comte de Morangiès. Aber die Lichter der Taldörfer schimmerten golden und konnten es mit der Pracht des Firmaments doch nicht aufnehmen. Sie wirkten beinahe armselig und kläglich. Füchse bellten weit entfernt, ein Käuzchen schrie, und Motten tanzten zum Mond hinauf, als könnten sie die silberne Scheibe erreichen.

*Ein friedlicher Abend. Ich führe ein wundervolles Leben hier. Ein Ort, an dem ich bleiben möchte.*

Sandrine lächelte und machte sich hurtig auf, zurück zur Hütte. Sie und Anjanka hatten eine aufregende Nacht vor sich, sobald sie ihre Arbeiten erledigt hatten.

Der Körper der Tenjac war begnadet, schlank und straff, makelloser als der jeder Frau, die Sandrine in ihrem Leben gesehen hatte. Ihre Liebeskunst brachte sie um den Verstand. Solche intensiven Gefühle beim Liebesakt, die sie alles um sich herum vergessen ließen, waren ihr unheimlich, aber es freute sie, dass ihre Geliebte ebenso empfand. Ihr Stöhnen, ihr Geschmack, alles war besonders.

Schon Anjankas purer Anblick oder der Klang ihrer Stimme genügte, und Sandrines Leben war schön. Dazu bedurfte es nicht einmal der besonderen Kräfte, die die Vampirin besaß. Sie fühlte sich wie verzaubert. Dank der Liebe.

Aber die Eifersucht vermochte Sandrine einfach nicht niederzuringen.

Anjanka schlief mit vielen Männern und einigen Frauen, um an deren Blut zu gelangen. Ihre Macht über die Träumenden brachte ihnen ohne große Schwierigkeiten das Getränk, das sie beide zum Leben benötigten.

Dennoch war es Sandrine alles andere als recht.

*Es muss einen anderen Weg geben.*

Sie hatte daran gedacht, in einer weit entfernten Stadt eine Handvoll Jugendliche zu fangen und in den Stall zu sperren.

*Man könnte sie füttern und sie gut behandeln. Wir hätten auf Jahre hin Blut.*

Sie würde es Anjanka auf alle Fälle noch einmal vorschlagen. Ihre Geliebte fürchtete sich davor, weil sie annahm, dass man die Opfer vermissen und suchen würde. Oder dass eines entkommen und Alarm schlagen könnte.

»Wenn Menschen verschwinden, kommen die Suchenden immer zuerst zu denen, die einen gewissen Ruf haben«, hörte sie die Tenjac skeptisch sagen. »Und *du* hast diesen gewissen Ruf. Es wissen zu viele, was du tust, mein Herz. In deren Augen bist du eine einfache Hexe. Du weißt, was sie mit Hexen gemacht haben und manchmal immer noch tun.«

Sandrine wusste es. Aber die Zeiten hatten sich gewandelt. Und sie glaubte daran, dass sich die Leute in der Umgebung zu sehr vor ihren Flüchen fürchteten, um ihr Schaden zuzufügen.

*Es gibt viele Schuldige. Etliche haben meine Künste in Anspruch genommen. Ich kann sie alle verraten. Das ist Schutz genug.*

Zwei Männer mit Musketen auf dem Rücken kamen im Dunkeln über den Hügelkamm. Sie redeten leise miteinander und hatten Sandrine nicht bemerkt.

*Es muss nicht sein, dass sie mich sehen.*

Sie kauerte sich hinter dem Granitbrocken zusammen und lugte um ihn herum.

Die Männer blieben stehen. Einer von ihnen nahm ein kleines Fernrohr aus dem Gürtelhalter und setzte es vor das rechte Auge, der andere suchte eine Karte heraus und hielt sie so, dass sie vom Mondlicht voll getroffen wurde.

*Räuber, die auf eine Kutsche lauern? Aber wer sollte hier durchreisen?*

Sandrine strengte sich an, damit sie der leisen Unterredung folgen konnte.

»... nach Westen gehen und die Fallen dort kontrollieren«, sagte der Kartenleser.

»Nein. Zuerst die Gruben«, widersprach sein Begleiter. »Dort waren wir seit vier Tagen nicht mehr. Wenn uns ein Wolf hineingetappt ist, könnte er bei der Hitze schon ein Fressen für die Maden geworden sein.«

Sandrine entspannte sich.

*Jäger!*

Auch wenn es so gut wie keine Wölfe mehr gegeben hatte, seit die Treibjagden wegen der Bestie drei Jahre lang ununterbrochen stattgefunden hatten, schienen sie sich die Graupelze als Beute ausgesucht zu haben.

»Der alte Chamonix hat gesagt, dass seinem Nachbarn vorgestern alle sieben Schafe in der Nacht gerissen worden sind«, sagte der Späher und redete langsam, weil er seine Aufmerksamkeit auf das Beobachten richtete. »Da muss ein Rudel unterwegs sein.«

»Solange sie nur an Tiere gehen, ist es noch zu verschmerzen. Menschen sind wertvoller. Man wird uns dankbar sein, wenn wir das Rudel dezimieren.« Der Kartenleser faltete den Plan zusammen. »Gehen wir also nach Westen, wie du es möchtest.«

Die Männer marschierten los, nahmen dabei die Musketen von den Schultern; im Laufen steckten sie lange Bajonette auf, die silbern aufleuchteten.

*Bonne chance, messieurs.*

Sie richtete sich langsam auf und sah ihnen hinterher.

*Ich lasse ihnen einen Vorsprung.*

Sie setzte sich auf den Stein. Die Füße baumelten vor und zurück, während sie zu den Sternen aufschaute und sich zurücksinken ließ. Der Granit war noch warm und lud sie zum gemütlichen Verweilen ein. Hätte sie die Gräser nicht in der Schürze gehabt, wäre sie bis zum Morgengrauen geblieben, um Sterne zu zählen und der Nacht zu lauschen. Am liebsten mit Anjanka.

Schritte näherten sich ihr. Schritte von jemandem, der versuchte, leise zu sein ...

*Um dich an mich anzuschleichen, musst du besser werden.*

Sandrine richtete sich auf und sah einen unbekannten älteren Mann vor sich. Zuerst hatte sie wegen der Weißhaarperücke auf dem Kopf gelaubt, einen Adligen vor sich zu haben; aber das Wams war schäbig.

*Er hat schon mal bessere Tage gesehen.*

»Bonnuit, Monsieur.« Sie war aufmerksam. Ein nächtliches Treffen an einem abgelegenen Ort wie diesem fand nicht zufällig statt. Die Spuren hinter ihm gaben ihr recht. Er hatte sich in einer Linie auf sie zubewegt, wie sie am niedergetretenen Gras erkannte. Und er hatte versucht, sie zu überrumpeln. Das sprach nicht unbedingt für die ehrbare Absicht des Unbekannten.

Er blieb überrascht stehen. »Endlich«, sagte er erleichtert und ein wenig erbost zugleich. »Ihr seid Mademoiselle Sandrine Carnasse?«

»Wieso interessiert Euch das?« Sie versuchte in seinem Gesicht zu ergründen, was er im Schilde führte. »Schleicht Ihr Euch immer nachts an Frauen an?«

»Ich muss mit Euch Geschäftliches besprechen.« Er steckte die

Hände in die Taschen des abgetragenen Gehrocks, und sein Gesicht wurde feindselig. »Ihr seid es, die mir das Geschäft ruiniert, Mademoiselle. Das muss enden, hört Ihr?! Mir wäre es am liebsten, es geschähe in einer gütlichen Einigung, aber wenn Ihr den Krieg haben wollt, soll es so sein.«

Sandrine war zu verwundert, um sofort darauf zu antworten. In diesem harmlos aussehenden, betagten Mann hätte sie nie und nimmer einen Hexer vermutet! Seine Art zu sprechen, die exakte Betonung verriet ihr zusätzlich, dass er nicht immer ein einfacher Landbewohner gewesen war.

»Ich kenne einflussreiche Menschen, und das nicht nur im Gévaudan.« Die hellblauen Augen sahen sie durchdringend an. »Ich möchte Euch nicht drohen«, fuhr er fort, und seine Stimme unterstrich das genaue Gegenteil, »aber wenn ich mich ein bisschen anstrengen würde, säßet Ihr schneller in der Zelle, als Ihr Eure Ziegen aus dem Stall scheuchen könntet.«

Sandrine hatte sich von ihrer ersten Überraschung erholt. »Da Ihr wisst, wer ich bin, Monsieur, ich Euren Namen jedoch nicht kenne ...«

»Penchenat. Claude Penchenat.«

»Der Henker?« Sandrine hatte von ihm gehört. Er sollte einst Arzt in Paris gewesen sein, ehe er sich dort Feinde gemacht hatte und ins Gévaudan gehen musste. Er verdingte sich als Henker und holte aus jedem Schuldigen auf der Folterbank ein Geständnis heraus, hatte ihr eine Kundin erzählt. Die Nennung seines Namens würde genügen.

Penchenat lächelte überheblich. »Nicht nur. Wisst Ihr, ich verdiente mit meinen Mittelchen, die eine Freundin für mich herstellt, bei diesen tumben, abergläubischen Menschen nicht schlecht. Aber seit Ihr hergezogen seid und die Flüche im wahrsten Sinne verschleudert, kommt kaum noch jemand zu mir.« Er sah nach rechts und links. »Schaut: Das Gévaudan ist doch so groß, Mademoiselle Carnasse. Geht an einen anderen Ort.«

»*Das* ist Euer Vorschlag?«

»Ja.«

Sandrine lachte auf. »Ich denke nicht, dass ich dem folgen kann, Monsieur. Er ist einseitig. Wenn Ihr gesagt hättet, dass wir beide ...«

»Ich lebe schon über zwanzig Jahre in dieser Gegend und habe die blutige Ära der Bestie überstanden«, unterbrach er sie schneidend. »Ich werde einen Teufel tun und mich von hier wegbewegen!« Penchenats Blicke waren feindseliger geworden.

»Es scheint mir, dass jeder von uns zweien seine Meinung hat und sie nicht ändern möchte. Da wir beide hier leben und bleiben, schlage ich vor, dass ich einige meiner Kunden ...«

»Es sind *meine* Kunden, die du mir abgeworben hast, Teufelsweib!«, rief er aufgebracht und zog eine Hand aus der Tasche, reckte den Zeigefinger gegen sie. »Verschwindest du nicht, werde ich dich anzeigen! Hast du mich verstanden? Anzeigen werde ich dich! Wegen Hexerei und Unzucht mit deiner Freundin, dieser schwarzhaarigen Buhle.«

»Nun, es sieht nach Krieg aus, Monsieur Penchenat«, erwiderte sie absichtlich höflich, während in ihrem Innern die Wut kochte. So musste sie nicht mit sich reden lassen! Er sah im Vergleich zu dem Comte nicht besonders gefährlich aus und verströmte lange nicht die körperliche Gefahr. Aber die Kontakte des Henkers konnten sie in arge Bedrängnis bringen. »Ihr mögt denken, dass Ihr mir überlegen seid, und Ihr kennt gewiss viele wichtige Menschen.« Sandrine machte einen Schritt auf ihn zu. Sie spürte den dringenden Wunsch, ihn in Stücke zu reißen und sein Blut zu trinken. Damit wäre er keine Bedrohung mehr. »Doch was bringen Euch all die Freunde, wenn Ihr nicht lebend von diesem Hügel steigt?«

Penchenat zuckte verächtlich mit der Unterlippe. »Denkst du, ich würde dir erlauben, einen deiner Flüche gegen mich anzuwenden?«

»Vielleicht brauche ich keine Flüche, um zu siegen?«

*Sein Blut käme mir gelegen. Keine Zeugen weit und breit, die mich verraten könnten.*

»*Du* halbes Ding?« Er lachte auf. »Du würdest einen Kampf gegen mich nicht ...«

Sandrine fauchte und zeigte ihm die Reißzähne.

Penchenat machte erschrocken einen Satz rückwärts, aber er reagierte wie ein Mann, der sich mit dem Übernatürlichen auskannte: Er zog die andere Hand hervor, die immer noch in der Tasche gewesen war, und hielt – ein Kreuz darin!

Zischelnd wich Sandrine vor dem heiligen Symbol zurück. Sie spürte die Macht des Glaubens, die von dem Kreuz ausging und sich ihr entgegenstemmte. Auf diese Weise käme sie nicht näher an den Mann heran.

*Verflucht! Woher ...*

»Ich dachte, du wärst eine Hexe«, sagte er kaum eingeschüchtert von den Fängen. Das Kreuz gab ihm Sicherheit. »Aber du musst mehr sein.« Er bewarf sie mit einer Handvoll Salz aus der Tasche des Gehrocks. »Weiche!«

Von den weißen Körnern war Sandrine unbeeindruckt. »Damit ist dein Schicksal besiegelt«, sagte sie finster. Noch wusste sie nicht, wie sie es anstellen sollte, aber eines war sicher: »Du darfst mit diesem Wissen nicht leben.« Die Fingernägel wurden länger, schärfer als Klingen.

»Ist dir jetzt die Höflichkeit abhandengekommen, ja?« Er lachte leise und siegessicher. »Möglicherweise steigst *du* nicht lebend von diesem Hügel. Bist du eine Vampirin?«

Sandrine wurde gleichzeitig heiß und kalt. »Ich ...« Sie versuchte, einen Schritt nach vorn zu machen, um ihn zu erreichen und zu packen, aber der Widerstand war zu groß. Eine Barriere stand ihr im Weg, aufrechterhalten durch das Kreuz.

Penchenat sah in ihrem Gesicht die Erkenntnis, dass er ihr Geheimnis vollends ergründet hatte. »Denkst du, ich wüsste nicht, welche Kreaturen des Bösen existieren? Nachdem im Gévaudan die Loup-Garous ihr Unwesen getrieben haben?« Er reckte das Kreuz und schleuderte wieder Salz gegen sie.

»Hör auf damit!«

Er grinste böse. »Schmerzt es?«

»Nein. Es nervt.« Sandrine wusste: Am Kruzifix gab es kein Vorbeikommen; hastig sah sie sich um.

*Was tun?*

Da sie ihn nicht angreifen konnte, blieb ihr nur die Flucht, um auf eine bessere Gelegenheit zu warten, den Henker zu töten. Noch in dieser Nacht.

Anjanka und sie hatten gerade erst begonnen, ihre Fertigkeiten zu ergründen. Ansatzweise vermochte Sandrine ihre Gestalt zu wechseln und zu einer Schlange oder einem Luchs zu werden, um die Vorzüge dieser Tiergestalten zu nutzen. Als Luchs wäre sie zehnmal schneller als dieser Mann. Aber die Wandlung hielt niemals länger als einige Augenblicke. Danach brannte es in ihren Eingeweiden vor Durst.

*Ich versuche es.*

Sie konzentrierte sich.

Das Kribbeln in ihrem Körper setzte ein und wurde kräftiger, veränderte sich zu einem Schmerz, der sie aufkeuchen ließ. Sandrine sank zu Boden, und ihre Sinne wechselten ins Tierhafte: Geräusche, Gerüche, die Wahrnehmung durchliefen einen blitzartigen Wechsel. Die Augen einer Luchsin sahen die Welt anders. Das Gras unter ihren Pfoten war kühl. Wind strich über ihre bloße Haut, aus der dichtes Fell spross. Auch wenn die Verwandlung für sie unendlich lange dauerte, wusste sie, dass drei, vier Herzschläge vergangen waren. Sie sah zum Henker auf, öffnete den Mund. Ein katzenhaftes Fauchen erklang.

Penchenat stieß einen wütenden Schrei aus. »Ein Wandelwesen obendrein?« Er zog eine doppelläufige Pistole unter dem Gehrock hervor und richtete die Mündungen auf sie. Als sie die Gestaltwandlung abgeschlossen hatte, drückte er ab.

Es knallte laut, unglaublich laut, als habe der Henker zu viel Schwarzpulver benutzt.

Die Kugel schlug in ihrer Brust ein und zerriss das Herz. Eine weiße Wolke hüllte Sandrine ein, der vor Schmerzen und Schrecken der Atem stockte. Es fühlte sich an, als hätte der Muskel arge Schwierigkeiten, die Verletzung zu heilen; möglicherweise hatte die Umwandlung in eine Luchsin damit zu tun.

*Kann man Vampire erschießen?*

Während sie mit dem Unglauben und dem Schock kämpfte, gaben die vier Beine nach. Sandrine torkelte gegen den Granitbrocken, der sich im Mondlicht teilweise schwarz gefärbt hatte, und rutschte daran herab. Ihr Blut war dagegengespritzt.

»Geweihtes Silber. Hohl und mit Aconitumessenz gefüllt«, sagte Penchenat schadenfroh. »Ich hätte nicht gedacht, dass es gegen eine Hexenvampirin hilft.« Er stand vor ihr, reckte die Pistole gegen sie. Aus der linken Mündung kräuselte eine schwache Rauchfahne. »Du wolltest den Krieg. Nicht ich.« Sein Zeigefinger krümmte sich.

Der Schuss dröhnte, die Kugel drang ihr durch das rechte Auge in den Kopf.

Der Schmerz, den sie empfand, war grausam, schrecklich und unbeschreiblich. Die Welt wurde weiß, sie hörte ein Wesen schrill kreischen, bis sie verstand, dass sie es selbst war. Sandrine wand sich, zuckte und wälzte sich umher und roch nichts mehr, sah nichts mehr und spürte nichts mehr. Das Projektil hatte verheerenden Schaden angerichtet.

»Da tanzt sie den Tanz der Sterbenden«, grölte Penchenat. »Aus deinem schönen Leib werde ich Reliquien und Glücksbringer schneiden. Magier werden mir viel Geld für deine Innereien bezahlen. Hexenleber und dergleichen ist heutzutage schwer zu finden.«

Sandrine hoffte, dass ihr Körper die Wunden schnell genug schloss und zur alten Kraft zurückkehrte, damit sie sich losreißen und entkommen konnte. Das war ein Vorteil ihres Vampirdaseins: Verletzungen heilten rasch. Das Kribbeln in ihrem Kopf zeigte, dass das Gewebe erfolgreich gegen die Zerstörung ankämpfte. Das Umfeld nahm sie bereits wieder schemenhaft wahr.

*Ich hoffe, er redet noch lange. In dieser Zeit kann ich ...*

Sie wurde am Nacken gepackt, ein vergleichsweise harmloses Stechen fuhr ihr in den Hals. Sie wusste, was es bedeutete. Ihre Gegenwehr war lahm.

*Nein! Er darf mich nicht enthaupten, sonst bin ich wirklich ...*

Ein langgezogenes Heulen erklang unmittelbar neben ihr. Ein Tier bellte finster.

Sandrine hörte, wie der Henker aufschrie, gleichzeitig ließ er sie los.

Sofort setzten Knurren und Grollen ein, gefolgt vom mehrmaligen Zuschnappen starker Kiefer, das mit dem Brechen von Knochen und dem Reißen von Fleisch einherging. Penchenat schrie durchdringend und schrill.

*Die Wölfe, nach denen die Jäger gesucht haben.*

Sandrine hatte sich so weit erholt, dass sie sich bewegen konnte. Sie schob sich schwer atmend gegen den Felsbrocken, um den Rücken zu schützen. Sie lauschte, wie der Mann in Agonie brüllte. Angst vor den rasenden Wölfen und Freude über den Tod des Mannes mischten sich in ihr.

Penchenat verstummte abrupt, dafür erklang leises Plätschern. Die Luft war erfüllt vom Geruch von rohem, warmem Fleisch und Blut.

*Sie ... haben ihn zerfetzt.*

Sie fand die Tiere viel zu still. Seltsam still. Sandrine wusste nicht, wie sie sich verhalten sollte, um die Wölfe nicht zu einem Angriff auf sie herauszufordern. Der Stein in ihrem Rücken war ihr einziger Schutz. Womöglich ließen sie eine Luchsin in Ruhe?

*Wie viele sind es? Ein Rudel?*

Langsam entstand die Welt neu für Sandrine. Aus den Schemen wurde mehr, Silhouetten bewegten sich darin, die nach und nach Konturen annahmen. Die Heilung war abgeschlossen und der Durst da.

Nicht weit von ihr rissen ein großer schwarzer und weißer Wolf an den Überresten des Henkers. Blutige Knochen ragten aus der Leiche, die Sandrine als Rippen identifizierte. Sie hatten sich mit Hass an Penchenat ausgetobt, wie sie an der Vielzahl der grässlichen Wunden erkannte, und ihn schon so gut wie verschlungen.

*Als hätten sie es nicht erwarten können.*

Sandrine schluckte und sah an sich herab. Sie kauerte in ihrer menschlichen Gestalt am Boden, und ihre Kleidung lag um sie herum. Sie bewegte ihren Arm, um sich behutsam aufzustützen – und die Wölfe wandten ihr die Köpfe zu. Die Augen flammten tiefrot auf, gleichzeitig entsprang ihren Kehlen ein angriffslustiges Grollen.

*Loup-Garous!*

Die Bestien hatten noch immer Hunger. Sie war in ihrem geschwächten Zustand eine leichte Beute. Gierig schaute Sandrine auf den zwischen den Felsen versickernden Lebenssaft des Henkers, um den sich die Werwölfe nicht kümmerten. Verloren für sie.

*Dabei hätte ich ihn dringend benötigt.*

Die Bestien rückten vor.

»Ich gehöre nicht zu ihm«, sagte sie leise und beschwichtigend. Sandrine stand auf und schob sich am Granitblock herum. Rennen wie der Wind. Es war ihre einzige Chance, den Loup-Garous zu entkommen. Die Pistole mit den besonderen Kugeln konnte sie vergessen. Sie lag leergeschossen im Gras, Penchenats abgebissene Hand hielt die Finger um Griff und Abzug geschlossen. »Lasst mich, bitte!«

Die Werwölfe teilten sich auf, pirschten um den Felsen herum.

*Jetzt!*

Sandrine warf sich herum und hetzte mit schwachen Beinen den Hang hinab. Hinter sich hörte sie das Knurren der Bestien. Die Jagd hatte begonnen.

Nach ein paar Schritten geriet sie ins Stolpern, ihr Fuß blieb an einem Stein hängen, und sie stürzte aus vollem Lauf den Hügel hinab.

Ihre Haut schrammte über die Granitflächen und riss auf, sie schlug sich mehrmals den Kopf an. Sie versuchte, sich auf die Füße zu stellen, doch ihr Schwung war zu groß. Eine Bienenwabe in einer Schleuder musste sich so fühlen, nur dass es darin keine scharfkantigen Felsen gab. Benommenheit und Schwindel breiteten sich in ihrem Verstand aus.

*Das darf nicht wahr sein. Anjanka muss mir aus Versehen einen Alptraum beschert haben!*

Immer wieder sah sie die Umrisse der Loup-Garous, die dichter zu ihr aufschlossen und bereits nach ihr schnappten. Laut klackend trafen die Zähne aufeinander, und die dämonisch roten Augen leuchteten in Vorfreude.

Endlich rollte sie aus und blieb in einer weichen Kuhle liegen. Schwindlig stemmte sie die Arme gegen den Dreck und den Oberkörper in die Höhe.

Das Hecheln und Grollen rauschte heran, Gras raschelte.

*Sie werden gleich über mich ...*

Ein Schuss krachte, und ein Loup-Garou bellte dunkel auf. Der Knall breitete sich wie dünner Donner über das Gévaudan aus und verlief sich in der Weite.

*Die Jäger!*

Sandrine sah zwei Männer etwa dreißig Schritte von ihr entfernt stehen; einer hatte die Muskete angelegt, der zweite lud sehr rasch nach.

*Sie haben Penchenats Schüsse gehört und sind nachschauen gekommen.*

Die schwarze Bestie jagte rechts, die weiße links an ihr vorüber; aus der Flanke des weißen Loup-Garou rann Blut. Sie hatten die Männer als die gefährlicheren Feinde ausgemacht und gingen zum Angriff über. Die zahnbewehrten Schnauzen waren weit und bissbereit geöffnet.

Sandrine beging nicht den Fehler und verharrte, um den Ausgang des Kampfes zu verfolgen. Sie glaubte nicht, dass die Jäger überleben würden. Aber sie bekam dafür einen Vorsprung eingeräumt, den sie nutzen musste.

*Nur fort von hier!*

Sie lief geduckt in der Mulde entlang, bis sie an einen weiteren Hang kam, den sie hinunterrutschte und -sprang. Dieser Abend war für ihre Haut nicht eben schonend, auf Kratzer und Schürfwunden nahm sie keine Rücksicht. Überleben. Nicht mehr, nicht weniger.

Wieder hallten Schüsse durch die Nacht, die nicht ihr galten. Gleich darauf ertönten Schreie, gefolgt von einem Triumphgeheul, das Sandrine die feinen Härchen auf den Armen und im Nacken aufstellte. Die Stimmen der Loup-Garous brachten Furcht.

Sandrine rannte und rannte.

Jedes noch so leise Astknacken oder Rascheln brachte sie dazu, mit noch höherer Geschwindigkeit weiterzueilen. Ihre Beine schmerzten, in ihrer Seite stach es, doch sie blieb nicht mehr stehen. Sie wollte den glutroten Augen der Bestien entkommen.

Endlich hatte sie ihr kleines Häuschen erreicht und stürmte hinein.

*Habe ich sie abgeschüttelt?*

Sie wagte es nicht, aus dem Fenster zu schauen, lehnte sich gegen die Tür.

Anjanka sprang erschrocken in die Höhe. »Meine Liebe!« Sie hatte am Tisch gesessen und den Käse vorbereitet, der Raum war erfüllt mit dem Kräuterduft. Die Blicke erfassten die schlecht verheilten Wunden, das Blut, den Schrecken. In ihren Augen stand große Sorge. »Wer hat dir das angetan?« Sie nahm ihren Mantel vom Stuhl und legte ihn ihrer Geliebten um. »Sag es mir! Ich werde ihm mit Alpträumen den Tod bringen, wenn du ihn nicht selbst schon getötet hast!«

Sandrine gab ihr einen Kuss. »Meine Verletzungen heilen schon, mein Herz. Aber um ein Haar wäre ich nicht zu dir zurückgekehrt.« Ihr Mund war trocken und scheinbar angefüllt mit heißem Staub, der in ihrer Kehle kratzte. Einzig Blut würde das Gefühl vertreiben.

Anjanka ließ sich erschüttert auf einen Stuhl sinken. »Was ist das für eine furchtbare Nacht?«

»Es waren Loup-Garous. Zwei Stück, riesige Viecher, ein weißer und ein schwarzer.« Sandrine berichtete von der Attacke auf sie und von dem Zusammentreffen mit Penchenat, der tot und in Einzelteilen auf dem Hügel lag. Währenddessen suchte sie sich frische Kleidung und zog sich an. »Den beiden Jägern wird es nicht anders ergangen sein. Ohne sie wäre ich so tot wie der Henker.«

»Die Bestien kehren ins Gévaudan zurück«, raunte Anjanka und nahm ihre Hand. »Geliebte, lass uns fortgehen! Ich bitte dich! Die Hölle hat sie wieder auf die Erde losgelassen.«

*Sie hat recht. Je eher, desto besser.*

Sandrine lächelte ihre Geliebte an, schaute dabei jedoch ernst und erfreute sich an ihren klaren grünen Augen, deren Blick sie niemals mehr missen wollte. Er ließ sie sogar die Schmerzen vergessen. »Ja. Wir gehen. Fort von Frankreich, wo es zu viele von diesen Bestien zu geben scheint. Lass uns in ein Gebiet der Deutschen reisen.«

»Dahin wollte ich schon immer!«, jubelte Anjanka erleichtert. »Eine große Stadt, ja? Ich möchte zur Abwechslung in eine große Stadt gehen. Frankfurt oder ... Leipzig! München!«, zählte sie begeistert auf und wandte sich dem Schrank zu. »Ich muss ein paar Dinge packen, und ...«

Sandrines Durst wurde unerträglich. Sie nahm ihre Geliebte an der Hand und zog sie zur Tür, öffnete sie und schritt mit ihr in die Nacht. »Wir gehen *jetzt* und nehmen nichts mit. Ich will keine Sekunde vergeuden. Wer weiß, ob die Bestien nicht schon an meiner Fährte kleben. Und es wird bald Tag werden«, verkündete sie ungeduldig und betrachtete die Landschaft. Abgesehen von der Gier nach Lebenssaft wollte sie keinen Augenblick länger an dem Ort verweilen, an dem die Bestien regierten. »Wir müssen noch im Dorf vorbei. Ich habe schrecklichen Durst.« Sie sog die Luft ein.

*Keine Wölfe.*

»Wie du möchtest.« Anjanka schmiegte sich an sie. »Wir haben uns. Mehr brauchen wir für den Neuanfang bei den Deutschen nicht.« Sie lachte. »Wir machen die Männer verrückt und lassen uns alles zu Füßen legen.«

»Keine Männer mehr.« Sandrine grub die Finger in Anjankas schwarze Haare und zog sie zu sich heran. »Überlass es mir, den Unterhalt zu bestreiten. Du bist fortan allein *meine* Frau.« Dann streichelte sie zärtlich am Kinn entlang, drückte es nach oben und küsste sie leidenschaftlich.

Anjanka stöhnte leise und presste sich dichter an sie.

***

# LAMENTO IV

Die Lieb' ist ein zerbrechlich' Ding.
So hab ich es zerbrochen.
Geborsten gar, das Blut spritzt hin,
weiß schimmern all die Knochen.

Die Lieb' ist gleich dem Mädchenleib:
zart, fein und doch verdorben,
die Zähne in den Hals ich treib
die Lieb' ist schreiend gestorben.

Die Lieb' ist fern, weit weg von mir,
wohnt nicht mehr in meinem Herzen.
In mir tobt laut ein wildes Tier,
bringt anderen Leid und Schmerzen.

Die Lieb' ...

# DAS BUCH DOMINIC DE MARAT

# KAPITEL I

Juli 1789,
Frankreich, Paris

Schau dir das an! Da brennt schon wieder ein Zollhaus!« Dominic hob nicht einmal den Kopf, denn er war vertieft in das, was die neueste Flugschrift über das Vorankommen der Generalstände verkündete. Vertreter des Adels, des Klerus und des Volkes saßen mit dem König in Versailles zusammen und berieten über die Verbesserungen für das einfache Volk. Der Ausgang des Treffens wurde mit Spannung erwartet, die Hoffnungen waren groß. Auch bei Dominic.

»Das ist jetzt das dritte oder vierte«, gab er langsam zurück. »Es sollten bald keine mehr stehen.«

Sie saßen im ersten Stock der kleinen Herberge *Moulinette*, in einem Kabuff, das ihnen der Wirt als Zimmer angepriesen hatte. Doch weil es im Osten der Stadt nahe dem Tor und damit sehr günstig für ihre Unternehmungen lag, hatten sie sich dort einquartiert. Sie waren Späher.

»Diese Idioten! Machen uns die Arbeit schwerer.« Sein Freund Frèderic stand mit freiem Oberkörper vor dem Fenster und öffnete es weit. Warme und zugleich übelriechende Sommerluft strömte herein; die Gosse stank. Sie hörten die Unterhaltungen der Menschen auf der Straße, Worte und Satzfetzen drangen zu ihnen.

Frèderic lachte leise. »Der Duft von Geld hängt wieder in der Luft.«

»Für mich stinkt es nach alter Pisse.«

Er wandte sich um. »Was denkst du, Dominic? Meinst du, wir sollten heute Abend losschlagen?«

»Die Brotpreise sind erneut gestiegen«, gab er zurück, als habe er die Frage gar nicht vernommen. »Ich sagte doch, dass es Schwachsinn ist, die Zollhäuser anzustecken. Wer gehofft hat, die Abgaben auf die Waren damit abzuschaffen, die in die Stadt gebracht werden, hat sich getäuscht.« Er knüllte die Flugschrift zusammen. »Es gibt zu wenig Getreide. *Das* ist das Problem.«

»Zu wenig für das *Volk*. Aber dort, wo wir hingehen, leben sie in Saus und Braus.« Frèderic rieb sich die Hände. »Oh, was war das letzte Woche für ein herrliches Mahl, im Landsitz vom Herrn Marquis! Kuchen und Pasteten, Geräuchertes und Brot! Wir haben gesoffen, bis wir gekotzt haben, und wieder von vorne angefangen!« Er lachte laut. »Ich liebe Paris und sein Umland! Es leben die Unruhen!«

Dominic betrachtete seinen Kumpan, der mit seiner bulligen Statur und den kurzen hellen Haaren das genaue äußere Gegenteil zu ihm war. »Ich weiß nicht. Wir sollten die Männer in die Stadt rufen.«

Frèderic setzte sich ans Fenster. »Bist du verrückt? Sieh dir an, was da draußen los ist! Die Menschen ziehen durch die Gegend wie aufgescheuchte Ratten, und ich würde sagen, dass sie auf Händel aus sind. Vorhin haben sie die Sturmglocken geläutet, weiß der Teufel, wozu! Jeder Einfaltspinsel hat sich eine Waffe besorgt. Und gestern haben sie sich mit Soldaten vom Regiment Royal Allemande angelegt und sich blutige Nasen geholt. Dem Pöbel kämen wir gerade recht, an dem sie sich die roten Rotznasen abwischen könnten.« Wie zum Beweis seiner Worte krachten in einiger Entfernung Schüsse. Frèderic grinste und zeigte mit einer Hand hinaus. »Et voilà!«

»Das Land ist dennoch zu gefährlich geworden. Wir sind nicht die Einzigen, die es auf die Herrengüter abgesehen haben.« Dominic erinnerte sich, wie sie vor einem Hof an eine Bande organisierter Bettler geraten waren. Sie hatten sich erst durch Pistolen und Musketen vertreiben lassen; danach hatten sie das Anwesen in Ruhe plündern können.

»Verstehe.« Frèderic grüßte jemanden, den er auf der Straße entdeckt hatte. »Die Reichen rüsten auf. Die Gefahr, dass einer von uns draufgeht, steigt.«

Er nickte. »Das vermute ich auch.«

Frèderic dachte nach. »Und wenn wir uns die Klöster und Abteien vornehmen? Die feisten Mönche wehren sich bestimmt nicht mit Musketen. Mit vollen Weinfässern nach mir werfen, das dürfen sie!« Er griente und erwartete offenkundig Zustimmung.

»Wir rühren sie nicht an. Sie haben sich auf die Seite des Dritten Standes geschlagen und sind damit Verbündete.« Dominic nahm eine weitere Flugschrift aus seiner Jackentasche. »Sie gehören der Nationalversammlung an. Vergiss das nicht.«

»Dann wirf doch mal einen Blick auf Paris, anstatt in deinen Flugblättern zu lesen! Nicht nur, dass die königlichen Truppen zu finden sind und jede Menge von ihnen in Versailles stehen. Nein, sie haben in Paris noch eine Miliz ausgehoben, um in der Stadt für Ruhe sorgen.« Wieder krachte Gewehrfeuer. »Klappt ja ausgezeichnet. Und *da* willst du mit den Männern rein und Adelshäuser ausräumen?«

Dominic atmete tief ein. »Lass mich noch ein wenig sinnieren. Ich bin eben erst aufgewacht.«

»Dann sauf nur so viel, wie du verträgst«, spottete sein Freund. »Immer das Gleiche mit dir. Morgens ins Bett und erst abends wieder aus der Kiste. Oder du bist für Tage verschwunden.«

»Ich sagte dir doch, dass ich Sonnenlicht schwer ertrage. Es ist mir zu hell. Ich kann nur in der Finsternis denken.«

Frèderic rieb sich über die stoppeligen blonden Haare. »Was auch immer, mein Freund«, er sah wieder hinunter auf die Straßen, »was auch immer. Hauptsache, wir machen fette Beute.«

Dominic strich das Papier glatt und las, wie sehr die Absetzung des beliebten Finanzministers Necker beklagt wurde. Necker hatte versucht, dem Adel und der Kirche endlich hohe Steuern abzuverlangen, um die Schulden des Staates einzudämmen und die Belastungen für diejenigen, die eh kaum etwas besaßen, zu reduzieren. Aber der König hatte ihn kurzerhand gefeuert.

*Kein kluger Schachzug. Die aufgebrachte Bevölkerung trägt schon Zorn genug in sich.*

Er überflog Auszüge aus der Rede von einer der lautesten Stimmen unter denen, die nach Veränderung strebten: Camille Desmoulins. Er forderte dazu auf, sich als Erkennungszeichen der Patrioten Kastanienblätter an die Hüte zu stecken.

*Können wir das als Ablenkung nutzen?*

Dominic sah zu Frèderic, der wieder nach unten winkte und lautstark die Schönheit einer Frau pries.

*Jedermann hasst die Adligen, die sich nicht auf die Seite des Dritten Standes begeben haben. Also wird uns niemand hindern, wenn wir mit Kastanienblättern am Hut etwas für das Volk tun.*

»Hör zu: Die Entlassung Neckers ist die Sturmglocke zu einer Bartholomäusnacht der Patrioten!«, trug er laut vor. »Die Bataillone der Schweizer und Deutschen werden uns noch heute den Garaus machen. Nur ein Ausweg bleibt uns: zu den Waffen zu greifen!« Er sah über den Rand der Flugschrift hinweg. »Na? Denkst du, was ich denke?«

»Bravo«, rief Frèderic, der intuitiv die Vorlage erfasst hatte. »Dann sind wir doch heute das *Kommando Necker* und ziehen an seiner Stelle die Steuern vom Adelspack ein.« Er langte nach der Flasche Rotwein, die auf dem Tisch stand, und nahm einen Schluck. »Auf die Nationalversammlung!«

Dominic grinste. »Ruf die Männer zusammen. Und sag ihnen, sie sollen sich Kastanienblätter an den Hut stecken. Heute Nacht sind wir Patrioten!«

»Wie viel Zeit habe ich? Da unten ist soeben die süße Anjanka vorbeigelaufen, und ich …«

»Sofort!«

»Ja, schon gut.« Frèderic warf sich die Jacke über und eilte hinaus.

Draußen fielen erneut Schüsse aus unterschiedlichen Entfernungen. Es rumorte in den Gassen und Straßen, jedermann trachtete nach einer Waffe. Entweder um sich zu verteidigen oder diejenigen anzugreifen, die ihrer Meinung nach Schuld an der Brotmisere trugen.

Den Kampf um das Brot sah Dominic nur als Symptom. Es waren die Folgen einer schlechten Regierungsweise. Mehr als neunzig Prozent der Franzosen gehörten dem Dritten Stand an und hatten bislang kaum Rechte und unendliche Pflichten gehabt.

*Es wird sich bald ändern.*

Er erhob sich und schaute hinaus.

*In der Gosse fließt bald nicht nur die stinkende Kloake, die Paris im Sommer den Geruch einer Jauchegrube verleiht. Sondern Blut.*

Vor einem Jahr hatte er Frèderics Bande getroffen, als er aus der Auvergne nach Paris gereist war. Das Schicksal hatte gewollt, dass sie versucht hatten, ihn auszurauben. Aber er hatte sie einen nach dem anderen niedergeschlagen und war wie durch ein Wunder ihren Kugeln entgangen. Das hatte ihnen derart imponiert, dass sie ihm das Amt des Hauptmanns angetragen hatten. Eigentlich hatte Dominic nach Paris kommen wollen, um sich zu bilden, um Schulen und Universitäten zu besuchen, wenn auch nur nachts. Aber seine Abenteuerlust und die Aussicht auf schnellen Reichtum ließen ihn den Vorschlag der Räuber sofort annehmen.

Die braunen Augen verfolgten einen Schwarm Spatzen, der sich auf einem Dach wie zu einer Beratung niederließ. Ihre tschilpenden Rufe brachten ihn zum Lächeln. Der Himmel hatte sich blutrot gefärbt, der Sonnenuntergang malte die Wolken rosa an.

Von seinem Geheimnis wussten die Männer nichts.

*Wann habe ich den goldenen Ball zum letzten Mal gesehen?*

Dominic vermisste das Taggestirn nicht. Dafür gab ihm die Nacht viel zu viel.

Ganz genau wusste er bis heute nicht, was ihm zugestoßen war.

Nach einem Unfall mit seiner Kutsche war er erwacht – in einem Sarg! Zuerst hatte er geglaubt, als Scheintoter begraben worden zu sein. Wie von Sinnen hatte er getobt und gewütet, damit ihn jemand hörte, aber stattdessen hatte er mit bloßen Fäusten den Sarg zerschlagen und sich wie im Wahn bis an die Oberfläche gegraben. Als er die spitzen, langen Zähne in seinem Mund ertastet hatte, hatte er gewusst, zu was er geworden war: Vampyr.

Seine gute Bildung war schuld, dass er seinen Zustand erfasst hatte. In einem Artikel von Voltaire hatte er von Vampyren gelesen, und den Satz konnte er auswendig.

»Weder in London noch in Paris war von Vampyres die Rede«, murmelte er. »Ich gestehe, dass es in diesen beiden Städten Börsenspekulanten, Händler, Geschäftsleute gibt, die eine Menge Blut aus dem Volk heraussaugen, aber diese Herren sind überhaupt nicht tot, allerdings ziemlich angefault. Diese wahren Sauger wohnen nicht auf Friedhöfen, sondern in wesentlich angenehmeren Palästen.«

Die Worte waren fast zwanzig Jahre alt und trafen noch immer.

Weil Dominic wissen wollte, was Vampyre waren, hatte er alte Zeitschriften gelesen. Früher, in den Dreißigern, waren Vampyre en vogue gewesen. Bis dahin hatte man kaum gewusst, was diese Wesen waren und woher sie kamen. Aber nach dem Vorfall in Medvegia, dem kleinen Serbendörfchen an der Grenze zu den Osmanen, in dem ein Dutzend Untote Jagd auf die Einwohner gemacht hatten, hatte sich die Kunde davon verbreitet. Theologen, Philosophen, Gelehrte jeglicher Art, Kirchenleute, Ärzte – sie hatten ihre Theorien dazu vorgetragen. Dominic sah sich als Beweis, dass es Vampyre gab. Aber er vertraute sich niemandem an.

*Nun gehöre ich selbst dazu. Zu diesem Mythos. Aber ich bin keine erfundene Spukgestalt.*

Er rieb über den klobigen Siegelring am linken Mittelfinger. Sein Erbe würde er nicht mehr antreten können. Nicht als Vampyr.

Seine Kehle fühlte sich trocken an, trocken und heiß. Das übliche Verlangen meldete sich, und diesen unbändigen Drang nach Blut fand Dominic sehr unangenehm.

Er konnte sich nicht beherrschen, mordete und trank den Lebenssaft von Menschen. Tierblut schmeckte ihm nicht. Er hatte es versucht, um Männer, Kinder und Frauen zu schonen. Es hatte nicht funktioniert; dafür wusste er, was er besonders lecker fand: junge Damen, zwischen sechzehn und fünfundzwanzig Jahren. Die brünetten mundeten ihm am besten.

*Ich muss trinken.*

Er hatte Frèderic absichtlich jetzt schon die Männer holen lassen, die in einem kleinen Lager zehn Meilen außerhalb von Paris warteten. Der Durst machte ihn allmählich unruhig, gereizt. Sein Blick fiel auf die Weinflasche. Der Alkohol gab ihm nichts mehr.

Im ersten Jahr seiner neuen Existenz hatte er sich die Frage gestellt, warum ihn der Fluch getroffen hatte, und mit Gott und sämtlichen höheren Mächten gehadert. Aber die Vorteile überwogen seines Erachtens. Mit jeder Nacht war er besser geworden, und er ahnte, dass er den Gipfel seines Könnens noch lange nicht erklommen hatte: schneller, stärker als jeder Mensch und so gut wie lautlos, wenn er sich bemühte. Seine Sinne nahmen wesentlich mehr wahr als früher. Dabei ließ ihn das Gefühl nicht los, dass weitere Gaben in ihm steckten, die er erst entdecken oder erwecken musste.

Dominic sah plötzlich Fackeln, die von allen Seiten durch die Gassen strömten.

*Der Mob hat sich organisiert?*

Er lehnte sich aus dem Fenster und verfolgte den Weg der Menschen. Eine Schlange mit einem schimmernden, leuchtenden Leib wand sich durch das Häusergewirr und hielt auf die Festung zu, die von den Menschen Bastille Saint-Antoine genannt wurde.

Dominic wusste, dass sie einst eine Stadttorburg gewesen war und als Gefängnis diente.

*Vierhundert Jahre alt.*

Vom Fenster aus konnte er einen Blick darauf werfen.

*Saß nicht auch Voltaire darin ein?*

Er fand die Bastille mit ihren acht Zinnentürmchen hübsch und irgendwie herrlich anachronistisch. Ein Bollwerk, umgeben von einem Wassergraben und mit Zugbrücke, das von Häusern mehr oder weniger umschlossen war. Die moderne Bürgerlichkeit rückte der alten Zeit auf die Pelle.

Die Menschen hatten Waffen dabei, immer wieder dröhnten Pistolen- und Musketenschüsse.

*Was haben sie denn vor? Ist es mit der Unruhe schon so weit gediehen, dass sie etwas stürmen wollen?*

Seines Wissens saßen eine Handvoll Insassen darin, von denen keiner politische Ambitionen gezeigt hatte.

Bis Frèderic mit den Männern zurückgekommen wäre, würde er wieder im Zimmer sein. Die Pistolen steckte er in den Gürtel und warf sich die leichte Jacke über, damit nicht jeder die Waffen sah; rasch machte er sich auf.

Unbemerkt trat er aus dem *Moulinette* hinaus auf die Straße und tauchte in den Strom ein. Er wurde zu einem Teil der Schlange und eilte auf die Bastille zu. Aus Neugier und Durst.

***

Sandrine hatte gar nicht mit der Menge ziehen wollen, aber sie suchte verzweifelt nach Anjanka. Auf dem Vorplatz der alten Festung hatte sie die Tenjac aus den Augen verloren, und die Sorge nahm angesichts des Aufruhrs zu.

*Ich hätte sie nicht so anfahren dürfen! Ich Närrin!*

Sie machte sich schwere Vorwürfe, weil ihre Eifersucht den nächsten Streit ausgelöst hatte. Der wievielte es war, wusste sie nicht. Sandrine zählte nicht mehr. Aber der Auslöser ging stets von ihr aus: Sie sah Anjanka mit einem Mann oder einer anderen Frau, und schon wurde sie unausstehlich. Mörderisch.

Obwohl sie um ihre unerschütterliche Liebe wusste, sah sie dennoch in jedem, der sich Anjanka näherte, einen Rivalen, einen Angriff auf ihr vollkommenes Glück, das sie verteidigen wollte und musste. Auf tödliche Art und Weise. Es gab dann keinen klaren Gedanken mehr, nichts konnte Sandrine und die unerklärliche Angst vor dem Verlust beschwichtigen. Aus der Angst wurde rasende Wut auf die Unbekannte oder den Unbekannten, die es wagten, ihre Geliebte für sich einnehmen zu wollen. Nichts hielt Sandrine in diesem Zustand auf. Vier Männer und sieben Frauen hatte sie umgebracht: ausgesaugt und zerfetzt, unsinnig brutal in Stücke gerissen und in die Seine geworfen, damit auch die letzten Reste der Bedrohung weggetrieben wurden.

Danach kam es ihr immer vor, als erwachte sie aus einem fürchterlichen Traum, in dem sie eine gänzlich andere Person gewesen war ...

Sandrine stieß zwei Bürger zur Seite, die ihr nicht schnell genug Platz machten. Sie musste achtgeben, um ihre Kräfte nicht einzusetzen.

*Wie kann ich diese Eifersucht bekämpfen, bevor ich ihr etwas antue? Das könnte ich mir nicht verzeihen!*

Um sie herum schrie und tobte der Mob. Die Parisiens hatten versucht, die Bastille zu erstürmen, waren aber von der Besatzung zurückgeschlagen worden. Seitdem strömten immer mehr Bewaffnete auf den Platz und drängten sich um den Burggraben. Immer wieder feuerten sie sinnlos auf die dicken Mauern, anstatt einen Plan zur Einnahme zu erstellen.

Die Gerüche und der Gestank um Sandrine herum waren zu stark, sie nahm den zarten, lieblichen Duft ihrer Geliebten nicht wahr.

*Sie wird mich doch nicht verlassen haben?*

»Anjanka!«, rief sie voller Schuld und Furcht, ihre Stimme nicht mehr hören zu dürfen. »Es tut mir leid, hörst du? Ich bessere mich!«

Einige der Umstehenden lachten und äfften sie nach.

*Seid still! Ihr habt keine Ahnung, wie es mir ergeht!*

Sandrine schlug dem Mann, der am lautesten lachte, mit der Faust ins Gesicht und brach ihm die Nase; er stürzte bewusstlos nieder. Die Frau, die sie nachgeahmt hatte, bekam ihren Ellbogen gegen die Lippen. Es knirschte, Zähne kullerten auf den Boden.

Bevor man sie packen konnte, hatte Sandrine sich ihren Weg weiter vorangebahnt und schob die Menge mit ihrer überlegenen Körperkraft auseinander.

»Anjanka!«, schrie sie. Mutlosigkeit breitete sich in ihr aus. Dieses Mal fühlte es sich für sie an, als habe die Tenjac sie verlassen. Angedroht hatte sie es mehrfach.

Sandrine kämpfte sich zur Seite durch und setzte sich in einen Hauseingang, stützte den Kopf auf die Hände.

*Wie finde ich sie?*

Sie wünschte sich beinahe wieder zurück ins Gévaudan, trotz der beiden Bestien, denen sie knapp entkommen war.

Im Nachhinein betrachtet, war es die beste Zeit ihres gemeinsamen Lebens gewesen, aber das hatten sie zu Beginn ihrer Reise zu den Deutschen nicht ahnen können.

Sie hatten eine wahre Odyssee hinter sich gebracht, immer auf der Flucht vor Hexenverdächtigungen. Manchmal schien es Sandrine, dass die Leute ihr ansahen, welche Flüche sie zu bringen vermochte. Vielleicht hatten die Deutschen einen besseren Blick dafür. Egal, in welches Grafen- oder Herzogtum oder Königreich sie gekommen waren, länger als ein paar Monate hatten sie nicht an einem Ort verweilen können, bis Männer mit Fackeln vor ihr Haus gekommen waren, um sie zu verjagen. Verzerrte Gesichter, Hass in den Stimmen und die Bereitschaft, die beiden Frauen zu verbrennen, wenn sie nicht freiwillig gingen. Es war schlimmer als in Frankreich gewesen. Rastlos, ruhelos. Dabei hatten sie sich nur nach einem Ort gesehnt, an dem sie bleiben konnten. Gemeinsam.

*Die höheren Mächte haben sich gegen uns verschworen. Was haben wir ihnen getan?*

Sandrines Rettung vor der Verzweiflung war Anjanka gewesen, die sie mit ihrem Leib und ihren Worten, mit ihrer unerschütterlichen Liebe aufgebaut hatte. Aber gleichzeitig nutzte die Tenjac ihre verführerischen Kräfte, um ihnen unbemerkt Blut von den Lebenden beschaffen zu können. Gegen Sandrines Willen.

Vor den deutschen Hexenjägern hatten sie sich zurück ins unruhige Frankreich begeben und waren über Umwege nach Paris gekommen. Sandrine hoffte, in der Anonymität der Großstadt ihrer Arbeit nachgehen zu können, ohne sogleich wieder verjagt zu werden.

Aber wie in Deutschland hatten sie Anjankas Kräfte gebraucht, um keinen Hunger zu leiden. Die ausgebrochenen Aufstände kamen ihnen recht. Sie konnten morden, ohne dass es auffiel. Alles war mehr oder weniger gut gelaufen.

Doch dann hatte sie ihre Geliebte gesehen, wie sie sich mit einem Mann unterhalten hatte ...

Sandrine war sich sicher gewesen, ein gewisses Funkeln in Anjankas Augen zu erkennen, und sie war aus der Haut gefahren, hatte sie angeschrien und die Faust erhoben – da war die Tenjac gegangen. Geflohen. Was auch immer.

*Ich bin eine Idiotin!*

Sie schlug sich gegen den Kopf und wünschte sich, richtig weinen zu können, wie sie es zu Lebzeiten vermocht hatte.

*Ohne sie bin ich nichts.*

Sandrine erhob sich mit viel Schwung und stürzte sich in die Menge, wo Körper sich dicht an dicht drängten. Es wurde nach Soldaten und Kanonen gerufen.

***

Dominic ging nicht mit, weil er neugierig war oder beim Sturm beteiligt sein wollte.

Sein Antrieb war ebenso logisch wie schnöde: Wo es Ausschreitungen gab, kam er unbemerkt an Blut. Entweder würde er in dem Durcheinander Schwerverletzte überwältigen und sie in einer dunklen Gasse aussaugen, oder er würde sich gleich um die Toten kümmern, deren Blut ungenutzt über das Kopfsteinpflaster rann.

*Es sind viele.*

Dominic versuchte, die Anzahl der Menschen zu schätzen, die sich vor der Zugbrücke versammelt hatten.

*Mehrere tausend sind es sicherlich!*

Und er roch es.

Seine feine Nase roch das Blut, das bereits vergossen worden war. Ein Kribbeln breitete sich in ihm aus, sein Gaumen und sein Rachen wurden noch trockener, den Speichel bekam er vor Durst fast nicht mehr hinabgewürgt. Kalter Schweiß brach ihm aus. Er musste den Umstehenden auf die Hälse starren, durch die sein Lebenselixier rauschte.

Der Pöbel schrie und schimpfte auf die Besatzung und gegen den Kommandanten.

*Nicht vor aller Augen!*

Er ballte die Hände zu Fäusten und drückte die langen Nägel ins Fleisch. »Was ist passiert?«, fragte er einen Mann, der die Kleidung eines Schlachters trug. An seinem rechten Arm hatte er einen Streifschuss davongetragen. Dominic musste die Wunde anstieren; das Blut auf dessen Hemd roch nach Tier.

»Das Dreckschwein von Kommandant! Dieser de Launay!«, fluchte der Mann und lud seine Muskete. »Er hat auf uns schießen lassen, als wir in den Hof gerannt sind. Viele sind tot oder verwundet. Die Pechvögel liegen noch immer da drin!«

»Was ist mit der Bastille? Haben sie jemanden von der Nationalversammlung darin eingesperrt?«

»Mir gleich.« Der Metzger hob das Gewehr. »Die habe ich mir besorgt, im Invalidenhaus! Den Königsknechten da drinnen zeige ich es!« Er drückte ab, und die Menschen um ihn herum johlten, auch wenn er keinen der Verteidiger getroffen hatte. »Nieder mit der Bastille Saint-Antoine! Wir wollen Brot!«

»Und die Munition, die darin gelagert ist«, stimmte ein anderer mit ein. »Nieder mit dem König, wenn er uns nichts zu essen zugesteht! Wir wissen, wie wir unser Recht bekommen!«

Dominic hörte von überall die gleichen Parolen. Der Mob war wütend auf die Wärter, die sich erdreistet hatten, auf das Volk zu schießen.

*Mit euren Musketen kommt ihr nicht weit.*

Er rechnete damit, dass Truppen aufmarschieren würden, um die Aufständischen zu vertreiben. Und er hoffte dann auf ein regelrechtes Blutbad.

Er drängelte sich an dem Schlachter vorbei, quer durch die Masse von Menschen auf die erleuchtete Festung zu. Gelegentlich sah er einen Kopf hinter den Zinnen auftauchen und schnell verschwinden, wenn ein Schuss krachte. Im Wassergraben trieben Leichen, an deren Blut er nicht mehr gelangte.

*Verflucht!*

Sein Durst wurde schwerer zu beherrschen. Die Steine, auf denen Dominic lief, waren glitschig vom Lebenssaft der Verwundeten und Toten. Der süßlich-metallische Geruch stieg zu ihm auf, erregte ihn ... Ein roter Schleier legte sich langsam über seine Sicht. Der Kontrollverlust, der Ausbruch der Gier stand unmittelbar bevor.

»Macht Platz!«, herrschte eine Stimme. »Wir bringen Kanonen! Los, zur Seite!«

Die Masse klatschte begeistert, teilte sich und schob auch Dominic mit, der strauchelte und fiel.

Dicht neben sich sah er eine rote Pfütze.

*Das kommt wie gerufen!*

Schnell robbte er dorthin und trank von dem abgestandenen, teils geronnenen Blut. Die Schuhe und Stiefel, die über ihn hinwegtrampelten, missachtete er. Sobald ihn jemand packte und ihm aufhelfen wollte, schüttelte er die Hand knurrend ab. Man ließ ihn gewähren und schien ihn für einen Sterbenden zu halten, der sich im eigenen Blut wälzte.

Die Vertiefung war viel zu schnell ausgetrunken. Das Verlangen brannte noch immer.

*Mehr!*

Dominic sprang auf und warf drei, vier Leute im Getümmel um. Schon hatte er einen am Kragen, da krachte ein Kanonenschuss los.

Der laute Donner brachte ihn zum Fauchen und Zusammenfahren. Sein Schreck rettete dem Mann, den er gepackt hielt, das Leben.

Und noch etwas anderes geschah: Der Wind drehte, und Dominic roch gutes Blut. Formidables Blut! Und der Geruch kam aus der Festung.

*Da muss ich hinein! Ich will es trinken! Dieses und kein anderes!*

Er schleuderte sein ursprüngliches Opfer fort, in den Wassergraben. »Los!«, schrie er. »Nieder mit der Zugbrücke!« Er rannte zu den vier Kanonen, die sie vor der Zugbrücke in Stellung gebracht hatten, und trieb die Lademannschaft an.

Eine zweite Salve wurde abgefeuert, die Kugeln sprengten Stücke aus den Mauern. Jedes Krachen wurde mit Jubel und Beifall begleitet.

»Die weiße Fahne!«, schrie jemand. »Da! Sie schwenken die weiße Fahne!«

Aus einem Fenster hängte ein älterer Mann in Uniform ein Bettlaken. »Wir ergeben uns«, rief er. »Aber wir verlangen freies Geleit.«

»Niemals!«, schrie ein Mann.

»Du hast auf uns schießen lassen, de Launay!«, schrie eine Frau. »Das vergessen wir dir nicht!«

»Lasst ihn doch laufen«, plärrte ein anderer.

*So wird das niemals etwas.*

Dominics Ungeduld und das Verlangen nach dem exquisiten Blut in der Bastille trieben ihn vorwärts. Er riss einem Kanonier die Lunte aus der Hand und feuerte eine Kanone ab, damit der Schuss die Menschen zum Schweigen brachte; dann sprang er auf das Rohr.

»Hört her!«, beschwor er die Meute und war sich bewusst, dass er mit seinem blutbesudelten Hemd und dem kaum gesäuberten Gesicht gruslig aussehen musste. »Seht ihr nicht, dass wir viel zu lange brauchen, bis wir die Mauern eingerissen haben? Bis dahin sind königliche Truppen hier und werden uns alle zu Klump schießen! Einen meiner Freunde hat es zerrissen, und ich trage sein Blut an mir, das nach Vergeltung schreit.« Er zeigte auf die Bastille. »Gewähren wir ihnen den Abzug, nur zum Schein«, sprach er mit gesenkter Stimme, damit man ihn in der

Festung nicht hörte. »Raunt es euren Nachbarn unauffällig zu.« Es wurde still auf dem Platz.

Dominic wandte sich an de Launay. »Wir, die hier Versammelten, haben beschlossen, euch freies Geleit zu gewähren. Als Lohn für eure Einsicht. Das schwöre ich bei meinem Leben und garantiere es im Namen des Magistrats von Paris!«

Daraufhin senkte sich die Zugbrücke.

Die Stille, die herrschte, hatte etwas Ergreifendes und etwas Spannendes. Das Rattern des Mechanismus, das Klirren der Ketten war überlaut zu hören und kehrte als Echo zu den Tausenden vor der Bastille zurück. Rumpelnd setzte die Kante auf dem Stein auf.

»Allez!«, schrie Dominic und zog seine beiden Pistolen. Er rannte los, gefolgt von den Aufständischen.

Trampelnde Schritte brachten die Brücke zum Schwingen, es donnerte wie bei einem Gewitter. Die Masse strömte in die Vorhöfe, in denen sie vorhin die Kugeln von de Launays Mannschaft zu kosten bekommen hatten.

Allen voran stürmte Dominic.

Aber sobald er an die erste Leiche gelangte, endete sein Lauf. Es war eine ältere Frau, die mit dem Gesicht nach unten an der Wand lag, als hätte sie versucht, sich sterbend hinaufzuziehen.

Dominic packte sie und zerrte sie in einen Durchgang, warf sich mit ihr hinter leere Fässer und riss ihr die Kehle auf. Die langen Fangzähne zerschnitten die faltige Haut, und das Blut floss in seinen Mund.

Aber nach einem Schluck ließ er sie fallen.

*Du warst es nicht, die ich gewittert habe!*

Eilig kehrte er in den Vorhof zurück, wurde angerempelt und geschubst, während er über den Toten stand und ihren Geruch einsog. Die gesuchte Witterung drohte zu verschwinden.

»Wo bist du hin?«, sagte er verlangend und hob den Kopf, um mehr riechen zu können. Er wollte *dieses* Blut und kein anderes!

Dann bemerkte er die feine Nuance. Süßer, unvergleichlich und lockend.

Dominic hastete los.

Er schuf sich brutal Platz inmitten der Masse, die unaufhörlich in die Bastille strömte wie Bienen in ihren Stock. Er schlug um sich, nahm im Vorbeigehen einen Prügel auf und teilte aus, wenn es sein musste.

Dabei ging es immer tiefer nach unten, in die unterirdischen Kerker. Endlich war er allein im Leib der Festung. Er hörte, wie der Mob nach oben trampelte.

*Sie werden die Wachen umbringen.*

Dominic hatte die Garantie gegeben und wusste, dass sich niemand daran halten würde. Er witterte den Geruch wieder und schwenkte nach links.

*Sollen sie doch.*

Es war der Duft einer Frau, und sie hatte etwas Einzigartiges, das nur ihm gehören durfte. Er war von dem Gedanken regelrecht besessen.

Fackelschein näherte sich von hinten. Die ersten Aufständischen schwärmten nun in die Tiefe, weil es oben vermutlich keinen Platz mehr für sie gab.

Dominic blieb stehen und drehte sich grollend zu ihnen um. »Sie gehört mir!« Den Ersten packte er im Gesicht und schleuderte ihn so hart gegen die Backsteinwand, dass der Schädel platzte. Dem Zweiten zerschlitzte er mit einem Hieb die Kehle. Die Männer fielen zu seinen Füßen nieder und ergaben sich ihrem Todeskampf. Ihr Blut interessierte ihn nicht.

Er rannte weiter, weil er schon Schritte von weiteren Menschen hörte. »Geht weg!«, schrie er hinter sich. »Hier gibt es nichts, was euch interessiert. Hier sind keine Gefangenen!«

Die Gittertür, die ihm den Weg versperrte, erhielt einen Tritt. Das massive Schloss zerbarst unter der Kraft, der Eingang flog auf.

Dann sah er die Gestalt, die mit einer Laterne in der Hand vor ihm davonlief.

*Mein flüchtiger Duft …*

»Bleib stehen!«, rief er und rannte los. »Ich bringe dich an einen anderen Ort! Ohne die Aufständischen.«

Es dauerte nicht lange, und er hatte sie erreicht. Kein Mensch konnte sich mit seiner Geschwindigkeit messen.

*Brünett*, jauchzte er innerlich und langte in die kastanienfarbenen Haare. Dominic bremste sie. »Hast du mich nicht gehört?« Er drehte sie um und presste sie gegen die Wand.

Ihre Brust hob und senkte sich hastig. Sie war geschätzte zwanzig Jahre, zehn Jahre jünger als er; ihr Gesicht war ebenmäßig, doch nicht übermäßig hübsch.

Aber seinetwegen konnte sie hässlich wie der Tag sein. »Es sind doch die inneren Werte, die das Herz erfreuen, nicht wahr?«, raunte er in ihr rechtes Ohr.

*Eine Jungfrau!*

Das war der Geruch, den er bemerkt hatte! Jungfrauen waren selten und von besonderem Geschmack, den er leider viel zu selten zu kosten bekam. Außer bei Kindern, die jedoch meistens diesen unreifen Beigeschmack hatten von grünem Obst oder nicht lange abgehangenem Fleisch.

Aber eine Jungfrau von ihrem Alter schmeckte wie göttlicher Nektar!

»Wie ist dein Name, Kind?«

»Charlene de Launay«, keuchte sie. Dann stach sie mit einem Messerchen nach ihm. Als Tochter des Kommandanten wusste sie, wohin sie zielen musste. Die Klinge traf ihn in den Bauch, und sie besaß sogar noch die Courage, um es bis zu den Rippen nach oben zu ziehen.

Die Wunde schloss sich jedoch unmittelbar hinter dem Messer.

»Du … bist unverletzt?« Charlene glitt an der Wand entlang,

wollte ihm entkommen. »Dämon«, japste sie und wurde von ihm an der Kehle gepackt.

»Nein, nichts in dieser Art.« Dominic zog sie zu sich und küsste sie leidenschaftlich auf den Mund. Er presste sich gegen sie, klemmte sie zwischen sich und der Mauer ein und spürte ihre Wärme. Die vollen Brüste drückten sich gegen ihn. »Nur ein Mörder.« Er riss ihr das Kleid halb herab, um ihren Leib spüren zu können. »Sei unbesorgt: Du stirbst als Virgo.«

Der Stoff hing herab, Fackelschein beleuchtete die Haut.

Dominic verharrte. Seine Augen hatten die feinen Narben erkannt, die sich auf der Schulter abzeichneten. Mit einem weiteren Ruck entblößte er sie vollständig.

Charlene besaß einen göttlichen Leib, ebenmäßig und begehrenswert – aber er war übersät mit Striemen, mit Linien, mit verheilten Schnitten überall auf der Haut.

*Das habe ich noch nie gesehen. Wer tut so etwas?*

Sie schauderte vor seinem Blick, wagte es jedoch nicht, sich zu bedecken.

Stimmen näherten sich ihnen. Die Aufständischen wollten alles von der Bastille ergründen.

Dominic überwand sein Erstaunen und küsste sie ein weiteres Mal, genoss dabei den süßen Duft, der zwischen ihren Schenkeln emporstieg und nach wahrer Keuschheit roch. Er biss ihr nur ganz leicht in die rechte Brust und leckte den Blutstropfen, der hervorsickerte. Ein Aperitif, ein Vorgeschmack.

Charlene reagierte gänzlich unerwartet: Sie stöhnte auf und fasste in sein Haar.

*Was bist du für eine Frau!?*

Er küsste sie, wanderte das Schlüsselbein hinauf bis zum Hals und zerfleischte ihn. Er trank, trank und trank, bis nichts mehr kam.

*Eine Wonne!*

Er schwankte, rutschte zusammen mit ihr auf den Boden und

hielt ihre Leiche umfangen, als wären sie Liebende. In Wahrheit machte ihn das Blut einer Jungfrau von bestem Alter besoffen vor Glück. Es war überwältigend.

Dominic streichelte ihr Gesicht und schloss ihr sachte die Augen. Dann gab er ihr einen langen, zärtlichen Kuss auf die Lippen. »Charlene, ich danke dir für dieses wunderbare Mahl«, sagte er feierlich zu ihr.

Die Aufständischen hatten zu ihnen aufgeschlossen. Sie umgaben das Paar und schauten fragend auf sie hinab.

»Es ist de Launays Tochter. Sie starb in meinen Armen«, sprach er mit gespielt bebender Stimme. Er legte Schmerz und Wut hinein. »Seht, was ihr Vater diesem holden Wesen angetan hat: Er hielt sie gefangen und folterte sie schlimmer als die ganzen Verbrecher!« Die Menschen um ihn herum tuschelten, die ersten empörten Rufe kamen auf. Dominic zeigte auf den Gang. »Lasst dieses Ungeheuer nicht lebend entkommen! Tod dem Königsdiener!«

Sie machten auf der Stelle kehrt und rannten los.

Dominic legte den Kopf gegen die feuchte Wand, schloss die Lider. Er schwelgte noch, hatte ihren Geschmack im Mund, den er lange Zeit nicht vergessen würde. Nicht vergessen konnte.

*Ach, es ist zu lange her gewesen, dass ich solches Blut trinken durfte.*

Er würde versuchen, so lange wie möglich nichts mehr zu sich zu nehmen, um sich die Erinnerung an sie zu bewahren. Das war er der Virgo schuldig, deren Leben und deren Kraft er sich genommen hatte.

*Beseelt*, dachte er. *»Beseelt« ist der richtige Ausdruck für meinen Zustand. Keine Droge vermag dergleichen auszulösen.*

»Du hast sie umgebracht?«

Dominic öffnete die Augen. Vor ihm stand ein älterer Herr an die Wand gelehnt, die einst vornehme Kleidung war stark in Mitleidenschaft gezogen. Die grauen Haare hatte er zu einem Zopf gebunden.

»Ich mochte sie sehr. Sie war mir eine gute Schülerin«, redete er weiter. »Sie liebte es, ausgepeitscht zu werden. Ganz leicht nur, aber sie wollte Schmerzen spüren, während sie meine Finger in sich hatte.« Er zeigte auf die Narben. »Ja, meine kleine Charlene liebte den süßen Schmerz. Sie hat sich die Schnitte selbst beigebracht, obgleich ich sie vor den Narben warnte.«

Dominic legte die Tote behutsam neben sich und erhob sich. »Euren Namen habe ich nicht verstanden?« Die Art, wie der Mann gesprochen hatte, ließ ihn an einen Adligen glauben. Womöglich ein Insasse und keiner vom Mob.

Der Mann vollführte eine höfisch perfekte Verbeugung. »Man nennt mich den Marquis de Sade.« Er klopfte gegen die Mauer. »Meine Familie zog es vor, mich in dieser Herberge unterbringen zu lassen, nachdem zu verruchte Dinge bekannt wurden. Aber was ist schon verrucht?«

Den Namen hatte Dominic bereits gehört. Es ging um den Beischlaf, um Dinge dabei, wie sie vorher noch keiner betrieben hatte, und um Schmerzen, welche die Lust erhöhen sollten. »Ihr habt keine Angst vor mir, Marquis?«

Er lachte. »Nein. Ich weiß, *was* Ihr seid, Monsieur. Ich machte bereits die Bekanntschaft mit einigen von Eurem Wesen. Und manche von ihnen teilten die Vorliebe für Schmerz.« Bedauernd sah er auf Charlene. »Das gute Kind. Da liegt es. Ausgeblutet.« Sein Blick richtete sich auf Dominic. »Es mundete Euch?«

Dominic war zu erstaunt, um dem Marquis zu antworten. Der Mann beeindruckte ihn durch seine Präsenz und seine abgeklärte Weise.

»Ich habe es auch einmal gekostet. Blut. Aber es verschaffte mir keine Lust. Doch wenn Charlene vor Lustschmerz aufkeuchte und mir die Hand mit ihrem Saft volltropfte, ja, *das* gab mir etwas.« De Sade deutete auf den Gang. »Die Bastille brennt, Monsieur. Was machen wir mit der Mademoiselle? Sie hätte schon ein Begräbnis verdient.«

»Das erledige ich, Marquis«, sagte Dominic endlich, dessen Gedanken sich überschlugen. Ein Mann, der von Vampyren wusste und im Angesicht des leibhaftigen Todes ruhig und geradezu überlegen blieb!

*Er ist ein Geisteskranker. Das stimmt mit Sicherheit.*

Er fand de Sade so faszinierend, dass er beschloss, ihn lebend davonkommen zu lassen. Er musterte ihn. »Was wird aus Euch, Marquis?«

»Ich?« Er verbeugte sich. »Ich kenne ein paar Damen, bei denen ich unterschlüpfen kann. Sowohl im Haus als auch im Bett.« Der Marquis ging mehrere Schritte rückwärts. »Ich hoffe, Ihr lasst mich gehen?«

»Ja. Erzählt niemandem, was Ihr gesehen habt. Ich finde Euch, wenn Ihr es dennoch tut.«

»Wie könnte ich? Man würde es nicht glauben und mir in die Schuhe schieben. Einen Mord möchte ich nicht noch obenauf gepackt bekommen. Außerdem habt ihr de Launay bereits bezichtigt. Er wird seiner gerechten Strafe nicht entkommen. Ich sehe seinen Kopf schon auf dem Spieß durch Paris getragen werden.« De Sade verschwand im Gang.

*Was für ein Mensch! Ich hätte mir seinen Tod nicht verziehen.*

Dominic brach Charlene das Rückgrat sowie das Genick, um zu verhindern, dass sie als Vampyrin zurückkehrte. Danach zog er sie an, so gut es das zerrissene Kleid erlaubte.

*Suchen wir eine Ruhestätte, meine Schöne.*

Er trug sie den Weg zurück, durch die unterirdischen Kerker, die brennende Bastille hinaus über die Zugbrücke und weiter, bis er Paris verlassen hatte. Niemand hielt ihn auf oder stellte Fragen. Menschen, die ihnen begegneten, wichen stumm vor ihm zurück.

Dominic hatte kein Ziel. Wenn er den Ort für Charlene gefunden hatte, würde er ihn erkennen.

Am nebligen Ufer eines kleinen Weihers, den er abseits der

Straße durch die Bäume entdeckte, legte er sie nieder. Aus einem einsamen Ruderboot nahm er einen Riemen und nutzte ihn als Schaufel, mit dem er ihr Grab aushob. Kurz vor Morgengrauen bettete er sie ins Loch.

*Meine Seele ist verloren. Ich hoffe, deine ist es nicht.*

Dominic wollte Erde auf sie schippen. Er zögerte und betrachtete ihr Gesicht ...

Ein Gefühlssturm brach über ihn herein, den er weder aufzuhalten noch zu erklären vermochte. Schuld zwang ihn auf die Knie, Trauer brachte seine Augen zum Brennen, doch die erlösenden Tränen fielen nicht. Es erschien ihm, als wäre es fremdes Empfinden und nicht seins, das ihn packte und erschütterte. Keuchend klammerte er sich an den Holzstiel und musste sich abstützen. Es dauerte lange, bis er sich gefangen hatte.

*Was war das?*

Er sah auf Charlene.

*Kam es von dir? War das deine Rache?*

Schnell füllte er die Grube, arbeitete rasend. Ihr Gesicht verschwand unter dem feuchten Sand. Erst dann stellte sich bei Dominic Erleichterung ein. Er zerbrach sein Werkzeug, legte die Stücke als Kreuz auf die frische Erde und eilte zurück.

Die aufgehende Sonne gewährte ihm keine gemütliche Rückkehr nach Paris. Er musste sich sputen und rannte überschnell zur Stadt zurück.

Doch die Tote ließ seine Gedanken nicht los, obwohl er sich mit dem drohenden Taggestirn im Nacken ernsthafte Sorgen um sein Wohlergehen machen müsste.

*Warum mir ihr Anblick derart viel ausgemacht hat?*

Dominic konnte es nicht erklären. Viele Menschen waren durch ihn gestorben, aber nur bei ihr war er zusammengebrochen, als hätte er eine geliebte Person verloren. Als er durchs Stadttor hetzte, schwor er ihr, ihr Grab regelmäßig zu besuchen. Niemand sonst kam dafür in Frage.

Er stürmte bald darauf ins *Moulinette*, wo ihn ein stocksaurer Frèderic erwartete. »Wo warst du? Die Männer sind unverrichteter Dinge ins Lager zurückgekehrt! Und wie siehst du überhaupt aus?«

»Ich ...« Er sah an sich herab, voller Dreck und Blut. »Ich bin in einen Straßenkampf geraten und ... habe es vergessen«, sagte Dominic und schloss zuerst die Läden, danach die Vorhänge. Er legte sich in sein Bett.

»Wie kann man vergessen, dass ...«

»Morgen, mein Freund. Ich verspreche dir fette Beute.«

Die Sonne erhob sich über Paris, wo letzte Rauchschwaden aus der Bastille gegen den Himmel zogen, und Dominic schlief ein. Charlene de Launay trug er im Herzen. Und auf der Zunge.

## August 1789,
## Frankreich, Paris

Frèderic kam in das Kabuff gestürmt. »Du hattest recht!« Er stellte den Korb mit den Besorgungen auf den Tisch und damit auf die Flugblätter: Rotwein, Rotwein und Rotwein.

»Ich habe sehr oft recht. Gerade wenn ich mit dir streite«, gab Dominic grinsend zurück und schaute von seiner Lektüre auf. Mit dem Fuß stieß er sich vom Boden ab, so dass der Stuhl, auf dem er saß, nach hinten gegen die Wand kippte. »Was genau meinst du?«

»Heute Morgen habe ich gehört, dass eine Hysterie unter den Bauern auf dem Land ausgebrochen ist. Sie nennen es *la grande peur.* Steht das auch in deinen ganzen ... Wischs?«

»Ja. Frankreich brennt.« Er schob die Blätter zusammen, in denen die Erstürmung der Bastille als Fanal für den Kampf um die Freiheit gefeiert wurde. Man habe einen Sieg über die Unterdrückung errungen.

*Lächerlich!*

»Ich kann dir sagen, was es ist: die Angst vor den Machenschaften der Adligen, die verhindern könnten, dass die Nationalversammlung Vorteile für das Volk erringt«, sagte er zu Frèderic und zog das Papier unter dem Korb heraus.

»Das bringt sie dazu, jedes Schlösschen anzugreifen, das sie finden können? Und die Klöster greifen sie gleich mit an.« Sein Freund war unzufrieden. »Siehst du, was sie machen? Sie nutzen *meine* Idee! Wir hätten die Pfaffen ebenso überfallen können. Den Bauern ist es auch gleich, dass die Mönche dem Dritten Stand angehören.«

Dominic konnte ihm nicht widersprechen. »Ich denke, dass es einen anderen Grund hat, warum sie alles niederbrennen.« Er nahm ein gelesenes Blatt und hielt es an die Kerzenflamme, woraufhin es Feuer fing. »Siehst du?«

»Klar, sehe ich. Aber was meinst du?«

»In den Kammern der Schlösser und Klöster liegen viele Dokumente und Urkunden, auf denen die Herrenrechte verbrieft sind. Ohne die Legitimierung wird es für Adel und Klerus schwer, ihre feudalen Rechte aufrechtzuerhalten.«

Frèderic staunte ihn an. »*Das* glaubt du wirklich? Dass ein Bauer so weit denkt?«

»Sie sind arm, nicht dämlich.« Dominic zog seinen Hut auf, an dem ein vertrocknetes Kastanienblatt hing. Er zupfte es ab und warf es auf den Boden. »Ich gehe und suche uns ein nettes kleines Bourgeois-Haus aus. Das Kommando Necker muss losziehen.« Er stand auf, der Stuhl kippte nach vorn.

»Dringend«, stimmte Frèderic zu. »Die Männer murren schon.«

»Lass sie murren. Sie haben schon genug Livres und Gold erbeutet. Wenigstens müssen sie keinen Hunger leiden.« Dominic steckte die Waffen ein. »Sauf nicht alles. Vielleicht brauche ich dich später noch als Bote.« Er trat zur Zimmertür hinaus und verließ die Herberge.

Die Straßen von Paris stanken immer noch. Es fehlte ein reinigender Regen, der die Gossen säuberte und das Blut der Unruhen davonspülte.

Dominic marschierte gelassen durch die Stadt. Er war noch satt von seinem letzten Mahl in der Bastille. Charlenes Lebenssaft, das virginale Blut, hielt lange vor. Zweimal war er an ihrem Grab gewesen und hatte sie besucht. Ohne einen Zusammenbruch wie in jener Nacht.

Auch die Erinnerung an den Marquis de Sade hatte sich in ihm festgebrannt. Danach hatte er einige Erkundigungen über den Mann und seine Schreiben eingezogen, der die Verbindung von Lust und Schmerzen pries. Die beschriebenen Dinge fand Dominic interessant und zerstreuend, teilweise jedoch als vollkommen übertrieben und nicht durchführbar. Für einen normalen Menschen.

*Man merkt, dass er Vampyre kennengelernt hat. Vermutlich hat er mit ihnen gefickt ... oder sie ihn? Haben sie sich die Spiele ausgedacht, die er nun als seine anpreist?*

Er kam an der Bastille vorbei, an der die Abrissarbeiten voranschritten. Sie wurde von unzähligen freiwilligen Arbeitern geschleift, ausradiert. Die Steinblöcke dienten woanders als Baumaterial. So wurde aus dem Bollwerk gegen die Freiheit nun etwas Neues, etwas Besseres, wie verkündet wurde.

Dominic musste den Kopf schütteln.

*Vier Urkundenfälscher, zwei Geisteskranke und de Sade.*

Eine sehr übersichtliche Gefangenenliste. Kein Einziger war durch revolutionäres Gedankengut der Freiheit aufgefallen oder hatte etwas mit der Nationalversammlung zu tun gehabt. Der Pöbel hatte zerstören und Blut sehen wollen. Den fadenscheinigen Vorwand dazu hatten die sieben Gefangenen geliefert.

Kommandant de Launay war wirklich getötet worden, wie Dominic vernommen hatte. Durch den Metzger, mit dem er in jener Nacht kurze Worte gewechselt hatte. Zum Opfer der Massenwut wurden außerdem ein Wachsoldat und Adliger aus den Reihen des Magistrats, der versucht hatte, de Launay das Leben zu bewahren. Unter dem Jubel des Volkes waren ihre abgeschlagenen Köpfe aufgespießt durch die Gassen getragen worden.

*Selbst schuld.*

Dominic sah plötzlich Charlene vor sich, mit ihren Wunden und Malen. Er hörte ihr lustvolles Stöhnen noch immer und hatte ihren Geschmack auf der Zunge. Im gleichen Moment sah er aber auch ihr mit Sand halb bedecktes Gesicht und schauderte.

Er ging an der Festung vorbei, nach Westen und tiefer in die Stadt hinein. Königliche Truppen sah er nicht mehr. Sie waren nach dem Sturm auf die Bastille zurückgezogen worden, was ihn erstaunt hatte.

*Ich hätte gewettet, dass der König seinen Soldaten in Versailles den Befehl zum Einmarsch gibt.*

Aber genau das Gegenteil war geschehen.

Die Nationalversammlung hatte Anerkennung und Schutz durch den König versichert bekommen. Angeblich hatte er sich dazu zwingen lassen, sich das blau-weiß-rote Band seiner Gegner an den Hut zu heften, um seine Billigung der Geschehnisse zu demonstrieren.

*Hätte ich an seiner Stelle nicht getan. Ein schwacher Mensch.*

Dominic schlenderte die Straße entlang und grüßte eine unglaublich hübsche junge Frau im schlichten Gewand einer Magd, die ihn anlächelte und schüchtern zunickte. Eine lange schwarze Lockensträhne war unter der Haube kess hervorgerutscht.

*Ich muss unbedingt wieder ficken.*

Es war schon zu lange her, und vielleicht würde er dabei gleich noch trinken können. Wenn er nicht zu gierig war, konnte er mit Frauen eine Nacht verbringen und ihnen im Schlaf etwas Blut rauben. Er mochte das sehr.

Nur wenn der Durst zu übermächtig war, tötete er. Oder wenn ihm danach war.

Dominic hörte, wie zwei Bürger, die ihn überholten, sich darüber unterhielten, dass die Adligen in Scharen das Land verließen, seitdem der Bruder des Königs Frankreich den Rücken gekehrt hatte.

*Noch mehr Beute für uns*, dachte Dominic. Ein kleines Schlösschen, das er und seine Bande bewohnen könnten, *das* gefiel ihm. Er grinste.

*Wir schützen es vor Dieben und verlangen vom Adligen noch Geld, sobald er zurückkommt. Wenn er nicht zahlt, stecken wir es an.*

Den Vorschlag müsste er mit Frèderic durchsprechen.

Der Anblick der jungen schwarzhaarigen Frau ließ ihn nicht mehr los. Er drehte sich nach ihr um, aber sie war bereits verschwunden.

Dominic sah nicht schlecht aus, und als schüchtern bezeichnete er sich nicht. Er war überzeugt, dass er in dieser Nacht noch die Gelegenheit bekommen würde, eine Frau zu nehmen.

*Ich könnte das Angenehme mit dem Nützlichen verbinden.*

Er beschleunigte seine Schritte, bis er das Villenviertel erreicht hatte. Die Anwesen hatten sich in kleine Festungen verwandelt, vor vielen der großen Häuser standen Bewaffnete der Miliz, die im Namen des neuen Pariser Bürgermeisters Bailly dafür sorgten, dass es keine weiteren Übergriffe mehr geben sollte.

Dominic wurde von den Männern kaum beachtet. Sie unterhielten sich, die Musketen waren an die Wände gelehnt oder auf dem Boden abgelegt. Nicht wenige hatten auf den Stufen vor sich ihr Essen und Getränke ausgebreitet. Manche machten ein Picknick aus ihrer Wachaufgabe, bei anderen sah es aus, als hätten sie die Bewohner unter Arrest gestellt.

Unvermittelt hatte er das Gefühl, dass sich Blicke in seinen Nacken bohrten.

Schnell wandte er sich um – doch er sah niemanden. Die Milizionäre schauten immer noch nicht zu ihm. Sie konnten es nicht gewesen sein.

*Eigentlich kann ich mich auf mein Gespür verlassen.*

Das Vampyrische hatte seine Sinne geschärft. Wenn er den Eindruck gehabt hatte, jemand würde ihn anstarren, dann war dem so gewesen.

*Es hat mich selten getrogen.*

Er sog prüfend die Luft ein.

*Hm ... nichts Ungewöhnliches.*

Dominic sah sich ganz genau um, ohne eine verdächtige Gestalt zu bemerken. Daher setzte er seinen Weg fort, immer der breiten Straße nach. Anscheinend hatte ihn sein Gespür doch getäuscht.

Eine Sänfte, die von zwei Männern getragen wurde, kam ihm entgegen, zwei Bewaffnete eskortierten sie. Auf der kleinen Ablage stapelten sich Kartons, die nach den Einkäufen einer Dame aussahen.

*Ah, endlich! Sie führen mich dahin, wo es was zu holen gibt!*

Mit einigem Abstand folgte Dominic der Sänfte.

Als sie vor einem beeindruckend feudalen Haus mit Säulen, Freitreppe und Malerei an den Wänden anhielten, stand er wie aus dem Nichts neben der Tür und öffnete sie für die Frau, bevor einer der Träger oder Bewaffneten sich gerührt hatte. Haus und Frau wollte er zu seiner Beute machen.

*Habe ich sie für mich eingenommen, wird es ein leichtes Spiel, sie um ihr Hab und Gut zu bringen. Im Liebesrausch verraten Weiber ihre größten Geheimnisse.*

Er wusste, wie man Frauen in diesen Rausch versetzte. »Madame«, sagte er freundlich und zog den Hut, verneigte sich dabei tief. »Erlaubt mir, das ich Euch die Tür und mein Herz öffne.«

*Hoffentlich sieht die Dame einigermaßen gut aus.*

Schwarzbehandschuhte Finger reckten sich ihm entgegen,

das verlebte Gesicht einer Frau um die vierzig erschien. Sie trug ein schwarzes Kleid und ein Hütchen mit einem schwarzen Schleier. Trotz ihres Trauerflors sah sie ihn überrascht und durchaus interessiert an.

Sie erhob sich und stieg aus ihrem Gefährt. Dabei hielt sie einen der Bewacher mit einer knappen Anweisung davon ab, den unerwarteten Galan wegzudrängen. Dominic atmete auf: Eine jugendliche Figur hatte sie sich immerhin erhalten. »Mit wem habe ich das Vergnügen?«

Er lächelte und hauchte ihr einen Kuss auf den Handschuh.

*Wenn ich das Licht ausmache, wird es gehen.*

»Marquis Dominic ...« Er stockte kurz. »De Marat. Dominic de Marat, Madame. Zu Euren Diensten.« Wieder verbeugte er sich tief.

»Ihr seid aber nicht zufällig verwandt mit diesem furchtbaren Marat, der diese Zeitung herausgibt?« Der Ausdruck ihrer blauen Augen wurde abweisend.

Dominic verfluchte den Umstand, dass er viel las. *Deswegen* war er auf seinen erfundenen Nachnamen gekommen. Aber er entnahm ihrer Frage, dass sie die Vorgänge rund um den Aufstand des Volkes hasste. Somit wusste er, wie er sich sympathisch machen konnte.

»Nein, Madame. Au contraire! Wegen dieses Mannes habe ich ständig die schlimmsten Händel. Bei Gott, ich wünsche ihn zum Teufel! Ihn und all diejenigen, welche den König zu entmachten suchen.« Er strahlte sie gewinnend an. »Man kann sich seinen Namen leider nicht aussuchen. Und Ihr seid?«

Sie entspannte sich. »Ich bin Marie de Flesselles.«

Dominic wusste sofort, wer sie war: die Witwe des Mannes, der versucht hatte, Kommandant de Launay vor dem Tod zu retten, und dabei sein eigenes Leben verloren hatte.

*Ausgezeichnet! Damit kann ich alle Register ziehen.*

Er kniete sich vor ihr nieder, immer noch ihre Hand haltend.

»Madame, Euer Mann ist für mich ein Held, ein Märtyrer unseres Standes! Was er versucht hat, war tausendmal wertvoller als der Tod eines Soldaten auf dem Schlachtfeld.«

Sie nickte und bat ihn aufzustehen. »Marquis, Ihr sprecht mir aus der Seele. Sagt, was führt einen Adligen zu diesen Zeiten nach Paris, wo doch alles von Rang und Namen flüchtet?«

»Im Vertrauen: Ich weiß, wo mein Platz ist, und möchte bereit sein, um dem König beizustehen, sofern er meine Hilfe benötigt«, sagte er mit Pathos in der Stimme. Er nahm den Blick nicht von ihr und versuchte, ihr Denken zu beeinflussen; gelegentlich gelang ihm das Kunststück bei Menschen, ohne dass er genau wusste, wie.

*Nicht zu dick auftragen, sonst riecht sie den Braten.*

»Bravo! Bravo, mein junger, tapferer Marquis!« Sie hielt ihren Arm auffordernd hin, und er hakte sich ein. »Kommt und seid mein Gast.«

»Das ist zu freundlich von Euch.« Innerlich jubelte er. Er würde forscher vorgehen. Madame Flesselles schien ein leichtes Opfer zu sein.

*Mal sehen, was sie mir an Vergünstigungen heute schon bewilligt. Ich muss es nur vorbereiten.*

»Meine Herberge ist mehr als bescheiden zu nennen. Wer vom Wirt und von den anderen Gästen nicht bespuckt wird, sobald sich herumspricht, dass man adlig ist, kann von Glück reden.«

»*So* ergeht es Euch?« De Flesselles sah ihn entrüstet an. »Wisst Ihr was, Marquis? Ihr bleibt bei mir.« Als er zum Schein versuchte, ihr Angebot abzulehnen, hob sie Hand. »Ah, ah, ah! Nein. Ich lasse nicht zu, dass Ihr mir diese Geste der Freundschaft und der Zusammengehörigkeit verweigern wollt.«

Sie schritten zusammen die Treppe hinauf, wo ein Diener bereits wartete; zwei weitere Livrierte eilten an ihnen vorbei und sammelten die Päckchen von der Sänfte.

*So gut ist es bislang noch niemals gelaufen.*

Dominic betrat die Stadtvilla und musste so breit grinsen, dass er Angst hatte, man sähe ihm seine Gedanken an: Prunk, Lüster und Leuchter, Gemälde und Bilder, wertvolle Teppiche und Läufer. An einer Wand hing eine stattliche Sammlung von venezianischen Masken, auf denen Edelsteine funkelten.

*Das ist das Paradies! Wir müssen mindestens zweimal rein, um alles mitnehmen zu können!*

Es roch nach aromatisiertem Puder und Lavendelöl; von irgendwo aus dem Haus erklangen ein Cello und ein Cembalo.

De Flesselles gab einem Bediensteten einen Wink, und er eilte die Treppe hinauf. Sie führte Dominic nach rechts durch eine große Tür in einen dunkel getäftelten Raum, in dem es intensiv nach kaltem Tabakrauch roch. In der hinteren Ecke stand ein Billardtisch, in einem verschlossenen Glasschrank reihten sich die Flaschen von exquisiten Brandys, Cognacs und Whiskeys aneinander, darunter kamen die Liköre.

Die große Wanduhr schlug zuerst vier-, dann neunmal.

»Ich würde sagen, es ist Zeit für einen guten Tropfen«, sagte De Flesselles und zog einen Schlüssel aus ihrer Tasche. Sie reichte ihn einem der Diener, der daraufhin zum Schrank ging und ihn öffnete.

»Was darf es für Euch sein, Marquis?«

*Sie will mich abfüllen. Sie kommt schnell zur Sache.*

»Ich nehme das, was Ihr trinkt, Madame«, antwortete er, um sich keine Blöße zu geben.

»Ah, Ihr mögt Likör?«, sagte sie erstaunt. »Wie ungewöhnlich für einen Mann.«

Dominic lächelte. »Madame, das fällt mir leicht: Ihr habt einen auserlesenen Geschmack. Ich vertraue darauf.«

Sie lachte und berührte seine Schulter. »Ihr nehmt mir meinen Schmerz. Dafür danke ich Euch, Marquis.«

*Ich weiß, was du möchtest.*

Dominic nahm ihre Hand und küsste sie. Lange. »Ihr seid zu

freundlich. Der Kummer möge sich von mir vertreiben lassen.« Er sah sie an und lächelte verführerisch.

Die Eingangstür öffnete sich unerwartet, und zwei Frauen in Dominics Alter traten ein. Eine war brünett, die andere hatte blonde Haare, beide trugen schwarze Kleider. Sie deuteten einen Knicks an. »Maman«, sagten sie gleichzeitig und betrachteten Dominic neugierig.

»Das sind meine Töchter, Marquis: Isabelle und Isabeaux«, stellte de Flesselles vor. »Ihr habt sie musizieren hören, als wir hereinkamen. Sie sind sehr fingerfertig.«

Die beiden jungen Frauen verneigten sich wieder und kicherten, präsentierten ihre Dekolletés.

*Ja, ich bin im Paradies!*

Dominic verbeugte sich. Er würde sich Zeit mit dem Ausrauben lassen. Erst musste er noch andere Schätze ernten.

***

# KAPITEL II

Dezember 1789,
Frankreich, Paris

Dominic fuhr mit Mittel- und Zeigefinger über Isabelles Venushügel, glitt tiefer hinab und streichelte sachte ihre Perle. Er lächelte, als er sie vor Erregung nach Luft ringen hörte. Die Feuchtigkeit an seinen Fingern sprach Bände. Sie hatten noch keine drei Minuten miteinander verbracht, und sie war schon bereit für seinen Steifen.

Isabelle war die zurückhaltendere der Schwestern, hingebungsvoll und zahm, die jedoch auf leiseste Andeutungen und Bewegungen reagierte und aus freien Stücken vieles mitmachte. Devot und eine dankbare, unersättliche Anhängerin von Marquis de Sades Praktiken, wenn es um Schmerz und Lust ging.

Dominic kniete hinter ihr, betrachtete ihren wunderbaren, vollen Po und versetzte ihr mit der Kordel des Himmelbetts einen kräftigen Hieb auf die rechte Backe, die schon gerötet war.

Isabelle stöhnte auf und drückte sich ihm entgegen. Seine Finger glitten in sie hinein, und das Stöhnen wurde lauter.

Er schlug wieder zu und bewegte die andere Hand dabei vor und zurück, während die Lust ihr die Nässe an der Innenseite der Schenkel herablaufen ließ.

Dominic wollte sie. Er setzte seinen Harten an ihre pralle, feuchte Weiblichkeit und führte ihn bis zur Hälfte ein, dann verpasste er ihr eine kleine Reihe von Schlägen, so dass sie sich von selbst vor- und zurückbewegte. Ihr Keuchen wurde lauter, das Kreisen der Hüfte stärker.

*Durst.*

Er drückte seine Nägel an ihre Schulterblätter und ließ sie spitz und scharf werden, dann zog er sie über die Haut. Lange rote Striemen wurden sichtbar, hier und da quoll ein wenig Blut hervor, das er sofort ableckte. Der warme Lebenssaft schmeckte wundervoll. Isabelles Rausch der Geilheit steckte im Blut, veredelte es. Ein Vorgeschmack auf das, was er sich später in kleineren Schlucken nehmen würde. Vielleicht. Aber erst wollte er es ihr besorgen!

*Komm her!*

Dominic packte ihr Becken mit beiden Händen und rammte sein Ding in sie, drückte ihren Oberkörper hart nach unten.

Sie reckte ihr Hinterteil noch weiter nach oben. »Schlag mich«, ächzte sie, ihre Hände krallten sich in die Laken. »Dominic, bitte ...!«

Stattdessen stieß er noch fester und härter zu, ohne ihr Betteln zu erfüllen. »Ich bestimme, was ich tue«, raunte er und hörte, dass sie auf den Gipfel der Ekstase zusteuerte. Er ließ alle Zurückhaltung fallen und kam wenige Sekunden darauf.

Isabelle stieß einen Schrei aus, den sie im Kissen erstickte. Sie presste sich mit aller Macht gegen ihn und stöhnte, während sein Harter seinen Samen zuckend in sie pumpte. Erschöpft sanken sie beide zur Seite, schwer atmend lagen sie nebeneinander.

Er zog sich aus ihr zurück und küsste ihre Apfelbrüste, naschte von dem Schweiß, der als Tröpfchen überall auf ihrer Haut stand. »Das nächste Mal lehre ich dich mehr von Monsieur de Sade«, raunte er ihr zu, und sie drückte ihm einen leidenschaftlichen Kuss auf die Lippen. Er leckte über ihre Zunge und richtete sich auf, als sie nachsetzen wollte. »Das reicht, Mademoiselle!«, sagte er spielerisch drohend. »Es gibt bestimmt bald Abendbrot, und wir wollen doch nicht zu spät kommen.«

»Wollen wir nicht?«, erwiderte Isabelle enttäuscht und strich über seine nackte Brust.

»Wir haben noch so viele Nächte«, antwortete er und gab ihr einen zarten Kuss auf die Hand. »Ich muss mich fertigmachen, ma chère.« Dominic stand auf und ging zur Tür, warf sich den Hausmantel über. »Bis gleich.«

Er ging über den Korridor zu seinem Zimmer, wo er sich wusch und ankleidete. *Isabeaux kommt in letzter Zeit zu kurz*, dachte er dabei versonnen.

Sie war das Gegenteil von ihrer Schwester. Isabeaux dominierte, übernahm beim Liebesspiel die Führung. Sie mochte es, in andere Rollen zu schlüpfen, und nutzte dabei gerne eine der kostbaren Masken, die sie von der Wand in der Empfangshalle nahm. Sie wollte erobert werden, leistete Gegenwehr und hatte ihn schon zweimal gebissen. Fest gebissen.

*Kleines Biest. Und dabei kann sie so unschuldig schauen.*

Isabeaux liebte es außerdem, es an den verschiedensten Orten zu treiben: mal im Theater in der Loge, mal in der Kutsche, mal in einer Hausecke – und dann geschah es auch, dass sie ihn nach zwei Stößen einfach von sich warf und keine Lust mehr hatte. Scheinbar. Das reizte ihn noch mehr, und das Spiel begann von vorne.

*Verrückt. Verrückt, aber verdorbener und talentierter als jede Hure, die ich schon hatte!*

Er rieb sich über Schulter und Oberarm.

*Wie gut, dass Wunden bei mir gleich verheilen.*

Dominic hatte sehr rasch verstanden, dass die beiden jungen Mademoiselles Erfahrungen gesammelt hatten, die Männern den Kopf verdrehten. Bei ihm schafften sie es zumindest. Er war nicht in sie verliebt, aber er nahm sie eben gern auf die unterschiedlichsten Arten und Weisen. Auch wenn ihm die Mutter Avancen machte, hatte er es bisher vermeiden können, mit ihr das Bett teilen zu müssen.

*Voilà le Marquis de Marat.*

Er prüfte den Sitz der Kleidung, rückte das Halstuch zurecht und ging hinunter ins Esszimmer.

Der Tisch war bereits gedeckt, Isabeaux und Marie saßen an der Tafel. Allerdings waren sie nicht alleine. Zwei weitere Adlige in prächtigen Roben und eine Dame leisteten ihnen Gesellschaft, plauderten und lachten leise miteinander. Dominics Begeisterung hielt sich in Grenzen.

*Besuch? Habe ich ihn vergessen, oder sollte es eine Überraschung sein?*

»Da ist er ja«, rief Marie entzückt und deutete auf den Eingang. »Meine Herren Marquis und meine liebe Comtesse: Marquis Dominic de Marat.«

Die perückengezierten Köpfe wandten sich zu ihm um. Isabeaux nutzte die Gelegenheit, um ihm unbemerkt von den Gästen zuzuzwinkern.

»Enchanté.« Dominic vollführte eine höfische Verbeugung und setzte sich dann an Maries Seite, die an einem Ende des langen Tisches Platz genommen hatte; neben ihm befand sich Isabeaux.

*Was wird das? Nein, die alte Schnepfe hat mir wirklich nicht gesagt, dass wir Gäste bekommen.*

»Das, mein lieber junger Marquis, sind Freunde, die sich wie wir der royalen Sache verpflichtet sehen«, begann Marie die Erklärung und zeigte der Reihe nach auf sie. »Die Comtesse de Winter, der Marquis de Savoy und Marquis de Raton.« Die Diener schenkten Wein in die hohen, schweren Kristallgläser, die Dominic im Geiste schon bei sich stehen sah. In seinem eigenen Anwesen.

*Die werden sich gut bei mir machen. Passen ausgezeichnet auf den Kaminsims.*

Er hatte Frèderic und die Bande ein Schlösschen besetzen lassen und die Dienerschaft einfach übernommen. Damit waren seine Männer beschäftigt. Aber sie wollten endlich wissen, wo sich ihr Anführer herumtrieb. Das Vertrösten würde nicht mehr lange fruchten. »So, sind das die Herrschaften?«, sagte er unverbindlich, hob sein Glas und brachte einen Toast auf den König aus, in den alle einstimmten. »Mögen die Köpfe dieser schrecklichen Revolution fallen!«

*Hauptsache, mein Kopf ist nicht dabei.*

Man trank gemeinsam.

Dominic spürte plötzlich eine Hand in seinem Schritt. Er musste nicht nach unten sehen, sondern wusste, dass es Isabeaux war.

*Sie hat Lust auf Nervenkitzel.*

Er beugte sich zu ihr. »Eifersüchtig?«

»Nein«, flüsterte sie zurück. »Nur geil auf Euch, Monsieur.«

Er grinste und ließ seine Serviette so fallen, dass ihre Hand verborgen wurde. »Ich habe gehört«, sprach er laut, »dass die Nationalversammlung sogenannte Menschen- und Bürgerrechte verkündet hat.«

»Sie sagen einen solchen Unfug! Beispielsweise, dass die Menschen von Geburt an gleich sind und bleiben. Auch vor dem Recht!«, echauffierte sich die Comtesse. »Man stelle sich das vor: *Ich* und die räudigen Bettler auf der Straße sollen *gleich* sein?« Sie legte eine Hand an ihr funkelndes Collier, das um ihren Hals hing. »Wie das?«

*Das Schmuckstück würde sich auch an Isabeaux' Hals gut machen. Ich kenne manche Bettler, die mehr wert sind als du.*

Dominic lächelte sie an, als stimme er ihr zu, und spürte, wie sein Glied unter den geschickten, reibenden Bewegungen seiner Gespielin hart wurde. Er tat unbeteiligt, und aus den Augenwinkeln sah er, wie sich Isabeaux auf die Unterlippe biss und lächelte. Er ahnte, was sie sich vorstellte.

*Ich werde herausfinden, wann die drei abreisen, und Frèderic auf sie ansetzen. Der Überfall wird den Männern guttun. Dann geben sie wieder Ruhe.*

»Siebzehn schwachsinnige Artikel haben sie verabschiedet, schon vor einigen Monaten. Dass sie Ludwig gezwungen haben, diese unsinnigen Worte anzuerkennen, ist widerlich. Gegen das göttliche Gesetz«, sagte de Raton und trank von seinem Wein. Seine fleischige Nase war gerötet, was für häufigen Genuss von Alkohol sprach. »Der König sollte die flandrischen Söldnerhunde auf die Verrückten hetzen und sie erschießen lassen. Danach müsste er Paris wieder unter seine Kontrolle bringen, anstatt es diesem Magistrat zu überlassen. Und die Miliz bringt nichts! *Überhaupt nichts!* Es sind überall Wegelagerer unterwegs, die nur auf friedliche Menschen wie uns warten, um sie zu überfallen und das Geschmeide zu stehlen.«

*Damit sie sich überteuertes Brot kaufen können*, fügte Dominic in Gedanken hinzu. Er starrte den Adligen an. Er verabscheute dieses herablassende, arrogante Gedankengut, aber offen stellte er sich nicht dagegen. *Nicht in diesem Haus, nicht zu dieser Stunde.*

»Was ist, mon Seigneur?« De Raton hatte seinen finsteren Blick bemerkt und langte sich schützend an den Hals. »Ihr blickt mich an, als würdet Ihr mich gleich anfallen und zerreißen wollen?«

Dominic senkte die Augen. »Verzeiht mir. Ich habe für meine Rolle als Marat geübt.« Er atmete ein, als Isabeaux mit dem Daumen über die Eichel rieb. Obwohl Stoff dazwischenlag, wirkte es sehr stimulierend.

*Ich schwöre, dass ich sie gleich nehme, wenn sie nicht ...*

»Ihr wollt ein Schauspiel abhalten?«, rief Marie. »Mon dieu! Um Marat?«

»Ja. Es lag nahe, wenn ich schon einen fast gleichen Namen trage. Doch sehe ich mich als ein edleres Spiegelbild«, gab er zurück. »Ich denke, es wird ein Monolog über die Gewalt, die das Volk im Namen der Freiheit ausübt, und dass es schlimmer werden wird. Aber am Ende«, er hob den Zeigefinger und lächelte, »lasse ich ihn sterben. Ich denke, er wird in der Badewanne erstochen. Von einer ehemaligen Geliebten. Dann hat seine Schmiererei im *Ami du peuple* ein für alle Mal ein Ende.«

*Da habe ich mich noch mal gut rauslaviert.*

Die Comtesse klatschte begeistert. »Das ist sehr mutig. Wo wollt Ihr es spielen?«

»Und für wen?«, hängte de Savoy sofort an.

»Vor dem König und seinem Hofe«, log Dominic mit größer werdendem Spaß an der Sache. Jetzt wollte er vor diesen Leuten richtig angeben, so dass er in ihrer Bewunderung stieg. Es war so einfach, Eindruck zu schinden. »Es soll seiner Erheiterung dienen, nachdem der Pöbel ihn gezwungen hat, nach Paris zu kommen. Ich lade natürlich auch die Nationalversammlung dazu ein. Die Audienz ist in einem Monat. Alles ist arrangiert.«

Nun staunten ihn alle an. Isabeaux hörte kurz auf, sich mit seinem Harten zu beschäftigen.

*Sie glauben es! Sie glauben mir alles, was ich sage!*

»Mein Gott!«, stieß Marie hervor und fasste begeistert seine Linke. »Comte, dass wir uns begegnet sind, das ist Schicksal! Ihr werdet mich dem König doch als seine treue Dienerin anpreisen?«

»Wie könnte ich nicht?« Dominic schluckte und tat so, als wische er einen Krümel vom Schoß; dabei hielt er Isabeaux' Hand fest. Ein wenig Streicheln mehr, und er würde sich gleich in die Hose ergießen.

*Du kleines Dreckstück hast mich heiß gemacht. Du bist fällig.*

Sie grinste ihn böse an, zog den Arm langsam zurück und saß brav wie die Unschuld an ihrem Platz.

»Euch alle, Herrschaften, werde ich nennen«, sagte Dominic generös.

Marie winkte einen Bediensteten heran und ließ nach Isabelle schicken. »Wir fangen ohne sie an. Ich habe Hunger, und wer weiß: Plötzlich stehen die Horden in meinem Haus und rauben uns das Essen!« Sie erntete leises, vornehmes Gelächter.

»Nein, das lasse ich nicht zu, Madame«, sagte Dominic todernst.

*Jedenfalls nicht die wertvollen Dinge. Die werde ich verteidigen. Das Brot und dich können sie mitnehmen.*

Sie lächelte ihm verzückt zu. »Ach, Euch schickte mir der Himmel. Am liebsten würde ich Euch meine beiden Töchter zur Frau geben, damit Ihr in meiner Nähe bleibt.«

»Ich denke«, sagte Isabeaux und legte ihre Hand auf seinen Arm, »*mir* gebührte als Ältere der Anspruch auf ihn.« Sie küsste ihn auf die Wange. »Ich würde nicht nein sagen, mon Seigneur.«

Die Gäste lachten erneut und bekamen nicht mit, wie ihre Hand erneut unter den Tisch rutschte und nach seinem Glied tastete.

Dominic erwiderte ihr Lächeln. »Wir werden sehen. Ich bin mittellos, Madame.«

»Na, seid nicht so bescheiden. Ich weiß, dass Ihr alles geben würdet, um eine Frau zufriedenzustellen«, neckte Isabeaux ihn; dabei streichelte sie druckvoller.

Er hatte das Gefühl, dass sein Ding gleich vor Lust platzen würde. Ihr Parfüm wehte zu ihm herüber, mischte sich mit ihrem Eigengeruch. Auch sie war hochgradig erregt.

*Wenn sie nicht gleich damit aufhört, nehme ich sie am Tisch!*

»Außerdem werdet Ihr vor Seiner Majestät spielen«, warf Marie ein. »Wer weiß, wo Ihr am Hof landen werdet, Marquis.«

Isabeaux ließ es nicht sein. Ihre Fingerfertigkeit, wie es Marie genannt hatte, vollbrachte Wundervolles und Unwiderstehliches.

Dominic konnte sich nicht länger beherrschen und stand auf, verdeckte mit der Serviette nonchalant seine Erektion.

*Du wolltest es so!*

»Mir fällt gerade ein, dass ich Isabeaux noch etwas schuldig bin. Es ist unverzeihlich, dass ich sie habe warten lassen. Mit der Erlaubnis der Versammelten möchte ich den Fauxpas unverzüglich gutmachen, sonst kann ich das Essen nicht genießen.« Er berührte sie an der Schulter und zwang sie mit leichtem Druck aufzustehen. »Wir sind sofort zurück. Entschuldigt uns bitte.« Er ließ Isabeaux den Vortritt und ging zusammen mit ihr hinaus ins Billardzimmer.

Kaum schlossen sich die Türen, packte er sie im Nacken und drehte sie um, die andere Hand fuhr unter die Röcke, berührte ihre Spalte. Das Spiel mit seinem Harten hatte sie feucht gemacht. »Du ...«

»Na? Habe ich dir Freude bereitet?« Isabeaux wand sich aus seinem Griff und lief hinter den Billardtisch. »Oder willst du mehr? Willst du in mich?«

Dominic folgte ihr, sein Herz schlug schnell. *»Du* willst *mich* in *dir«*, verbesserte er und folgte ihr ohne Eile. Er genoss die Jagd und roch dabei an den Fingern, an denen ihr Saft haftete. Eine vorzügliche Witterung.

Sie wich ihm aus. »Denkst du das?«

»Wir haben nicht viel Zeit«, sagte er erregt.

*Ich werde es dir besorgen, kleines Biest!*

Isabeaux leckte sich über die Lippen. »Dann musst du dich beeilen, mich zu fangen.« Sie lachte und öffnete das Mieder ein wenig, ließ ihre Brüste aufblitzen. »Willst du sie küssen?« Dann raffte sie den Rock hoch und zeigte ihre Weiblichkeit, auf der ein leichter Flaum wuchs. »Oder sie? Oder soll ich dir deinen ...«

*Du sollst mich spüren! Jetzt!*

Dominic tat etwas, was er noch niemals getan hatte. Er nutzte seine vampyrische Kraft, um schneller zu sein, als sie reagieren konnte. Innerhalb eines Lidschlags lag sie auf dem Billardtisch. Er hob ihre Beine an, riss die Hose herunter und schob seinen Steifen in sie hinein. »Du kannst mir nicht entkommen.«

*Sie fühlt sich so gut an!*

Isabeaux stöhnte und starrte ihn gleichzeitig erschrocken an. Die Lust mischte sich mit Überraschung, sie wusste nicht, wie er es gemacht hatte. Doch nach vier Stößen war die Verwunderung gegangen, und sie keuchte erregt.

»Heute spielen wir nach meinen Regeln.« Er streifte ihr Kleid leicht herab und presste ihre nackten Brüste, zog an ihren Brustwarzen und küsste sie leidenschaftlich. Er ließ nicht zu, dass sie ihn wegstieß, sondern fickte sie mit triebhafter Leidenschaft. Ihre leisen Lustschreie erstickte er mit seinen Küssen. Kurz bevor er kam, zog er seinen feuchten Steifen heraus und ergoss sich zwischen ihre Schenkel auf ihren Venushügel.

»Das hast du davon«, sagte er atemlos und wischte sich den Schweiß mit ihrem Rocksaum von der Stirn. »Ich musste dich einfach nehmen.«

»Das ... wie .. hast du ...« Isabeaux konnte es nicht fassen, was ihr geschehen war. Sie langte nach seinem Samen. Ein Tropfen schimmerte zwischen Daumen und Zeigefinger, und sie leckte ihn ab. Den Rest wischte sie mit einem Taschentuch weg, das sie aus dem Ärmel zog; der Stoff landete auf dem Boden. »Ich habe keinen Menschen kennengelernt, der das ...«

»Die Liebe beflügelt«, gab er grinsend zurück. Dominic fühlte sich großartig und half ihr vom Billardtisch. »Sollten wir gefragt werden, was wir getan haben, sag, dass ich dir einen Kunststoß gezeigt habe.«

»Diesen Kunststoß sollten wir öfter üben«, sagte sie lächelnd. In ihren Augen konnte er die Verwunderung ablesen. Er hielt das, was er getan hatte, plötzlich nicht mehr für einen guten Einfall. Sie ahnte, dass es nichts Natürliches war. Und genau das reizte eine Frau wie Isabeaux.

Sie kehrten zur Gesellschaft zurück.

Isabelle war inzwischen erschienen. Ihre geröteten Wangen stammten nicht von getöntem Puder. Er konnte riechen, wie sehr sie immer noch erregt von ihrem Liebesspiel im Schlafzimmer war. »Wo wart ihr denn? Maman sagte, dass es noch etwas Unaufschiebbares zu erledigen gegeben hätte?«

»Ein Kunststoß«, sagte Isabeaux gönnerhaft und so betont, dass alle am Tisch wussten, was sie getrieben hatte. »Dominic ist sehr gut im Umgang mit dem Queue.«

Dominic zauberte ein geheimnisvolles Lächeln auf sein Gesicht. »Es macht mir unbeschreiblichen Spaß, das perfekte Spiel zu bieten.«

»Und das tut Ihr«, fügte Isabelle anerkennend hinzu und senkte dabei leicht den Kopf.

Das Mahl wurde eingenommen. Das Gespräch drehte sich inzwischen um die bevorstehende Enteignung der Kirche.

»Man sagt, so wollten sie die Staatsfinanzen sanieren«, sagte de Savoy mit einer gewissen Schadenfreude. »Es trifft somit auch diejenigen, die angeblich so gut mit Gott stehen.« Er lachte lauthals, und die anderen fielen ein. »Sie nennen es *Nationalgüter.* Und eine neue Währung sollen wir auch bekommen. Papiergeld.«

*Dann plaudere ich ein wenig mit, um den Anschein zu wahren.*

»Lasst mich raten«, fiel Dominic ein. *»Nationalscheine?«*

Das Gelächter wurde ausgelassener.

»Assignaten«, sagte de Raton verächtlich. Seine Zähne hatten sich durch den Wein rötlich gefärbt. »*Assignaten!* Ich finde, es klingt nach *Assassinen.* Mit dieser Währung versetzen sie dem König und unserem geliebten Frankreich den Todesstoß. Es wird seinen Wert schneller verlieren, als wir es ausgeben können. Ich werde mir keinen einzigen dieser Scheine andrehen lassen.« Er klopfte sich an die Weste, es klingelte leise. Darin musste er Münzen oder seine Börse verborgen haben. »Gold. Das vergeht niemals. Habe ich nicht recht?«

Die Damen und Herren klatschten. Dominic lächelte höflich.

*Ja, Gold ist wirklich besser als alles andere. Ich werde den Männern sagen, dass wir die Assignaten nicht anrühren. Gut, dass ich an dieser Tafel sitze. Ich lerne sogar noch was.*

»Lange wird es diese Wische nicht geben.« Marie war erfasst vom gegenrevolutionären Eifer. »Berichtet, lieber Comte de Savoy, was Ihr aus dem Ausland vernommen habt!«

*Ich wette jetzt schon, dass es bei Worten bleiben wird. Niemand wird sich in Frankreichs Revolution einmischen.*

»Oh, wir haben viel Zuspruch erfahren, was die adligen Freunde, Bekannten und Verwandten angeht. Man drückt uns unentwegt Bedauern und Anteilnahme aus«, erzählte er. »Der Pöbel hat eine Sache in seinem Wahn nicht bedacht: Durch den Angriff auf die von Gott gegebene Rangordnung und die Umwandlung der Kirchengüter in Nationalgüter«, wieder brandete Lachen auf, »wurden auch Besitzansprüche ausländischer Fürsten beschädigt! Der deutsche Adel und der König hatten Land im Elsass, das ihnen von den Revolutionären regelrecht entrissen wurde. Auch der Papst, so hörte man, fand die Landverluste in Südfrankreich nicht lustig. Oder gar gottgewollt.«

*Es sei denn, der Allmächtige hätte einen besonderen Humor.*

Dominic grinste. »Das kann ich mir gut vorstellen.« Er erhob sein Glas. »Es lebe Louis!« Alle stimmten mit ein. »Gibt es auch Pläne für echten Widerstand, oder beschränken sich die ausländischen Feiglinge darauf, sprichwörtlich am Grab zu stehen und der Beerdigung des Adels zuzuschauen?«

Es war still im Raum.

*Habe ich euch erwischt, ihr Schwätzer?*

Der Comte de Savoy räusperte sich, um seine Ungehaltenheit unauffällig-vornehm zu verdeutlichen. »Ihr seid noch jung und wütend über die Vorgänge, deswegen verstehe ich Eure Wortwahl. Unsere Freunde knüpfen Netzwerke, um die Kräfte zu bündeln ...«

»Dann gibt es schon Aufmarschpläne, um die Revolutionäre samt der Miliz und dem übergelaufenen Militär zu verjagen?« Dominic kannte die Erklärungen der verschiedensten Königshäuser von Spanien bis Russland. »Wer sendet Soldaten?«

»Es gibt Pläne für Vorstöße, aber mehr weiß ich nicht«, gab sich de Savoy geheimnisvoll.

*Du bist ein Blender und Wichtigtuer. Du weißt nichts.*

Dominic prostete ihm verächtlich zu. »Gott stehe uns allen bei.«

Es klopfte, und ein Diener kam herein. Er begab sich neben Dominic und flüsterte ihm zu, dass er an der Tür von seinem Cousin erwartet wurde.

*Cousin? Das kann nur Frèderic sein!*

Dominic machte sich sofort Gedanken um die Räuberbande. Er erhob sich. »Ich muss mich erneut entschuldigen«, sagte er, als ihn alle anstarrten. »Ein verarmter Cousin erbittet sich etwas zum Leben.«

»Dann herein mit ihm! Holt ihn herein, lieber Marquis!«, rief Marie erfreut. »Ihr hattet mir verschwiegen, dass Ihr Verwandtschaft in Paris habt.«

»Habe ich auch nicht, Madame. Er ist nur auf der Durchreise. Er reitet für die Sache des Königs.« Hastig ging er hinaus, eilte durch das Billardzimmer in die Eingangshalle, wo Frèderic auf ihn wartete.

Sein Freund sah sich staunend um und fuhr mit der rechten Hand gerade über eine der großen chinesischen Vasen, als könnte er damit den Wert schätzen. Wenigstens hatte er so viel Einfallsreichtum bewiesen, seine Garderobe aus den Beständen des Schlosses zusammenzustellen.

*Nein, es ist nichts passiert. Das sehe ich ihm an. Er ist aus reiner Neugier hier. Idiot!*

»Lieber *Cousin!*« Dominic umarmte ihn vor den beiden wartenden Livrierten. »Was soll das?«, zischte er ärgerlich.

Frèderic drückte fest zu. »Wir haben uns Sorgen gemacht. Du warst lange weg, und wir langweilen uns im Schloss. Außerdem musste ich nochmals nach der schwarzhaarigen Anjanka sehen«, flüsterte er. »Allerliebster Cousin«, rief er dann laut und klopfte ihm anhaltend auf die Schulter. »Ich musste dich einfach sehen …«

»… bevor du sofort wieder reitest«, ergänzte Dominic und schob ihn zur Tür. »Da, nimm.« Er langte in die Tasche und drückte ihm eine Goldmünze in die Hand, die er von Marie bekommen hatte. »Sag den Männern, sie sollen der Gruppe auflauern, die aus dem Haus abreist. Alles geldschwere Säcke, die ihr erleichtern könnt. Wir treffen uns im Schloss. In einer Woche«, raunte er ihm zu. »Bis dahin habe ich alles vorbereitet, um das Haus auszuräumen. Und nun verschwinde, bevor du dafür sorgst, dass ich auffliege.« Er schob ihn schwungvoll über die Schwelle hinaus in den Schneefall und die Kälte. »Alles Gute, *Cousin!*«

»Mon Seigneur«, hörte er Isabeaux' Stimme hinter sich. »Maman insistiert. Sie möchte diesen tapferen Mann kennenlernen, der sich für den König einsetzt.«

*Das darf nicht wahr sein.*

Dominic wandte sich zu ihr um und schnitt eine Grimasse, um ihr zu bedeuten, sie solle wieder gehen.

Aber seine Ablehnung stachelte eine Frau wie sie nur dazu an, ungehorsam zu sein. Sie reckte sich, betonte ihr Dekolleté und musterte Frèderic. »Oh, und ich insistiere nicht minder«, setzte sie hinzu.

Dominic kannte das Lächeln. Sie hatte sich soeben entschieden, Frèderic auf seine männlichen Qualitäten zu testen.

»Er ist schon so gut wie fort.« Dominic wollte die Tür mit dem Fuß zutreten.

Sein Freund schlängelte sich geschickt durch die Lücke und stand neben ihm. »Aber nicht weit genug. Wie könnte ich es wagen, vor derlei Schönheit zu flüchten?«, sagte er und verneigte sich. Die Blicke waren zuerst auf Isabeaux' Brüste gerichtet, ehe sie nach oben zu ihrem Gesicht wanderten. Dominic nahm an, dass Anjanka soeben von der Liste der zu besuchenden Frauen gestrichen worden war. »Très bien!«

*Merde. Jetzt darf ich ihn keine Sekunde aus den Augen lassen, sonst demaskiert er uns durch seine Unachtsamkeit. Das ist so sicher wie der Schuss bei der Revolution.*

Sie stieß die Luft aus und bedachte ihn mit einem arroganten Blick. Ihr Spiel begann. »Messieurs, folgt mir«, sagte sie und ging.

Frèderic rempelte Dominic in die Seite. »Jetzt weiß ich, warum du hier angeblich spähst. Ist sie gut im Bett?«, flüsterte er und sah sich erneut in der Halle um. »Mon dieu! Wo bin ich hier? Ist das der Königspalast?«

»Du wirst bald herausfinden, wie es um Isabeaux' Rittkünste bestellt ist.« Er seufzte. »Gut. Wo du hier bist: Merk dir die Gesichter der Pomeranzen am Tisch, iss was und verschwinde, bevor es auffällt, dass du dich nicht benehmen kannst.«

»Sicher, Hauptmann.« Frèderic ging los. »Aber erst will ich Isabeaux geschmeckt haben.«

»Sicher.« Dominic schloss zu ihm auf.

*Das kann eine heitere Tischrunde werden.*

## Dezember 1789,
## Frankreich, Paris

Dominic saß im Salon neben dem knisternden Kaminfeuer und las die neueste Kolumne im *Ami du peuple.*

*Wohin das führen wird?*

Er blätterte hastig hin und her. Der echte Marat, dessen Name er sich zumindest leicht entlehnt hatte, schrieb eine Hassrede nach der anderen und verbreitete sie mit seiner Zeitschrift unter dem Volk; dazu gab es jeden Tag körbeweise anonyme und persönliche Pamphlete und Karikaturen über die Geschehnisse. Mit ihnen wurden die Gedanken des Volkes beeinflusst und in die Richtung der Revolutionsbefürworter gelenkt.

Dominic sah auf die Zeichnung. Darauf wurde der König gezeigt, wie er aus einem fetten Arsch auf die Bücher mit den Einbänden *Freiheit* und *Gleichheit* schiss. Ein ungeheuerliches Motiv! Eine Majestätsbeleidigung, das gekrönte Haupt mit entblößtem Hintern und beim Kacken zu zeigen wie einen Hund. Dazu kam die unmissverständliche Aussage, wie der Herrscher zu den Werten stand, die man einforderte.

Dominic legte den *Ami* zur Seite und schaute in die Flammen.

*Das wird böse enden. Sehr böse für alle, die mit der Revolution zu tun haben.*

Alles war möglich, von der Erstarkung der reaktionären Kräfte bis hin zur Herrschaft des Volkes – obwohl Dominic daran am wenigsten glaubte. Die Menschen waren aufrecht gehende Tiere, das hatte er gelernt, gerade in den Wirren der Revolutionstage. Jeder wollte das meiste für sich, darin lag die Schwierigkeit. Wie im Tierreich. Zugeständnisse gab es höchstens, um sich selbst zu retten.

»Wie gut, dass ich nicht anders bin«, sagte er zum Feuer.

*Und gut, dass ich stärker als alle anderen bin.*

Dominic nahm die Taschenuhr heraus, die ihm Marie geschenkt hatte. Es war kurz nach acht am Abend. In zwei Stunde würde er das Haus verlassen und die Männer holen, sie in den verschwenderisch eingerichteten Palast lassen und den Besitz mit zwei Karren aus der Stadt schaffen. Theater gehörte auch zum Plan: so zu tun, als würde er sich den Räubern in den Weg stellen und dabei umkommen.

*Damit bin ich für die Schwestern gestorben. Es wird sie nicht glücklich machen, ist jedoch besser so.*

Dominic spürte leichten Durst und fleischliche Begierde. Beides ließe sich miteinander vereinen. Eine Schwester wollte er zum Abschied ficken. Oder beide. Gleichzeitig. Isabeaux hatte sich jedoch seinen Andeutungen gegenüber zurückhaltend gegeben.

*Sehr schade.*

Er liebte es, Frauenblut zu trinken, das mit Glück und Geilheit gesättigt war, und bedauerte es, nicht früher auf den Geschmack gekommen zu sein. Auf diese Weise spielte die Haarfarbe oder die Jungfräulichkeit keine Rolle.

*Die Verdorbenheit schmeckt besser als die Keuschheit, wenn sie frisch und heiß ist!*

Dominics Hals wurde trocken. Er verließ eilends den Salon, ging die Treppe hinauf und näherte sich nach kurzem Nachdenken Isabelles Gemächern. Ihm war nach ein wenig Qual für andere. Dominic hätte niemals geglaubt, dass de Sade mit seinen Schriften recht hatte. Zumindest bei manchen.

Leise klopfte er gegen die Tür und öffnete sie.

Durch den Spalt hörte er das bekannte lustvolle Stöhnen und roch ihren Saft.

Und den von Isabeaux.

Und Männerschweiß. Den Schweiß von ...

*Was, zum Teufel ...*

Er öffnete erbost und verwirrt zugleich den Eingang, die Blicke richteten sich aufs Bett.

Isabelle saß auf Frèderic und ritt mit verbundenen Augen auf ihm, Schweißtropfen rannen über den schlanken Rücken, die festen, kleinen Brüste wippten kaum.

Isabeaux trug eine ihrer Masken, in Gold und Rot gehalten. Sie kniete breitbeinig über seinem Gesicht und ließ sich lecken, während Frèderic gleichzeitig zwei Finger in ihrer Weiblichkeit hatte und sie rieb; die Zunge spielte an ihrer Perle.

*Glaube ich das?*

Isabeaux beugte sich nach vorne und küsste Isabelles Brüste, dann quetschte sie deren Brustwarzen mit einem Grinsen, was ihre Schwester zum lauten Aufstöhnen brachte.

*Dieses Arschloch!*

Dominic stand ungläubig im Eingang.

*Ich fasse es nicht! Ich bearbeite sie wochenlang, um mit ihnen gemeinsam zu schlafen, und er erntet die Früchte?*

»Runter mit dir, Sklavin«, befahl er Isabeaux rauh und mit verstellter Stimme. Sie stieß ihre Schwester von Frèderics Steifem und umfasste ihn mit einer Hand, streifte einmal drüber und saugte dann daran.

Frèderic stöhnte auf und befahl die blinde Isabelle zu sich, die auf dem Bett umhertastete. »Los, leck die Muschi vor dir!« Er versetzte ihr einen harten Schlag auf den Po.

»Ja, Herr«, hauchte sie ergeben. Sie fand die Weiblichkeit ihrer Schwester, beugte sich nach vorn, und ihre Zunge tauchte sanft in die Spalte ein.

Isabeaux ächzte lustvoll und beschleunigte ihre Bewegungen, rieb Frèderics Hoden.

»Komm her!« Er schob sich Isabelle in Position, spreizte ihre Beine und naschte zuerst von ihrer Weiblichkeit, steckte zwei Finger in ihre Spalte und kniff sie dabei hart in den Po. Die Gefühle waren zu stark, sie musste das Lecken ihrer Schwester unterbrechen und drückte sich ihm verlangend entgegen. »Habe ich aufhören gesagt?«, herrschte Frèderic sie an.

»Nein, Herr«, antwortete sie bebend, drückte sich an Isabeaux' Pobacken und leckte weiter.

*Ménage à trois.*

Was Dominic sah, gefiel ihm. Aber noch lieber wäre es ihm gewesen, *er* wäre der Mann, der die Schwestern beschlief.

*Ihr Blut wird mehr als köstlich schmecken! Es ist durch und durch angefüllt mit Leidenschaft.*

Zuerst hatte er vorgehabt, die Hosen abzustreifen und sich in das Getümmel aus schwitzenden Leibern zu werfen, sich von Isabeaux einen blasen zu lassen und sein steifes Ding in Isabelles Möse zu schieben. Er sah seine Fingernägel vor sich, die über die zarte Frauenhaut kratzen und dünne Striemen ziehen würden, aus denen er unbemerkt trinken konnte.

Eifersüchtige Wut flammte auf. Noch waren es seine Gespielinnen!

*Ich teile nicht. Ich bin der Hauptmann!*

Überschnell stürmte Dominic in den feuchtheißen Raum, riss die Fenster sperrangelweit auf, so dass eisiger Wind hereinströmte. Mit der gleichen Geschwindigkeit schubste er die Frauen vom Bett und schleuderte das Laken über sie, damit sie nichts sahen. Er richtete den Blick erbost auf Frèderic, der ihn überrumpelt und ungläubig zugleich anschaute. »Sie gehören mir«, grollte er und musste sich beherrschen. Am liebsten hätte Dominic ihn zerfetzt!

*Ich brauche ihn noch. Eine Lektion hat er trotzdem verdient.*

Er beließ es dabei, ihn an den Armen zu fassen und aus dem Fenster zu schleudern. Danach folgten die Kleider samt der Stiefel.

»Geh, Cousin«, rief er hinunter und schaute auf ihn hinab. Frèderic rappelte sich auf. Er hatte sich anscheinend nichts Schlimmes getan, der Schnee hatte seinen Sturz gebremst. »Geh! Du weißt, wo man dich erwartet. Für den König!«

Frèderic hob nur die Hand. Er hatte verstanden, dass er die Grenze überschritten hatte, doch er grinste dabei. Der Verstoß gegen die Rangordnung hatte ihm zumindest eine Zeitlang Spaß gebracht.

*Ich hätte ihn am ersten Tag hinauswerfen sollen.*

Der Zorn war so rasch verraucht, wie er gekommen war, und machte Durst sowie Begierde Platz. Dominic schloss die Fenster und sah zu den Schwestern.

*Dem Sieger gehört die Beute.*

Isabeaux hatte sich erhoben und bat ihn mit einer Geste, nichts zu sagen. Isabelle stand mit gesenktem Haupt neben dem Bett und wartete ab, was geschehen sollte. Sie hielt es wohl für einen Teil des Spiels. Beide Frauen hatten von der Kälte Gänsehaut bekommen, die Brustwarzen standen hoch aufgerichtet.

»Ich bin zutiefst enttäuscht«, sagte er streng zu Isabeaux, die nackt auf ihn zukam.

»Verzeih mir, Dominic. Aber ich war neugierig«, antwortete stattdessen Isabelle. »Bestrafe mich für das, was ich getan habe.«

Ihre Schwester blieb vor ihm stehen und warf ihm einen verzehrenden Blick zu. Sie stellte sich auf die Zehenspitzen und küsste ihn aufs Kinn, ihre Zunge leckte über die Haut. »Sie weiß nicht, dass ich die zweite Frau bin, mit der sie sich vergnügt«, flüsterte sie ihm zu. »Sag es ihr nicht. Bring zu Ende, was dein Cousin nicht fertigbrachte.« Dann ging sie vor ihm auf die Knie und öffnete die Hose. »Du hast eh den dickeren Schwanz.«

*Aus dem Grund bin ich der Hauptmann.*

Dominic grinste und befahl Isabelle zu sich. Er freute sich auf das Blut und die Körper der Schwestern.

***

Sandrine irrte durch Paris. Sie lief einfach vorwärts, um ihren Ängsten zu entkommen.

Die Gedanken drehten sich einzig um Anjanka. Sie blieb verschwunden, untergetaucht vor ihr, irgendwo in Paris. Gelegentlich sandte ihre Geliebte Nachrichten in das gemeinsame Zuhause, in denen sie ihre Liebe zu Sandrine beteuerte, aber gleichzeitig betonte, dass sie mit der Eifersucht nicht leben könne. Anjanka verlangte ein Zeichen der Veränderung.

Sandrine ahnte, dass es unmöglich war. Und das verurteilte ihre leidenschaftliche, einmalige Beziehung zum Scheitern. Sie waren verbunden und konnten anscheinend doch nicht miteinander.

*Wie gern würde ich meine Eifersucht töten!*

Sandrine lief und lief und lief.

Sie wollte zu Anjanka und sie halten, sie küssen und ihr sagen, dass alles in Ordnung sei und sie ihre Gefühle zähmen würde, wenn sie nur zurückkehrte. Aber die Tenjac wusste, wie man sich verbarg.

*Keine Spur von ihr.*

Ihre Kraft ließ nach. Keuchend hielt Sandrine in irgendeiner Straße an und lehnte sich an die Hauswand.

Leichter Nebel kam auf, der von der Seine in die Straßen und Gassen sickerte. Auf den wenigen schneefreien, kalten Steinen bildete sich eine hauchdünne Eisschicht, wie sie merkte. Sie war rechtzeitig stehen geblieben, bevor sie stürzen und sich Knochen brechen würde.

Nicht, dass es eine Rolle spielte. Ihre Verletzungen heilten von selbst.

*Nicht alle. Nicht die, die am meisten schmerzen.*

Sandrine presste die Hand auf Herzhöhe gegen die Brust.

*Dass man jemanden derart vermissen kann.*

Ein bekannter Geruch stieg in ihre Nase, den sie schon sehr lange nicht mehr wahrgenommen hatte. Doch sie hätte ihn niemals vergessen.

*Die? Hier?*

Ihre Fänge wuchsen unwillkürlich, und die Fingernägel wurden zu langen Krallen.

Das leise Trappeln näherte sich von zwei Seiten, rote Augenpaare glühten im Nebel wie Positionslichter.

Zuerst wurde der schwarze Wolf sichtbar, der weiße dagegen schälte sich viel später aus dem Dunst. Seine Fellfarbe gab ihm bei dieser Witterung eine gute Deckung. Die Tiere hatten mit dem dünnen Eisfilm auf den Steinen keinerlei Schwierigkeiten.

»Seid ihr mir aus dem Gévaudan gefolgt?«, sagte sie zu ihnen und machte sich bereit, sich zu verwandeln. Furcht breitete sich in ihr aus. Als Luchs stünden ihre Chancen auf eine Flucht besser. Sie fasste es nicht, dass die Loup-Garous sie nicht vergessen hatten. Es passte zu ihrer bisherigen Pechsträhne, auf diese Kreaturen zu treffen.

*Es war nicht vorgesehen, in Paris zu sterben.*

Sandrine behielt beide im Blick, rieb die angstfeuchten Hände an ihrem Mantel ab.

Die Werwölfe blieben stehen und belauerten sie ... oder ... bewachten sie?

*Was wird das?*

Dann hörte Sandrine die gemächlichen Schritte. Jemand spazierte durch den Nebel auf sie zu und hatte alle Zeit dieser Welt.

Als die Umrisse eines Mannes in einem langen Mantel und mit einem Dreispitz auf dem Kopf zwischen den beiden Loup-Garous auftauchen, wusste sie, wer es war, noch bevor sie ihn roch.

*Der Comte de Morangiès!*

»Sennerin«, begrüßte er sie mit deutlich tieferer Stimme als bei ihrem ersten Zusammentreffen. »Mit dir habe ich nicht gerechnet.«

»Mon Seigneur«, gab sie zurück und verbeugte sich. Ihr Herz pochte schnell. »Ihr ... seht mich ... ebenso ... verwundert.«

Er näherte sich ihr, hielt einen dicken Ebenholzgehstock in der Hand. »Was machen die Geister des Gévaudan? Leisten sie dir auch in Paris gute Dienste, oder hast du andere Mächte gefunden? Flussgespenster aus der Seine womöglich?« Er klang weder spöttisch noch überheblich.

Das gab Sandrine Zuversicht, dass er nicht wegen ihr gekommen war. »Mon Seigneur, meine Kräfte sind verlässlich, wo auch immer ich bin.«

»Eine gute Antwort, Sennerin.« Er stützte den Stock auf. »Also: Was machst du in Paris? Ich glaube nicht an Zufälle.«

Sie beruhigte sich Atemzug um Atemzug. »Ich geriet in den Dörfern in Schwierigkeiten, mon Seigneur. Man hatte sich das Maul über mich zerrissen.«

*Mich würde interessieren, was er mit den Loup-Garous zu schaffen hat. Wie hat er sie bändigen können?*

»Und was sagen dir die Geister über Tanguy Guivarch? Lebt er noch, oder ist er tot?« Der Comte ließ den Gehstock kreisen. Vorgetäuschte Gelassenheit.

»Die Geister haben mir nichts über ihn gesagt, aber sein Unglück wird nicht aufgehört haben. Dafür hat meine ... dafür ist gesorgt, mon Seigneur.« Sandrine wollte zu gerne wissen, was der Comte hier machte.

»Das freut mich zu hören.« Er lächelte. »Ich werde dir nicht sagen, welchen Geschäften ich in Paris nachgehe. Aber wo wir hier durch eine Fügung«, er betonte es, damit sie den Unterschied zu einem Zufall verstand, »zusammengeführt wurden, möchte ich mich bei dir entschuldigen.«

»*Entschuldigen*, mon Seigneur?« Sandrine konnte die Überraschung nicht verbergen.

»Ja.« Die Spitze des Stocks zeigte zuerst auf den schwarzen, dann den weißen Loup-Garou. »Sie gestanden mir, dass sie dich im Rausch beinahe getötet hätten. Sie haben dafür ihre Strafe erhalten, und ich war sehr froh, dass du überlebt hast.« Er wies nun auf sie. »Du, die Geister und Guivarch. Ihr seid mir sehr wichtig.«

Sandrine erinnerte sich an jene Nacht auf dem Berg und dass die Loup-Garous den Henker zerfetzt hatten. »Warum haben sie Penchenat getötet?«

Der Comte schulterte den Gehstock, lässig und elegant zugleich. Die braunen Augen ruhten auf ihr, frei von Bedrohung und Mordlust, wie er sie in jener Nacht des Fluchs gezeigt hatte. »Der Halsabschneider, und das meine ich durchaus wörtlich, war ihnen ein Dorn im Auge. Er hatte sie mehrmals bedroht und ihnen den Tod versprochen. Sie stehen sogar in deiner Schuld, wenn man es genau nimmt. Ohne dich hätten sie Penchenat niemals mit abgefeuerter Pistole erwischt. Die Geschosse, die er nutzte, sind tödlich für Wandler. Zudem haben sie die beiden enervierenden Jäger erledigen können, die das Gévaudan über Wochen hinweg mit ihren Fallen und Gruben zu einem sehr unfreundlichen Ort gemacht hatten.« Er gab ihnen einen Wink, und sie neigten das Haupt vor ihr. »Deswegen tut es ihnen leid, dass sie dich um ein Haar gefressen hätten.«

Sandrine wusste von diesem Augenblick an, dass sie lebend aus dem Zusammentreffen hervorgehen würde. Wegen der Geister und aufgrund dessen, was sie den Loup-Garous ermöglicht hatte.

*Eine solche Leibwache hat nicht jeder. Bestien als abgerichtete, brave Schoßhündchen.*

Der Comte tippte sich gegen den Dreispitz. »Es war mir ein aufrichtiges Vergnügen, dich wiederzusehen, Sennerin. Sorge dafür, dass die Geister weiter nach Tanguy Guivarch suchen, und du bist vor meiner Unzufriedenheit sicher.« Er wandte sich um und verschwand im Nebel, während die Bestien ausharrten, bis er verschwunden war. Der weiße Loup-Garou verzog sich zuerst, danach folgte ihm der schwarze. Sie trotteten davon, in den schützenden Dunst.

Sandrine spürte ihr Herz noch immer rasch klopfen. Ihre Erinnerung an die Nacht seines Besuchs wurde lebendig. Sie sah den Comte vor sich am Tisch sitzen, sah seine Augen, hörte das Knirschen der Nähte seines Ledermantels. Damals war sie dem Tod näher gewesen als heute.

Diese Gefahr bestand vorerst nicht mehr. Ihr Kopf war frei für ihre eigentliche Sorge, wegen der sie stundenlang durch Paris wandelte.

*Ich muss Anjanka finden.*

Die Geliebte war ihr wichtiger als ein unbekannter Mann namens Guivarch und der Fluch und die Rachsucht des rätselhaften Comte. Sandrine ging los, langsam und nachdenklich, da sie fürchtete, Spuren und Gerüche, die sie zu Anjanka führten, zu übersehen.

*Ich will sie wiederhaben!*

***

Zwei Stunden später eilte Dominic durch die verlassenen, verschneiten Straßen. Derart entspannt und zufrieden war er nach dem Genuss körperlicher Freuden schon lange nicht mehr gewesen. Und ihr Blut ...

*Das war gut. Sehr gut!*

Dominic roch an seinen Fingern, an denen zweierlei Frauengerüche hafteten. Isabelle und Isabeaux hatten ebenso ihren Spaß gehabt wie er. Auch Genuss am Schmerz. Aus tiefen Kratzern auf ihren Rücken hatte er ihren vor Kraft und Ekstase überbordenden Lebenssaft geleckt. Sein Rausch verklang allmählich, der Geschmack haftete nur noch zart und kaum mehr spürbar am Gaumen.

*Wie die Zeit vergangen ist.*

Bis zum Schluss hatten er und Isabeaux die Schüchterne nicht wissen lassen, was er alles mit ihrer eigenen Schwester veranstaltet hatte. Sie würden es Isabelle auch nicht sagen. Die Vereinbarung lautete, dass man die *ménage à trois* zu gegebener Zeit wiederholen wollte.

*Zu schade, dass ich heute für die beiden Damen aus dem Leben scheiden werde. Ich werde als Held sterben. Das macht mich unvergesslich.*

Dominic kämpfte sich durch das Schneegestöber, bei dem ihm auch seine übermenschliche Geschwindigkeit nichts nutzte.

Der Treffpunkt lag gleich vor ihm, und dennoch vermochte er nicht, die Männer und die beiden Wagen zu sehen. Er rückte den Hut zurecht, streckte die Hand aus und ließ einige Flocken darauf landen.

*Es hat auch Gutes: Der Schnee gibt uns Schutz vor neugierigen Blicken.*

Es würde einfacher als erwartet, das Haus de Flesselles zu leeren. Er hatte mit Frèderic vereinbart, den Frauen nicht alles zu nehmen, sondern ihnen eine Art Notgroschen zu lassen. Der Lohn für die Liebesdienste, wenn man so wollte. Seine Bande stimmte großzügig zu, zumal sie vor zwei Wochen bei den Comtes und der Comtesse fette Beute gemacht hatten. Die königstreuen Adligen waren den Räubern nichtsahnend in die Falle gegangen.

*Da wäre ich wirklich zu gern dabei gewesen. De Savoy hätte ich für sein Geschwafel die Fresse poliert.*

Vor Dominic tauchten die Umrisse der Wagen auf. Auf den Böcken saßen je zwei Gestalten in langen Kutschermänteln mit Dreispitzen auf den Köpfen und Schals vor den Gesichtern. Sie wirkten mit ihrem ganzen finsteren Aufzug auf normale Menschen sicherlich furchteinflößend.

*Aha. Dann kann es losgehen. Das Kommando Necker wird einen weiteren Coup landen.*

Dominic näherte sich den Karren, hinter denen der Rest seiner Räuber zum Vorschein kam. Sie hatten sich zum Schutz vor Wind und Schnee eng an die Ladewand gestellt.

Frèderic ging auf ihn zu und salutierte. »Alle angetreten, Hauptmann«, meldete er. Seine linke Schulter hing herab.

Eine Bemerkung konnte sich Dominic nicht verkneifen. »Ah, du bist wieder angezogen.«

»Es war mir zu kalt, und auf die Schnelle habe ich kein Bett mit zwei geilen Weibern gefunden, um weiterzumachen.« Der Stoff vor Mund und Nase dämpfte die Stimme.

»Was ist mit dir? Drückt dich die Last der Verantwortung oder das schlechte Gewissen?«

»Bei einem Sturz aus dem Fenster kann man sich verletzen«, gab er frostig zurück. »Sie war ausgekugelt. Santo hat sie mir wieder ins Gelenk gehebelt, und, bei Gott, das waren eklige Schmerzen.« Er klopfte sich gegen den Schritt. »Aber der hat nichts abbekommen. Das hätte ich dir sonst übelgenommen.«

An den entstehenden Fältchen um die Augen erkannte Dominic, dass sein Freund grinste. Der Räuber hatte ihm die rabiate Maßregelung verziehen. Dominic legte eine Hand auf die gesunde

Schulter. »Es musste einfach sein, Cousin. Ich hatte das Vorrecht auf die Schwestern, zumal ich heute sterben werde. Du kannst die Täubchen danach oft genug rannehmen, wenn dir danach ist.«

»Oh, *das* werde ich!«

Sie lachten. Die warme Luft aus ihren Mündern wurde als Nebel sichtbar, bevor der Wind ihn wegriss.

»Dann los!«, gab Dominic das Signal und winkte. »Ich habe den Schlüssel. Bis wir am Haus angekommen sind, werden die Damen schlafen«, erklärte er Frèderic. »Die Bediensteten sind heute Abend nicht da. Ich habe ihnen freigegeben und Münzen zugesteckt. Während sie saufen und huren, werden wir ungestört sein.«

Die Männer schwangen sich auf die Karren. Der bewaffnete Tross fuhr zur Stadtvilla der Flesselles.

Dominic wies sie an, einhundert Schritte vor dem Anwesen stehen zu bleiben. »Ich schaue nach, ob alles so gekommen ist, wie ich wollte. Sollte es Schwierigkeiten geben, räume ich sie beiseite. Sobald die Uhr Mitternacht schlägt, rückt ihr an. Ich erwarte euch an der Tür.«

»Très bien, Hauptmann.« Frèderic gab leise Befehle, die Männer saßen ab.

Dominic rannte los.

Im Geiste ging er die Liste der Gegenstände durch, die sie mitnehmen wollten. Sie würden sich in seiner Krypta, die er im Schlösschen in Beschlag genommen hatte, gut machen. Seinen Leuten hatte er erzählt, dass er darin alchimistische Versuche anstellen wollte und den Salpeter an den Wänden brauchte. Niemand fand das befremdlich. Letztlich war es ihnen egal, was ihr Hauptmann tat, solange sie genug Geld und Wein eroberten.

Als Dominic endlich vor dem Eingang stand, war die Tür leicht geöffnet. Flocken trieben durch den Spalt und ließen sich auf dem schwarzweißen Mosaik des Foyers nieder; im Innern war es dunkel und still.

*Habe ich sie nicht richtig geschlossen? Oder waren die Diener nachlässig?*

Er lauschte hinein, hörte aber nichts außer dem Säuseln des Windes und das leise Rascheln, mit dem sich der Schnee auf dem Weiß niederließ. Unerschrocken betrat er den Vorraum und achtete darauf, kein Geräusch zu verursachen. Die Überraschung musste gelingen.

Nach zwei Schritten in die Dunkelheit hinein sah Dominic so gut wie einst im Tageslicht. Und den Geruch, der sich in seine Nase setzte, kannte er zu gut.

*Blut!*

Er legte den dicken Mantel ab, um sich besser bewegen zu können, und zog seinen Degen. Die Klinge diente zuallererst dem Schein. Notfalls verließ er sich ohnehin auf seine Vampyrkräfte.

Die Tür war nicht mit Gewalt geöffnet worden. Dominic schloss aus, dass sich plündernder Pöbel Zutritt verschafft hatte. Nach wie vor hörte er keinen Laut, außer dem Ticken der Uhren und dem gelegentlichen Knacken der Vertäfelungen. Marodeure würden schreien und rufen und ihr begangenes Unrecht feiern.

Seine Blicke schweiften umher und blieben an einer sacht leuchtenden weißen Maske hängen, die ihm vorher in all der Pracht noch nicht aufgefallen war. Sie hing zwischen anderen Theatermasken schräg neben der Treppe und mutete venezianisch an, lediglich eine Spur gröber und mit dünnen schwarzen Linien verziert. Dominic sah, dass die Eckzähne verlängert waren.

*Wie bei einem Vampyr!*

Diese Maske würde auf der Bühne nicht von einem freundlichen Charakter getragen werden. Grausam, bösartig. Er konnte sich nicht erinnern, dass Isabeaux sie jemals beim Liebesspiel getragen hatte. Die dunklen, leeren Augenhöhlen ließen seinen Blick nicht mehr los – bis der Blutgeruch durchdringender wurde.

*Blut von dreierlei Personen ...*

Dominic riss sich vom Anblick der Maske los und folgte dem durchdringendsten, frischesten Geruch ins Billardzimmer.

Diese Tür stand auch offen.

Auf dem Tisch lag eine zerfleischte Frauenleiche, Arme und Beine waren ausgestreckt. Der Geruch eines Schlachthauses schwebte in der Luft: Blut und Gedärme, rohes Fleisch. Und eine Prise Angst.

*Bei Gott!*

Er eilte erschrocken heran. Am Kleid und den Haaren erkannte Dominic, dass es sich um Isabeaux handelte. Sie war nicht zerfetzt, sondern angefressen worden. Scharfe Zähne hatten die Bauchdecke, die Brüste und alles weiche Fleisch verschlungen. Ein Biss ins Antlitz hatte ihre Schönheit in rotnassen Brei verwandelt. Das Blut rann über den grünen Filz und hatte ihn schwarz gefärbt, sickerte in die Kugeltaschen und troff zu Boden.

*Ein ... Tier hat ihr das angetan! Wilde Hunde?*

Dominic erinnerte sich entsetzt, dass er sich gelegentlich verfolgt gefühlt hatte. Die wohlbekannten, schauderhaften Geschichten aus dem Gévaudan kamen ihm von selbst ins Gedächtnis.

*Aber wie sollte eine solche Bestie nach Paris kommen? Oder was sonst spielte sich in dem Haus ab?*

Seine feinen Ohren vernahmen ein huschendes Trappeln aus dem Foyer.

*Hier geht mehr vor als ein Überfall. Auf einfache Waffen werde ich mich lieber nicht verlassen.*

Dominic legte den Degen weg und rief seine übernatürlichen Kräfte zu Hilfe. Die Fangzähne wuchsen, die Nägel verwandelten sich in Krallen, mit denen er durch dickstes Leder drang. Seine Sinne wurden noch feiner. *Gewappnet.*

Es roch nach Wolf und Mensch gleichermaßen. Der Gestank drang aus dem Eingangsbereich zu ihm und hing erkaltend über dem Billardtisch.

*Loup-Garous!*

Er schluckte. Von diesen Wesen hatte er gehört und sie auf Zeichnungen gesehen, die angeblich bei den Treibjagden zustande gekommen waren.

Ein leises Grollen aus drei verschiedenen Kehlen erklang.

*Sie sind in der Überzahl.*

Dominic überlegte fieberhaft, was er gegen sie unternehmen konnte. Silber gab es in der Villa jede Menge. Als Besteck, als Leuchter – aber leider nichts davon in dem Raum, in dem er sich befand. Er sah zum Fenster.

*Flucht?*

Auf der Straße erklang gedämpftes Räderrattern, gleichzeitig schlug die Standuhr Mitternacht. Schnelle, schwere Stiefelschritte kamen durch den Eingang.

*Die Männer!*

Dominic roch Frèderic, und er schloss die Augen. Er rechnete mit Todesschreien.

»Hauptmann?«, hörte er gleich darauf Frèderics gedämpfte Stimme. »Wo steckst du?«

*Sind die Loup-Garous fort?*

Dominic hob die Lider und lief ins Foyer, seine Zähne und Krallen bildeten sich zurück.

Sein Dutzend Räuber hatte sich bereits eingefunden, drei von ihnen hielten Blendlaternen und leuchteten umher. Beide Flügel der Eingangstür waren geöffnet.

»Seid leise«, zischelte er. »Hinaus mit euch, wenn euch euer Leben lieb ist!« Dominic wollte sie ins Freie dirigieren.

Aber weder Frèderic noch die Männer rührten sich. Dominic

sah an den glänzenden Augen, dass sie mit derlei Reichtümern nicht gerechnet hatten. Die Lichtkegel huschten umher, rissen eine Kostbarkeit nach der anderen aus der Dunkelheit: die Gemälde, die Lüster und die Masken, deren Edelsteine erstrahlten und glitzerten. Einer der Räuber stieß ein knappes, ungläubiges Lachen aus.

»Raus!«, befahl Dominic laut. »Macht schon, sonst ...«

»Wenn nicht die ganze gottverdammte Miliz und Lafayette persönlich in diesem Palast sind und uns auflauern«, unterbrach ihn Frèderic behutsam, »mache ich keinen Schritt ohne Beute hinaus!« Der Reichtum um sie herum wirkte lähmend auf ihre Muskeln und gleichzeitig bestärkend auf ihren Ungehorsam.

»Das Kommando Necker will Beute«, drang Santos Stimme unter seinem Schal hervor. Der gebündelte Strahl seiner Laterne fiel auf die Bilder, dann auf einen gewaltigen Lüster. »Das sieht alles zu gut aus, um es hier zu lassen, Hauptmann.«

»Jemand war vor uns da ...«, versuchte Dominic zu erklären.

»... und sie haben alles vergessen, was wertvoll ist? Wie schön!«, spöttelte Frèderic. »Was soll das? Woher die Skrupel?«

»Sie haben die Frauen ermordet!«, redete Dominic hastig und sah zur Treppe. Der Wolfsmenschgeruch verstärkte sich wieder.

*Sie sind noch da und lauern auf eine Gelegenheit!*

»Ich verschwinde. Ihr seid gegen diese Bestien verloren, wenn ihr es mir nicht gleichtut«, raunte er und lief los.

Frèderic sah ihn alarmiert an; Santo dagegen lachte. »Pah! Die einzigen Bestien sind *wir!*«

Dominic hatte zwei Schritte getan, da bemerkte er die Bewegung am Eingang. Unwillkürlich blieb er stehen. »Nein ...« Eine zwei Schritt große, Fell tragende Gestalt erhob sich unbemerkt hinter den Räubern, die Augen leuchteten blutrot. Die kräftigen Arme waren zum Schlag erhoben. »Achtung!«, schrie er und zeigte hinaus.

Zwei seiner Leute wandten sich um, aber ihre Reaktion erfolgte viel zu langsam. Die langen Klauen fuhren ihnen durch die Köpfe, durch den Hals bis in die Mitte der Brust. Wo sie standen, fielen die Männer verstümmelt nieder und fluteten den Boden mit Blut.

Die Räuber schrien vor Überraschung und Entsetzen auf, Pistolen wurden gezogen, und Schüsse krachten.

Dominic sah die Einschläge und rote Spritzer an der Tür. Der Loup-Garou brüllte wütend und zeigte sein Raubtiergebiss, in dem ein Männerschädel Platz fand. Die Strahlen der Blendlaterne fielen zitternd und unstet auf den schrecklichen Feind. Das Fell war schwarz wie die Nacht, am Hals hinauf verlief eine graue Strähne bis zur Fratze und über die rechte Augenbraue.

*Ich hätte nicht warten dürfen, sondern gleich fliehen müssen!*

Von der Treppe erklang markerschütterndes Heulen: Ein großer, braunrötlicher Wolf stand auf dem Absatz. Vor ihm hatte sich ein zweiter Loup-Garou in seiner Halbform auf die Hinterbeine erhoben. Dessen Fell war gelblich weiß wie verblichene Gebeine. Die geöffneten Schnauzen beider Bestien waren blutbesudelt.

*Das endet tödlich!*

Dominic roch den Lebenssaft von Marie und Isabelle, der von den Höllenkreaturen zu ihm wehte. Ein Rückzug kam nicht mehr in Frage, aber ein Kampf gelang nur mit ... »Sucht nach Silber!«, befahl er.

Die Räuber drängten sich in der Mitte zusammen, luden ihre Waffen. Sie hörten nicht auf seine Anordnung und vertrauten auf das Blei in ihren Läufen.

Salven krachten gegen die Loup-Garous, die den Hagel grollend und dunkel bellend ertrugen. Die Löcher in den Pelzen schlossen sich innerhalb eines Lidschlags.

Die Augen des braunrötlichen Wolfs, auf dessen Brust ein breiter grauer Streifen verlief, richteten sich auf Dominic, als wolle er ihm etwas sagen. Als *kennten* sie sich!

Die Geräusche, das Rufen und Brüllen, das Krachen der Musketen wurden leiser und schienen aus weiter Ferne zu ihm zu dringen.

Dominic fürchtete sich schlagartig. Der Blick der Bestie reichte bis an seine Seele und pflanzte ihr einen unsäglichen Schrecken ein, wie er ihn niemals zuvor empfunden hatte. Es kam ihm schändlich vor, dass er Angst spürte, aber sie ließ sich nicht aufhalten. Selbst das Schlucken gelang ihm nicht mehr, in seiner Kehle saß ein Pfropfen, durch den nicht der kleinste Tropfen Blut gelangt wäre.

*Die Bestie will meinen Tod!*

Als die zwei Schritt großen Loup-Garous mitten unter seine Räuber sprangen, um sie wie harmlose Lämmer zu zerschlitzen und ihre Gedärme umherzuschleudern, fing er an zu rennen.

Dominic hetzte durch das Billardzimmer, vorbei an Isabeaux' Leiche, warf sich durch die geschlossene Scheibe und fiel in einem Splitterregen auf die verschneite Straße.

Die Fenster der Häuser rund um die Stadtvilla waren hell erleuchtet. Die ersten Rufe nach der Miliz hallten durch den Sturm. Dominic erhob sich und sah dabei, dass die Männer auf den Kutschböcken, ja sogar die angespannten Pferde von dem schwarzen Werwolf gerissen worden waren; ihre ausblutenden Leichen lagen auf dem Boden.

*Dagegen komme ich nicht an.*

Er sprintete los, immer geradeaus und weg von dem Wolfsgestank. Dominic dachte nichts mehr, sondern sah nur die Glutaugen, die sich in seine Seele gebrannt hatten. Ein Todesversprechen. Und er war sich keiner Schuld bewusst.

Sosehr er auch rannte, stets glaubte er Verfolger hinter sich. Daher kam es, dass er nicht aufhören wollte zu fliehen, bis er

Paris hinter sich gelassen hatte und das Morgengrau aufschimmerte.

Wäre die Sonne nicht erschienen, Dominic wäre bis zum Horizont gelaufen.

***

Der Schneefall hatte nachgelassen, der Nebel war zurückgekehrt und verschlang für die Augen alles, was sich weiter als zwanzig Schritte entfernt befand.

Sandrine gelangte an die Bastille. Aus einem unbestimmbaren Grund hatten die Schritte sie hierhergeführt. Sie erkannte die Umrisse einer Frau, nicht weit weg von ihr, die auf einer Erhöhung saß.

*Da ... ist sie!*

Hastig näherte sich Sandrine ihr.

*Ich habe sie bestimmt gerochen. Unbewusst. Ihr Duft hat mich zu ihr geleitet!*

Anjanka hatte auf einem kleinen Steinhügel, der aus den ersten herausgebrochenen Quadern der Festung aufgetürmt worden war, Platz genommen und schaute hinab in den Wassergraben; andeutungsweise erkannte man die dunkle Oberfläche durch den Dunst. Sie schnippte kleine Bruchstücke von der Handfläche, die nach kurzem Flug im Nebel unsichtbar wurden und mit einem leisen Geräusch im Wasser eintauchten.

»Geliebte!«, rief Sandrine erlöst und eilte auf sie zu.

Anjanka wandte sich zu ihr um und lächelte. »Mein Herz. Du hast mich endlich gefunden.« Sie rührte sich nicht und schaute wieder in den Nebel, hob das nächste Steinchen auf. »Ich habe lange überlegt, ob ich zulasse, dass du mich findest. Die Frage, die ich mir stelle, lautet: Wie geht es weiter?«

*Sie ist enttäuscht von mir.*

Sandrine musste nicht einmal besonders empfindsam sein,

um das zu spüren. Anjankas Gesicht war verschlossen, die hellgrünen Augen würdigten sie keines Blicks. Sie öffnete den Mund, um etwas zu sagen.

»Warte! Ich möchte gar nicht hören, dass es dir leidtut«, erstickte Anjanka ihren Versuch, sich zu versöhnen. »Ich *weiß*, dass es dir leidtut. Aber das ist mir nicht wichtig. Es soll nicht mehr vorkommen.« Sie redete wie mit einem ungezogenen Kind: betont, ruhig, aber gleichzeitig schwang die Konsequenz mit, was beim nächsten Fehlverhalten geschehen würde. Sie hatte sich einmal noch finden lassen. »Ich möchte nicht mehr Opfer deiner krankhaften Eifersucht sein. Du weißt, dass ich nur dich liebe. Alles, was ich mit anderen Männern und Frauen tue, dient dazu, uns mit deren Blut zu versorgen. Es bedeutet mir nichts.«

Sandrine schluckte, ihr Hals war wie zugeschnürt. Sie erklomm die niedrige Halde und setzte sich neben ihre Geliebte. In ihr tobte es, Worte flogen wild durcheinander.

*Was kann ich sagen, um sie zu halten?*

Anjanka drehte langsam den Kopf und sah ihr in die Augen. »Du hast die Hand erhoben. Gegen mich!«

»Ich habe dich nicht geschlagen«, erwiderte sie lahm.

»Du hättest es aber getan. Ein bisschen mehr Wut, und du würdest mich schlagen.« Sie schüttelte den Kopf. Anjankas Enttäuschung schmerzte Sandrine schlimmer als jede Wunde, die sie empfangen hatte. »Ich vergebe dir. Einmal werde ich vergessen, was du beinahe getan hättest. Ein zweites Mal kann ich es nicht vergessen.« Sie warf noch ein Steinchen.

»Du wirst mich verlassen, wenn ...«

»Nein.« Anjankas Stimme zitterte. »Ich kann und will ohne dich nicht mehr leben, aber ich ertrage nicht alles, was du mir antun würdest. Schlägst du mich, bringe ich mich um. Das muss dir klar sein.« Sie sah Sandrine an und drückte ihr einen zärtlichen Kuss auf die Lippen. »Verstehst du das, mein Herz? Für mich gibt es keine andere Lösung.«

Sandrine starrte sie an und war steif vor Schreck und Unglaube.

*Sie würde es wirklich tun!*

»Ich ...« Die Drohung erschien ihr derart grausam, dass es ihr die Sprache verschlug. Ihre Geliebte verstand sich auf Erpressung, auf die übelste Art von Erpressung, die in ein fürchterliches Ende münden würde. Das hatte Sandrine ihr nicht zugetraut. Sie fühlte sich gleichzeitig schuldig und unglaublich traurig.

*Das geschieht nur, weil ich mich nicht zügeln kann. Ich bringe unser Glück viel zu oft in Gefahr. Ich bin diejenige, die Strafe verdient. Ihren Tod zu verantworten, das könnte ich nicht ertragen!*

Anjanka schien ihre Gedanken lesen zu können. Sie legte einen Arm um sie und rückte an sie heran. »Mehr muss nicht gesagt werden. Wir haben uns wieder.« Dem Tonfall nach hatte sie ihr verziehen.

Sie saßen lange auf dem Hügel wie zwei Königinnen, denen man das Reich genommen und die man im nebligen Niemandsland ausgesetzt hatte.

Paris war verschwunden, die Bastille war verschwunden, sogar die Geräusche schienen verschwunden. Der kleine Berg aus Quadern konnte an jedem Ort der Welt stehen. Stille und Einsamkeit, die ihnen der Dunst gewährte.

*Ein Neuanfang. Aber nicht in dieser Stadt.*

»Wir müssen Paris verlassen«, sagte Sandrine. »Der Comte ist hier und hat zwei Loup-Garous mitgebracht, die seinen Befehlen gehorchen.«

»Ist er gekommen, um dich zu töten?« Anjanka war äußerst beunruhigt.

»Nein. Er möchte ja, dass der Fluch bestehen bleibt. Er hat mir nicht gesagt, was er in Paris will. Es werden Rechnungen zu begleichen sein, nehme ich an. Alte Rivalitäten unter Adligen.«

Sandrine stand auf und balancierte den Steinhaufen hinab, zog Anjanka mit sich. »Ich will trotzdem nicht hierbleiben. Ich traue seinen Bestien nicht.«

»Aber wir nehmen etwas mit, oder? Ich möchte nicht schon wieder mittellos neu beginnen.« Sie hakte sich unter. »Weißt du, wohin wir sollen?«

»Nein. Die ... Niederlande vielleicht?«

Anjanka lachte laut auf. »Du bist lustig! Ein Land voller Kanäle und Grachten mit fließendem Wasser. Du weißt, dass du dort nicht schnell vorankommst. Lass mich dieses Mal die Führerin sein.« Sie klang, als wüsste sie, dass ihr Ziel ein Ort voller Schönheit, Friede und Geborgenheit sei.

»Wir gehen wohin?«

»In den Osten. Die Alte, die mich zur Vampirin machte, sagte, dass dort ihre Heimat sei und es viele von uns gäbe.«

»Viele von dir, von den *Tenjac*«, verbesserte Sandrine. Sie hatten noch immer nicht ergründet, welcher Spezies Blutsauger sie selbst angehörte.

*Das Wichtigste ist, dass wir zusammen sind.*

Sie streichelte Anjankas Rücken. »Führe uns dahin, wo das Übel uns nicht nachfolgen kann. Wir haben es uns verdient.«

Sie liefen, so schnell es ihnen das vernebelte Paris erlaubte, durch die dunklen Straßen, wo ihnen kaum jemand begegnete. Sie erreichten das heruntergekommene Haus, in dem sie sich eingenistet hatten, suchten in aller Eile Kleider sowie einige Habseligkeiten zusammen und brachen zu Fuß auf.

Sandrine und Anjanka marschierten schweigend und Hand in Hand nebeneinander her, während der Nebel sich auf den Boden senkte, als wolle er vor der Morgenröte weichen, die sich im Osten abzeichnete. Gelegentlich tauschten sie Blicke, die mit Freude, Erleichterung und tiefster Zuneigung erfüllt waren.

*Dieses Mal wird uns nichts mehr trennen können.*

Sie gingen ihrem Feind, der Sonne, entgegen, bis das Taggestirn sie zur Rast zwang. Im Keller eines abgefackelten Zollhauses suchten sie Schutz und lagen umschlungen auf ein paar alten, stinkenden Getreidesäcken.

*Ich schwöre, dass ich dich auf feiner Seide betten werde. Du sollst es mehr als gut haben. Das schulde ich dir.*

Sandrine streichelte Anjankas schwarzes Haar. »Alles wird besser als früher«, wisperte sie und summte eine Weise, die ihr einfach in den Sinn kam. Sie wusste nicht, woher sie die Melodie kannte, aber es beruhigte die beiden.

Zuerst schlief Anjanka ein. Bald darauf fielen Sandrine die Lider zu.

***

# KAPITEL III

Februar 1790,
Kurfürstentum Bayern, Hohenlinden

Wie es Dominic hierher geschafft hatte, wusste er nicht. Auch nicht, was er in diesem kleinen Ort wollte, in dem man kein Französisch sprach und das Deutsch so schrecklich klang, dass er hundertmal nachfragen musste, bis er es verstanden hatte. Es schien ihm, als habe er während seiner Flucht aus Paris zwischendurch immer wieder geschlafen. Nach dem letzten Schlummer war er mitten in Hohenlinden erwacht. Einfach so.

Er saß im Gasthaus, hatte einen Humpen Wein vor sich stehen und starrte über die Kerzenflammen hinweg ins Nirgendwo. Am hintersten Tisch ließ man ihn in Ruhe. Man kannte ihn mittlerweile als Sonderling und hielt ihn für einen französischen Emigranten. Was er streng genommen auch war.

Das Dörfchen unterschied sich kaum von denen, die es in Frankreich zu Tausenden gab: ein paar Häuschen mit Fachwerk, die sich um die bestimmt dreihundert Jahre alte Kirche versammelt hatten, als könne das Kreuz den Gebäuden und den Menschen darin besonderen Schutz gewähren. Kein Ort, an dem Dominic bleiben wollte.

Doch eine Sache machte Hohenlinden besonders: Die Postkutschen donnerten beinahe zu jeder Stunde die Straße entlang. Jedenfalls, soweit er es beurteilen konnte.

*Wohin soll ich?*

Dominic sah aus dem Fenster mit den dicken Scheiben aus Butzenglas. Er konnte den Schnee nur erahnen, aber er war da, und er lag wesentlich höher als in Paris. Außer ihm hatte eine Reisegruppe Unterschlupf gesucht, während die Pferde ihrer Kutsche gewechselt wurden. Sieben Einheimische hockten in der Nähe des Kamins beim Kartenspiel zusammen. Grobe Männer in einfacher Kleidung, die sich in einem Dialekt unterhielten, den Dominic nicht verstand, sobald sie schnell sprachen. Der Qualmgeruch des Ofens und der Pfeifenrauch der Spieler erschlugen alle anderen Gerüche.

Wochen waren seit seiner Flucht vor den Loup-Garous vergangen, und er reiste von einer Stadt zu anderen. Ohne Ziel, ohne Vorstellungen von der Zukunft. Er hatte wahllos Blut von Menschen getrunken, die ihm begegnet waren, und sie danach alle umgebracht. Stellvertretend. Aus Wut auf sich und die Werwölfe.

*Was tue ich nun?*

Er hatte sich selbst unentwegt beschimpft, ein Feigling gewesen zu sein. Weder die Frauen, mit denen er geschlafen hatte, noch die Männer, deren Hauptmann er gewesen war, hatte er retten können.

*Dabei hätte ich es vermocht. Wenn ich keine Angst bekommen hätte. Aber die Augen der Bestie ...*

Dominic zog den Silberdolch, den er von einem Mitreisenden gestohlen hatte, und spielte damit. Der Kerzenschein spiegelte sich auf der polierten Klinge, gelegentlich sah er sein eigenes Gesicht verzerrt darauf.

*Habe ich diesen Loup-Garous etwas getan? Ich wüsste es doch, wenn ich einer dieser Bestien gegenübergestanden hätte. Oder hassen sie einfach nur Vampyre? Habe ich in ihrem Revier gewildert?*

Dominic dachte die ganze Zeit über die Attacke nach, konnte sich aber keine Antwort darauf geben. Spekulationen und Mutmaßungen, mehr gaben seine Gedanken nicht her.

Dass Werwölfe existierten, erstaunte ihn nicht, wohl aber ihr

Verhalten. Sie waren klüger, als er angenommen hatte, und nicht bloße Fressmaschinen.

Dominic schauderte, als er ein weiteres Mal an diese Augen denken musste. Er war davon überzeugt, dass ihn das düstere Rot im Augenblick seines Todes anblicken würde.

*Wie weit muss ich wohl reisen, um ihnen ...*

Von weit draußen erklang ein leises, langgezogenes Heulen, auf das die Dorfhunde mit zornigem Bellen antworteten.

*Sie folgen mir. Ich wusste es! Mon dieu, sie folgen mir!* Er packte den Dolch, als müsste er sich auf der Stelle wehren.

»Dreckswölfe«, rief der Wirt durch den verqualmten Schankraum. »Es wird Zeit, dass der Winter endet, sonst kommen sie aus den Wäldern bis in die Ställe, um sich unser Viech zu holen.«

»Wir könnten den Jagdaufseher nochmals bitten, die Graupelze zu hetzen«, sagte einer der Einheimischen und schmauchte mit leisen Schmatzgeräuschen an seiner Pfeife.

*Das wäre ein guter Einfall!*

»Der Huber?«, meinte ein Zweiter auflachend, warf eine Karte auf den Stapel und strich ihn ein. »Geh! Der findet nicht mal einen Wolf, wenn er ihm in den Arsch beißt!« Die Tischrunde brach in dröhnendes Gelächter aus.

Die Reisegruppe redete leise, während der Wirt an ihrem Tisch stehen blieb und Wein nachschenkte; ein dichter grauer Bart zierte sein Gesicht, die Schürze war fleckig.

»Bedeutende Persönlichkeiten sind hier gewesen. Der Reichsgraf von Falkenstein übernachtete in diesem Haus«, erzählte er und bemühte sich, seinen Dialekt zu minimieren, »anno 1777. Aber es hat sich herausgestellt, dass es Seine Majestät Kaiser Joseph der Zweite von Österreich war. Unter einem Decknamen!« Die Gesellschaft zeigte sich beeindruckt. »Vor acht Jahren fuhr Seine Heiligkeit Papst Pius der Sechste durch unser schönes Dorf.« Er reckte sich. »Mir hat er gewunken, Seine Heiligkeit, und mich gesegnet.«

»Ja, mei. Da steht er, der heilige Franz. Geh halt in deinen Keller und wandel den Essig, den du ausschenkst, in reinen Wein«, frotzelte einer der Einheimischen und löste einen neuen Gelächtersturm aus, den der Wirt geflissentlich überhörte.

»Und vor gerade einmal drei Jahren«, erzählte er stoisch zu Ende, »kam der junge Herr Beethoven in meine gute Schankstube und verlangte Wein und eine kräftige Stärkung.«

»Geh! Deine Alte hat so viel getratscht, dass er davon taub werden wird«, kommentierte ein anderer Kartenspieler grinsend. »Ich sag's euch, liebe Leut'. Taub wie eine Nuss wird der arme Kerl werden.«

»Halt dein Schandmaul, Alois!«, wetterte Franz und verzog sich an den Tresen, wo er beleidigt neue Gläser mit Wein füllte.

Dominic hatte dem Gespräch konzentriert zugehört, um die eigentümliche Sprache zu lernen.

*Es ist besser, wenn ich diese Schrate verstehe.*

Denn er hatte vor, sie zu der Wolfshatz zu bewegen, die sie viel zu schnell verworfen hatten. Die Dörfler sollten ihm nach Möglichkeit den Rücken freihalten, bis er sich weit genug wegbewegt hatte. Die Verluste, die sie dabei erleiden würden, kümmerten ihn nicht.

»In Frankreich«, sagte er auf holprigem Deutsch, »kommen sogar Werwölfe bei solchem Wetter aus ihren Löchern. Ihr solltet gut auf eure Tiere und Lieben achten.«

Kaum waren die letzten seiner Worte verklungen, wurde es still. Der Wirt hatte sogar aufgehört, Wein auszuschenken. Die Einheimischen bekreuzigten sich, bevor sie nach den Gläsern griffen und tranken.

*Ihr sollt euch nicht vor Angst besaufen! Werdet ihr wohl für mich in den Kampf ziehen, ihr Bauern?!*

Dominic wollte die Wirkung seiner Worte nicht verpuffen lassen. »Was habt Ihr, Messieurs?«

»Franzmann, überlass das uns«, grantelte ein Spieler und

schaute weiterhin auf seine Karten. Schniefend zog er die Nase hoch. »Wir sagen dir auch nicht, was du mit den Revolutionären zu tun hast.«

»Es ist ein Unterschied, ob die Revolution viele Meilen von euch entfernt tobt oder euch ein Werwolf auf dem Nachhauseweg die Kehle zerbeißt«, warf Dominic inständig ein. »Ich möchte euch nicht zu nahe treten ...«

»Zu nahe treten? Geh, das kannst freilich nicht. Du sitzt ja da hinten, im Eck«, brummelte er und legte eine Karte aus; dieses Mal lachte niemand.

»... aber tut etwas gegen die Bestien! Noch heute. Ihr habt ihre hungrigen Stimmen ebenso vernommen wie ich. Ich sehe bald die ersten Toten in Hohenlinden.«

Die Reisegruppe tuschelte, zwei Männer prüften ihre Pistolen.

Dominic verzog das Gesicht.

*Habe ich wohl die Falschen damit beeindruckt.*

Das Heulen kam näher, und er klammerte sich mit der Rechten an den Dolchgriff.

Seine Geschichte hatte trotzdem Spuren hinterlassen. Die Kartenspieler packten ihre Sachen zusammen und machten sich auf den Heimweg. Die Reisegruppe wiederum drängte den am Tisch sitzenden Kutscher dazu, den Pferdewechsel zu beschleunigen. Die Damen verschwanden durch eine weitere Tür, die Herren begleiteten sie.

*Leider denken sie nicht einmal daran, sich zu bewaffnen und die Loup-Garous zu erlegen.*

»Es kommt noch schlimmer! Wer von einem Werwolf gebissen wird und überlebt, muss sich in einen von ihnen verwandeln! Soll Hohenlinden zu einem Hort der Bestien werden?«, versuchte Dominic, ein noch gefährlicheres Bild zu malen. »Wartet nicht, sondern ...«

»Halt die Gosch'n, Franzmann, oder es setzt was«, wurde er

vom Grantler angefahren, bevor der Mann das Wirtshaus verließ. »Wölf' san Wölf', Schluss, aus.«

Der Schankraum leerte sich. Das wütende Hundegebell im Dorf wollte nicht mehr verstummen, Ketten klirrten.

Dominic graute es davor, das Gasthaus am frühen Morgen zu verlassen, um sich in die Scheune tief unter das Stroh zu verkriechen. Jetzt, wo er das Heulen gehört hatte, wollte er nur weg.

*Ich bin nicht mehr sicher.*

Es war soeben beschlossene Sache geworden, dass er sich auf die Kutsche schmuggelte, mit der die Reisenden unterwegs waren. Wenn er sich nicht sehr getäuscht hatte, lautete das Ziel Wien. Er würde unaufhörlich tiefer in den Osten gelangen.

Dominic sah sich bald schon alleine in der Stube und verabschiedete sich mit einem Nicken und einer Goldmünze vom schlecht gelaunten Wirt, dem er das Geschäft gründlich verdorben hatte. Das Geldstück würde den Verlust aufwiegen.

Er verließ das Haus, auch wenn ihm nicht wohl war dabei. Die Wände und die Decke vermittelten Schutz, im Freien fühlte er sich angreifbar.

Die Straße führte dicht an ihm vorbei, auf der anderen Seite befanden sich die Stallungen, in denen Licht brannte. Dominic sah sich um. Vor Hohenlinden lagen die verschneiten, hellen Felder, und dahinter erhob sich weit draußen finster der Waldrand. Die eisig kalte Luft roch nicht nach Wolf.

*Gut!*

Er hastete über die Straße zu den Ställen, wo gerade das letzte Pferd angespannt wurde. Vier Tiere würden das Gefährt gen Osten ziehen; die Knechte hatten die Räder auf das Dach gepackt und sie gegen Kufenschienen ausgetauscht, um die Weiterreise durch den Schnee zu erleichtern.

Dominic strich um die Kutsche und suchte unauffällig nach einer Nische, in der er Unterschlupf fand. Man beachtete ihn nicht.

*In einem großen Koffer womöglich?*

Er wurde nervös, weil die Vorbereitungen so gut wie abgeschlossen waren. Schritte und Stimmen erklangen von draußen, Schnee knirschte.

*Ich will nicht hierbleiben!*

Weil er kaum mehr klar denken konnte und die Angst immer größer wurde, rutschte er in einem passenden Moment unter die umgebaute Kutsche und hielt sich an den Querstreben fest. Unterwegs wollte er nach oben klettern und sich auf die Außenablage setzen, bis ihm etwas Besseres in den Sinn gekommen wäre.

*Besser, als gar nicht wegzukommen.*

Die Reisegruppe stieg ein, wie er an den Schuhen sah und an dem Wippen der Kutsche merkte. Eine Peitsche knallte, und es ging los.

Das gleichmäßige Klingeln der Glöckchen am Pferdegeschirr und das ununterbrochene Rauschen der Kufen hatten etwas Eintöniges, das den aufgewühlten Dominic zur Ruhe kommen ließ. Das Festhalten fiel ihm leicht, er machte es sich halbwegs bequem; erst nach einer geraumen Zeit kletterte er auf die hintere Ablage des Kutschschlittens und setzte sich auf die Plane, mit der das Gepäck gegen die Witterung geschützt wurde.

Die nächtliche Landschaft flog an ihm vorbei. Viele Wälder lagen unter dem Weiß begraben und wirkten wie künstliche Hügelketten. Sie passierten kleine Gehöfte, in deren Fenstern warmes Licht zu sehen war. Gelegentlich roch es nach Rauch.

*Wien.*

Eine große Stadt, das wusste er.

*Platz genug für mich und meinen Durst.*

Er würde wahrscheinlich eine neue Bande formen, auch wenn das »Kommando Necker« nicht bei den Habsburgern zuschlagen könnte.

*Es wird sich etwas finden, was uns beim Volk zumindest*

*Sympathien einbringen wird. Den Gesetzeshütern ist es gleich, warum man stiehlt und raubt.*

Er dachte kurz darüber nach, sein Studium nachts in aller Heimlichkeit aufzunehmen.

*Das Dasein als Räuber liegt mir mehr,* entschloss er sich nach einigem Abwägen. *Und Maitressen brauche ich auch wieder.*

Der Gedankengang war nicht gut gewesen, weil er die Erinnerung zurückbrachte: Dominic sah den von den Werwölfen aufgebrochenen und zur Hälfte gefressenen Frauenleichnam auf dem Billardtisch liegen. Es schüttelte ihn.

Dann hörte er das Heulen.

Hastig blickte er sich um. Schwarze Punkte hetzten mit rasender Geschwindigkeit über den Schnee. Das rote Funkeln ihrer Augen sah er sogar auf diese große Entfernung hin.

*Loup-Garous!*

Dominic zog den Silberdolch. Am liebsten wäre er auf den Kutschbock gesprungen und hätte persönlich auf die Pferde eingeprügelt, sie gekratzt und gebissen, um sie anzutreiben.

Die Werwölfe hatten ihre Tiergestalt angenommen und preschten auf den festgepressten Spuren der Kufen dahin, kamen sehr rasch vorwärts. Hinter ihren großen Pfoten flog der Schnee auf, sie zogen eine glitzernde Spur hinter sich her.

Dominic erkannte einen schwarzen, einen weißen und den Anführer, den braunrötlichen.

*Sie haben sich nicht abschütteln lassen.*

All das Vertrauen auf seine Kräfte als Vampyr half nichts: Die Furcht blieb. Kurz entschlossen verstaute er den Dolch wieder, stand auf und balancierte über das Dach des schaukelnden Gefährts. Dominic stieß den Kutscher und seinen Helfer flugs vom Bock und ergriff die abrutschenden Zügel selbst. Schreiend fielen die Männer rechts und links in den hohen Schnee und überschlugen sich mehrmals.

»Los! Ihr Mähren, rennt!« Er peitschte auf die Pferderücken

ein, bis sie bluteten, und schrie und fauchte; seine Reißzähne wurden sichtbar. Die Geschwindigkeit nahm zu.

Er sah über die Schulter nach hinten.

Die Werwölfe jagten an den Männern vorbei, die sich aus dem Weiß stemmten. Die Bestien kümmerten sich nicht um deren einfach zu erlangendes warmes Fleisch. Es schien ihnen einzig um Dominic zu gehen.

Das Schiebefensterchen zur Kabine hinter ihm wurde geöffnet. Ein bärtiges Männergesicht blickte zuerst verwundert, dann ängstlich zu ihm. »Wer ... sind ...?«

Dominic stieß ihm den Ellbogen ins Gesicht, und der Mann fiel mit einem Schrei zurück auf seinen Platz.

*Keine Zeit fürs Vorstellen.*

Plötzlich führte der Weg mitten durch einen Wald, Stämme und Zweige wuchsen rechts und links in die Höhe und bildeten ein dichtes Geflecht.

Pistolenschüsse krachten aus dem Innenraum.

Eine Kugel durchschlug seinen Rücken und fuhr ihm quer durch den Leib, die andere streifte seinen Schädel und riss ihm das linke Ohr ab. Die Gesellschaft wehrte sich.

Dominic schrie vor Schmerzen auf und starrte zu den Menschen hinein. »Hört auf damit!«, befahl er mit dunkler Stimme. »Schießt nach den Werwölfen! Die sind schlimmer als ich!«

Kreischend rutschten die Frauen zusammen, die Männer reckten die Degen nach ihm, zwei waren mit Nachladen beschäftigt.

»Schießt noch einmal auf mich, und ich töte euch«, versprach er und sah wieder nach vorne auf die Strecke.

Zu spät!

Die Pferde hatten sich im gestreckten Galopp auf eine Kurve zubewegt und waren von sich aus zu früh eingeschwenkt.

Die linke Seite der Kutsche rammte einen Baum und wurde angehoben. Fünf Schritte weit glitt sie nur auf einer Kufe dahin, bis sie trotz Dominics Ausgleichsversuch Übergewicht bekam.

Wieder riefen die Passagiere durcheinander, und es rumpelte laut, als sie übereinanderfielen. Das Gefährt kippte zur Seite und geriet in starke Rotation.

Dominic sprang ab, geradewegs in eine schmale Lücke zwischen den Bäumen.

Die Kutsche zerschellte regelrecht unter ihm an den Tannen, die Trümmer flogen zusammen mit den Koffern und den Menschen weit umher. Die Pferde rannten weiter und schleiften die Überbleibsel hinter sich her, hielten nicht an.

Dominic rollte sich über die Schulter ab und spürte, dass er dabei seinen Silberdolch aus der Halterung verlor.

*Nein! Er ist das einzige Mittel gegen sie!*

Fahrig tastete er im aufgewirbelten Schnee umher. Auf das Stöhnen der verwundeten Reisenden achtete er nicht. Sein eigenes Leben war mehr in Gefahr, sie mussten auf sich selbst achten. Dass Dominic einmal eine solche Todesfurcht verspüren würde, hätte er nicht für möglich gehalten.

*Wo ist der Dolch? Wo ...*

Er hörte das Hecheln und das Trappeln der pfeilschnellen Pfoten ganz nahe. Dominic hob den Kopf – und sah sie.

Der rotbraune Wolf stand erhöht auf einem Überrest der Kutsche, der weiße kam rechts, der schwarze links um das Wrackteil herum; dabei erhoben sie sich auf die Hinterläufe.

Es krachte und knackte, sie wuchsen in die Höhe und bekamen eine menschliche, kräftige Statur. Die Werwölfe gingen für den bevorstehenden Kampf in ihre Mischform aus Mensch und Bestie über. Nur ihr Anführer blieb ein scheinbarer Wolf. Ein Wolf mit rot glühenden, pulsierenden Augen.

*Was mache ich jetzt?*

Dominics Körper war vor Furcht gelähmt. Er kauerte im Schnee und dachte kurz daran, einen Baum zu erklimmen, doch sie würden ihm mit Leichtigkeit folgen. Mit den kräftigen Muskeln und scharfen Nägeln wäre es ein Kinderspiel.

Sie kamen näher, knurrten und zeigten die vielen Fangzähne, gegen die seine Reißer beinahe harmlos wirkten.

Es knallte laut.

Dominic zuckte zusammen, und der schwarze Werwolf kläffte leidend auf. Blut rann in Herzhöhe aus seiner Brust, das Loch qualmte. Mit einem leisen Heulen fiel er in den rotgesprenkelten Schnee und wandelte sich zurück in einen Menschen.

*Silbergeschosse! Ich habe einen Retter!*

Dominic schöpfte Hoffnung und sah sich um.

Seitlich auf dem Weg stand ein Mann, der eine zweite Pistole hob und auf den weißen Loup-Garou anlegte; die andere Waffe rauchte noch.

Der Schuss ging los.

Der Werwolf tauchte ab, sprang hinter die Kutschenreste in Deckung. Der rotbraune Wolf war verschwunden.

»Hier«, rief der Mann mit akzentbehaftetem Französisch und schleuderte etwas nach Dominic. Er fing es auf und hielt einen langen silbernen Dolch in der Hand. »Achte auf die Umgebung!« Der Mann lud die Pistolen in aller Ruhe nach. »Aber ich denke nicht, dass sie zurückkommen werden. Sie haben verstanden, dass ich sie töten kann.« Er ging durch das Trümmermeer auf ihn zu.

Der lange Mantel wehte dabei leicht, auf dem Kopf saß eine sich hoch auftürmende Weißhaarperücke, wie sie Dominic noch nie gesehen hatte. Das Gesicht konnte man aristokratisch und ansprechend nennen, sofern er es einschätzen konnte. Zumindest war er nicht hässlich.

Bei aller Freude und Erleichterung blieb Dominic auf der Hut. Das Auftauchen des Mannes war zu unvermittelt geschehen, um normal zu sein.

Leises Knurren warnte ihn. Der weiße Loup-Garou hatte seine Wolfsform angenommen und pirschte geduckt auf den Unbekannten zu.

»Attention, Monsieur«, rief Dominic und wies dahin, wo sich der Angreifer verbarg. »Le voilà!«

»Merci.« Der Mann schoss unverzüglich.

Die Kugel durchschlug das Holz und verletzte die Schnauze der Bestie, die daraufhin aufjaulte und in die andere Richtung davonsprang.

*Dem Tode entronnen! Ein Hoch auf den Kerl, wer immer es ist!*

Dominic erlaubte sich ein vorsichtiges Durchatmen, während sein Retter auf ihn zutrat. Harte blaue Augen musterten ihn kritisch. »Monsieur, ich weiß gar nicht, wie sehr ich Euch danken soll!« Er hob den Arm, um ihm die Hand zu schütteln. »Euch hat der Himmel geschickt! Ein Werwolfjäger, zur rechten Zeit am rechten Ort!« Die über ihn hereinbrechende Euphorie brachte ihn zum Lachen und nahm ihm jegliches Misstrauen. »Monsieur, Ihr seid mein Held! Ihr habt mein Leben vor den ...«

»Schweig! Du wirst verstanden haben, dass unser Zusammentreffen kein Zufall ist«, sagte der Unbekannte mit angenehmer Stimme. »Ich sage es dir frei heraus: *Du* bist eine *Enttäuschung!*«

Bevor der verdutzte Dominic etwas erwidern konnte, erhielt er eine Ohrfeige obendrein, die ihn rücklings in den Schnee warf. Sternchen tanzten vor seinen Augen. Die Wucht hatte ihm den Kiefer aus dem Gelenk gedroschen. Es schmerzte. Der Mann musste Hände aus Stahl haben.

*Ich hätte doch Vorsicht walten lassen sollen.*

»Wahrlich ein Kind deiner Mutter. Ich bin Marek Illicz und ein Wesen wie du.« Er sah überlegen auf ihn herab und wies ihm die spitzen, langen Zähne. »Und dein Halbonkel.«

Dominic kam aus dem Staunen nicht mehr heraus. »Ihr ... du ...« Er wusste nicht, wie er den Fremden ansprechen sollte. Sein eingerenkter Unterkiefer tat bei der kleinsten Bewegung weh.

*Was ist das für eine wilde Geschichte? Mein Halbonkel?*

»Ich habe dich lange beobachtet, Dominic. Du bist eine Schande von einem Judassohn! Deine Kräfte geben dir die Möglichkeit, diese Wandelwesen mit Donner und Blitz zu vernichten oder sie mit deinen Klauen zu zerschlitzen. Und *du? Was* tust du?« Marek schnaufte verächtlich. »Man merkt, dass du niemals unterrichtet worden bist. Du beherrschst nicht einmal annähernd das, was du können müsstest!«

*Woran unterscheidet man einen Wissenden, der die Wahrheit spricht, von einem Wahnsinnigen, der lügt?*

Dominic erhob sich unsicher. »Monsieur, Ihr habt mich verfolgt?«

»Lass dieses französische Getue!«, herrschte Marek ihn an. Dominic schätzte ihn auf Anfang dreißig, und seine Haltung, seine Art zu laufen drückten gelassene Vornehmheit selbst unter diesen Bedingungen aus. »Deine Seele gehört nicht nach Frankreich. Ich bin dir erschienen, um dich nach Hause zu holen.«

»Nach Hause.« Dominic reichte ihm den Silberdolch zurück, auf dessen Parierstange ein kleines Emblem eingeschlagen war: drei gekreuzte Dolchpaare, eins über zwei anderen. »Ich komme aus der Auvergne …«

*»Du bist ein Judassohn!«* Marek packte ihn an den Haaren, riss ihm ein Büschel aus. Sofort färbten sie sich zwischen seinen Fingern rot. »Wieso leugnest du es?«

»Weil schwarz mir besser gefällt!«, gab Dominic zurück. Er hatte seinem Schopf seit Jahren eine andere Couleur gegeben. Ein Teil von ihm glaubte dem Vampyr, ein anderer Teil fand die Vorgänge einfach zu unglaublich, um sie für bare Münze zu nehmen. Ihm fielen zehntausend Fragen ein. »Und deine Perücke? Was soll das?«

»Es ist das Zeichen unseres Standes«, erwiderte Marek. »Sobald du in der Cognatio als mein rechtmäßiger Eleve angenommen wurdest, wirst auch du eine tragen dürfen. Zuerst eine kleinere, aber eines Nachts …«

»Cognatio? Was ist das? Von was redet Ihr?« Dominics Zweifel erstarkten. »Ihr wollt mein Halbonkel sein? Ihr seht mir nicht einmal ähnlich!«

»Hör mir zu«, knurrte Marek ihn an, der sichtlich ungeduldig wurde. »Hast du dich niemals gefragt, weswegen du zum Vampyr geworden bist?«

»Weil ich durch einen Unfall starb. Der Volksglaube über Vampyre besagt ...«

Marek lachte ihn aus, das Echo hallte laut im stillen Wald. »Unsinn! Weil deine Mutter eine von uns war. Sie verriet die Kinder des Judas und flüchtete vor unserer Rache nach Frankreich. Du bist einer ihrer Nachkommen, Dominic, und hast den Vampyrkeim von Geburt an in dir getragen. Mit deinem Tod ging er auf, erblühte und machte dich zu etwas Höherem unter den Blutsaugern.« Er packte ihn bei der Kehle, das Blau seiner Augen schimmerte erbarmungslos. »Wirst du nun mein Eleve, mein Schüler werden?«

»Weswegen?«, krächzte Dominic und umklammerte den Arm mit beiden Händen. Er vermochte den Griff nicht zu sprengen.

»Um mächtig zu werden und ewig zu leben?«

Dominic verspürte nicht die geringste Lust dazu, mit diesem halbverrückten Vampyr zu gehen, der mit rätselhaften Begriffen um sich warf, als bekäme er Geld dafür. Er öffnete die Lippen für ein *Nein.*

»Bedenke«, schnarrte Marek, »dass eine Ablehnung deinen Tod bedeutet. Ich habe deine Mutter gehasst. Mir würde es leichtfallen, dich zu töten, kleiner Judassohn. Nur durch meine Gnade wirst du unter Umständen ewig leben.«

Dominic schluckte das Nein und würgte stattdessen ein Ja hervor. Diesem Vampyr, in dessen Augen er den Wahnsinn gesehen hatte, traute er alles zu. Einen gänzlich ungekannten Wahn.

*Wie viel Wahrheit darin enthalten ist, muss ich noch herausfinden.*

Unverzüglich ließ sein Halbonkel ihn los. »Sehr gut, Dominic.

Sehr gut.« Er klopfte ihm auf die Schulter, die Hinterlist stand auf seinen Zügen. »Du wirst ein prachtvoller Eleve und gut in die Cognatio passen. Wir machen uns gleich auf die Reise.« Er lenkte ihn mit sanfter Gewalt zur zerborstenen Kutsche zurück und drehte eine leise jammernde Frau mit dem Stiefelabsatz auf den Rücken. »Stärke dich. Ich lasse sie dir.« Er zwinkerte. »Sie ist noch Jungfrau und wird als eine solche sterben.« Er lachte kurz. »So ein tugendhaftes brünettes Ding. Hat sich aufgespart für dich.«

»Woher kennst du ...«

»Ich sagte, dass ich dich beobachtet habe, lieber Neffe«, fiel er ihm harsch ins Wort. »Trink jetzt! Ich suche mir ebenfalls etwas. Danach folgt deine erste Lektion.« Als er sah, dass Dominic unsicher war, schlitzte Marek der Frau die Kehle mit einem Dolchhieb auf.

Ihr Schrei ging in einem Röcheln unter, sie fasste sich mit einer Hand an den Hals, um die Blutung aufzuhalten; der andere Arm war gebrochen, nutzlos. Zwischen ihren schwachen Fingern quoll das Rot hervor. Der warme Geruch weckte Dominics Gier. Lebenskraft ...

»Willst du es vergeuden? Solch ein kostbares Blut.«

Schnell setzte Dominic den Mund auf die Wunde und sog. Die junge Frau schmeckte herrlich und unvergleichlich!

*Es gab schon einen Grund, warum ich Jungfrauen bevorzugt habe.*

Während der Strom versiegte, die letzten süßen Tropfen über seine Lippen rannen und Dominic sich aufrichtete, ahnte er, dass eine neue Zeitrechnung für ihn begonnen hatte. Er wollte so viel wissen! Über die Cognatio, über die Kinder des Judas – und über seine Mutter. Er erhob sich.

Marek hielt die andere Frau locker mit einer Hand am Mantel und trank im Stehen aus ihrem Hals. Dann ließ er sie achtlos fallen. Er sah grinsend zu ihm, leckte sich das Blut von den Lippen.

Dominic fühlte genau, dass er seinen Halbonkel nicht ausstehen konnte.

*Das wird sich auch nicht ändern.*

## März 1790, nahe Požarevac (serbisches Gebiet)

*Ein wahrer Abstieg.* Dominic starrte auf sein neues, düsteres Zuhause, auf das sie die letzten Schritte zuritten. Die Pferde hatten sie unterwegs in einer kleinen Stadt gestohlen, um schneller vorwärtszukommen.

Das Gebäude bestand aus Holz, hatte massive Fachwerkbalken eingesetzt und kaum steinerne Wände. Zwei kleine Türmchen, die aus dem Holzschindeldach ragten, sollten dem Ganzen einen herrschaftlichen Hauch geben, doch Dominic fand es beinahe bemitleidenswert. Daran änderten auch die beeindruckende Größe, das dunkle Holz und die kunstvollen Schnitzereien nichts.

»Es ist kein feiner Palast, aber mein Eigentum.« Marek hatte ihm wohl angesehen, dass er mit der Unterkunft nicht einverstanden war.

Daraus hatte Dominic kein Geheimnis gemacht, seit er das Anwesen erblickt hatte. Doch noch schwieg er.

Sie hielten die Pferde vor den Stufen nach oben an und stiegen ab.

Marek ging voran und öffnete die Doppelflügel mit einer kraftvollen Bewegung, trat ins Innere. Warmer Lichtschein fiel ins Freie.

»Komm nur herein, mein Schüler! Was kann man sich mehr wünschen?«

*Du meine Güte. Eine triste Bude.*

Dominic folgte seinem Halbonkel mit wenig Begeisterung.

Ein rascher Blick genügte ihm für sein Urteil. »Mir fehlen der Marmor und der Stein, die Säulen und herrschaftlichen Treppen. Es erinnert mich an ... diese kleinen Landhäuschen, die der verarmte Adel bei uns in Frankreich besitzt«, sagte er beiläufig und fuhr mit dem Finger über den Tisch. Die Kuppe hinterließ einen langen Strich in der dünnen Staubschicht. »Sauberer könnte es zudem sein.«

»Dann putze«, knurrte Marek verstimmt und bellte zwei Namen durch den hohen Raum, in dem seine herrische Stimme widerhallte.

Dominic hatte sie nicht verstanden und konnte nicht einmal sagen, ob sie Männern oder Frauen gehörten. Er sah sich nochmals um. Dafür, dass das Haus von außen wie eine heruntergekommene alte Villa ausgesehen hatte, befand es sich im Innern in einwandfreiem Zustand. Sein Geschmack war es jedoch nicht. Die Scheiben waren schwarz gestrichen und mit Läden versehen, damit tagsüber kein Sonnenlicht hereinfiel. »Wie hältst du dir die Störenfriede vom Leib, Oheim?«

Marek lachte leise und mitleidig. »Indem ich sie vorher töte.« Er zog die Handschuhe von den Fingern. Es sah überlegen aus. Wie alles, was er tat. Eine gänzlich andere Attitüde: die Arroganz des Stärkeren.

Dominic bewunderte und hasste es zugleich, weil er selbst zum Opfer dieser Haltung wurde.

Marek hatte ihm unterwegs von der Cognatio berichtet. Daraus ergab sich ein eindeutiges Bild. Sein Halbonkel sah sich gegenüber allen anderen Geschöpfen als besser an, auch gegenüber manchem Baron. Barone, das hatte Dominic unterwegs gelernt, nannten sich die ranghöchsten Vampyre innerhalb der Cognatio. Danach kam für Marek lange nichts, dann die Eleven, die irgendwann Barone wurden, sobald ihr Mentor verstorben war; darauf wieder lange nichts. Schließlich folgten die Tiere und Menschen, ganz gleich welchen Standes.

»Man erzählte in Paris vom Krieg gegen die Muselmanen.«

»Wir stehen auf Boden, der einst Teil des Osmanischen Reiches war. Derzeit sollte er den Habsburgern gehören. Denke ich. Es ist nur eine Frage der Zeit, wann die Türken ihn wieder in Besitz nehmen werden. Wie so oft.« Marek wirkte nicht, als interessierten ihn die weltlichen Herrscher. »Die Bevölkerung der umliegenden Dörfer und Städte hat verstanden, dass dieses Haus und das Umland tödlich sind, wenn sie mich verärgern. Das erzählen sie jedem, ganz gleich, ob er zu Gott oder Allah betet.« Er legte den Mantel und die Handschuhe auf die Kommode. »Glaube und Götter helfen nicht gegen mich.«

Dominic war sprachlos.

*Er leidet an übelster Hybris! Anders lässt es sich nicht sagen. Was hat ihn so werden lassen? Woher rührt sein übermäßiges Selbstvertrauen?*

Eine Tür öffnete sich.

Drei junge Männer in dunkelgelben Livreen kamen in die kleine Halle und nahmen Mareks Garderobe, danach Dominics Mantel entgegen. Sie sprachen kein einziges Wort, Klatsch- und Schnipsgeräusche dienten ihnen zur Verständigung. Bei genauerem Hinschauen fiel Dominic auf, dass sie blind waren. Graue, stumpfe Augen glotzten ihn an, ohne ihn zu sehen.

»Stumm *und* blind«, erklärte Marek. »Sie kennen sich fast besser in dem Haus aus als ich. Eine Bekannte von mir hatte diese wunderbare Idee, sich derartig präparierte Dienerschaft zuzulegen.« Er ging die Holztreppe hinauf. »Komm mit. Ich zeige dir, was dir noch alles bevorsteht.«

Er folgte seinem Oheim in den ersten Stock, der eine einzige Bibliothek darstellte. Alte und neue Bücher, auf deren Rücken die verschiedensten Sprachen aufgedruckt oder eingeprägt waren, reihten sich aneinander.

*Das habe ich nicht vermutet. Diese Sammlung kann es mit jeder Universität aufnehmen.*

Der Geruch des Papiers mischte sich mit dem des Holzes und des Leders. Der Duft der Bienenwachskerzen gab dem Raum eine süßliche Note.

»Latein«, klang Mareks Stimme wie ein Peitschenknall, »wirst du lernen müssen. Altgriechisch, Spanisch, Sanskrit und viele andere Sprachen, damit dir das Wissen zugänglich wird, das hierin verborgen ist.« Er winkte Dominic zu sich und marschierte zu einer weiteren Treppe.

»Was soll ich damit?«

»Aus deiner Dummheit entfliehen. Aus deiner selbstverschuldeten Unmündigkeit, wie die Aufklärer sagen würden.« Marek lachte leise. »Aufklärer! Sie werden ihrer Unmündigkeit niemals entfliehen.«

Sie gelangten durch eine Stahltür in den zweiten Stock, wo Dominic ein durchdringender Geruch die Nase zu verätzen schien. »Was ist das?« Er nieste, würgte und hielt sich schnell ein Taschentuch vor Mund und Nase. »Ist hier der Schlund der Hölle?«

»Nein. Das sind die Kammern des Wissens!« Marek nahm ein Hölzchen aus der Tasche, rieb mit der Spitze über den Balken. Knisternd entzündete es sich, das Flämmchen leuchtete rötlich. »Ich war es leid, mir jedes Mal einen glimmenden Span zu suchen.« Er entfachte den Docht einer Lampe damit. Die Flamme sprang wie von Geisterhand weiter durch den Raum und entfachte zehn zusätzliche Leuchten. »Man erspart sich unnütze Lauferei.«

Aus der Dunkelheit erhob sich ein komplettes Stockwerk, das zu einem alchimistischen Labor umgewandelt worden war. Rauchabzüge hingen von der Decke, überall standen kleine Brenner auf den eisenbeschlagenen Tischen. Glaskabinen waren errichtet worden, in denen sich besondere Aufbauten befanden. An den Wänden entlang reihten sich die Schränke, und darin wiederum lagerten allerlei Ingredienzen.

*Wie hat er das gemacht?*

»Ich bin beeindruckt.« Dominic drehte sich. »Wofür das alles? Blei zu Gold? Oder neues Porzellan? Rauschmittel?«

»Da haben wir ein weiteres Manko: Du warst zu lange Räuber, um in anderen Bahnen zu denken.« Marek ging bis zum größten Schrank und öffnete ihn. Darin befanden sich vier Dutzend eiserne Kläppchen, die an Urnenstelen erinnerten, mit Vorhängeschlössern. »Hier lagern die giftigsten, gefährlichsten und wertvollsten Stoffe, die wir kennen. Laudanum, Brechnüsse, Quecksilber und weitere, ausschließlich todbringende Substanzen.« Er strich über die Schlösser und brachte sie zum Schwingen; es klackerte wie in einem Uhrwerk. »Und doch sollen sie mich und dich zu einem Ziel führen.« Er wandte sich zu ihm um. »Unsterblichkeit, Eleve. Denn sie ist uns Judaskindern wie allen Vampyren nicht sicher. Darum wird es dir von heute an gehen: *Unsterblichkeit!*«

Dominic nickte und heuchelte Begeisterung. In Wahrheit legte er sich bereits einen Plan zurecht, wie er eine neue Bande gründen und die Villa des verrückten Blutsaugers ausräumen konnte.

*Aber erst, wenn ich durch ihn mehr über meine Kräfte erfahren habe.*

Die größte Barriere, um sein Verbrecherhandwerk auszuüben, bildete die Verständigung. Also müsste er hurtig Serbisch oder das Kauderwelsch lernen, das die meisten Halunken in dieser Gegend sprachen. In seiner freien Zeit würde er sich in die Bücher vergraben und Wissen sammeln. Über sich und seine Macht als Judassohn.

»Ich werde lernen«, versprach Dominic lächelnd.

»Das erwarte ich von dir.« Marek sah zufrieden aus. »Gehen wir wieder nach unten. In diese Kammer wirst du erst dürfen, wenn dein theoretisches Wissen ausreicht, um dich mit den Stoffen hantieren zu lassen, ohne dass du dich umbringst oder meinen Palast sprengst.«

Sie kehrten in die Bibliothek zurück.

Einer der blindstummen Diener hatte ein Feuer im Kamin entzündet, vor dem die Vampyre in gemütlichen Ohrensesseln Platz nahmen; die Schmucksteine in Mareks Perücke funkelten saphirgleich.

Dominic versuchte zu verarbeiten, was er alles gesehen hatte, und räusperte sich. »Wie ...«

»Deine Mutter war die Elevin meines Vaters«, begann er seine Erzählung. Es schien ihm ein Bedürfnis zu sein, die Vergangenheit zu beleuchten. »Sie war auf einem sehr guten Weg und hatte alle Aussichten, die Beste von uns zu werden. Ich bin mir sicher, dass sie das Rätsel der Unsterblichkeit löste. Aber sie ließ uns nicht an ihrem Erfolg teilhaben, wie es die Cognatio verlangte.« Marek grollte und sah in die Flammen. »Sie hat die Kinder des Judas wegen eines Sterblichen verraten und sich von uns abgewandt. Ihre Flucht führte sie nach Frankreich, wie mir meine Spione sagten.«

»Dann ... lebt sie noch?« Dominic war von der Neuigkeit überrumpelt.

»Ja. Aber ich habe im Namen der Cognatio Vorbereitungen treffen lassen, um das zu ändern. Eines Tages wird sie ihre Strafe erhalten. Außerdem haben zwei Barone auf eigene Faust Leute ausgesandt, die sie umbringen sollen.« Marek lehnte sich tief in das Polster. »Ich habe mit ihr abgeschlossen, weil ich *dich* gefunden habe, Dominic.«

Er spürte nicht das Bedürfnis, seine Mutter gegen die Mordpläne der Cognatio zu verteidigen. Und er wunderte sich, dass er im Begriff stand, Mareks Worten Glauben zu schenken. Labor und Bibliothek hatten Eindruck auf ihn gemacht. »Wie hast du mich gefunden, Oheim?«

»Meine Spione verfolgten ihre Spuren ...«

»Wie hieß sie?«

Marek überlegte. »Als Mädchen hieß sie Jitka, als eine von

uns Scylla. Normalerweise wacht sie über ihre Nachkommen, die wie du ein normales Leben führen. Nach dem Tod können sie zu Vampyren werden.« Er zeigte auf Dominic. »*Du* hast dich gewandelt. Scylla hätte dich umbringen müssen, was sie aber nicht getan hat. Sie wurde nachlässig, schätze ich. Etwas lenkte sie ab.«

*Eine Mutter, die ihre Nachfahren umbringt?*

Dominic hatte zuerst lachen wollen, aber er sah an den blauen Augen, dass sein Oheim keinen Scherz machte. Er war dem zweiten Tod durch die Hand seiner Mutter durch Zufall entkommen. Bisher. »Sucht ... sie nach mir?«

»Oh, höre ich da Angst? Erspar sie dir und mir. Scylla weiß nicht einmal, dass es dich gibt.« Marek beugte sich unvermittelt nach vorn und legte die Finger zusammen. »Was hast du mit den Menschenfressern zu schaffen?«

»Menschenfresser?« Dominic wusste mit der Frage nichts anzufangen. »Ich kenne niemanden, der Menschen ...«

»Die Werwölfe, die dich verfolgt haben, und zwar von Frankreich bis nach Hohenlinden. Oder irre ich mich?«

»Nein, Oheim.«

»Und? Welche Erklärung vernehme ich?«

Dominic schaute hilflos. »Ich bin mir keiner Schuld bewusst.«

»Hast du einen von ihnen getötet?«

»Nein! Ich wusste bis zu dem Tag in Paris, als sie meine Liebhaberinnen getötet haben, überhaupt nicht, dass es sie wirklich gibt! Ammenmärchen, dachte ich. Loup-Garous wären erfunden, um Kinder zu erschrecken.«

Marek betrachtete ihn lange. Er schien Dominic nicht zu glauben, dann schüttelte den Kopf. »Nun hast du gesehen, dass sie da sind.« Er warf ein Scheit ins Feuer, knisternd tanzten die Funken in die Höhe. »Sie halten sich normalerweise fern von uns Vampyren, wir meiden wiederum ihre Reviere. Aber sie sind dir *gefolgt*, Dominic. Es muss einen Grund geben.«

*Selbst wenn es ihn gäbe ...*

»Ich kenne ihn nicht! Ich schwöre es!«

»Wir werden achtgeben. Wenn die beiden Bestien schlau sind, versuchen sie nicht, in meinen kleinen Palast einzudringen.« Marek sah zum Fenster, als könnte er durch die geschwärzten Scheiben blicken. »Es sind verlorene Wesen wie wir. Dämonengeschöpfe, gemacht, um auf ihre Weise über die Menschen zu herrschen, die nicht die unsere ist.« Er lächelte boshaft. »Sobald du Latein gelernt hast, wirst du über sie lesen können. Und über andere Vampyrarten.«

*De Sade hatte so etwas angedeutet. Nun werde ich mehr erfahren!*

Dominic hatte verstanden, dass es außer den Kindern des Judas weitere Blutsauger gab. Mal trugen sie spezielle Bezeichnungen, die er sich noch nicht merken konnte, mal sprach Marek einfach nur als *Abschaum* von ihnen. Anscheinend befand sich der Abschaum jedoch auf dem Vormarsch, wenn er es richtig begriffen hatte. Die Judaskinder mussten sich in Acht nehmen.

*Nicht nur sie. Ich auch.*

»Ich beeile mich, Oheim. Hast du schon etwas für mich, vielleicht ein Buch auf Französisch über Vampyre, über den Abschaum? Da sie uns bedrängen, sollte ich zügig etwas über sie erfahren. Wer weiß, wie lange ich brauche, bis ich Latein verstanden habe?«

Marek lachte gekünstelt. »Nun, ist das kein Ansporn: den Feind zu kennen?«

»Doch. Aber wenn ich mein Leben vorher aus Unwissenheit an einen von ihnen verliere?« Dominic lächelte ebenso falsch zurück.

Marek befahl einem Diener, Papier und Tinte zu bringen. »Schreib es dir auf, was ich dir gleich sage, Neffe, damit du es nicht vergisst.« Er schwieg und wartete.

Nach wenigen Minuten wurden Dominic die Utensilien gereicht. Gespannt wartete er, was er zu hören bekam. Nicht, weil er sich vor Blutsaugern fürchtete. Ihm schwebte anderes vor. Großes.

»Fangen wir mit dem Abschaum an.« Marek sprach dabei wirklich zutiefst angewidert. »Sie kriechen aus den Gräbern wie Lurche, geifern schlicht nach dem Blut der Lebenden und verfolgen keine höheren Ziele. Hirnlose Dämonendiener. Sie saugen den Lebenssaft unterschiedslos aus den Adern von Mensch und Tier. Eine echte Bedrohung sind sie für uns Kinder des Judas nur, wenn sie in Scharen auftreten. Die meisten haben ihren Verstand eingebüßt, attackieren mit Klauen und Zähnen und vermögen es so gut wie nicht, besondere Kräfte anzuwenden.«

*Erzähl mir was Neues, bevor ich Papier verschwende.*

Dominic schrieb nicht mit. »Das kenne ich aus den Berichten von Medvegia«, kommentierte er.

»Oh! Schlummert doch ein Gelehrter in dir?« Marek sah ihn erstaunt an. »Du hast dich kundig gemacht?«

»Nach meiner Wandlung. Ich wollte wissen, was ich geworden bin.«

*Ich habe ihn ungewollt beeindruckt. Das ist gut für mich.*

Sein Oheim nahm den Schürhaken und ordnete das brennende Holz, damit das Feuer besser loderte. »Hätte ich das gewusst, hätte ich mir die Erklärung sparen können.« Er schien nachzudenken. »Machen wir mit den Tenjac weiter. Man nennt sie auch Aufhocker, oder Inkubus oder Sukkubus. Sie bringen den Menschen Träume, gute und schlechte. Alp- oder Lustträume, wie auch immer sie es möchten. In diesen Träumen können sie den Opfern Befehle erteilen, die diese nach dem Erwachen unbewusst ausführen. *Einflüsterer* könnte man sie auch nennen.«

*Jetzt kommen wir den wichtigen Dingen näher!*

Dominic schrieb sich Stichworte zu den Tenjac auf.

»Sie verwandeln sich in Falter oder Spinnen, um an Menschen heranzukommen, und sind in ihrer menschlichen Gestalt nur für das Opfer sichtbar. Wenn sie es wollen«, sprach Marek bedächtig. »Ach ja, *wir* sehen sie natürlich. Vor uns können sie sich nicht verbergen. Und es gibt nur hübsche Vampyrinnen und Vampyre unter den Tenjac. Da sind sie sehr eigen. Die Umwandlung durch ihren Dämon formt die hässlichste Fratze zu einem Antlitz.«

*Tenjac.*

Dominic machte sich einen gedanklichen Vermerk.

*Mit hübschen Feinden kann man Frieden auf besondere Weise besiegeln.*

Er dachte darüber nach, dass er es noch mit keiner Vampyrin getrieben hatte. Er musste achtgeben, dass er nicht zu sehr grinste.

Marek zählte in der Zwischenzeit weiter auf, und Dominic schrieb automatisch mit, bis sage und schreibe zehn Blätter gefüllt waren. Er sog das Wissen regelrecht auf und wollte mehr! Die Kinder des Judas hatten viele Feinde.

Aber das schreckte ihn nicht. Bald wäre er in der Lage, es mit allen aufzunehmen. Auch mit den Loup-Garous, und Dominic beabsichtigte nicht, Gnade zu gewähren.

***

# KAPITEL IV

Mai 1790,
nahe Požarevac (serbisches Gebiet)

Dominic ritt auf dem Pferd durch die mondklare Nacht. Der Wind roch nach frischen Blüten und Gras. Der Frühling hatte ungeachtet des Kriegs zwischen den Habsburgern und den Osmanen das von den Kämpfen gebeutelte Land erreicht. Die Natur folgte unbeirrt ihrem alten Lauf.

Dominic erlaubte seinen Gedanken zu schweifen.

Sosehr Marek versuchte, ihn zu einem Wissenschaftler umzuwandeln, so sehr wehrte er sich. Gegen das Lesen hatte er nichts einzuwenden. Es machte ihm Spaß, sich mit neuen Sprachen zu befassen, doch die kleinen Einführungen in die harmlosen Versuche der Alchimie stießen ihn ab. Pülverchen, Mixturen, Laugen und Säuren, Metalle – das war nicht seine Welt. Die Gerüche lagen ihm nicht, das ständige Abwiegen der Zutaten bis aufs kleinste Körnchen schürte seine Ungeduld, und immer lief er bei Experimenten Gefahr, aus kleinsten Versehen gewaltige Katastrophen auszulösen.

*Niemals. Die Alchimietiegel müssen ohne mich auskommen. Ich sprenge mich sonst selbst in die Luft.*

Es gefiel Dominic dagegen ausnehmend gut, dass Marek ihn streng nach den Traditionen der Kinder des Judas im Kampf mit dem Dolch unterrichtete. Seine Mutter und sein Oheim waren von dem deutschen Söldner Frans Hohentgar geschult worden, wie Marek ihm berichtete. Und genau nach dessen Methode zeigte er ihm nun Angriff und Parade mit Dolchen.

*Dass kurze Klingen derart tödlich sein können.*

Hatte sich Dominic zunächst vor seinem Oheim gefürchtet, verstand er rasch, dass Marek keine echte Handhabe gegen ihn besaß, vom Tod einmal abgesehen. Weder gab es die angedrohten Schläge, noch wurde er eingesperrt oder die Unterrichtung in den vampyrischen Kräften abgebrochen.

*Ihm läuft die Zeit davon. Aber was ist so dringend für ihn?*

Dominic erachtete es als gewiss, dass es etwas mit ihm zu tun hatte – oder besser mit dem Erbe seiner Mutter. Er musste herausfinden, was sie besonders gemacht hatte und was ihn deswegen so bedeutsam für seinen Halbonkel werden ließ.

Er peitschte das Pferd an. Seine Zeit war kostbar. Er musste sein Ziel in einer Nacht erreichen und zu dem hölzernen Palast zurückkehren, bevor sein Fernbleiben bemerkt wurde.

Als Marek über die Cognatio, die Versammlung der Barone, gesprochen hatte, hatte er am Rande eine gute Freundin seiner Mutter erwähnt: eine Baronin namens Lydia Metunova.

Und genau dorthin war Dominic unterwegs.

*Wie sie mich wohl empfangen wird, wenn sie hört, wessen Sohn ich bin?*

Die Nacht erklang in bekannten Tönen, wenn auch mit weniger Grillen als in seiner Heimat Frankreich. Im dichten Wald waren es vielmehr die Schreie von Kauz und Fuchs, die aufklangen. Fledermäuse taumelten mit ihren ungelenk wirkenden, schnellen Bewegungen vor dem Mond dahin und jagten flatternde Motten.

*Die Dunkelheit an diesem Fleckchen Erde ist finsterer, habe ich das Gefühl. Aber sie ist der beste Schutz. Und zugleich die Voraussetzung für meine neue Bande.*

Seinen Plan, Verbrecher um sich zu sammeln, hatte Dominic nicht aufgegeben. Ganz im Gegenteil: Er würde eine Gruppe schaffen, wie sie die Welt und auch diese Region noch nicht gesehen hatte!

Sein Ehrgeiz verlangte, dass er sich verschiedenste Vampyre

zu Freunden machen und sie dazu überreden würde, mit ihm über die Dörfer und Städte herzufallen. Wer sollte sich einer solchen Meute mit den unheimlichsten Kräften in den Weg stellen?

*Das werden die besten Raubzüge, die ich jemals unternommen habe! Ich pfeife auf die Unsterblichkeit, die Marek erforscht,* dachte er. *Ich will jetzt in Reichtum leben und nicht in einer nach alchimistischen Substanzen stinkenden Scheune unterkriechen. Wer weiß, ob er sein Ziel jemals erreicht und nicht wichtige Jahre verschwendet?*

Vor ihm erschien eine hohe Hecke, in die der Weg hineinzuführen schien. Beim Näherkommen erkannte er, dass daraus ein Pfad wurde, verwuchert und verwildert; lange Ranken hingen von oben herab, als fischten sie nach denjenigen, die hier unterwegs waren.

*Tentakeln mit langen Dornen.*

Dominic brachte sein schweißnasses, schnaubendes Pferd zum Stehen und stieg ab, um es anzubinden. Alleine schritt er auf dem kaum mehr sichtbaren Pfad entlang.

Es war vollkommen windstill und geräuschlos. Im grünen Labyrinth gab es keinerlei Hall von seinen Schritten: Es knisterte kurz, dann war der Ton verschwunden, wie abgeschnitten.

*Verwunderlich. Ich hoffe, ich habe mich nicht vertan, was den Ort angeht.*

Dominic hatte es geschafft, durch viele kleine nebensächliche Fragen über die Mitglieder der Cognatio den Verbleib der Baronin zu erkunden. Marek schien es nicht zu interessieren; er hatte keinen Gedanken daran verschwendet, dass sein designierter Eleve einen Ausflug zur Baronin unternehmen könnte.

*Er hat ihr Zuhause als einen Palast beschrieben. Soll das etwa der Garten sein? Grünpflege sieht in Frankreich anders aus.*

Mit einem Mal öffnete sich der Irrgarten für ihn.

Dominic sah auf die verfallenen Reste eines Palastes, in dem vor langer Zeit ein Feuer gewütet haben musste. Wie durch ein Wunder war auf der rechten Seite ein Türmchen stehen geblieben, in dessen unterem Bereich Licht hinter den gesprungenen Scheiben brannte. Eine Silhouette bewegte sich gelegentlich daran vorbei.

*Ich hoffe, sie ist es überhaupt.*

Dominic marschierte vorwärts, quer durch die Reste eines angelegten Gartens, der einst eines Comte oder Marquis würdig gewesen wäre. Das Ansehnliche hatte er jedoch verloren. Überall wucherten die Ranken und kleine Büsche, die jegliche Symmetrie zerstörten und die ursprünglichen Pflanzen erdrückten. Der Niedergang der Macht der Judaskinder drückte sich sinnbildlich aus.

Raschelnd bahnte sich Dominic den Weg durch hohes Gras und Büsche. Dreißig Schritte hatte er noch bis zum Eingang zurückzulegen – da vernahm er das Knurren. Hastig sah er sich um, seine Hand legte sich an den Silberdolch.

*Ver...!*

Kalbgroße Schatten strichen durch den Garten und näherten sich ihm aus verschiedenen Richtungen. Zu seiner Erleichterung glomm keines der Augenpaare verräterisch rot. Der Geruch, der ihn traf, gehörte zu Hunden.

*Schwarze Doggen. Loup-Garous hätten mir noch gefehlt.*

Dominics aufkeimende Angst verging, er nahm sogar die Finger vom Dolchgriff.

*Gegen normale Köter bestehe ich hundertmal. Kommt nur, wenn ihr glaubt, ihr könntet mich zerreißen!*

Er ging weiter, als hätte er die vierbeinigen Wächter nicht bemerkt.

Der größte der Hunde bellte laut und wütend.

Es war das Signal für das Rudel, sich auf den Eindringling zu werfen. Plötzlich preschten fünf Doggen knurrend und bellend auf ihn zu; gleichzeitig öffnete sich das Fenster im Turm, und ein älteres Frauengesicht schaute besorgt in den Garten. Auf den Befehl, der die Hunde zurückhielt, wartete Dominic jedoch vergebens.

»Baronin Metunova«, rief er in schlechtem Serbisch hinauf, »ich bin Scyllas Sohn: Dominic de Marat! Ruft Eure Hunde zurück, bevor ich sie töten muss.« Ehe ihn der erste Gegner erreicht hatte, öffnete er seinen Mund weit und zeigte die langen Fangzähne, fauchte den Hunden drohend entgegen.

Aber sie waren gut abgerichtet worden und zeigten sich unbeeindruckt. Eine Dogge sprang ihm gegen den Rücken und versuchte, ihn auf die Erde zu werfen.

*So einfach wird es nicht werden.*

Dominic schüttelte sie mit einer Drehung ab. Dabei sah er, dass dem Hund ein Halsband mit Kruzifixen umgehängt worden war, und auf dessen breiter Stirn befand sich ein aufgemaltes Kreuz. Gegen Blutsauger, die sich vor christlichen Symbolen fürchteten, waren die Verteidiger effektiv.

Aber nicht gegen einen Judassohn.

»Hört Ihr, Baronin? Ich bin Scyllas Sohn!« Er duckte sich und bekam eine glatte Rute zu fassen, schleuderte das aufjaulende Tier damit im Kreis und ließ es mehrmals gegen die anderen prallen, bevor er es in die Büsche warf. Er wollte vermeiden, die Hunde zu töten, um die Baronin nicht zu verärgern. Zwei Doggen lagen benommen vor seinen Stiefelspitzen im Gras, doch zwei weitere machten sich zähnefletschend zum Angriff bereit. Sie gaben nicht auf.

»Übertreibt es nicht, ihr schwarzfelligen Viecher«, sagte Dominic zu ihnen. »Noch habe ich euch geschont.«

Ein leiser Pfiff erklang vom Turm. Die Wachtiere bewegten sich daraufhin knurrend rückwärts und ließen von ihm ab.

*Auf was hat sie denn gewartet?*

»Ich brauche einen Beweis«, sagte eine klare Frauenstimme, in der viel Feindseligkeit mitschwang, auf akzentfreiem Französisch. »Du klingst, als habe ein Franzose Serbisch gelernt. Oder es zumindest versucht.«

»Ich kann Euch keinen Beweis bieten, wenn Ihr einen Brief oder eine Legitimation in Form eines Schriebs erwartet«, gab er in seiner Heimatsprache zurück. »Man sagte mir, dass Ihr die beste Freundin meiner Mutter in der Cognatio gewesen seid, Madame.«

»Woher weißt du das?«

»Von Baron Marek Illicz.«

Sie lachte schallend. »Denkt er, ich falle auf einen seiner Attentäter herein, wenn er sich offen zeigt und einen schlechten Scherz versucht?«

*Merde! Sie können sich untereinander nicht leiden?*

Dominics Zuversicht schwand. Mit einer solchen Wendung hatte er nicht gerechnet.

*Das ist eine schöne Gemeinschaft, in der man sich gegenseitig umbringen will.*

»Ich bin kein Assassine, Madame! Ich ...« Er sah sich um. »Madame, können wir nicht bei Euch drinnen weitersprechen? Es ... sollte nicht jeder hören.«

*Was rede ich da? Wer sollte hier sein?*

Wieder lachte die Baronin. »Du bist entweder ein sehr guter Attentäter oder ein sehr naiver Vampyr.« Sie winkte ihm zu. »Ich gestatte dir, näher zu kommen. Doch ich werde nicht zögern, dich zu töten, wenn du dich falsch benehmen solltest.« Sie schloss das Fenster.

»Merci, Madame!«

*Was meint sie mit falschem Benehmen?*

Dominic ging auf den Eingang zu. Die letzte Äußerung brachte ihn zum Grübeln und schuf ein mulmiges Gefühl in seiner Magengegend. Die Baronin war tausendfach gefährlicher als vier Dutzend hungriger, gereizter Doggenrudel.

*Eine Prüfung.*

Er wartete vor der eisenbeschlagenen Tür und betrachtete seine Fingernägel. Schnell entfernte er den Dreckrand mit den Zähnen. Dominic wollte einen guten Eindruck machen, denn er brauchte ihre Unterstützung. Er grinste.

*Jemand, der so gut Französisch spricht, kann kein schlechtes Wesen sein.*

Lydia Metunova öffnete ihm. Ihr Anblick erschreckte Dominic: Das rotweiße Kleid mit den Stickereien hatte einmal gut ausgesehen, doch es war mittlerweile abgetragen und wies dünne Stellen an den Ellbogen auf; der Saum war verschmutzt und ausgefranst.

*Das soll ...?*

»Du«, knurrte sie, »starrst mich an, Bursche!«

»Verzeiht, Madame«, sagte Dominic und verbarg seine Überraschung. Ihre roten Haare waren zerzaust und fielen in wilden Locken auf die Schultern herab. Nein, *so* sah *keine* Baronin aus! »Eure Schönheit ist von wundervoller ...«

»Geschenkt«, sagte Metunova und winkte ab. Das Gesicht gehörte einer Fünfzigjährigen, die beim Hinsehen alterte. Er meinte zu sehen, wie sich die Falten darauf vertieften und neue entstanden. »Ich weiß deinen französischen Charme zu schätzen, aber ich bin nicht so einfältig, darauf hereinzufallen.« Ihre blauen Augen zuckten leicht, als könnten sie sich nicht auf eine Stelle fokussieren. »Du behauptest, Scyllas Sohn zu sein und dass dich Marek geschickt hat.«

»Nein. Marek weiß nicht, dass ich Euch aufsuche, Madame.« Er verneigte sich. »Und nicht *ich* behaupte, ihr Sohn zu sein. Sondern Marek.«

Sie lächelte ansatzlos, und dadurch wirkte sie plötzlich freundlicher, netter und fast eine Spur herzlich. »Oh. *Das* ändert alles.«

*Sei auf der Hut!*

Dominic nahm ihre Hand und drückte einen Kuss darauf. Die Haut wirkte spröde und rissig, als habe die Vampyrin die harte

Arbeit einer Wäscherin oder Bäuerin verrichtet. »Ich freue mich. Ihr werdet mir sicher dabei helfen können, mehr über meine Mutter zu erfahren.«

Metunova trat nach hinten und bat ihn herein. Er machte einen Schritt über die Schwelle. Es roch angenehm nach Holz und Rauch, nach warmem Stein und Gewürzen. Außer einem Ofen befand sich in dem großen Raum nichts.

»Warte da.« Sie ging an ihm vorbei und steckte einen Dolch in den oberen Rahmen »So. Und nun wieder hinaus«, sagte sie freundlich.

»Bitte, Madame?«

Die Vampyrin fletschte auffordernd die Zähne, sagte nichts weiter.

*Sie ist verrückt!*

Dominic setzte einen Fuß zurück, doch er schien gegen die geschlossene Tür gelaufen zu sein. »Hoppla, ich habe wohl nicht darauf geachtet, dass Ihr ...« Er sah über die Schulter, und seine Augen wurden groß: Es gab kein sichtbares Hindernis! Sosehr er sich anstrengte, er gelangte nicht ins Freie.

*Zauberei!*

Metunova lachte erneut über ihn, aber es klang wohlwollend. »Du bist zumindest ein echter *Judassohn.*« Sie zeigte auf das Messer. »Die Klinge verhindert, dass du durch die Tür gelangst. Eine unserer Schwächen. Kein Kind des Judas kommt durch Fenster und Türen, wenn etwas Scharfes oder Spitzes darüber angebracht ist. Hat dir Marek das nicht gesagt?«

»Nein, Madame«, antwortete er zerknirscht und ahnte, dass er etliche weitere Geheimnisse nicht kannte.

»Das passt zu ihm. Er hätte es bei dir angewandt, um dich zur Strafe einzusperren, wenn du seinen Anweisungen nicht nachkommst.« Sie winkte ihn zur Treppe und ging die Stufen hinauf. »Hüte dich vor deinem ... Halboheim. Er hat deiner Mutter schlimme Dinge angetan und versucht, ihre Gunst zu gewinnen.«

*Eine Lüge von ihr, um mich gegen Marek anzustacheln, oder die Wahrheit?*

Dominic neigte jedoch dazu, ihr Glauben zu schenken, sofern er mehr Vertrauen zu ihr fassen konnte. Er wurde immer neugieriger auf die Unterredung.

Metunova bemerkte sofort, dass er wiederum etwas Neues gehört hatte. »Ja, ich sehe schon, dass du nicht gelogen hast. Marek hätte dich bestimmt nicht zu mir geschickt. Er weiß, dass ich seine Niederträchtigkeit mit Genuss enthülle.« Sie öffnete die Tür und ließ ihn vorgehen. »Es sei denn, du wärst ein Assassine«, hauchte sie ihm im Vorbeigehen ins Ohr. Um ein Haar hätten ihn ihre Lippen berührt.

Dominic hatte beschlossen, sie aus der Reserve zu locken, um mehr über sie zu erfahren. »Für eine echte Baronin wohnt Ihr schäbig, Madame«, merkte er an. »Seht es einmal von meiner Warte: Woher weiß *ich*, dass *Ihr* Baronin Metunova seid und keine Hochstaplerin, die sich eingenistet hat?« Dabei ließ er die Blicke schweifen. In dem kleinen Raum gab es zwei Stühle, einen großen Schreibtisch und Regale voller Bücher, die alt waren wie Mareks, doch keine davon zum Thema Alchimie. Die Turmherrin schien kein Verlangen nach Unsterblichkeit zu haben.

»Das«, sagte sie erheitert, »war frech. Du bist doch ein naiver Vampyr.« Sie bot ihm einen Platz auf dem abgewetzten Stuhl an, sie selbst blieb stehen, halb an den Tisch gelehnt. Sie musterte ihn. »In der Tat. Die Ähnlichkeit mit meiner sehr guten Freundin ist vorhanden. Wie hat dich Marek gefunden?«

*Na schön. Ich gebe ihr Futter und werde sehen, was ich im Gegenzug zu hören bekomme.*

Dominic erzählte von ihrem Zusammentreffen, von Mareks Spionen, die hinter Scylla her waren, von den Spionen der anderen Barone und dessen Plänen, ihn zum Eleven machen zu lassen. »Als Euer Name fiel, erwachte in mir der Wunsch, Euch zu treffen und mit Euch über meine Mutter zu sprechen, Madame«, endete er.

»Weswegen?«

»Weil ich das Gefühl hatte, dass ich von Euch mehr Wahrheiten erfahre als von Baron Illicz, Madame.«

»Da hat dich dein Gefühl nicht getäuscht, Dominic.« Metunova setzte sich auf die Arbeitsplatte. »Du kommst zu einem Zeitpunkt in dieses Land, an dem die Cognatio nicht mehr das ist, was sie war. Mit der Flucht deiner Mutter und ihrem Liebsten vor den Baronen ist die Organisation zerbrochen. Die Gier nach Unsterblichkeit hatte uns zusammengehalten, wir forschten eifersüchtig um die Wette. Aber Scylla hat uns vor Augen geführt, dass es nichts bringen wird.« Sie seufzte. »Mir zumindest hat sie es vor Augen geführt. Ich habe das Brauen von Tränken aufgegeben und warte, dass mich der Tod ein zweites Mal zur Strecke bringt. Meine Seele wird dann in die Hände des Dämons gelangen, dem wir dienen.«

*Das klingt anders als Mareks Variante.*

»Mein Oheim behauptet aber, dass es die Cognatio noch gibt.«

»Das hätte er gerne.« Metunova verzog den Mund. Dominic kam sich wie ein kleiner Schuljunge vor, der vor seiner gestrengen Lehrerin hockte und gemaßregelt wurde. »Es gibt einen Bund von sieben Judaskindern, die den Namen Cognatio beibehalten und die alten Regeln verändert haben. Es hat nichts mit der Gemeinschaft der Judaskinder von damals zu tun, sondern ist ein Zweckbündnis, um sich gegen die übrigen Vampyre besser verteidigen zu können«, sagte sie verächtlich. »Auch wenn ich heute bezweifle, dass es eine Gemeinschaft jemals gab. Nur zwischen Scylla, ihrem Vater und mir. Fast wie eine Familie.« Sie lächelte verklärt. »Sie war eine großartige Frau.«

*Sie hasst Marek und die Sieben. Ihre Augen verraten es.*

»Und die anderen Kinder des Judas?«

Metunova atmete tief ein, als würde sie ersticken, und hob die Arme. »Schau dich um, wie ich lebe. *Das* ist aus einer Baronin geworden!«, schleuderte sie ihm entgegen, als wäre er der Schuldige.

»Ich hause gleich einer Bettlerin und werde gelegentlich von Vampyren überfallen, die von der Cognatio auf mich gehetzt werden. Die Übrigen, die sich lossagten, haben es nicht besser getroffen. Der Bund der Sieben hat uns nicht vergeben, dass wir ihnen den Rücken kehrten.« Sie schnaubte und senkte die Stimme; der Blick wurde leidend und bitter. »Ich nehme an, dass Marek meine Residenz angezündet hat. Das Unwetter, das seine Blitze durch die Dächer und Zimmer schleuderte, war nicht natürlichen Ursprungs.« Metunova sah ihn plötzlich abschätzend an. Ihr schien ein Einfall gekommen zu sein. »Unterrichtet er dich?«

»Ja. Aber ich glaube nicht daran, dass er mir alles beibringen wird.«

Sie lachte. »Klug erkannt! Du wirst ihn niemals erreichen, was deine Macht angeht.« Sie streckte die Hand aus. »Doch nun hast du mich, junger Freund. Ich schlage dir vor, dich zu unterweisen. Du kommst einmal die Woche zu mir, wir reden über dein Wissen und üben.« Die blauen Augen funkelten und glitten an seinem Leib hinab. In dem leichten Gegenlicht und von unten herauf betrachtet, besaß die ältere Vampyrin durchaus etwas Herrschaftliches und Erhabenes. In jüngeren Jahren hatte sie gewiss blendend ausgesehen. »Was erhalte ich von *dir?*«

Dominic durchschaute ihre Andeutung.

*Sie will mich. Glaubt sie, dass es ihre Jugend zurückbringt, wenn sie mit mir schläft?*

Es war ihm gleich. Ihr Können nahm er gern in Anspruch, auch wenn er dafür mit ihr das Lager teilen sollte. Dominic ergriff ihre Hand und küsste die Fingerknöchel. »Ich bin überwältigt, Madame.«

Metunova legte den Kopf schief. »Du glaubst doch nicht, dass ich es auf deine Männlichkeit abgesehen hätte?«

Er errötete, wie er am heißen Gefühl im Kopf spürte. »Nein? Habt Ihr nicht?«, erwiderte er verunsichert und fühlte sich beinahe von ihrer Zurückweisung beleidigt.

»Oh, ihr jungen Männer. Ihr denkt stets an die gleichen Dinge.« Metunova bedachte ihn mit einem fast mütterlichen Blick. »Ich tue es für deine Mutter, Dominic. Und du wirst mein und ihr Rachewerkzeug sein, sobald du eines Nachts gut genug geworden bist. Das ist mein Angebot an dich. Deinen Leib möchte ich nicht.«

*Merde. Eine vollendetere Blamage gibt es ja gar nicht mehr!*

»Da ich nicht weiß, wie gut du bist und wie schnell du lernst, beginnen wir sofort, damit ich mir einen Eindruck verschaffen kann«, sagte sie freundlich und nachsichtig. »Außerdem will ich nicht ewig auf meine Rache warten müssen. Kannst du dir alles merken, oder brauchst du etwas zu schreiben?« Sie zeigte unter sich auf die Schublade. »Hier wäre das Nötige drin.«

*Sie versucht wenigstens nicht, mir etwas vorzumachen.*

Dominic zwang sich dazu, weiterhin ihr gegenüber aufmerksam zu bleiben. Vieles sprach dafür, dass die Baronin es ernst meinte. Doch ganz so gutgläubig wollte er nicht sein. »Ihr braucht mich, um Rache zu üben – weswegen? Seid Ihr nicht viel mächtiger als ich?«

»Ich bin schwach und alt, ein Schatten der Judastochter, die ich einst gewesen bin«, antwortete sie. »Man muss jung und stark sein, um es mit den Sieben und ihren Eleven aufzunehmen. Mir sagt eine Ahnung, dass du es schaffen wirst.«

»Und wenn es so weit ist, werdet Ihr mich unterstützen, oder soll ich als Euer kleiner, braver Soldat alleine in die Schlacht ziehen?«

Metunova schüttelte sacht den roten Lockenschopf. »Ich werde an deiner Seite sein.« Sie zog die Schublade auf, warf ihm einen Packen Papier, ein Tintenfass und eine Feder zu. »Nun schreib es dir auf, Dominic, und vertraue mir, dass meine Worte im Gegensatz zu denen deines Oheims wahr sind. Es ist besser, wir gehen die Dinge nochmals von Grund auf an, um zu sehen, wo Marek dir absichtlich Humbug erzählt hat.«

Dominic passte die Vorgehensweise gut, und er machte sich ans Schreiben. Eines stand für ihn fest:

*Mutters Heimat ist eine einzige Schlangengrube. Und ich weiß nicht, wer die größte Schlange von ihnen ist.*

»Die Schwächen unserer Art: Wir können keinerlei sichtbares fließendes Wasser überqueren, weder mit der Hilfe von Brücken oder Baumstämmen oder anderen Hilfsmitteln«, diktierte Metunova. »Noch in Kutschen oder mit Booten. Es wird wie vorhin am Turmeingang sein.« Sie zeigte auf die Tür. »Eine Barriere, die dich nicht passieren lässt. Aber das hast du sicher schon selbst herausgefunden.«

Dominic notierte, die Feder kratzte über das oberste Blatt. Kleine schwarze Spritzer verteilten sich.

*Ja, das habe ich. Lass mich hören, wie weit dein Wissen reicht, Baronin.*

»Warum ist das so?«

Sie zuckte mit den Achseln. »Es ist eben so. Eine Einschränkung, um uns nicht *zu* mächtig werden zu lassen, schätze ich.«

*Sie schätzt? Wunderbar ...*

Dominic spielte mit dem Federkiel, kratzte sich am Kinn. »Und wenn fließendes Wasser mich überrascht? Beispielsweise in einem ausgetrockneten Bachbett?«

»Wirst du zersetzt wie von Säure. Ich würde auch nicht versuchen, in deiner Windgestalt ...«

*Windgestalt? Kann ich zu Luft werden?*

Metunova sah ihm die neuerliche Verwunderung an. »Aha. Da haben wir es! Marek hat dir davon nichts berichtet. Gut, das üben wir gleich.« Metunova rutschte vom Tisch. »Wie ich dir gezeigt habe, hindern uns spitze, scharfe Gegenstände über den Eingängen eines Hauses beim Eintreten oder Verlassen. Schreib dir auf, dass du in der direkten Sonne nicht länger als eine halbe Stunde ausharren darfst. Danach vergehst du wie verbrennendes

Fleisch am Spieß.« Sie warf ihm einen durchdringenden Blick zu. »Verstanden?«

Er nickte und kritzelte rasch zu Ende. Jetzt hatte er durchaus Unbekanntes erfahren.

*Marek hat mir nichts davon gesagt!*

Dominic hatte nicht einmal gewusst, dass er tagsüber wachen, geschweige denn die Sonne sehen konnte! Er fühlte Aufregung. Sein Werdegang als Vampyr, als Judassohn, veränderte sich mit der Flucht aus Paris von Nacht zu Nacht. »Danke, Madame.« Ihn interessierte ein Umstand besonders. »Ihr habt erwähnt, dass wir Dämonendiener sind? Wie kann ich mir das vorstellen? Und darum heißen wir *Judaskinder?* Judas war kein Dämon.«

»Nur ein Verräter. Vielleicht hatte er einen Pakt mit dem Teufel, um den Sohn Gottes zu vernichten. Ich weiß es nicht.« Metunova sagte es vollkommen neutral. »Früher hatten wir uns die Legende gegeben, unmittelbare Nachfahren von Judas Ischariot zu sein. Wir überhöhten uns, hielten uns für besser. Marek will das noch immer glauben.« Sie setzte sich auf den anderen Stuhl. Beide befanden sich nun auf Augenhöhe. Ihr Blick wurde milder. »Deine Mutter hat uns deutlich gemacht, dass wir nicht anders als die von uns verabscheuten übrigen Vampyre sind: ganz gewöhnliche Blutsauger.« Metunovas blaue Augen richteten sich auf die Bücher um sie herum. »Darin steht so manches geschrieben, was dir helfen kann, wenn du weiter vordringen möchtest. Es scheint, als trügen verschiedene Dämonen in dieser Welt ihre Kämpfe aus, die sie in der Hölle nicht führen wollen. Vampyre und Wandelwesen sind ihre Figuren. Vielleicht gibt es noch viel mehr ihrer Soldaten, aber denen bin ich noch nicht begegnet.«

Dominic hatte gebannt gelauscht. Schnell tauchte er den Kiel in die Tinte und schrieb mit fliegender Hand. »Und wie ... funktioniert das?« Er wollte, musste mehr erfahren! Endlich saß er an einer Quelle des Wissens. Marek dagegen erschien ihm hohl und leer wie ein ausgetrockneter Brunnen.

Metunova lächelte. »Du konntest nicht wissen, warum ich dich vorhin gemustert hatte. Mir stand nicht der Sinn nach fleischlichem Vergnügen mit dir.«

*Das wird sie mir ewig vorhalten und mich damit aufziehen!*

»Ich habe versucht zu erraten, wo sich das Erkennungszeichen des Dämons befindet.« Ihr Blick war freundlich und endlich frei von jeglichem Argwohn. »Du hast ein Mal an deinem Körper, einen roten Fleck. Das beweist deine Zugehörigkeit zu einem bestimmten Dämon. Jeder Dämon nutzt ein anderes Zeichen für den Zwangspakt. Sobald wir vergehen, erhält er unsere Seele.«

Dominic horchte auf. »Kann man diesen Pakt lösen?«, fragte er heiser vor Aufregung.

*Es gibt einen Ausweg aus diesem Unleben!*

Metunova blickte ihn verblüfft an. »Schau einer an! Dominic, du bist ein gewitzter Junge.« Sie musste wieder lachen. »Wir versuchen, unsere Existenz zu verlängern, um die Seele nicht herausgeben zu müssen, aber *du* willst den Pakt auflösen.« Sie wurde ernst. »Ich werde darüber nachdenken. Bücher zum Nachlesen habe ich genug.«

Dominic trug nach, was er in der Eile nicht hatte schreiben können.

*Nichts überstürzen. Ich muss den Pakt ja nicht sofort auflösen. Zuerst ein paar gelungene Raubzüge, die mich zu einem gemachten Mann machen, und dann nichts wie raus aus der Welt der Blutsauger und Menschenfresser.*

Den Rachegedanken an Marek und am Bund der Sieben stellte er noch weiter hintenan. Er war sich selbst der Nächste.

Die Hunde schlugen mit lautem Gebell an.

Metunova reckte sich kerzengerade, stand auf und eilte zu dem kleinen Fenster neben der Tür. Sie spähte in die Nacht. Dominic sah, wie sie sich gleich darauf entspannte und sich ihr

Gesicht aufhellte. Sie öffnete die Tür und lief nach unten. »Komm mit! Du hast Glück. Du lernst jemand Besonderen kennen.« Schon war sie ins Erdgeschoss verschwunden.

Dominic hatte die Veränderung an ihr genau bemerkt; sogar ihre Stimme hatte sich gewandelt und klang freudig aufgeregt.

*Wer immer es ist, er bringt das Mädchenhafte in ihr zum Vorschein. Er muss ihr am Herzen liegen.*

Schnell folgte er, steckte die beschriebenen Seiten unter seine Jacke.

Als er die Treppen hinuntereilte, hatte Metunova den Eingang bereits geöffnet und den Besucher hereingelassen.

Auf der Schwelle stand ein kahlköpfiger Mann, dessen stechender Blick auf Dominic gerichtet war. Bevor der Unbekannte etwas sagen konnte, bat die Baronin ihn: »Sprich Französisch, lieber Octavius. Das Serbisch meines Gasts ist abscheulich schlecht.«

»Oh. Nun, mein Französisch klingt bestimmt nicht besser. Guten Abend, Lydia«, sagte er mit dünnem Stimmchen, das so gar nicht zu seiner breiten Statur passen wollte. Sein Bart war dicht, jedoch sauber gestutzt.

Dominic musste sich das Lachen verkneifen. Die schwarzgelbe osmanische Uniform und die dunkelroten Pumphosen, die in hohe Schaftstiefel mündeten, wirkten durch das Fisteln nicht gerade eindrucksvoll.

*Die Natur kann grausam sein. Ob er noch seine Eier hat? Vielleicht ein entflohener Eunuch?*

»Das ist Monsieur de Marat aus dem fernen Frankreich. Marek hat ihn auserwählt, sein neuer Eleve zu sein«, plauderte Metunova drauflos, »aber der Junge kam von selbst zu mir. Ich habe ihm ein paar Wahrheiten berichtet.« Sie zeigte auf den Hünen. »Das ist Octavius. Er ist ein Vampyr. Ein Murony und ein Freund, wie man ihn äußerst selten findet.«

»Sehr erfreut«, sagte Dominic und erinnerte sich, was ihm Marek zu dieser Art Blutsauger gesagt hatte.

Zu Lebzeiten war ein Murony ein Hexer oder eine Hexe gewesen. Sie schlossen sich zu Zirkeln zusammen und vermochten den Regen zu kontrollieren, hatte ihm sein Oheim zumindest aufgetischt. Sie würden Schönheit von den Menschen stehlen, sie sammeln und in Form von Amuletten verkaufen. Die Träger des Schmucks erschienen für jeden, der sie erblickte, wirklich hübscher.

*Außerdem können sie die Lebenskraft von Lebewesen stehlen und sie auf andere übertragen. Gefährliche Vampyre.*

»Ich bin nicht weniger erfreut.« Octavius streichelte eine der Doggen, die sich hineindrücken wollte. »Marek gibt demnach nicht auf.«

»Nein. Er hat Angst vor dem Tod. Oder dem Dämon, der seine Seele verschlingen wird.« Metunova schob das Tier hinaus und schloss den Eingang. »Dominics Mutter war außergewöhnlich: Scylla.«

*»Was?«* Wieder ruhten die stechenden Augen auf ihm.

Dominic konnte die Blicke spüren, die durch ihn gingen wie Messer. Sein Amüsement über die hohe Stimme verflog, denn er fühlte sich unbehaglich. Ein äußerst unangenehmer Zug der Murony. Marek nannte sie *die Krämer unter dem Abschaum:* zurückhaltend, doch geschäftstüchtig. Sie machten mit ihren Fertigkeiten viel Geld und waren äußerst wohlhabend. »Ist Eure Burg weit von hier entfernt, Monsieur?«

»Meine *Burg?*«

»Ich lernte, dass Murony sich bevorzugt in alten Burgen verschanzen. Oder hat mein Oheim geirrt?«

»Nein, er irrte nicht. Aber man muss mit der Zeit gehen. Während des Krieges«, fistelte Octavius, »ist es nicht ratsam, sich an solchen Orten aufzuhalten. Sowohl die Osmanen als auch die Habsburger werden von Befestigungen regelrecht angezogen wie die Fliegen von der Scheiße.« Er lehnte sich neben Lydia an die Wand. Gemeinsam schauten sie auf Dominic wie Eltern auf ihren Spross. »Scyllas Sohn«, kam nach einer langen Pause aus seinem Mund, als hätte er etwas Wertvolles entdeckt. »Deine Mutter kannte die Formel der Unsterblichkeit, erzählt man sich. Weißt du etwas darüber?«

*Der Tonfall kommt leicht daher, aber in der Frage steckt wesentlich mehr.*

Dominic wusste nicht, was er entgegnen sollte.

»Nein, weiß er nicht«, sagte Metunova. »Er wollte gerade gehen. Wir zwei, Octavius, haben noch etwas zu besprechen.« Sie lächelte Dominic an. »Verzeih mir den Rauswurf. Ich weiß, ich sagte, dass ich dir noch etwas zur Windgestalt beibringen will, aber ich schwöre, wir holen es bald nach. Komm vorbei, wann immer dir danach ist.«

*Anscheinend steckte meine Mutter voller Geheimnisse.*

»Madame.« Er verneigte sich tief vor ihr und hielt es für klüger, nicht zu drängeln.

Der Murony öffnete die Tür für Dominic. »Es war schön, deine Bekanntschaft gemacht zu haben.«

»Monsieur, es wird mir immer eine Freude sein.« Er blieb stehen. »Ach, könntet Ihr mir verraten, wo ich auf die Schnelle weitere Vertreter der verschiedensten Vampyrarten treffen kann? Ich lerne am besten, wenn ich etwas sehe.«

Metunova und Octavius blickten sich an, dann nannten sie Dominic die Namen von Ortschaften in der Umgebung.

»Die solltest du aufsuchen und dich abwechselnd auf die Lauer legen«, empfahl der Hüne. »Früher oder später erscheinen gewiss welche. Die Gier nach Blut. Bei den lauen Nächten sind die Menschen unvorsichtig.«

»Welche Art es ist, musst du dann selbst herausfinden. Marek hat dir anscheinend doch was Nützliches beigebracht. Wenn nicht, wirst du es sofort merken«, verabschiedete Metunova ihn und gab ihm überraschend einen Kuss auf die Stirn. »Gib auf dich acht, Dominic.« Sie schob ihn hinaus, und der Eingang schloss sich.

Er war umgeben von zwei schnüffelnden Doggen, die ihn sogleich anknurrten. Sie hatten nicht vergessen, was er mit ihnen angestellt hatte.

»Verschwindet, oder ich lasse euch auch kreisen wie den anderen Köter«, murmelte er ihnen zu und bahnte sich seinen Weg durch den verwilderten Garten, vorbei an moosbewachsenen Statuen und Lauben.

*Ein guter Abend. Ich habe eine Verbündete gefunden.*

Dominic suchte sich anhand des Geruchs seines Pferdes den Weg aus dem Labyrinth. Es hatte treu auf ihn gewartet oder einfach zu viel Furcht vor dem Wald gehabt, um sich vom Fleck zu bewegen.

Er schwang sich in den Sattel und ließ das Tier antraben. *Morgen komme ich wieder*, dachte er bei sich und repetierte die Namen der Ortschaften, an denen er Vampyre vorfinden würde.

Natürlich war es nicht Dominics Anliegen, diese Wesen zu studieren.

Er würde sich mit ihnen treffen und das Angebot unterbreiten, sich zu einer Bande zu formieren. Denn ganz offenkundig hatten die Blutsauger nichts gegen Luxus einzuwenden. Octavius war ein gutes Beispiel dafür.

*Ich sehe sie schon vor mir. Mehr als fünf sollten es nicht sein.*

Dominic brachte das Pferd zum Traben, sobald die Straße besser geworden war.

*Wir gehen einen Pakt ein, der allen nützt.*

Bei dem Wort dachte er sofort an Lydias Worte über seine ungewollte Dienerschaft eines Dämons.

*In Frankreich haben ich und meine Räuber für die Freiheit des einfachen Volkes gekämpft. Eine gute Tradition, die ich auf anderer Ebene fortführen werde.*

Dominic war mit der verstreichenden Nacht zufrieden. Dinge zeichneten sich ab, die in große Erfolge münden sollten.

***

*Die schlechten Zeiten sind vorbei!*

Sandrine ließ sich nackt auf das breite Bett fallen und war glücklich.

*Wo bleibt Anjanka? Ich habe schreckliche Sehnsucht nach ihr!*

Sie schaute ungeduldig zur hohen Tür, die aus dem hochherrschaftlichen Zimmer führte. Es war ein Raum von vielen, die sie durch die Großzügigkeit ihres Gönners bewohnen durften. Ihre Unterkunft bedeutete einen Glücksfall nach der langen, entbehrungsreichen Reise.

Anjanka hatte sie quer durch zig Grafschaften, Herzogtümer und Königreiche tief in den Osten geführt, und sie hatten gespürt, dass die Menschen sowohl von Vampiren wussten als sich auch vor ihnen fürchteten.

Die allgegenwärtigen Kreuze fand Sandrine furchtbar. Die Schuld, dass sie unterwegs von heftigen Fieberanfällen geschüttelt worden war, sah sie in der Wirkung der heiligen Symbole auf sie. Ganze Nächte verschwanden in Fieberträumen. Die Länder, durch die sie gezogen waren, präsentierten sich arm und allenfalls reich an mittellosen Menschen. Viele Orte waren verlassen worden, die Bewohner aus Furcht vor dem Krieg zwischen den Habsburgern und den Osmanen geflüchtet. In leeren Hütten gab es kein Blut.

Lange hatte Sandrine daran gezweifelt, ob es eine gute Idee gewesen war, Anjankas Vorschlag zu folgen.

*Aber es hatte sich gelohnt!*

Anjanka hatte sie ins Paradies geführt, das aus einem alten, eingefallenen Palast bestand. Doch im Innern hatte der riesige

Vampir Octavius, der ihnen Unterschlupf gewährte, Luxus und überbordende Üppigkeit bewahrt. Im Turm nebenan residierte eine Baronin namens Lydia Metunova, die mindestens eine sehr gute Freundin von ihm war. Sandrine unterstellte den beiden Vampiren, mehr als das zu sein.

*Ich weiß solche Blicke zu deuten. Sie sind ein Paar, wenn auch ein seltsames. Sie passen so gar nicht zusammen.*

Sie strich über die seidene Bettwäsche, die sich glatt und kühl auf ihrer Haut anfühlte. Wie gut, dass sie den Hünen, der zur Sorte der Murony gehörte, nicht ausgelacht hatte, nachdem er die ersten Worte von sich gegeben hatte. Er hatte einschüchternd wirken wollen, aber ein gepiepstes *Was wollt ihr beiden hier in meinem Palast?* machte nicht allzu viel her.

*Eine eindrucksvolle Gestalt wie ein Bär und die quiekende Stimme einer Maus.*

Sie hatten Octavius getroffen oder vielmehr eines Nachts in einer Kammer überrascht, wie er einem jungen, hübschen Mädchen mit einem Zauber die Schönheit raubte. Sie war unter seinem Bann regelrecht gealtert und hatte ihre Anmut verloren, die sich als weißliches Leuchten von ihr gelöst hatte und von ihm in einem Amulett eingefangen worden war.

*Dass man so etwas kann. Er muss mächtig sein.*

Sandrine war auf der Stelle fasziniert gewesen. So etwas wollte sie erlernen! Diese dunkle Macht passte hervorragend zu den Flüchen, die sie über Personen werfen konnte.

Sie waren Octavius in sein Zuhause gefolgt, er hatte sie gestellt, und sie hatten ein Bündnis vereinbart, um sich gegenseitig in den jeweiligen Künsten zu unterweisen. Der Murony mit dem stechenden Blick nahm sie als Gäste auf, auch wenn es Anjanka merkwürdigerweise nicht recht war. Sie traute ihm nicht.

*Wo bleibt sie denn?*

Sandrines Stimmung schlug um, sie wurde ungehalten.

Schritte näherten sich, es klopfte.

*Anjanka würde nicht anklopfen.*

Schnell warf sie sich unter das Laken, da wurde der Eingang bereits geöffnet.

Octavius trat ein, gekleidet wie ein osmanischer Fürst und mit unglaublich viel Schmuck behangen, als wolle er sie damit beeindrucken. »Verzeih mir die Störung, Sandrine«, sagte er mit seiner hohen, brechenden Altweiberstimme. Die grünen Augen waren auf sie gerichtet und schienen die Wäsche durchdringen zu können. Ihr war es unangenehm. »Die Baronin möchte mit dir sprechen.«

Das Anliegen überraschte Sandrine. Die Adlige hatte sie noch nie sehen wollen. »Ja? Weswegen?« Sie raffte die Decke um sich herum, weil sie keine entblößte Haut zeigen wollte.

*Hoffentlich denkt er nicht, ich wollte ihn verführen!*

Er sah nach unten, vor das Bett, wo ihr Kleid lag, das sie rasch abgestreift hatte. »Ich erzählte ihr, dass du nicht weißt, welche Art von Upir du bist. Sie möchte dich genauer betrachten. Anjanka sagte mir, dass du im Zimmer bist«, erklärte er. »Gut, dass ich dich antreffe. Du bist ansonsten viel unterwegs.«

*Gut. Somit steht außer Frage, auf wen ich nackt gewartet habe.*

»Ich erkunde die fremde Gegend und erforsche meine Kräfte, Octavius.« Sie nickte. »Ich komme sofort.« Sandrine hatte genau gehört, dass er neugierig war, wo sie die Nächte verbrachte. Bei aller Dankbarkeit würde sie ihm gegenüber keinerlei Rechenschaft über ihre Unternehmungen ablegen.

Octavius hob das Kleid vom Boden und hielt es in der Rechten, mit der linken Hand zeigte er auf die Truhe in der Ecke. »Darin liegt etwas für dich. Zieh es bitte an, wenn du der Baronin unter die Augen trittst. Sie ist eine Frau von großem Einfluss und verdient es, dass man sie durch eine gepflegte Erscheinung ehrt.« Er lächelte und roch am abgelegten Kleid. »Mir wird es auch gefallen.« Er verließ das Zimmer.

*Ich sollte Anjankas Misstrauen ihm gegenüber vielleicht besser teilen. Ob ich mein altes Kleid wiederbekomme? Mal sehen, was er mir dagelassen hat.*

Sandrine erhob sich, ging nackt zur Truhe und öffnete sie.

Darin lag ein Traum von einem Kleid, das bestimmt einer türkischen Prinzessin gehört hatte. Es war weiß, mit grünen und gelben Fäden durchwirkt; der dazu passende Schal oder Schleier war mit Goldplättchen besetzt, die leise klirrten, als Sandrine ihn anhob.

*Wie zieht man das an?*

Sie schlüpfte in das schnallen- und riemchenreiche Gewand, zog es wieder aus, versuchte es ein weiteres Mal. Vier Anläufe benötigte sie, bis sie der Meinung war, alles richtig gemacht zu haben. Sie legte den Schleier an. Auf dem Boden der Truhe wartete passender Schmuck: sieben Ringe, zwei Hals- und Hüftketten, Ohrringe, zwei Broschen, alles in Gold. Das Gewand saß wie für sie gearbeitet.

Sandrine besah das Ergebnis im Spiegel und erkannte sich fast nicht mehr wieder.

*Erhaben. Ich bin eine Herrscherin! So könnte ich ewig verweilen.*

Sie fühlte sich hochgeboren, unwiderstehlich und berauscht. Die Wirkung des Kleides war fast schon magisch zu nennen. Sie traute Octavius zu, einen Zauber daraufgeworfen zu haben, so wie er die Schönheit seiner Opfer in Amulette bannen konnte.

*Ein grausamer Zauber. Und doch will ich ihn …*

»Bist du da?«, hörte sie Anjanka rufen und kehrte mit den Gedanken in die Gegenwart zurück. Gleich darauf wurde die Tür stürmisch geöffnet. Anjanka blieb wie angewurzelt stehen. »Mein Herz! Du siehst …« Sie musterte Sandrine, die sich lachend drehte und das Kleid schwingen ließ. »Phantastisch! Heute Nacht wärst *du* der Traum aller Männer und nicht ich.«

»Die Baronin möchte mich sehen, sagte Octavius«, erklärte

Sandrine das ungewöhnliche Aussehen. »Er meinte, ich solle mich für sie herausputzen.«

»Muss ich nun eifersüchtig werden?«, neckte sie Anjanka und fasste sie an den Händen, zog sie zu sich heran und küsste sie lange auf den Mund.

»Lass uns gehen«, raunte Sandrine.

»Sie wollte *dich* sehen. Nicht mich.«

»Wir zwei sind eins, Geliebte.« Sandrine hielt Anjankas Hand fest und zog sie mit sich.

Die Frauen eilten aus dem Palast und über den zugewachsenen Hof. Durch die vier Schritt hohe Rosenhecke führte ein schmaler Pfad. Sie mussten achtgeben, damit das schöne Kleid nicht an den Dornen hängen blieb und zerriss.

Octavius stand in der Tür und erwartete sie bereits. Zum ersten Mal waren seine Blicke nicht derlei stechend wie sonst, sondern wurden durch Bewunderung gemildert.

*Oh, nein. Ich kenne diese Art von Blicken.*

Wenn Sandrine es nicht besser wüsste, hätte sie angenommen, der kahle Hüne wäre in sie verliebt. Schnell sah sie zu Anjanka. Auf deren Gesicht konnte sie die Eifersucht ablesen. Sandrine drückte ihre Hand fester, um sie zu beruhigen.

*Das ist verrückt!*

In der ganzen Zeit, in der sie zusammen gewesen waren, hatte die Eifersucht Sandrine zugesetzt. Auf einmal hatte sich die Lage gedreht.

»Ich wusste, dass dir das Kleid steht wie keiner anderen. Du siehst aus, als würdest du auf einen Thron gehören«, begrüßte Octavius sie und deutete sogar eine leichte Verbeugung vor ihr an. »Kommt herein. Baronin Metunova ist schon unten.«

Sie betraten den Turm, der nicht einmal ansatzweise mit der Opulenz des Palastes mithalten konnte. Er erinnerte Sandrine an ihre vielen Notunterkünfte, in die sie auf ihrer Reise geschlüpft waren.

Die Baronin saß auf einem einfachen Stuhl am Herd. Auf ihrem Kopf türmte sich eine sorgfältig gepflegte Weißhaarperücke. Sie wirkte alt, und sie roch so, als sei der Verfall in ihrem Innern längst weiter fortgeschritten. Aber sie besaß eine anmutige Ausstrahlung, und die Züge waren einmal sehr hübsch gewesen.

»Guten Abend, die Damen.« Sie deutete auf den Stuhl neben sich. »Sandrine, bitte setz dich zu mir. Anjanka, warte draußen.«

»Sie bleibt«, widersprach Sandrine sofort. Sie hatte die Hand ihrer Geliebten nicht losgelassen. »Baronin, sie weiß sehr viel zu erzählen über mich und über das, was wir alles erlebt haben. Mit ihr zusammen können wir klären, welcher Sorte Vampir ich angehöre.«

Octavius ging um sie herum und stellte sich schräg neben Metunova; sein Blick hatte die stechende Schärfe zurückerhalten. Er schien mit dem Verhalten seiner Gäste nicht einverstanden zu sein.

Metunova seufzte. »Meinetwegen.« Sie winkte Sandrine zu sich. »Auch wenn dir das Kleid sehr gut steht, zieh es aus.«

Sandrine lachte auf.

*Das kann sie nicht ernst gemeint haben?! Wieso ...*

»Das ist kein Scherz, meine blonde Schönheit«, sagte sie scharf. »Runter mit dem Kleid. Ich muss nach dem Mal suchen, das du auf deinem Leib trägst.«

»Ein Mal?«, wunderte sich Sandrine.

»Es wäre mir aufgefallen, Exzellenz«, fügte Anjanka sofort hinzu.

Metunova grinste. »Es ist mir bewusst, dass du jede Stelle an ihr genau kennst, doch du achtest auf andere Dinge.« Sie ließ sich von dem Murony einen Schluck Wein einschenken. »Da du mir kein Vertrauen entgegenbringst, erkläre ich dir jetzt, was ich getan hätte.«

*Sie hat mich auf die Probe gestellt.*

Sandrine mahnte sich selbst, es sich nicht mit Metunova zu verderben, sonst würden sie auch bei Octavius in Ungnade fallen und den Palast verlassen müssen. Dabei musste sie von ihm noch viel lernen.

»Eine jede Sorte Vampir gehört einem Dämon«, eröffnete die Baronin.

Sandrine sog laut die Luft ein.

*Daher die Angst vor Kreuzen!*

»Wir wissen noch nicht genau, wie es vonstattengeht, aber es ist so. Als Zeichen der Zugehörigkeit trägt jede Vampirart ein Mal an sich, irgendwo am Körper.«

*Ein Brandmal wie bei einem Vieh,* huschte es durch Sandrines Kopf.

»Und anhand dieses Mals kann ich erkennen, was du bist«, schloss Metunova kühl. »Mehr musst du nicht wissen. Jetzt entkleide dich, damit wir nach dem Zeichen suchen können.«

»Ich helfe dir«, flüsterte Anjanka und löste die Riemchen, den Gürtel und alles, was den Stoff an Sandrine hielt. Gleich einem Vorhang fiel das Gewand um ihre Füße.

Metunova verlangte, dass sie sich drehte und die Arme spreizte, während sie aufstand. »Ein schöner Körper«, sagte sie und trat so dicht an Sandrine heran, dass nicht mal mehr ein gefaltetes Blatt Papier zwischen sie gepasst hätte. »Früher hatte ich einen ebensolchen wie du.«

Sandrine fühlte Unwohlsein und Erniedrigung. Die Anwesenheit von Anjanka gab ihr zumindest Sicherheit, doch am liebsten hätte sie sich wieder angezogen.

*Es ist Fleischbeschau.*

Sie vermied es, zu Octavius zu sehen, dessen Blicke sie noch intensiver auf sich spürte. Die sanften Hände der Baronin fuhren über jede Stelle ihres Körpers. Sie musste sich nach vorne beugen und die absonderlichsten Verrenkungen machen, damit das

Licht überall hinfiel. Selbst der feine, helle Flaum ihrer Scham wurde sachte, zärtlich durchwühlt. Bei Anjanka hätte Sandrine die Berührungen genossen.

Metunova trat vor sie, ihr faltiges Gesicht war nachdenklich. »Ich kann nichts erkennen«, sagte sie voller Verwunderung und berührte die langen blonden Haare. »Möglicherweise ist es auf deiner Kopfhaut.«

»Die Haare bleiben«, sagte Sandrine und beugte den Nacken. »Ihr könnt auch auf diese Weise suchen, Exzellenz.« Sie hatte die Baronin zuvor nicht ein einziges Mal mit einem Titel bedacht.

»Ich kann nicht von dir verlangen, dir eine Glatze scheren zu lassen«, entgegnete Metunova bedächtig. »Aber es würde die Suche vereinfachen.«

»Nein, Exzellenz. Anjanka hilft euch, denn meine blonden Haare sind mir zu lieb und zu teuer.« Sie kniete sich auf die Dielen.

Zwanzig Finger tasteten auf ihrem Kopf herum, strähnenweise wurden ihr die Haare zur Seite gelegt und die Haut darunter begutachtet, während Sandrine ausharrte. Nackt und mit gesenktem Haupt.

*Ich komme mir vor wie eine Büßerin. Oder eine Angeklagte.*

»Nichts«, stieß die Baronin nach vielen Minuten aus. »Kann das sein?« Sie drückte Sandrines Kinn in die Höhe und funkelte sie böse an. »Hältst du uns zum Narren? Du verbirgst es vor uns!«

»Wie könnte ich das? Ich wusste nicht einmal, dass ich ein solches Mal besitze!« Sandrine war überrumpelt und zugleich enttäuscht. Sie wollte endlich wissen, was sie war und was es genau mit dem Zeichen auf sich hatte.

Metunova gab ihr Anweisung, sich wieder anzuziehen. »Ich verstehe das nicht«, murmelte sie. »Ich habe noch nie eine Upira oder einen Upir getroffen, der keinem Dämon angehörte.«

»Ich verstehe es ebenso wenig«, merkte Octavius an.

»Mir ist nichts aufgefallen«, steuerte Anjanka bei und half ihrer Geliebten in das Kleid zurück. »Du bist makellos.« Rasch gab sie ihr einen aufmunternden Kuss auf die Wange.

Sandrine lächelte dankbar.

*Makellos – und ohne Herkunft.*

Metunova stand auf und und ging die Treppen hoch. »Nach oben. Da ist es gemütlicher.«

Octavius, Sandrine und Anjanka folgten ihr in den zweiten Stock und gelangten in die Wohnräume. Sie waren mit Möbeln aus dem Palast eingerichtet, die dem tristen Turm ein wenig Glanz und Behaglichkeit verliehen. Auf dem Tisch standen eine Karaffe mit dunkelrotem Wein und vier Gläser.

Metunova setzte sich auf einen gepolsterten roten Sessel und füllte sich ein Glas, trank vom Wein. Sie legte Zeige- und Mittelfinger gegen die Schläfe. »Erzählt mir, welche Gaben unser Mysterium auf zwei Beinen hat. Was vermag Sandrine zu tun? In was kann sie sich verwandeln, was kann sie manipulieren?«

»Flüche bringen«, sagte Anjanka und blieb neben ihrer Geliebten stehen. Octavius nahm auf einem zweiten Sessel Platz und blickte aus dem Fenster. »Und sie saugt ihren Opfern das Blut wie eine Judastochter aus.«

»Ich hasse Kreuze«, fügte Sandrine hinzu. »Ich bin schnell und außerordentlich stark, wenn ich will.« Dann schwiegen beide.

Es schien Metunova nicht auszureichen. »Mehr wisst ihr nicht? Das genügt kaum, um es einzugrenzen. Es kommen mehrere Spezies in Frage«, sagte sie prompt. »Wir brauchen etwas Außergewöhnliches.«

»Aber wie kann ich das erreichen, wenn ich nicht weiß, wozu ich imstande bin?«, gab Sandrine verzweifelt zurück und suchte Anjankas Hand. Ihre Finger wurden ergriffen und gedrückt. Der stumme Beistand tat ihr gut.

»Ich gestehe, das wird ein schwer zu lösendes Rästel.«

Metunova deutete auf die Tür. »Ich werde nachdenken müssen. Octavius wird euch rufen, sobald mir etwas eingefallen ist.«

Der Murony wandte den Kopf wieder nach vorne. Er hatte anscheinend an andere Dinge gedacht als an besondere Vampirmerkmale und schien überrascht, dass das Zusammentreffen beendet war.

»Natürlich. Wir lassen dich in Ruhe nachdenken.« Er stand auf und marschierte auf den Ausgang zu, Sandrine und Anjanka gingen vor ihm her. »Es tut mir leid, dass wir die Ungewissheit nicht lösen konnten«, sagte er auf der Treppe.

Sandrine wusste nicht, ob sie berunruhigt sein sollte oder nicht. Gehörte sie am Ende keinem Dämon? Hatte sie sich aufgrund von Fügung in eine Upira verwandelt?

*Was ist mit mir, was mich besonders macht?*

»Gehen wir hinüber. Wir haben ebenfalls eine Angelegenheit zu besprechen.« Octavius setzte sich an die Spitze und verließ den Turm, die beiden Frauen folgten ihm. Sie gelangten an den schwarzen Doggen vorbei und durch den Heckenpfad in den Palast zurück.

*Was kann er wollen?*

Sandrine musste an den Moment denken, als er in ihrem Schlafzimmer gestanden hatte. Mit diesem Blick, den sie von Männern kannte.

*Er wird für seine Gastfreundschaft mehr verlangen als den Austausch von Zauberkünsten. Anjanka hat es von Anfang an gewusst!*

Sie sah zu ihrer Geliebten, deren Gesicht sich verschlossen hatte. Ihre Überlegungen schienen sich zu gleichen. Sandrine wagte es nicht, ihr etwas zuzuflüstern. Es war viel zu still; jeder noch so leise Laut würde vom Murony sofort bemerkt werden. Stattdessen drückte sie angespannt wieder ihre Hand.

Octavius führte sie in einen Trakt des Palastes, der ihm allein gehörte. Sie folgten ihm in einen bestimmt fünf Schritt hohen

Raum ohne Fenster, der voller Bilder hing: große, kleine, runde, ovale und eckige Rahmen, Menschen, Landschaften, Stillleben. Es schien keinerlei durchgängiges Motiv zu geben. Kerzen und Öllämpchen brannten, erhellten und wärmten das Zimmer gleichermaßen.

»Setzt euch«, bat er sie und nahm Platz auf einer blau-weiß gestreiften Chaiselongue, die Frauen wählten die beiden tiefen, dunkelbraunen Ledersessel.

Für Sandrine sah es zumindest für den Moment nicht nach einer ménage-à-trois aus. Es wirkte sehr geschäftlich.

*Was hat er vor?*

Octavius streckte die Beine aus und machte es sich bequem. »Ich habe euch beide sehr gern in meinem Palast«, eröffnete er. »Ihr dürft so lange bleiben, wie immer ihr möchtet. Hier drinnen gewähre ich euch meinen Schutz vor allem Ärger, der euch heimsuchen könnte, ganz gleich, in welcher Form er erscheinen sollte.«

Sandrine hatte unwillentlich die zwei Loup-Garous sowie den Comte vor Augen.

*Octavius könnte mit ihnen fertig werden, falls wirklich Not sein sollte.*

»Doch ich bitte euch beide um eine weitere kleine Gegenleistung. Und nein, ich werde nicht mit euch ins Bett steigen, so hübsch ihr auch sein mögt und so reizvoll der Gedanke auch ist. Aber wenn es geschehen sollte, ergibt es sich. Nicht, weil ich es verlange.«

Sandrine war erleichtert, zeigte es jedoch nicht.

»Ihr seid beide neu in dieser Gegend«, begann Octavius. »Keiner bringt euch mit mir oder der Baronin in Verbindung. Deswegen bitte ich euch, die Augen und Ohren offen zu halten, wenn ihr die Gegend durchstreift. Berichtet mir über jedes Wort eines Upirs oder einer Upira, das ihr aufschnappt.«

*Wir sollen seine Spione sein!*

»Hat es einen bestimmten Grund?«, fragte Anjanka neugierig.

Octavius räusperte sich. »Lydia und ich haben nicht nur Freunde. Mal versuchen unsere Gegner, uns zu töten, mal bereiten sie eine Schurkerei vor, um uns aus dem Palast und der Gegend zu vertreiben. Ihr«, der Zeigefinger zeigte abwechselnd auf die Frauen, »könntet uns davon berichten.«

»Das tun wir gern«, stimmte Sandrine zu, schon alleine, weil sie einzigartigen Unterschlupf gewährt bekamen. Sie wollte nicht fortgehen. Anjanka stimmte mit einem Nicken zu.

»Das freut mich. Auf einen unserer Feinde müsstet ihr besondere Acht geben«, sprach Octavius weiter. »Sein Name ist Baron Marek Illicz. Er hat ein Mündel an seiner Seite, ein Franzosenjungchen namens Dominic de Marat.« Sein Blick wurde stechend, hasserfüllt, so dass Sandrine ihm ausweichen musste. »Achtet vor allem auf den Franzmann. Sollte er euch bedrohen, zögert nicht, ihn zu töten, meine beiden Hübschen. Aber legt es nicht darauf an. De Marat ist unberechenbar und trägt einige Geheimnisse mit sich herum. Lebendig ist er wertvoller für uns und unser aller Sicherheit. Habt ihr das verstanden?«

»Wir werden auf uns achten«, gab Sandrine zurück und tat, als betrachte sie ein Bild an der Wand, um den Blick des Muronys nicht erwidern zu müssen. Anjanke nickte wieder nur.

*Scheint, als wären die beiden seine Todfeinde. Es geht sicher eine besondere Gefahr von ihnen aus.*

»Berichtet unverzüglich, was ihr über sie erfahrt! Das ist alles, worum ich euch bitte. Ansonsten wird es euch in meinem Zuhause an nichts fehlen. Und schweigt gegenüber der Baronin. Ich möchte sie nicht unnötig aufregen. Sie hat es schon schwer genug.«

Sandrine und Anjanka beteuerten es.

## Mai 1790,
## nahe Požarevac (serbisches Gebiet)

*Allmählich muss ich fündig werden, sonst kommt der Sommer, und ich stehe ohne Leute da.*

Dominic ritt mit schlechter Laune durch die Nacht.

Nicht nur, dass ihn Marek mit seinen unaufhörlichen Aufgaben und Lernaufforderungen sofort nach Sonnenuntergang traktierte. Sechs Dörfer und Siedlungen, die ihm von Octavius als sichere Vampyrnester genannt worden waren, hatten sich bei seinen Besuchen als Enttäuschung erwiesen. Entweder waren die Blutsauger kurz vorher vernichtet oder auf Nimmerwiedersehen in die Flucht geschlagen worden, wie Dominic anhand der frischen Spuren an den Gräbern gesehen hatte. Woanders hatte es schlicht keine gegeben.

*Es stand doch in den Artikeln der Journale aus den Dreißigerjahren zu lesen, dass es auf dem Balkan nur so von Vampyren wimmele. Ich frage mich, wo sie alle abgeblieben sind.*

Einen einzigen hatte er bei seinen nächtlichen Ritten gefunden, an einer Wegkreuzung, und dieser hatte ihm ein bizarres Schauspiel geboten.

Dominic hatte angehalten und ihn dabei beobachtet, wie er ein paar Schritte die Straßen entlang machte und dann unsicher zum Ausgangspunkt an der Kreuzung zurückkehrte. Hin und her, vor und zurück, unentwegt und ohne Pause.

*Armes Schwein.*

Dominic wusste aus seiner umfangreichen Vampyrlektüre, warum der Untote zwanghaft handelte und den Ort nicht verlassen konnte. Dörfler hatten ihn an einer Wegkreuzung begraben, und somit wusste der Blutsauger mit jedem Erwachen nicht, wohin er gehen sollte. Es war eine Möglichkeit, einen Vampyr daran zu hindern, in sein Heimatdorf zurückzukehren und Menschen heimzusuchen. Eine Schwäche, der sich manche, aber nicht alle Blutsauger unterwerfen mussten. Dominic vermutete, dass es mit den Dämonen zu tun hatte, denen sie dienten. Er hatte den Blutsauger geköpft, um ihn von seinem sinnlosen Laufen zu erlösen.

Das Pferd schnaubte, die Hufe kratzten über den Boden. Müdigkeit und die natürliche Angst vor dem stockfinsteren Wald machten es langsamer.

Dominic klopfte dem Tier lobend gegen den Hals.

*Ich verstehe dich und würde dir eine Rast gönnen. Aber meine Zeit ist kostbar.*

Er trieb das Pferd an. Es wieherte aufbegehrend, doch folgte es dem harten Schenkeldruck.

Dominics Vorhaben, endlich eine außergewöhnliche Räuberbande zu formen, verzögerte sich ärgerlicherweise.

*Nichts läuft, wie ich wollte. Ich ...*

Rechts sah er plötzlich Fackel- und Lampenschein durch den Wald dringen: Menschen suchten oder verfolgten etwas.

*Das ist ungewöhnlich genug, um anzuhalten und nachzuschauen.*

Dominic zügelte das Pferd und stieg ab, führte es ein paar Schritte ins Unterholz und band es an einen Baum. »Ich bin bald zurück«, flüsterte er und rannte dorthin, wo sich die Leute befanden. Dabei schlug er einen Bogen, um sich in ihren Rücken zu schleichen.

*Erst belauschen, wem sie nachstellen. Nicht, dass es eine gewöhnliche Treibjagd ist, auch wenn ich nicht weiß, welches Wild man nachts hetzt. Bis auf eines.*

Im Wald war es ruhig, abgesehen von dem Knacken der Äste, die unter den Sohlen der Menschen zerbrachen.

*Kein Rufen, kein Lärm. Sie lauschen auf Geräusche.*

Dominic sah die ersten Männer durch die Äste knappe fünf Schritte vor sich. Schweigend marschierten sie, die Gesichter grimmig und die Körper angespannt. Die einfache Kleidung verriet, dass sie dem Landvolk angehörten. Die vier, die sich in seinem Sichtfeld langsam bewegten, hielten Dolche und Mistgabeln in den Händen. Zwei sicherten nach vorne und hinten, zwei betrachteten den Boden.

Lautes, anhaltendes Bellen erklang von weiter weg, das Dominic zusammenfahren ließ.

»Das war der Hund von Tomasc«, murmelte der Mann mit der Petroleumlampe. »Er hat den Upir gewittert!«

»Meinetwegen kann der schwarze Köter den Blutsauger alleine zerreißen. Ich bin froh, wenn ich nicht näher heranmuss. Ich habe gehört, dass sein Atem ...«

Schon schallten die Rufe durch den Wald. Die Lichter strömten von allen Seiten auf einen Punkt zu und ballten sich, ehe es in einem Pulk rasch weiterging. Auch die vier rannten los.

*Kaum finde ich einen, wird er vor meinen Augen umgebracht.*

Dominic heftete sich an die Fersen des Quartetts. Er hatte beschlossen, den Vampyr vor den Jägern zu retten. Dankbarkeit bewirkte vieles.

Im Schein der Lampen und Fackeln schätzte Dominic die Zahl der Verfolger auf gut und gerne vierzig, ausschließlich gestandene Männer. Alle hatten sich Kreuze umgehängt, und zwischen ihnen lief ein schwarz gekleideter Pope, der ein noch größeres Kreuz trug, an das eine Ikone genagelt worden war; an seiner Seite baumelte ein Schwert.

*Das Bataillon des Glaubens.*

Von der Spitze des Zuges hörte Dominic wütendes Hundegebell, und er dachte an die schwarzen Doggen der Baronin.

*Sie haben mehr als einen Köter dabei.*

Dominic wollte wissen, hinter welchem Vampyr sie herjagten, und so schloss er zum letzten Mann auf. Der Tross war unaufmerksam geworden und sicherte nicht mehr nach hinten. Die Jäger rechneten lediglich mit einem Feind. Es war ihm ein Leichtes, sich den Mann zu greifen, ihm den Mund zuzuhalten und ihn in den Schatten einer dicken Tanne zu zerren.

»Ich bin kein Vampyr. Aber wenn du schreist«, sagte Dominic drohend, »bist du tot.« Er bemerkte den aufdringlichen Geruch starker Kräuter, der von seinem Gegenüber ausging.

Sein Gefangener nickte.

»Welcher Art stellt ihr nach?« Behutsam nahm er die Finger von den fremden Lippen.

»Einem Nex«, hauchte der Mann. »Er hat uns gedroht, dass er unserem Dorf die Pest bringen wird. Wir konnten die Abgaben nicht länger aufbringen, die er von uns verlangte.«

»Verstehe. Damit war sein Tod besiegelt.«

Der Mann nickte eifrig. »Wer ... bist du?«

»Ein ... Dhampir, ein Vampyrjäger«, log Dominic. »Jemand bezahlt mich, dass ich ihm die Köpfe der Blutsauger bringe.« Er sah nach vorn, wo die Lichter zwischen den Bäumen tanzten. »Ihr nehmt mir gerade meinen Lohn.«

*Lange kann ich mir nicht mehr Zeit lassen. Sonst erwischen sie ihn vor mir.*

»Was hat es mit dem schwarzen Hund auf sich?«

»Ein schwarzer Hund kann einen Nex töten«, erklärte der Dörfler. »Gerade bei den Pestbringern ist es wichtig, dass man nicht zu nahe herangeht, solange er noch lebt.«

*Ich muss mich sputen!*

Dominic schlug ihm die Faust gegen das Kinn, woraufhin der Mann erschlaffte und sich auf dem Waldboden ausstreckte. Dann rannte er los.

*Trinken kann ich später immer noch, wenn mir danach ist.*

Der Pulk hatte bereits eine große Entfernung zurückgelegt.

Dominic benutzte seine übermenschliche Geschwindigkeit, um zu ihnen aufzuschließen und dicht an ihnen vorbei durch die Schatten zu rennen.

Einer der vier Hunde, die von drei Leuten an langen Stricken geführt wurden, musste ihn gewittert haben und zog nach rechts, um ihn zu verfolgen. Aber sein Besitzer hielt ihn zurück und schrie irgendetwas, das Dominic nicht verstand.

Der Geruch des Nex, eine Mischung aus schwärender Wunde, Schwefel, Eiter, Ammoniak und Fäulnis, legte eine Spur, die eine empfindliche Nase nicht verfehlen konnte.

*Das ist widerlich! Will ich ihn überhaupt in meiner Bande?*

Dominic verdrängte die Zweifel. Zu Beginn durfte er nicht wählerisch sein und musste nehmen, was er fand. Außerdem benötigte er einen Vampyr mit guter Kenntnis des Umlands, der Dörfer und Städte, in denen sich Überfälle lohnten.

Vor ihm rannte und stolperte eine Gestalt, der Gestank nahm zu.

*Da ist er, mein erster Räuber!*

»Hey, du!«, rief er ihn an. »Ich gehöre nicht zu deinen Verfolgern. Lass mich dir ein Angebot machen, wie du lebend entkommst.«

»Fahr zur Hölle!«, rief der Nex über die Schulter, ohne anzuhalten. Er keuchte, seine Stimme klang kratzig. Dominic roch Blut. Der Vampyr war verletzt und wurde langsamer, bis er schließlich zu Boden stürzte und sich auf den Rücken rollte, den Mund weit geöffnet. »Atme die Pest ein!« Er fauchte und zeigte ihm die langen, nadelspitzen Zähne.

Der faule Hauch hüllte Dominic ein und raubte ihm die Luft. Schlimmeres hatte er in seinem ganzen Leben nicht gerochen, nicht einmal in Mareks Labor. Es kribbelte in seinem Hals, er musste husten. Schreckliche vier Herzschläge lang hatte er die Befürchtung, wirklich die Pest empfangen zu haben.

*Unsinn. Ich bekomme keine Menschenkrankheit.*

Dominic stand über dem Nex, packte dessen Mantelkragen und wuchtete ihn spielerisch leicht auf die Beine; dabei sah er die tiefen Bisswunden an den Oberschenkeln und Waden, aus denen das Blut rann.

*Damit kommt er nicht weit. Die Hunde haben ihm das Fleisch von den Knochen gerissen. Sehr gut! Er wird mich brauchen!*

»Ich bin Dominic de Marat, ein Vampyr aus Frankreich«, sagte er schnell. »Tritt meiner Bande bei, und ich verspreche dir, dass du diese Nacht überstehen und viele Reichtümer ernten wirst.«

»Was?« Der Nex glotzte ihn an, dann schaute er an ihm vorbei zu den Lichtern. Sein Gesicht war platt, die Nase schief, und die dunkelblonden Haare fettiger als ein ölgetränkter Lappen. »Sie kommen näher!« Er zappelte in Dominics Griff. »Lass mich los!«

*Ich bringe dich dazu, mir meinen Willen zu tun.*

»Wie du wünschst.« Er öffnete die Finger, und der Nex fiel vor ihm nieder. »Ich klettere auf den Baum und schaue zu, wie sie dich töten.« Dominic drückte sich ab und sprang auf einen der unteren Äste einer Fichte. Dem hellen Schein nach zu urteilen, war der Tross höchstens dreihundert Schritte von ihnen entfernt.

Dann ertönte erneut das wütende Bellen, und es näherte sich!

»Oh, hörst du das?«, rief er vom Baum herunter. »Sie haben die Köter freigelassen.« Er rieb sich die Hände. »Das wird ein Spaß!«

Der Nex kroch weiter, kämpfte sich wieder auf die Füße und hob einen Stock auf.

Die Hunde waren heran. Keine Doggen, wie Dominic sah, aber immer noch kräftige Mischlinge mit dicken Köpfen und breiten Gebissen.

*Diese Zähne reißen ordentliche Löcher.*

Der Nex schrie auf und schlug mit dem Stock um sich. Die Hunde wichen den unsauber geführten Attacken aus, sprangen bellend um den Vampyr herum, als wollten sie sich über ihn lustig machen.

»Schau, sie können sich nicht einigen, wer dich zuerst beißen darf«, kommentierte Dominic, als einer der Vierbeiner nach vorne sprang und dem Nex ins Knie biss. Grollend schüttelte er den Schädel nach rechts und links, die dicken Nackenmuskeln schwollen an.

Der Vampyr kreischte und wurde umgeworfen. Er schlug auf den Hund ein, der sich nicht daran störte und weitermachte, bis er die Kniescheibe herausgerissen hatte. Erst als er seine Trophäe errungen hatte, machte er einen Satz zurück. Der Nex hielt sich die offene Stelle, aus der sein Lebenssaft floss.

*Ich hätte diese Viecher schon längst getötet. Schwarze Hunde sind tatsächlich seine Schwäche. Da habe ich mit meinen Schwierigkeiten bei fließendem Wasser wirklich Glück gehabt.*

»Noch ... na ... sagen wir zweihundert Schritte, und die Dörfler sind da«, meldete ihm Dominic genüsslich von seinem Aussichtsposten aus. Zwei Hunde schnappten nach dem linken Arm und dem rechten Bein und zerrten daran, als wollten sie den liegenden Vampyr, der laut aufschrie, in Hälften teilen. »Diese barmherzigen Menschen werden dich bestimmt von deinen Qualen erlösen. Sie haben viele Waffen dabei. Ihr Pope trägt sogar ein Schwert am Gürtel, das er ...«

»Ich bin dabei«, schrie der Nex leidend. »Komm runter und rette mich!« Der dritte Hund vergrub die Zähne in der Seite des Vampyrs und raubte ihm den Atem.

»Ich begrüße es, dass du deine Meinung geändert hast.« Dominic sprang zu Boden, zog dabei den Dolch und landete auf dem Hund an der Seite des Nex. Knirschend brachen die Knochen, der Leib des Tieres wurde zusammengepresst. Aufjaulend starb es. »Ich gehe dir ein bisschen zur Hand, wenn es dir recht ist.« Mit einem Tritt schleuderte er einen weiteren Hund davon, dem dritten Vierbeiner durchtrennte er den Nacken. Der letzte Gegner, der noch auf der Kniescheibe herumkaute, wich vor ihm zurück. Dominic warf den Dolch und jagte die Klinge zwischen die Augen des Hundes, dann beugte er sich zum Vampyr. »War das so schwer?« Er grinste breit.

*Schade, dass ich sie töten musste, aber sie würden die Spur des Nex von neuem aufnehmen.*

»Ignaz«, sagte der Nex und reckte ihm hilfesuchend den blutigen Arm entgegen.

»Willkommen in meiner Bande.« Dominic schlug ein und zog ihn auf die Beine, warf ihn sich in der gleichen Bewegung über die Schulter. »Ich trage dich, sonst werden wir den Männern nicht entkommen.«

*Ich werde baden müssen, um seinen Gestank loszuwerden. Am besten in reinen Duftessenzen.*

Im Vorbeigehen zog er seinen Dolch aus dem Hundeschädel und wischte die Klinge am dichten, langen Fell ab. Er trabte los.

»Eine Bande, ja?«

»Ja.«

»Wie viele Männer hat sie?«, wollte Ignaz wissen.

»Dich und mich.« Dominic machte die Last auf seinen Schultern wenig aus. Der Nex wog nicht viel. »Du wirst mir helfen, weitere Blutsauger zu finden. Wir werden die beste Räuberbande, die der Balkan jemals gesehen hat.«

Ignaz musste lachen. »Ich werde von einem Franzmann durch den Wald geschleppt, der sich für einen begnadeten Hauptmann hält, aber keine Ahnung hat, woher er seine Leute nehmen soll. Das kann was werden mit dir, Dominic de Marat.« Sein Gelächter ging in schmerzvolles Stöhnen über. »Verdammte Köter! Du hättest früher eingreifen können.«

»Du hättest früher zusagen können«, gab er zurück. »Deine frischen Wunden hast du dir selbst zuzuschreiben.« Dominic setzte einen Fuß vor den anderen, drehte sich leicht und sah nach den Fackeln. Sie waren nicht mehr als kleine Pünktchen geworden.

*Geschafft. Die Dörfler werden uns nicht einholen.*

Er fühlte, wie das warme Blut des Nex den Stoff seiner Kleidung durchweichte und an seine Haut gelangte. »Wann wird es verheilen?«

»Bald. Es dauert nur.« Ignaz ächzte.

»Warum schwarze Hunde?«

»Woher soll ich das wissen?«, fauchte der Vampyr gereizt. »Jedem anderen Vieh kann ich davonlaufen, Menschen reiße ich die Kehlen heraus, wenn es sein muss, aber *ein* dämlicher schwarzer Hund, und ich bin zu so gut wie nichts mehr imstande.«

Dominic überlegte nicht lange. »Es ist deine Schwäche, die du von deinem Meister erhalten hast. Welchem Dämon dienst du?«

»Was? Was für ein Dämon denn?«

*Er weiß davon nichts.*

»Das habe ich irgendwo gelesen«, sagte Dominic ausweichend. »Vampyre würden durch Dämonen erschaffen, um die Menschheit zu quälen.«

Ignaz dachte nach. »Ich habe mir nie Gedanken darüber gemacht. Ich bin eines Nachts aufgewacht und ... hatte mich verändert. Das Schicksal, ein Dämon, irgendeine Macht wollte es. Das ist mir gleich. Ich lebe, wie es mir passt.« Er klopfte Dominic auf die Schulter. »Sag, Hauptmann, weißt du, wohin du rennst, oder weichst du den Bäumen einfach nur aus? Haben wir wenigstens einen Unterschlupf?«

*Eine gute Frage.*

Dominic ließ die Sache mit den verschiedenen Dämonen ruhen. Der Nex hatte keine Ahnung. »Hast du einen Vorschlag?«

Ignaz zeigte nach links. »Da entlang. Ich lenke dich. Es wird eine gute Stunde oder zwei dauern, aber wir kommen irgendwann zu einer Höhle, in der ich oft genächtigt habe. Sie ist geräumig, trocken und so gut verborgen, dass kein anderer sie finden wird.«

Dominic dachte an sein Pferd, das neben der Straße im Unterholz angebunden war. Er müsste es später abholen. »Gut, machen wir es so.« Er beschleunigte, auch wenn er wusste, dass sein Durst steigen und nach Linderung verlangen würde. »Ich setze dich dort ab und verschwinde«, eröffnete er. »Morgen komme ich und sehe nach dir. Sobald es dir bessergeht, zeigst du mir die Umgebung und Orte, an denen wir Vampyre finden.«

»Ich kenne einen oder zwei von unserer Art, die sich für deine Idee begeistern lassen werden«, sagte Ignaz. »Ich muss zugeben, dass dein Einfall mit der Bande nicht schlecht ist.« Er dirigierte Dominic durch das Dickicht. »Und du denkst, ich bin morgen Nacht noch in der Höhle?«

»Ja.« Dominic legte einen Finger in die Wunde am Unterschenkel und bohrte den Nagel hinein. »Du wirst da sein. Da bin ich mir sehr sicher. Du schuldest mir dein Leben, Ignaz. Und ich werde es dir nehmen, solltest du dich nicht an dein Wort halten. Es gibt viele schwarze Hunde, die ich mir stehlen kann, um sie auf deine Fährte zu setzen.«

Ignaz schwieg, denn er hatte verstanden.

## August 1790,
## nahe Požarevac (serbisches Gebiet)

Dominic hatte das Pferd gerade zum Stehen gebracht, da wurde er schon von Ignaz bestürmt.

»Hauptmann, ich möchte dir was vorschlagen.«

»Einen Vorschlag höre ich gerne.« Er stieg aus dem Sattel und band das scheuende Pferd am Baum vor der Höhle fest.

*Wie gut, dass ich ihn damals vor den Hunden bewahrt habe. Ein guter Kerl, wenn man über den Geruch hinwegsieht.*

Mit Ignaz' Rettung war die Pechsträhne unterbrochen worden.

Der Nex hatte ihn nicht nur mit der Umgebung vertraut gemacht und ihm viele Schleichwege gewiesen, sondern ihm auch weitere Blutsauger gezeigt. Nicht alle waren in Frage gekommen.

Drei weitere Gestalten traten aus der Höhle: Vanja, die eine Murony war und immer lange dunkle Kleider trug, sowie Jussep und Hossein, zwei gewöhnliche Vampire und viel zu oft träge oder nachlässig. Jussep hegte und pflegte seinen langen Bart, Hossein sah man niemals ohne seinen Fez.

*Ah, der Rest meiner Truppe.*

Dominic hatte all seine Bandenmitglieder vor der Auslöschung durch die Menschen bewahrt. Damit hatte er anfangs auf ihre Schuld bei ihm setzen können, bis sie verstanden hatten, welche Vorteile der Zusammenschluss brachte. Aber leider wussten auch sie nichts über einen Dämonenpakt.

Vanja lächelte ihm zu. Sie hatte einen Teil ihrer Schuld bereits bei ihm beglichen, indem sie unmittelbar nach ihrer Rettung mit ihm geschlafen hatte. Weil sie es gewollt hatte – und Dominic hatte sich nicht dagegen gewehrt. Es war schön gewesen, aber als ein besonderes Glanzlicht war es ihm nicht erschienen, und so hatten sie es bislang nicht wiederholt.

»Hallo, Vanja«, rief er und zwinkerte.

»Hauptmann«, gab sie zurück und tippte sich zum Gruß an den dunklen Haaransatz.

Sie nannten sich *gölgelic,* was laut Jussep türkisch sein sollte und so viel wie *finsterer Schatten* bedeutete.

Ignaz grinste ihn an, und der Pesthauch, der von ihm ausging, brachte Dominic nach wie vor dazu, die Luft anzuhalten. »Ich habe einen frischen Kandidaten.«

»Und ich bin dagegen«, sagte Hossein sofort und rückte an seinem Fez herum. Vanja knurrte den Nex an. Sie schien die Wahl ebenso abzulehnen.

Bevor ein heilloses Gerede einsetzte, hob Dominic die Arme. »Schweigt und lasst Ignaz ausreden. Ihr wisst, dass wir einen schlagkräftigen Mann mehr gebrauchen können.«

»Danke, Hauptmann. Und er *wäre* schlagkräftig!« Der Nex reckte sich stolz. »Ich habe von einem Dorf gehört, etwa einen halben Nachtritt von hier entfernt. Sie haben dort was Feines für uns unter der Erde liegen: einen Nachzehrer!«

Hossein spie aus. »Der Nex stinkt schon schlimm genug. Ich will keinen angefressenen Leichnam in meiner Schlafstätte haben.« Jussep murrte seine Zustimmung hinterher, Vanja kreuzte die Arme vor der Brust. Sie wartete ab.

*Nachzehrer.*

Dominic entsann sich, dass sie sich extrem von den anderen Vampyren unterschieden. Sie waren keine Blutsauger oder auf den Lebenssaft angewiesen, sondern lagen im Grab und fraßen sich selbst das Fleisch von den Knochen. Solange sie das taten, starben über der Erde zuerst die Verwandten, dann die Freunde und schließlich der Rest des Dorfes.

*Es müssen starke Zauberer sein.*

Dominic schaute zur Murony. »Denkst du, er wäre etwas für uns? Ist der Nachzehrer eine gute Ergänzung für uns?«

Sie stieß die Luft aus und strich das schwarze Kleid glatt, die dunklen Haare hingen strähnig herab. »Weiß nicht, Hauptmann. Ich glaube, sie können nur dort wüten, wo ihre Familien leben. Ansonsten dürften sie reichlich schwach sein.«

*Das ist eine ernste Einschränkung.*

»Sage ich es doch«, zeterte Hossein. »Der Nachzehrer würde nur an sich herumlecken und nagen, ohne uns einen Vorteil zu bringen. Das möchte ich mir nicht ansehen und anhören müssen!«

*Jedenfalls sorgt er für Unmut, bevor er aufgetaucht ist.*

Dominic blickte zu Ignaz. »Du hast die Gegenstimmen gehört. Ich bin auch nicht begeistert. Warum bist *du* sicher, dass wir ihn brauchen könnten?«

»Weil ich den Nachzehrer zu Lebzeiten schon kannte«, sagte er schnell. »Sein Name ist Gregorius, und er ist ein Niemez, ein

Deutscher. Von ihm ging damals eine ... man spürte es ... ich weiß nicht, wie ich es nennen soll ...«

»Aura?«, half Dominic.

»Was ist das?«, fragte Ignaz unsicher.

»Eine unsichtbare Macht, die einen umgibt«, half Vanja.

Der Nex klatschte in die Hand. »Ja! Genau das war es, was man in seiner Nähe spürte. Die Luft ... kribbelte. Und sie roch anders.«

»Wie bei deinem Gestank?«, warf Hossein stichelnd ein und nahm seinen Fez ab, pustete ein Blatt davon. Jussep wieherte vor Lachen.

Ignaz verdrehte die Augen. »Ihr Kindsköpfe! Wir müssen Gregorius ausgraben, bevor die Menschen es tun, Hauptmann. Er wird dir ein treuer Diener sein.«

»So. Wird er das?« Dominic ließ die Blicke über seine kleine Bande schweifen. »Also schön. Schauen wir uns den Deutschen mal an.« Er stieg wieder auf sein Pferd. »Den Kopf können wir ihm immer noch abschlagen.«

Eigentlich hatte er vorgehabt, die Reichtümer in der Höhle nochmals zu sichten und ihre Qualität zu prüfen. Ihre ersten Beutestücke waren nicht zu verachten. Bislang betrachtete Dominic die Überfälle als Fingerübung, bevor sie die reichen Osmanen und Serben schröpften. Es gab noch zu viele Abstimmungsprobleme in der Gruppe, ehe sie sich an schwere Gegner wagen durften.

*Aus dem Grund können wir einen mehr schon gut gebrauchen. Noch besser drei Neue, dann könnte ich Hossein und Jussep rausschmeißen. Sie sind zu faul und aufmüpfig.*

»Macht euch fertig. Vielleicht ergibt sich unterwegs eine Gelegenheit, unsere Schätze aufzustocken.« Dominic blieb im Sattel und wartete.

Die Vampyre verschwanden wieder in der Höhle, wo sie auf die Schnelle ihre Kleidung gegen die schwarzen Gewänder tauschten, die sie als *finstere Schatten* trugen. Mit den Rappen kamen sie heraus und saßen auf.

Dominic nickte zufrieden.

»Voran, Ignaz. Du kennst den Weg.«

***

# KAPITEL V

Oktober 1790,
nahe Požarevac (serbisches Gebiet)

Dominic sah auf die Bücher um sich herum, die er ausgesucht hatte. Noch konnte er sich nicht auf die bevorstehende Suche konzentrieren, weil ihn der verschwundene Nachzehrer beschäftigte.

*Wie oft will Ignaz sich noch im Dorf irren? So schwer kann es nicht sein, das Grab eines Niemez ausfindig zu machen.*

Er stapelte die Werke, die ihn besonders interessierten, übereinander und legte die anderen auf den Abstelltisch neben sich.

*Eine Chance gebe ich ihm noch, bevor ich mir was anderes einfallen lassen muss. Aber jetzt haben diese Bücher Vorrang.*

Seit Metunovas Erläuterungen ging ihm die Tatsache eines Dämonenpakts, den er unwillentlich eingegangen war, nicht mehr aus dem Kopf. Da seine Bande ihm nichts Hilfreiches an die Hand gegeben hatte, musste er sich weiter selbst kümmern. Dominic wollte das Rätsel lösen.

*Alles hat seinen Preis. Sowohl das Schließen als auch das Beenden. Ich muss nur herausfinden, welcher das ist.*

Er nahm einen lateinischen Almanach und schlug ihn auf, um die Suche nach dem Dämon, dessen Mal er trug, fortzusetzen. Diesen zu kennen wäre zumindest ein Anfang, auch wenn sich die Suche als äußerst schwierig erwies.

Das Buch klappte knallend wieder zu. Marek stand vor ihm, die Rechte auf dem Einband, die blauvioletten Augen glühten vor Wut. »Denkst du, ich weiß nicht, was du tust?«

Sein Oheim hatte ihn überrascht. Ein Blick auf die Aufzeichnungen, und Marek würde verstehen, dass er sein Wissen nicht nur aus einer Quelle bezog. Dominic hatte der rapide alternden Baronin und Octavius versprechen müssen, nichts zu sagen.

*Vorsicht! Spiel den Dummen. Er darf auf keinen Fall Verdacht schöpfen.*

Dominic zeigte auf die Bücher. »Ist es verboten, mich mit den Welten jenseits der unsrigen zu beschäftigen? Wir gehören doch zu einem Teil dazu.« Er lehnte sich nach vorn und verbarg dadurch sein Notizbuch, so gut es ihm möglich war.

Marek hielt den Blick aufrecht. »Erstens sollst du dich mit Alchimie beschäftigen, um nach Unsterblichkeit zu trachten, und nicht diesem ... abergläubischen Gewäsch toter Römer und Griechen nachschnüffeln. Sie hatten *keine Ahnung* von dem, was ein Dämon ist«, sagte er gefährlich ruhig. »Zweitens hatte ich erwartet, dass du dich auf die Einberufung der Cognatio in wenigen Wochen vorbereitest und die Regeln und Schwurformeln bis zum Exzess durchgehst. Drittens ...« Marek packte seine Kehle und hob ihn an einem Arm hoch in die Luft. Dominics Stuhl kippte um, er selbst wurde gegen den Holzbalken gepresst. »Drittens habe ich dich nicht in deine Heimat geholt, damit du Räuber spielst!«, schrie er außer sich. Seine Züge schienen sich leicht zu verändern, als wollte etwas unter seiner Haut hervorbrechen.

Dominic sah Marek an, dass er besser nichts erwiderte, und schielte zu seinem Notizbuch, das unmittelbar neben seinem Oheim auf dem Tisch lag.

*Ich habe mich zu sicher gefühlt.*

Er wartete darauf, dass ihm die Treffen mit Metunova auch noch vorgeworfen wurden.

»Denkst du, ich bekomme nicht mit, was du auf deinen nächtlichen Streifzügen unternimmst, bei denen du angeblich deine Judassohnkräfte schulst?« Marek grollte ihn an. »Du machst mir die Osmanen zu scheu. Die Orte und Städte in der Umgebung fürchten sich vor dir und deinen *Gölgelic*. Die Muselmanen beschuldigen die Christen, die Christen wiederum halten die Halunken für Muselmanen. Du scheuchst sie alle auf! Willst du, dass sie bei ihrer Suche nach euch *hier* mit einer Schwadron auftauchen? Soll ich mein Zuhause und mein Labor verlieren, weil es dem feinen Herrn nach dem Gold und Geschmeide reicherer Leute gelüstet? Du hast deine Grenzen überschritten, Dominic!« Er ließ ihn los und trat gegen den Tisch, so dass dieser umfiel und die Bücher sich polternd auf dem Boden verteilten. »Ich habe dir eine lange Leine gelassen, damit du dich wohl fühlst, aber meine Großmut hat ein Ende!« Tinte ergoss sich über die Schriften – auch über Dominics wertvolle Aufzeichnungen. »Ich verbiete dir, mit dem Abschaum durch die Gegend zu reiten!« Marek zeigte auf die Unordnung. »Sieh, wozu du mich in meiner Rage gebracht hast.«

*Er hat furchtbaren Schaden angerichtet! Absicht oder nicht.*

Dominic konnte nicht anders: Er musste seinen Oheim anfauchen. »Oder sonst?«

Marek wurde von einem Blinzeln auf das nächste gefährlichst freundlich. »Kein *sonst*. Ich drohe dir nicht, Neffe. Ich *befehle* es dir. Vergiss nicht, wem du dein Leben und dein Wissen verdankst! Ohne mich wärst du von den Menschenfressern in kleine Stückchen gerissen worden.« Er hatte schnell, aber beherrschter gesprochen.

»Ja, Oheim. Verzeih mir meinen Undank. Aber es liegt mir im Blut, mich als Räuber ...«

»Es liegt dir im Blut, ein Wissenschaftler zu sein, gerade wie deine Mutter und ich!«, unterbrach Marek ihn. »Das Menschliche in dir setzt dir diese Flausen in den Kopf. Vertreibe es, bevor es dich das Leben kostet.« Er sah auf die verteilten Bücher und die verschüttete Tinte.

Dominic fiel es schwer, ihm nicht in den Weg zu treten und

die Sicht auf die Notizen zu versperren. So würde er die Aufmerksamkeit nur erst recht wecken.

Sein Oheim schüttelte den Kopf. »Schade um die antiken Abschriften. Nicht wegen des Inhalts, aber wegen des Wertes.« Er richtete sich auf und wandte sich zum Gehen. »In einem Monat möchte ich nicht von dir enttäuscht werden, Neffe«, sprach er von der Tür aus. »Die Cognatio hegt große Erwartungen.« Damit verschwand Marek.

*Diese Gesellschaft kann mich am Arsch küssen.*

Dominic ging in die Knie, nahm feinen Löschsand und Löschpapier und kämpfte damit gegen den See aus schwarzer Tinte an, der sich über die Blätter ausgebreitet hatte. Metunova hatte ihm zu viel von den Machenschaften der Baroninnen und Barone erzählt, um sich auf ein Treffen mit ihnen zu freuen oder wenigstens unvoreingenommen zu erscheinen.

Sein Notizbuch hatte zwei Seiten aus den Anfangszeiten bei Marek eingebüßt: Es ging um die Vampyrsorten der Nex und Tenjac.

*Pestbringer und Traumschicker.*

Wissen, das er verinnerlicht hatte. Er war erleichtert.

Sorgsam präparierte Dominic die anderen verschmutzten Bücher. Er dachte nicht daran, sich die Floskeln einzuprägen, die ihm Marek vorgelegt hatte, damit er vor der Cognatio gleich einem dressierten Tier erschien, das artig seine Kunststücke machte und Phrasen nachplapperte.

*Entweder sie akzeptieren mich, oder sie lehnen mich ab.*

Marek hatte ihn gewarnt, dass eine Ablehnung den Tod des Eleven bedeutete. Das hatte sich aber, wie Metunova berichtete, auf lebende Menschen bezogen, nicht auf bereits zu Vampyren gewandelte. Dazu war er eine Besonderheit: Scyllas Sohn.

*Sollten sie mir zu nahe kommen, gehe ich und bleibe bei Metunova.*

Dominic empfand viel Dankbarkeit für die Judastochter, die

ihn unermüdlich unterrichtete. Octavius verfolgte die Lektionen gelegentlich als Gast. Er und die Baronin schienen liiert zu sein, auch wenn es niemals einen Liebesbeweis gab. Dominic verließ sich dabei auf sein Empfinden.

Er drehte das Buch um, klopfte den feuchten, mit Tinte vollgesogenen Sand in den Kehrichteimer und betrachtete die geretteten Seiten. Seine Blicke blieben an einer Skizze hängen.

*Das Mal!*

Schnell raffte er den Ärmel in die Höhe und verglich die Zeichnung mit dem roten Fleck, der auf seinem Unterarm prangte.

*Das ist es!*

Der Freude folgte die Ernüchterung: Das Werk war auf Italienisch verfasst worden, ebenso die handschriftlichen Ergänzungen am Rand und mitten im Text.

*Metunova!*

Die Baronin würde ihm bestimmt helfen und mehr über den Dämon wissen wollen, dem sie ungewollt dienten. Dominic steckte den kostbaren Fund in seinen Rucksack, um ihn später mit in seine Kammer zu nehmen.

Er suchte in seinen eigenen Aufzeichnungen die Hintergründe zum Vater der Kinder des Judas, der vor mehr als fünfhundert Jahren gelebt hatte.

Metunova hatte ihm gesagt, dass es seine Mutter gewesen sei, die den Mythos vernichtet hatte. Den Mythos, dass sie von Judas Ischariot abstammten und gesegnet seien. Eine Lüge.

Kasparzek lautete der wahre Name des Mannes, der den Pakt mit diesem speziellen Dämon eingegangen war. Er hatte den Codex selbst aufgestellt, um sich zu etwas Besonderem zu machen. Kasparzek hatte auch verstanden, dass Vampyre nicht unsterblich waren und sie nach Ablauf ihrer Existenz die Seelen an den Dämon verloren. Somit lautete die Erkenntnis: Nur durch Unsterblichkeit entkam man diesem Schicksal. Zur Unsterblichkeit wiederum führte die Alchimie. So schrieb Kasparzek die Pflicht zur Forschung in diesem kruden Codex fest und tarnte sie als Nächstenliebe: Die Kinder des Judas brauten Tränke, um den Menschen zu helfen.

*In Wahrheit haben sie die Dörfler für ihre Experimente benutzt.*

Dominic empfand Faszination, doch gleichzeitig wusste er, dass er niemals ein Judassohn in Mareks Sinn sein könnte.

*Scylla hat diesen Codex entlarvt und den Niedergang eingeläutet.*

Dominic war stolz auf seine Mutter.

*Welche Rolle mir dabei zukommt?*

Es konnte durchaus sein, dass er in ihre Fußstapfen treten würde. Aber nicht heute. Es gab vorher noch etwas Ungelehrtenhaftes zu erledigen.

Dominic schob die Bücher zur Seite.

***

Die *Gölgelic* preschten als schwarze Schatten durch die Nacht.

Die Postkutsche, die sie überholt hatten, war von ihnen unbehelligt geblieben, was Hossein zwischendurch immer wieder lautstark monierte. Wegen des Geldes und wegen des Blutes, das sie im Innern transportierte. Dominic entgegnete darauf nichts, er beschäftigte sich geistig mit einer anderen Sache. An Blut und Geld kamen sie jederzeit, wenn sie es darauf anlegten.

*Ignaz klang sehr zuversichtlich. Das ist unser letzter Versuch.*

Es ging über langgezogene Hügelrücken hinweg, dann nach rechts mitten in einen Wald hinein. Der Nex wusste um Dominics Nachteil und hatte eine Route gewählt, die sie kein fließendes Wasser kreuzen ließ. Die verlorene Zeit machten sie durch ihre hohe Geschwindigkeit wett, die Straße lag dank der Vampyraugen fast wie im Sonnenschein vor ihnen.

Endlich hatten sie den Rand des Dörfchens erreicht, das aus schäbigen vierzig Hütten bestand und durch einen schmalen gerodeten Ring vom Tannenforst getrennt wurde. Dominic musste an den Wassergraben der Bastille denken.

*Als wollten sie den Wald auf Abstand halten.*

Die *Gölgelic* ließen die Pferde auslaufen.

*Knappe zweihundert Menschen werden hier leben.*

Ein paar Hasen- und Eichhörnchenfelle hingen zum Trocknen auf Ständern vor den Behausungen. Vor kurzem war geschlachtet worden, der Geruch von Schweineblut hing in der Luft, und der schwere Qualm aus den Kaminen sowie dessen Aroma verrieten, dass Fleisch im Rauch haltbar gemacht wurde. Dominic vermutete, es mit Köhlern oder Holzfällern zu tun zu haben.

*Ein Raubzug lohnt nicht.*

Sie ritten langsam an den Behausungen vorbei. Niemand hatte sich Glas leisten können, stattdessen hing wie vor fünfhundert Jahren grober Sackstoff vor den Fenstern; gelegentlicher, zuckender roter Feuerschein, den sie durch die Löcher im Leinen sahen, sprach für ein Herdfeuer, das nachts am Brennen gehalten wurde.

Der Hufschlag schien die Neugier der Dörfler nicht zu wecken – oder sie zeigten sich absichtlich nicht.

*Umso besser. Dann können wir in Ruhe unserem Geschäft nachgehen.*

»Der Friedhof liegt da hinten.« Ignaz lenkte sein schnaubendes Pferd nach rechts, wo Kreuze wie Markierungen im Boden steckten. Es hatte wenig mit Ehrung oder Erinnerung gemein.

Das Klirren des Zaumzeugs, das Stampfen der Hufe und die Geräusche der Rappen wirkten durch die Stille der Nacht überlaut.

Dominic und seine Bande fürchteten sich nicht vor einer Entdeckung. Zweihundert einfache Menschen, davon höchstens fünfzig oder sechzig echte Gegner, waren zu schlagen.

*Gut, dass sie sich nicht blicken lassen. In diesem Ort wäre es sinnloser Aufwand. Morden für ein paar Eichhörnchenfelle und geräucherten Schinken, so weit käme es noch.*

Sie ritten auf den Gottesacker, auf dem vor kurzem die Wildschweine gehaust hatten. Die Schnauzen hatten tiefe Spuren durch die Erde gezogen und gewühlt. Dominic sah vom Sattel herab die dreckigen Deckel der Holzkisten, in denen sie die Toten begraben hatten, in den Furchen aufblitzen.

Auch wenn die Schweine gehörigen Schaden angerichtet hatten, bemerkten die Vampyre sofort, dass zwei Gräber sehr frisch und die Holzkreuze neu geschnitzt waren.

Ignaz hob die Hand – dann zeigte er auf das äußerste Grab zu ihrer Rechten. »Hört ihr das?«, flüsterte er aufgeregt und lenkte sein Pferd zur Ruhestätte.

Vanja spuckte aus und bewegte sich nicht, Jussep blieb an ihrer Seite.

Dominic stieg ab und ging zum Grab, auf das der Nex gewiesen hatte.

*Ich höre Schmatzen!*

Leise nagende und schlingende Geräusche drangen aus der Erde zu ihm, als fresse eine große Ratte.

*Wir sind anscheinend fündig geworden. Die Grube des Nachzehrers.*

»Gregorius tötet wieder. Schaut zum Dorf«, empfahl Ignaz und drehte sich um. »Bald hören wir einen Schrei aus dem Haus, wo sie das nächste Opfer finden werden. So wahr wie wir hier stehen.«

Dominic hatte nicht vor, so lange zu warten. Die *Gölgelic* mussten zum Tagesanbruch bei der Höhle und er musste bei Marek sein. Offiziell hatte er den Holzpalast seines Mentors verlassen, um das Heraufbeschwören der Windgestalt zu üben. Er hatte Marek gesagt, die Nutzung der Kraft durch einen Zufall herausbekommen zu haben. Dabei war es Metunovas Unterricht, der bereits Früchte trug. »Sag deinem Freund, dass wir ihn ausgraben werden«, befahl Dominic dem Nex und stampfte fest mit dem Fuß gegen den Deckel. Das Schmatzen endete. »Sollte er uns angreifen, beenden wir sein Leben.«

»Ja, Hauptmann.« Ignaz warf sich auf die Erde und schien hineinzuwispern; die Finger malten Symbole in den Dreck.

Dominic winkte die Vampyre heran. »Los. Graben.« Mit jedem Luftholen atmete er den Geruch des Schweinebluts ein. Die Dörfler hatten das Blut entweder einfach weggeschüttet, oder sie bewahrten es auf, wo es seinen Duft freisetzte. Es regte seinen Durst auf menschlichen Lebenssaft an und brachte ihn zum Schlucken. Speichel sammelte sich in seinem Mund.

Vanja setzte ihren Rappen in Bewegung. Aber Jussep und Hossein blieben, wo sie waren.

*Aufmüpfige, faule Bastarde! Ihr werdet bald ersetzt werden.*

»Das war keine Bitte«, grollte Dominic sie an. »Wir müssen den Niemez ausbuddeln.«

»Soll er doch von selbst herauskommen. Es sieht nicht aus, als wäre das Grab tief«, entgegnete Hossein mürrisch und spie gegen das Kreuz. »Ich werde dem Nachzehrer nicht helfen.«

Vanja schwang sich vom Pferderücken und zog zwei Spaten aus der Halterung, die sie mit Schnüren am Sattel befestigt hatte. Das schleifende Geräusch erinnerte an ein Schwert, das gezogen wurde, und klang bedrohlich. »Wir sollten uns nach zwei Neuen umschauen«, sagte sie leise im Vorbeigehen zu Dominic, als hätte sie seine Gedanken gelesen. »Die hier nörgeln zu viel, anstatt deine Befehle zu befolgen.« Sie rammte einen Spaten in den Boden und begann ihre Arbeit. Ignaz riss das Kreuz heraus und schabte damit das Erdreich zur Seite.

Dominic sah zu den beiden untätigen Vampyren, die auf den Tieren verharrten.

*Warum noch länger warten? Ich könnte sie den Dörflern überlassen, die Rache für ihre Ermordeten haben wollen.*

Er lächelte falsch-freundlich. »Gut. Dann haltet Wache.« Dominic packte die übrig gebliebene Schaufel und half mit.

*Ja, ich denke, dass Hossein und Jussep noch in dieser Nacht bei den Gölgelic ausscheiden.*

Die Arbeit war nicht schwer und strengte Dominic nicht besonders an, aber es führte dazu, dass er heftiger atmete – und den Blutgeruch unentwegt tief inhalierte. Sein Durst wurde stärker, die Kehle trocken, und das Brennen in seinen Eingeweiden loderte auf. Er ertappte sich dabei, dass er gelegentlich zu den Hütten blickte. Die Gier war nicht so ohne weiteres zu unterdrücken ...

Der Sarg war schnell freigelegt. Gerade einen Schritt tief hatten die Menschen ihn vergraben; obenauf war ein Kreuz mit schwarzem Pech gemalt, auf dem der Dreck haften blieb.

Vanja zwängte den Spaten in eine schmale Lücke und hebelte an dem Deckel herum.

»Wir holen dich raus, Gregorius«, sagte Ignaz fröhlich und schleuderte sein Holzkreuz weg. »Habe ich dir nicht versprochen, dass ich dich nicht vergehen lasse? Verzeih, dass es so lange gedauert hat. Ich wusste nicht genau, wo sie dich begraben werden.«

Dominic stand am Fuß des Grabes und wartete gespannt. Den Spaten hielt er so, dass er ihn wie eine Axt schwingen konnte. Hossein und Jussep zogen sich mehrere Schritte zurück.

Ächzend zogen sich die Nägel aus dem Holz, dann hörten sie das Schmatzen wieder, zusammen mit dem feinen Reißen von Fleisch.

»Gesunden Hunger hat er.« Vanja hebelte weiter und hielt inne. »Was ist, wenn der Niemez sein eigenes Fleisch gefressen hat? Lutscht er sich die Knochen aus?«

»Schön wär's! Er frisst das Fleisch aus den umliegenden Gräbern«, rief Hossein wütend und furchtsam gleichermaßen. »Deswegen will ich ihn nicht in meiner Nähe haben, versteht ihr? Ich lasse mich nicht von ihm verspeisen.« Er klopfte sich an den Säbelgriff. »Ich schwöre bei dem Türkensäbel, dass ich diesem Nachzehrer eigenhändig den Kopf von den Schultern hacke, wenn er mich mit seiner rauhen Zunge auch nur anleckt!«

*Das hätte ich vorher wissen müssen! Wie gefährlich ist er für die Bande?*

Dominic sah zu Ignaz. »Stimmt das?« Er musste erneut seinen Speichel schlucken, das Feuer in ihm brannte heißer und verlangte nach Blut. Zum allgegenwärtigen Geruch gesellte sich die Aufregung.

»Ja, aber das bedeutet nichts«, wiegelte Ignaz ab. »Er nimmt sich echte Tote, Hauptmann. Keine Lebenden und keine Blutsauger.« Er packte den spaltbreit geöffneten Deckel. »Gregorius, wir machen jetzt auf!« Er schleuderte die Abdeckung davon, als wäre es Papier.

Dominic kniff die Augen leicht zusammen.

Der Nachzehrer war ein Koloss von einem Mann, ein echter Germane, um die zwei Schritt lang und breit gebaut. Zusammen mit dem Zottelbart und den wilden schwarzen Haaren erinnerte er an einen Bären.

*Er wird mehr Kraft haben als wir alle zusammen!*

Gregorius lag halbnackt in der Kiste, hatte das blutige Totenhemd halb aufgegessen und nagte sich an der linken Schulter das Fleisch vom Knochen. Die rauhe Zunge schnellte hervor, schabte reibend über die Wunde, aus der schwarzes Blut sickerte, und raspelte erneut Muskelgewebe ab, das im Mund verschwand; der Bart glänzte feucht.

Mit dem letzten Bissen erklang ein grässlicher Frauenschrei aus einer der Hütten, angefüllt mit Gram und Entsetzen, der in ein langes Jammern überging.

Gregorius grinste – und zeigte normale Zähne. Keine Spur von den Fängen, wie sie Dominic oder einer der anderen Vampyre aufwies. »Meinen Dank«, grollte er mit tiefer Stimme und erhob sich. Er machte einen Schritt aus der Grube und wuchs wie ein Baum in die Höhe.

*Ich hätte meine liebe Not, ihn aus dem Stand zu enthaupten.*

Dominic legte den Kopf in den Nacken, um zu ihm aufzublicken. »Du stehst in meiner Schuld«, sagte er deutlich auf Deutsch. Seine Stimme krächzte wegen des trockenen Halses. »Mein Name ist Dominic de Marat. Ich habe dich ausgraben lassen. Zum Dank wirst du dich meiner Bande anschließen, und es wird dir nicht schlecht ergehen. Hast du das verstanden?«

»Sicher«, dröhnte Gregorius zurück.

»Nicht nur, dass er aussieht wie ein Bär«, sagte Vanja beeindruckt, »er brummt auch wie einer. Ist das ein Wandler oder ganz sicher einer von uns?«

»Nachzehrer gehören nicht zu uns«, giftete Hossein und wendete sein Pferd, um nach den Häusern zu schauen. »Da! Überall gehen die Lichter an.«

Vanja packte den Spaten, ließ das Blatt schnell rotieren und grollte ankündigend. »Das ist gut! Ich bin durstig.«

Dominic wandte sich zum Dorf um. Inzwischen hatten sich vierzig Leute versammelt. Laternen und Fackeln waren gebracht worden, Mistgabeln, Äxte und Sensen bildeten die Waffen. In der ersten Reihe standen zwei Frauen mit schlichten Ikonen in den Händen; die Gruppe schaute zu ihnen und beriet sich leise.

*Sie halten uns entweder für Grabräuber oder Vampyrjäger.*

»Sie rotten sich zusammen!«, rief Jussep freudig.

Vanja hielt den Spaten so, dass die geschärfte Klinge nach vorne wies. »Was tun wir, Hauptmann?«

Dominic schaute über die Gesichter seiner Räuber. Bei den Überfällen verlangte er sehr viel Disziplin und Zurückhaltung von ihnen und hatte sie selten auf die Opfer losgelassen, um nicht zu viel Aufmerksamkeit zu erregen. Er wollte, dass die

*Gölgelic* zum Mythos, zum Schrecken wurden, aber niemand sollte dabei an Vampyre denken.

*Sie wollen sich austoben und sind durstig. Wie ich.*

Er betrachtete die Handvoll Köhler und Waldarbeiter, die heruntergekommenen Hütten. Die Vernunft rang mit dem schrecklichen Durst, der Aussicht auf unglaublich viel Blut und der übermächtigen Gier. Seine Erlaubnis würde den Tod von mehr als zweihundert Kindern, Frauen und Männern bedeuten ...

*Menschen stehen nun einmal unter uns*, hörte er Mareks Worte. *So wie die Menschen selbstverständlich Tiere verspeisen. Das Gesetz der Natur ist das Gesetz des Stärkeren.*

Nervös leckte Dominic sich über die rissigen Lippen, fuhr sich mit der Rechten den Hals entlang und war sich sicher, dass sich die Haut heißer anfühlte. Sein Rachen, sein Schlund, sein Magen verlangten machtvoll nach Blut! Wehte ihm aus den Häuschen nicht der Geruch einer Jungfrau entgegen?

Die Entscheidung war gefallen.

*Auf das Dorf wird es nicht ankommen. Danach brennen wir alles nieder und lassen es nach einer Feuersbrunst aussehen. Jussep und Hossein werden auch in den Flammen bleiben.*

»Bindet die Pferde an den Kreuzen fest, damit sie nicht weglaufen«, befahl er mit Vorfreude. »Danach folgt ihr mir. Es ist immer noch Schlachtfest in diesem Ort.« Seine Leute grollten ihre Zustimmung.

Die Männer des Dorfs hatten anscheinend ihren Mut zusammengenommen und näherten sich der Bande. Abgesehen von den Sensen, Äxten und Mistgabeln, führten manche Dolche und Säbel mit sich. In einem Abstand von zehn Schritt blieben sie schweigend stehen, die Blicke waren voller Entsetzen auf Gregorius gerichtet.

Dann trat der Dorfälteste nach vorn, eine Hand um eine kindlich gemalte und verrußte Ikone, die andere um ein schartiges Beil geklammert. »Ihr habt den Nachzehrer befreit, den wir vernichten wollen«, sagte er mit bebender Stimme. »Schlagt ihm den Kopf ab, bevor er entkommt!«

*Er stinkt vor Angst.*

Ignaz bleckte die Nadelzähne. »Und wenn wir das nicht tun wollen?« Die Vampyre, bis auf Dominic, lachten leise.

»Upir!«, gellte die Warnung, und die Waffen wurden den Vampyren entgegengereckt. Gebete wurden gemurmelt. Einer schrie den Wartenden bei den Hütten zu, sie sollen sofort in die Wohnungen zurückkehren und die Eingänge verbarrikadieren. »Bei Jesus Christus, unserem Herrn, dem Vater und dem Heiligen Geist: Weichet von uns, ihr Ausgeburten des Teufels!«, rief der Alte und hob das Heiligenbild.

*Dem Maler müsste man für die schlechte Arbeit die Hände abhacken.*

Dominic sah auf die gemalten Augen, auf das leidende Antlitz, das von gelber Farbe anstatt von Blattgold umgeben war – und fühlte sich plötzlich davon abgestoßen. Um ein Haar hätte er einen Schritt rückwärts gemacht.

*Wieso?*

Er wunderte sich selbst. Als Judassohn berührte er Kreuze, ohne dass es ihm Schmerzen bereitete. Die christlichen Symbole vermochten ihm normalerweise nichts anzuhaben.

Jussep und Hossein fauchten. Sie zeigten ihre Fänge, lange Nägel wuchsen aus den zu Klauen gekrümmten Fingern. Auch sie fühlten den starken Glauben an das Gute, den der Alte ihnen gleich einer glühenden Hitzewelle entgegenstrahlte.

Vanja schaute Dominic verwundert an. Sie hatte seine plötzliche Verunsicherung bemerkt. »Hauptmann?«

Dominic konnte sich nicht rühren. Er starrte hypnotisiert auf die Ikone, deren Augen unvermittelt lebendig wurden! Das Gelb erstrahlte goldfarben, und die Gloriole blendete ihn.

*Was ist plötzlich mit mir los?*

Die Umgebung verschwand in der Helligkeit, nur das Porträt

blieb sichtbar. Der gemalte Mund bewegte sich, schrie ihn mit der Stimme des Alten an: »Weiche, Upir! Verschwinde in die Dunkelheit, aus der du gekommen bist! Im Namen des Vaters, des Sohnes und des Heiligen Geistes! Weiche!« Die Worte überlagerten sich, schwollen noch lauter an.

Die Hitze warf sich gegen ihn, steigerte sich und umfing ihn golden glühend. Er roch schmurgelnden Stoff, brennende Haut und Haare.

*Ich ... vergehe!*

Dominic wurde von Furcht übermannt. Er wollte sich umdrehen und rennen – da fuhr ein Riss mitten durch den sprechenden Ikonenkopf, und es wurde schlagartig dunkel. Das Echo endete, das Sonnenfeuer war verschwunden.

Vanja stand über dem Alten, ihr Spaten war ihm durch die Ikone hindurch in den Bauch gefahren. Sie sah zu ihrem Hauptmann, als wolle sie sichergehen, dass ihre Tat ihm Linderung verschafft hatte. Sie grinste erleichtert und hackte brüllend auf die umstehenden Männer ein.

Ignaz, Jussep und Hossein folgten ihr zischend und fauchend, sogar Gregorius warf sich in das Gemetzel. Er riss im Vorbeigehen zwei Kreuze aus dem Boden und schwang sie wie Hämmer.

Dominic war noch immer erschüttert. Er sah auf die Ikone, die unter den breiten, schmutzigen Füßen des Nachzehrers in mehrere Teile zerbrach. Seine Kehle war dörrer denn je, der Mund brannte säuregleich.

*Ich brauche Blut!*

Er zog seinen Säbel und sprang mit einem riesigen Satz über die Verteidiger hinweg. Er wollte die Jungfrauen für sich, bevor die anderen Vampyre kamen und sie ihm streitig machten.

Dominic hatte den besonderen Geruch nicht verloren. Erinnerungen an die Bastille, den Keller und die wundervolle Charlene flammten auf, erloschen wieder und steigerten seine Gier. Er folgte dem Duft und stand vor einer Tür, auf die ein Kreuz gemalt worden war.

Abrupt blieb er stehen.

*Du wirst nicht zurückweichen*, feuerte er sich selbst an. *Es wäre dein Ende als Hauptmann.*

Mit einem zornigen Schrei sprang Dominic auf das Dach, drosch ein Loch durch die Holzschindeln und ließ sich mit den Trümmern in die Kammer darunter gleiten.

Frauen und Kinder kreischten auf. Sie drängten sich in eine Ecke, nahe dem Feuer, als könnten die Flammen sie beschützen. Eine der älteren Frauen stellte sich ihm in den Weg und bekreuzigte sich, dann schleuderte sie ihm ein Gebet entgegen.

*Nein!*

Dominic sah die Form des Kreuzes als brennendes Symbol auf ihrer Brust prangen. Es schreckte ihn ab wie vorhin die Ikone. Wieder fühlte er die vernichtende Hitze, die nach ihm greifen wollte. Die heiligen Worte dröhnten laut in seinen Ohren, verursachten ihm Schmerzen und drohten, ihm die Hörkraft zu nehmen. Er musste sich regelrecht dagegenstemmen und die Stiefelabsätze in die Dielen schlagen.

*Hör auf damit, Alte!*

Sie sah ihren Erfolg und betete lauter, schlug das Kreuz erneut, dieses Mal vor Dominics Augen in der Luft.

Wieder entstand das Zeichen als flammendes Fanal und blieb gleißend bestehen. Letztlich trieb es ihn doch rückwärts.

»Ich bin ein Kind des Judas!«, schrie er sie an. Seine eigene Schwäche, die er sich nicht zu erklären vermochte, machte ihn rasend. »Dein lächerlicher Glaube kann mir nichts anhaben!« Ein roter Schleier legte sich von oben über seine Sicht. Er würde gleich die Beherrschung verlieren.

Todesschreie erklangen von draußen, die sich mit dem wilden Brüllen der Vampyre mischten. Der Geruch von frischem Blut strömte durch die Ritzen und Fenster.

*Ich will trinken! Ich muss!*

Aber die Alte schützte seine Beute und bemalte den Raum mit ihren verfluchten, brennenden Kreuzen!

Er fletschte die Zähne und bemerkte, dass die Mädchen am Kamin zwar auch beteten, die Worte aber nicht die gleiche schreckliche Wirkung entfalteten.

*Sie glauben nicht aus vollem Herzen!*

Das gab ihm Mut. »Hör auf damit!« Dominic wurde sich bewusst, dass er den Säbel in der Hand hielt. Zwar wagte er sich nicht näher an sie heran, doch ...

Mit all dem Hass, den er für sie empfand, schleuderte er die Waffe nach ihr. Der Säbel fuhr der Frau mit dem Spitze voran durch die Brust und drang bis zur Parierstange in sie ein. Sie flog rückwärts, zur gegenüberliegenden Wand. Der Stahl bohrte sich durch die Lehmmauer und pinnte sie fest, hielt sie aufrecht an Ort und Stelle. Kein Schrei war über ihre Lippen gedrungen.

Die Mädchen am Kamin schrien auf und klammerten sich aneinander, ein ganz mutiges nahm ein Scheit aus den Flammen und reckte es Dominic entgegen.

Die Flammenkreuze verblassten, die Hitze verschwand, während ihr Körper erschlaffte und der Kopf herabsank. Sie starb, und die Barrieren existierten nicht länger. Ihr Blut lief den Griff entlang und tröpfelte zu Boden.

»Ich bin stärker als dein Gott, Alte!« Dominic wurde vollends vom Hunger und der Gier übermannt. Er sprang mit weit geöffnetem Mund auf das erste Mädchen zu und schlug ihr das Scheit aus der Hand. Die langen Fangzähne rissen ihr den Hals bis zur Wirbelsäule weg, und er ließ ihr Blut gegen sich prasseln. Dabei packte er lachend die nächsten Mädchen, und eine Frau, die flüchten wollte, schickte er mit einem knochenbrecherischen Tritt gegen die Knie zu Boden.

Der Rausch des Tötens überkam Dominic. Es gab für ihn kein Halten mehr.

## November 1790,
## nahe Požarevac (serbisches Gebiet)

Marek und Dominic betraten den Ort, an dem sich die Cognatio versammelte.

Früher, so hatte Metunova Dominic berichtet, waren diese Treffen glanzvoll verlaufen. Sie waren regelrecht zelebriert worden: Kerzenleuchter, edle Roben und oftmals ausgefallene Speisen für den Geschmack, und dazu besten Wein. Man hatte über die neuesten Forschungsberichte diskutiert, sich über die Aktivitäten von Vampyrabschaum im Einflussbereich der Cognatio beraten und überlegt, wie man der Plage besser Herr wurde. Stil hatte regiert.

Aber angesichts der Ruine, in die sie hineingingen, zweifelte Dominic an dem beschriebenen Prunk.

*Die Höhle meiner Bande sieht allemal besser aus als das hier.*

Die *Gölgelic* hatten sich seit dem Massaker bislang dreimal an größeren Gehöften versucht. Osmanen oder Serben – die Vampyre machten keinen Unterschied zwischen Menschen und Glaube, sondern nur stattliche Beute. Viele teure Teile der Einrichtung standen nun im Rückzugsort der Bande und sorgten für Behaglichkeit.

Leider gehörten Jussep und Hossein immer noch dazu. Dominic hatte bislang keine Gelegenheit gefunden, sie zu eliminieren, und Vanja dafür freie Hand gelassen. Sie war nach einer neuerlichen Nacht mit ihm auf dem Lager seine Stellvertreterin geworden, und er rechnete damit, dass sie ihm schon bald die abgeschlagenen Köpfe der Vampyre präsentieren würde. Vanja besaß Ehrgeiz und Geschäftssinn.

»Das ist einmal ein katholisches Kloster gewesen«, sagte Marek, während sie über die unebenen Platten eilten, und beendete Dominics Überlegungen zu den Räubern. »An dieser Stelle befand sich ihr Rohbau, aber in der Zeit, als die Osmanen die Oberhand hatten, wurde er zerstört. Die Mönche hatten sich nicht an die Vorgaben gehalten und zu hohe Kirchtürme errichtet. Höher als die Minarette. Die Beleidigung Allahs verlangte nach Strafe.«

*Dabei sehen die Überreste aus, als würden sie schon tausend Jahre an dieser Stelle stehen.*

Ranken und Gestrüpp wuchsen allenthalben, die Fresken an den Wänden waren von der Witterung übel zugerichtet worden. Dennoch verströmten die Mauern Würde.

»Du hast alles verinnerlicht?«

Dominic nickte nur und schaute sich weiter um. Die Kreuze, an denen sie vorbeihasteten, machten ihm nichts aus. Mit Schaudern dachte er an seine Gefühle im Dorf zurück. Er hatte wirklich Angst gehabt, von diesen brennenden, schwebenden Kreuzen vernichtet zu werden. Todesangst.

*Es wird nicht noch einmal geschehen.*

»Du kennst die Formeln? Und keine vorlauten Worte gegen den Ischariot.«

*Das hängt davon ab, wie er mit mir umgeht.*

»Ja, Oheim«, antwortete er und grinste verstohlen.

Marek trug wieder die besondere Perücke, die sich kunstvoll türmte und glitzerte, als sei sie mit Diamantstaub gepudert worden. Aber Dominic sah dem Kopfschmuck an, dass dringend die Pflege eines Perückenmachers notwendig wäre. Die schmucklose Robe, die Marek trug, erinnerte an den Talar eines Pfarrers oder an die schwarzen Gewänder der *Gölgelic*, was so gar nicht zu den Erzählungen der Baronin passte. Der Bund der Sieben schien sich auf das Wesentliche zu beschränken.

»Gut.« Marek langte unter das Gewand und nahm einen silbernen Dolch heraus, in dessen Griff drei Dolchpaare eingraviert waren: eins oben, zwei darunter. »Ein Geschenk, Neffe. Es soll dir Glück bringen. Und sollten Wandelwesen nach deinem

Leben trachten, wirst du fortan stilvoll gewappnet sein, wie es sich für einen Judassohn ziemt.« Zum ersten Mal klang er gütig und großmütig – wenn nur dieser Unterton nicht gewesen wäre.

»Meinen Dank.« Dominic nahm die Waffe an sich und verstaute sie im Gürtel. »Der Dolch wird seine Aufgabe erfüllen.«

»Übrigens, um deine kleine Bande musst du dich nicht mehr kümmern.«

Dominic durchfuhr ein heißer Blitz, dem unmittelbar Kälte im ganzen Körper folgte. Er hatte es befürchtet. Er schwieg und wartete ab, was er zu hören bekommen sollte.

Marek lächelte souverän. »Tu nicht so überrascht. Dachtest du, ich würde nicht handeln? Dafür bist du ein zu großes Talent, das nicht bei solchen Kindereien vergeudet werden darf.« Er legte ihm eine Hand auf die Schulter. »Ich bin dein Oheim und sorge mich um dich. Da es dir schwerfiel, dich aus eigenem Antrieb von den Verbrechern fernzuhalten, habe ich deinen Freunden eine entsprechende Nachricht zukommen lassen, die unmissverständlich war. Die *Gölgelic* sind aufgelöst.« Marek lächelte irritierenderweise, anstatt herumzuschreien und zu toben, wie er es vor kurzem in der Bibliothek getan hatte. »Sollte ich dich noch einmal dabei erwischen, dass du eine zweite Gruppe von Abschaum um dich herum sammelst, teilst du ihr Schicksal.« Er ließ Dominic los. »Damit ist die Sache für mich erledigt. Für dich auch.«

*Das klang viel zu harmlos.*

Dominic blieb stumm und deutete ein Nicken an, dass er verstanden habe und gehorchen werde, auch wenn er nicht beabsichtigte, Mareks Anweisungen zu folgen. Er hatte soeben beschlossen, gleich nach der Cognatio zur Höhle zu reiten und nach dem Rechten zu sehen.

Vielfacher Lichtschein verriet, dass sie sich dem Altarraum näherten, wo die bemalte Kuppeldecke noch erhalten geblieben war; nachträglich eingezogene Stützstreben verhinderten, dass sie einbrach.

Darunter stand die langgestreckte Tafel, an denen zwei Baroninnen und vier Barone in den gleichen dunklen Gewandungen saßen. Hinter ihnen verharrten ihre Elevinnen und Eleven stehend. Fackeln und Leuchter illuminierten die Versammlung. Schweigend erwartete man die Ankunft des Neulings.

Dominic grinste, als er die neidischen Blicke sah.

*Man mag meine Kleider.*

Er war in seinem teuren, dunkelblauen Kaftan erschienen, den er einem osmanischen Kaufmann abgenommen hatte. Verschiedene Goldketten lagen um Hals und Handgelenke, dazu Ringe und ein Dreispitz, um an seine Heimat zu erinnern. Zwei Pistolen steckten im Gürtel, den Säbel trug er an der Seite.

*Wären wir in einer Stadt, würden sie Marek für meinen Diener halten.*

Sein Oheim steuerte auf den leeren Stuhl zu und nahm Platz.

Dominic hatte beschlossen, der Cognatio zu zeigen, dass er sie nicht fürchtete. Dass er nicht kuschte. Er stellte sich hinter ihn, legte eine Hand auf die Lehne. Ihm war bewusst, dass er der einzige Eleve war, der dies wagte.

*Sie werden mein Zeichen verstehen.*

Dominic lächelte in die Runde und deutete eine Verbeugung an. »Bonnuit, mes dames et mes seigneurs«, sagte er in die Stille, und seine Stimme hallte von der Kuppeldecke wider.

Erst als der letzte Rest seiner Worte gestorben war, stand ein Vampyr mit einer langen Weißhaarperücke auf, deren streng angeordnete Locken in breiten Bahnen bis fast an den Gürtel reichten: der Ischariot, der Vorsitzende der Cognatio. »Ich grüße Euch, Baron Illicz. Euer Eleve ist unpassend gekleidet und benimmt sich dazu noch jenseits unserer Konventionen.«

»Erlaubt, dass ich mich der ehrenwerten Gesellschaft vorstelle: Ich bin Dominic de Marat«, antwortete er forsch.

Versteinerte Mienen, Mordlust in den Blicken, Teilnahmslosigkeit, Neugier, Neid und Ablehnung. Niemand empfing ihn hier mit einem Quentchen Wohlwollen. Er erntete nicht einmal Amüsement.

Es bereitete Dominic einen unglaublichen Spaß, diese eingebildeten, antiquierten Vampyre einschließlich Marek herauszufordern. Ein Blick in ihre Gesichter hatte ihm gereicht, um zu erkennen, dass Metunova die Wahrheit über die Cognatio gesprochen hatte. Er kam aus dem Land, in dem eine Revolution der Einfachen gegen die Mächtigen stattfand. Das ließ er sie gern spüren. »Und ich bin der Sohn von Baronin Scylla Illicza.«

Wieder dauerte es, bis das Echo verklungen war. Zwei der Barone schüttelten ansatzweise den Kopf, eine Baronin presste die Lippen fest zusammen.

»Außerdem«, sprach der Ischariot weiter, »ist er flegelhaft, *äußerst* flegelhaft, und müsste für die vielen Verstöße bestraft werden, ohne als Euer Eleve angenommen zu werden!«

Marek atmete laut durch, bevor er zu einer Erwiderung ansetzte. »Ich entschuldige mich für sein Verhalten. Ich hatte ihm die Regeln der Cognatio genannt, aber ich nehme an, dass sein französischer Geist Schuld daran trägt. Und natürlich das rebellische Erbe seiner Mutter.« Es kostete ihn Mühe, die Beherrschung zu wahren. Jeder hörte das.

*Na, was ist, Oheim? Wo bleibt deine schöne Überlegenheit, die du vorhin an die Nacht gelegt hast?*

Dominic freute sich unsäglich.

»Wir werden ihn bestrafen, sobald wir über seine Aufnahme entschieden haben«, erwiderte der Ischariot und zeigte auf den Tisch. »Hinauf mit ihm! Er soll sich ausziehen, damit wir ihn auf seine Makellosigkeit begutachten können, ehe wir sein Wissen prüfen.«

Dominic dachte, er habe sich verhört.

*Nackt? Vor denen?*

Das hatte Marek ihm verschwiegen. Alle starrten ihn erwartungsvoll an.

»Mach, dass du auf den Tisch kommst«, raunte Marek und verschränkte die Finger, senkte dabei den Kopf.

»Nein.« Dominic blieb, wo er war. Die Provokation wuchs ins Ungeheuerliche, aber je weiter er ging, desto besser fühlte er sich.

Marek wandte den Kopf pfeilschnell zu ihm, die Augen sprühten vor Zorn. »Du ...«

»Verzeiht, werte Cognatio, werte Baroninnen und Barone«, sagte Dominic selbstbewusst. »Ich erachte es nicht als notwendig, mich vor Euch zu entkleiden. Mein Wuchs ist ebenmäßig. Ich habe viel von meinem Oheim gelernt und kenne die Antworten auf jede Frage, die Ihr mir in Sachen Alchimie zu stellen gedenkt.« Seine Augen waren auf Marek gerichtet. Jetzt las Dominic Fassungslosigkeit auf seinem Gesicht.

*Du kannst mich nicht aufhalten. Nicht, ohne selbst dein Ansehen vollends zu verlieren, habe ich recht? Du kannst nur hoffen, dass ich mich gut herausrede.*

»Ich bitte Euch, mich als Eleve von Baron Marek Illicz anzuerkennen. Ich werde sein würdiger Nachfolger, wenn die Zeit gekommen ist.« Dominic verneigte sich deutlicher als am Anfang.

Wieder der Hall, wieder die Stille danach als Antwort auf diese Ungeheuerlichkeit. Nicht einmal Marek erhob mehr die Stimme, sondern wartete, wie der Ischariot urteilen würde.

*Habe ich übertrieben?*

Dominic bemerkte die Spannung, die sich aufgebaut hatte. Sie wurde bedrohlich, fühlbar gegen ihn gerichtet. Nicht einmal der Hauch von Anerkennung für seinen überzeugten, mutigen Auftritt wehte ihm entgegen. Sein Selbstbewusstsein verkleinerte sich von Herzschlag zu Herzschlag. Die Blicke setzten ihm zu und zerteilten die Überlegenheit, die er eben noch gespürt hatte.

Es war, als lasse man Luft aus einer gefüllten Schweinsblase entweichen.

*Sie werden sich gegen mich entscheiden!*

Dominic sah vor seinem inneren Auge, wie sie sich auf ihn warfen und ihn in kleine Stücke rissen, sein Blut soffen und seine Überreste lachend in einem Freudenfeuer verbrannten.

*Das ... darf nicht ...*

Er musste der Cognatio einen Grund aufzwingen, sein Leben zu verschonen. Octavius' Bemerkung kam ihm in den Sinn.

*Die Formel! Das ist ein Brocken, auf den sie sich stürzen werden.*

»Lasst mich hinzufügen«, sprach er haspelnd, »dass ich eine Schriftsammlung von meiner Mutter erhalten habe. Ich behielt sie, weil sie ein Andenken bedeutet, aber ich verstand sie nicht. Bis ich von meinem Oheim unterrichtet wurde.« Er zeigte auf Marek, um ihm Glanz zu verleihen.

Die Blicke der Vampyre wandelten sich. Aus der Ablehnung wurde Gier. Hoffnung. Und Heimtücke.

Dominic fing sich und brachte sein Herz dazu, nicht ganz so rasend in seiner Brust zu trommeln. »Ich ahne, was die Formeln bedeuten, sofern ich sie recht zu lesen und vor allem zusammenzusetzen vermag. Ich folge den Spuren der Unsterblichkeit!«

»Habt Ihr ihm davon erzählt, Baron Illicz?«, fragte der Ischariot angespannt.

»Nein«, gab Marek verwundert zurück. »Nein, ich habe ihm nichts Diesbezügliches gesagt!« Er schaute kurz über die Schulter. »Und er hat sie mir auch noch nicht gezeigt. Ein kleines Geheimnis, das er aus Frankreich mitgebracht hat.«

*Ich muss Octavius auf ewig dankbar sein!*

Dominic war erleichtert. Er hatte den richtigen Köder gefunden.

Der Ischariot sah in die Runde, und es gab überall ein leichtes

Nicken. Nicht zu deutlich, um das anhaltende Missfallen des Auftritts zu verdeutlichen, doch sichtbar und einstimmig. »So verkünde ich, dass du, Dominic de Marat, der Eleve von Baron Marek Illicz sein darfst. Er soll dich jedoch gleichzeitig für deine Anmaßung züchtigen. Weitere Verfehlungen werden dir nicht noch einmal verziehen werden, selbst wenn du der leibliche Sohn des Judas wärst.« Er setzte sich. »Die Eleven mögen sich nun zurückziehen. Wir haben Dinge zu bereden.«

Dominic verneigte sich wieder.

»Ich danke der Cognatio.« Marek war erleichtert und kochte dennoch innerlich, was man seiner Stimme anhörte.

*Die Nacht verlief gänzlich anders, als er es sich gewünscht hatte. Gut so!*

Die Eleven traten von den Stühlen zurück und gingen los.

Dominic folgte ihnen und gelangte in die Überreste des Nordgangs der Kirche. Das Mondlicht, das in die erhaltenen Fenster fiel, färbte sich durch das blaue, gelbe und grüne Glas. Die Vampyrinnen und Vampyre wirkten, als wären sie von den seltsamsten Krankheiten befallen, die die Haut färbten.

*Das ging gerade noch einmal gut für mich aus. Der Dolch hat mir bereits Glück gebracht. Das Schöne ist: Ich könnte mir noch viel mehr erlauben! Sie wollen die Formel!*

Er setzte sich mitten ins Mondlicht und ließ die anderen ziehen. Ihm war nicht nach Gesellschaft. Dominic nahm sich vor, trotz allem zurückhaltender zu sein, schon allein wegen seiner Recherchen über den Dämonenpakt. Nachdem er einen Hinweis auf das Mal bekommen hatte, hatte er Hoffnung geschöpft, den Namen *seines* Herrn zu ergründen. Er brauchte Zugang zu Mareks Bibliothek. Noch.

*Vielleicht genügen eine Beschwörungszeremonie und ein Opfer, um sich freizukaufen.*

Er sah hinauf zu den Fenstern und verfolgte die Strahlen des Mondes.

*Die Cognatio und ich wollen das Gleiche: dem Dämon entkommen, der uns zu diesen Kreaturen gemacht hat. Sie wollen ewig leben, ich den Pakt aufheben.*

Dominic zog den Dolch und ritzte mit der Spitze seinen Namen in die Platte zu seinen Füßen.

*Spuren hinterlassen. Für die Ewigkeit.*

Das silbrige Licht versetzte ihn in eine melancholische Stimmung, in der seine Gedanken ohne Ziel und Sinn schwebten. Dominic schloss die Augen. Er dachte über Marek nach, seine Mutter, den Pakt, die Baronin und Octavius sowie die Formel, die er nicht besaß.

Die Zeit verstrich, bis ein Schatten auf ihn fiel. Er hob die Lider.

Vor ihm verharrte eine Elevin, die die Hände auf den Rücken gelegt hatte. Blaues Licht fiel auf ihr Gesicht, das Dominic einigermaßen hübsch fand. Ihm fiel nicht ein, hinter welchem Baron oder welcher Baronin sie in der Cognatio gestanden hatte. »Du stehst mir im Licht, ma chère.«

Sie schürzte die Lippen. »Oh, das tut mir leid.« Sie machte einen Schritt nach vorn und raubte ihm noch mehr Helligkeit. »Besser, Franzmann?«

»Ah, ich verstehe.« Dominic lächelte. »Du bist die Abordnung der entrüsteten Elevinnen und Eleven. Und weil sie Angst haben, dass ich einen Mann in Grund und Boden schlagen würde, haben sie eine Frau geschickt.« Er hielt ihrem verachtenden Blick stand, in dem erste Unsicherheit aufschimmerte.

*Lass sehen, was in dir steckt.*

Dominic stand auf und streifte sie dabei mehrmals, auch ihre Brüste. Er war einen halben Kopf größer als sie. »Da, wo ich herkomme …«

»Aus der Gosse«, fügte sie an und nahm die Arme nach vorne. Die Hände waren zu Fäusten geballt.

»… schlägt man keine Frauen.« Eine kleine Bewegung reichte

aus, und seine Lippen lagen auf ihren für einen langen Kuss. Sie hielt still, aus Überraschung, wie er annahm. Ihre Haut war weich, warm und schmeckte nach Marzipan und Orange. »Man küsst sie.«

Sie schnappte nach Luft und machte einen Satz zurück. »Du ...« Ihre linke Hand fuhr zu den Lippen, dann rannte sie davon.

*Die Liebe ist die stärkste Waffe.*

Dominic lachte. »He, ihr Feiglinge!«, rief er. »Kommt her, wenn ihr euch traut. Ich habe Küsse für alle!« Er setzte sich wieder, hob den Kopf ins Mondlicht und lachte lautlos.

*Ich werde noch viel Spaß mit dieser Runde haben.*

Er leckte sich über die Lippen.

*Die Kleine hat gut geschmeckt. Ich sollte mich mit ihr verabreden, um herauszufinden, ob sie an anderen Stellen auch so mundet.*

Die Baroninnen und Barone tauchten auf und befahlen die Eleven zu sich.

Marek winkte Dominic heran und ging weiter zur Kutsche. Wortlos stiegen sie ein, und die Fahrt begann. Sein Oheim sah aus dem Fenster, starrte in die Nacht; eine Hand lag wie festgeklebt am Kinn.

*Wann wird ihm der Kragen platzen?*

Das Schweigen hielt, bis sie in dem Palast aus Holz angekommen waren.

»Verschwinde in deine Kammer«, lautete Mareks leise, gleichgültig gegebene Anweisung, als er Dominic die Tür öffnete und ihm den Vortritt ließ. »Morgen reden wir über das, was du in der Cognatio getan hast.«

*Mir auch recht.*

Dominic war überrascht, dass sein Oheim nicht die Hand gegen ihn erhob, und stieg aus. Er ging die Stufen hinauf, Marek folgte ihm mit einigem Abstand. Im Innern angekommen, blickte Dominic zur Standuhr in der Eingangshalle: sechs Uhr morgens.

*Zu spät, um noch zur Höhle zu reiten und nach meiner Bande zu sehen.*

Also begab sich Dominic wirklich in sein Gemach.

***

»Eine Räuberbande?« Octavius musste laut lachen. »Also steckt de Marat hinter den Überfällen. Ich dachte mir schon so etwas. Geschäftstüchtiger junger Vampir. Er verursacht einen Heidenaufruhr damit.«

Sandrine und Anjanka nickten gleichzeitig. Sie saßen wieder im Bildersalon, wie sie das Zimmer inzwischen genannt hatten, und erstatteten ihrem Gastgeber den wöchentlichen Bericht. Sie hatten herausgefunden, dass der begabte Maler der Werke kein anderer als Octavius war.

»Aber er findet nicht Illicz' Zustimmung«, betonte die Tenjac.

»Das hätte mich auch gewundert. Es wird Illicz nicht in den Kram passen, wenn sein Schützling eigene Wege geht. Ein bemerkenswerter junger, gefährlicher Mann.« Octavius fuhr sich über die Glatze. »Wo hat die Bande ihren Unterschlupf? Ich würde mich gern dort umsehen.«

»Das müssen wir noch herausfinden«, antwortete Anjanka.

*Warum sagt sie das? Das wissen wir doch!*

Sandrine ahnte, dass ihre Geliebte einen Grund dafür hatte, und mischte sich deswegen nicht in den Bericht ein.

»Er gibt sich sehr viel Mühe, sofort nach dem Verlassen der Villa zu verschwinden, damit Illicz ihm nicht auf die Schliche kommt, was den Unterschlupf angeht«, log Anjanka ungerührt weiter.

Octavius' stechender Blick richtete sich auf die Tenjac, die auf dem Sessel zusammensank. »Du würdest es mir sagen, wenn ihr es wüsstet?«, fragte er mit seiner hohen Stimme.

*Ich muss ihn ablenken.*

»Sicher, ehrenwerter Octavius!«, sprang Sandrine ihrer Liebsten bei. »Gestern geschah Bemerkenswertes: Sie gingen zu einem Treffen, das sich Cognatio nannte.«

Ein Ruck ging durch den breit gebauten Murony.

»Eine Cognatio. Mit dem Jungen«, raunte er fasziniert. »Mehr! Was wisst ihr darüber, meine schönen Spioninnen?«

Sandrine war erleichtert, dass ihr Manöver sofort zum Erfolg geführt hatte.

»Wir sind ihnen durch den Wald zu einer Ruine gefolgt«, erklärte Anjanka, die ihre Beklemmung abgeschüttelt hatte. »Ich denke, es war einmal ein christliches Kloster, das zerstört worden ist. Jedenfalls sahen die Überreste danach aus.«

»Wie viele Vampire?«

»Sieben, die sich Kinder des Judas nannten«, erzählte Anjanka und schilderte den Ablauf des Treffens, soweit sie es aus ihrem Versteck heraus hatte beobachten können. »Offiziell ist Marat anscheinend so etwas wie der Schüler von Illicz geworden.«

»Sie haben ihn anerkannt!« Octavius lachte auf. Er konnte es nicht fassen und schlug die Hände zusammen, so dass es laut klatschte. »Bei den Dämonen der Hölle: Sie haben diesen Bastard als Eleven anerkannt!« Begeisterung hatte ihn ergriffen, die ihn nicht still sitzen ließ. Octavius stand auf und lief vor den Bildern auf und ab. »Es geht voran.«

*Man könnte meinen, dass er Marats Mentor ist. So aufgekratzt habe ich ihn noch nie erlebt.*

Sandrine gefiel das Verhalten des Murony nicht. Auf sie machte es den Eindruck, als verfolge er einen Plan: Die sofortige Bereitschaft des Vampirs, sie bei sich aufzunehmen, die Geheimniskrämerei um seine Fertigkeiten und seine Geschäfte, und wie er es immer wieder schaffte, sie mit einer Ausrede von der Baronin fernzuhalten. Sandrine hätte sich zu gern mit der Adligen unterhalten. Anjanka hatte ihre Beobachtungen und Bedenken nicht geteilt, aber Sandrine war sich bei Octavius' Anblick sicher, dass es um mehr ging als Bespitzelung und alte Feindschaften.

*Wir sind kleine Rädchen, die zwar im Moment wichtig sind, auf die er aber notfalls verzichten kann. Ich werde ihn daran erinnern, was er mir bislang schuldig geblieben ist.*

»Es freut mich«, sagte Sandrine freundlich, »dass wir dir helfen können und unsere Berichte derlei Überschwang bei dir auslösen. Aber wo bleibt mein Gegenwert? Ich habe noch nichts von dir lernen können, weil wir unentwegt für dich spionieren müssen.«

Octavius blieb vor einem Gemälde stehen, auf dem sein Palast in intaktem Zustand abgebildet war, und steckte die Hände in die Taschen. »Du hast recht. Ihr zwei leistet unschätzbar wertvolle Dienste, und ich erscheine dir im Gegenzug undankbar«, gestand er frei. »Ich erbitte deine Geduld, Sandrine. Ich werde euch mit Schätzen überhäufen, um euch zu entlohnen, doch bleibt an ihnen dran! Bald ist Zeit genug, sich dem Studieren und den Hexenkünsten zu widmen.« In seinem stechenden Blick loderte der Triumph.

Sandrine öffnete den Mund zu leisem Widerstand, da spürte sie Anjankas Hand auf ihrem Unterarm, und sie schwieg.

»Jetzt geht.« Octavius trat zur Tür und riss sie auf. »Das muss ich mit der Baronin besprechen. In eurer Kammer warten zwei Geschenke. Frisch und saftig. Saugt sie leer oder behaltet sie, wie es euch beliebt. Ihre Sehnen sind durchschnitten, sie können nicht flüchten.«

Sandrine sah ihm nach, dann schaute sie Anjanka an und versuchte, ihre Gedanken zu ergründen. »Hast du den gleichen Durst wie ich?«

Die Tenjac nickte. »Gehen wir und nehmen wir seine Geschenke an.«

Sie eilten aus dem Bildersalon und in ihren Teil des Palastes.

»Du wirst dich fragen, warum ich ihm den Aufenthaltsort der Bande verschwiegen habe«, sagte Anjanka von sich aus, als sie einen Korridor zwischen sich und Octavius gebracht hatten und kein Diener zu sehen war.

»Das tue ich. Und ich bin sicher, dass du einen Grund hast.«

Die Tenjac schüttelte den Kopf. »Nein, den habe ich nicht. Vertraue mir, wenn ich dich darum bitte, den Ort vorerst nicht zu verraten.« Anjanka nahm ihre Hand.

Als Antwort drückte Sandrine sie sachte. »Mein Vertrauen in dich ist unerschütterlich. Nun lass uns trinken.«

Sie betraten ihren Trakt und eilten ins Schlafzimmer, wo zwei junge nackte Frauen gefesselt auf dem Bett lagen. Die Augen waren geschlossen, an der Stirn waren leichte Beulen zu erkennen. Verbände an den Beinen verdeckten die Stellen, an denen ihnen die Sehnen durchtrennt worden waren. Der saubere Geruch nach Seife verriet, dass sie gebadet worden waren.

»Ja, Octavius meint es gut mit uns, solange wir ihm dienlich sind«, murmelte Sandrine und ließ Anjankas Hand los, um das Bett zu umrunden. »Welche möchtest du, mein Herz?« Sie streifte Schuhe und ihr eigenes Kleid ab und ließ es auf den Boden gleiten. Sie liebte es, die warme Haut ihrer Opfer an der eigenen zu spüren.

»Die Brünette. Du darfst die Blonde haben«, gab ihre Geliebte zurück, die sich ebenfalls entblößte.

*Im Anschluss an das Mahl werden wir uns lieben.*

Sandrines Zehen stießen gegen etwas Leichtes, das schabend unter dem Bett verschwand. Sie bückte sich – und hielt eine Maske in der Hand.

*Ich kann mich nicht erinnern, sie schon einmal gesehen zu haben.*

Von der hellen, mit dunklen Strichen verzierten Halblarve ging Boshaftigkeit aus. Die langen, spitz zulaufenden Eckzähne erinnerten Sandrine an ihre eigenen Fänge; an dem rechten haftete getrocknetes Blut, als habe die Maske selbst getrunken. »Deine?«, sagte sie zu Anjanka, die bereits über ihrem bewusstlosen Opfer kniete und an dessen Hals roch.

Die Tenjac blickte auf. »Oh, du hast sie?«, sagte sie nach einem Atemzug. »Ich dachte, ich hätte sie weggeräumt.«

»Woher hast du sie?« Sandrine strich über die dämonisch anmutenden Züge der Maske, während ihr Nacken kribbelte. Das Licht brach sich auf den hellen Flächen und wurde von den schwarzen Linien und angeschwärzten Stellen verschlungen. Sandrine fühlte sich mit einem Mal abgestoßen.

*Wie unheimlich sie ist ...*

»Ich habe sie unterwegs gefunden, als wir aus Paris fortgegangen sind. Sie soll mich an die Zeit in Frankreich erinnern.« Anjanka beugte sich gierig zu der Frau hinab. »Leg sie auf den Nachttisch. Ich packe sie später weg.«

Sandrine wollte nicht wissen, wo die Maske vorher aufbewahrt worden war. Sie ließ sie fallen und schob sie mit dem Fuß unter das Bett. Sandrine wollte nicht, dass dieses abscheuliche Ding ihnen beim Liebesspiel zusah. »Wir sollten die Mädchen wecken«, sagte sie und begab sich aufs Bett, streichelte Anjankas Rücken und freute sich an ihrem Anblick. »Dann macht es mehr Spaß.«

## November 1790,
## nahe Požarevac (serbisches Gebiet)

Als Marek davon gesprochen hatte, die Räuberbande sei aufgelöst, hatte es Dominic niemals in Erwägung gezogen, dass sein Oheim es auch so gemeint haben könnte.

*Wortwörtlich.*

Der stechende Gestank, der aus der Höhle drang, ließ ihn ahnen, was geschehen war. Ein rötlich braunes, dampfendes Rinnsal mit kleinen, schwammigen Stückchen darin floss heraus. Der Fels hatte sich am Eingang schneeweiß verfärbt, und vor dem Loch lagen dünne, gebogene Glassplitter.

Dominic war auf dem Weg zur Baronin gewesen, um ihr das italienische Buch mit den Dämonenmalen zu zeigen und zu hören, was sie zu seiner Entdeckung sagen würde. Nach Mareks Verlautbarung vor Beginn der Cognatio hatte er jedoch lieber als Erstes einen Abstecher zum Unterschlupf gemacht.

*Er hat sie mit Säure angegriffen!*

Dominic zögerte. Er hatte darauf verzichten wollen, den Unterschlupf zu betreten. Er brauchte weder den Anblick noch den widerlichen Geruch der verätzten Leichen, die gewiss in der Höhle lagen.

*Ich muss nachschauen. Das bin ich ihnen schuldig.*

Er sog die reine, klare Luft ein, dann ging er ins Innere, stieg über das Rinnsal hinweg und achtete genau darauf, nicht damit in Berührung zu kommen.

Schon nach wenigen Schritten entdeckte er die Überreste des Niemez. Ein Geschoss hatte den Nachzehrer in die Brust getroffen, die Säure hatte sie einschließlich des Herzens weggefressen. Knochen und Fleisch waren schwarz, der Kopf lag abgetrennt und verschmurgelt dicht daneben.

Die Höhle selbst war leer. Die Teppiche, die Möbel und Bilder, die Vasen und die Truhen mit den kostbaren Kleidern und dem Schmuck mussten von Mareks Helfern weggeschafft worden sein. Dafür lag in der Mitte des Hauptraums ein Knochenhaufen in einem See aus dampfender, milchiger Säure. Die Schädel von Jussep, Hossein, Ignaz und Vanja hatte man abgetrennt und davor nebeneinandergelegt. Die toten Augen schauten durch Dominic hindurch.

*Er hat niemanden entkommen lassen.*

Dominic ging vor den Häuptern in die Hocke, hob Vanjas Kopf

an und betrachtete das blutverschmierte Gesicht; aus dem Stumpf rannen rote Tropfen. Anstelle des Schmerzes wegen einer verlorenen Liebe verspürte er Wut auf Marek, der sich in seine Belange eingemischt hatte. Vanja war ein angenehmer Zeitvertreib im Bett gewesen, weil sich gerade nichts anderes ergeben hatte, aber nicht Dominics große Liebe.

*Schade um sie. Mit ihr als meine Stellvertreterin hätten wir es als Bande weit bringen können.*

Der beißende, dünne Säurerauch brachte ihn zum Husten. Er schloss zuerst ihr, dann den anderen die Augen. »Es tut mir leid«, entschuldigte er sich laut bei den vernichteten Vampyren. »So war euer Ende nicht vorgesehen.«

Dominic legte Vanjas Schädel nieder und erhob sich, wandte sich um und ging hinaus, durch den knirschenden Schnee zurück zu seinem Rappen.

Wie er Marek einschätzte, hatte er sich die Beute selbst unter den Nagel gerissen und irgendwo bei sich im Palast verborgen. Die Anstrengungen der letzten Monate waren vergebens gewesen. Er saß mit nichts da.

*Verdammter Bastard!*

Dominic schwang sich in den Sattel. Er wusste nicht, wohin mit seiner Wut. Seinen Oheim *konnte* er nicht angreifen, solange er seine Nachforschungen nicht abgeschlossen hatte. Ihm fiel ein, dass Marek ihm das gleiche Schicksal angekündigt hatte, sollte Dominic jemals wieder eine Bande formen.

*Eines Nachts werde ich dich fertigmachen. Aus so vielen Gründen. Gerade daher ist es entscheidend, dass ich besser bin als du und all meine Kräfte kenne, die mir als Judassohn zur Verfügung stehen.*

Dominic lenkte sein Pferd raus aus dem Wald und galoppierte über die verschneite Ebene zu Metunovas verfallenem Palais. Ihm kam der Gedanke, dass Marek oder seine Spione auch von den Treffen mit der Baronin und Octavius wussten.

*Nein. Das hätte er mir schon lange auf die Nase gebunden. Anscheinend war ich dabei stets aufmerksam genug.*

In einiger Entfernung sah er ein Wolfsrudel, das in entgegengesetzte Richtung eilte und vermutlich dem verlockenden Geruch von Stalltieren folgte. Der Winter hatte in diesem Jahr bereits früh eingesetzt.

Dominic durchfuhr es. Die Loup-Garous hatte er schon lange vergessen – bis eben.

*Meinetwegen können sie verschwunden bleiben. Ich sehne mich nicht nach ihnen.*

Er erreichte das Heckenlabyrinth, das sich verschneit präsentierte und gleich einer weißen Wand in die Höhe reckte, bis es ans sternenklare Nachtfirmament stieß.

Wie immer stieg Dominic hier ab, band das Pferd an und nahm das Buch aus der Satteltasche. Er ging über den verschlungenen Pfad, quer durch den verwahrlosten Garten zum Turm, in dem Metunova gleich einer verwunschenen Prinzessin lebte; die Doggen ließen ihn schon lange in Ruhe.

Den Spuren im Schnee nach hatte sich Octavius bereits eingefunden. Dominic klopfte.

Der Murony, wie meistens in seine osmanischen Gewänder gekleidet, öffnete ihm. »Unser Lehrling, Baronin«, rief er die Stufen hinauf und bat ihn herein. Der Duft von Zimt, Anis und Nelken hing im Raum, es roch zudem nach Rotwein.

»Ich komme!«, gab sie von oben zurück. »Gib ihm etwas zu trinken, damit er auftaut.«

»Hat sie einen Untermieter?«, fragte Dominic und schaute sich um. Im einst leeren Raum standen jetzt ein Tisch mit vier Stühlen, ein kleines Schränkchen mit Geschirr und entlang der Wände Regale.

»Nein. Wir fanden es zu kahl.« Octavius ging zum Herd und nahm en passant einen Becher, goss eine Kelle voll aus dem Kessel hinein und stellte ihn auf den Tisch. Mit dem Schürhaken hebelte er die Befeuerungsplatte vom Ofen, damit die Flammen frei loderten. Dominic legte derweil ab und zog das Buch hervor, setzte sich.

»Er hat etwas mitgebracht«, rief der Murony nach oben, damit Metunova ihn hörte. Die helle Stimme schmerzte in den Ohren. »Ein italienisches Buch.« Octavius streckte die Hand aus, die stechenden Blicke bohrten sich in Dominics Verstand.

*Der Glatzkopf meint es nicht böse, es liegt einfach in seiner Art. Selbst wenn er wollte, kann er die unangenehme Eigenschaft nicht ablegen.*

»Darf ich reinschauen?«

»Die Baronin sollte es zuerst sichten«, lehnte Dominic freundlich ab.

»Sicherlich.« Octavius setzte sich neben ihn. Sie warteten, Gewürzwein schlürfend, bis Metunova erschien.

An den Schritten auf der Treppe hörte Dominic, dass sie sich langsamer bewegte als sonst. Sobald er ihre faltigen Finger, in denen sie vier dicke Bücher hielt, und die gealterten Züge sah, verstand er, warum: Die Baronin hatte einen neuerlichen Schub erlitten. Sie wirkte inzwischen wie eine Greisin von achtzig Jahren.

»Madame«, sagte er entsetzt und erhob sich, um ihr seinen Arm als Stütze anzudienen. Ohne die erhaltenden Elixiere, die sie früher genommen hatte, verging die Lebenskraft der Vampyrin immer rascher. Sie hatte die Existenzdauer einer Judastochter bereits um etliche Dekaden überschritten.

»Bleib sitzen, Dominic«, wehrte sie ab. Ihr Atem rasselte laut und übertönte das Rascheln ihres grauschwarzen Kleids. »Noch kann ich alleine laufen. Aber wir sollten uns mit dem besonderen Unterricht beeilen. Lange wird es nicht mehr dauern, bevor ich vergehe.«

Einen Vampyr mit dem Tode ringen zu sehen, dem mehr oder weniger natürlichen Tode, machte Dominic betroffen. Octavius wirkte nicht weniger bestürzt.

»Oh, spart euch die Mienen bis zu meiner Trauerfeier«, sagte Metunova und versuchte ein Lachen, das zu einem Husten wurde. Sie kam auf den Tisch zu und spuckte einen roten Klumpen ins Herdfeuer, der zwischen den glühenden Holzstücken verdampfte. »Meine Lunge zerfällt bereits. Ich verfaule von innen nach außen, wie mir scheint. Die Gifte, die ich einst braute, um mein Dasein zu verlängern, zersetzen mich nun. Ich werde bald nicht mehr sprechen können.« Sie setzte sich neben Dominic, krachend ließ sie die schweren Bücher auf den Tisch fallen, die Gewürzweinbecher hüpften. »Was hast du da für ein Werk?«

Er schlug die Seite mit dem Mal auf. »Hier. Es ist das Mal der Kinder des Judas«, sagte er aufgeregt und versuchte, die Ängste und Sorgen um die Baronin zu verdrängen. Er fürchtete, dass sie sterben würde, ehe sie gemeinsam weitere Erkenntnisse über den Dämon erzielt hatten. Octavius traute er das nicht zu.

Metunova überflog die Stelle, rieb sich die Augen und las erneut. Dieses Mal langsamer und aufmerksamer. »Mein Italienisch ist nicht das beste, und das hier ist dazu noch sehr gestelzt und falsch geschrieben«, begann sie nach einer Weile. »Doch ich denke, dass du fündig geworden bist.« Sie zeigte auf das Bild, dann auf die Buchstaben daneben. »Hier steht:

*Das Signum Botis*
*Des Dämons Zeichen, dessen Name sei Botis, wird sichtbar bei all seiner Dienerschaft, gleich welcher Spezies sie angehören und von welcher Schreckgestalt sie seien.*
*Nicht wegzubrennen, nicht herauszuschaben, zu schneiden oder zu kratzen, mit nichts zu lösen.*
*Nimm es als Indicatorium für das Böse, das in diesem Wesen haust.*
*Möchtest du sichergehen, dass es zur Dienerschaft des Dämons gehört, so schneide das Gliedmaß nötigenfalls ab*

*oder die Stelle tief heraus. Du wirst sehen, dass es sich sogleich an einem anderen Ort am Leib wiederfindet. Das Signum Botis ist nicht auf diese Weise zu löschen.*

*Botis ist ein großer Präsident und ein Graf.*
*Beim Anblick erscheint er in der Gestalt einer hässlichen Viper. Dann, auf Befehl des Magiers, nimmt er menschliche Form mit großen Zähnen und zwei Hörnern an, und er trägt ein glänzendes, scharfes Schwert in der Hand.*
*Er erzählt alle vergangenen und kommenden Dinge und verhöhnt Freunde wie Feinde. Er regiert sechzig Legionen Geister, und sein Siegel sei dies.«*

Darunter war ein Symbol abgebildet: ein Kreis, der wiederum ein Viereck umschloss, das an der unteren linken Seite offen war. An den vier Ecken saßen wiederum vier kleine Kreise, und im Quadrat befanden sich drei Symbole, die an Kreuze erinnerten.

*Oder Dolche.*

Metunova blätterte im Buch herum. »Das ist das einzige Mal, welches sie ...« Sie hielt inne. »Nein, hier sind noch mehr.« Sie schob es Octavius hin. »Ich kenne dein Zeichen nicht, das du am Leib trägst«, sagte sie zu dem Hünen. »Sieh selbst nach, ob dein Herr dabei ist.«

Dominic hatte bei den ersten Worten der Baronin freudig Feder, Tinte und Papier aus seinem Mantel gezogen und die Worte zu Botis mitgeschrieben. »Sechzig Legionen Geister. Das bedeutet, dass der Dämon nicht nur Vampyre als Dienerschaft haben kann«, sprach er nachdenklich, und ihm wurde warm. Neue Erkenntnisse schufen Zuversicht. »Und dass man ihn herbeirufen kann. Es war die Rede vom *Befehl des Magiers.*«

*Ob es mir gelingt? Wie verhandelt man mit einem Dämon? Oder wie bringe ich ihn dazu, meinen Willen zu erfüllen? Was könnte er zum Tausch verlangen? Eine unschuldige Seele? Hunderte? Tausende?*

»So verstehe ich es auch. Und es wundert mich nicht. Ich wette, dass die Wandelwesen ebenfalls ihre Male haben. Oder jegliche anderen dämonischen Wesen.« Metunova lächelte. »Nun wissen wir, wohin unsere Seele fährt, wenn wir sterben. Botis. Immerhin ist er mächtig. Es würde mir nicht gefallen, in der Hölle einem Schwächling zu dienen.«

Dominic war von dem Gedanken beseelt, den Dämon zu sich zu rufen.

*Es müssen Hinweise dazu in dem Buch geschrieben stehen.*

»Wisst Ihr, wie ich die Anrufung herausfinde?«, fragte er zuerst Metunova, und als sie zu seiner Enttäuschung stumm den Kopf schüttelte, sah er den Murony an. Eben noch hatte er sich vom Wind der Zuversicht zu neuen Taten getragen gefühlt, nun stürzte er haltlos ab. »Ihr doch gewiss, oder? Ihr wart doch zu Lebzeiten ein Hexer!«

*Sag nicht nein! Vernichte meine zarte Hoffnung nicht!*

»Nein, Dominic, ich beschäftigte mich nicht mit Geistern und Dämonen. Damit kann ich keine Münzen verdienen.« Octavius klappte das Buch zu. Die Geste bedeutete offenkundig, dass die Suche nach einem Ausweg vom Pakt für ihn erledigt war. »In dem Buch war von einem *Magier* die Rede, der Botis anrufen kann, nicht von einem Hexer. Ein wichtiger Unterschied.«

*Dichter dran als jemals zuvor!*

»Verdammt!«, stieß Dominic aus und hätte seinen Dolch am liebsten durch das Buch gerammt. »Wir haben doch einen Ansatz und sogar den Namen des Dämons gefunden! Wir wissen, wer er ist und dass man ihn herbeizwingen kann.« Er raufte sich die Haare.

*Ich will nicht aufgeben!*

Metunova tippte gegen den Einband des unteren Wälzers. »Ich habe etwas entdeckt, das dir helfen könnte, obwohl es nichts mit Alchimie oder Naturwissenschaften zu tun hat. Es beruht allein auf Aberglaube.«

»Was auch immer Aberglaube sein soll«, warf Octavius lächelnd ein. »*Wir* sind für manche auch nichts weiter als Aberglaube.«

Dominic half der geschwächten Baronin beim Umschichten des Stapels. »Was ist es?«

»Es gibt die Redewendung vom Berg und vom Propheten«, sagte sie. »Da wir nicht wissen, wie der Dämon zu uns kommt …«

Dominic wusste, was sie andeutete, und fand den Gedanken befremdlich. Bilder von Höllendarstellungen und Beschreibungen, die er vernommen hatte, gingen ihm durch den Kopf. Kein Ort, an dem er sein wollte, aber an den er musste – sofern seine Seele nicht für immer dort enden wollte.

*Das ist noch wahnsinniger, als Botis auf die Erde zu rufen! Ich liefere mich ihm auf Gedeih und Verderb in seinem eigenen Reich aus, sollte ich es versuchen. Abgesehen davon weiß ich nicht, wie es gelingen kann.*

Dominic stürzte den abgekühlten Gewürzwein herunter, Octavius erhob sich und füllte ihm nach.

*Andererseits, was habe ich zu verlieren, außer einigen Jahren mehr auf der Erde?*

»Die Rede war von einem Artefakt, das es dir ermöglicht, in diese Untiefen hinabzusteigen.« Metunova schlug eine Stelle auf, die sie mit einem Stoffband markiert hatte. »Das ist es.«

Die präzise beschriftete Zeichnung überraschte Dominic. »Ein … Schwert?« Darunter war eine massive Silberscheide abgebildet. »Griff und Klinge sind durchgehend aus Horn gemacht«, las er. »Aus dem Horn eines Dämons namens Belua. Im hellen Sonnenlicht mag es gläsern und zerbrechlich erscheinen, aber hüte dich: Es ist scharf wie bestes geschliffenes Eisen! Zum Schutze der Finger hat ein unbekannter Waffenschmied eine Parierstange sowie einen Fangkorb angebracht, die man abnehmen kann.«

Octavius lehnte sich nach vorn und betrachtete die Zeichnung. »Oh, seht ihr! Ich erkenne das Siegel von Botis darauf«, machte er sie aufmerksam. »Hier, im oberen Teil. Mit Sicherheit stehen diese anderen Symbole für weitere Fürsten der Unterwelt.« Die gesamte Klinge war von ihnen übersät.

»Eingraviert und mit Intarsien bedacht«, sagte Dominic fasziniert von dem Anblick, der ihm bekannt vorkam.

*Habe ich es schon einmal gesehen?*

»Es steht geschrieben, dass man damit den großen Belua selbst auf die Welt zurückholen kann, wenn man über weitere Artefakte und die rechte Formel verfügt. Es sind Teile seines Körpers: ein Haar, ein Zahn, ein Stück Haut sowie ein Fetzen eines Auges, die mit der Hornklinge verbunden werden müssen.« Sie zeigte auf eine Skizze, wo die Anordnung genau beschrieben wurde.

»Nun, das können andere tun. Ich muss zu Botis.« Dominic schöpfte Hoffnung. »Steht noch mehr da?«

»Es wurde geschrieben, dass man in die Sphäre eines jeden beliebigen Dämons steigen kann, dessen Siegel auf der Klinge zu sehen ist. Sofern man dessen Namen weiß, die Artefakte in das Schwert eingesetzt und ein Opfer gebracht hat. Man schlägt in die Luft, und die Schneide öffnet das Tor zu diesem Höllenfürsten von selbst.«

Dominic wollte nicht einfallen, wo ihm das Schwert schon einmal begegnet war.

*Aber ich bin mir sicher!*

Octavius sah ihn ergründend an. »Dominic? Weißt du mehr über das Schwert?«

»Der Söldner!«, rief er und wich dem stechenden Blick aus, in dem unvermittelt mehr als Neugier lag. Dominic vermutete, dass der Murony ein Geschäft mit der ganz und gar dämonischen Waffe witterte.

*Such dir dein eigenes Artefakt, alter Glatzkopf.*

»Ich habe vor einigen Jahren in meiner Heimat einen alten Söldner gesehen, der dieses Schwert bei sich trug. Er hatte es in eine Decke gewickelt und abends herausgenommen, um es dem Wirt in der Schenke zu zeigen.« Dominic sah die Szene lebhaft vor sich. »Er prahlte damit, dass er das Schwert einem Inder auf einem fernen Schlachtfeld abgenommen hätte.«

»Ausgezeichnetes Gedächtnis, mein Junge! Wohin wollte der Söldner?«, fragte Metunova rasselnd und freute sich mit ihm, wie er in ihrem Lächeln las. Ihr Gesichtsausdruck war ein ganz anderer als der des Murony. »Weißt du seinen Namen noch?«

Dominic dachte nach, klopfte sich gegen die Schläfen und die Stirn. »Nein, seinen Namen weiß ich nicht mehr ... aber er wollte irgendwo in die Nähe von ...« Er sah die gespannten Züge der Baronin. Und von Octavius. Unvermittelt erwachte die Vorsicht.

*Er muss nicht mal Geschäfte mit dem Schwert machen wollen. Angenommen, er hat das Dämonenzeichen seines Herrn im Buch und auf der Klinge gefunden, ohne es uns zu sagen ... Er könnte die Waffe unter Umständen ebenso für sich haben wollen!*

»Ich ... es war Südfrankreich. Marseille«, log Dominic.

»Eine große Stadt?«, erkundigte sich der Murony unverzüglich. »Ist sie schwer zu finden?« Und weil er merkte, dass es seltsam drängend für jemanden klang, der längst das Interesse verloren hatte, setzte er rasch hinterher: »Ich meinte, für dich. Wird es schwierig für dich sein?«

*Er hat sich selbst verraten.*

»Nein. Es ist leicht. Und mit einer solchen Waffe wird der Söldner mittlerweile überall bekannt sein«, gab er sich vertrauensselig, als habe er nichts bemerkt und keinerlei Verdacht geschöpft. »Selbst in Marseille fallen solche Menschen auf.«

»Du wirst also zurückreisen?« Octavius konnte das Nachhaken nicht sein lassen.

*Du wirst es bestimmt nicht von mir bekommen oder gar vor mir auftreiben.*

Dominic nickte. »Ja, denn meine Seele ist mir die Mühe hundertfach wert. Und möglicherweise finde ich Hinweise auf die übrigen Artefakte, die ich für mein Vorhaben brauche, so merkwürdig und beängstigend ich es finde, in das Reich eines Dämons zu steigen und um meine Seele zu feilschen.« Er sprach absichtlich nur von sich, weil er weitere Reaktionen hervorrufen wollte, und ließ den Murony nicht aus den Augen; dabei lächelte er. »Wenn ich Glück habe, besitzt der Söldner weitere Artefakte.«

Octavius erwiderte das Lächeln.

*Er hat sich besser im Griff. Aber ich habe dich durchschaut.*

Dominic verneigte sich vor Metunova. »Verzeiht, dass ich ausschließlich von meinem Schicksal sprach. Selbstverständlich werde ich auch für Euch und um Eure Seele bei Botis bitten. Ihr seid meine beste Gönnerin und Lehrmeisterin gewesen, was ich niemals vergessen werde. Ich beeile mich! Verzeiht, ich muss Vorbereitungen treffen.« Er erhob sich. »Gebt Ihr mir die Bücher mit auf die Reise, Baronin?«

»Sicher«, erwiderte sie freundlich, ohne bemerken, dass sich Octavius' Lippen einen Spalt weit öffneten und wieder schlossen. Er hatte seinen Protest zurückgezogen und verfolgte nun mit stechendem Blick, wie die dicken Wälzer in Dominics Tasche wanderten.

*Ah, da hat deine Begehrlichkeit aufgeblitzt, was? So entlarvt man sich, eunuchischer Glatzkopf. Du hast mein Vertrauen verspielt. Sollte ich Dinge über die Hölle herausfinden, werde ich dir bestimmt nichts sagen.*

»Ich wünsche dir eine gute Reise«, sprach Metunova und erhob sich. Ein neuerlicher Hustenanfall erschütterte sie. Sie zog ihn an sich, und er erwiderte die Umarmung. Seine feine Nase roch die Zersetzung, die aus ihren Poren trat.

»Haltet aus, Baronin!« Dominic ließ sie los, dann schüttelte er auch dem Murony die Hand. »Wir sehen uns wieder.«

»Mit Sicherheit«, erwiderte Octavius. »Ich wache aus der Ferne über dich.«

*Welch frommer Wunsch. Schickst du mir Spione nach, wie Marek es getan hatte?*

Dominic eilte zur Tür hinaus, kehrte durch das Labyrinth zu seinem Rappen zurück und ritt so schnell es ging nach Westen.

Es gab keine Reisevorbereitungen zu treffen. Er hielt sich nicht damit auf, seinen verhassten Oheim um Erlaubnis zu bitten oder Proviant zu suchen. Was er brauchte, würde er sich unterwegs nehmen. Er war ein Judassohn – wer sollte ihn hindern?

Niemand durfte wissen, wohin sein Pferd ihn trug.

Sein Ziel war nicht Marseille.

Dominic ritt in die Bretagne. Nach Guérande.

***

# KAPITEL VI

Frühjahr 1791, Frankreich,
Süd-Bretagne, Stadt Guérande

Dominic eilte durch die Gasse bis vor den Eingang der kleinen Kneipe namens *Pour l'âme.*

Die Luft erwärmte sich. Es roch nach Leben, nach umgepflügter Erde und nach Salz. Es war kein Vergleich mit der Auvergne und schon gar nicht mit dem Leben in Serbien.

Er betrat den beinahe vollbesetzten Schankraum. Im *Pour l'âme* schenkten sie den herben Rotwein aus, zu dem Dominic sich Zucker wünschte. Er mochte liebliche Weine. Aber alles, was die Händler in die Bretagne schafften, schien aus dem Bordeaux zu kommen. Ein herber Tropfen, der die Zunge und den Gaumen trocken machte. Außerdem würde er gern noch etwas anderes trinken, das zwar auch rot war, aber ihm einen unvergleichlichen Rausch bescherte.

*Es ist nicht schlecht hier.*

Er setzte sich an den kleinen Tisch am Fenster, den letzten freien Platz. Um ihn herum unterhielten sich die Männer über die Arbeit, die Vorgänge in Paris, die Veränderungen und spekulierten, wie alles enden würde.

Dominic wunderte sich. Die Revolution hatte nicht an Kraft verloren, sondern bis in die letzten Regionen um sich gegriffen und brachte einen gehörigen Wandel. Die Provinzen hießen jetzt Departements, Stadt- und Binnenzölle waren gefallen. Ansonsten blieb die Stimmung beim Volk merkwürdig beherrscht. Auch die einfachen Menschen aus Guérande schauten nach Paris, wo der König und die Nationalversammlung um Zugeständnisse und Veränderungen rangen. Nach wie vor.

Die Bedienung kam zu ihm. Sie lächelte ihn an und betrachtete seine nicht eben billige Garderobe. Sie wusste nicht, dass sie von einem französischen Edelmann stammte, den er unterwegs überfallen und ausgeplündert hatte. Die prächtige Kleidung eines Osmanen wäre im Westen Frankreichs zu auffällig gewesen. Wie an den zig Abenden zuvor stellte sie einen Becher Wein vor ihn und ging zurück an den Tresen.

*Hübsches Kind.*

Dominic prostete ihr zu und dachte zurück an seine Reise, bei der er damit gerechnet hatte, dass Marek ihn irgendwann unterwegs einholte und ihn an den Haaren zurück nach Požarevac schleifte. Aber das war nicht geschehen.

*Es ist so ruhig. Ruhig und irgendwie ... gemütlich.*

Dominic sah aus dem Fenster zum abendlichen Himmel hinauf.

*Das gute Wetter spielt dem König in die Hand. Folgt auf die milden Frühjahrsmonate ein warmer Sommer, können die Bauern satte Ernten wie lange nicht mehr einfahren. Viel Korn bedeutetet viel Brot. Damit lassen sich die unzufriedenen Mäuler stopfen. Apropos unzufrieden ...*

Dominic hatte sich nach dem Söldner mit dem besonderen Schwert erkundigt, aber niemand hatte von ihm gehört und schon gar nicht etwas gesehen. Er schien niemals in Guérande angekommen zu sein.

*Wie war noch mal sein verdammter Name? Er sagte mir, dass er auf einer Insel im Moor leben würde, aber es ist sinnlos, auf gut Glück die Suche zu beginnen. Das Moor ist riesig.*

Dominic nippte am Wein und schob den Becher von sich.

*Schrecklicher Geschmack! Blut wäre mir wesentlich lieber.*

»Meine Schöne«, rief er der Bedienung zu, »bringst du mir bitte einen milden Cidre. Der wird mir mehr zusagen als diese bittere Traube.«

»Sofort, mon Seigneur!«

Er betrachtete die Menschen, die vor dem Fenster hin und her eilten und ihren Geschäften nachgingen. Salz wurde in rauhen Mengen durch die Gegend transportiert, mal in kleinen Säckchen, mal in Fässern, mal lose auf Karren, über die Planen ausgebreitet wurden, sobald sich eine Wolke am Himmel zeigte. Wasser war der größte Feind des kostbaren *fleur de sel.*

Er war auf seiner Reise vom Balkan bis in die Südbretagne durch etliche Städte wie Guérande gekommen. Städte bedeuteten viele Menschen und eine große Auswahl für Dominic. Serben, Österreicher, Deutsche, Franzosen, von allen Nationalitäten hatte er sich bei seinen Rasten Blut genommen, damit er kräftig genug blieb. Er hatte versucht, sich zurückzuhalten, aber zu zwei Dutzend Morden hatte ihn seine Gier sicherlich getrieben. Es war nicht anders gegangen.

*Es wäre wieder an der Zeit.*

Dominic bekam den Cidre von der jungen Frau gebracht. Bei der Übergabe des Bechers berührten sich ihre Finger, und er hielt sie fest.

*Zarte, warme Haut. Wie ihr Blut schmecken würde?*

»Mon Seigneur?«

Seine Blicke wanderten an ihrer Hand den Arm hinauf, über die Schulter bis zum nackten Hals.

*Ich sollte trinken. Am besten ihr Blut.*

»Mon Seigneur?«, wiederholte sie amüsiert und versuchte, ihre Hand von seiner zu lösen. »Wenn Ihr mir keinen Ring anstecken und mich zu einer Comtesse machen wollt, dann gebt mich wieder frei.«

»Sag mal, du anmutiges Kind, hast du einen alten Söldner in Guérande gesehen?«, fragte er schmeichelnd. »Er muss ein sehr außergewöhnliches Schwert dabeigehabt haben, mit dem er gerne angibt. Wie ... aus dem Horn eines riesigen Stiers gemacht.«

Sie schüttelte den Kopf. »Nein, mon Seigneur. Würdet Ihr meine Hand ...« Die ersten Männer schauten herüber.

»Wie ist dein Name?« Er freute sich, seine Muttersprache zu hören. Das hatte ihm im Osten gefehlt. Und er mochte es, ihre Haut zu fühlen. Mit dem Daumen rieb er über eine Ader, die sich leicht abzeichnete.

»Estelle«, antwortete sie und tat einen Knicks. »Mon Seigneur. Was ist nun mit unserer Hochzeit?«

»Setz dich zu mir, schönes Mädchen«, bat Dominic und zog sie zu sich auf den Schoß. Mit der anderen hielt er ihr seinen Becher hin, damit sie davon trank.

»Mon Seigneur, bitte«, sagte Estelle ablehnend, doch in der Stimme vernahm er bereits schwindenden Widerstand. »Da Ihr mir keinen Antrag gemacht habt und keine Reichtümer beschert, muss ich wieder an meine harte Arbeit gehen.«

»Wann arbeitest du nicht mehr?«, hielt er dagegen. Seine Gier verstärkte sich durch ihre Nähe, ihre Wärme.

Aber sie wand sich geschickt aus seiner Umarmung, als hätte sie dergleichen schon sehr oft getan, und drohte ihm mit dem Finger, bevor sie zurück an den kleinen Tresen verschwand. »Non, non! Ich serviere Euch Cidre und nicht mehr, mon Seigneur.« Sie warf ihm gelegentlich einen neckenden Blick zu, kam aber nicht mehr an seinen Tisch. Die Gäste im *Pour l'âme* widmeten sich wieder ihren Gesprächen

*Sie beherrscht das Spiel recht gut.*

Dominic grinste trotz der Abfuhr und streckte sich. Sein Hals war trocken, und auch der Cidre konnte dies nicht ändern. Er kannte die Anzeichen.

*Früher oder später, schöne Estelle, werde ich dich nehmen und dein Blut trinken. Aber nicht hier und heute. Zu viele Zeugen. Bis dahin suche ich mir woanders Lebenssaft.*

Eine Schar Kinder rannte kreischend und rufend auf der Straße entlang, sie fochten mit Schilfruten.

*Ah, sehr junges Blut und leichte Beute! Mal sehen, ob sich darunter etwas findet, das mir munden könnte. Oder sie führen mich zu ihren Eltern. Vielleicht gibt es eine brünette Mutter?*

Er stand auf, legte einen Silberpiaster auf den Tisch. Estelle sah enttäuscht zu ihm. Sie hatte sich anscheinend doch mehr erhofft als einen Plausch. »Keine Sorge, Mademoiselle. Ich kehre zu dir zurück.«

Dominic verfolgte die Kinder durch die Gassen. Das Verlangen nach warmem, sättigendem Blut räumte jegliche Bedenken aus und brachte das Gewissen während der Jagd sowie beim Trinken zum Schweigen. So würde es auch an diesem Abend sein.

Er hörte, wie der Größte der Schar immer wieder rief: »Ich bin der Riese aus dem Sumpf und fresse euch alle!« Die restlichen Kinder schlugen mit den Stengeln auf ihn ein, und er suchte lachend das Weite.

Dominic durchfuhr es, als habe ihn ein Schlag getroffen. Ihm war ein Gedanke gekommen.

*Der Söldner war ein großgewachsener Mann gewesen! Sollten sie vielleicht ihn meinen?*

Mit langen Schritten holte er auf, schnappte den Langen an der Schulter. »Bursche, warte mal.« Er griff in die Tasche und hielt ihm einen Silberpiaster vor die Nase. »Sag: Was hat es mit dem Riesen auf sich? Ist das in Wahrheit nicht ein alter Söldner, der auf einer Insel im Sumpf lebt?«

Die Kinder umringten Dominic, betrachteten seine teure Kleidung, einige zogen ihre Kappen ab und murmelten einen Gruß für den »Seigneur«.

Der Junge schaute auf das Silber, dann auf ihn. »Ein Söldner? Nein, davon habe ich nichts gehört. Aber es gab mal den Riesen, der mitten in der Brière gelebt hat. Bekomme ich meine Belohnung, mon Seigneur?« Er griff nach der Münze.

Dominic zog sie weg und lächelte. »Wie viele Inseln hat denn das Moor?« Der unschuldige Geruch des Knaben verhieß einmaligen Blutgenuss, und sein Durst war nicht geringer geworden.

»Ganz viele, mon Seigneur. Bekannte und versteckte.«

»Und der Riese?«

»Mittendrin, sagt man. Ihr müsst einfach nur immer geradeaus staken. Die Brière bringt Euch von selbst zu ihm.« Er senkte den Kopf. »Und wenn Ihr ihn gefunden habt, seid Ihr des Todes, mon Seigneur!«

Dominic musste ein Knurren unterdrücken. Er starrte auf die Halsschlagader des Jungen, schluckte. Der Speichel schien das Feuer in ihm anzufachen.

*Nein. Erst der Ausflug in den Sumpf. Danach hole ich mir meine Belohnung: süße Estelle. Sie ist mehr nach meinem Geschmack!*

»Danke.« Er gab ihm den Piaster. Der Junge verbeugte sich und lief die Straße hinunter, umringt von seinen Freunden, und zeigte ihnen die seltene Münze.

Dominic sah zum klaren Abendhimmel.

*Wie geschaffen für einen Ausflug in den Sumpf.*

Bei der Insel, die dem Riesen gehörte, würde er anfangen.

*Immer geradeaus staken.*

»Mon Seigneur«, sagte die Stimme eines Mädchens hinter ihm, und er wandte sich um. Sie trug ein weißes Kleidchen und Schnürstiefel, die langen braunen Haare hatte sie zu Zöpfen geflochten. »Wenn Ihr mir auch eine von den schönen Silbermünzen gebt, dann führe ich Euch zur Insel des Riesen.«

*Zehn, elf Jahre. Älter ist sie nicht. Aber sie riecht reif!*

Dominic ging in die Hocke und atmete die Unschuld ein. Ein blutwollüstiger Schauder rann durch ihn hindurch. »Du weißt, wo er wohnt? Wie ist dein Name, Kleine?«

Sie machte einen Knicks. »Catherine, mon Seigneur. Mein Vater nimmt mich oft zum Fischen mit in die Brière, und dabei haben wir diese Insel gefunden. Mein Vater hat gesagt, das sei einmal das Haus des Riesen gewesen.«

»Und du findest die Stelle wieder?« Er sah sich unbeobachtet mit ihr im einsamen Schilfmeer.

*Viel Blut wird sie nicht haben, doch es wäre ein formidables amuse gueule.*

»Ja, mon Seigneur. Ich kenne die Brière.«

»Und deine Maman wird sich keine Sorgen machen, wenn du nicht nach Hause kommst? Es wird schon dunkel.«

»Nein, mon Seigneur. Sie arbeitet und kommt erst spät nach Hause. Sie wird sich freuen, wenn ich Geld heimbringe, mon Seigneur.«

*Dann soll es so sein!*

Dominic nahm ihre Hand. »In Ordnung, Catherine. Bring mich zum Haus des Riesen.« Er reichte ihr zwei Piaster. »Ich gebe dir noch drei, wenn wir an Ort und Stelle sind.«

Sie gingen zu seinem Pferd, das er im Stall seiner Herberge abgestellt hatte. Gemeinsam ritten sie aus Guérande hinaus. Das Mädchen saß hinter ihm, klammerte sich an ihn und lachte gelegentlich vor Freude auf. Sie genoss es.

*Es ist noch nicht so lange her, dass ich ein Kind totgetrunken habe. Ich kann es nicht ändern. Es ist meine Natur.*

Sie gelangten an den Rand der Brière, und als sie einen Kanal fanden, an dessen Ufer Barken festgemacht waren, brachte Dominic das Pferd zum Stehen.

»So, jetzt ist deine Zeit gekommen.« Er sprang aus dem Sattel und hob Catherine zu sich auf den Boden. Die Haare waren vom Wind zerzaust, aber ihre braunen Augen leuchteten. »Zeige mir den Weg.«

*Sie hat kein bisschen Angst vor mir.*

Er hüpfte in die nächstbeste Barke.

Catherine folgte ihm. »Das werde ich, mon Seigneur. Wir nehmen den mittleren Kanal.«

Dominic musste die Hand ausstrecken und ihr Gesicht streicheln. Ein weiterer Schauder durchlief ihn, und seine Reißzähne reckten sich leicht spürbar. Das Wilde in ihm und die Gier verlangten nach dem Blut des Kindes.

*Erst, wenn sie mir die Insel gezeigt hat.*

»Wie du meinst, Mademoiselle Capitaine.« Er nahm die Stange und stieß ihre Barke ab, Catherine begab sich an den Bug. Das Staken gelang Dominic besser als erwartet, und mit viel Kraft und Schnelligkeit ging es über das trübe Gewässer hinweg.

*Du riechst so gut!*

Dominic hatte nur Augen für sie, die Blicke ruhten auf ihrem Nacken. Er kam sich vor wie Charon, der Fährmann, der die Toten über den Styx fuhr. Nach ihren Anweisungen stakte er durch die schwarzen Adern der Brière.

»Ihr seid sehr schnell, mon Seigneur. Es ist nicht mehr weit.« Catherine zeigte nach vorn.

»Ich danke dir.« Er legte die Stange weg und näherte sich dem ahnungslosen Mädchen. Ihr Blut schrie seinen Namen. Dominics Hand reckte sich, die Nägel wuchsen.

*Ich ... sie soll nicht ... für ihre Freundlichkeit sterben!*

Es gab nur einen Ausweg, um Catherine vor seiner Gier zu retten: Ein starker Gedanke genügte, und das leichte Ziehen in der Körpermitte kündigte die Wandlung in die Windgestalt an. Sein Leib wurde vom Sonnengeflecht aus durchschimmernd und leichter als eine Feder; die Kleidung fiel auf die Barke.

Mit einem Schrei stieß Dominic sich ab, die Böen trugen ihn empor, über die hohen Halme hinweg, bis er viele Schritte hoch über der Erde schwebte.

Unter ihm kreischte Catherine im flachen Boot auf und wäre um ein Haar über die Bordwand gestürzt. Sie sah sich verängstigt um, dann nahm sie die Stange und stakte los, in die entgegengesetzte Richtung.

Der Wind trieb Dominic voran. Niemals war er glücklicher gewesen, dass ihm ein Opfer entgangen war. Charon hatte die Seele nicht abgeliefert.

***

Anjanka stand allein in der Brière, irgendwo im sumpfigen Schilf, und hatte sowohl Marat als auch Sandrine verloren.

*Wie finde ich sie wieder?*

Sie fühlte sich auf dem unbekannten Gebiet alles andere als sicher. Das Moor schmatzte und blubberte um sie herum, bei jedem Rascheln befürchtete sie Schlimmstes. Sie war keine Kämpferin und hatte sich Sandrine zuliebe in zahlreiche Abenteuer gestürzt, die sie ohne die Vampirin niemals in Erwägung gezogen hätte.

Aber sie musste ihrem Herzen und ihren Gefühlen folgen.

*Dafür stehe ich jetzt bis zu den Knöcheln im eisigen Schlamm.*

Anjanka sah ein, dass sie zu Fuß bei ihrer Suche nach Marat und Sandrine nicht weiterkam. Sie überlegte, die Form des schwarzen Falters anzunehmen. Misstrauisch sah sie zum dunklen Himmel auf, wo kleine Schatten über sie hinwegflogen.

*Fledermäuse. Ein Falter käme ihnen recht, um ihren Hunger zu stillen.*

Sie verwarf den Gedanken wieder. Auch ihre Spinnenform war ihr nicht geheuer. Im Sumpf krabbelte zu viel umher, was an einem Spinnenmahl Gefallen finden könnte. Anjanka ärgerte sich über sich selbst.

*Ich bin einfach zu furchtsam.*

Sie stapfte voran, der Untergrund gab schlürfende Geräusche von sich, Wasser plätscherte bei jedem ihrer Schritte. Es war ihr nicht möglich, sich lautlos zu bewegen.

Anjanka lief und lief und lief ...

*Das bringt nichts.*

Sie blieb stehen, lauschte und hörte nichts als Insekten, das Quaken der ersten Frösche und das stete Rascheln des Schilfs. Es war aussichtslos, aufs Geratewohl durch die Gegend zu marschieren und zu hoffen, wie durch Zufall auf einen der beiden zu stoßen.

*Ich warte in unserem Versteck auf sie.*

Die Tenjac schlug schweren Herzens den Weg zurück nach Guérande ein, wo Marat sich ein Quartier gesucht hatte. Spätestens da würde man sich wieder treffen.

Anjanka lief über die wippenden Graspolster, durchs Wasser und durch den Schlick, bahnte sich einen Weg durch den Schilfwald. Zu ihrer himmelhohen Erleichterung tat sich vor ihr eine Lücke im Schilf auf. Sie entdeckte einen Kanal, gegenüber befand sich ein kleiner, wacklig wirkender Anlegesteg, von dem ein Weg weiterführte. Anjanka atmete auf.

*Gleich wird es leichter werden.*

Die wenigen Schritte auf die andere Seite schwamm sie durch das braune Wasser und erklomm das flache Ufer.

*Ich hoffe, dass ich das niemals mehr tun muss.*

Sie blickte an sich herab. Das Wasser lief ihr aus den Kleidern. Auch wenn sie sich als Untote keinerlei Fieber oder Erkältungskrankheiten zuziehen konnte, war es einfach schrecklich unangenehm, mit nasser Kleidung umherzulaufen.

Sie sah auf den zugewachsenen Weg, der vom Steg hinaufführte.

*Ein Dorf. In irgendeiner Hütte werden sie bestimmt ein Kleid haben, das ich mir nehmen kann.*

Anjanka ging den Pfad entlang. Sie gelangte in die Reste eines kleinen Weilers, der offenkundig einer Feuersbrunst zum Opfer gefallen war.

*Verflucht!*

Sie wrang die langen Haare aus und ersparte es sich, in den

Resten zu wühlen, um sich nicht noch schmutziger zu machen. Sie warf die nassen Strähnen nach hinten und durchquerte die aufgegebene Siedlung, um nach Guérande zu gelangen, ehe sich die Sonne erhob. In der Stadt mit den schützenden Mauern fühlte sie sich einfach sicherer.

Ein leises Grollen erklang unmittelbar hinter ihr.

Sie wandte sich um – und sah in die rot leuchtenden Augen eines weißen Loup-Garou! Er hatte die Mischform zwischen Mensch und Bestie angenommen und verharrte zwei Schritte von ihr entfernt. Die Muskeln waren angespannt, die lange, vernarbte Schnauze hatte sich leicht geöffnet. Geifer rann über die schwarzen Lefzen.

»Nein«, raunte Anjanka zu Tode erschrocken.

*Die Leibwächter des Comte!*

Sie ging langsam rückwärts. »Nein, ich bin nicht ...«

Der Loup-Garou sprang sie an.

Anjanka gelang es nicht, dem schnellen Gegner auszuweichen. Die Krallen bohrten sich unterhalb der Rippen in die weiche Bauchdecke und zerschlitzten sie. Sie schrie auf und versuchte, die zuschnappenden Zahnreihen von ihrem Hals wegzudrücken. Verzweifelt langte sie in die Fänge, die sich mit der unwiderstehlichen Kraft eines Fangeisens schlossen.

Anjanka schrie und weinte gleichzeitig, als die Zähne ihre Finger brachen und aufrissen, zermalmten und teilweise abtrennten. Der stinkende Geruch der Bestie hüllte sie ein, die ohne zu zaudern nach ihrer Kehle trachtete und sich durch die schützend gehobenen, blutigen Arme hindurchbiss.

*Weg von hier! Mit allen Mitteln weg von hier, sonst bin ich gleich tot!*

In ihrer Not verwandelte sie sich in einen schwarzen Falter.

Unter dem Leib des Loup-Garou verlor sie ihre menschliche Gestalt, wurde zu einer schwarzen Wolke, aus der sich das unscheinbare Insekt formte. Aber die Verletzungen ließen sich dadurch nicht heilen. Die Schwingen wiesen kleine Löcher auf, und der zierliche Körper verlor aus den offenen Wunden weiterhin Blut.

Während die weiße Bestie suchend umhersprang und sie aus den glutfarbenen Augen verloren hatte, schwang sie sich taumelnd in die Lüfte.

*Hinauf zu den Sternen, die mich ...*

Wie aus dem Nichts erschien eine aufgeklappte bräunliche Schnauze, in der spitze scharfe Zähne standen. Anjanka roch den widerlichen Atem, sah den schwarz gefärbten Rachen vor sich immer größer werden.

*Nicht noch einer!*

Sie flatterte so gut es ging zur Seite.

Doch das Maul folgte ihrer Bewegung und schloss sich mit einem leisen Klicken um sie.

Anjanka spürte nichts mehr.

Ein abgetrenntes dunkles Flügelchen schwebte der Erde entgegen, trudelte und drehte sich dabei um die eigene Achse, ehe es auf dem sattgrünen Gras landete.

***

Dominic sah aus der Luft auf Catherine herab, die sich mit der Barke entfernte.

*Gut so, Mademoiselle. Stake um dein Leben und sei nicht in der Nähe, wenn ich meinen Durst endlich stillen muss.*

Der Wind trug ihn vorwärts. Das Gebiet dehnte sich unglaublich weit unter ihm aus, und er flog vorbei an einer Eule und Fledermäusen, die auf Beutesuche waren. Einsame Boote waren auf den Kanälen unterwegs. Er vermutete, dass es Fischer waren, die auf Aaljagd gingen.

*Ist es das?*

Ein von oben betrachtet ringförmiger Moor- und Schilfgürtel

erregte seine Aufmerksamkeit. Es war zu symmetrisch, um natürlichen Ursprungs zu sein.

Dahinter lag wirklich eine Insel, auf der die verkohlten und verwitterten Reste eines großen Anwesens in einem Explosionskrater standen. Teile des Eilands waren weggesprengt, eingesunken und mit Löchern übersät, als wäre Säure zum Einsatz gebracht worden.

*Ja, das ist der Ort! Aber dass es hier so aussieht, hat mir Catherine verschwiegen.*

Dominic konnte sich seine Sicherheit, was die Stelle anging, nicht erklären. Wie von selbst senkte er sich herab und umkreiste die Insel, die ihn unerklärlich anzog, aus geringerer Höhe.

*Was ist an diesem Ort geschehen?*

Er landete und nahm seine feste Gestalt wieder an. Die Wandlung war anstrengend und hatte ihn durstiger gemacht.

*Ein bisschen umschauen und gleich einen der Fischer trinken, die in der Brière unterwegs sind, ehe ich morgen Nacht mit einem Kahn zurückkomme. Sofern sich ein zweiter Besuch lohnt.*

Nackt betrat Dominic die Ruine und sah sich um.

Der stechende Geruch nach Chemikalien erinnerte ihn an Mareks Laboratorium. Die zerstörten, von Moos bedeckten Utensilien auf der schwarz verkrusteten Erde und an den Wänden sagten ihm, dass hier ein Alchimist gearbeitet hatte. Das wiederum passte überhaupt nicht zu dem Söldner.

Dominics Herz schlug schneller. Unergründliche Aufregung ergriff ihn.

*Mein Gefühl sagt mir, dass ich mich am richtigen Ort befinde. Was hat er hier getrieben?*

Der Boden unter seinen Füßen war warm, als hätte bis vor wenigen Augenblicken noch die Sonne daraufgeschienen oder als würde er von tief unten erhitzt werden.

Dominic wippte, und der Untergrund federte, obwohl die Oberfläche hart und krustig wie die eines Felsens war.

*Kein Flecken, um sich lange aufzuhalten.*

Er streifte durch die zerstörte Behausung, schnitt und stach sich dabei mehrmals an den bloßen Füßen. Es schmerzte, aber die Wunden heilten umgehend. Der Vorteil des Vampyrdaseins. Sein ganzer Körper kribbelte, und das lag nicht allein am zunehmenden Durst.

*Was macht mich derart unruhig und ruft mich zu sich? Hier ist doch etwas!*

Dominic suchte sich einen langen Stock und wühlte damit fieberhaft im Schutt. Eisen und andere Gegenstände waren durch alchimistische und chemische Prozesse miteinander verbacken worden. Er musste beim Anblick der Gebilde an das Werk eines verrückten Künstlers denken, dessen Skulpturen mit Feuer behandelt worden waren.

*Ich bin doch nicht von Sinnen, dass ich mir das einbilde?!*

Das Stockende beförderte plötzlich einen angelaufenen silbernen Handschutz mit einem hellen Klirren aus einem Dreckhaufen. Dominic erkannte ihn unverzüglich.

Er ließ den Stab fallen, bückte sich und nahm den Fangkorb in die Hand, rieb den Schmutz ab.

*Das ist es!*

Mit den Fingern tastete er die Stelle ab, schnitt sich wieder an Scherben und barg dennoch die Parierstange aus dem Unrat – und fügte sich beim neuerlichen manischen Wühlen eine weitere Wunde zu. Fluchend zog er die Hand zurück. Sein lauter, wütender Schrei hallte durch das Schilfmeer.

Die Verletzung reichte tief, bis auf den weißen Knochen hinunter und durch alle Sehnen hindurch. Sie brannte heftig, als würde sie sich auf der Stelle entzünden. Vor allem brauchte sie furchtbar lange, bis sie sich geschlossen hatte. Schmerzen, wie er sie dabei empfand, hatte er schon lange nicht mehr spüren müssen.

*Das war niemals eine Scherbe.*

Dieses Mal ging er bei seiner Suche weniger stürmisch vor. Handbreit um Handbreit legte er mit dem Stab frei, um sich nicht wieder zu verletzen. Das Kribbeln hatte nicht aufgehört.

Es wurde anstrengender. Dominic arbeitete immer schneller, weil er sich seinem Ziel nahe wähnte, und er musste viel Metall aus dem immer heißer werdenden Boden räumen.

Dann, umgeben von verklumpten Metallröhrchen und Kupferdraht, kam endlich das Schwert zum Vorschein! Es hatte sich geweigert, ein Teil des Metallbatzens zu werden, und ließ sich von Dominic hervorziehen. Ein immenses Glücksgefühl durchströmte ihn.

*Also lebte der Söldner doch hier. Oder er starb im Kampf gegen den echten Riesen des Moors.*

Er betrachtete die von Intarsien und Gravuren überzogene Waffe. Sie stimmte exakt mit der Zeichnung im Buch überein. Diese Hürde war genommen.

*Jetzt brauche ich die übrigen Artefakte des Dämons Belua, um mich und die Baronin vom Zwangspakt mit Botis zu befreien.*

Nach ein wenig Probieren hatte er Parierstange und Fangkorb am Schwert angebracht. Sogar die Silberscheide fand sich nach ein wenig Suchen, wenn auch weiter abseits.

*Geschafft! Alles da. Nichts wie zurück.*

Da es nichts auf der Insel gab, das er als Boot nutzen konnte, und die Strecke nach Guérande zu weit war, um sie zu Fuß vor Sonnenaufgang zu bewältigen, verbarg er das Schwert an einer anderen Stelle in der Ruine. In seiner Windgestalt konnte er nichts transportieren.

*In der nächsten Nacht werde ich es holen. Und nun: BLUT!*

Dominic wurde durchscheinend und flog in die Höhe.

Sobald er den ersten Kahn unter sich sah, stürzte er sich raubvogelgleich aus dem Nachthimmel und nahm vier Schritt über dem Fischer feste Gestalt an. Er wollte endlich die Zähne in Fleisch schlagen, Blut schmecken und es saufen!

Die Barke erbebte unter dem Einschlag, Mann und Vampyr prallten gegen die Planken. Überall öffneten sich Spalten im Rumpf, durch die das Wasser eindrang. Die Eimer mit den Aalen darin wurden umgestoßen, und die schlangengleichen Fische zappelten umher; drei faulende, halb von den Aalen verzehrte Pferdeköpfe hüpften über die Planken.

*Stirb und gib mir deine Kraft, nichtswürdiger Mensch!*

Der Fischer hatte nicht einmal die Gelegenheit, einen Laut von sich zu geben, so schnell zerrissen die Fänge seinen Hals. Mit aller Macht sog Dominic ihm das Blut heraus, legte sich auf ihn, damit der Druck jeden Tropfen herauspresste, während die Barke volllief und sank.

*Meinen Dank. Sinke in dein kaltes Grab und bleibe für immer dort.*

Frisch gestärkt ließ er rasch von ihm ab, paddelte durch die flüssige Kälte an die Oberfläche und nahm wieder die Windgestalt an. Er flog einige Schritte hoch und richtete den Blick nach Osten, wo es noch dunkel war. Sein Durst war weniger geworden – aber nicht gelöscht.

Dominic begab sich auf die Jagd.

### Frühjahr 1791, Frankreich,
### Süd-Bretagne, Stadt Guérande

Gelöst schritt Dominic in herrschaftlicher Garderobe die nächtlichen Straßen von Guérande entlang, eine heitere Melodie pfeifend; die rechte Hand lag am Griff des Hornschwerts.

*Was Catherine wohl von ihrem gestrigen Abenteuer erzählt hat? Sie wird Augen machen, wenn sie mich sieht!*

Seine Jagd auf die Fischer der Brière hatte Dominic vor einigen Stunden in die Bredouille gebracht.

Im Blutrausch gefangen, hatte er es nicht mehr geschafft, noch vor Anbruch der Morgendämmerung in die Stadt zurückzukehren. Notgedrungen hatte er in der Kleidung eines seiner Opfer den Heuboden eines Stalls zum Taglager gemacht. Sofort nach Sonnenuntergang hatte Dominic mit einer Barke des ermordeten Fischers die Ruine aufgesucht und das Schwert geholt. Nichts war ihm dazwischengekommen.

Aber das Schlimme war: Er verspürte immer noch Durst! Aus einem unerfindlichen Grund schien das Blut der Männer die Gier und das Brennen nicht zu löschen, wie Dominic es gewohnt war. Die Jagd ging weiter, dieses Mal in der Stadt.

*Vielleicht sollte ich doch wieder Jungfrauen bevorzugen. Möglicherweise wirkt ihr Lebenssaft lindernd.*

Gerade eben war er nach Guérande gekommen und in seine Herberge gegangen, um sich neue, passende Kleidung anzulegen. Danach eilte er ins *Pour l'âme,* um zwei Versprechen einzulösen: eines an sich, eines an Estelle.

Schwungvoll betrat er die gut besuchte Kneipe. »Hallo, liebste Schönheit«, rief er ihr zu. »Bring mir einen Cidre und etwas zu essen.« Er setzte sich an den Tisch neben der Tür und legte die Füße auf den Stuhl gegenüber. Einige Gäste schauten ihn an, an manchen Tischen steckten sie die Köpfe zusammen und tuschelten.

»Sofort, mon Seigneur!« Sie sah ihn staunend an und verschwand zögernd durch die Tür in die Küche.

*Heute Abend werde ich dich nehmen, Blume des Moors.*

Aber zuerst musste er seinen Durst stillen. Diesen ganz besonderen, wahnsinnig machenden Durst.

*Estelle ist zwar keine Jungfrau, aber ...*

Sie kam aus der Küche und reichte ihm einen Krug Cidre, dazu ein Holzbrettchen mit Brot, Wurst und viel Käse. »Man erzählte sich, dass die Brière Euch geholt hätte, mon Seigneur«, sagte sie dabei.

»Wie du siehst, stimmt es nicht. Ich bin von der Barke ins Wasser gefallen. Muss eine Strömung gewesen sein, die mich erfasst und abgetrieben hat. Als ich aufgetaucht bin, war Catherine mit dem Boot verschwunden.« Dominic kostete von dem Cidre, den sie ihm in einen Becher goss. »Aber ich hatte dir versprochen zurückzukehren.«

»Aha, mon Seigneur. Die Kleine war jedenfalls der festen Überzeugung, dass Euch der Riese geholt habe, weil Ihr sein Haus gesucht habt.« Estelle schenkte ihm nach. »Ich habe mir Sorgen gemacht. Vorhin war Mareille hier, die Frau des Wirts Eurer Herberge. Sie sagte, sie habe Euch nicht zu Bett gehen hören.«

»Ach? Sie lag wach und hat auf mich gewartet?« Er zwinkerte ihr zu. »Oder wäre es dir lieber gewesen, dass ich zu dir gekommen wäre?«

Sie verschränkte die Arme vor ihrer hellen Schürze. »Vielleicht, mon Seigneur. Ich bin sehr froh, Euch zu sehen und zu wissen, dass Ihr unter den Lebenden weilt!« Estelle schenkte ihm einen eindeutigen Blick, der besagte, dass sie das Lager mit ihm teilen würde. Heute. Dann zeigte sie auf das Schwert. »Ihr habt es in Guérande erstanden? Gestern habe ich es noch nicht an Eurer Seite gesehen. Es ist ungewöhnlich.«

»Das kann man sagen.« Er schaute nach rechts, nach links und beugte sich nach vorne, winkte sie zu sich. »Ich habe es dem Riesen abgenommen«, flüsterte er gespielt geheimnistuerisch. Seine Blicke fielen auf ihr Dekolleté, das sie ihm freigiebig wies. »Ich war auf seiner Insel und habe ihn bestohlen.«

»Ihr seid ein mutiger Mann, mon Seigneur«, gab sie zurück und tat bewundernd. Sie gab ihm einen Kuss auf die Wange und schlenderte an den Tresen zurück. »Was, wenn der Riese in seiner Wut das Moor verlässt und Guérande heimsucht?«

*Oh, ja. Sie beherrscht das Spiel in der Tat.*

Der Durst wurde schlimmer. Dominic nahm einen Schluck Cidre und wünschte sich, es wäre Blut. »Das wird er nicht. Und wenn doch, beschütze ich dich.« Er sah sie an und hatte das Gefühl, dass ihre Adern am Hals und auf der Brust blau leuchteten.

*Blut! Jetzt! In den Gassen werde ich was finden.*

»Es wird das Beste sein, ich halte Wache in deiner Kammer. Zur Sicherheit.« Er stand auf. »Bis nachher, meine Schöne.«

»Gern, mon Seigneur.« Estelle machte einen Knicks und begrüßte neue Gäste, die eben zur Tür hereinkamen.

Dominic trat auf die Straße und eilte drauflos. Er kannte sich in der Stadt nicht aus, es gab kein festes Ziel, außer, das unentwegte Brennen in Hals und Eingeweiden zu löschen. Dazu musste er sich ein Viertel suchen, in dem ärmere Menschen wohnten, bei denen es nicht ins Gewicht fiel, wenn sie verschwanden. Er durfte nicht allzu wählerisch sein.

Guérande hatte sich Wohlstand durch das Salz erwirtschaftet. Im Mittelpunkt lebten nur die ehrbaren Bürger. Also drehte er seine Runden an der Stadtmauer entlang und hoffte, die Behausungen von Bettlern oder Tagelöhnern zu finden.

Der Durst schlug große Breschen in seine Beherrschung, kalter Schweiß stand ihm auf der Stirn.

*Ich verändere mich. Früher hat mir ein Menschentrunk länger als zwei Wochen gereicht. Was ich gestern zu mir genommen habe, hätte mich einen Monat lang sättigen müssen.*

Der Duft eines jeden Menschen wirkte anziehend auf ihn. Jeder war eine Oase, ein Brunnen, lebenspendendes Gefäß mit köstlichstem Inhalt. Er fuhr mit den Fingerkuppen an den Wänden entlang, starrte die Leute an und leckte sich über die Unterlippe.

Schließlich nahm er eine bekannte Witterung auf: Catherine! Einmal war sie ihm entkommen, ein zweites Mal nicht mehr.

Er sah das Mädchen mit dem Rücken am Ende der Gasse gehen, sie trug einen Korb mit einem Tuch darüber. Dominic folgte ihr hastig.

Die Gasse beschrieb einen Bogen und wurde noch schmaler, die Dächer neigten sich zueinander. Es fiel kaum Licht herein.

Dominics Vampyraugen machte es nichts aus. Er ließ Catherine nicht mehr entkommen, sah ihren Duft gleich einem weißen Seidenband flattern und wehen.

*Wo sie ist, sind ihre Spielkameraden nicht weit. Sie wird mich zu noch mehr Blut füh...*

Ein sengender Schmerz jagte ihm durch den Rücken, dann sah er eine lange, schmale Klinge durch seine Brust austreten. Sie hatte sich von seinem Blut rot gefärbt, und schon kam ein neuer Schmerz hinzu: Eine zweite Klinge ragte unterhalb des Sonnengeflechts aus ihm heraus.

Viele Händen drückten ihn mit dem Gesicht voran zu Boden, dabei stachen Messer unentwegt auf ihn ein. Wer auch immer ihn überfiel, es ging ihnen darum, dass ihr Opfer nicht überlebte. Ein normaler Mensch hätte die Vielzahl der Attacken nicht überstanden.

Dominic schon, und er grollte wütend. Sie hatten ihm die kostspielige Kleidung ruiniert.

*Aber sie bringen mir ihr Blut.*

Er wollte sich eben erheben und sie anfallen, da hörte er eine Frau sagen: »Belua sei gepriesen! Wir suchen uns die Finger im Sumpf schuppig, und dieser Geck stolziert damit durch die Gegend!«

»Wie schön, dass du ihn bemerkt hattest«, antwortete ein Mann lachend und stach noch einmal zu. »So. Der hat genug.«

»Das Horn unseres Meisters«, raunte die Frau ehrfürchtig. »Heute ist eine besondere Nacht, die wir mit einer Orgie feiern werden!«

»Ehre sei Belua, dem Weltenvernichter!«, sprach ein zweiter Mann.

Hände rissen an seinem Wehrgehänge, Schnallen wurden gelöst.

*Götzenanbeter!*

Dominic verhielt sich ruhig.

*Es sind drei. Viel Blut.*

»Was macht der Zahn unseres Meisters?«, fragte ein Mann.

»Er wird übermorgen aus Hohenburg eingetroffen sein. Der Deutsche will sich im Moor mit uns treffen und erwartet seine Belohnung«, erwiderte die Frau knapp. »Merde! Ich bekomme den Verschluss nicht auf. Schneid ihm einer das Schwert ab, und dann nichts wie weg hier!«

Dominic wollte auch nicht mehr länger warten.

*Einen werde ich zum Verhör am Leben lassen.*

Er schnellte auf die Beine, drehte sich dabei um und erfasste die drei Gegner mit einem Blick. Sie trugen Halstücher vor den Gesichtern und einfache Kleidung am Leib. Die blutigen Dolche in den Händen der Männer zeigten ihm, wem er die Schmerzen zu verdanken hatte.

»Ihr habt euch den Falschen ausgesucht!« Gleichzeitig schlug er mit den Fäusten nach den Nasen der Männer; knackend brachen die Knochen und wurden durch die Wucht ins Gehirn getrieben. Tot fielen die Gegner auf das Pflaster.

Bevor die Frau reagieren konnte, schlug er sie nieder und stürzte sich dann auf die Männer. Er trank überhastet ihr Blut, weil er fürchtete, jeden Moment entdeckt zu werden. Die Wunden an ihren Hälsen tarnte er mit Hilfe der Messer als Schnitte.

*Jetzt werde ich ...*

In seinem Magen rumorte es. Übelkeit breitete sich in ihm aus, seine Hände zitterten. Das Blut bekam ihm nicht, und das war in den Jahren als Vampyr das erste Mal! Die Welt um ihn herum drehte sich, seine Bewegungen wurden unsicher.

*Zur Herberge. Dort muss ich mich ausruhen.*

Er warf sich die Ohnmächtige über die Schulter und lief los – geradewegs um die Ecke und in eine Gruppe Gardisten hinein; einen von ihnen hatte er gestern in der Schankstube gesehen.

*Weiter! Nicht stehen bleiben.*

Dominic rannte durch sie hindurch, während ihm ihre aufgebrachten Rufe nachflogen. Als er sich weiter entfernt hatte, änderte sich ihr Tonfall. Sie hatten die Leichen entdeckt und schlugen Alarm.

Er musste zwei Straßen weiter neben einem Brunnen anhalten und sich würgend in die Gosse übergeben. Das Blut klatschte als geronnene Klumpen in die Schräge, war schwarz wie Pech und stank bestialisch.

*Habe ich mich vergiftet? Es hat mit ihrem Götzen zu tun.*

Die Frau auf seinem Rücken bewegte sich.

Dominic packte sie und schleuderte sie in einen Wassertrog, damit sie gänzlich erwachte, und zog ihren Kopf so weit aus dem Nass, dass sie Luft bekam. »Wer seid ihr?«, fauchte er sie an, die Zähne zum tödlichen Biss ausgefahren.

Sie brabbelte unverständliche Worte und versuchte, mit den Händen Zeichen zu formen.

Dominic fuhr ihr mit seinen spitzen Nägeln einmal durch das Gesicht. Die Haut hing in Streifen herab, Blut färbte das Wasser. Sie kreischte vor Schmerzen. »Wo soll der Bote sich mit euch treffen?«

Sie versuchte, sich aus seinem Griff zu winden.

»Sag mir, wo der Bote eintreffen wird? Wo im Moor? Sag es oder stirb in diesem Bottich!« Er legte die Zähne an ihren Hals und biss sachte zu.

Die Frau erstarrte. »In der Nähe von Kerhinet. Da gibt es einen Hügel auf einer Insel. Dort wird der Bote sein«, redete sie schnell und voller Furcht. »Aber sie werden dich vorher finden und umbringen! Wir sind die Diener Beluas und ...«

»... vollkommen nutzlos«, flüsterte Dominic ihr ins Ohr. Er hörte Schritte und das Klappern von Waffen. Schnell richtete er sich auf, die rechte Hand zerquetschte ihre Kehle, dann ließ er die Erstickende ins Wasser sinken; ihr Zappeln verursachte lautes Plätschern.

*Kerhinet. Dieser Ort wird sich finden lassen.*

Ihre Augen hatten ihm verraten, dass sie die Wahrheit gesprochen hatte. Aus Angst und aus Überzeugung, dass sie ihn umbringen würden. Das Plätschern im Trog hatte aufgehört. Die Frau war tot und trieb dicht an der Oberfläche.

Er hetzte vorwärts und suchte den direkten Weg zum Stadttor. Hinter ihm erklangen Rufe, blecherne Gongs wurden geschlagen. Ihr Schall folgte ihm, bis er den Ausgang aus Guérande erreicht hatte.

Dominic rannte durch das Tor und gleich darauf runter von der Straße, mitten ins Unterholz. Wieder musste er sich übergeben. Auf allen vieren kauerte er am Boden und spuckte, würgte alles aus sich heraus. Das Blut von Dämonendienern würde er in Zukunft nicht mehr antasten. Es war ungenießbar, verursachte ihm auch noch Magenkrämpfe und schwächte ihn.

Dann hörte er das laute Heulen eines Wolfs, der sein Rudel zusammenrief. Ein eisiger Schauder jagte durch ihn, sein Herz setzte ganze zwei Schläge aus. Er kannte die Stimme.

*Loup-Garous! Sie haben die ganze Zeit über niemals aufgegeben.*

Dominic zog sich zitternd an einem Busch in die Höhe und setzte seine Flucht mehr taumelnd als rennend fort. Er wollte in die Brière. Dort fühlte er sich in seinem geschwächten Zustand am sichersten.

### Frühjahr 1791, Frankreich,
### Süd-Bretagne, Stadt Guérande

Dominic erwachte, im Licht des vollen Mondes liegend. Die Zeit der Werwölfe, nicht der Vampyre.

*Ausgerechnet heute soll der Bote kommen.*

Er erhob sich und hielt sich den schmerzenden Kopf. Die Vergiftung hatte endlich ihre schwächende Wirkung verloren. Ächzend stand er auf und bewegte die steifen Gliedmaßen.

Er hatte keine genaue Ahnung davon, wie er die letzten Stunden, Tage und Nächte in der Brière verbracht hatte. Die Erinnerungen waren unscharf, verzerrt und durch das schädliche Blut der Frau nicht mehr nachvollziehbar.

Die Kleidung, die er trug, kam ihm nicht bekannt vor, aber sie gefiel ihm. Er stellte den Kragen des knielangen schwarzen Ledermantels auf, um sein Gesicht zu verdecken. Die langen Stulpenstiefel waren verdreckt, die weißen Wollstrümpfe hatten viel Schmutz abbekommen.

*Ob ich daran sogar gestorben wäre?*

Das wäre ein abstruses Ende für ihn geworden: eingegangen an Blut. Es gab Vampyrarten, die man vergiften konnte, das hatte ihm Marek beigebracht. Aber die Judaskinder sollten nicht dazugehören.

*Eigentlich.*

Er befand sich an einer Böschung unter den schützenden Ästen einer alten, hohen Weide. Sie hatte nur dem Mond einen Spalt gewährt, ansonsten bildete ihr Blattwerk einen dichten Vorhang. Dominic stieg hinauf bis zu ihrer Krone und blickte sich um.

*Oh. Gar nicht so schlecht.*

Offenbar hatte er die letzte Nacht damit verbracht, den Ort zu suchen, an dem der Bote sein würde. Nicht weit von ihm erhob sich der Hügel, der einen künstlichen Eindruck machte, als sei etwas darunter vergraben und mit Gras versehen worden. Nach Norden hin gab es wenig Schilf und eine Ebene mit ein paar abgestorbenen Bäumen darauf, also wenig Deckung. Ansonsten reckten sich die Halme wie gewohnt aus dem Moor und schaukelten im Wind.

*Raschelnd, reibend. Ihre eigene Musik.*

Dominic spähte genauer und hielt Ausschau nach dem Boten.

Ein genauer Zeitpunkt war ihm von der Frau nicht genannt worden. Ihm wurde flau im Magen.

*Ich werde ihn nicht verpasst haben?*

Blutdurst spürte er nicht, dafür großen Hunger auf echte Speisen. Ein gebratenes Hähnchen, Käse und Unmengen von dunklem Brot, das würde er zu gern essen!

Er lauschte und roch, ob er Spuren der Loup-Garous wahrnehmen konnte. In der Brière, noch in weiter Entfernung, leuchteten Lampen auf und schaukelten. Ein halbes Dutzend Barken fuhren im Verbund. Die Fischer wagten sich nicht mehr alleine auf Aalfang.

*Sobald ich den Boten getroffen habe, werde ich ihm den Zahn rauben und ihn foltern, bis ich mehr über die Diener Beluas weiß,* nahm er sich vor.

Plötzlich kam ein Reiter über die Ebene geprescht und hielt an einem der Bäume an. Er stieg ab, um den breiten Ackergaul festzubinden, dann setzte er seinen Weg zu Fuß fort und marschierte zielstrebig in das Schilfmeer hinein.

Für Dominic war dies der erwartete Bote, auch wenn er sich über das Tier wunderte. Vermutlich hatte es der Bote auf einem Hof gestohlen. Auch die schäbige, abgetragene Kleidung ließ erahnen, dass der Mann seinen Lebensunterhalt mit geringer Arbeit bestritt.

*Alsdann.*

Er wollte eben vom Wipfel des Baumes auf den weichen Boden springen, da sah er, dass der Mann seltsamerweise auf einer Grasmatte im Sumpf stehen blieb und in die Knie brach, als wäre er von einer Kugel getroffen worden. Langsam hob er den Kopf und starrte in den Mond.

Dominic machte sich zum Sprung bereit.

*Was soll das? Ist er ein Loup-Garou, der sich gleich verwandeln muss?*

Der Mann tastete an sich herum und durchwühlte seine Taschen, als suche er etwas. Nacheinander zerrte er ein kleines Messer, ein in Stoff eingeschlagenes Brot und ein Beutelchen hervor, das er öffnete.

*Was tut er denn?*

Dominic sprang von der Weide und eilte durch das Schilf auf ihn zu. Das Moor mit seinem sanften Blubbern und Gären, mit dem Rauschen der Halme gab ihm Deckung, bis er den Boten erreicht hatte und in seinem Rücken stand.

Der Mann schien etwas zu ahnen und blickte sich immer wieder um. Er roch nach Angst und Unsicherheit.

»Ich bin unpünktlich«, sagte Dominic auf Deutsch zu ihm. »Aber nicht zu spät, wie ich sehe.«

Der Bote wandte sich erschrocken um, die rechte Hand um den Beutel geschlossen. Er versuchte ihn zu verbergen, indem er das Säckchen gegen die alte Jacke gepresst hielt. »Ja, das seid Ihr«, entgegnete er und versuchte dabei, recht unverbindlich zu klingen.

Dominic kam dieser Mann durch und durch merkwürdig vor. Er gestand ihm eine gewisse Vorsicht aufgrund des brisanten Gegenstandes durchaus zu. Aber es wirkte mehr, als sei der Kerl von seiner Aufgabe überrascht und wüsste nicht, was er tun sollte.

Es wurde Zeit, dass Dominic als Dämonendiener Beluas auftrat. »Führt Ihr meine Habe mit Euch?«

Die Blicke des Boten huschten über das Moor und das Schilf. »Mir gefällt dieser Ort nicht.«

Er lachte. »Da Ihr ihn selbst gewählt habt, macht Ihr mich staunen. Ich wäre beinahe ersoffen, weil mich das Moor zu sich ziehen wollte«, log er und gab sich jovial. Er trat auf den Mann zu, das Gras schlug Wellen und wogte.

*Locken wir ihn doch.*

Dominics rechte Hand glitt in die Manteltasche, und er nahm den Beutel mit den wertlosen Livres hervor, um die Münzen klimpern zu lassen. »Goldmünzen, wie Ihr verlangtet. Die Prägung ist schon lange Zeit aus der Mode, aber der Wert von Gold vergeht niemals, nicht wahr?« Dominic hielt ihm den Beutel hin. »Kann ich nun den meinen verlangen?«

»Marat!«, tönte eine männliche Stimme von weiter weg. »Dominic de Marat, du wirst uns nicht entkommen!«

*Die Stadtwache!*

Er erkannte seinen Fehler: Die Barken hatten keinen Fischern gehört, sondern trugen seine Häscher. Seinen Namen hatten sie gewiss von Estelle erfahren. Er blickte suchend über die Schulter, dann nach rechts, wo die Lichter aufleuchteten. Laternen bewegten sich auf sie zu, beleuchteten Barken und Bewaffnete. Noch genügte ihm der Abstand. »Nehmt endlich die Münzen«, zischte er den verunsicherten Boten an. »Her mit dem Beutel!«

Mehrere Schüsse erklangen und rollten durch die Dunkelheit, leise glucksend schlugen die Kugeln um sie herum ein. Männer riefen sich Anweisungen zu, und ein wütendes, grausames Bellen erklang.

*Das sind ... keine Hunde!*

Dominic roch den Gestank der Loup-Garous, und Bilder des letzten Zusammentreffens entstanden vor seinem inneren Auge, ohne dass er es verhindern konnte. Heute würde kein Marek auftauchen, um ihm beizustehen. Mit den Bildern kam die Angst ...

*Reiß dich zusammen! Du darfst dir nicht erlauben, Furcht zu haben, sonst werden sie gegen dich gewinnen!*

Dem Boten schien es nicht anders zu ergehen. Er zitterte und schien überhaupt nicht zu wissen, was sich um ihn herum abspielte. Er drückte den Beutel an sich, als wollte er ihn mit seinem Körper vor Raub bewahren.

*Möglicherweise will er mich täuschen, und der Zahn ist gar nicht darin.*

Dominic fand die Situation zu verquer und wollte möglichst schnell das Weite suchen. »Wird's bald, Mann!« Er stand dicht vor ihm und packte ihn hart an der Schulter. »Wo ist es?« Durch seine Bewegung klaffte der Mantel auseinander, der Korbgriff des Dämonenschwerts wurde sichtbar.

Der Bote starrte darauf – und erkannte es. Der wissende Blick war nicht anders zu deuten.

*Nun wird er mir hoffentlich vertrauen. Dann wird alles einfacher*, dachte Dominic erleichtert und hielt die Hand auf.

»Ihr werdet ihn nicht bekommen!« Der Mann schleuderte das Säckchen weit hinaus ins Moor.

Dominic rannte überschnell los und fing das Beutelchen auf, bevor es in den Sumpf fallen und versinken konnte. Er fühlte: Es befand sich ein Gegenstand darin.

*Wenigstens das! Aber was habe ich falsch gemacht?*

Der Mann starrte ihn mit offenem Mund an.

Dominic hatte beschlossen, vorerst seine Rolle als Dämonendiener beizubehalten, um an noch mehr Wissen zu gelangen. »Ihr seid ein Verräter«, schnarrte er und verstaute den Beutel unter seinem Mantel. »Verdanke ich es Euch, dass mich die Wandler gefunden haben?«

Über die Ebene kamen fünf wolfgroße Schatten angerannt, die Augen leuchteten wie glühende Kohlen.

Der Anblick beseitigte die letzten Zweifel. Die Loup-Garous hatten gewartet, bis er Mareks Einflussbereich verlassen hatte, um ihn zu töten.

*Und sie haben sich Verstärkung geholt.*

Einfach mit seiner Windgestalt verschwinden konnte er nicht, sonst würde er Schwert und Artefakt verlieren. Ein Ruck ging durch ihn hindurch. Die Zeit der Flucht war beendet. Einmal musste er sich den Werwölfen stellen und die Sache beenden, auch wenn er immer noch nicht wusste, was er ihnen getan hatte.

*Was soll's! Ich ziehe den Wandlern das stinkende Fell über die Ohren. Anschließend ist der Bote an der Reihe. Ich muss wissen, was hier gespielt wird.*

Dominic zückte das Dämonenschwert. Ein unglaubliches Selbstbewusstsein breitete sich in ihm aus, als stärke ihn der Kontakt zur Waffe.

Schon war der erste Werwolf heran, ein kräftiges, schweres Exemplar. Das Wesen sprang ihn an, genau auf die Hand mit dem Schwert zu.

Dominic packte den Gegner beim Oberkiefer, ohne sich um die Zähne zu kümmern; die Wunden würden verheilen. Bevor der Werwolf zuschnappen konnte, schleuderte er die Bestie vor sich auf den Grasteppich und durchbohrte sie mit dem Schwert. Jaulend verging sie mit dem ersten Stich, als bestünde die Klinge aus Silber. Die Symbole flirrten, was ihm nicht entging.

Zeit zum Nachdenken blieb ihm keine. Zwei weitere Wandelwesen hatten ihre Halbform angenommen und eilten auf ihn zu.

Dominic fühlte sich vom Erfolg beflügelt. Er warf seinen Dreispitz davon und fauchte sie herausfordernd an.

*Ich bin ein Judassohn!*

Seine Reißzähne konnten es mit den Fängen der Werwölfe aufnehmen, und er öffnete den Mund so weit, dass das Kinn auf die Brust stieß.

*Ihr werdet sterben, ihr haarigen Bestien! Ich bin ohne Furcht!*

Er zog zusätzlich den Silberdolch.

Schüsse peitschten hinter ihm, und dieses Mal hatten die Gardisten besser gezielt. Die Kugeln trafen in Rücken und Beine, er erlitt einen Streifschuss am Hals. Dominic brüllte vor Schmerzen, auch wenn ihn die Projektile nicht töten könnten.

Die Wandler hatten die Distanz überbrückt und attackierten ihn, sobald der letzte Schuss verklungen war.

*Ihr stinkenden Kreaturen!*

Dominic wich den heranzuckenden Klauen aus und drehte sich an einem zuschnappenden Maul vorbei. Es war ein Tanz, so schien es ihm. Die Euphorie, gepaart mit dem Schmerz, versetzte ihn in einen rauschähnlichen Zustand. Er schlitzte einem Feind die Kehle mit dem Silberdolch auf und rammte ihm das Schwert zusätzlich durch den Kopf.

Als der zweite Loup-Garou ihn erneut ansprang, erlaubte er sich in seinem Übermut einen Scherz.

*Windgestalt!*

Er löste sich auf, Kleidung und Waffen fielen auf das Gras.

Der überrumpelte Werwolf biss in Halme anstelle von Fleisch; grollend witterte er umher.

*Ihr seid so leicht zu besiegen.*

Dominic verbiss sich das Lachen und stellte sich in dessen Rücken, dann materialisierte er sich. Er packte das Kinn und wollte es nach hinten drehen, um ihm das Genick zu brechen.

*Schaut, was ich mit euch mache!*

Die dicken Halsmuskeln des Loup-Garou schwollen an. Es war Dominic nicht möglich, den Nacken zu überdehnen und die Wirbel zu durchtrennen. Er hatte sich in seinem Übermut überschätzt. Die Bestie knurrte wütend, bekam ihn überraschend zu fassen und riss ihn zu Boden.

Der Werwolf schnappte nach seiner Kehle, während sie sich herumwälzten. Die Klauen rissen tiefe Wunden in Dominics Körper. Gleichzeitig schlug er immer wieder auf den Kopf des Loup-Garou ein, doch der kräftige Schädel ließ sich nicht zum Bersten bringen. Durch die Wildheit des Kampfs bekam er keinerlei Gelegenheit, sich zu konzentrieren und seine durchscheinende Gestalt anzunehmen.

Das Plätschern der Barken kam näher, die Gardisten rückten heran.

*Mit Schlägen kann ich ihn nicht bezwingen.*

Im Mondlicht glänzte der Silberdolch auf, keine Elle weit entfernt. Er streckte sich, bekam die Waffe zu fassen und stach zu. Zischend glitt das Silber in das Herz der Bestie. Sie krümmte sich und warf sich zurück, heulte und zuckte, während die Verwandlung in einen Menschen einsetzte.

*Jetzt ist der Bote fällig.*

Dominic entdeckte den Mann, der den Kampf ungläubig verfolgt hatte. »Verdammt seist du«, fluchte Dominic in dessen Richtung. Sein Leib bestand aus einer einzigen Wunde, die brannte, als sei sie mit Feuer ausgegossen. Die offenen Stellen schlossen sich zwar, aber es kostete ihn Kraft und schmerzte höllisch. Er erhob sich stöhnend und warf sich den Ledermantel über, hob das Dämonenschwert sowie das Säckchen auf. »Dein Leben nehme ich mir als Nächstes!«

Der Bote stieß einen leisen Schrei aus, drehte sich auf den Absätzen herum und rannte ins Moor hinein.

*Die Angst hetzt ihn. Dann hetze ich mit!*

Dominic nahm die Verfolgung auf.

Der Bote musste schon öfter im Moor gewesen sein. Jedenfalls machte es den Eindruck, als wüsste er, wohin er lief.

*Oder lockt er mich in die nächste Falle?*

Dominic wandte sich um, sah nach den Gardisten, die auf ihren langsamen Barken rasch hinter ihnen zurückfielen, und nach den verbliebenen Loup-Garous. Sie waren wie vom Sumpf verschlungen.

*Gut oder nicht gut?*

Die Wunden waren mittlerweile verheilt, er konnte sich ohne Qualen und mit der gewohnten Geschmeidigkeit bewegen. Der Untergrund war nicht solide, sondern schwang und federte unter den blanken Füßen. Doch das Moor war verräterisch. Mit lautem Blubbern und Gurgeln zeigte es jedem, wo er sich befand.

Prompt erklangen hinter ihm neuerliche Schüsse, und das laute Heulen von Wandelwesen verfolgte ihn.

*Ihr bekommt mich nicht!*

Er musste lachen. So gut hatte er sich schon lange nicht mehr gefühlt. Das Schwert verlieh ihm dieses überragende Empfinden und die Überzeugung, jegliche Prüfung zu überstehen. Sein eigenes Lachen dröhnte ihm in den Ohren.

Den Boten sah er nicht mehr, aber die Witterung lag deutlich in der Luft.

*Welches Spiel hat er getrieben? Zu wem gehört er?*

Dominic brauchte mehr Antworten zum Schwert und zum Artefakt. Der Boden unter den nackten Sohlen verlor die Nässe und wurde trockener, das Schwingen hörte auf. Die feste Erde hatte ihn wieder.

Und passend dazu wurde der Bote vor ihm sichtbar.

Dominic schloss zu ihm auf. »Gleich habe ich dich, Verräter!«, sprach er drohend. »Du wirst sterben.«

Der Mann schlug unvermittelt einen Haken und hielt auf den kleinen Bachlauf zu, den Dominic im Mondlicht glitzern sah.

*Er kennt meine Schwäche! Doch eine Falle!*

Schnell streckte er die Hand aus – aber der gewaltige Satz über den Bach rettete den Boten vor seinem Zugriff. Der Mann landete auf der anderen Seite, rutschte aus und fiel auf den sandigen Boden. Hustend wälzte er sich auf den Rücken und zog sein Messer.

Zähnefletschend verharrte Dominic am gegenüberliegenden Ufer. »Bastard!«, schrie er ihm zu. »Ich kriege dich dennoch!« Er wagte es nicht, einen Fuß ins Wasser zu setzen oder einen Sprung zu versuchen. Die möglichen Folgen waren unberechenbar.

Der Bote richtete den Oberkörper auf. Er sah, dass sein Feind zurückbleiben musste, und ein erleichtertes, gelöstes Lachen kam aus seinem Mund. Stöhnend erhob er sich. »Fahr zur Hölle«, entgegnete er. Die Lichter der Gardisten näherten sich ihnen. »Das Schwert wird dir auch nichts nützen. Sie werden dich zur Strecke bringen.«

Dominic grollte. »Ich habe das Schwert *und* den Zahn«, gab er zurück. »Den Rest suche ich mir auch noch. *Ich* lebe lange genug und kann mir Zeit lassen.« Er schüttelte den Kopf, damit die langen roten Haare nach hinten rutschten. Er fühlte sich wie ein stolzer Judassohn. »*Du* nicht, Mensch.« Ansatzlos schleuderte er den blutigen Dolch nach ihm.

Die Klinge wirbelte durch die Luft – und traf.

Der Bote ächzte und knickte ein. Er starrte auf den Ledergriff in seiner Brust, dann kippte er vornüber ins Wasser.

*Ich habe dir den Tod versprochen.*

Dominic eilte am Bach entlang, das Dämonenschwert in der Hand und das Beutelchen samt Zahn in der Manteltasche. Sein Ausflug in die Brière hatte sich doch gelohnt.

Die Geräusche seiner Häscher fielen zurück, bald hatte er sie abgeschüttelt.

Damit stand die lange, beschwerliche Rückreise an. Er wollte zu Baronin Metunova, um ihr von seinen Abenteuern zu berichten und in ihren Büchern mehr über die Diener Beluas zu lesen.

*Die Götzenanbeter wissen, wo ich die fehlenden Artefakte finden kann. Ich werde die Jagd auf sie eröffnen.*

***

# KAPITEL VII

## Sommer 1791,
## nahe Požarevac (serbisches Gebiet)

Dominic hatte sich auf seiner gesamten Reise in Hochstimmung befunden: wegen der Siege über die Werwölfe, der Erbeutung des Schwertes, des Artefakts und der Erlangung neuen Wissens. Selbst die Strapazen waren ihm weitaus erträglicher erschienen, und er hatte sich regelrecht gewundert, als er vertrautes Gebiet betreten hatte.

Dominic ritt zum Palast der Baronin. Er unternahm nicht einmal den Versuch, bei seinem Oheim vorzusprechen. Zuerst wollte er sich mit Metunova treffen und ihr berichten.

*Sie wird begeistert sein, wenn ich ihr das Schwert und den Zahn zeige.*

Sobald er die hohen Hecken erreicht hatte, stieg er ab, band das Tier an und lauschte. Dieses Mal war er vor den Menschenfressern auf der Hut. Dominic ging davon aus, dass sie ihn nach der Episode in Guérande verfolgt hatten. Ihre Nasen waren gewiss feiner als seine.

Er hatte es aufgegeben, herausfinden zu wollen, warum ihm dieser Loup-Garou und sein Rudel voller Hass nachstellten, sondern es als gegeben akzeptiert. Das Spiel hieß fortan »sie oder ich«.

*Kein Laut zu hören.*

Dominic schnallte die Satteltaschen ab und ging durch den Irrgarten unter den langen Dornenranken vorbei. Dann tauchte der Palast vor ihm auf.

*Was hat denn das ...?*

Um den Turm stand ein Baugerüst. Fackeln und Lampen brannten, in dessen Schein geschätzte zwanzig Arbeiter ihre Aufgaben verrichteten. Es wurde gemeißelt und geklopft, an anderer Stelle setzten die Männer und Frauen neue Steine in Lücken ein.

*Metunova verschönert ihr Zuhause!*

Auch der Garten hatte sich verändert. Die alten Muster und Wege waren zum Vorschein gekommen. Unkraut und Wildwuchs waren verschwunden und ließen den kultivierten Pflanzen Platz zum Wachsen und Gedeihen. Sie hatte sogar den Brunnen instand setzen lassen, dessen sanftes Plätschern an sein Ohr drang.

*Sagenhaft! Ein richtiges kleines Paradies ist daraus geworden. Ein gutes Zeichen! Dann geht es ihr bestimmt wieder besser.*

Dominic eilte über den Plattenweg auf den Turm zu. Die schwarzen Doggen tauchten nicht auf. Vermutlich waren sie von der Baronin zum Schutz der Arbeiter weggesperrt worden. Er nahm an, dass es entweder niedere Vampyre waren, die sie für sich schuften ließ, oder irgendwelche einfachen Menschen, die nichts von ihrer wahren Natur ahnten.

Niemand schaute nach ihm, als er zur Tür trat und klopfte.

Der Eingang wurde geöffnet. Dominic sah auf die stattliche Gestalt von Octavius.

»Oh, der kleine Judassohn ist wieder da!«, rief er und bedachte ihn mit schmerzhaft stechenden Blicken. »Komm herein, mein Freund. War deine Reise nach Frankreich von Erfolg gekrönt?« Er ließ ihn herein, schloss die Tür wieder und schien mit der Hand ein paar Spinnweben vom Rahmen zu wischen; es klirrte metallisch. »Was macht die Revolution? Haben sie den König noch immer nicht geköpft?«

Dominic zwang sich zum Lachen. Er hätte die Baronin lieber

allein angetroffen. »Nein, das haben sie nicht. Aber es wird früher oder später geschehen.« Er setzte sich an den Tisch und legte seine Satteltaschen neben sich.

»Und? Fündig geworden?«, hakte Octavius mit seinem hohen Stimmchen nach. Er betrachtete das Gepäck und entdeckte den Korbgriff des Schwertes. »Aha! Ich erinnere mich an die Zeichnung.« Er kam langsam auf ihn zu. »Darf ich es mal sehen?«

*Nicht vor ihr! Wann lernst du es endlich, Glatzkopf?*

»Gleich. Wenn Baronin Metunova zu uns gestoßen ist. Wärt Ihr so nett und würdet sie rufen?«

»Sosehr ich es wollte, ich kann es nicht.« Der Hüne nahm ihm gegenüber Platz und zog ein gefaltetes Papier, dessen Ecken mit einem Siegel zusammengeklebt waren. »Das hat sie für dich dagelassen.«

»Wohin ...« Dominic verstand, was Octavius ihm sagen wollte. »Sie ist ... tot?«

»Lies den Brief.« Er legte die Hände zusammen und wartete.

Dominic zerbrach den Wachstropfen, faltete das Blatt auseinander und starrte auf die Zeilen, die in geschwungener Handschrift und auf Französisch verfasst worden waren.

*Wir werden uns nicht wiedersehen, Sohn meiner geliebten Freundin.*
*Es war mir ein großes Vergnügen, dich kennenzulernen und zu unterrichten, auch wenn es noch so vieles gäbe, das ich dir beibringen könnte. Du hast mein Leben in der Tat für diese Monate bereichert.*
*Ich hoffe, dass du mit Erfolgen aus deiner Heimat zurückkehren wirst und es dir ersparst, deine Seele unserem Meister Botis zu opfern.*
*Gib niemals auf, das verlange ich von dir, und führe fort, was deine Mutter damals begann. Weise deinen eigenen Nachfahren einen Weg aus der Dämonensklaverei und be-*

*freie viele andere Vampyre, die du für würdig hältst, ganz gleich, welcher Art sie angehören.*
*In tiefer Freundschaft und liebevoller Zuneigung*
*Lydia*

Dominics Gedanken waren wie erfroren. Sein einziger Halt, dem er vertraut hatte, war aus seinem Leben gewichen. Unwiderruflich. Bestürzt schaute er auf die Tischplatte, der Schock ließ ihn schweigen.

*Ich habe ihre Seele nicht mehr vor Botis retten können.*

Octavius berührte ihn an der Schulter. »Ich weiß, Junge. Ich weiß. Mir ging es ebenso«, fistelte er. »Ich kam eines Nachts hierher, und die Hunde lagen heulend vor dem Turm.« Er zeigte mit dem Finger gegen die Decke. »In der Bibliothek fand ich sie, zwischen Büchern, die sie wohl für dich herausgesucht hatte. Wir haben noch ein paar Worte gewechselt, und dann ist sie vor meinen Augen vertrocknet. Was von ihr blieb, war eine Hülle, die einer Mumie glich. Die Überreste habe ich auf einem Scheiterhaufen verbrannt.«

Dominic nickte und versuchte zu begreifen, dass die Baronin nicht gleich die Treppe herabsteigen würde und sich zu ihnen gesellte; dass er sie nicht um Rat fragen könnte, wenn er in den Büchern an fremden Sprachen verzweifelte; dass er keine Geschichten mehr über seine Mutter hören würde.

»Ich habe ihr versprochen«, sagte Octavius, »den Turm nicht verfallen zu lassen und mich um ihn zu kümmern, damit er dir fortan zur Verfügung steht.«

»Mir?« Er sah zum Murony. »Ihr lasst das alles für mich tun?«

»Es war Lydias Wunsch. Wie könnte ich dem nicht entsprechen?« Octavius lächelte, was einen herben Kontrast zu seinem stechenden Blick bildete. »Wir beide verfolgen die Sache mit dem Dämon und dem Pakt weiter. Auch das war ihr Wunsch.«

»Bei allem Respekt, aber besitzt Ihr das nötige Wissen, um Euch von dem Fluch zu befreien? Kennt Ihr den Dämon, der Euch mit dem Fluch belegt hat?« In ihm regten sich Widerstand und Misstrauen. Die alte Abneigung gegen den Vampyr erwachte von neuem.

*Du kahler Einfaltspinsel! Nur weil du neben ihr gesessen und zugehört hast, besitzt du lange nicht ihr Wissen! Was bildest du dir ein?*

»Noch nicht, aber es wird mir gelingen. Allerdings ist die Zeit knapp. Wer weiß, wie lange ich noch zu leben habe.«

Dominic hörte heraus, dass der Murony auf etwas Bestimmtes hinauswollte. »Ihr meint, dass wir uns beeilen sollen.«

»Ich meine, dass du mir die Formel deiner Mutter gibst, Judassohn«, erwiderte Octavius kalt und richtete den Blick aus seinen eisigen Augen auf ihn. »Lydia wünschte es so.«

»Bitte?« Dominic hielt es für eine Lüge. Auch wenn Octavius und die Baronin sehr gute Freunde gewesen waren, konnte er nicht glauben, dass sie *das* von ihm verlangt hatte. Im Brief stand davon nichts zu lesen, und für würdig erachtete er den Murony schon gar nicht. Zudem besaß Dominic die Formel überhaupt nicht.

»Du hast in der Cognatio damit geprahlt«, fiel Octavius ihm ins Wort. »Gib sie her, Judasjungchen.«

*Woher weiß er das? Der Bund der Sieben wäre damit nicht hausieren gegangen.*

Dominic durchschaute die Maske der falschen Freundlichkeit. »Ihr werdet Euch denken können, dass ich sie nicht bei mir habe«, sagte er bedrohlich und legte eine Hand ans Schwert. Mit ihm hatte er gegen die Loup-Garous bestanden, also traute er sich zu, auch gegen den Murony zu siegen. Es kam auf die Geschwindigkeit an. »Außerdem versteht Ihr nichts von dieser Kunst.«

»Nein. Das muss ich auch nicht.« Octavius sah auf die Waffe. »Ich hoffe für dich, dass du sie mir geben und sie nicht ziehen willst. Du würdest im Kampf gegen mich sterben. Hinaus gelangst du nicht mehr.« Er zeigte auf den Fensterrahmen.

Dominic blickte sich um und erkannte Messer über den Fenstern und der Tür. Der Murony kannte die Schwäche der Judaskinder genau.

*Das Klirren von vorhin. Gefangen!*

»Also willst du die Formel nicht für dich selbst. Ich nehme an, du arbeitest für einen Baron oder eine Baronin aus dem Bund der Sieben?«

Octavius nickte. »Ja. Zuerst habe ich Lydia für einen der Barone ausspioniert, jetzt soll ich dich überzeugen, die Formel für die Unsterblichkeit preiszugeben.« Er stand auf und streckte den Arm aus. »Das Schwert will ich jedoch für mich.« Er lächelte kalt. »Du entkommst dem Turm nicht. Er ist dein Zuhause, wie ich schon sagte. Oder du stirbst jetzt in seinen Mauern.«

*Ich muss wissen, für welchen Baron er arbeitet. Dieser Judassohn soll den Verrat büßen.*

»Da ich ohnehin sterbe«, sagte Dominic beiläufig, »verrate mir doch den Namen deines Herrn.«

»Soll ich das tun?« Octavius lachte. »Er ist nicht mein *Herr*, er ist Bringer meines Wohlstands. Für Geld bin ich bereit, vieles zu tun.« Er ließ Dominic nicht aus den Augen. »Du könntest dich geehrt fühlen, wenn du seinen Namen hören würdest. Und er hat viele Pläne mit dir. Du wirst ihn bald selbst kennenlernen, wenn ich dich als Gefangener zu ihm bringe.«

»Welche Pläne sollen das sein?«

»Nun, du bist ein gutes Druckmittel gegen deinen Oheim, obwohl ich nicht glaube, dass Marek kommt und dir hilft oder sogar seine bisherigen Forschungserfolge offenlegt. Dann gibt es noch die Hoffnung, dass Scylla selbst erscheint, wenn sie hört, dass ihr Sohn ihre beste Freundin umgebracht hat.«

Dominics Wut brodelte und kochte mit jedem Wort höher. »Diese Lüge wird sie nicht glauben!«

»Das *wird* sie. Der Baron hat erfahren, wo sich Scylla ungefähr aufhält, und wird in diesem Landstrich die passenden Gerüchte streuen.« Octavius spannte die Muskeln. »Und *ich*, ich werde dich so lange foltern, bis du mir alles zum Schwert und zu den Artefakten erzählt hast.«

*Er hat sein Leben verwirkt!*

Das Schwert flog Dominic regelrecht in die Hand, die Spitze surrte auf den Hals des Hünen zu, der im letzten Moment zur Seite ausweichen konnte; dennoch kappte die Klinge ein Stück Ohr. Es zischte laut, als wäre das Schwert glühend heiß.

Octavius schrie, mehr und lauter, als es für eine solch kleine Verletzung angemessen gewesen wäre.

Der Griff in Dominics Hand erwärmte sich, und die Intarsien und Gravuren leuchteten silbern auf. Die Waffe schien wie aus einem Schlaf erwacht.

»Was vermag diese verdammte Dämonenklinge?« Der Murony hielt sich das Ohr, sein Gesicht war vor Schmerz verzerrt. »Oh, ich sehe schon, dass ich dir viele Geheimnisse entlocken muss!«, rief er mit noch höherer, überschnappender Stimme. Er packte den Tisch und warf ihn nach ihm.

Dominic wich dem übergroßen Geschoss aus, das ihm die Sicht für wenige Augenblicke raubte.

Das reichte Octavius aus, um neben ihn zu gelangen und ihn am Kopf zu berühren. Zu spät fiel Dominic ein: Ein Murony vermochte anderen Lebewesen die Kraft zu entziehen, wenn er Körperkontakt herstellen konnte!

Die gleißende Sonne schien unmittelbar in seinem Verstand aufzugehen. Dominic sah nichts mehr, sondern wurde zu einem einzigen Schmerz.

Er fühlte, dass er auf den Boden fiel und Octavius die Bewegung mitmachte, um die Finger nicht von ihm lösen zu müssen. Seine ganze Macht schoss aus ihm heraus und strömte in den lachenden Murony.

»Du magst für dein Alter nicht schlecht sein, Judasjungchen, aber gegen mich reicht es nicht«, hörte er ihn wie aus weiter Entfernung sprechen. »Ich werde dir zeigen, was mit einem von euch geschieht, wenn man ihn in fließendes Wasser hält. Finger, Zehen, eine Gliedmaße nach der anderen. Es wird dir gefallen.«

Die Entkräftung schritt voran – aber sie ging einher mit etwas Schrecklicherem! Octavius' Fähigkeit zerrte an Dominic, an seinem Ich und schien es auseinanderzureißen.

Ein Teil von dem, was ihn ausmachte, löste sich wie ein lockerer Stein in einer Mauer. Diese Schmerzen brachten ihn zum Schreien, bevor das grelle Licht übermächtig wurde und er schlagartig in Schwärze tauchte.

Dominic hatte das Bewusstsein verloren.

***

# LAMENTO V

Abend
kommt mir
gelegen. Bringt meinen
Morgen, meine Auferstehung von den
Toten.

Untot
ist das
falsche Wort. Lebensjäger,
Seelenneider, Herzschlagsucher, Blutsäufer und
Nicht-Mensch.

Macht
besitze ich.
Sie nützt mir
wenig: machtlos gegen Liebe.
Ausgeliefertsein.

Anjanka
war Leben.
Anjanka war Liebe,
Verständnis, Rückhalt, Vertrauen, alles
gewesen.

# GESCHICHTEN AUS DEM LEBEN VON SANDRINE

# DIE GESCHICHTE VON DER RACHE

Winter 1791/1792,
nahe Požarevac (serbisches Gebiet)

Mein Herz!«, flüsterte eine Frauenstimme. »Wach auf, mein Herz!«

Sandrine öffnete die Augen und sah verschwommen in Anjankas Gesicht, auf dem sich Sorge in Freude verwandelte. Sie wollte etwas sagen, aber die Zunge lag ihr wie Blei im Mund. Sie fühlte ihren Körper nicht. Es war, als besäße sie nur Augen. Schwache Augen, die nicht richtig scharf stellten.

»Er hat dich gefangen, hungern lassen und mit einem seiner Zauber belegt«, sagte die Tenjac mit Hass in der Stimme. Ihren Schulter- und Armbewegungen nach machte sie sich an etwas zu schaffen. Es klirrte mehrmals, Metall fiel zu Boden. »Ich bringe dich raus, bevor er zurückkommt.« Sie setzte ihr einen Trinkbeutel an die Lippen. »Hier.«

Der Geschmack von Blut breitete sich in Sandrines Mund aus und weckte die Lebensgeister. Hastig sog sie den Beutel leer. Mit jedem Schluck ging es ihr besser, ihre Sicht schärfte sich.

*Wie bin ich hierhergelangt?*

Sandrine sah sich um. Gemauerte Wände mit Eisenschellen daran umgaben sie, ein Kreuzgratgewölbe hielt die Decke. Sie selbst lag auf einem Metalltisch, ihre Fesseln baumelten gelöst herab und pendelten leicht.

*Ich bin nackt!*

Anjanka bückte sich und reichte ihr einen zweiten Beutel mit Blut aus dem mitgebrachten Rucksack. »Wie dünn und ausgemergelt du geworden bist«, sagte sie mitfühlend. »Verzeih mir, dass ich nicht früher kommen konnte, um dich zu befreien.«

Erst jetzt wurde Sandrine sich einer Sache gewahr: Die Tenjac besaß nur noch den linken Arm! Der rechte fehlte ihr, einschließlich der Hälfte der Schulter. »Was«, sagte sie krächzend, »ist passiert? Wer hat dir das angetan?«

Anjanka nickte zur angelehnten Kerkertür. »Wir sollten das draußen besprechen. Octavius sitzt mit einem der Barone zu Tisch. Wer weiß, ob sie nach dir sehen wollen, um dich zu .... was weiß ich, was sie tun wollten.«

»Waren wir nicht in Frankreich und haben diesem Marat hinterherspioniert?« Sandrine hatte das dringende Bedürfnis, den Murony für seinen Verrat zu töten. »Sagtest du, bei ihm ist *ein Judassohn?*«

»Ja. Es ist der Baron, für den er die Metunova ausspioniert hatte«, berichtete sie schnell. »Octavius hat uns und die Baronin verraten. Er arbeitet nur für seinen eigenen Reichtum und schert sich nicht um Ehre.« Sie nahm einen dritten Beutel aus dem Rucksack. »Mehr habe ich nicht mehr für dich.«

»Es tut mir gut.« Sandrine hatte ihr Körpergefühl vollständig wiedererlangt. Auch der Zorn auf den Hünen spielte dabei eine große Rolle. »Was ist mit deinem Arm geschehen, Geliebte?«

Anjanka fühlte sich erkennbar unwohl und war ängstlich. Sie hatte durch ihren Einbruch in den Palast schon mehr geleistet, als sie sich gewiss selbst zugetraut hatte. »Wir wurden in der Brière voneinander getrennt. Wir haben ... plötzlich warst du verschwunden, und als ich mich zu unserem Treffpunkt begeben wollte, standen zwei Loup-Garous vor mir, die mich angriffen.«

»Die Wächter des Comte!«

»Nein. Eine weiße und eine rötlich braune Bestie. Sie haben mich schwerst verwundet und ließen mich liegen, weil sie glaubten, ich sei tot.« Anjanka atmete schnell. »Und ich dachte wirklich, dass meine letzte Stunde geschlagen hatte. Ich war eine einzige Wunde, und meinen Arm haben sie mir abgebissen. Ich konnte ihn nicht wieder ansetzen und verheilen lassen. Es ... war zu spät.« Die Furcht, die nun in ihrem Blick stand, war eine andere. »Sag: Liebst du mich noch immer?«

»Was soll diese Frage?«

»Wegen meines Makels«, flüsterte Anjanka beschämt. »Ich war perfekt, das höchste Maß für alle Frauen, und jetzt ...«, sie wandte sich ab, »... jetzt bin ich ein Krüppel!«

*Ich habe sie in der Brière allein gelassen. Sie hat niemals gegen die Loup-Garous bestehen können.*

Sandrine wurde von Schuldgefühlen überfallen. Der Anblick ihrer leidenden Gefährtin tat ihr in der Seele weh. Sie ließ sich vom Tisch gleiten und begab sich hinter Anjanka, küsste ihr schwarzes Haar und drehte sie um. »Ich werde dich immer lieben«, versprach sie. »Du hast mir das Leben gerettet. Ich stehe unendlich in deiner Schuld.«

»Es gibt keine Schuld. Die Liebe verlangte es, und für die Liebe überwinde ich sämtliche Hürden.« Die Tenjac legte den Arm um sie, zärtlich küssten sie sich. »Nun lass uns verschwinden!«, bat sie flüsternd. »Wir müssen fort von hier und uns aus den Intrigennetzen befreien, die sie überall auswerfen.«

»Ich glaube, dass es mit den Vampiren umso schlimmer wird, je weiter wir nach Osten gehen.« Sandrine sah das Gévaudan vor sich. »Zurück nach Frankreich. Wir werden uns da ein Zuhause suchen, in dem wir sicher sind. Vor Vampiren jeglicher Art und vor den Werwölfen und sonstigen Gestalten.« Sie küsste Anjanka auf den Mund, die eben zu Protest ansetzte. »Vertraue mir. Ich lasse dich niemals mehr allein. Du wirst sicher sein.«

Die Tenjac seufzte und legte den Kopf gegen ihre Brust. »Ich glaube dir nur zu gern.«

Sandrine musste auf die verstümmelte Schulter blicken.

*Das wird mir der Comte bezahlen! Aber zuerst sind andere an der Reihe.*

»Du sagtest, dass Octavius mich gefangen nahm?«

»Ich habe dich hier gefunden, also gehe ich davon aus«, antwortete sie. »Mögen die Dämonen wissen, was er mit dir tun wollte!«

Sandrine prüfte, wie es um ihre Kräfte bestellt war, und fühlte, dass sie ihr gehorchen würden. Das Übermaß an Blut nach langer Zeit des Hungers gab ihr Kraft. Sie fürchtete sich nicht vor dem Hünen, zumal die Überraschung auf ihrer Seite war.

*Den Baron, für den er Metunova verraten hat, erlege ich gleich mit.*

Die Reaktion der Cognatio fürchtete sie ebenso wenig. Sie würden ihr nicht nach Frankreich folgen.

*Und wenn doch, sterben sie!*

Sie nahm Anjanka bei der Hand und verließ mit ihr den Keller. Sie pirschten die Sandsteinstufen hinauf und kehrten ins Erdgeschoss des Palastes zurück, erreichten den ehemaligen Gesindetrakt.

»Wo sind Octavius und sein Gast?«

»Im Bildersalon.« Anjanka schluckte aufgeregt, versuchte aber erst gar nicht, Sandrine umstimmen zu wollen. »Falls sie sich noch immer besprechen. Es geht um Dämonen und ihre Male und wie man einen Pakt brechen kann«, fasste sie zusammen. »Ich belauschte sie kurz. Du wurdest auch erwähnt. Sie betrachten dich als eine Anomalie, die ein Schlüssel zur Freiheit sein könnte, sagte der Baron.«

»Ich *werde* ihr Schlüssel zur Freiheit sein«, grollte sie, »doch anders, als sie es sich vorgestellt haben.«

Sie schlichen durch das Anwesen, das sie inzwischen sehr gut kannten. Zuerst holten sie Kleidung für Sandrine, dann steuerten sie auf den Salon zu.

Im Vorbeigehen nahm sich Sandrine ein Schwert von der Wand und steckte sich zwei Dolche ein, die sie im Kampf einsetzen wollte. »Welche Schwächen haben die Murony?«

»Man kann sie vergiften, wenn man weiß, wie.«

»Mehr nicht?«

Anjanka schüttelte den Kopf. »Nichts, von dem ich weiß. Nur das Übliche.«

*Das wird demnach ein harter Kampf.*

Der Eingang in den Salon rückte näher. Sandrine und Anjanka lauschten durch die geschlossene Tür. Die Stimmen der Vampire waren leicht zu unterscheiden. Octavius fistelte wie stets, die Stimme des Barons dagegen war volltönend.

»Lydia starb zu früh«, sagte der Baron soeben. »Wir hätten ihr Wissen benötigt.«

»Sollte mich die Alte umbringen?«, begehrte der Murony auf. »Sie hat herausgefunden, dass ich für Euch arbeite, und mich zur Rede gestellt. Sie mag alt gewesen sein, aber sie war eine Judastocher mit den ganzen unangenehmen Fertigkeiten, die euch im Kampf zu gefährlichen Gegnern machen. Ich konnte weder warten noch Mitleid zeigen.«

*Er hat sie getötet!*

Sandrines Wut stieg ins Unermessliche.

*Ohne Kopf wird er sterben. Diese Schwäche teilen wir alle.*

»Das verstehe ich, Octavius. Dennoch ist es äußerst schade und bedauerlich.«

»Ihr Tod fällt nicht weiter ins Gewicht. Ich weiß, was zu tun ist. Ich habe dieses Hornschwert, ein Artefakt, mit dem man einen Höllendämon beschwören kann«, erklärte der Murony großspurig. »Euer Dämon, dem Ihr als Judassohn Eure Seele verpfändet habt und den Ihr umstimmen müsst, heißt Botis. Wenn er auf Euren Handel eingeht und den Pakt aufhebt, würdet Ihr in vollkommener Freiheit leben. An Eurem Leib befindet sich ein rotes Mal. Das ist sein Zeichen. Und meinen Herrn habe ich nicht minder ausfindig gemacht.« Octavius lachte weiberhaft. »Jetzt müssen wir noch festlegen, gegen welche Summe ich Euch das Schwert überlasse, sobald es für mich seinen Zweck erfüllt hat.«

»Sie wollen ihre Seele vor der Hölle retten«, flüsterte Anjanka.

»Wir werden uns einig werden. Aber diese Kreatur bei dir im Keller«, sagte der Baron neugierig. »Hast du herausfinden können, welchem Dämon sie dient?«

»Eine vertrackte Sache«, räumte der Murony ein. »Metunova stand bereits vor einem Rätsel. Es gibt kein Mal.«

»Und wenn es inwendig angebracht wurde? Hast du daran schon gedacht?«

»Ihr meint, *unter* der Haut?«

»Ich meine, *im* Körper«, betonte der Baron. »Es kann doch sein, dass es in den Eingeweiden ist. Vielleicht im Hirn verborgen? Auf der Innenseite des Gaumens, was weiß ich.«

»Nein. Wir alle tragen das Mal sichtbar«, widersprach Octavius nach einigen Sekunden. »Es ist viel einfacher: Ich bin zur Ansicht gelangt, dass die Kreatur bereits ohne Herr *ist!*«

Sandrine und Anjanka blickten einander an, und die Tenjac schien vor Freude etwas sagen zu wollen. Schnell bekam sie einen Kuss auf den Mund.

»Meinst du, dass die Erklärung so trivial ist?«

»Ja. Es ist die einzige, die für mich in Frage kommt«, erwiderte Octavius überzeugt. »Ich muss nur herausfinden, *wie* es vonstatten gegangen ist.«

»Was ist mit diesem ... Mündel von Illicz?«

»Ihr meint Dominic de Marat. Er kam hier an und hatte das Hornschwert dabei, das ich an meiner Seite trage.« Das klopfende und gleichzeitig metallisch klirrende Geräusch verriet, dass er die Waffe getätschelt hatte. »Metunova hat mir vieles darüber erzählt.« Octavius erhob sich und lief im Raum auf und ab, wie sie an den schweren Schritten vernahmen. »Er hat zwei Artefakte zu mir gebracht. Aber richtig nützlich war er nicht.«

*»War?«*

»Unter der Folter sprach er nur wenig und brabbelte unverständliches Zeugs, das ich nicht verstanden habe. Danach habe ich Illicz wissen lassen, dass ich seinen Eleven in meiner Gewalt habe und er ihn mit seinen Unterlagen zur Unsterblichkeit auslösen kann. Aber Illicz ließ sich nicht blicken, er hat nicht mal eine Botschaft geschrieben. Mir hätte es gefallen, seine bisherigen Forschungsergebnisse zu lesen.«

»Du wolltest Illicz erpressen? Ich hätte dir gleich sagen können, dass du das vergessen kannst. Er wird in der Cognatio über dich sprechen, nehme ich an, und verlangen, dass wir dich töten, Octavius.« Der Baron lachte. »Und wo ist er jetzt, dieser Franzose?«

»Weg«, lautete die einfache Antwort. »Er hat sich ... aufgelöst. Ich kam eines Nachts in den Keller, und er war verschwunden. Aber wir haben ja noch Sandrine.«

»Die Vampirin ohne Mal.« Der Baron lachte erneut auf. Er schien sich bestens zu amüsieren. »Stimmt es, dass du sagtest, Scylla selbst würde erscheinen, wenn sie hört, dass ihr Sohn ihre beste Freundin umgebracht hat?«

»So hätte ich sie eingeschätzt. Und ich habe gehofft, dass Marat mir die Lüge abkauft. Leider hat er es nicht getan.«

Wieder lachte der Judassohn. »Scylla hätte es sofort als Falle erkannt.«

Octavius blieb stehen. »Ich habe lediglich viele Möglichkeiten in Betracht gezogen, um meine Ziele zu erreichen.« Er klang verschnupft. Es schmeckte ihm nicht, dass er als dumm oder naiv angesehen wurde.

»Und keine funktionierte«, stichelte der Baron. »Ich schlage vor, ich komme mit in deinen Keller und besehe mir die Kleine. Wie hast du es geschafft, dass sie nicht entkommt?«

»Zauber und Hunger. Ich habe ihr Lebensenergie entzogen und ihr so gut wie nichts zu trinken gegeben. Das hindert sie an der Flucht. Sie ist schwächer als ein Neugeborenes.«

*Ihr werdet sterben! STERBEN!*

Sandrine wäre ihnen am liebsten entgegengestürmt, hätte das Schwert durch sie gerammt und die Hälse durchtrennt.

»Ihr werdet die Cognatio doch davon abhalten, einen Angriff auf mich zu führen?«

»Sicher«, antwortete der Baron und hätte ebenso gut *Mir ist es vollkommen gleich, was mit dir geschieht* sagen können. Schritte näherten sich dem Ausgang. »Welche Sorte Vampir ist sie? Hast du wenigstens das herausgefunden?«

»Nein. Auch das unterstützt meine These, dass sie keinem Dämon mehr dient«, sagte Octavius rechthaberisch. »Sie greift auf Kräfte zurück, ohne dass sie Einschränkungen unterliegt.«

»Bei Judas!«, stieß der Baron hervor. »Stell dir vor, welche Möglichkeiten sich bieten würden! Wir wären nicht mehr beschränkt auf das, was uns die Dämonen gewähren, sondern könnten das Potenzial in uns vollständig erschließen und uns neue Dinge aneignen!«

Sandrine gestikulierte, damit sich Anjanka einige Schritte von der Tür entfernte. Damit würde sie ihr beim Kampf nicht im Weg stehen.

Die Klinke bewegte sich nach unten.

*Kommt zu mir.*

Sandrine hob das Schwert auf Schulterhöhe und holte mit beiden Armen zu einem mächtigen Schlag aus.

»Wenn das stimmt, Octavius, sind wir dabei, mächtiger als jedes andere Wesen auf der Welt zu werden«, schwelgte der Baron. »Wir könnten die Menschen offen beherrschen, wenn uns danach wäre. Ein Imperium der Judaskinder!«

*Das wirst du nicht mehr erleben.*

Als der Eingang aufschwang, schlug sie zu, ohne zu wissen, wem sie als Erstes gegenüberstand.

Die Klinge traf den überrumpelten Octavius unterhalb des Halses in die Brust. Er keuchte pfeifend auf, starrte sie mit seinen stechenden Augen an. Blitzschnell hob er den rechten Arm und versuchte, sie zu berühren.

Sandrine trat ihm noch schneller in den Magen, so dass er nach hinten geschleudert wurde und sich dabei das Schwert selbst aus der Brust zog. Er prallte gegen den stattlichen Baron und riss ihn um, fiel auf den Marmorboden. Er schrie ihr seine Wut und seine Schmerzen entgegen.

Sandrine setzte unverzüglich nach und schlug senkrecht von oben nach unten, die Schneide zeigte auf Octavius' Kopf. Ein Murony konnte die Gestalt nicht wechseln. Also gab es auf diese Weise keine Möglichkeit, dem Hieb zu entgehen.

Der riesige Vampir beugte den Oberkörper im Sitzen leicht zur Seite und hob die Arme zur Abwehr.

Das Schwert schlug ihm die Unterarme durch und hackte dann schräg bis zur Nasenwurzel in den Schädel, bevor es stecken blieb; leise rumpelnd fielen die breiten Hände auf den Boden.

»Berühren wirst *du* mich nicht mehr«, schleuderte sie ihm entgegen, während der Baron sich unter dem schweren Körper herauszog und auf die Beine sprang. Er war ein kleiner Mann, der in einen aufwendig bestickten schwarzen Seidengehrock gekleidet war, und fauchte sie an. Der Unterkiefer klappte weit nach unten; die messerlangen Fänge glitzerten feucht. »Du wirst ebenso sterben, Judassohn!«, verkündete sie unerschrocken.

Sandrine trat Octavius mit unbändiger Kraft ins Gesicht, so dass er nach hinten kippte und die Schneide aus dem Knochen riss. Sein Blut spritzte aus dem Kopf und den Stümpfen. »Geh in die Hölle und grüße den Dämon, der dich erschaffen hat!« Sie führte den waagrechten Hieb mit unglaublicher Härte und sank dabei auf die Knie herab, damit sie den Hals richtig traf.

Die Klinge fuhr durch den Adamsapfel und teilte ihn, schnitt durch die Sehnen, Knochen und Muskeln, bis das Rückgrat durchtrennt wurde. Das Schwert zersprang, als es mit voller Wucht gegen den Steinboden schmetterte.

Octavius hatte seinen Kopf verloren. Das Haupt kullerte einen halben Schritt weit und blieb mit dem Gesicht nach rechts gewandt liegen.

»Er hat seine Strafe bekommen.« Sandrine ließ das nutzlose Heft fallen und zog die Dolche, wandte sich dem zurückhaltenden Baron zu.

Der Judassohn betrachtete sie aufmerksam, als wolle er ihren Kampfstil ergründen. »Du musst Sandrine sein.« Er lachte. »Wie töricht von mir. Wer solltest du sonst sein: hübsch, lange blonde Haare und sehr ungestüm.« Er trug seine prunkvolle Perücke weit nach hinten geschoben, so dass man den roten Haaransatz sah. Die blaugrauen Augen glänzten wie im Fieber, und die Falten in seinem alten Gesicht wirkten grau wie mit einem Pinsel nachgezogen.

Sandrine griff ihn an und stach von oben sowie gleichzeitig von der Seite nach dem Baron.

Doch er wich ihren Attacken mit einem Lachen aus und wollte ein Spiel daraus machen – das abrupt endete, als er einen Dolch in die Brust und den zweiten durch den Hals gejagt bekam. »Du«, sprach er gurgelnd und überrascht, »bist so schnell wie ich?« Dann verlor er seine feste Gestalt. Die Kleidung und die Waffen fielen auf die Platten.

*Er flüchtet vor mir! Dieser ...*

Sandrine sah den Baron als Umriss, als eine Spukgestalt, die auf das Fenster zuwaberte. »Feigling!«, rief sie. »Komm her!«

Er lachte sie aus. »Einen Teufel werde ich tun!«

»Dann komme ich zu dir!« Sie rannte, um ihn einzuholen.

Plötzlich materialisierte er vor ihr, den Mund weit aufgerissen und die Arme ausgestreckt, um sie zu packen. »Bist du derart einfach zu täuschen? Komm her, damit ich dich zerfetzen kann!« Die langen Nägel bohrten sich in ihre Haut.

Sandrine schrie auf – und wurde gläsern.

Der Baron sprang durch sie hindurch und prallte auf den Marmorboden. Er rollte sich über die Schulter ab und sah nach ihr. »Du ... beherrschst die Windgestalt!«, entfuhr es ihm perplex.

*Wie ging das? Was habe ich gemacht?*

Sie fühlte sich merkwürdig und trudelte umher, bis sie nach einigen Herzschlägen auf wundersame Weise verstanden hatte, wie sie sich in dieser Form vorwärtsbewegte.

Der Baron wusste sehr genau, wo sie sich befand, und drehte sich um die eigene Achse, damit er sie nicht aus den Augen verlor. »Überraschen kannst du mich nicht. Nicht *damit!*«

Sandrine nahm durch ihren Willen feste Gestalt an, landete federnd auf dem Boden – und war nackt!

Der Baron bückte sich und zog das Hornschwert aus der Silberscheide, die an Octavius' Gürtel hing. »Es soll besondere Kräfte haben, sagte er zu mir«, sprach er. »Mal sehen, was passiert, wenn ich dir damit eine Wunde zufüge.«

»Du wirst es nicht erleben«, versprach Sandrine ihm finster.

Er griff sie mehrfach an, und sie machte jedes Mal einfach einen Schritt zur Seite. Die Art seiner Attacken kam ihr sehr vorhersehbar und gar nicht gezielt vor. Es war schlichtes Fuchteln, frei von jeglicher Eleganz oder Kampfkunst. Der Baron sah sich um, hielt das Schwert am ausgestreckten Arm vor sich. »Wie ... hast du das gemacht? Was, bei allen Dämonen, bist du?«

Sandrine kam aus dem Staunen nicht mehr heraus. An den suchenden Blicken ihres Gegners erkannte sie, dass er sie nicht wahrnahm!

*Jetzt bin ich auch noch ... unsichtbar?*

Der Baron schlug wieder aufs Geratewohl in die Luft, um sie zu treffen. Es bereitete ihr keinerlei Mühe, den Hieben auszuweichen, die ungefähr in ihre Nähe kamen. Er brüllte und zeigte die Reißzähne.

*Octavius hatte recht! Ich beherrsche tatsächlich die verschiedensten Kräfte!*

Aus einer Eingebung heraus stieß sie sich ab und – schwebte nach oben, bis unter die Decke.

Es war ein anderes Gefühl als die Windgestalt, eher eine Leichtigkeit, die sie wesentlich besser durch die Kraft ihrer Gedanken zu steuern vermochte. Sie kreiste raubvogelgleich über dem verunsicherten Baron, der immer noch Schläge gegen das Nichts führte.

*Das ist wundervoll!*

Sandrine drückte sich mit den Füßen von der Decke ab und stürzte sich auf ihren Feind. Sie warf ihn um, kniete auf ihm.

Dann packte sie ihn mit der Rechten an der Kehle und schlug die Finger in sein Fleisch, um ihm die Gurgel herauszureißen; die Linke fing seinen Schlag mit dem Hornschwert ab. Ein harter Ruck, und der Baron büßte die Hälfte seines Halses samt Kehlkopf ein. Sein Blut tünchte sie rot. Sandrine wurde teilweise sichtbar.

»Du bist ein Niemand!« Sie entwand ihm das Schwert mit der gleichen spielerisch anmutenden Leichtigkeit, wie sie ihm die Kehle aufgerissen hatte. »Siehst du, dass du kein Mittel gegen mich hast?« Sie rammte ihm die Klingenspitze von unten durchs Kinn, so dass sie aus dem Kopf geschossen kam. Der Baron starrte sie aus weiten Augen an. »Du bist ein Niemand!«, schrie Sandrine und stieß ein hysterisches Lachen aus.

Die Symbole auf der Klinge leuchteten plötzlich auf. Das Strahlen drang durch die Haut des Vampirs und beleuchtete sein Gesicht von innen heraus, mit all den Blutgefäßen und Knochen. Er kreischte und versuchte, das Schwert aus seinem Schädel zu ziehen.

*Was passiert mit ihm?*

Sandrine warf sich nach hinten. Sie stützte sich mit den Händen ab und trat mit beiden Füßen gleichzeitig unter das Kinn des

Vampirs. Der harte Tritt riss dem Baron den Kopf ab und schleuderte ihn quer durch den Bildersalon, einen breiten roten Strich hinter sich herziehend.

»Ich habe dich besiegt!« Sandrine erhob sich und hätte in diesem Augenblick Berge mit der bloßen Faust zerschmettern oder die Sonne vom Firmament reißen können. »*Ich* habe *dich* besiegt, Judassohn!« Sie lief zum Kopf, packte den Schwertgriff und hob ihn damit in die Höhe. Das Leuchten hatte aufgehört, der Lebenssaft des Vampirs lief über ihre Hand den Arm hinab.

*Ich habe mein Versprechen gehalten. Du bist Vergangenheit!*

Sie vollführte eine schwungvolle Bewegung, und der Schädel wurde davongeschleudert. Sie fühlte sich befreit und gelöst.

»Sandrine!«, hörte sie Anjanka sorgenvoll von draußen rufen. »Bitte, sag ...«

»Alles ist gut!« Sandrine eilte auf die Tür zu, griff im Vorbeigehen die Silberhülle und steckte das Schwert hinein. »Hier! Hier bin ich«, jauchzte sie. »Ich habe beide umgebracht. Stell dir das vor, *beide!* Und ich vollbringe die herrlichsten Dinge!« Sie erreichte den Gang, wo die Tenjac vor dem Bildersalon ausgeharrt hatte, und schloss sie in die Arme, nackt und blutverschmiert. »Alle sind tot, Geliebte!« Sandrine konnte nicht anders, als sie leidenschaftlich auf den Mund zu küssen. Selten war sie sich lebendiger vorgekommen. Wären die Umstände anders gewesen, sie hätte sich sofort mit ihrer Geliebten in die Kissen begeben.

Anjanka drückte sie an sich. »Ich bin glücklich, dass dir nichts geschehen ist!« Es schien, als könnte sie nicht glauben, was sie da vernahm.

»Komm! Sieh dir sie an!« Sandrine zog sie nach vorne und zeigte in den Raum, wo die Leichen der beiden Vampire lagen. »Octavius: tot. Dieser ... Baron, das Kind des Judas: tot!« Sie lachte wieder überglücklich.

Anjanka schaute auf die blutigen Überbleibsel. »Du bist einmalig, mein Herz«, sagte sie begeistert. »Wie hast du ...«

»Ich kann mich unsichtbar machen, ich kann fliegen, ich bin schneller und stärker als die anderen, und ich ... ich ...« Sandrine wusste gar nicht, wo sie anfangen und wo sie aufhören sollte. Sie war übervoll, überbordend, ein leibhaftiger Überschwang.

Anjanka küsste sie und leckte sich anschließend das fremde Blut von den Lippen, verzog das Gesicht. »Upirblut schmeckt furchtbar.« Sie wischte es sich ab. »Lass uns verschwinden. Ich habe kein gutes Gefühl dabei, noch länger in diesem Palast zu verweilen.« Die Tenjac schmiegte sich an sie. »Brennen wir alles nieder!«

»Alles?« Sandrine sah die Bücher auf dem Tisch liegen, über die die Vampire gesprochen hatten. »Die nehmen wir mit! Es geht nun darum, *deinen* Dämon zu finden und den Pakt mit ihm zu brechen. Du sollst frei sein wie ich!« Sie nahm Anjankas Rucksack, eilte ins Zimmer, raffte die dicken Wälzer an sich. Einer nach dem anderen verschwand im Rucksack. »Wir können es schaffen. Mit diesem Schwert!« Sie pochte gegen die Silberscheide. »Wenn du gesehen hättest, was ich sehen durfte, wärst du ebenso zuversichtlich.« Schnell kehrte sie zur Geliebten zurück. »Los! Frankreich wartet auf uns!«

Die beiden rannten durch die Gänge und Räume und zündeten die Gardinen und die Möbel an, zerschlugen Petroleumlampen und legten Feuer an allem, was den Flammen als Nahrung dienen konnte.

Als sie den Palast verlassen hatten und durch den Garten liefen, drehten sie sich am Eingang zur Irrgartenhecke um.

Das herrschaftliche Anwesen brannte. Die Arbeiter waren verschwunden, der Turm und die Gerüste, die errichtet worden waren, loderten. Es knackte und prasselte laut. Tausendfache Funken flogen zum Himmel hinauf, tanzten bis zu den schwarzen Wolken, ehe sie erloschen.

»Denkst du, sie werden uns jagen?«, fragte Anjanka deutlich

nachdenklicher als zuvor. »Wird die Cognatio uns jagen, weil wir einen von ihnen getötet haben?«

»Wir gehen nach Westen, mein Herz. Alles andere«, Sandrine küsste sie lange auf den Mund, bevor sie weitersprach, »müssen wir auf uns zukommen lassen.«

Sie drehten sich um und tauchten ins Labyrinth ein.

## Spätherbst 1792,
## Tarascon, Südfrankreich

Sandrine stand auf dem Hügel und sah auf die Stadt am Fluss hinab, deren alte Stadtmauern sich emporreckten und Schutz versprachen.

*Herrlich!*

Sie lächelte. *Unbeschwert* war das Wort, mit dem sich das Leben von ihr und Anjanka am besten beschreiben ließ. Sie fühlten sich nahe der beschaulichen Stadt an der Rhône sicher wie niemals zuvor, obgleich die Revolution auch in Tarascons Mauern wütete. Aber vor Menschen hatte die Vampirin keine Angst.

*Nun rasch, sonst schließt Vignon wieder vor meiner Nase ab.*

Sandrine schob den Rucksack zurecht und eilte auf Tarascon zu, trat kurz darauf durch das Stadttor.

Die Revolution besaß durchaus Gutes. Nicht nur, dass das Volk sich gegenüber dem Adel und dem Klerus mehr Rechte nahm. Sie genoss es sogar, dass Tarascons Kapellen und Kirchen in Warenlager, Speicherkammern und sogar in Pferdeställe umgewandelt wurden.

Sandrine hatte Entscheidendes bemerkt: Das Kreuz verlor auf sie umso mehr seine abschreckende Wirkung, je weniger Menschen es anbeteten.

*Die Menschen nehmen sich das bisschen Schutz, was sie ge-*

*gen uns dämonische Kreaturen besitzen, selbst. Wenn sie wüssten, was sie sich antun, hätten die Kirchen mehr Zulauf.*

Die Wut der Menschen auf die verschwenderisch lebenden Mönche und Priester ging sogar so weit, dass alle öffentlichen Kreuze in der Stadt und an Wegen entfernt wurden.

*Keine Barrieren mehr. Es lebe die Revolution!*

Sie musste grinsen und spann den Gedanken weiter.

*Womöglich stecken französische Vampire dahinter. Die Schwächung oder gar die Abschaffung des Glaubens ist ein geschickt eingefädelter Plan, den sie in dem Durcheinander gut verbergen können.*

Jetzt lachte sie.

*Nein, das ist zu abwegig. Aber zutrauen würde ich es ihnen schon.*

Sandrine hatte ihre geliebte Arbeit als Sennerin wieder aufgenommen und verkaufte den Kräuterkäse an die Wirte und Krämer. Anjanka beschäftigte sich derweil intensiv mit den Büchern von Lydia Metunova und den Geheimnissen des Schwertes sowie der Dämonen. Sobald Sandrine Zeit entbehren konnte, beteiligte sie sich daran, aber die verschiedenen Sprachen bedeuteten ein Problem für sie.

*Heute Abend werde ich hören, was Anjanka Neues herausgefunden hat.*

Sie bog in die kleine Gasse, wo Monsieur Vignon sein Krämergeschäft betrieb. Er bezahlte ihr gute Preise, wobei sie nach wie vor auf Silbermünzen und nicht auf das Papiergeld bestand, dessen Wert zusehends verfiel. Deswegen war er der Einzige in Tarascon, der ihren Käse verkaufen durfte.

Sie öffnete die Tür.

Die kleine Glocke über der Tür verkündete bimmelnd die Ankunft einer Besucherin. Ein Hereinschleichen war unmöglich. Für einen Menschen.

»Bonjour, Monsieur Vignon«, rief Sandrine fröhlich. »Verzeihen Sie mir die Verspätung. Ich habe Käse dabei. Nur für Sie.«

Sie ging an den Tresen und stellte den Rucksack darauf ab. »Monsieur Vignon?«

Die Durchgangstür zum Lager war leicht angelehnt. Sie roch den Kellerduft und das Holz, aus dem die unzähligen Regale gebaut worden waren, die Gewürze und das Salz, die Farben, mit denen die Stoffe behandelt worden waren. Der Krämer verkaufte, was man im Leben brauchte.

*Wieso riecht es nach Blut?*

Schritte näherten sich der Tür, sie wurde aufgezogen.

Zwei fremde Männer in unauffälliger Kleidung betraten den Verkaufsraum. Einer blieb hinter dem Tresen, der andere begab sich zur Eingangstür und legte den Riegel vor.

Sandrine stellte den Rucksack ab. Die Unbekannten benahmen sich wie Verbrecher, die einen Überfall oder Schlimmeres begehen wollten oder begangen hatten. »Messieurs, was haben Sie denn im Lager gemacht? Sind Sie Angestellte von Monsieur Vignon?«

»Monsieur Vignon ist nicht zu sprechen«, sagte der Mann hinter der Theke und zeigte unverhohlen seine Reißzähne.

*Das hatte früher oder später geschehen müssen. Einheimische Vampire, die ihr Territorium beschützen, oder ...*

»Ihm ist übel geworden«, rief der andere von hinten. »Kleiner Schwächeanfall. Wegen Blutverlust.«

Sandrine fürchtete sich nicht vor ihnen, stattdessen machte sie sich Sorgen um Anjanka. Das Versprechen, sie niemals mehr allein zu lassen, hatte sie bereits zu oft brechen müssen. Die Tenjac hatte sie stets gehen lassen und sie sogar noch ermuntert. Heute könnte es sich als Fehler erweisen.

*Wir fühlten uns zu sicher.*

»Wir sind Boten der Cognatio und von Baron Illicz«, erklärte ihr der Vampir am Tresen, »und nicht hier, um dich oder dein Liebchen zu töten.«

»*Noch* nicht«, warf der andere wieder laut ein.

*Der lange Arm vom Bund der Sieben.*

Sie wartete ab, blieb gelassen und befürchtete, dass der nette Vignon tot im Keller lag. »Sag, was du sagen musst, und verschwinde.«

Er rümpfte die Nase. »Mein Herr lässt dir ausrichten, dass die Cognatio wegen des Mordes an Baron Rubin deinen Tod beschlossen hat. Du kannst der Strafe und der grundlegenden Rache jedoch entgehen, wenn du Baron Illicz sämtliche entwendeten Bücher und jegliches Wissen preisgeben wirst, das du erlangt hast. Im Gegenzug wird er sich für dich einsetzen.« Der Vampir nahm ein beschriebenes Blatt hervor, auf dem er sich Notizen gemacht hatte. »Folgendes ist von Relevanz: ein Trunk zur Verlängerung des Lebens, alle Wahrheiten zum Dämonenpakt und wie man sich daraus lösen kann, das Hornschwert, der Zahn des Dämons sowie die Bücher folgender ...«

*Was glauben die Cognatio und dieser Illicz, was sie sind?*

Sandrines Attacke erfolgte zu schnell für den Blutsauger vor ihr. Die Fingernägel der rechten Hand schlitzten seinen Hals auf, der nachfolgende mächtige Aufwärtshaken riss ihm den Kopf ab und katapultierte den Schädel bis an die Decke. Der enthauptete Körper klappte hinter dem Tresen zusammen; der Kopf schlug polternd irgendwo neben dem Regal mit den Seifen ein.

Langsam drehte sich Sandrine zu dem anderen Boten um. »Sag Baron Illicz, dass ich Europa verlassen werde. Mein Weg wird mich über Russland nach China führen. Jeder, der mich dabei aufhalten will, wird enden wie dein Freund.«

»Ja«, stammelte er und wagte es nicht, sich zu rühren. Ihm war ihre Überlegenheit drastisch vor Augen geführt worden.

Sandrine ging langsam auf ihn zu, geschmeidig wie ein Raubtier, und er wich zurück. »Sag ihm auch, dass ich die Artefakte irgendwo unterwegs verstecken werde. Sie interessieren mich nicht, denn ich diene schon lange keinem Dämon mehr. Wenn er sie haben will, soll er sie suchen.«

»Ja. Ja, wie du wünschst«, sagte er furchtsam.

Sandrine öffnete ihm die Tür. »Verschwinde. Du weißt, was du sagen sollst.« Der Vampir schob sich an ihr vorbei, hinaus in die Gasse, und eilte davon.

Sie gab sich keinerlei Illusionen hin. Illicz und die Cognatio würden weitere Vampire und Spione aussenden, um sie zu finden.

*Dann töte ich sie alle. Ich fürchte mich nicht mehr.*

»Monsieur Vignon?«, rief sie und legte den Riegel vor. Für Besuch war es ein ungünstiger Zeitpunkt.

Geantwortet wurde mit einem leisen Stöhnen.

*Sie haben ihn wirklich am Leben gelassen?*

»Monsieur Vignon, ich bin sofort bei Ihnen!«

»Mademoiselle Sandrine«, rief er schwach, »hier hinten bin ich. Man hat mich überfallen und ...« Er hustete. »... zerkratzt. Mon dieu, ich sehe aus, als hätte sich ein Rudel Wildkatzen über mich hergemacht.«

»Ich habe den Räuber gestellt«, gab sie grinsend zurück und ging an der kopflosen Leiche vorüber ins Lager. »Aber er ist leider tot, Monsieur.« Sie sah Vignon vor dem Regal mit dem Essig auf dem Boden sitzen und sich den Hals halten. Blut rann zwischen den Fingern hervor.

»Zeigen Sie mal.« Der Durst entstand wie von selbst, von einem Blinzeln auf das nächste. Mächtig, begehrend, schwer im Zaum zu halten. Sandrine schluckte den Speichel hinab, der ihren Mund flutete.

»Nur ein Kratzer. Sonst wäre ich schon lange verblutet.« Vignon ließ sich von ihr auf die Beine helfen. »Ach du Schreck! Sie sind ja auch voller Blut!«

»Es ist vom Räuber. Ich ...« Sandrine schaute auf das Rot, das sachte an seinem Hals entlanglief und unter dem Kragen verschwand. Sie streckte den Arm aus, ihr Zeigefinger rieb über die Haut und nahm von dem Blut auf. Vignon blickte sie fragend an.

*Frisch und warm.*

Ihr Verlangen nach dem Lebenssaft war nicht länger kontrollierbar. Die Gelegenheit war ungeplant, doch günstig, wie ihr die Gier zuflüsterte. Sandrine leckte ihren Zeigefinger ab und schloss genießend die Augen.

*Ich muss die Gegend ohnehin verlassen. Und der Schuldige fürs Volk liegt tot im Laden.*

Die Ausrede war gefunden.

»Verstehen Sie das, was ich tue, als größte Wertschätzung, Monsieur Vignon.« Sie hob die Lider und öffnete den Mund, die Zähne fuhren aus.

Sandrine machte sich unsichtbar und flog in Windeseile nach Hause, um nach Anjanka zu sehen.

*Was mache ich, wenn sie ihr etwas angetan haben?*

Als sie die Tür mit pochendem Herzen aufstieß, saß ihre Geliebte am Tisch, umgeben von Büchern und vielen losen Blättern, auf denen sie sich Dinge aufgeschrieben hatte. »Du bist früh zurück. Gab es dieses Mal keinen leckeren Wein bei Monsieur Vignon?«, fragte Anjanka, ohne aufzuschauen. Sie sah konzentriert auf die Seite, vor ihr lag ein Blatt Papier mit vielen durchgestrichenen Bemerkungen. »Aber ich freue mich dennoch, dich zu sehen.«

»Nein. Keinen Wein«, antwortete Sandrine. Die Wahrheit verschwieg sie. »Wir müssen gehen.«

Jetzt hob Anjanka neugierig den Kopf. »Wohin denn? Ist ein Fest in Tarascon?«

»Weg von hier. Zwei Boten der Cognatio haben mir bei Vignon aufgelauert. Einen habe ich mit einer Nachricht zu ihnen zurückgeschickt.«

Die Tenjac sackte zusammen und legte den Federkiel zur Seite. »Wir hatten es zu schön hier«, hauchte sie. »Wir werden immer auf der Flucht sein, nicht wahr?«

*Ich will sie nicht so traurig sehen!*

»Nein. Ich habe mir Gedanken gemacht. Wir müssen etwas tun, womit sie nicht rechnen: Wir gehen auf eine Insel.«

Anjanka lachte, bis ihr auffiel, dass Sandrine es ernst gemeint hatte. »Wie soll das gehen? Du kannst kein fließendes Wasser überqueren«, begehrte sie auf. »Es wird dein Ende sein, wenn du versuchst, über das Meer zu gelangen!« Sie nahm ihre Hand.

*Sie ist immer nur um mich besorgt und denkt viel zu wenig an sich. Sie ist das Beste, was mir passieren konnte.*

»Mag sein. Der unbezahlbare Vorteil ist: Dahin können uns die Kinder des Judas nicht folgen.« Sandrine langte in die Tasche und holte ein zerknülltes Journal hervor. »Das habe ich bei Vignon gefunden. Und ich will es wagen!«

Anjanka ließ ihre Hand los und überflog den Artikel, in dem es um ein Boot ging, mit dem man unter Wasser reisen konnte. Ihre Augen wurden immer größer. »Das ist nicht dein Ernst!«

»Mein *voller* Ernst.« Sandrine trat an den Tisch und packte die kostbaren Bücher zusammen, schlug sie in Wachspapier ein, damit sie vor Feuchtigkeit und Regen sicher waren. »Überlege: Die Einschränkung verlangt, dass ich mich nicht *über* fließendes Wasser *hinweg*bewege. Aber ich fahre damit *unter* Wasser. Verstehst du?«

»Natürlich verstehe ich. Und ... wenn es keine Lücke im Fluch ist und du stirbst?«

»Daran glaube ich nicht. Ich habe die Schwachstelle entdeckt. Du nimmst das Schiff.«

*Wenn sie nicht immer so zaudern würde!*

»Woher willst du das Boot denn nehmen?« Anjanka zeigte auf die Zeilen. »So etwas haben sie in Amerika, und nicht bei uns.«

»Ich lasse es anfertigen. Es ist genau beschrieben, wie der Tauchapparat funktioniert«, erwiderte Sandrine und verstaute die Bücher weiter. Sie ärgerte sich über die Zweifel ihrer Geliebten, auch wenn sie wusste, dass allein Sorge der Grund war. »Der

Antrieb erfolgt über Kurbeln, die wiederum Schrauben bedienen. Der Form nach gleicht das Boot einer Schildkröte oder einer Muschel. Es ist einfach: Zwei Holzhüllenhälften werden miteinander verbunden, mehr ist es nicht. Pech wird die Nähte abdichten. Darunter montiere ich den Ballasttank, und schon reise ich trocken auf die Insel.« Sie zögerte. »Irland wäre noch besser. Damit rechnet keiner aus der Cognatio, und wir sind für immer sicher!«

»Du bist ... keine Erfinderin«, stieß Anjanka ungläubig aus. »Was ist, wenn das Ding zerbricht? Du wirst in den salzigen Fluten vergehen, und ich sitze allein in einem fremden Land und muss um dich trauern, wie ich um niemand zuvor getrauert habe!«

*Was gäbe ich für mehr Wagemut in deinem Denken. Ich weiß, dass du genug vom Davonlaufen hast. Ich doch auch. Ein ruhiges Leben mit dir, mehr möchte ich doch nicht.*

Bei allem Unmut war Sandrine doch von dem Liebesgeständnis gerührt. »Bitte, vertraue mir und rede meinen Einfall nicht klein.« Sie ließ die Bücher und nahm Anjanka in die Arme, drückte sie. »Es wird alles gut«, beschwor sie ihre Freundin leise. »Ich bringe dich in den nächsten Tagen nach Calais. Du reist mit dem Schiff nach England und von da nach Dublin. Wir sehen uns wieder.« Sie küsste Anjanka und lächelte. »Nutze die Zeit gut! Sieh es von der Seite: Du kannst viel aus den Büchern lernen und erfahren und wirst nicht ständig von mir durch Liebesspiele abgelenkt.«

Anjanka versuchte sich an einem tapferen Lächeln. »Entschuldige, dass ich es dir und mir schwermache, aber du weißt, dass ich keine Kämpferin bin. Was ich mit dir erlebt habe, sprengt alles, was ich vorher getan habe. Ich ... fürchte mich so schrecklich, das Wichtigste und Wertvollste zu verlieren, das ich gefunden habe.«

Sandrine streichelte ihr hübsches Gesicht. »Ich liebe dich auch.

Gerade deswegen müssen wir an einen Ort, den unsere ärgsten Feinde nicht erreichen können.«

Anjanka nickte langsam. Es fiel ihr schwer, klein beizugeben.

Eine Stunde später hatten sie das Nötigste gepackt und ihr Zuhause verlassen.

***

# GESCHICHTEN AUS DEM LEBEN VON SANDRINE

# DIE GESCHICHTE VOM GROSSEN KURZEN GLÜCK

Frühsommer 1793,
Calais, Frankreich

*Ich hoffe, der Säufer ist endlich fertig geworden.*

Sandrine betrat ungehalten den Schuppen von Monsieur Charles Brieux. Er nannte es zwar gern Werkstatt oder gar Werft, aber mehr als ein paar senkrechte Bretter, die ein löchriges Dach hielten, war es nicht. Ein Bootsbauer, der kaum Aufträge bekam.

Inzwischen wusste sie auch, warum. Zum vierten Mal hatte der kurzhaarige blonde Mann, der Ende zwanzig war und seinen Tag mit einer halben Flasche Rotwein begann, sie vertröstet. Mit Bummelei gewann man keine Kunden. Damit hatte sich ihre Abfahrt aus der Hafenstadt Monat um Monat verzögert. Einen neuen Bootsbauer hatte sie jedoch nicht damit betrauen wollen. Zu viele Zeugen durfte sie nicht hinterlassen. Zu viele Morde auch nicht.

*Was tue ich ihm an, wenn er wieder nicht fertig geworden ist?*

»Monsieur Brieux?« Sandrine schloss das schiefe Tor hinter sich. Es stank nach Pech und Öl, das sich mit dem Geruch von frischen Holzspänen und Harz verband. Überall standen unfertige Boote herum, deren Auftraggeber abgesprungen waren. Kein einziges hatte er bislang zu Ende gebracht.

»Hier drüben«, kam seine Stimme aus dem hinteren Bereich, wo er die Esse eingerichtet hatte; dort bog er soeben eine nasse Holzlatte in Form. Er sah über die Schulter nach ihr. »Ah, Mademoiselle Sandrine«, sagte er dann freudig. »Haben wir schon Ende der Woche?«

*Er hat es schon wieder nicht fertiggebracht! Es ist mein einziger Ausweg. Anjanka wartet auf mich, ich vergehe vor Sehnsucht und Verlangen, aber er bekommt seinen dürren Arsch nicht hoch!*

»Wäre ich sonst hier?«, gab sie zurück und ließ ihn die Ungehaltenheit spüren. Es war warm, und sie zog ihr dunkelbraunes Cape aus; darunter kam das einfache weiße Kleid zum Vorschein. Das Hornschwert verbarg sie im Cape und deponierte es in ein unfertiges Bootsgerippe.

Brieux legte das Holz zur Seite und wischte sich die Hände am Lederschurz ab. »Ich höre, dass du schlechte Laune hast.«

Sandrine mochte es nicht, dass er sie so vertraut ansprach, aber der Revolution fiel unter anderem auch die Höflichkeit zum Opfer. Alle waren gleich, sagte sich das Volk. Und so wurden alle geduzt, gleich welchen Standes sie waren oder ob man sich mochte oder nicht. »Ich habe doch allen Grund, nicht wahr? Ich habe dir gutes Geld bezahlt, Gold- und Silbermünzen, damit du meine *tortue* baust! Und ich warte schon viel zu lange darauf!«

Brieux lachte und zeigte auf das Gebilde, über dem ein Tuch hing. »Immer mit der Ruhe.« Sie hatte es für ein Weinfass gehalten. »Die Mechanik machte mir die meisten Probleme. Ob es wirklich dicht ist, wirst du erst sehen, wenn du es zu Wasser gelassen hast. Aber ich schwöre, dass ich alle Nähte und Spanten dreifach mit Teer und Pech behandelt habe. Innen und außen. Du erstickst eher an dem Gestank.« Er nahm sie am Arm, geleitete sie zum verhüllten Unterwasserboot und zog die braunfleckige Segeltuchplane herab. »Voilà! La *tortue!*«

*Mein Gefährt zu Anjanka!*

Sandrine strahlte. Das Boot sah genauso aus, wie es auf der Zeichnung abgebildet gewesen war: ein großes Fass mit Schaufeln sowie einem Ruder am Ende und vorne zwei gläsernen Einsätzen, damit sie sah, wohin sie unter Wasser fuhr.

*Es wird mich an mein Ziel bringen! Ich weiß es!*

»Sehr gut, Monsieur Brieux! Man kann sich auf dich verlassen – sofern man Zeit hat.« Sie sprang aus dem Stand hinauf, öffnete die Luke und ließ sich hineingleiten.

*Die Erfüllung meines Traums und der Zugang zu einer besseren Zukunft mir ihr!*

Sandrine saß regungslos, ließ die *tortue* auf sich wirken. Es war eng und stickig im Innern, zwei Halterungen für Kerzen waren neben dem kopfgroßen Kompass angebracht. Die Ausdünstungen von Teer und Pech stellten ihr die Luft ab. Sie untersuchte die Nähte. »Leuchte von außen mit einer Blendlaterne«, rief sie hinaus.

»Sehr wohl«, gab er zurück. Am Lichtschein durch Luke und Bullaugen sah sie, dass Brieux mit dem Licht um das Unterwasserboot marschierte. Aber die Strahlen offenbarten keinerlei Schlitze, durch die das Wasser sickern konnte. »Danke«, rief sie. »Es scheint dicht zu sein.«

»Das denke ich auch«, antwortete er lachend. »Ich muss dir nicht erklären, wie es funktioniert, oder?«

»Nein. Du hast die Pläne von mir bekommen, Idiot«, murmelte sie und prüfte die Stabilität der Pedale, mit der die Schrauben angetrieben wurden. Alles saß fest und wackelte nicht.

*Er ist sein Geld doch wert.*

Sandrine kletterte hinaus und blieb obenauf sitzen. Sie fühlte sich aufgekratzt und mit Tatendrang angefüllt. Am liebsten wäre sie sofort in See gestochen. »Sehr gut, Monsieur Brieux.« Sie langte in die Umhängetasche und nahm das Säckchen mit dem ausstehenden Lohn heraus. »Bitte sehr. Auch wenn niemand mehr etwas von Königen wissen will, nehme ich nicht an, dass du goldene Louisdor verschmähst.«

»Da werde ich glatt zu einem Royalisten. Ich scheiße auf die

Assignaten.« Er fing es auf und steckte es unter die Schürze. »Den Karren, mit dem man die *tortue* transportiert, habe ich dir auch angefertigt, wie versprochen. Er steht hinter der Werkstatt. Du brauchst ein Pferd zum Einspannen.«

»Sehr gut.« Sie sprang auf den Boden, mitten in die Sägespäne, und ging durch den wirbelnden Holzstaub zum Tisch. An der Wand davor hingen die Konstruktionspläne, die sie einen nach dem anderen abnahm und einsteckte. Dabei fiel ihr auf, dass die Linien eingedrückt waren.

*Jemand hat sie nachgezogen!*

»Du hast über mein Gefährt geschwiegen, wie wir es vereinbart hatten?«

»Sicher, Mademoiselle.« Brieux verschränkte die Arme vor der Brust. »Was machst du mit dem Unterwasserboot?«

*Er versucht abzulenken. Gut, dann tue ich so, als gelänge es ihm.*

»Ich bin Forscherin«, erwiderte Sandrine, »und will neue Fischsorten aufspüren. Das Gefährt wird mir dabei helfen.«

»Wäre es nicht einfacher, sie mit Netzen zu fangen?« Er pochte gegen die hölzerne Hülle. »Damit wirst du nicht schnell genug sein, um ihnen zu folgen. Und wenn dich ein Wal frisst?«

Sie lachte. »Das passiert schon nicht.«

»Die Geheimnistuerei ist trotzdem ...«

»Es gibt Kollegen, die liebend gern auch so etwas hätten, um mir zuvorzukommen. Das ist alles.« Sandrine mochte den Ausdruck in seinen wässrig blauen Säuferaugen nicht. »Damit wir uns verstehen, Brieux: Du hast deinen Lohn für Arbeit und Schweigen bekommen.«

»Sicher, Mademoiselle.« Er grinste. »Sicher.«

*Das glaube ich dir nicht.*

Sie nickte und ging zum Hinterausgang, wo der Karren stand. »Wie bekomme ich die *tortue* drauf?«

»Mit der Winde«, rief Brieux. »Warte, ich helfe dir.« Aus dem

Schuppen klirrte es, eine Kette lief über mehrere Rollen. »Was sagst du zu den Neuigkeiten in der Stadt?«

Sandrine wusste nicht genau, was er meinte. Sie öffnete das kleine Tor und trat ins Freie, sah den Karren und schob ihn in die Scheune. »Welche denn?«

Das Unterwasserboot hing bereits an einem Haken und war von Brieux mit dem Flaschenzug nach oben gehievt worden. »Sag nur, das ist dir entgangen?«

»Wegen der Freiwilligen, die sie für das Revolutionsheer einziehen? Der Revolutionsrat hat so etwas beschlossen, oder?« Sie schob den Karren in Position. »Ich habe gehört, es hat in der Nähe deswegen Unruhen gegeben.«

»Nein. Für die Revolution und den Erhalt meiner Freiheiten würde ich gern gegen die Briten und andere ausziehen!« Brieux zog die Nase hoch und spuckte aus. »Die Morde, die seit Wochen in Calais geschehen. Die Leichen mit den aufgerissenen Hälsen.«

*Merde! Aber ich bin es nicht gewesen!*

Sandrine wäre um ein Haar zusammengezuckt. »Wilde Hunde?«, schlug sie vor. »Oder eine brutale Räuberbande?« Sie war sich keiner Schuld bewusst, da sie ihren Durst ganz bewusst kontrollierte und nur von den Bettlern trank. Auch wenn es sonst nicht ihre Art war, doch sie wollte Aufmerksamkeit vermeiden. Sandrine hatte Angst, dass man auf der Suche nach Mördern jeden Stein umdrehen und dabei die *tortue* entdecken würde. Jetzt sorgte ein anderer für Aufruhr in Calais.

Sie erinnerte sich. Den Wunden der Toten nach, wie sie in den Gazetten beschrieben wurden, konnte es ein Kind des Judas sein, das sein Unwesen trieb. Sie wusste genau, warum der Vampir in die Stadt gekommen war.

*Die Cognatio lässt mich wirklich verfolgen. Aber ich werde dem Mörder bestimmt nicht zum Opfer fallen.*

»Es sind die Briten«, sagte Brieux und ließ die *tortue* herab; sanft setzte sie in den Halterungen auf. Das Holz knarrte.

»Bei den Heiligen! Warum sollten die Engländer das tun?«

»Um uns mürbe zu machen. Sie sind die ärgsten Feinde unserer Revolution und unserer Errungenschaften.« Brieux warf Seile über das Unterwasserboot, Sandrine zurrte sie auf ihrer Seite fest, damit es nicht während der Fahrt herunterrollen konnte. »Calais ist eine wichtige Stadt mit einem wichtigen Hafen. Wenn sie einen Angriff planen, würde ich das im Vorfeld genauso machen.«

»Die Menschen umbringen?« Sie lachte ihn aus. »Auf diese Weise würde es ganz schön lange dauern. Wie viele Tote gab es bislang: sieben, acht?«

*Vielleicht hätte ich mehr Aufmerksamkeit auf die Morde legen und den Vampir stellen sollen. Jetzt lohnt es sich nicht mehr.*

»Seit Jahreswechsel dreiundzwanzig«, sagte er sofort. »Die Taktik ist gut: Sie versetzen die Menschen in Angst, so dass nachts keiner mehr vor die Tür geht. Dann können sie fast ungesehen mit ihren Schiffen über den Kanal kommen und uns überrumpeln.«

»Aha.« Sandrine ließ ihm seine eigenwillige Ansicht. Sie war froh, dass sich Anjanka im sicheren Königreich Irland befand und sie auf ihre Geliebte nicht achtgeben musste. Das Meer bedeutete den besten Schutz vor der Cognatio.

*Es ist an der Zeit, zu ihr gelangen. Sollen die Judasbastarde ganz Calais ausrotten, wenn sie denken, dass sie mich damit in die Finger bekommen.*

Sie holte tief Luft.

*Es wird Zeit, dass ich Anjanka in die Arme schließen darf. Ich will sie endlich wieder lieben.*

Brieux kam um das Gefährt herum und betrachtete es noch einmal. »Gut. Dann wünsche ich dir viel Spaß bei der Jagd nach Fischen. Und solltest du an einem englischen Schiff vorbeikommen, spreng es in die Luft!«

*Eine Frage gibt es noch zu beantworten.*

Sie lächelte ihn kalt an. »Bevor ich gehe, möchte ich wissen, warum du meine Konstruktionspläne kopiert hast.«

»Was?« Er markierte den Unschuldigen. »Das würde ich niemals ...«

»Weißt du nicht, dass Lügner in die Hölle kommen?« Sandrine packte ihn mit einer Hand, hob ihn hoch und setzte ihn mit dem Hintern voran in die Esse, der rechte Fuß betätigte den Blasebalg. Fauchend schoss die Luft in die Kohlen und feuerten sie, die Flämmchen züngelten an ihm hoch. »Empfange einen Vorgeschmack auf das Fegefeuer, das dich peinigen wird!«

Brieux schrie und versuchte, ihren Griff zu sprengen, doch es gelang ihm nicht. Es roch nach Gebratenem und verbrannter Haut. Teile seiner Kleidung und die Haare am Hinterkopf fingen Feuer.

Sandrine hielt ihn unerbittlich auf der Esse. »Möchtest du deine Seele retten, sprich die Wahrheit, Brieux!«

»Ja, ja!«, brüllte er und schlug auf seine kokelnden, schmurgelnden Haare ein.

Sie riss ihn herab und schleuderte ihn auf den Boden, nahm den Wassereimer und goss den Inhalt über den Bootsbauer. Die Feuer an ihm erloschen. Die Glut hatte Löcher in die Kleidung und die Haut gefressen. »Also, warum?«, wiederholte sie. »Und glaube mir, dass ich deinem unverbrannten Fleisch das irdische Fegefeuer wieder zeigen werde, wenn ich merke, dass du mich anlügen willst, Bastard. Dieses Mal fange ich mit deinem Gesicht an.«

»Für die Revolution!«, jammerte er mit zusammengepressten Zähnen. Rauch stieg rings von ihm auf. »Wenn die Engländer uns angreifen, sind diese Unterwasserboote perfekt, um Sprengladungen an den Rümpfen anzubringen. Wir können die Feinde versenken, bevor sie bei uns sind.«

»Und wem wolltest du sie geben?«

Brieux wimmerte.

»Wem?«, schrie sie ihn an und trat auf den Blasebalg. Fauchend schossen Funken aus den glühenden Kohlen empor. »Denke an dein Gesicht und deine Seele!«

»Dem Überwachungsausschuss! Dem Überwachungsausschuss von Calais!«, stieß er ächzend hervor.

»Hast du sie schon abgeliefert?«

»Nein! Nein! Ich wollte dich beobachten, wenn du damit in See stichst, ob die *tortue* überhaupt etwas taugt. Wenn du abgesoffen wärst, hätte ich sie vernichtet.« Brieux zeigte auf den Schreibtisch. »In der Schublade sind sie.«

Sandrine ging zum Tisch und schleifte den Mann hinter sich her, der jedes Mal vor Schmerzen aufschrie, wenn sein blankes, verbranntes Fleisch mit dem rauhen Boden in Berührung kam. Sie riss die Schubladen heraus. Die durchgepausten Pläne waren wirklich darin und landeten gleich darauf auf dem Kohlenbett, wo sie in einer kleinen Lohe vergingen.

*Er wird nicht schweigen. Dafür ist er ein zu eifriger Revolutionär.*

Sie richtete den Blick auf den Bootsbauer. »Ich verlasse dich jetzt, Charles. Aber ich möchte dir einen Kuss als Dank für deine Ehrlichkeit geben. Einen besseren wirst du nie mehr erhalten.«

Sandrines Kopf schnellte nach vorne, die Fänge bohrten sich in den Hals. Sosehr Brieux zappelte und auf sie einschlug, es nützte nichts. Nach einem kurzen Moment war er sein Blut los und ihr Durst gestillt.

*Nicht das Beste, aber doch angenehmer als der dünne Saft der Bettler.*

Sandrine warf ihn mit dem Oberkörper voran in die Esse und betätigte den Blasebalg. Die unglaubliche Hitze würde den Leichnam rösten, verbrennen und ihre Bissspuren verdecken. Ob der Schuppen abbrannte oder nicht, kümmerte sie nicht. Sie schnallte sich das Schwert um, legte das Cape um und packte den Karren. An der Deichsel zog sie ihn aus der Werkstatt, im Freien warf sie die Plane wieder über die *tortue.*

Die zweite Phase ihres Plans begann.

Unweit von Calais gab es ein paar kleine Weiher, wo sie die Dichtigkeit überprüfen wollte. Stehendes Wasser bedeutete keine Gefahr für sie. An einem von ihnen hatte sie in nächtelanger Arbeit eine Rampe errichtet, wo sie die *tortue* einsetzen konnte. Gelang der Test, würde sie in See stechen.

*Er wird gelingen. Ich habe keinen Zweifel an den Plänen.*

Sandrine kam gut voran und verließ das Viertel der kleinen und großen Werften.

Die Straßen und Gassen waren beinahe wie zu Pestzeiten verlassen. Mit einem hatte Brieux recht gehabt: Die bestialischen Morde hatten die Einwohner in die Häuser getrieben, wo sie sich geschützt fühlten. Das Rattern der Räder schallte umso lauter von den Wänden zurück. Die wenigen Menschen, an denen sie vorübereilte, warfen ihr manchmal befremdete Blicke zu. Sie fragten sich, wie eine zierliche Frau einen Pferdekarren mit erkennbar schwerer Last durch die Gegend ziehen konnte.

*Glotzt nur. Ich werde euch die Lösung des Rätsels nicht verraten.*

Vor ihr erschien eine Gestalt in einem langen schwarzen Mantel und blieb mitten auf der Straße stehen. Die rechte Hand war auf einen Ebenholzstab gestützt, die Haare waren unter dem Dreispitz verborgen.

Sandrine erkannte den Mann sofort. »Monsieur le Comte!« Ihr Herzschlag beschleunigte sich. Ihr letztes Zusammentreffen mit ihm war zwar friedlich verlaufen, aber sie hatte die Vorahnung, dass es diesmal anders ausgehen würde.

*Anjanka hat ihren Arm durch eine seiner Bestien eingebüßt. Heute hat er es auf mich abgesehen. Aber warum?*

Sie setzte die Deichsel ab und wartete ebenfalls. Noch verzichtete sie darauf, das Schwert unter ihrem Cape hervorzuziehen.

Hinter ihr erklang das Trappeln von leisen Pfoten. Es rumpelte hölzern, und ein Grollen tönte von oben auf sie herab. Sie musste sich nicht umwenden, um zu wissen, dass ein weiterer Loup-Garou sich auf der *tortue* niedergelassen hatte.

*Das erklärt die Morde in Calais. Sie sind es gewesen!*

Sandrine fühlte sich durch ihre Kräfte und die Macht des Hornschwerts überlegen. Sie würde es mit einem ganzen Rudel Werwölfe aufnehmen, wenn es sein musste.

»Ihr habt mich gesucht?«, rief sie. »Eure Diener haben mit ihren Taten in der Stadt von sich reden gemacht.«

De Morangiès wirbelte mit dem Stock. »Nein«, gab er zögernd zurück. »*Dich* habe ich nicht gesucht. Jedenfalls nicht direkt. Aber ich nehme für meine Rache mit dir vorlieb, wenn ich sonst niemanden geboten bekomme.«

»Rache, mon Seigneur?«, antwortete sie verdutzt. »Was habe ich Euch getan? *Ihr* habt meiner Geliebten den Arm genommen, von daher müsste ich ...«

»*Dir* muss ich es nicht erklären. Du verstehst es nicht.« Der Gehstock kam zum Halten. Es klickte, und de Morangiès zog ihn auseinander; im Innern lag eine lange, schmale Klinge verborgen, auf der Symbole eingeätzt waren.

*Christliche Symbole!*

»Dennoch wirst du sterben, Sandrine. Du hast mich lange genug zum Narren gehalten.« Er näherte sich, warf den Dreispitz achtlos auf die Straße und ließ den Mantel herabgleiten. »Wie du es angestellt hast, weiß ich nicht. Aber damit ist es vorbei.«

*Was geht hier vor? Hat die Cognatio ihn mir auf den Hals gehetzt?*

»Comte, ich habe Euch nichts getan«, beteuerte sie.

De Morangiès griff sie mit der Klinge an, ohne ein weiteres Wort der Erklärung von sich zu geben.

Sandrine zog das Hornschwert und parierte die Attacke. Die Zeichen erstrahlten, als die beiden Klingen aufeinanderprallten.

Ihr Gegner ließ sich von dem Lichtspiel nicht beirren und deckte sie mit einer Reihe von Schlägen ein. Sie merkte, dass er als Adliger im Gegensatz zu ihr eine Fechtausbildung genossen hatte. Was ihr an Wissen fehlte, machte sie durch ihre Geschwindigkeit wett.

*Lass dich nicht von seinem Schwert treffen. Womöglich vermag es ähnliche Dinge wie deins.*

Sandrine wich zur Seite aus und wollte sich unsichtbar machen, um den Kampf mit einem Angriff aus dem Hinterhalt zu Ende zu bringen, als sich zwei Klauen wie gezackte Stahlklammern um ihren Hals legten und zudrückten. An den Loup-Garou hatte sie zu spät gedacht!

De Morangiès schlug nach ihr.

Hastig drosch sie das gegnerische Schwert zur Seite, doch es schrammte ihr über die Bauchdecke. Sandrine dachte, dass der flache Schnitt mit brennendem Petroleum ausgefüllt worden wäre, und schrie vor Schreck und Schmerz gleichzeitig auf.

»Die geweihte Klinge«, stieß er grimmig hervor, »macht dir zu schaffen, Blutsaugerin!« Der Comte setzte zu einem geraden Stoß gegen ihr Herz an. »Stirb!«

*Aber nicht durch dich!*

Die Klauen hielten sie fest im Griff, also blieb ihr nur eine Wahl: Sandrine sammelte ihre Konzentration und vollführte ihren besten und anstrengendsten Trick. Sie wechselte in die Windgestalt.

Das Schwert fuhr im selben Moment durch ihren schimmernden Körper und durchbohrte das leere Kleid sowie den Loup-Garou, der mit einem Aufheulen zurücksprang. Die Wunde schloss sich wieder, weil die Waffe nicht aus Silber bestand.

Sandrine ließ sich in die Höhe steigen und blickte auf die Feinde herab. De Morangiès und die weiße Halbbestie, deren Augen rot leuchteten, sahen beide zu ihr hinauf.

*Was tue ich?*

Der Mann hob das Hornschwert auf und zog das Tuch vom Karren, während der Loup-Garou nach ihr schaute. »Was ist das für ein Vehikel?« Er hieb einmal dagegen, ein fingerlanges Holzstück wurde herausgeschlagen.

*Er darf es nicht zerstören!*

Sandrine landete auf einem Hausdach und schlich zu den Kaminen. Es kostete sie kaum Kraft, sie nacheinander zum Umkippen zu bringen und die Backsteine auf Mensch und Bestie niederprasseln zu lassen; dumpf rumpelnd ging der rotschwarze Hagel auf sie nieder.

In diesem Durcheinander machte sie sich unsichtbar, kehrte blitzschnell auf den Boden zurück und nutzte die Ablenkung, um sich der Bestie von hinten zu nähern.

*Rache für Anjankas Leid!*

Sandrine streckte die Hände aus, um ihr das Genick zu brechen. De Morangiès war noch damit beschäftigt, den Geschossen zu entgehen, und verschwand in einer Staubwolke.

Doch die Ohren des weißen Loup-Garou waren gut. Bevor Sandrine ihn erreicht hatte, fuhr er herum und schnappte nach ihr.

Die Zähne verbissen sich in den rechten Arm, er schüttelte knurrend den Kopf und hobelte das Fleisch herunter. Unter dem Druck der Kiefer brachen Ellbogen und Unterarm.

Sandrine schrie und wurde sichtbar, setzte zu einem Schmetterschlag zwischen die Augen der Bestie an. Aber das Rütteln und Reißen an ihr ließ den Hieb fehlgehen. Die Faust traf die Schulter.

Der Loup-Garou biss nach, zielte auf ihre Kehle.

Sandrine musste erneut ihre Windgestalt annehmen, sonst wäre ihr Hals zerfetzt worden. Klickend schloss sich die Schnauze um nichts, ein enttäuschtes Grollen erklang.

*Lange halte ich es nicht mehr durch!*

Sie hatte ihre Kräfte zu sehr beansprucht, die Wunde am

Bauch und der Arm machten ihr zu schaffen. Die Selbstheilung und das Annehmen der Windgestalt kosteten sie ungeheure Energie, und Sandrine spürte bereits den gierigen Durst. Nach zwei Lidschlägen nahm sie erneut feste Form an. Länger wäre es nicht mehr gegangen, und sie keuchte wie nach einem langen Spurt.

*Ein rascher Sieg muss her.*

Mit wütendem Gebell warf sich die Bestie ihr entgegen.

Sandrine drückte sich ab, sprang auf die *tortue* und von da gegen den Comte. Sie riss ihn zu Boden und packte ihr Hornschwert mit dem gesunden Arm. Sie hatte den Adligen überrascht und konnte ihm die Waffe entreißen. »Das Schwert gehört mir!«

Von rechts flog ein heller Schatten heran.

Aus einem Reflex heraus schlug Sandrine zu und hackte der weißen Bestie in die rechte Flanke.

Die Intarsien der Waffe leuchteten auf. Sie verflüssigten sich blitzschnell und schossen in den Loup-Garou, der aufjaulte und ermattet auf das Pflaster prallte. Er hatte nicht einmal versucht, den Sturz abzufangen.

Sandrine blieb keine Zeit, sich über den kleinen Sieg zu freuen. De Morangiès attackierte sie bereits.

Von irgendwoher erklangen die ersten alarmierenden Rufe von Leuten, die das Gefecht beobachtet hatten.

Sie kreuzten mehrmals die Klingen, dann rutschte der Comte unvermittelt auf den feuchten Steinen aus und verlor das Gleichgewicht.

*Jetzt!*

Sie versetzte ihm einen Tritt, der ihn rücklings gegen den Karren schleuderte, und schlug gleichzeitig zu. Sandrine hatte genau gezielt.

Das immer noch quecksilbrig leuchtende Schwert fuhr ihm durch die rechte Schulter, durchtrennte sie zur Hälfte; mitsamt dem Arm klatschte sie neben dem Rad nieder. Aus den Fingern löste sich seine Waffe. Entsetzt starrte De Morangiès auf die Wunde, die wie kauterisiert wirkte.

»Ihr oder einer Eurer Diener habt meiner Geliebten die Schulter und den Arm genommen«, sagte Sandrine keuchend und stand schwankend vor ihm. »Das Gleiche habe ich Euch angetan, mon Seigneur.«

De Morangiès kippte zur Seite und fiel auf die Straße, öffnete den Mund. Ein Schrei gelang ihm nicht.

»Was immer Ihr mir anlasten wollt, mon Seigneur, ich weiß es nicht.« Sie steckte das Schwert in die Scheide und packte die Deichsel, hob sie mit Mühe auf. Die Verletzungen am Arm waren bereits geheilt, nur die Wunde am Bauch schmerzte. »Vergesst mich. Wir werden uns nicht mehr sehen.« Sandrine stapfte los.

Der weiße Loup-Garou hatte sich in eine Frau verwandelt, aus deren Augen, Nase und Mund silbrige Flüssigkeit quoll, als wäre sie mit Quecksilber aufgefüllt worden und übergelaufen. Ihr Blick war gebrochen.

Als Sandrine sich einige Straßen weit entfernt hatte, hörte sie de Morangiès' langgezogenen, gequälten Schrei.

Während sie sich beeilte, zum Tor hinauszugelangen, änderte sie ihren Plan. Auf eine Überprüfung der *tortue* musste sie verzichten. Es war zu gefährlich und würde zu lange dauern. Der Kampf war gesehen worden, und angesichts der Morde in der Vergangenheit würde sich Calais gleich in Aufruhr befinden.

*Bis ich an der Mauer angekommen bin, sind die Tore schon geschlossen.*

Sandrine machte kehrt und hetzte mit der *tortue* hinunter an den Hafen, wo die großen Reparaturwerften standen. Sie besaßen Flutbecken, in denen die Schiffe im Trockenen instand gesetzt wurden. Nach der Fertigstellung gelangte das Wasser durch einen Kanal hinein, und das Schiff wurde hinausgeschleppt.

*So wird es funktionieren.*

Sie widersetzte sich dem Zwang, sich noch etwas zu trinken zu suchen und den Durst nach Blut zu stillen.

*Auf See wird sich ein Schiff finden, das ich aufbringen kann.*

Sandrine erreichte die menschenleere Werft. In einem der Trockendocks stand ein Schiff, doch es spielte für sie keine Rolle. Der Platz reichte aus, um die *tortue* zu wassern.

Hastig öffnete sie die Schieber, und das salzige Meerwasser rauschte schnell und schäumend in das Becken. Derweil schob sie den Karren an, schwang sich auf das Unterwasserboot und durch die Luke ins Innere, klappte sie zu und verriegelte sie mit dem Handrad.

Der Karren rollte über den Rand und fiel hinein. Sandrine wurde in der *tortue* durchgeschüttelt, stemmte sich mit Armen und Beinen gegen die Seitenwände.

*Das hat geklappt.*

Als das Wasser um die vorderen Bullaugen schwappte, öffnete sie mit einer weiteren Kurbel den unten angebrachten Ballasttank. Gluckernd füllte er sich und zog das Gefährt in die Tiefe. Vor ihr lag der Kanal, der sie hinaus in die See brachte. Noch befand sie sich in stehendem Gewässer.

*Also gut.*

Sandrine setzte sich und trat in die Pedale; quietschend drehte sich das Schraubengestänge.

*Hoffentlich hat mein rabiates Wassern keinen Schaden angerichtet.*

Die *tortue* nahm Kurs auf den Hafen und gelangte unter der Oberfläche schnell vorwärts.

Nun bekam Sandrine Angst. Fließendes Wasser war für sie wie ätzende Säure und würde sie auflösen, vermutlich schnell und furchtbar schmerzhaft. In der beengten *tortue* gab es im Notfall keinerlei Entkommen für sie.

*Reicht ein Tropfen schon aus, um mir zu schaden, oder muss ich von einem Strahl getroffen werden? Wenn Brieux doch einen Fehler begangen hat?*

Misstrauisch sah Sandrine zu den pechversiegelten Nähten. Sie hatte allen möglichen Bestien getrotzt, war de Morangiès entgangen und hatte sich ihm gegenüber großzügig gezeigt. Ja, sie hatte mächtigen Vampiren widerstanden – doch diese Furcht vor dem Wasser zerrte unfassbar an ihren Nerven.

*Gleich wird sich zeigen, was meine Überlegung zum Fluch und wie man ihn umgehen kann wert gewesen sind.*

Die helleren Kanalwände schwanden um sie herum, und sie sah mit einem Mal nichts als Schwärze. Sandrine lauschte mit angehaltenem Atem in sich, ob sie ein Zeichen spürte. Ob ein Zerfallsprozess begann. Ob der Fluch sie ereilte und sich nicht täuschen ließ.

Aber es ereignete sich nichts.

*Es sieht gut aus.*

Sie strampelte, und es ging weiter vorwärts, hinauf aufs offene Meer. Für Sandrine war es, als wäre sie von Säure umgeben.

Es rumpelte, die *tortue* geriet ins Schlingern. Erschrocken wartete sie, was geschah.

*Was ist, wenn mich ein Stück Treibholz rammt und das Glas zerschlägt?*

Sie dachte sich in ihrer Furcht die schrecklichsten Szenarien aus: von Schiffen überfahren und von deren Rümpfen zerdrückt, in Netzen verfangen und versenkt, von Walen angegriffen, an Riffen zerschellt. Und immer landete sie dabei im Meer, das sich schäumend auf sie warf und sie auslöschte, so dass nicht einmal Knochen übrig blieben.

*Es sind so viele Dinge, die nicht in meiner Hand liegen.*

Sandrine ängstigte sich ohne Unterlass und wusste nicht, zu wem sie um Beistand beten sollte. Gott würde eine Kreatur wie sie nicht anhören, und dem Dämon konnte es gleich sein, ob sie verging oder nicht. Die Furcht würde bleiben, bis sie wieder festen Boden unter den Füßen hätte.

Gleichzeitig war sie erfüllt von unbändigem Stolz auf sich selbst: Sie war dabei, der Barriere ein Schnippchen zu schlagen!

### Frühsommer 1793,
### Irlands Südküste, Königreich Irland

Sandrine strampelte mit schmerzenden Beinen, doch die *tortue* bewegte sich nicht in die Richtung, in die sie eigentlich steuern sollte. Allerdings konnte das kleine Unterwasserboot nichts dafür. Es waren stärkere Mächte am Werk.

*Es lief so gut!*

Kurz vor der Küste kam das, wovor sich Sandrine unentwegt gefürchtet hatte: ein Sturm. Am frühen Abend waren die ersten Wolken aufgezogen, und das Meer hatte sich gehoben und gesenkt wie die Brust eines schnell atmenden Lebewesens.

Sandrine schwamm mit der *tortue* an der Oberfläche in der Hoffnung, schneller voranzukommen, aber die Strömungen und der starke Seegang machten sie zum Spielball der Wogen. Anscheinend hatte der Fluch Mitleid mit ihr, denn obwohl sie den Schutz des Meeres verlassen hatte, verging sie nicht. Sie vermutete, dass es mit der geschlossenen Kapsel der *tortue* zu tun hatte. Genau wissen wollte sie es auch nicht, solange es nur gutginge.

Eine Welle hob die *tortue* an, den schwarzen Wolken entgegen, in denen es blitzte und leuchtete, bevor die Fahrt senkrecht nach unten ging.

Sandrine kannte den wilden Ritt bereits.

*Dieses Mal breche ich mir nicht wieder Arm und Bein.*

Sie stemmte sich gegen die Seitenwände, während das Unterseeboot vornüberkippte und in eine Rollbewegung geriet. Sie wurde heftig umhergeschleudert und schloss die Augen; das

Drehen ließ sich auf diese Weise besser ertragen. Dann endete das Kreiseln und ging in ein Hüpfen über.

*Mir ist schlecht ...*

Sie öffnete die Augen wieder – und erkannte durch die kleinen Bullaugenfenster hochsprühende Gischt, die weit vor ihr aufstieg.

*Ein Riff!*

Sandrine musste das Erbrechen unterdrücken.

*Ich werde tauchen müssen. Danach versuche ich, an der Küste vorbeizukommen.*

Sie flutete den Ballasttank mit Hilfe der kleinen Pumpe, und die *tortue* senkte sich unter die tobende See. Allerdings machte sie nach sieben, acht Schritten unter der Oberfläche einen Satz vorwärts und wurde tiefer gezogen.

*Noch eine Strömung!*

Sandrine warf sich in die Pedale und versuchte zu verhindern, dass das Unterwasserboot in die Tiefe gerissen wurde. Das Holz ächzte, der Druck erhöhte sich und stellte das Material auf die Probe. Sosehr sie zu steuern versuchte, laut Kompass hielt sie weiterhin auf die Küste zu. Und damit auf das Riff.

Ihr wurde nun schlecht vor Angst. Die Tiefe drohte die *tortue* zu zermalmen, und wenn Sandrine sich doch aus der Strömung befreien konnte, lauerte das Riff, an dem das Boot zerschnellen würde.

*Scylla und Charybdis.*

Sie riss mit viel Kraft am bockenden Steuer und hatte den Eindruck, dass es plötzlich aufwärtsging. Im wahrsten Sinn des Wortes. Die Geschwindigkeit verringerte sich hingegen nicht. Vor den Bullaugen wurde es heller und dunkler, viele Bläschen perlten empor.

*Ich nähere mich der Oberfläche. Das Flackern müssen die Blitze sein.*

Abrupt schoss die *tortue* nach oben, es klirrte, als Sandrine das Steuer abriss.

»Merde!«, schrie sie und versuchte, das bloße Gestänge mit den Händen zu führen.

Das Boot ließ sich von ihr gar nicht mehr beherrschen und verfiel wieder ins Trudeln und Schlingern. Gelegentlich rummste die *tortue* gegen Hindernisse, und bei jedem Rumpeln blieb Sandrine das Herz stehen.

Sie tastete umher, fühlte nach den Nähten.

*Bitte, haltet! Gebt nicht nach und schützt mich!*

Die Bewegungen wurden immer heftiger, dann wurde es für einen Lidschlag gleißend hell. Durch das gewölbte Glas sah Sandrine die Umgebung gleich einem Gemälde in Schwarzweiß: Weißflockige Gischt ragte um sie herum auf, an drei scharfkantigen Felsbrocken explodierten die Wogen und schienen mit ihren Myriaden Tropfen eingefroren. Darüber erhob sich drohend eine Steilklippe, auf der ein warmes Licht schimmerte, als wolle es Trost und Hoffnung geben; dann wurde es wieder dunkel.

Der Schrecken lähmte sie, aber das Bild hatte sich in ihren Verstand gefressen. Einen schlimmeren Alptraum gab es nicht. Umgeben von mannigfachem Tod.

*Anjanka ...*

Die *tortue* schoss in ein Wellental, dann donnerte sie gegen einen der Felsen.

Sandrine schrie auf und wurde gegen die Holzwand geschleudert. Die Gläser barsten splitternd, und sie hörte, wie Wasser in den Innenraum plätscherte. Die Furcht fraß jegliche Vernunft. Sandrine versuchte, sich klein zu machen und kaum Angriffsfläche für das Wasser zu bieten. Feuchtigkeit traf sie, und sie brannte wie Säure auf ihrer Haut.

*Raus, raus aus diesem Grab!*

Sie versuchte, die Windgestalt anzunehmen, aber ... es gelang ihr nicht!

*Das Meer blockiert mich! Es ... nein! NEIN!*

Wieder und wieder wollte Sandrine ihre Macht dazu zwingen, ihr beizustehen und sie zu befreien, und vergeudete nur noch mehr Kraft. Noch mehr Spritzer gelangten bis zu ihr, und sie schrie auf.

Da prallte das Unterwasserboot auf einen Felsen und zerbrach wie eine Nussschale unter einem Hammer.

Sandrine bekam das Schwert zu fassen und flog durch Dunkelheit, durch feuchte, salzig schmeckende Luft.

Um sie herum rauschte die Brandung, und sie griff um sich, um etwas in die Finger zu bekommen, was sie vor dem Sturz in das nasse Grab bewahrte. Aber es gab nichts zum Festhalten. Sie glaubte, den Dämon lachen zu hören, zu dem sie gleich einfahren würde.

*So dicht vor meinem Ziel, so dicht vor meinem Leben mit An...*

Sandrine landete mit dem Oberkörper voraus auf hartem Untergrund. Sie verlor das Schwert. Ihr rechtes Schlüsselbein brach, mindestens vier Rippen gaben knackend nach, und sie rollte etliche Schritte weit, bis sie gegen eine Felswand stieß.

*Ich ... lebe!?*

Das Brausen der brechenden Wogen dröhnte in ihren Ohren, alles in ihr schmerzte. Stöhnend richtete sie sich auf, tastete mit dem linken Arm blind herum. Hinter ihr befand sich Fels, vor ihr scheinbar nichts.

*Ich lebe! ICH LEBE!*

Sandrine lachte auf. Sie musste dem Hall der Wellen nach in einer Höhle gelandet sein. Nicht weit von ihr tobte die See wie ein wütendes Raubtier, dessen Beute sich in letzter Sekunde vor ihm in Sicherheit gebracht hatte. Das schmerzhafte Prickeln zeigte Sandrine, dass ihre Verätzungen heilten, und der Durst, dass sie Blut benötigte. Dringend.

Sie saß ruhig und versuchte zitternd, ihre Gefühle zu beruhigen. Eben noch hatte sie gefürchtet zu sterben, jetzt saß sie in der Finsternis und war ihrem Ende entkommen.

*Es fügt sich zum Guten. Der Dämon will meine Seele noch nicht.*

Sandrine lauschte lächelnd auf ihren Herzschlag, atmete ein und aus. Das Pochen wurde langsamer.

*Und jetzt hoch mit dir! Du brauchst Blut, um zu neuen Kräften zu kommen.*

Sie tastete umher und fand das Dämonenschwert wieder, das sie wie einen Stock zum Erkunden einsetzte. Das schwache Licht in der Höhle reichte nicht aus, selbst nicht ihren Vampiraugen, um genug zu erkennen.

*Oder es ist immer noch die Kraft des Meeres, die mich schwächt.*

Es gab einen schmalen Pfad von dem Plateau, wie sie bald entdeckte, und Sandrine folgte ihm. Es ging steil nach oben, grobe Stufen hinauf, die von Menschenhand geschaffen worden waren.

*Schmuggler?*

Sie erinnerte sich an das rötliche Licht auf der Steilklippe.

*Strandpiraten, die falsche Leuchtfeuer setzen! Und sie sind hier!*

Sandrine ging, so schnell es ihr möglich war – bis sie die Ausdünstungen von dreckigen, verschwitzten Männern roch und ein Schimmer ihr den genauen Weg wies.

Das Licht fiel durch die Ritzen einer alten Tür, die mit verrosteten Beschlägen versehen war. Leise, dunkle Stimmen unterhielten sich.

*Mein Mahl erwartet mich!*

Sandrine knurrte und trat die Tür auf.

Sechs Augenpaare starrten sie ungläubig an, das Gespräch verstummte. Männer unterschiedlichen Alters in dicken, abgewetzten Jacken saßen um einen Tisch, auf dem sich Münzen stapelten; eine leere Whiskeyflasche und sechs Gläser befanden sich ebenfalls darauf. Die Aufteilung der Beute und die Feier waren in vollem Gange. An den Wänden stapelten sich Kisten und Fässer. Es schien sich zu lohnen, Schiffe ins Verderben zu locken und die Wracks zu plündern.

*Her mit eurem Blut, ihr Verbrecher und Seelenräuber!*

Die Männer erhoben sich von den Sitzen, schauten unschlüssig und tauschten Worte, die sie nicht verstand. Englisch war es nicht. Einer deutete auf sie.

»Gentlemen, ich wurde soeben zum dritten Mal geboren«, sprach sie dumpf und senkte angriffslustig den Kopf. »Bringt mir eure Leben als Geschenk dar!« Sandrine ging auf sie zu.

Die Männer lachten. Noch.

***

Anjanka stand bewundernd gegenüber dem großen Haus im Herzen von Dublin.

*Es wäre das richtige für uns.*

Sie hatte sich unmittelbar nach ihrer Ankunft nach möglichst wohlhabenden Opfern umgeschaut und recht schnell die Bekanntschaft des Kaufmanns Nicolas O'Daniel gemacht. Dass sie nur mehr einen Arm besaß, störte die Männer nicht, sobald die Tenjac sie in ihren Bann geschlagen hatte. Bei der Besichtigung des Anwesens hatte sie sich sofort darin heimisch gefühlt. Ausschlaggebend war nicht zuletzt das große Kellergewölbe gewesen.

*Wohnen, schlafen, arbeiten – es bietet genügend Platz. Ich werde O'Daniel dazu bekommen, mir das Haus zu überlassen. Sandrine wird Augen machen, wenn ich es ihr zeige.*

Noch wurde der Keller anders genutzt. Whiskey war zur Reifung in großen Fässern darin gelagert. Es roch nach dem besonderen Brand und Holz.

*Ich sehe es schon vor mir! Es wird wundervoll sein. Ich werde mich um die Erforschung der Bücher und des Schwertes kümmern können, an der Seite der Frau, die ich liebe. Und deren Seele ich retten kann.*

Anjanka lächelte verzückt und konnte es kaum erwarten. Sie setzte einen Fuß nach vorne und wollte über die Straße gehen, um sich mit O'Daniel zu einem weiteren Rendezvous zu treffen.

Eine Kutsche schoss heran.

Anjanka musste einen hastigen Satz zurückweichen. »He, du blinder irischer Kobold!« Sie war erstaunt, als das Gefährt ruckartig anhielt und sich die Tür öffnete.

Eine Frau mit langen blonden Haaren beugte sich nach vorn und schaute heraus. »Darf ich Sie entführen, Mylady?«, fragte sie schelmisch lächelnd. Sie trug ein wunderschönes blaues Kleid und Geschmeide, wie es sich nur eine Königin leisten konnte.

»Sandrine!« Anjanka wurde gleichzeitig heiß und kalt vor Freude. »Du bist ... ich bin ...« Sie musste lachen, das Glück war zu überwältigend und ließ sich nicht in Worte fassen.

*Sie sieht so gut aus!*

Sandrine hielt ihr die Hand hin. »Steig ein, mein Herz. Ich verzehre mich nach dir und möchte meine heiße Begierde an deinem Leib löschen.«

Anjanka ergriff die Finger und stieg in die Kutsche, die leicht wippte. »Wie hast du mich gefunden?«

»Würde ich deinen Geruch jemals vergessen können? Ich bin ihm gefolgt.« Sandrine grinste. »Und im letzten Brief stand, dass du die Bekanntschaft dieses O'Daniel gemacht hättest.«

Kaum saß Anjanka, fuhr das Gefährt an, und sie plumpste recht unelegant neben ihrer Geliebten auf den gepolsterten Sitz. Schon fühlte sie die Lippen auf ihren und schloss genießend die Augen. Wonne durchfuhr jede Faser ihres Körpers, und sie wünschte sich, Sandrines Hände auf ihrer Haut zu spüren.

*Es ist so lange her!*

»Wie kommst du hierher?«, keuchte Anjanka atemlos. »Woher hast du all die Sachen?« Ein Schauder der Wolllust überlief sie.

»Strandpiraten«, kam die Antwort nicht weniger erregt. »Münzen, Schmuck, andere Dinge, für die Tote keine Verwendung haben.«

Anjanka küsste ihren Hals, ihr Dekolleté und leckte über die Haut, die nach zartem Parfüm und nach Sandrine schmeckte. »Ich habe ein Haus für uns …«

»Später. Erst will ich dich spüren!«

Anjanka erhob sich und schaute in Sandrines Augen. »Jeden Tag.« Sie streichelte ihr Gesicht und bedeckte es mit Küssen. »Von heute an jeden Tag, Geliebte.«

### Herbst 1797,
### Dublin, Königreich Irland

Mein Herz?«

Sandrine betrat das Haus, das sie seit drei Jahren bewohnten. Sie verdiente ihren scheinbaren Unterhalt in den Pubs mit Bedienen und Singen; nebenbei brach sie bei reichen englischen Lords ein und erleichterte sie um genügend Münzen, damit sie und Anjanka richtig gut leben konnten.

Ihr gefiel das unauffällige Leben inmitten der Menschen, und Vampire schien es überhaupt nicht auf der Insel zu geben. Sie hatte bisher keinerlei Hinweise auf Blutsauger in der Stadt oder der weiteren Umgebung gefunden. Somit gab es keinen Streit um das Blut.

»Mein Herz, wo steckst du? Ich habe uns Muscheln mitgebracht. Ich dachte mir, ich koche sie uns schnell mit etwas Weißwein.« Sie stellte den Korb mit den Besorgungen auf den Tisch in der Küche und wanderte durch die Räume, ohne Anjanka zu finden.

*Wo ist sie abgeblieben?*

Sandrine nahm die Stufen in den Keller, den sie in ein behagliches Sonnenrefugium umgebaut hatten. Es mangelte an nichts, weder an guten Betten noch an Tischen, Büchern und genügend Lampen oder Licht, um zu arbeiten.

Der Raum war hell erleuchtet. Anjanka hatte alle Kerzen entzündet. Es war wohlig warm und roch nach Kräuterharzen, die sie verbrannt hatte.

*Ein Reinigungsritual?*

»Anjanka, hast du mich nicht gehört? Was treibst du denn?« Sandrine ging weiter und schaute sich um. »Die Muscheln ...«

Neben dem Schreibtisch lag ihre Geliebte, die Augen waren geschlossen. In der Hand hielt sie einen Federkiel, die Tinte war aus dem umgestürzten Fässchen gelaufen und rann durch die Ritzen der Platte auf den gestampften Boden. Winzige Spritzer hatten auch ihr Gesicht getroffen, dünne Bahnen sickerten über ihre Züge, als weine sie schwarze Tränen.

»Mein Herz!« Sandrine kniete sich neben sie und hob sie auf, fühlte nach ihrem Puls. »Wach auf!«

*Nichts?*

Sie beugte sich über sie und lauschte an ihrer Brust, in der Schweigen herrschte.

*Das ...*

Sandrine tätschelte ihre Wange, aber Anjanka regte sich nicht. Nicht einmal ein winziges Zucken war zu erkennen.

»Nein!«, rief sie entsetzt. »Du kannst ... doch nicht tot sein!« Sie strich über die kalte Haut, bedeckte den Mund und die Stirn mit Küssen. »Wach auf! Was hast du? Hast du zu wenig getrunken? Bist du krank?«

Anjankas Kopf fiel einfach zur Seite. Es war keinerlei Kraft mehr in ihr.

*Tot ...*

Sandrine wurde schlecht, sie musste sich würgend neben ihrer Geliebte übergeben. Sie schrie dabei immer wieder unbeherrscht, fühlte heiße Wellen der Wut und der Verzweiflung durch sich rollen.

*Wieso sie?*

Sie schaute auf den Tisch, suchte nach einer Erklärung.

*Vergiftet! Man hat sie vergiftet! Die Spione der Cognatio haben uns gefunden!*

Sandrine stemmte sich in die Höhe und betrachtete den Tisch, doch sie fand nichts zu essen darauf.

Stattdessen lag die weiße, furchteinflößende Maske mit den langen Eckzähnen sowie den schwarzen Stellen und Linien auf mehreren beschriebenen Blättern.

*Als wolle sie das Papier bewachen.*

Sandrine erkannte die Handschrift ihrer Geliebten und schob die Maske zur Seite.

Unter dem heutigen Datum stand:

*An meine geliebte und verehrte Sandrine,*
*an Dominic de Marat*
*und an Tanguy Guivarch.*

Sandrine runzelte die Stirn.

*Was hat das zu bedeuten?*

Schnell las sie die Mitteilung, die an sie und die beiden Unbekannten gerichtet war.

*Vergib mir, Sandrine, dass ich nur an dich schreiben werde.*

*Denn du bist die eine, mit der ich die besten Jahre meiner Existenz als Tenjac erleben durfte: Ich habe die wahre Liebe erfahren.*

*Und die letzten drei wundervollen ruhigen Jahre auf Irland haben alle Entbehrungen, alle Ängste und Schmerzen tausendfach aufgewogen.*

*Ich nehme nicht an, dass du Dominic und Tanguy jemals treffen wirst, aber sie sind Teile von dir. Tanguy ist der*

*Ältere, Dominic der Jüngere. Wenn man so möchte, bist du ihre Schwester.*

*Diese Zeilen liest du, wenn ich gestorben bin.*
*Ich war eine Tenjac, eine Aufhockerin, Sukkubus, eine Traumherrin. Und damit war es mir vergönnt, vierzehn weitere Jahre nach meinem Tod zu leben, doch nicht mehr.*
*Das ist das Schicksal meiner Art.*
*Die ganze Zeit über ließ ich dich im Glauben, ich würde für mich forschen, um den Pakt zu brechen.*
*Ich wusste, dass mir die Zeit davonlaufen würde. Es ist ein diffiziles Unterfangen, gerade weil es darum geht, einen Dämonenpakt zu brechen. Du brauchst mehr als nur das Schwert und den Zahn. Weitere Artefakte sind notwendig, und woher du sie nehmen sollst, weiß ich nicht.*
*So habe ich nichts anderes getan, als die Bücher für dich zu übersetzen, in der Hoffnung, dass sie dir von Nutzen sein werden. Es bedarf sehr viel Vorbereitung, um an dieses Ziel zu gelangen.*
*Im Geiste werde ich bei dir sein.*
*Es wird dir gelingen, Geliebte!*

Sandrine war verwirrt.

*Du hast mich getäuscht und geschützt gleichermaßen.*

Sie senkte die Blätter, sah auf den Leichnam ihrer Geliebten. Zärtlich hob sie Anjanka auf, setzte sie auf ihren Schoß und bettete den Kopf an ihrer Brust. Sie sog den Duft der üppigen schwarzen Locken ein und las weiter.

*Du hast ein Geheimnis, Sandrine.*
*Und ich ergründete es, ohne zu wollen.*
*Im Schlaf hast du geredet und dich selbst Tanguy Guivarch genannt.*

*Zuerst dachte ich, du würdest träumen und dir Geschichten ausdenken. Aber ich merkte, dass du immer im Schlaf zu Tanguy wurdest.*
*Ich erfuhr Dinge aus diesem Leben, das du in Guérande geführt hattest. Zu Lebzeiten bist du dieser Tanguy gewesen, ein einfacher Mann und Schilfbauer, der nach seinem Tod zu einem Vampir wurde. Wenn ich alles richtig verstanden habe, war deine Großmutter eine Judastochter. Damit erklärt sich, warum du die Windgestalt annehmen kannst, übermäßig stark und schnell bist. Fähigkeiten, die den Kindern des Judas zu eigen sind.*
*Nicht zu vergessen die Fähigkeit, deine Gestalt und Stimme zu ändern.*
*Du hast diese beiden Kräfte dauerhaft angewandt, um nach dem Tod von Tanguy Guivarch in die Rolle von Sandrine zu schlüpfen. Deswegen war dein Durst unbändiger als bei vielen anderen: Du hattest gelernt, deine Gestalt und deine Stimme dauerhaft zu wechseln und die Illusion aufrechtzuerhalten!*
*Doch nach deiner Auferstehung als Judassohn bist du an einen Upir geraten, der dich verflucht hat. Meiner Einschätzung und deinen sonstigen Kräften nach war es ein Viesczy, der im Moor sein Unwesen trieb.*
*Du hast mir im Schlaf oft erklärt, was damals geschehen ist, und ich glaube, dein Verstand hat unter der doppelten Wandlung gelitten. Nein, er hat sich gespalten! Denn als der Viesczy dich verfluchte, wollte er nichts anderes, als dich zu töten.*
*Stattdessen überantwortete er einen Teil deiner Seele seinem Herrn – und das, obwohl du bereits dem Dämon der Judaskinder gehörtest.*
*Du, Sandrine, bist nicht ohne Herr. Das Gegenteil ist richtig: Du bist noch immer an den Pakt gebunden.*

*Was viel schwerer wiegt, ist: Du bist ein Diener* zweier *Herren.*
*Das Mal des Judassohns trägst du nur als Dominic de Marat. In der Gestalt von Sandrine hast du es mit deinen Kräften einfach vor den Augen anderer verborgen. Das ist des Rätsels Lösung, vor dem die Baronin und Octavius standen.*

*Als Sandrine kamst du in mein Leben, und ich blieb bei dir.*
*Damals ahnte ich nicht, was du bist. Was du durchlitten hast.*
*Aber ich spürte deine Besonderheit.*
*Doch du brauchtest noch eine weitere Figur. Eine, die ganz anders als Sandrine ist. So hast du Dominic de Marat erschaffen, den Draufgänger und Räuber.*
*Mit ihm wechselte sich Sandrine ab, und ich wachte über beide, so gut es mir möglich war.*
*Leider gelang es mir nicht immer. Manchmal bist du mir entwischt, mal als Sandrine, mal als Dominic.*

Sandrine musste das Blatt wieder senken.

*Ich ... bin verrückt?*

Sie schluckte schwer, Tränen stiegen auf. Sie presste Anjanka einen Kuss auf den schwarzen Schopf.

*Du hast mich mehr geliebt, als ich ahnen konnte.*

Auch wenn ihr danach war, ihren Schmerz herauszuweinen und zu schreien, richtete Sandrine die Augen wieder auf die Zeilen. Sie musste weiterlesen, bevor ihre Seele im Leid versank.

*Ich hätte dir dieses Geheimnis schon früher offenbaren können.*
*Aus Eigennutz tat ich es nicht.*

*Ich wollte meine geliebte Sandrine nicht verlieren, mit der ich glücklich war. Solange wir in Irland gelebt haben, hast du niemals die Figur von Dominic eingenommen oder im Schlaf als Tanguy gesprochen.*
*Daraus schloss ich: Du warst glücklich als Sandrine. Glücklich an meiner Seite.*
*Dafür war ich dem Leben dankbar und wollte es nicht verlieren, da ich um meine kurze Existenz wusste.*
*Aber nach meinem Tod sollst du die Wahrheit erfahren, um selbst zu entscheiden, als welche Person du auf der Erde wandeln möchtest.*
*Ich bitte dich um Vergebung dafür, dass ich dir die Wahrheit nicht selbst von Angesicht zu Angesicht gesagt habe.*
*Ich bin eine schreckliche Egoistin!*

*Mein Herz, ich bin tot.*
*Ich hoffe inständig, meine Seele ist nicht zu einem Dämon gezogen.*
*Mein sehnlichster Wunsch wäre es gewesen, als Geist auf der Erde zu verweilen und immer über dich zu wachen.*
*Ich danke dir für deine großartige Liebe!*

Sandrine ließ die Blätter fallen – und weinte endlich.

Und während das Papier raschelnd auf den Boden traf und sich ein Tränenstrom aus ihren Augen ergoss, veränderte sich ihr Gesicht, ihre Statur. Zuerst weinte Tanguy Guivarch um Anjanka, und nach einer Weile formten sich Dominic de Marats Züge. Alle drei trauerten um die Tenjac.

Etwas Beeindruckendes geschah: Ihre Erinnerungen und Gedanken verschmolzen. Tanguy, Sandrine und Dominic wurden eins. Die Brière, Paris, Tarascon und Dublin, die einzelnen Wege dazwischen, die Geschehnisse und die Personen tauchten auf, verwoben sich. Mariette und Gwenn tanzten fröhlich durch

Guérande, Szomor schwenkte ein Fläschchen mit brodelndem Inhalt, Natalie beschwerte sich über ihren Mann, Isabeaux' und Isabelles Stöhnen erklang, der Comte de Morangiès stand in einer Gasse; Vanja, Ignaz und Gregorius, Vigno und Brieux ... der schwindelerregende Reigen der Personen in ihrem Kopf wollte nicht enden. Dazu wirbelten Gegenstände um die Menschen und Vampire wie bei einem Mobile ... die *tortue,* das Schwert, Bücherrücken, Galettes ...

Noch während ihre Gedanken zu einer Erfahrung und zu einer einzigen Geschichte wurden, verschob sich das Gesicht erneut und nahm eine gänzlich andere Form an. Ein neues Wesen wurde geboren, mit dem Wissen der drei Individuen vorher. Es wusste von Isabeaux, von Mariette, von der Baronin, vom Pakt und den Geheimnissen des Dämonenschwertes. Es wusste von ALLEM!

*Ich entstehe neu!*

Seine Gestalt blieb die eines Mannes. Die Haare schrumpften, wurden kurz und schwarz.

*Mit dem heutigen Tag sind die drei Vergangenheit.*

Der Mann drückte die verblühte Anjanka an sich und hielt sie in den Armen. Er trauerte um sie, als wäre es seine verstorbene Frau.

*Mein Name ist Harm. Und ich werde meinen dämonischen Herren entkommen. Ich will kein Sklave der Unterwelt sein und meine Seele nicht opfern.*

Harm küsste Anjanka liebevoll auf die Stirn.

*Ich schwöre es dir. Irland und England gehören mir. Die Inseln sollen mein Imperium sein, solange ich lebe. Ich vernichte jedes Judaskind und jeden seiner Nachfahren, die einen Fuß daraufsetzen.*

Er erhob sich und trug sie nach oben. Anjanka würde in dieser Nacht begraben werden und ihre Ruhe finden.

# LAMENTO VI

Will nicht
leben,
will nicht
sterben.
Will doch
töten
und
will doch
lieben.
Monstrum.

Abwesenheit von Licht,
tiefste Dunkelheit.
Sie gebiert
Furcht und Stille.
Der kleinste Schimmer
weckt die Hoffnung,
lockt die Seele
und verspricht Geborgenheit. Sicherheit.
Lauf, Mensch, lauf zum Schimmer!
Es sind meine
Augen ...

Gäbe es einen Himmel,
ich würde ihn in Brand stecken.
Gäbe es Engel,
ich würde ihnen die Flügel ausreißen.
Gäbe es einen Gott,
würde ich ihn töten

und seinen Sohn wieder auf die Erde schicken,
damit er noch einmal gekreuzigt wird.
Mein Hass auf mich
soll andere treffen.
Denn ich
bin
unschuldig.

# GESCHICHTEN AUS DEM LEBEN VON HARM BYRNE

# KAPITEL I

Spätherbst 2007,
Docklands, London, Großbritannien

*Verdammte E-Mail-Programme! Warum öffnen sie nicht den Anhang, wie sie es sollen, und schließen sich stattdessen einfach!?*

Harm hatte versucht, eine höchst brisante Nachricht zu lesen, als sich die Anwendung ohne ersichtlichen Grund geschlossen hatte. Auf seinem Monitor sah er nichts außer seinem Gesicht, das dunkelbraune und das hellgraue Auge funkelten böse.

»Mister Byrne? Sir?«

Harm schaute ungehalten vom Bildschirm auf. »Was ist denn, Wilson?« Nebenbei klickte er herum, um das Programm wieder zum Laufen zu bekommen. Das Foto, das man ihm geschickt hatte, war wichtig. »Es ist gerade ungünstig für Nebensächlichkeiten wie schiefsitzende Krawatten, auf die Sie mich bestimmt aufmerksam machen wollen.«

Der Butler verneigte sich auf diese wunderbar hüftsteif-elegante Weise, wie es nur britische Hausdiener konnten; dabei balancierte er das Silberkännchen mit dem Tee und das Geschirr auf dem Tablett souverän, als wäre es ein Körperteil und immer da. Wilson war Ende vierzig; er hatte unglaubliche und für Harm überflüssige Qualifikationen in seinem perfekten Arbeitszeugnis stehen. Der einwandfreie Leumund hatte den Ausschlag für die Anstellung gegeben. »Mister Byrne, Sie haben heute noch das Meeting in Ihrem Club. Ich sollte Sie daran erinnern, Sir.«

Harm lächelte dankbar. »Verzeihung, Wilson. Gute Arbeit!

Besser als jeder elektronische Kalender. Stellen Sie den Tee auf den anderen Tisch ans Fenster und machen Sie für den Rest des Abends frei.« Er senkte den Kopf und schaute wieder auf den flachen Monitor, wo eben das Mailprogramm anlief. Schnell öffnete er das Foto.

Ein bekanntes, verhasstes Gesicht war zu sehen.

*Er ist gealtert. Extrem gealtert. Und doch müsste er tot sein.*

Harm würde die Züge unter Tausenden erkennen, auch wenn es schon sehr lange her gewesen war. Er war der Kreatur als Dominic de Marat begegnet und zu ihrem Schüler wider Willen geworden, bevor er die Flucht vor ihr ergriffen hatte. Dass Harm ihr sein Leben verdankte, bedeutete nichts. Er würde diesen Abschaum jederzeit umbringen.

*Baron Marek Illicz.*

Er tippte gegen den Bildschirm und das eingeblendete Gesicht darauf, als könnte er dem Judassohn auf diese Weise Schmerzen zufügen.

*Wieso lebst du noch? Haben dich deine Tränke also doch vor dem Zerfall bewahrt.*

In der Mail darunter stand zu lesen, dass die Bilder des Judassohns in Leipzig aufgenommen worden waren. Zum Spaß fuhr der uralte Vampir bestimmt nicht nach Deutschland.

*Was suchst du so weit außerhalb deines Gebiets? Auf der Jagd nach den Artefakten?*

Er betrachtete die anderen Fotos, die sein Informant geschossen hatte. Illicz hatte verschiedene Orte in Leipzig besucht, darunter etliche Gothic-Läden und eine alte, unterirdische Festungsanlage, in der täglich Veranstaltungen stattfanden.

*Sehr schön. Das könnte mir als Wohnort auch gefallen.*

Moritz-Bastei hieß die Anlage, die sich über mehrere Ebenen erstreckte. Leider würde sie die Stadt Leipzig mit Sicherheit nicht an ihn verkaufen, obwohl er bereits mehrmals, nein, oftmals die Erfahrung gemacht hatte, dass der Preis die Frage war. Nicht das »ob«.

*Suchen wir mal.*

Harm vergrößerte die Bilder eines nach dem anderen und betrachtete die Umgebung, in der sich der Vampir bewegte. Er achtete auf jede Kleinigkeit, von den Leuten bis hin zu den Sachen, die sie trugen. Uhren, Schmuck, Narben, nichts entging ihm.

Nach vier Bildern und einer halben Stunde eingehender Begutachtung erhob er sich aus seinem Sessel und ging zu dem Couchtischchen, wo Wilson den Tee abgestellt hatte. Dank des Stövchens, das der Butler entzündet hatte, war das Getränk noch mehr als heiß und dampfte.

*Assam. Was Besseres gibt es nicht für die Seele. Außer Blut und Rache.*

Harm rührte zuerst Zucker, danach Milch hinein, nahm die Tasse und begab sich ans Fenster, das vom Boden bis zur Decke reichte.

Unter ihm breitete sich London aus. Er befand sich im fünfzigsten Stock des *One Canada Square* auf knappen zweihundertdreißig Meter Höhe. Von hier überblickte Harm das Zentrum seines Reichs, das er mit eiserner Hand führte. Sowohl die legalen als auch die illegalen Geschäfte.

Erleichternd für ihn war, dass es in England und Irland eher wenige Vampire gab, die er von daher ohne weiteres kontrollieren konnte.

Alle fürchteten sich vor ihm. Ausnahmslos.

Harm wurde aufgrund seiner multiplen Kräfte von den britischen Blutsaugern *Ubervampyr* genannt. Die menschlichen Halunken, die ihn hassten, sagten zu ihm dagegen einfach nur *ultrabrutales Arschloch*. Die eigenen Leute und Verbrecher, die ihn trotz allem bewunderten, hatten ihm den Titel *Lord Mayor* gegeben: Oberbürgermeister.

Er sog schlürfend den Tee ein, genoss den Geschmack und die Wärme.

*Ich sollte nach Leipzig reisen und Illicz stellen. Er wird mir vielleicht sagen können, was mit meinem Schwert geschehen ist.*

Die Gedanken kreisten um die Vergangenheit, die jüngere und die ältere. Er prostete seinem Spiegelbild mit der Tasse zu.

*Bevor ich es vergesse: Alles Gute zum Geburtstag! Zweihundertzehn Jahre, Harm Byrne.*

Dass er überhaupt noch lebte, schob er auf den Umstand, dass er ungewollt zweierlei Dämonenpakte eingegangen war. Er vermutete, dass jeder Höllenfürst seine Seele für sich allein haben wollte. So gewährten sie ihm das lange Leben, bis sie sich darüber geeinigt hatten, wer ihn später einmal im Jenseits foltern durfte.

*Darauf könnt ihr lange warten, ihr Wichser.*

Bislang hatte er sein Dasein als Harm Byrne effektiv genutzt. In ihn waren die besten Eigenschaften von Tanguy, Dominic und Sandrine eingeflossen; dazu kamen ein Übermaß an krimineller Energie und eine Rücksichtslosigkeit, von der selbst hartgesottene Verhaltenspsychologen beeindruckt gewesen wären. Er hatte gemordet, Exempel statuiert, blieb gleichzeitig im Hintergrund und geheimnisvoll, hatte Pubs und Nachtclubs hochgezogen, mit denen er jedes Jahr Millionen von Pfund verdiente. »Untherapierbar«, würden die Verhaltenspsychologen sagen.

Alle dachten, dass er seinen Feinden und Widersachern die Kehle aufschlitzte; dabei saugte er sie einfach nur aus. Notwendigkeit und Angenehmes ließen sich perfekt verbinden – und da er genug Feinde und Widersacher besaß, ging ihm der Lebenssaft nicht aus. Die IRA, die mafiösen Organisationen verschiedenster Länder und andere Verbrecher hatten es auf ihn abgesehen. Harm verteidigte sein Territorium gegen jegliche Kriminellen.

*Sollen sie ihr Glück weiterhin versuchen. Ich überstehe jeden ihrer Anschläge.*

Er trank den Tee aus und kehrte zum Stövchen zurück, goss sich nach und ging zum Fenster, um auf London hinabzuschauen.

Seine Einnahmen waren wichtig. Das Geld investierte er gleich wieder in die Jagd auf alte Bücher, in denen es um Dämonen und Pakte ging. Er kam sich ab und zu wie Johnny Depp in »Die neun Pforten« vor, nur war ihm klar, dass er in keinem Film mitspielte. Alles, was er wollte, war Freiheit – und nicht grenzenlose Macht, wie manche Schriften in Aussicht stellten. Sein Imperium genügte ihm.

Bei dem Treffen im Club, auf das ihn Wilson hingewiesen hatte, würde es genau darum gehen.

Harm sah aus den Augenwinkeln, dass das grüne Lämpchen an seinem Headset leuchtete. Er hatte es ausgezogen und auf den Schreibtisch gelegt. Einhändig stöpselte er es ein und nahm den Anruf entgegen. »Ja?«

»Lord Mayor, hier ist Stevens«, sagte der Geschäftsführer seines Clubs *Bunnock*. »Es geht um das Meeting. Es sind schon alle da. Die Stimmung ist nicht die beste.«

»Das bedeutet?« Er nippte am Tee.

»Die Yakuza-Typen sind auf die Russen nicht gut zu sprechen, weil sie einen von ihnen vor einer Stunde in die Bordsteinrinne getreten haben. Ich habe sie weit auseinandergesetzt und ihnen die Waffen abgenommen, aber wenn *die* eine Schlägerei anfangen, gibt es garantiert Tote.« Stevens sprach ruhig, doch mit Dringlichkeit. »Es wäre gut, Lord Mayor, wenn Sie bald auftauchen könnten.«

»Danke, Stevens. Ich komme.« Harm verzog den Mund. »Sagen Sie den Ladys und Gentlemen, dass ich sie alle umbringen werde, wenn sie auf meinem Grund und Boden einen Kampf beginnen. Alle.« Er drückte das Gespräch weg. Japaner und Russen wussten, dass er keine Scherze machte.

*Scheißungeduld.*

Er ärgerte sich, dass er nicht länger in der Vergangenheit verweilen durfte, und klickte die Programme am Rechner weg. Nach dem Meeting würde er weitersuchen.

Beim Runterfahren blitzte ein Bild auf, das er vergessen hatte zu schließen: ein Frauengesicht um die dreißig, das vor Mareks kantigen Zügen zu sehen war. Anscheinend hatte der Vampir sie beschattet.

*Ich kenne sie!*

Harm war versucht, den Computer wieder zu aktivieren, aber er sah die Japse und die Russkies genau vor sich, in ihren engen Sakkos, die unter der Muskelmasse zu platzen drohten. Wie sie sich anstarrten und warteten, dass jemand zuckte.

*Dann später. Aber ich kenne sie. Von sehr viel früher ...*

Er eilte zum Fahrstuhl, nahm sich den langen schwarzen Mantel vom Haken. Auf die kurzen dunklen Haare drückte er die Militärkappe und setzte eine schmale Sonnenbrille auf. Er mochte den ultracoolen Look. Mit dem Lift ging es in die Tiefgarage, wo eine nette Sammlung gepanzerter Wagen auf ihn wartete.

*In welcher Gestalt habe ich sie kennengelernt: Tanguy, Sandrine oder Dominic? Hatte es mit dem Pakt oder dem Schwert zu tun?*

Harm lehnte sich gegen die verspiegelte Wand. Illicz ging ihm nicht mehr aus dem Kopf. Illicz und dieses Frauengesicht ...

Wieder schweiften die Gedanken ab, blieben aber bei der Thematik des Schwerts.

Er hatte in seiner ganzen Zeit auf dem Weg an die Spitze nur wenig Rückschläge hinnehmen müssen. Einer davon war der Verlust des Hornschwerts und des Dämonenzahns.

Man hatte es ihm gestohlen, und außer seinem einstigen Mentor fielen ihm nur wenig Kreaturen ein, die mit dem Artefakt etwas anfangen konnten. Es gab noch ein paar merkwürdige Dämonenanbeter, denen er jedoch wenig zutraute. Sie schienen ihm zu unorganisiert, um einen solchen Plan umsetzen zu können.

*Ich mag keine Niederlagen.*

Eine zweite gab es noch: der Bau des Eurotunnels.

Durch die Betonröhre konnten alle Vampire, die von fließendem Wasser abgeschreckt wurden, seither ganz einfach nach England gelangen. Die rechtlichen Tricks, die er über Strohmänner versucht hatte, sowie die Sabotageakte hatten das Loch in der Erde nicht verhindern können.

*Ich müsste ihn doch sprengen. Ich habe keine Lust, dass Illicz so einfach in mein Reich gelangen kann.*

Der Fahrstuhl wurde langsamer und kam zum Stehen, die Türen öffneten sich.

*Erst die Sache im Club regeln. Eins nach dem anderen.*

Harm betrat die Tiefgarage und ging zielstrebig zum neuen Ford Mustang. Die dunkelgraue Oberfläche wirkte stumpf und war das Resultat einer besonderen Lackierung. Der Wagen lief mit siebenhundert Pferdestärken und verfügte über eine massive Stoßstange, um alles aus dem Weg zu räumen, was ihn bremsen wollte.

*Eine Stoßstange, die ihren Namen verdient hat, und nicht wie dieser lackierte Plastikschrott.*

Er stieg ein und startete den Motor, lenkte den Mustang die Rampe hinauf und tauchte in den Londoner Verkehr ein.

Als er an einem Friedhof vorbeifuhr, erinnerte er sich an die Siebziger, als ihn ein paar Verrückte über den Highgate-Friedhof gejagt hatten. Ein einziges Mal hatte Harm nicht achtgegeben und sich zum Bluttrinken fast in aller Öffentlichkeit hinreißen lassen – und prompt war er bemerkt worden. Irgendwie hatte es sich unter sämtlichen Wahnsinnigen der Stadt herumgesprochen. Man hatte ihn zwar nicht erwischt, aber den Friedhof verwüstet, Leichen ausgegraben und vermeintliche Vampire gepfählt. Seitdem war Harm extrem vorsichtig geworden.

*Was wäre das heute dank Skype und dem ganzen Scheiß mit den elektronischen Nachrichtensystemen für ein Auflauf geworden?*

Sein Telefon klingelte wieder, Stevens' Nummer blinkte auf dem Display. Er leitete das Gespräch auf das Headset um. »Sagen Sie mir nicht, dass die Russkies und die Japsen sich schlagen.«

»Nein, Lord Mayor. Noch nicht. Aber ich wollte lieber sichergehen ...«

»Geben Sie mir zehn Minuten, Stevens. Schenken Sie denen was aus. Auf Kosten des Hauses.« Harm machte sich jetzt auch Sorgen. Der Geschäftsführer war ein harter Hund, der viel erlebt hatte. Wenn *er* besorgt klang, sah es nicht gut aus.

Harm drückte das Gaspedal durch, der Mustang röhrte auf und pflügte viel zu schnell durch den Verkehr. Nach acht Minuten erreichte er das *Bunnock*, keine dreißig Sekunden danach stand er neben Stevens, der angespannt zwischen den Gruppen hin und her blickte.

»Lord Mayor«, sagte er erleichtert. »Sie kommen gerade recht, um die Raubtiere zurückzutreiben.«

*Oder ihnen die Kehlen aufzuschlitzen.*

Harm nickte zuerst den Russen zu und verneigte sich dann vor den Japanern. Maßanzüge bei den Asiaten, zu bunte, bedruckte Shirts und legere Sportsakkos beim Schaparow-Clan. Er deutete mit der Rechten auf eine unscheinbare Tür, auf der *Members only* stand.

Die Männer und Frauen der Delegationen erhoben sich und verschwanden in den Raum dahinter.

»Wie die Kätzchen«, entfuhr es Stevens. »Wie machen Sie das?«

»Angst, Stevens.« Er grinste. »Sie haben Angst vor mir.« Er ließ ihn stehen und folgte den Verbrechern, die gekommen waren, um eine kleine Scheibe von seinem Kuchen abzubekommen.

*Sie werden drohen, sie werden Versprechungen machen, aber am Ende werden ihre Worte obsolet sein.*

Harm wusste nicht mehr, wie viele solcher Gespräche er in den letzten zweihundertzehn Jahren geführt hatte.

*Die Zeiten und die Denkweise der Gesetzlosen ändern sich kaum. Nur die Mode.*

Harm betrat den Raum und begab sich an den Kopf der Tafel. Die beiden Gruppen saßen sich gegenüber und starrten sich feindselig an. Einige packten Organizer auf den Tisch, als wären es Präsente. Das Leuchten der Displays verriet, dass unentwegt Nachrichten eingingen.

*Ohne Technik läuft auch dieses Geschäft nicht mehr.*

»Einen guten Abend Ihnen allen«, sagte Harm, ohne zu lächeln. »Schön, dass Sie sich friedlich verhalten haben. Das erspart mir eine Menge Arbeit und einen neuen Raumanstrich.« Er ließ seine Worte wirken, dann setzte er sich. »Folgendes: Ich weise Ihnen zu, wer welche Teile des Drogenhandels bekommt und wie viel er dafür an mich abgeben muss.« Er nahm sein schwarzes Notizbuch aus der Innentasche, die andere Hand drückte den in der Platte eingelassenen flachen Knopf. Sämtliche Handys piepsten ihre Fehlermeldungen hinaus. »Sie können Ihre Geräte ausschalten. Mein Störsender unterbindet den Empfang.« Er lächelte kalt, ohne Kappe und Brille abzulegen. »Fangen wir bei A an. A wie Amphetamin.«

Zwei Stunden später verließen die Russen und die Japaner den Raum und waren den Gesichtern sowie dem Lachen nach zufrieden.

Harm folgte ihnen. Kaum war das letzte Wort gefallen, beschäftigte er sich mit Illicz und dem Gesicht der Frau, das ihn nicht mehr losließ. Stevens schüttelte er im Vorbeigehen die Hand und verließ das *Bunnock* so schnell, wie er es betreten hatte.

*Ich muss mich erinnern!*

In einer rasenden Fahrt ging es zurück zum *One Canada Square*. Er wollte den Mustang nicht vor dem Club geparkt lassen, sonst hätte er sich unsichtbar gemacht und wäre geflogen, um unverzüglich zu seinem Computer zurückzukommen.

Aber der vergleichsweise lange Rückweg in sein Apartment brachte ihn dazu, sich zu einem Besuch in Leipzig durchzuringen und Illicz selbst verfolgen zu wollen. Harm stieg aus dem Wagen und eilte in den Fahrstuhl.

*Wenn sich die Gelegenheit bietet, werde ich ihn töten. Er und die Cognatio haben mich damals in Tarascon durch die Boten mit dem Tod bedrohen lassen, und das habe ich nicht vergessen.*

Der Gedanke, den mächtigen Baron zu vernichten, gefiel ihm immer besser. Mit jedem Stockwerk, das an ihm vorbeihuschte.

Er stürmte in seine Wohnung, schaltete den PC ein und wartete ungeduldig, bis das System so weit war. Der Anblick von Londons Lichtern und dem schwarzen Band, das die Themse war, konnte ihn nicht beruhigen.

Hastig klickte er sich durch die Aufnahmen, in seinem Postfach landeten zudem neue. Harm suchte das Bild heraus, auf dem die Frau zu sehen war.

Und dann wusste er es!

*Die Frau aus dem Sumpf!*

Harm entsann sich an den Kampf mit ihr. Sie war in der Brière aufgetaucht, in Szomors Haus, hatte ihn dort gestellt und versucht, ihn zu töten. Ihn, Tanguy Guivarch.

*Wer kann sie gewesen …*

Er lehnte sich nach hinten und rief die Szene von einst zurück, den Kampf, die Unterredung mit ihr, was ihm jedoch nicht recht gelingen wollte. Es lag über zweihundert Jahre in der Vergangenheit. Aber an den Geruch entsann er sich. Ein Duft, der sie als eine Verwandte ausgewiesen hatte.

Dann hörte Harm ihren Satz: »Verzeih mir, dass ich dich habe warten lassen.«

Er fühlte, wie sein Körper zu Eis wurde.

*Großmutter … nein, meine Vampir-Mutter!*

Wenn er alles zusammenzählte, gab es nur diese Erklärung.

Illicz hatte ihm berichtet, dass Scylla normalerweise ihre Nachfahren tötete, sobald sie zu Vampiren wurden.

*Sie hat es in Szomors Ruine versucht und ist an mir gescheitert.*

Harm sah auf den Arm, wo sich das Doppelmal deutlich abzeichnete: ein roter Fleck mit schwarzen Ranken drum herum, die auch dessen Innerstes durchwirkten. Er hob die Hand und fuhr sich am Hals entlang.

*Sie hatte mich nicht richtig enthauptet und mich für tot gehalten. Von den Flammen vernichtet. Die beiden Dämonen oder wenigstens einer von ihnen hat mir aber Schutz gewährt. Das Feuer konnte mir nichts anhaben.*

Sein Blick richtete sich auf das Bild und sog die Konturen seiner Mutter auf, die im Gegensatz zu Illicz kaum gealtert zu sein schien. Er starrte ihr Konterfei feindselig und wütend an.

*Es geht nach Leipzig. Mutter und Halboheim an einem Ort – das darf ich mir nicht entgehen lassen! Ich schwöre, dass ich nicht an ihr schweitern werde wie sie damals an mir.*

Kurz entschlossen stand Harm auf und packte einen Koffer mit dem Notwendigsten. Was der Besuch bringen würde, wusste er nicht.

*Aber im besten Fall zwei Tote: Scylla und Illicz.*

Er hetzte mit dem Koffer zum Fahrstuhl.

*Ich werde den Mustang nehmen. Er ist am schnellsten.*

Auch wenn er den Eurotunnel an sich hasste, in dieser Nacht war Harm froh, dass es ihn gab.

### Winter, Deutschland,
### Sachsen, Leipzig

Harm stellte fest, dass er die kalten Winter nicht mehr gewohnt war.

Die vielen Jahre auf der Insel hatten ihn vergessen lassen, dass die Temperaturen auf dem Festland und dazu noch im Osten durchaus niedriger waren als in London.

*Verfluchtes Kontinentalklima. Es gab schon einen Grund, warum ich es in Irland und England besser fand.*

Dennoch musste Harm einräumen, dass Leipzig Charme besaß. Gerade das Zentrum war optimal, es hatte alles, was man brauchte, von Kultur bis zu Einkaufsmöglichkeiten, und war mit einer Prise Sehenswürdigkeiten versehen.

Und genau dort war auch die Moritz-Bastei, vor der er nun stand. Er ging die Treppen zum Innenhof hinunter, vorbei an den Backsteinwänden, und stellte sich unter die aufgespannten Schirme, wo die Raucher ihrem Laster nachgingen. Durch die Scheiben sah er sie.

*Da ist sie. Eine Türsteherin.*

Scylla stand in der Nähe des Eingangs, trug einen Ledermantel und die langen schwarzen Haare zu einem Zopf geflochten. Mit einem Kollegen zusammen überprüfte sie die Besucher, die ins Innere zu einem Konzert wollten. Der Kleidung nach waren es Gothics und ein paar Punks, wie es auch viele in England gab. Harm kannte die schwarze Szene, konnte ihr jedoch nicht viel abgewinnen.

Er beobachtete sie.

Auch sie schien wie er kaum gealtert zu sein, was er auf die Formel für die Unsterblichkeit zurückführte, die sie angeblich besaß.

*Mich schützt der Streit zweier Dämonen, dich die Alchimie.*

Sie lachte und plauderte zwischendurch mit dem anderen Rausschmeißer und nahm ihm die Kippe ab, als er sich eine anstecken wollte. Anscheinend war sie besorgt um seine Gesundheit.

Es gab viele Gründe, warum Illicz sie aufsuchen würde. Aber da er sie beim ersten Zusammentreffen nicht getötet hatte, schloss Harm Rachsucht aus.

Plötzlich verließ sie ihren Posten und kam in den Innenhof. Ihrem Gesicht nach zu urteilen beschäftigte sie ein Gedanke sehr.

Dann spürte er plötzlich eine Präsenz.

Er sah zur Treppe, die Illicz eben heruntergestiegen kam. Er trug auffälliges Weiß. Die Gothics bemerkten ihn, manche Damen tuschelten aufgeregt miteinander. Der Judassohn schob unbestritten eine Aura der Düsternis vor sich her, die die Farbe seiner Kleidung Lügen strafte.

*Niemals hat es finsterere Helligkeit gegeben. Die weiße Maske mit den schwarzen Strichen und Bemalungen würde ihm gut stehen und die Wirkung perfektionieren. Die Gothics würden vor ihm davonlaufen. Nicht das Schlechteste, was man tun kann.*

Harm stützte sich auf den Tisch und achtete darauf, dass genügend andere Menschen vor ihm standen, um ihn zu verdecken. Dann setzte er seine vampirischen Kräfte ein, um sein Gehör empfindlicher zu machen. Falls sie Worte wechselten, wollte er wissen, was gesprochen wurde.

Er sah Scylla an, dass sie von seinem Erscheinen völlig überrascht wurde.

*Es ist zu laut hier!*

Harm fand es furchtbar, dass er nur Bruchstücke des Gesprächs vernahm, doch er wagte es nicht, näher an die beiden heranzugehen. Noch sollte niemand wissen, dass es ihn gab.

Aus den aufgeschnappten Brocken schloss er, dass Illicz sie dazu zwingen wollte, mit ihm zurückzukehren und die Kinder des Judas, die Cognatio und alles, was damit zusammenhing, wieder erstehen zu lassen. Sie beide an der Spitze einer neuen Dynastie. Sein Oheim dachte, Scylla sei die Letzte ihrer Art.

*Anscheinend hält er mich für tot. Gut!*

Es dauerte nur wenige Minuten, und der Judassohn ging in den Veranstaltungssaal, als wäre er ein alter, harmloser Konzertbesucher und Fan der Gruppe.

Harm war unschlüssig, was er tun sollte. Illicz und Scylla jetzt zu töten erschien ihm zu früh.

*Ich folge ihr. Entweder ich sehe, was die beiden gemeinsam auf die Beine stellen, und ich schlage zu, wenn beide sich ihrem Ziel nahe sehen ... oder sie wird ihn umbringen. Anschließend werde ich sie vernichten.*

*Meine Rache ist mir sicher.*

Harm wartete. Scylla verließ die Moritz-Bastei bald darauf. Fortan hatte sie einen zweiten Schatten.

### 23. Dezember 2007, in der Nähe von Belgrad

*Da vorne kommt ein Wald.*

Harm lenkte den Mustang über die verschneite Straße und folgte Scylla, die sich einen Geländewagen geliehen hatte.

*Weiter kann ich ihr auf diese Weise nicht folgen.*

Er fuhr auf den Standstreifen. Die Räder versanken augenblicklich tief im Weiß und bremsten den Wagen abrupt ab. Schnee wurde über den Kühler nach oben geschleudert, der gegen die Scheibe staubte und ihm die Sicht nahm. *Fuck.*

Harm stieg aus und schloss den Wagen ab, dann machte er sich unsichtbar und drückte sich vom Boden ab. Er flog ein Stück und verfolgte ihren Jeep von oben, der kurz darauf vor einem Wald anhielt.

Sie verließ das Auto, hatte einen Rucksack dabei und betrachtete die Bäume, als müsste sie überlegen, wie sie hindurchgelangte.

*Da ist ja meine Mutter.*

Der Dezember brachte ihm bislang jede Menge neue Erkenntnisse über Scylla, die sich in der Gegenwart Theresia Sarkowitz nannte. Sie hatte sich unter dem Künstlernamen Hel in Cage-

Fights ausgetobt, von denen der letzte auf Betreiben von Marek Illicz grässlich schiefgelaufen war. Scylla tötete ihre zu Vampiren gewordenen Nachkommen ohne Rücksicht, was Harm Anerkennung abrang. Seine Mutter war eine extrem gute Kämpferin, wie er mit eigenen Augen gesehen hatte. Zudem wachte sie über eine kleine Familie: eine Mutter mit Tochter namens Emma und Elena.

Scylla war in ihre alte Heimat zurückgekehrt. Doch zu welchem Zweck, das wusste Harm noch nicht.

*Verbündet sie sich mit Illicz, oder ist sie hier, um ihn zu töten?*

Da er über den Wipfeln schwebte, erkannte er einen Hügel, der sich inmitten des Waldes erhob und auf dem die Reste einer Mühle standen. Scylla war auf einem verschlungenen Pfad losmarschiert, der genau auf die Ruine zuführte.

Zuerst dachte er daran, vorauszufliegen und sich die Überbleibsel anzuschauen, doch er kreiste lieber über seiner Mutter. Harm wollte es nicht riskieren, dass sie doch einen anderen Weg einschlug und er sie verlor.

Die Mühle gefiel ihm nicht.

*Ein Präsentierteller, ringsherum ohne einen Schutz, um sich zu verbergen.*

Für ihn sah es nach einer lupenreinen Falle aus. Illicz schien nicht wirklich daran interessiert zu sein, mit ihr eine Allianz einzugehen, wie er im Innenhof der Moritz-Bastei vollmundig versprochen hatte.

Nach einer geraumen Zeit erreichte Scylla die Ruine.

*Es ist kein Ort, an dem ich gewesen bin. Ob sie hier aufgewachsen ist?*

Harm beobachtete, wie sie versonnen durch die Mauern strich und die Bücher im verfallenen oberen Teil entdeckte.

Ein Motorrad fuhr heran – und dann schnappte die Falle zu!

Verschiedene Vampire traten aus den Verstecken in der Ruine und griffen Scylla an.

*Eine nette kleine Versammlung hat Illicz arrangiert. Erinnert mich an die Bande, die ich als Dominic hatte. Das wird harte Arbeit für sie.*

Harm erkannte eine Nex, einen Umbra und einen Murony; eine Viesczy und eine Tenjac beteiligten sich ebenso.

*Zeig mir, was du kannst, Mutter, damit ich deine Schwächen kenne, falls du diese Nacht überstehen solltest.*

Er sank herab und beobachtete sie genau, studierte ihre Attacken und prägte sich Bewegungsabläufe ein. Während sie sich mit den Vampiren schlug, türmte sich über der Mühle unnatürlich schnell ein Gewitter auf.

*Tust du das, Mutter?*

Ein Blitz schoss aus den Wolken und fuhr mitten in den Umbra, und Harm musste lachen.

*Gut zu wissen, dass du solche Mittel einsetzt. Bei dir muss man auf alles gefasst sein.*

Doch letztlich wurden Scylla die Lebenskraft raubenden Fertigkeiten des Murony zum Verhängnis, dem es gelang, sie zu überwältigen. Erschöpft und geschwächt lag sie vor den Vampiren.

*Wo bleibt Illicz? Er hat doch die Falle für sie vorbereitet. Will er sich nicht am Triumph erfreuen?*

Harm stieg wieder höher, den schwarzen Wolken entgegen, um die Umgebung besser überschauen zu können.

Dann überschlugen sich die Ereignisse!

Plötzlich hatte sich Scylla erholt und attackierte die Blutsauger. Sie gewann die Oberhand, erledigte einen Feind nach dem anderen.

Aber aus dem umliegenden Wald sah Harm eine Armee emporsteigen. Eine Armee aus Vampiren! Von allen Seiten strömten sie auf die Mühle zu.

*Damit habe ich nicht gerechnet.*

Illicz erschien wie aus dem Nichts und signalisierte Scylla seinen Beistand. Sie zogen sich ins Innere der Ruine zurück und verbarrikadierten sich.

Harm wurde unruhig, zwang sich aber dazu, in seiner schwebenden Position zu verharren und abzuwarten. Er wollte bei seiner Rache nicht zwischen die Fronten geraten.

*Will er, dass sie gemeinsam sterben? Ich schätze, dass Illicz sie irgendwann im Lauf der Schlacht verraten wird.*

Die Vampire brandeten gegen die Mühle und umlagerten sie. Die ersten von ihnen suchten nach einem Weg hineinzugelangen. Manche nahmen die Gestalt von dunklen Faltern und schwarzen Spinnen an, um sich durch die kleinsten Lücken zu zwängen. Sie verdunkelten den Schnee rund um die Ruine, krochen und flatterten, liefen übereinander, um zu Scylla und Illicz zu gelangen.

*Es wird immer spannender!*

Harm wollte sich sinken lassen, um besser zu sehen, als es leuchtend hell um ihn wurde und ein heißer Schmerz von Kopf bis Fuß durch ihn jagte. Ein Blitz hatte ihn getroffen und sorgte dafür, dass er seine Konzentration verlor.

Sein Flug endete.

Wie ein Stein stürzte er ab, wurde sichtbar und krachte durch die Wipfel, riss mehrere Äste ab. Harm machte sich so klein wie möglich, damit ihm nicht das Genick oder Rückgrat gebrochen wurde; mehrmals durchbohrten ihn Äste und Zweige, dann schlug er auf dem Waldboden auf.

*Fuck.*

Ächzend blieb er liegen. Aus weiter Ferne hörte er das Donnern und Krachen der Blitze. Scylla attackierte die untote Armee anscheinend mit Hilfe der Naturgewalten.

*Fuck!*

Seine gebrochenen Gliedmaßen heilten allmählich. Irgendwann fühlte er sich so weit hergestellt, dass er sich aufsetzte und die blutigen Holzstücke aus seinem Körper zog. Er hatte durch seine Wunden viel Blut verloren und exzessiv auf seine Vampirkräfte zurückgegriffen. Das machte seinen Durst unermesslich; gleichzeitig fehlte ihm die Energie, seine Fertigkeiten weiterhin anzuwenden. Keine Unsichtbarkeit, kein Fliegen, keine Windgestalt. Eine leere Batterie.

*Fuck.*

Er sah zum Himmel, wo sich das Unwetter beruhigt hatte.

*Ich habe den Ausgang der Schlacht verpasst! Und ich liege ganz am Rand des Waldes.*

Harm rannte los. Als er einen anspringenden Motor vernahm, änderte er die Richtung. Jemand entfernte sich in Scyllas Geländewagen!

*Sie hat überlebt. Das darf nicht sein!*

Ihr Tod hatte für ihn außer Frage gestanden. Er beeilte sich, strauchelte und fiel mehrmals. Keuchend erreichte er den Waldrand und sah die Scheinwerfer in weiter Entfernung durch die Nacht gleiten. Von Osten her war der Himmel aufgerissen, Mond und Sterne funkelten friedlich, als habe es die Schlacht an der Mühle gar nicht gegeben.

Harm sparte sich den Weg zur Ruine. Er wusste, ohne einen Hauch Zweifel zu spüren:

*Da sie lebt, sind alle anderen tot. Auch Illicz.*

Deswegen musste er rasch zurück, nach Leipzig, und zu Ende bringen, was die Vampire hier nicht geschafft hatten.

Der Sprint durch den Wald hatte ihm den Rest gegeben. Harm marschierte schleppend zu seinem Auto und legte sich auf die Motorhaube.

Er wartete darauf, dass ein Wagen mit möglichst vielen Insassen kam, der ihm bei verschiedenen Dingen helfen konnte: erstens, seinen schrecklich quälenden Durst zu bekämpfen, und ihm zweitens den fahrbaren Untersatz zu überlassen, damit er seinen Wagen aus dem Graben ziehen konnte.

*Ich warte am kalten Arsch der Welt, dass das Essen zu mir kommt. Großartig gemacht, Harm Byrne. Bald bin ich wohl hinüber.*

Er schaute zu den Sternen. Seine Unruhe nahm zu, sein Mund trocknete aus, der Schlund schien zu verdorren wie ein wasserloser Halm.

*Fuck …*

Es vergingen fürchterliche anderthalb Stunden und elf Sternschnuppen, als sich ein Kleinbus näherte.

Harm war unglaublich gereizt. Die Kehle hatte er in seiner Verzweiflung schon mit Schnee gekühlt. Doch nur Blut half richtig. Und es kam zu ihm. Freiwillig.

*Diesen Wunsch haben mir die Gestirne schon mal erfüllt! Bleiben noch zehn.*

Harm drückte sich von der Motorhaube des Mustangs ab und stellte sich mit erhobenen Händen mitten auf die Fahrbahn. Was sollte ihm schon Besonderes passieren? Im schlimmsten Fall überfuhren sie ihn, und er müsste sich im Gestänge festhalten und über die Rückseite sowie durch die Heckscheibe einsteigen.

Zu seinem Glück hielt der uralte VW Bulli jedoch an.

»Dobro veče«, sagte er und blinzelte in die Scheinwerfer. Falls er trotz des Gegenlichts richtig sah, saßen sieben Personen in dem Wagen. Mindestens dreißig Liter Blut.

***

# KAPITEL II

26. Februar 2008,
Deutschland, Sachsen, Leipzig

Harm stellte das Fernglas schärfer und sah ins Wohnzimmer der Eckwohnung schräg gegenüber.

*Na, wo steckt ihr? Keiner da?*

Er hatte den Plan geändert. Denn Scylla lebte noch immer, und das nicht, weil er beschlossen hatte, sie zu verschonen. Ganz im Gegenteil. Sein Hass auf die Frau, die ihm das Leben geschenkt und ihm im Tod ein viel grausameres Schicksal beschert hatte, war größer geworden und hatte auf zwei Menschen übergegriffen: Elena und Emma.

Es brachte sein Innerstes zum Kochen, wenn er mit ansehen musste, wie sehr sich Scylla um ihre zwei Nachfahren kümmerte. Zum ersten Mal näherte sie sich ihren Sprösslingen offen, unternahm etwas mit ihnen, verbrachte Nachmittage und Abende mit den beiden, als gehörte sie zur Familie. Letztlich war es auch so.

Die Frauen verstanden sich gut, die kleine Elena sah in ihr die Tante, die sie niemals gehabt hatte.

*Damit hast du mir eine Schwäche offenbart, die ich ausnutzen werde. Um dich zu verletzen und dir Seelenqualen zu bereiten, die du mir hast angedeihen lassen!*

Harm hatte sich im Hotel gegenüber eingenistet und verfolgte, was sich in der Wohnung auf der anderen Seite der Ritterstraße tat. An allem hatte er seitdem teil. Er hörte zu, soweit es ihm möglich war, und lernte das Leben von Emma Karkow kennen, damit er es umso gründlicher zerstören konnte.

*Ah, da ist die Große!*

Wenn Scylla nicht in der Wohnung war, flog er in seiner Windgestalt hinein und machte sich unsichtbar, um weitere Details zu erforschen. Elenas Schlaflied, die Marke der Wimperntusche, die Emma benutzte, die Standardeinkäufe, Bankverbindungen, häufig genutzte Telefonnummern, Klatschblätter, Tagebucheinträge mit ihren kleinen und großen Wünschen samt Sehnsüchten. Einfach alles. Hätte Harm sie nicht gehasst, würde sich aus seinen Beobachtungen durchaus das Bild einer liebenswerten, leicht chaotischen und zu gutgläubigen Frau ergeben, die als alleinerziehende Mutter einen tollen Job machte.

Aus den ganzen Informationen aber hatte er eine neue Existenz erschaffen: den Traummann für Emma.

*Genau den wirst du heute Abend im Schauspielhaus treffen, widerliche Schlampe.*

Harm sah zu, wie Emma aus der Dusche stieg, sich abtrocknete und in die Unterwäsche schlüpfte: schwarzer Slip, roter BH. Der Alltagsunderdress bestand aus dem, was sie zuerst aus der Schublade zu fassen bekam. Das war sein Zeichen, sich ebenfalls vorzubereiten.

Er wandte sich dem Spiegel zu und konzentrierte sich.

Die Züge veränderten sich, formten ein neues Männergesicht, das eine gute Mischung aus Emmas Lieblingsschauspielern war. Ein bisschen Clooney, ein bisschen Depp, eine Prise unrasierter Lawry. Zufrieden betrachtete er seine Illusion.

*Damit wäre ich der neue Kinostar.*

Wie es sich für einen Besuch im Schauspielhaus gehörte, legte er seinen Smoking an und warf sich einen grauen Mantel über, in dem ein feines rot-weißes Karomuster eingewoben war. Harm hatte sich ihren Lieblingsherrenduft besorgt und besprühte sich damit.

*Wenn ich es darauf anlegen würde, dürfte ich sie heute noch ficken. Aber wer will das schon?*

Er verließ das Zimmer und eilte auf die verschneite Straße. Als er nach rechts schaute, kam Emma aus dem Durchgang und schlug den Weg zum Schauspielhaus ein.

Schnell wechselte er die Gehwegseite, damit er vor ihr herlief, und nahm den Stadtplan aus der Tasche. Sie sollte ihn riechen, bevor sie ihn sah.

Ihre Schritte näherten sich und wurden kurz langsamer. Der Duft wirkte.

*Jetzt!*

Harm wandte sich um und drehte sich genau in sie hinein, den Stadtplan in der Rechten haltend. Emma prallte gegen ihn und ließ ihre Tasche fallen, die er geschickt auffing und vor einem Sturz in den Matsch bewahrte. »Verzeihen Sie, Madame«, sagte er gespielt zerknirscht und ließ seinen englischen Akzent durch das Deutsch blitzen. »Ich war unvorsichtig.«

Emma setzte zu einer Erwiderung an, sah in sein Gesicht – und sie wurde für ganze drei Sekunden sprachlos. Der Duft und die für sie designten Züge wirkten auf sie. Entkommen unmöglich.

*Ja, hier steht dein fleischgewordener Traum, du Fotze! Schau mich an!*

»Ich ... nicht so ... macht nichts«, brachte sie stotternd hervor und konnte die Augen nicht abwenden. »Verzeihen Sie, aber ich dachte ... Sie sehen aus ...« Emma rettete sich in ein Verlegenheitslachen.

Er hielt ihr die Tasche hin. »Nehmen Sie sie, Madame. Bevor Sie denken, ich hätte Sie absichtlich gerammt, um Sie zu bestehlen.« Das Lächeln, das er ihr schenkte, zwang sie in die Verliebtheit.

»Nie im Leben«, sagte sie sofort. »Was suchen Sie denn? Sind Sie auf dem Weg zu einer Hochzeit?«

»Nein. Ich möchte zum Schauspielhaus«, antwortete er. Der Köder war ausgeworfen.

»Wie schön! Da bringe ich Sie hin.«

»Oh, das ist sehr lieb. Aber haben Sie denn nichts Besseres zu tun, als Touristenführer zu spielen?«

Emma schüttelte den Kopf. »Nein, Mister ....«

»Nennen Sie mich Alec.«

»Alec. Ein schöner Name.« Sie reichte ihm die Hand. »Emma. Und ich arbeite dort.«

»Oh, Sie sind Schauspielerin!«

Emma wehrte mit einem Lachen ab. »Nein, ich bin die Dame für alles. Von Kartenverkauf bis Führungen und Schauspielerbetreuung. Aber es ist sehr spannend und abwechslungsreich.«

Da sich die Gelegenheit bot, ging er in den Angriff über. »Würden Sie mich auch herumführen?«

»Sicher, Alec.« Sie ging los. »Kommen Sie. Sonst sind wir beide zu spät, und ich brauche den Job.« Sie schritten nebeneinanderher.

*Wie nahe du dem Tod bist, Schlampe. Aber noch ist es viel zu früh.*

»Sie sind Brite, oder? Jedenfalls Ihrem Akzent nach.«

»Gut erkannt, Emma! Aber wenn man es genau nimmt, bin ich Ire, Schotte und Engländer. Von allen ein bisschen.« Er bot ihr seinen Arm an, was sie sofort annahm.

»Danke, sehr freundlich.« Sie schmachtete ihn geradezu an. »Alte Schule.«

»Gentleman zu sein hat nichts mit Schule zu tun. Es ist ein Gebot der Höflichkeit.« Sie überquerten den kleinen Platz an der Nikolaikirche und gingen durch die Grimmaische Straße auf das Schauspielhaus zu.

Emma genoss es sichtlich, von ihm geleitet zu werden. »Sie sind geschäftlich hier, Alec? Wenn ich das fragen darf?«

Er nickte. »Ein paar neue Locations wollen ausgekundschaftet werden. Ich habe mir sagen lassen, dass Leipzig durchaus Potenzial hat. Und mir gefällt die Stadt. Sie ist überschaubarer als

London.« Er zwinkerte ihr zu. »Und die schöneren Frauen gibt es hier auch.«

Emma lachte. »Schon klar, Gentleman. Welches Business betreiben Sie denn?«

»Restaurants, Cafés, Bars. Alles, wo Menschen sich stilvoll ihre Zeit vertreiben wollen.« Er sah sie an. »Welchen Beruf haben Sie erlernt, Emma? Falls ich hier ein Restaurant aufmache, brauche ich eine Geschäftsführerin.« Er wusste aus ihrem Tagebuch, dass sie von einem eigenen Etablissement träumte. Er brachte einen weiteren ihrer Wünsche zum Wahrwerden.

»Alec, Sie machen Witze!« Sie blieb überrumpelt stehen.

»Nein. Mache ich nicht. Und wenn, dann sind sie anders.« Er grinste und ließ sie denken, er finde sie mehr als sympathisch. Die Eifersucht und der Hass würden ihn liebend gern dazu bringen, ihr den Hals aufzuschlitzen.

*Das wäre zu einfach.*

»Sehen Sie, dass wir uns getroffen haben, war Vorsehung.« Er streckte die Hand aus. »Schlagen Sie ein?«

»Machen Sie Ihre Geschäfte immer so? Was sagt denn Ihr Boss, wenn Sie ...«

»Emma, *ich* bin mein Boss.« Er lachte und zog sie mit sanfter Gewalt weiter. »Kommen Sie, es ist zu kalt zum Stehenbleiben. Sie können ja darüber nachdenken, bis wir da sind.«

Sie starrte ihn schon wieder an, geriet ins Stolpern. »Alec, das ist ...« Emma schwieg und schüttelte fassungslos den Kopf.

Die beiden überquerten die Straße und hatten die Stufen des Schauspielhauses erreicht.

»Wir beide treffen uns nach der Vorstellung, und Sie sagen mir, was Leipzig noch dringend an Gastronomie brauchte.« Harm schwenkte den ausgestrecken Arm. »Schlagen Sie schon ein, bevor es einer der Passanten tut und Ihren Job bekommt. Oder wollen Sie fünftausend Euro im Monat jemand anderem überlassen?«

Emma ergriff seine Hand. »Das ist doch …« Sie schaute sich um. »Ich warte auf die Kamera und den Moderator, die kommen, um mir zu sagen, dass ich verarscht wurde.«

Harm lachte möglichst freundlich. »Da kommt niemand.« Er eilte die Stufen hinauf. »Wo finde ich Sie später?«

»Ich warte am Eingang auf Sie«, rief sie begeistert und winkte ihm.

»Alles klar. Ich freue mich!« Er betrat das Schauspielhaus und kaufte sich eine Karte für den ersten Rang, damit er alles sah und hörte und in die Gesichter des Ensembles schauen konnte. Seine eigene Aufführung hatte vorhin begonnen.

*Nachher ziehe ich die Schlinge fest um ihren Hals. Sie wird mein williges Spielzeug, das aus der Muschi tropft, sobald es mich sieht.*

Sein Palmtop vibrierte.

Er nahm es hervor und las auf dem Display: »Japsen und Russkies führen Krieg. Anwesenheit des Lord Mayor dringendst erforderlich. Stevens.«

»Damned bloody shit!«, stieß er wütend hervor und sprang aus dem Sessel. Er achtete nicht auf die gemurmelten Proteste, stürmte hinaus und holte seinen Mantel an der Garderobe ab.

*Hat das sein müssen? Kann man nicht ein Mal den Vertretern die Arbeit überlassen?*

Schnell schrieb er eine Nachricht an Emma und bat sie, über seine Pläne Stillschweigen zu bewahren. Mit dem Palmtop orderte er einen Strauß Rosen für sie: zehn weiße und eine rote.

*Das wird sie für mich feucht halten.*

Eine halbe Stunde später reiste er aus Leipzig ab. Der Vorhang hatte sich für sein kleines Täuschungsstück bereits wieder gesenkt.

*Für die Störung sterben mir ein Dutzend Schlitzaugen und ein Dutzend Wodkasäufer!*

Harm jagte den mattgrauen Ford Mustang über die Autobahn, die er für die beste Erfindung der Deutschen hielt. Gäbe es sie überall, könnte er noch schneller reisen.

### 3. März 2008, Docklands, London, Großbritannien

Harm sah auf die zwölf Würfel aus hellem Kunstharz, die er soeben aus den Formen genommen und auf dem gekachelten Boden abgestellt hatte. Alle hatten die Kantenlänge von einem Meter, und in ihrem Innern befanden sich ganz besondere Stücke.

»Na?«, sagte er zu Stevens, der auf der anderen Seite stand. Beide hatten weiße Ganzkörperschutzanzüge an, wie sie die Spurensicherung oder Lackierer trugen.

»*Das* werden sie verstehen, Lord Mayor«, gab er grinsend zurück. »Aber ich bin nicht sicher, ob sie jemand auf seinen Kamin stellen wird.«

»Ich würde es.« Harm ging in die Hocke und tätschelte den Block vor sich. Darin waren zwei abgetrennte Köpfe eingeschlossen: ein Japaner und ein Russe, die sich scheinbar anstarrten. Die Münder waren zum Schrei geöffnet.

»Das glaube ich Ihnen sofort, Sir.«

»Schick sechs davon an Oyabun Yatamo und sechs an den Paten des Schaparow-Clans.« Er nahm einen Filzschreiber aus der Tasche und beschriftete alle mit den Worten: *Hingerichtet durch den Lord Mayor wegen Verstoßes gegen das Gesetz.*

»Das macht es klar.« Stevens nahm den Sackkarren aus der Ecke. »Ich sende sie mit dem Express los, Sir.«

Harm verließ die kleine Halle, in der normalerweise gestohlene Autos umgebaut und mit frischer Farbe für den Weiterverkauf präpariert wurden. Er ging durch das Drogenlabor, in dem zehn seiner Leute damit beschäftigt waren, Pulver zu kleinen Tabletten zu pressen. Harm mochte es, starke Standorte für seine vielzähligen Unternehmungen zu haben, denn alles andere hielt er für Verschwendung. Je tiefer diese Orte mitten im normalen Leben steckten, desto weniger fielen sie auf. Er nickte seinen Leuten zu, die Männer und Frauen grüßten ihn ehrfürchtig.

Er marschierte durch die nächste dicke Stahltür, die mit einem elektronischen Zahlenschloss gesichert war, und stand in der Küche seines Restaurants *DockView*, von dem aus man einen wunderschönen Blick auf die Themse hatte.

Harm ärgerte sich noch immer.

*Blöde Wichser! Wegen dieser Kindereien muss ich meine private Rache hintanstellen.*

Er zog den Schutzanzug aus und warf ihn in die Müllkiste. Darunter trug er einen grauen Maßanzug. Die schwarze Krawatte nahm er aus der Tasche und zog sie mitten unter den Köchen an. Niemand wunderte sich.

Aber wenigstens hatte Harm einen Weg gefunden, Rache und Strafaktion zu kombinieren. »Sitzt sie?«, fragte er einen Lehrling, der daraufhin bestätigend die blutige Hand hob, mit der er eben noch in den Eingeweiden eines zerlegten Huhns gewühlt hatte.

Das erinnerte Harm an sein neuestes Exempel: Er war mitten in eine Schießerei der russischen und japanischen Arschlöcher marschiert, hatte sie alle kaltgemacht; anschließend war er zu ihnen nach Hause gefahren, um sich deren Familien vorzunehmen.

*Niemand bricht auf meinem Land meine Regeln.*

Mit einem Strahlen betrat er den Gastraum und ging zum Tisch, an dem ein ganz besonderer Mensch seit zwei Minuten wartete. Er brauchte nur zwei Sekunden, und sein Gesicht nahm die Züge an, die Emma kannte. Auf die Emma heftig ansprang. In die Emma sich verliebt hatte.

*Hier kommt Alec.*

»Hallo«, sagte er und trat von hinten an sie heran, berührte ihre nackten Schultern. Das dunkelgrüne Kleid stand ihr gut, wenn er bei ihr Wert darauf gelegt hätte.

Sie zuckte nicht vor seiner Berührung zurück, sondern wandte ihm lächelnd den Kopf zu, als wollte sie, dass er sie küsste.

*Darauf wirst du warten müssen.*

»Sie sind früher zurück, als Sie mir haben mitteilen lassen«, sagte sie glücklich.

»Es lief sehr gut.« Harm setzte sich ihr gegenüber und nahm ihre Hände, drückte sie kurz. »Ich konnte es nicht erwarten, dich wiederzusehen.« Er war nonchalant zum Du übergegangen. »Ist das Zimmer zu deiner Zufriedenheit?«

Sie legte eine Hand gegen die Brust. »Ich dachte, du machst einen Scherz, als du mir geschrieben hast, dass du ein Zimmer im *Ritz* gemietet hast!« Emma nahm ihr Wasserglas, die Wangen waren leicht gerötet. Sie hatte es heiß und war heiß. Auf ihn. »Ich meine, es ist das *Ritz!* Das kannte ich nur aus dem Fernsehen!«

»Genieß es.« Harm prostete ihr mit dem Rotwein zu. »Hast du deine Tochter gut untergebracht?«

»Ihre Tante passt auf sie auf. Kein Problem.« Sie nahm ebenfalls den Wein zur Hand, sie stießen an, und sie nippte. »Ich freue mich sehr, dass ich hier sein darf.«

»Mich freut es ebenso.« Sie lächelten einander an.

*Ich sollte wirklich Schauspieler werden.*

»Was sollen wir morgen alles anstellen?«, fragte er sie und nahm die Vorspeise in Empfang: eine kräftige Fischsuppe mit Jakobsmuschelfleisch sowie Calamares und einem hauchzarten Kaviar-Cognac-Schäumchen obenauf.

Emma redete los und listete auf, was sie unternehmen und sehen wollte.

Harm nickte viel. Aber er hörte gar nicht hin, weil er nicht vorhatte, sich mit Emma zu beschäftigen. Mehr als den Abend würde sie nicht bekommen. Eine unwiderstehliche Ausrede hatte er ebenfalls parat: Geschäfte. Vorbereitungen für das Café in Leipzig. Sie konnte gar nicht böse sein.

»Sehr schön«, sagte er, als er merkte, dass sie erwartungsvoll schwieg. »Es ist zwar sehr viel, aber wir beeilen uns einfach.« Er stieß wieder mit ihr an. Dann sprach er über das Café, das er eröffnen wollte, und beschrieb es, wie er es in ihrem Tagebuch gelesen hatte. An ihren Augen, die an seinen Lippen klebten und leuchteten, erkannte er, dass er das Richtige von sich gab. »Willst du den Job, Emma?«

»Gott, Alec! Ich weiß doch nicht, wie ich ...«

»Du bist dafür wie geschaffen«, fiel er ihr ins Wort. »Ich mache dir gern deinen Traum wahr.«

*Zeit für die nächste Stufe.*

Harm nahm ihre Finger, während die Kellner die Teller abräumten und ihren eigenen Chef nicht erkannten. »Seit ich dich gesehen habe, Emma ...« Er stockte und täuschte Überwältigung vor. »Nein, *als* ich dich gesehen habe, wusste ich, dass ich dich kennenlernen möchte. Schon das bisschen Zusammensein mit dir hat mir bewiesen, dass ich mich nicht getäuscht habe. So etwas ist mir noch nie passiert. Wir liegen auf der gleichen Welle, und ich bin sicher, dass du eine tolle Stellvertreterin für mich wärst.«

»Alec!«, rief sie erfreut und überrascht.

*Weniger! Übertreibe nicht zu sehr.*

»Natürlich nur, wenn du möchtest. Aber ich vertraue dir, Emma. Vom ersten Blick an. Ich kann nichts dagegen tun.«

Sie beugte sich über den Tisch und tat das, was er befürchtet hatte: Emma küsste ihn. Lange und zärtlich, bevor sie sich setzte. »Besser kann ich darauf nicht antworten«, hauchte sie.

Harm hätte am liebsten gekotzt. »Das bedeutet mir sehr viel«, würgte er hervor und rettete sich in ein falsches Strahlen.

Sein Palmtop vibrierte.

»Verzeih mir«, bat er und sah auf die Anzeige. Wilson erinnerte ihn, dass eine neue Bücherlieferung gekommen war und darauf wartete, von ihm inspiziert zu werden.

»Was Schlechtes?«

»Ein Notfall im anderen Restaurant.« Harm dankte Wilson und versprach ihm eine Gehaltserhöhung wegen des guten Timings. Er küsste Emmas Hand. »Warte nicht auf mich. Es wird spät werden.«

»Kommst du ... später ins Hotel?«

*Shit. Sie will heute schon ficken.*

Würde er nicht zu ihr gehen, empfände sie es als Ablehnung. »Ich kann dir nichts versprechen, doch glaube mir«, er küsste sie auf den Mund, weil es die Taktik erforderte, »es gäbe nichts, was ich heute Nacht lieber täte.«

*Außer in den Büchern zu lesen und tausend andere Dinge.*

Er küsste sie im Aufstehen nochmals rasch auf die nackte Schulter und schritt los, wechselte seine Gesichtszüge hinter einer Säule und trat auf seinen Maître zu. Er wischte sich die Lippen mit einem Tuch ab und nahm ein Rotweinglas vom Tablett eines vorbeieilenden Kellners. Schnell leerte er es auf einen Zug. Alkohol desinfizierte. »Der Tisch, an dem die Lady sitzt, geht auf Kosten des Hauses. Und sagen Sie Roberts, er soll weniger Salz ans Kaviar-Cognac-Schäumchen tun.«

»Sehr wohl, Mister Byrne.«

Harm verließ das *DockView* und fuhr zum *One Canada Square*, wo etwas wesentlich Interessanteres wartete, als es Emma Karkow jemals sein würde.

»Das ist die Beschwörungsformel!«

Harm mochte es eigentlich nicht, wenn man Dinge laut aussprach, obwohl man allein im Raum war. Aber die Überraschung war zu groß gewesen.

Er schob das aufgeschlagene Werk zur Seite und wälzte die übersetzten Bücher, die ihm Anjanka hinterlassen hatte.

Wie immer wurde er dabei langsamer und musste die Handschrift der Geliebten betrachten. Schwarz geschwungene Erinnerung. Die Tenjac war die einzige Frau gewesen, der er in Liebe verfallen gewesen war. Eine einmalige Liebe. Ihr Vermächtnis bestand aus viel mehr als nur den unzähligen Seiten.

*Du fehlst mir unendlich ...*

Harm gab sich einen Ruck und las, verglich die Zeichnungen des neuen Kompendiums, das ihm einer seiner Antiquariatshändler zugesandt hatte, mit den Beschreibungen. Dreiundfünfzigtausend Euro hatte es gekostet, und wie es aussah, konnte er den wahren Wert nicht hoch genug beziffern.

In Anjankas Übersetzung war von einem Almanach die Rede gewesen, in dem verschollene Beschwörungsformeln verzeichnet wären. Genau *diesen* hatte er in die Finger bekommen!

Darin entdeckte er auch die Zeichen der Dämonen, denen er ungewollt seine Seele verschrieben hatte. Nein, dem seine Mutter Harms Seele verschrieben hatte.

*Mit welchem beginne ich?*

Es stand für ihn außer Frage, dass es gelingen würde. Dazu musste er vorher die Texte, die angeblich auf Babylonisch verfasst waren, von einem Fachmann prüfen und übersetzen lassen.

*Sollte ich nicht zuerst Scylla und ihre Brut töten, bevor ich mich aus den Diensten der Dämonen befreie?*

Womöglich verlor er seine Kräfte, wenn er sich von ihnen gelöst hatte, doch gegen Scylla brauchte er sie. Ihr Kampf an der Ruine gegen die Übermacht hatte ihn beeindruckt.

*Ich lasse es checken und übersetzen. Bis dahin kann ich mir Emma zurechtlegen und Scylla vernichten. Danach breche ich den Zwangspakt. Vorher wäre es unklug.*

Er sah auf Anjankas Handschrift, fuhr die Buchstaben mit dem Finger nach und achtete darauf, sie nicht zu verwischen.

*Meine Seele wird frei sein, wie du es gewollt und es dir für mich gewünscht hast, Geliebte.*

Sein Computer piepste. Neue Mails. Harm schaltete den Monitor ein.

Die erste Nachricht kam von Oyabun Yatamo, der sich mit den typisch japanischen Floskeln vor Verzeihungsbitten nur so überschlug. Das Gleiche, dafür knapper und markiger, las er von Schaparow. Beide schworen dem Lord Mayor unbedingten Gehorsam. Keinerlei Drohungen, keinerlei Vergeltungsankündigungen.

*Es geht doch.*

Dann hatte ihm Emma aus dem Hotel geschrieben, wie sehr sie ihn vermissen und dass sie seinen Kuss noch immer spüren würde. Harm wurde schlecht.

*Ich deinen auch, Schlampe. Und das bereitet mir keine Freude.*

Die vierte Mail war eine Überraschung und dazu keine schöne.

Der Absender hieß *John Doe*, einen Betreff gab es nicht. Dafür aber eine sehr deutliche Botschaft, und sie lautete: »Lass Emma in Frieden.«

Harm zweifelte nicht daran, dass sie von Scylla kam.

## 10. Juni 2008, Deutschland, Sachsen, Leipzig

Harm lief die Nikolaistraße entlang und genoss den wunderbaren lauen Frühsommerabend in der Stadt.

Das tat er nicht alleine. Die Leipziger flanierten in der Fußgängerzone, schleckten ihr Eis oder genossen die angenehmen Temperaturen überall im Freien. Es roch nach Thüringer Bratwurst, die von einem fliegenden Händler verkauft wurde. Aus der Kirche tönten gedämpfte Orgelmusik und Chorgesang. Sie mischten sich mit der Darbietung einer indianischen Straßenmusikgruppe und schufen etwas sehr Schräges.

Harm betrachtete die Passanten aus dem Schutz seiner Sonnenbrille heraus und freute sich auf den Abend. Einen von ihnen würde er sich schnappen und austrinken.

*Das gönne ich mir. Mal zur Abwechslung deutsches Blut.*

Er hatte es als besser erachtet, den Kontakt mit Emma vorerst einzuschränken. In den letzten Monaten hatte er ihr drei Mails geschickt, in denen er kurz nach ihrem Befinden fragte und viel Stress im Beruf vorschob, der ihn an die verschiedensten Orte der Welt führte. Als Antwort bekam er seitenlange Mails, in denen sie von ihrem Leben berichtete und was Elena alles konnte oder angestellt hatte und wie sehr sie ihn vermisste.

Das war gut. Er hatte ihr Feuer für ihn entfacht, und durch die wenigen Mails brannte das Feuer noch höher und heißer.

Das Schlechte daran: Er hatte irgendwie Scyllas Aufmerksamkeit geweckt. Aus einem bestimmten Grund mochte sie ihn nicht. Nun wollte er abwarten, was geschah. Emma würde sich wieder melden müssen. Und wenn das geschah, wusste er, wie er vorgehen wollte.

*Ich werde Scylla den Schwarzen Peter zuschieben und die beiden entzweien.*

Er besuchte die Universitätsbaustelle in der Grimmaischen Straße, wo die Umbauarbeiten in vollem Gang waren. Hier würde er ein neues Café errichten, eine Mischung aus Wiener Kaffee- und britischem Teehaus. Damit lockte er die Liebhaber beider Spezialitäten an. Zu Tee und Kaffee würde es Sachertorte, Scones, Teacake und Gebäck geben plus den Verkauf von losem Tee und Kaffeebesonderheiten. Emma konnte gar nicht absagen.

*Ich werde behaupten, dass Scylla mir eine Mail geschickt hat, in der sie mir rät, mich fernzuhalten.*

Harm nahm den Schlüssel heraus und ging auf das Ladenlokal zu, das er angemietet hatte.

Die Fensterfronten waren mit Papierbahnen abgeklebt worden, damit er die Kundschaft zur Fertigstellung überraschen konnte. Es hing nur ein Banner davor, das ankündigte, royalen Tee- und Kaffeegenuss bieten zu wollen. Einen Namen hatte er auch schon, der nahelag: *Emma's*. In diesem Fall war der Apostroph nach dem »a« sogar erlaubt, da es sich um einen englischen Genitiv handelte. Bei deutschen Geschäften bedeutete der Apostroph, dass der Inhaber keine Ahnung von seiner Muttersprachengrammatik hatte.

Harm sperrte auf und betrat die Baustelle, in der es nach frischer Farbe und Kleister roch. Mit dem Druck auf den Lichtschalter vertrieb er die Dunkelheit aus den achtzig Quadratmetern, in denen der royale Stil vorherrschte: edle Stofftapeten in Dunkelblau, eine weiße Wand, dunkle Möbel, ein Bild von der Queen, ein langer Tresen, der sowohl als Verkaufs- wie auch als Bedienungstheke diente. Dahinter erhoben sich vier Meter hohe Regale, in die bald Tee und Kaffee eingeräumt werden würden.

*Es wird doch.*

Harm freute sich. Ein Stück Empire und ein Stückchen seines Imperiums, das er auf den Kontinent brachte, einschließlich der Drogen. Wenn er schon so viel Zeit in Emma und *Emma's* investierte, konnte er einen Verkaufsring gleich mit hochziehen. Wie gesagt: Ein guter Standort diente vielerlei Zwecken. Zwei Vertraute hatte er in Leipzig auf die Suche nach vorhandenen Strukturen geschickt, um vorzufühlen und sich mit den ansässigen Bossen zu besprechen.

Er strich mit den Fingern über den Tresen, auf dessen einem Ende schon ein kleiner Stapel Briefe von den Handwerkern aufgetürmt worden war.

*Die Grenze nach Polen ist nicht so weit weg. Die Russen werden stark in der Stadt engagiert sein. Russen oder andere Ostblocker. Ich werde mit ihnen einig werden.*

Harm sichtete die Umschläge: Stadtverwaltung, Stadtwerke,

Vermieter, ein Brief von Emma und ein Brief ohne Absender, auf dem *EILIG! IHR VERSICHERUNGSSCHUTZ LÄUFT AB!* geschrieben stand.

Harm öffnete ihn zuerst, weil er ihm am merkwürdigsten erschien. Ein Werbebrief, auf dem keine Logos oder keine Firmen genannt wurden, das passte nicht.

*Ich wette ...*

Und er hatte recht. Es war ein Standardschreiben, das mit *Lieber Ladenlokalbesitzer* begann und in eine offene Schutzgeldforderung mündete. Einschließlich der Warnung, sich nicht an die Polizei zu wenden, weil dann die Bude gleich in Flammen stünde.

*Banausen, echt. Das ist keine »Bude«.*

Die Tür wurde geöffnet.

Harm sah auf die Spiegelfront im Regal. Drei Männer waren hereingekommen, alle recht jung, modern und unauffällig gekleidet. Doch die feinen Symbole machten den Unterschied. Einer trug ein Poloshirt einer bestimmten Marke, der andere hatte die Zahl *88* als kleines Logo auf der Brusttasche. Ein knallroter Aufnäher mit der Zahl 18 zierte die karierten Hosen des letzten Besuchers.

Nazis gab es auch in England, und sie nutzten die gleichen Tricks und Abkürzungen oder Identifizierungsmerkmale. Das Internet hatte diese Symbole und Bedeutungen für jeden sichtbar gemacht.

*Für einen Tee werden sie nicht gekommen sein.*

Sie sahen sich um. Die 88 pochte gegen eine Glasscheibe und nickte grinsend, die zwei anderen spazierten auf Harm zu, ohne etwas zu sagen.

»Lasst mich raten: Ihr würdet weißen Tee anstatt schwarzen trinken.« Er hob den Brief, ohne sich umzudrehen. »Von euch, Boys?«

»Endlich lässt sich mal jemand blicken, der nicht aussieht wie ein Handwerker. Wer sind Sie? Der Besitzer?«, fragte die 18 ihn. »Oder der Pächter?«

Harm drehte sich langsam um, lehnte sich mit einem Arm gegen den Tresen. Er blieb locker und entspannt, damit sie sich in Sicherheit wähnten. »Wie viel?«

Die Männer grinsten sich an; alle hatten kräftig ausgebildete Eckzähne.

*Oh, Menschenfresser?*

»Wir sind harmlos. Ehrlich, wir tun nur dann etwas«, 18 breitete die Arme aus, »wenn wir uns nichts zu essen kaufen können. Und dazu braucht man Geld.« Er zeigte mit dem Finger auf seine Kumpel. »Also, normalerweise nehmen wir zweihundert pro Person. Das macht dann sechshundert. Euro.«

»Im Monat.« Harm schob die Sonnenbrille weiter nach hinten auf den Nasenrücken. »Ich nehme mal nicht an, dass ihr für die Russen arbeitet, Boys.« Sie brachen in Gelächter aus. Er öffnete den Geldbeutel und nahm zwei Fünfhundert-Euro-Scheine heraus, legte sie auf den Tresen. »Die sind für euch, wenn ihr mir sagt, wie die Strukturen in Leipzig sind: wer ihr seid und welche Feinde ihr habt, welche anderen Schutzgeldtypen es noch gibt, wer die Drogen verkauft und der ganze andere Mist.«

Sie hatten aufgehört zu lachen und gemerkt, dass es ihm ernst war. Sie schauten auf die violetten Scheine und konnten es nicht fassen.

18 legte die Hand auf das Geld. »Nette Anzahlung.«

*Wenn ihr jetzt schon Krieg haben wollt, bitte sehr.*

Harm drückte seine Finger blitzschnell auf die des anderen. »Die tausend gibt es für *Auskünfte*«, stellte er freundlich klar. »Ich zahle kein Schutzgeld.«

18 wollte den Arm zurückziehen und zerrte ohne Erfolg.

Das entging den beiden Begleitern nicht. Sie tauschten kurze Blicke und kamen näher.

»Rück die Scheine raus!«, rief 88 und griff nach Harms Kehle.

Er schlug den Arm zur Seite und die gegnerische Hand damit in das Gesicht von 18. Dann drosch Harm die Fäuste gegen die Körpermitte des Angreifers, der mehrere Meter durch die Luft flog und gegen den Eisenpfeiler prallte; aufächzend sackte er daran herab und blieb liegen.

*Die Menschenfresser in der Vergangenheit waren besser.*

Harm trat 18 blitzschnell in den Schritt, und zwar derart brutal, dass der Mann einen Meter vom Boden abhob. Mit Sicherheit waren die Hoden zerquetscht und das Becken gebrochen. Jaulend fiel er vor ihm auf den Boden. »Ich brauche nicht mal einen Bordstein, um dir die Zähne rauszuschlagen.« Harm trat ihm in den geöffneten Mund. Es krachte und knackte laut, weiße Splitterchen rutschten über den dreckigen Boden.

Der Mann im Poloshirt zog ein langes Messer und sprang ihn mit einem wütenden Schrei an.

*Und damit sie wissen, womit sie es zu tun haben ...*

Harm machte einen Schritt zur Seite und wurde unsichtbar.

Der Feind prallte gegen den Tresen, die Klinge bohrte sich tief in das Holz, bevor sie sirrend abbrach.

»Wo steckst du?«, grollte der Mann und sah nach seinen Begleitern, die am Boden lagen und sich mit Schmerzen wälzten.

»Eure politischen Ansichten sind mir scheißegal, Boys. Ob Nazis, Kommunisten, Demokraten oder sonst was: Wer denkt, er könnte mir ans Bein pissen, dem reiße ich die Klöten ab. Ihr kommt nie wieder rein und auch nicht im Entferntesten auf die Idee, meinem Geschäft irgendetwas anzutun«, sprach Harm drohend. »Sollte etwas in diesem Laden zu Bruch gehen und es ist *kein* Unfall, komme ich zu euch und mache da weiter, wo ich aufgehört habe.«

Das Poloshirt hatte seine Stimme lokalisiert, zückte einen Schlagstock und führte einen mörderischen Hieb nach ihm. »Wichser!«

*Dann lerne durch Schmerzen.*

Harm duckte sich, ließ die Fingernägel scharf und lang werden. In der Abwärtsbewegung stieß er die Krallen in die Oberschenkel des Mannes und schlitzte sie bis zu den Knien auf. Das Blut sprudelte nur so aus den zehn tiefen Schnitten, und der Gegner fiel schreiend auf den Boden.

Harm machte sich wieder sichtbar und wischte die rotfeucht glitzernden Finger an einem herumliegenden Putzlappen ab, den er danach in die Blutlache warf. »Da. Wenn du die Wunden geheilt hast, wisch deinen Scheiß auf. Danach schnappst du dir deine stinkenden Werwolffreunde und verschwindest aus meinem Lokal«, grollte er. »Ich habe schon genug von euch getötet. Auch ohne Silber.«

*Botschaft verstanden, ihr Nationalwauzis?*

Die offenen Oberschenkel schlossen sich tatsächlich wieder, und der Blutstrom endete, die Haut wuchs zusammen. Der Mann starrte ihn an und konnte nicht einordnen, an wen oder was er geraten war. Er sagte nichts, kniete sich hin und putzte den Boden, wie er es befohlen bekommen hatte.

*Lektion gelernt.*

»Passt gut auf mein Geschäft auf, sonst seid ihr drei und alles, was mit euch zusammenhängt, tot. Ich finde eure Familien, eure Freunde, eure Lieblingslokale und sogar den beschissenen Zeitungsverkäufer, bei dem ihr eure Kippen kauft. Von alldem wird nichts mehr übrig bleiben, wenn *meinem* Laden etwas geschieht.«

18 und 88 hatten sich erhoben und warfen Harm tödliche Blicke zu, bevor sie stöhnend beim Saubermachen halfen. Die Gefahr, das Leben wegen Schutzgeld zu verlieren, wollten sie nicht eingehen. Als sie den Boden gewischt hatten, verschwanden sie, ohne ein Wort zu sagen.

*Vor denen habe ich Ruhe. Es lebe die Angst.*

Harm steckte die Briefe ein, ging zur Tür, sah nochmals in seinen Laden und sperrte ihn von außen zu.

Gemächlich ging er durch das sommerabendliche Leipzig und tat so, als hätte er den vierten Mann der Wandlerbande, der sich auf der gegenüberliegenden Straßenseite in den Schatten drückte, nicht gesehen. Er war ihm schlicht zu unwichtig.

*Sie hat mir einen Brief geschrieben. Das ist gut.*

Da sich Emma bei ihm gemeldet hatte, würde er sie anrufen und den ersten kleinen Keil zwischen sie und Scylla treiben.

***

# KAPITEL III

14. Juni 2008,
Deutschland, Sachsen, Leipzig

Harm saß im *Krystallpalast-Varieté* an einem Vierertisch im Parkett, schräg unterhalb der Empore. Von hier aus war der Blick gut, und man saß nicht zu dicht an der Bühne, um unvermittelt zum Gehilfen erklärt werden zu können.

*Es ist einfach schön hier.*

Das Varieté füllte sich stetig. Der Zuschauerraum war zur Bühne hin ausgerichtet, auf der bald Jonglage, Illusionisten, Kontorsion und Luftakrobatik im kleinen Rahmen zu sehen sein würden. Der Moderator ließ meist ein paar gute Witze einfließen und verband die Nummern mit einem großen Motto.

Harm las die Getränkekarte und bestellte eine Flasche Sekt und zwei Gläser. Emma musste jeden Moment kommen. Er hatte sie eingeladen, um zuerst einen gemütlichen Abend zu verbringen, danach wollte er mit ihr essen und im Anschluss ins *Emma's* gehen, das so weit eingerichtet war, um es ihr präsentieren zu können.

*Wie sie es aufnehmen wird, einen weiteren Traum real vor sich zu sehen?*

Den ersten Unfrieden hatte er bereits zwischen ihr und Scylla gestiftet, indem er Emma von der Warn- oder Drohmail berichtet hatte. Zusammen mit einer kleinen Lüge, den Absender herausgefunden zu haben: ihre gute Freundin Sia – oder besser gesagt, Elenas Tante. Nach dem Ereignis in der Mühle trug sie ihre Haare wieder rot, und seit einem Monat nannte sie sich Jitka, das hatte er herausgefunden. Er vermutete, dass der ungewöhnliche Name mit ihrer Vergangenheit zusammenhing. Leider wusste er zu wenig von Scyllas, Sias, Jitkas Vorgeschichte und auch nicht ihr wahres Alter.

*Ich bin gespannt, was ich heute Abend zur Mail höre.*

Harm schaute auf die Uhr. Noch zwanzig Minuten bis Vorstellungsbeginn auf der Bühne. Seine eigene Show würde früher beginnen. Auch von ihm wurde Jonglage, Magie und Akrobatik verlangt, wenn auch mit Worten.

Er roch ihr Parfüm, bevor er sie sah, und hob den Kopf.

*Shit!*

Neben ihr lief Scylla. Beide hatten sich herausgeputzt und sahen in ihren eng geschnittenen Kleidern für unvoreingenommene Betrachter großartig aus. Jeder Mann im Varieté drehte sich zu ihnen um. Sie wirkten wie zwei Schwestern, die gemeinsam auf die Piste gingen und Spaß haben wollten, nur dass die rothaarige Scylla wenigstens dreihundert Jahre alt war und Emma knappe dreißig.

Emma hatte ihn entdeckt, zeigte kurz auf den Tisch und ging los, Scylla an der Hand haltend und hinter sich herziehend.

*Das kann lustig werden.*

Harms Puls beschleunigte sich, und er erhob sich, als sie ihn erreicht hatten. »Ladys«, sagte er und deutete eine Verbeugung an. Die Konfrontation hatte er sich anders vorgestellt, und er glaubte nicht daran, dass es Scyllas Idee gewesen war, ins Varieté zu kommen. Der Blick aus ihren dunkelgrauen Augen sah genauso begeistert aus, wie er sich fühlte.

*Sobald sie mich erkennen sollte, muss ich ...*

»Das ist Alec«, stellte Emma ihn vor und unterbrach seine Gedanken.

Scylla nickte nur und setzte sich, ohne etwas zu sagen.

»Und das ist Elenas Tante Jitka«, fuhr sie verstimmt fort. Es war ihr unangenehm, dass die Vampirin derart unfreundlich reagiert hatte. »Ich habe sie mitgebracht, damit ihr euch kennenlernt und wir ein paar Dinge klären, bevor die Sache aus dem Ruder läuft.«

*Oje. Als Diplomatin taugst du nichts.*

»An mir soll es nicht liegen«, sagte Harm sofort und lächelte falsch.

Scylla grinste zurück. Es hatte etwas Aggressives. Sie fühlte garantiert, dass mit ihm etwas nicht stimmte, konnte es jedoch nicht einordnen.

*Es wird sich zeigen, womit ich ihre Ablehnung verdient habe. Wüsste sie, wer ich bin, wäre sie anders vorgegangen, als mir eine billige Einschüchterungsmail zu schreiben oder mir ein Drohfeixen zu schenken. Sie denkt, sie ist mir überlegen.*

Harms Aufregung legte sich und wich der Wachsamkeit. Für ihn war klar: Einen physischen Kampf würde es nicht geben, nicht inmitten der vielen Besucher, die auf die Plätze drängten. Und schon gar nicht vor Emmas Augen. Aber er stellte sich auf einen harten Wortwechsel ein.

»Dann hätte ich gern geklärt«, eröffnete Scylla eisig den Angriff, »warum er sich *Alec* nennt, aber in Wirklichkeit *Harm Byrne* heißt, der in Großbritannien ein Unterweltimperium führt, das auf Sexbars und Drogen basiert.« Sie saß ganz ruhig, hatte die Hände zusammengefaltet und auf den Schoß gelegt. »Komischerweise sieht Mister Byrne auf den Bildern, die ich von ihm kenne, ganz anders aus. Höre ich dazu eine Erklärung, Mister?«

*Fuck. Sie hat Erkundigungen über mich eingezogen. Hat sie mich verfolgt?*

Die Breitseite hatte gesessen.

Emma sagte nichts, schaute ihn aber flehentlich an. Sie wollte die Anschuldigungen plausibel aus der Welt geschafft und ihren Märchenprinzen zurückhaben.

Harms Gedanken überschlugen sich. Eine Lüge nach der anderen zuckte durch seine Gedanken. »Ja, ich bin Harm Byrne«, gestand er dann. »Ich habe mein Gesicht einer Operation unterzogen, um mir eine neue Identität zuzulegen. Es gibt ... Menschen, die mich nicht besonders gut leiden können.«

»Alec«, entfuhr es Emma entsetzt und enttäuscht zugleich.

Harm spürte, dass er es nicht mehr herumgerissen bekam. Nicht auf diese Weise. Eine besondere schauspielerische Leistung musste her.

»Siehst du!?«, rief er niedergeschlagen. »Genau *das* wollte ich vermeiden! Weil ich wusste, wie deine Reaktion sein würde, sobald du mehr von meiner wahren Geschichte hörst.« Er nahm ihre Hand. Sie zog sie nicht zurück. »Du bist der wichtigste Mensch in meinem Leben, Emma! Ich habe in dir endlich eine Frau gefunden, die ich verehre und der ich alles ermöglichen möchte.«

»Mit Geld, das er durch Ausbeutung anderer Frauen und Verkauf von Ecstasy verdient hat«, warf Scylla schneidend ein. »Willst du das, Emma?«

Harm sah Emma an, dass sie vollkommen verunsichert war. Sein eindringliches Liebesgeständnis hatte sie von seiner Geschichte überzeugt, aber das Wissen, woher die finanziellen Mittel stammten, bereitete ihr ein schlechtes Gewissen.

»Ich habe ihr erzählt, Mister Byrne, dass Sie dafür bekannt sind, Ihren Widersachern die Kehlen aufzuschlitzen, und dass Sie gern bei deren Familien weitermachen. Zur Abschreckung für andere«, sagte Scylla und schoss die nächste Breitseite ab. »Vor kurzem haben Sie zwölf Kunstharzwürfel mit den Köpfen von aufständischen Geschäftspartnern versenden lassen, hörte ich. Das ist nicht unbedingt das Verhalten, das ich mir von einem Mann wünsche, der im Leben meiner Schwester und meiner Nichte eine wichtige Rolle spielen darf.«

*Ich habe sie total unterschätzt.*

Harm beschloss, ihr nicht direkt zu antworten, sondern sich auf Emma zu konzentrieren. »Mein Leben ist hart, weil meine

Feinde es sind! Wenn ich überleben will, muss ich ihnen gegenüber so sein, dass sie mich und meine Geschäfte respektieren.«

»Dann tust du das alles *wirklich?*«, flüsterte sie und war weiß geworden. »Du bist ein …« Ihr fehlten die Worte. Sie versuchte, ihm ihre Hand zu entziehen.

Scylla lehnte sich lächelnd in dem Stuhl zurück. Sie sah sich als Siegerin.

Die Menschen um sie herum unterhielten sich selbst angeregt und bekamen kaum etwas von ihrem Gespräch mit. Das hoffte Harm zumindest.

»Bitte, Emma, ich brauche dich!« Er legte viel Verzweiflung in die Stimme. »Ich würde alles tun, um dich glücklich zu machen!«

»Auch Ihre Sexläden aufgeben und die Drogenlabore schließen?«, setzte die Vampirin genüsslich nach. Emma rang mit den Tränen, doch ihr Blick war hoffnungsvoll und abwartend. Alles hing von seiner nächsten Antwort ab.

»Sicher«, gab er zurück. »Ich werde alles aufgeben.«

»Und wenn sie Ihnen nicht glaubt?«, hakte Scylla ein und blickte wütend, weil sie den Aufwind für ihren Widersacher bemerkte. »Oder wenn ich Ihnen nicht glaube?«

»Werde ich sie mitnehmen und ihr persönlich zeigen, wie ich alles abgebe, schließe, verkaufe, verbrenne, der Polizei übergebe oder was immer ich sonst damit tun soll.« Harm spürte, dass Emma ihre Hand nicht mehr wegziehen wollte.

*Nicht lockerlassen, damit die Fotze am Ende doch noch abspringt.*

»Und das Geld auf Ihren Konten, Mister Byrne? Was ist damit?«

*Ich würde jetzt doch gerne mit Scylla kämpfen. Und sie umbringen. Einfach so und ganz schnell, um sie zum Schweigen zu bringen.*

Aber da er ihr den größten Schmerz nur über Emma zufügen konnte, musste er besonnen bleiben und ihre Angriffe erdulden.

*Meine Breitseite wird dich in Fetzen reißen!*

Er sah Emma tief in die Augen. »Du bestimmst, was geschehen wird«, sagte er eindringlich. »Ich will, dass du erkennst, was du mir bedeutest. Aber wie auch immer du dich entscheidest, du sollst wissen, dass ich dich ...«

Das Klingelzeichen im Varieté verkündete: noch fünf Minuten bis Beginn der Vorstellung. Sein geschmachtetes Wörtchen »liebe« war darin abgesoffen.

*Scheißtiming!*

Emma lächelte zaghaft und gab ihm einen Kuss auf die Wange, nahm ihre Tasche und stand auf. »Ich muss darüber nachdenken«, verabschiedete sie sich. Scylla erhob sich ebenfalls. »Ich schreibe dir eine E-Mail, wenn ich weiß, wie es mit uns weitergehen soll. Ich muss auch an Elena denken, Alec. Sieh es mir nach, bitte.«

»Das spricht nur für dich«, entgegnete er mit einem erzwungenen Lächeln. »Euch beiden einen schönen Abend.« Er starrte ihnen hinterher, bis sie durch den Ausgang verschwunden waren.

*Das mit dem Entzweien hat ja supertoll geklappt!*

Wütend trank er seinen Sekt und schenkte sich neu ein, stürzte auch den zweiten hinunter. Er würde ein paar Leute anrufen und schauen, woher sich Scylla die Infos über ihn besorgt hatte. Das Loch musste gestopft werden, bevor sie zu viel herausbekam.

Das Licht wurde gedimmt, es ging los. Aber Harm war mit seinen Gedanken woanders.

*Sie hat mich überrumpelt.*

Er zwang sich, analytisch zu denken. Scylla kannte seine menschliche Identität, seine Aktivitäten, seine letzte Bestrafungsaktion gegen die Russen und Japaner ...

Genauer betrachtet, musste sie gar keine guten Kontakte besitzen. Einiges über ihn fand immer wieder mal Einzug in die

Schmutzpresse. Und wenn sie jemanden bei der Polizei kannte, wäre es noch einfacher, an die Informationen zu kommen.

*Sie hat Oberflächliches gesagt, und ich bin in die Falle getappt. Ich hätte alles leugnen sollen.*

Jetzt ärgerte sich Harm noch mehr und begann zu grübeln.

*Okay, der Abend war ein Eigentor. Ich muss schneller an Emma herankommen, sonst könnte sie sich gegen mich entscheiden.*

Die Zeit verging, und die Varietékünstler spulten ihre Nummern vor seinen Augen ab, ohne dass er sie richtig wahrnahm. Er grübelte unentwegt, wie er vorgehen sollte.

Dann ging das Licht an: Pause.

Harms Ärger war nicht weniger geworden. Er stand auf und vertrat sich die Beine, blieb im Vorraum und trank einen Kaffee. Er konnte an nichts anderes mehr denken als daran, Emma zu überreden, bei ihm zu bleiben.

*Wie werde ich wieder zum Mann ihrer Träume?*

Kaum hatte er sein Handy angeschaltet, klingelte es. Er nahm es aus der Tasche, doch leider war es nicht die erhoffte Emma, sondern sein treuer Wilson. »Ja?«

»Sir, endlich erreiche ich Sie! Wir hatten Besuch«, sagte der Butler und versuchte, ruhig zu bleiben. »Leute, die vorgaben, von der Polizei zu sein, waren hier und haben Ihre Wohnung durchsucht, Sir. Sie haben den Computer mitgenommen und einige der alten Bücher. Und genau das, mit Verlaub, kam mir verdächtig vor, Sir.«

»Sie haben die reingelassen?«

»Was sollte ich tun, Sir? Sie hatten Ausweise und einen Durchsuchungsbefehl, an dem es nichts auszusetzen gab. Sieben Leute, Sir, zwei in Zivil, fünf in Uniform, und alle bewaffnet.«

*Es gibt ein paar Sammlertypen, die meine Bücher unbedingt hatten haben wollen. Alle wären reich genug, um dieses Theater zu inszenieren, aber keiner clever genug.*

»Haben sie gesagt, was sie mit den Büchern wollen?«

»Sie vermuteten, Sir, dass es sich um Hehlerware handelte, und wollten sie zur Überprüfung mitnehmen. Der Vorwand, unter dem sie hereinkamen, lautete übrigens Steuerhinterziehung, Sir.«

Er wollte Wilson anschreien, warum er jetzt erst anrief – als ihm einfiel, dass er sein Telefon selbst ausgeschaltet hatte. Der Butler hatte versucht, ihn zu erreichen, wie das Display ihm zeigte. Der Abend drohte zu einem kompletten Debakel zu werden.

*Es waren vielleicht die gleichen Typen, die mir damals die Artefakte gestohlen haben.*

»Haben Sie bei der Staatanwaltschaft nachgefragt, Wilson?«

»Natürlich, Sir. Das heißt, Ihr Anwalt tat dies, nachdem ich ihn angerufen hatte. Und wie Sie bestimmt bereits ahnen, wusste man dort nichts von einer Hausdurchsuchung. Vergeben Sie mir, dass ich auf diesen Trick hereingefallen bin, aber so wie diese Leute auftraten und wie sie sich benommen haben, war es mir unmöglich, einen Verdacht zu schöpfen, Sir. Bis Ihr Anwalt hier war, waren sie schon wieder verschwunden.«

Harm hätte liebend gern etwas Lebendiges in winzige Fetzen gerissen und wäre darauf herumgetrampelt. Vorzugsweise auf Wilson oder den Arschlöchern, die ihn frech ausgeraubt hatten. Ein perfekteres Timing für den Coup gab es nicht. »Ich komme nach Hause, Wilson«, grollte er in den Hörer und unterbrach das Gespräch.

*Shit, das habe ich davon. Sobald die Zügel im eigenen Reich schleifen, brechen die verdammten Scheißkerle alle aus.*

Harm fand es an der Zeit, noch ein paar Kunstharzwürfel zu verschicken.

Er verließ das Varieté, während der zweite Block der Vorstellung anfing, und machte sich auf den Weg zum Hotel. Wenn er jetzt aufbrach, käme er mit hoher Geschwindigkeit noch vor dem

Morgengrauen bis zum Eurotunnel. Sein Ford Mustang lief dreihundertzwanzig Stundenkilometer, und die beste Route hatte er sich bereits ausgesucht, um an fließendem Wasser ungehindert vorbeizugelangen.

*Emma muss leider warten. Die Bücher sind wichtiger als sie.*

Zuerst fiel Harm gar nicht auf, dass hinter ihm ein rhythmisches, leises Klacken erklang. Die Spitze eines Gehstocks prallte hörbar auf das Kopfsteinpflaster.

Und das weckte Erinnerungen. Erinnerungen aus dem Leben von Sandrine.

Harm wandte sich um – und schaute in eine leere Gasse.

*Werde ich jetzt noch verrückter, als ich es ohnehin bin?*

Ein dunkles Heulen erklang, das ungeübte Ohren für schiefen Gesang aus der Kehle eines großen Hundes halten würden. Er jedoch erkannte es als den Ruf eines Wolfs, gefolgt von einem finsteren Lachen, das kurz als Echo durch die Straße rollte.

*Ich fasse es nicht. Da versucht jemand, einem Vampir Angst zu machen!*

Harm drehte sich nach vorn.

Vor ihm, etwa zehn Meter entfernt, stand eine Gestalt im Anzug, das Gesicht durch die Schatten verborgen und die Hände auf einen schwarzen Ebenholzgehstock gestützt.

*Ist ... das die Möglichkeit? Das kann nicht de Morangiès sein!*

Und das aus einem einfachen Grund: Der Mann, der sich ihm entgegenstellte, besaß noch beide Arme. Außerdem wurden Menschen und Menschenfresser nicht so alt. Wer käme noch in Frage?

*Die Nazi-Boys würden weniger Theater machen. Möglicherweise will sich einer der Leipziger Gothics als Touristenschreck betätigen. Oder kommt der Besuch von Scylla, die mir eine Abreibung verpassen lassen will?*

»Dominic de Marat!«, hörte er eine Frau hinter sich rufen.

Er sah über die Schulter, konnte aber niemanden erkennen. Als er nach der Gestalt mit dem Stock schaute, war sie verschwunden.

*Du meine Güte ...*

»Greift mich an oder lasst mich in Ruhe. Die Kinderkacke könnt ihr euch sparen«, sagte Harm unbeeindruckt. Er marschierte weiter, auch wenn er wesentlich wachsamer war als vorher. Schnell checkte er im Hotel aus und fuhr mit dem Lift hinunter in die Tiefgarage.

Sein Mustang wartete auf ihn, Box 21. Eine der Neonlampen flackerte, Wasser tropfte irgendwo von der Decke.

*Das ist doch kein beschissener Gruselfilm.*

Harm legte die Entfernung von der Kabine bis zum Wagen betont langsam zurück, auch wenn er sich beobachtet fühlte. Er stieg ein, donnerte aus der Tiefgarage und seiner Heimat England entgegen.

Mit einem Blick in den Spiegel prüfte er, ob ihm jemand folgte.

Das ungute Gefühl blieb. Es tat sich einfach zu viel in diesem Abschnitt seines langen Lebens, was er nicht verschuldet hatte. Nicht Harm Byrne.

19. Juni 2008,
London, Großbritannien

Harm hielt sich an die alte Weisheit, dass die einfachsten Lösungen meistens die besten waren.

In dem Fall bedeutete es, dass er zu Kevin O'Malley fuhr, dem Buchhändler, dem er seine antiquarischen Schätze verdankte und der an ihm geschätzte vierhunderttausend Pfund verdient hatte.

*Kann sein, dass er dahintersteckt. Ich werde es in Sekunden herausfinden. Sekunden, die zu Minuten werden, wenn es mir viel Spaß macht.*

Sicherlich traute er den Räubern zu, auf anderem Wege herausgefunden zu haben, welche Werke er bei sich eingelagert hatte. Oder Sammlern, die schlaue Räuber beauftragt hatten. Am einfachsten gelang das über Kevin O'Malley. Sollte dem so sein, war Harm gespannt, was den Händler dazu bewogen hatte, die für ihn einträgliche Geschäftsbeziehung gegen Verrat und vermutlich eine hohe Einmalzahlung einzutauschen.

*Verurteile ihn nicht voreilig,* mahnte er sich.

Harm hatte einen schweren, stark ausgebeulten Rucksack über der rechten Schulter, in dem er bei sich trug, was er unter Umständen noch benötigte.

Er klingelte beim Spezialgeschäft des Buchhändlers, in das man nur nach einem persönlichen Kennenlernen eingeladen wurde. Wer billige Repros suchte, hatte bei O'Malley nichts verloren.

Sekretärin Casey, heute im schwarzen Rock und mit leichtem Top, öffnete ihm. »Schön, Sie zu sehen, Mister Byrne«, grüßte sie ihn mit ihrer glockenhellen Stimme, die nicht darüber hinwegtäuschen konnte, dass sie Angst vor ihm hatte und seinem sacht forschenden Blick auswich. Zum ersten Mal.

*Ich habe wohl mit meiner Annahme richtig gelegen? Es wird Zeit für einen kleinen Byrne-Wahrheitstest.*

Er machte einen Schritt hinein und blieb vor ihr stehen, musterte sie. »Wie lange kennen wir uns jetzt schon, Casey?«

Die junge Frau schluckte. »Es ist jetzt fünf Jahre her, dass ich meine Ausbildung abgeschlossen habe und hier arbeite, Mister Byrne.« Sie nestelte an ihrem Silberarmband.

»So lange schon?« Er lächelte, weil er roch und ihr ansah, dass ihre Furcht zunahm. »Habe ich Ihnen jemals einen Grund gegeben, vor mir zu zittern?«

»Nein, Sir.«

»Warum fangen Sie heute damit an?«

Sie schlug die Augen nieder, schaute auf ihre bebenden Finger. »Es tut mir leid«, sagte sie und damit alles.

*Sie weiß, warum ich hier bin. Und Kevin weiß es auch. Sie waren es, die den Räubern verraten haben, wo sie die Bücher finden.*

Harm hob langsam die Hand und strich ihr über die Wange. Trockene, warme Haut, jung und rein, kein Make-up. »Beruhigen Sie sich, Casey. Ich kläre die Sache.« Dann ging er an ihr vorbei, durch den Präsentationsraum mit den vielen Glasvitrinen.

Hier drinnen herrschten immer exakte achtzehn Grad und kaum Luftfeuchtigkeit, um die wertvollen Handschriften und Bücher darin zu konservieren.

Normalerweise mochte er es, stehen zu bleiben und sich die Seiten der ausgestellten Werke anzuschauen. Doch er lief direkt zum Arbeitszimmer des Buchhändlers, stieß die Türen auf und hob beide Arme ausgestreckt zur Begrüßung. Ein falsches Lächeln lag auf seinem Gesicht.

»Kevin, mein alter Freund!« Elanvoll setzte sich Harm auf den Sessel an den Schreibtisch, an dem O'Malley hockte und einen Brief geschrieben hatte; den Rucksack stellte er neben sich auf den Boden.

»Ich konnte nicht anders, Mister Byrne.« Er legte den Füller weg. »Ich habe mir geschworen, Ihnen die Wahrheit zu sagen. Wenn der Einbruch bei Ihnen gelungen ist.«

Harm schlug lachend mit der flachen Hand auf den Tisch, als hätte er einen guten Witz vernommen. »Sehen Sie? Ich wusste es, Kevin!« Er hob drohend den Finger. »Sie mieser kleiner doppelverdienender gieriger Verräter!«

»Sir, ich ...« Seine Stimme versagte.

»Oh, kommen Sie, Kevin. Das ist doch einfach gewesen, den Räubern einen Tipp zu geben. Es hat Ihnen nicht weh getan. Wie viel haben Sie bekommen?«

»Es ist anders, Mister Byrne!«

»Anders? Dann lassen Sie die Bücher selbst stehlen, um sie anderen Kunden teurer zu verkaufen? Das wäre durchaus ein Modell, was sich nicht minder lohnt.« Harm sprach noch immer in dem jovialen Tonfall, als plauderten zwei Freunde auf einer Party. Nur die Augen passten nicht zu seiner Heiterkeit: In ihnen leuchtete der Tod. Er lehnte sich nach vorn, legte die Unterarme auf die Tischplatte. »Sie hatten mir damals vorgeschlagen, eine Versicherung abzuschließen. Hatten Sie vor, mir zu zeigen, was geschieht, wenn ich es nicht tue?«

Der Buchhändler schwitzte stark, und die Halsschlagader pulsierte in sehr kurzen Abständen. »Sie sind schon vor einiger Zeit in mein Büro gekommen. Früher waren es gute Kunden, deswegen habe ich keinerlei Argwohn gehegt. Sie banden mir eine kleine Mine umgekehrt auf den Bauch ...«

»Bestimmt eine Claymore«, warf Harm fachmännisch ein. »Gute Idee! Das hätten Sie nicht überlebt, Kevin. Sie nicht, der Stuhl, auf dem Sie gesessen haben, und die Einrichtung hinter Ihnen. Und sogar Casey nicht, wenn sie in Ihrer Nähe gewesen wäre. Weiter!«

»Sie haben gesagt, dass sie mich in die Luft sprengen, wenn ich ihnen nicht sagen würde, wo sie gewisse Bücher fänden. Die Liste, die sie mir vorlegten, waren Werke, die allesamt von Ihnen erstanden worden waren, Mister Byrne.« O'Malley seufzte. »Danach sagten sie mir, dass sie meine Familie töten werden, wenn ich Ihnen davon berichte, bevor sie Ihnen einen Besuch abgestattet haben.« Der Mann atmete schwer. »Aber ich bat sie, Ihnen nichts zu tun, Sir.«

»Das war sehr rücksichtsvoll, Kevin. Und jetzt bloß keinen Herzinfarkt bekommen.« Harm richtete sich langsam auf. »Sie werden verstehen, dass ich die Namen haben will.«

»Ich kann sie Ihnen nicht geben. Meine Familie, Sir«, erwiderte der verzweifelte Buchhändler.

*Es geht um meine Seele, du Arschloch!*

»Ihre Familie ist mir scheißegal, Kevin. Höre ich nicht von Ihnen, was ich wissen will, gehe *ich* zu Ihrer Familie. Und ich kann wesentlich grausamer sein. Alles, was Sie jemals über mich gehört haben, ist wahr. Und es fehlen noch neunzig Prozent der restlichen Taten.« Er zwinkerte ihm zu. »Na? Höre ich jetzt Namen?«

O'Malley begann ansatzlos zu schluchzen. »Mister Byrne, ich ...«

»Sie nennen mir die Namen. Ich kümmere mich darum, dass Ihrer Familie nichts geschieht«, unterbrach er den Buchhändler unnachgiebig. »Das ist mein Vorschlag an Sie.«

O'Malley schrieb einen Namen auf ein neues Blatt, darunter eine Adresse und eine Telefonnummer, gefolgt von einer E-Mail-Adresse. »Bitte, sorgen Sie dafür, dass meiner Frau und meinen Kindern wirklich nichts zustößt!«

»Verlassen Sie sich auf mich. Das tue ich auch immer.« Harm nahm den Zettel an sich und steckte ihn ein, beugte sich zum Rucksack und öffnete ihn. »Niemand wird Ihre Lieben anrühren.« Er sprang aus dem Sitz auf O'Malley, fing den Sturz ab, um kein lautes Rumpeln zu verursachen, und biss ihm in den Hals. Er sog das Blut in sich hinein; innerhalb von Sekunden war der Mann leer getrunken.

*Dir habe ich keine Garantie gegeben, Verräter. Trinken musste ich sowieso, aber ich habe schon Bessere aus deinem Jahrgang gehabt.*

Harm legte ihn auf den Boden, ging zum Rucksack und nahm das Goldfischglas heraus. Er schnitt den Hals des Toten mit den scharfen Fingernägeln auf und riss den Kopf knirschend vom Rückgrat ab, um ihn im Glas zu deponieren. Danach holte er das Eimerchen Kunstharz hervor, öffnete den Deckel und goss den Inhalt über Kevin O'Malleys Kopf. Konserviert für die relative Ewigkeit.

*Die runde Form ist auch schön.*

Harm wusch sich die Hände an dem kleinen Waschbecken und deponierte das Gefäß auf dem Schreibtisch, wo der Inhalt aushärten sollte.

*Das sollte klar sein: eine Warnung an alle, die mich verraten, und an diejenigen, die meine Bücher gestohlen haben.*

Er warf sich den leeren, leichten Rucksack erneut an einem Riemen über die Schulter und verließ das Büro. Betrachtete man es genauer, hatte er mit dem Mord an dem Buchhändler das Leben von O'Malleys Familie gerettet. Sie war kein Druckmittel mehr gegen ihn und konnte recht beruhigt leben.

*Über seinen Tod werden sie hinwegkommen.*

Casey lief ihm entgegen. In ihren Händen balancierte sie ein Tablett mit Tee und Scones. Das Besteck klirrte leise, weil sie zitterte; sie hatte immer noch Angst vor ihm.

»Sehr aufmerksam, Casey«, rief er erfreut und nahm sich einen Scone, den sie bereits mit Clotted cream und Bitterorangenmarmelade bestrichen hatte. »Sie wissen einfach, was ich mag.«

»Sehr gern, Mister Byrne.«

»Mister O'Malley lässt Ihnen ausrichten, dass Sie gehen können. Es ist schon spät, und eine junge, hübsche Frau wie Sie sollte den Abend woanders verbringen als in einem muffigen Büro.«

Casey lächelte erleichtert. Was harmlos klang, bedeutete: Sie hatte Begnadigung erfahren. »Danke, Sir.«

»Keine Ursache. Manchmal macht es Spaß, die Wahrheit zu sagen.« Harm nickte ihr zu und nahm sich noch einen Scone. Der Geschmack des Gebäcks und der Sahne verband sich im Mund mit O'Malleys Blut und passte gar nicht mal schlecht zusammen.

Sie brachte ihn bis zur Tür, und er bestand darauf, dass sie ihre Jacke nahm und gleich mitkam. Die Sekretärin weigerte sich nicht.

*Ich könnte ihr einen Job in einem meiner Läden anbieten.*

»Einen schönen Abend, Casey.«

»Ihnen auch, Mister Byrne.«

Harm reichte ihr seine Visitenkarte. »Wenn Sie irgendwas brauchen, rufen Sie mich an. Sie sind ein echtes Goldstück und hier verschwendet. Sie können mehr.« Er stieg in den Wagen, der vor dem Geschäft geparkt stand, und fuhr los. Die Adresse der Verrückten, die ihn bestohlen hatten, wusste er noch.

*Ich hätte ein paar Goldfischgläser mehr mitnehmen sollen. Und das Kunstharz reicht auch nicht aus.*

Harm stellte den Wagen zwei Straßen weiter ab, stieg aus und sperrte ab.

*Eine schöne Gegend. Sie haben Stil.*

Er trat in die Schatten und machte sich unsichtbar, stieß sich vom Boden ab und schwebte in die Höhe, um sich durch das Fenster Eintritt zu verschaffen.

Harm landete hoch oben auf der Schräge und freute sich, eine Maisonettewohnung unter sich zu haben. Durch die großen Dachfenster konnte er zwei Frauen und einen Mann beobachten, die an verschiedenen Tischen saßen und über Büchern brüteten.

*Meine Bücher!*

Sie blätterten zu seiner Erleichterung professionell mit Baumwollhandschuhen, damit keine Feuchtigkeit auf die Seiten übertragen wurde; und sie arbeiteten mit schwenkbaren Vergrößerungsgläsern in Halterungen und Handscannern. Wörterbücher hatten sie griffbereit vor sich aufgebaut. Behältnisse mit Firnis und Terpentin standen bereit, um Verklebungen zu lösen oder verwischende Buchstaben zu sichern. An der Wand hing eine große Papierbahn, auf der Diagramme, Zeichen und Querverweise eingetragen waren. Sie redeten kein Wort miteinander, sondern richteten ihre Aufmerksamkeit akribisch auf die Inhalte.

*Da sitzen meine Experten und tun das, wofür ich andere hätte bezahlen müssen.*

Sie würden ihm gute Informationen liefern. Harm sah sich weiter um, ob er unter Umständen sein Hornschwert erkennen konnte. Nichts.

Dafür bemerkte er die vielen Waffen, die sie in der Wohnung verteilt hatten. Sturmgewehre eines Fabrikats, das er nicht kannte, lagen auf einem Sofa, und dazu trugen alle noch Pistolen in Achsel- oder Hüftholstern. Aus einem nicht ganz geschlossenen Schrank schauten die Ecke sowie der Klettriemen einer Panzerweste heraus, der Aufdruck *POLICE* war ansatzweise zu erkennen.

*Gut ausgerüstet sind sie, in Forschung und Feuerkraft. Widerstand hätte für Wilson trotz seiner Ausbildung böse enden können.*

Harm wollte die Windgestalt nicht annehmen, weil er dann seine Ausrüstung auf dem Dach zurücklassen würde. Daher versuchte er, eines der Fenster zu öffnen.

*Verriegelt. Ich komme um das nackte Erscheinen nicht herum.*

Er konzentrierte sich und fühlte das Ziehen, mit dem sich sein Körper auflöste und durchscheinend wurde. Früher war es ihm schwierig vorgekommen, heute erschien es einfach. Leise raschelnd fielen seine Kleider herab, ein Ärmel fiel auf das Glas.

Der Mann sah unverzüglich zu ihm hinauf, die Hand wanderte halb an den Pistolengriff. Die Frauen schauten zuerst zu ihm, dann nach oben.

*Solange sie hinaufschauen, kann ich hinein.*

Harm sackte durch das Fenster und schwebte hinter einer Säule dem Boden entgegen, wo er seine Windgestalt aufgab und stattdessen zur Unsichtbarkeit zurückkehrte.

»Ich hätte schwören können, dass dort oben jemand war. Eine

Gestalt, wie ein Geist«, beteuerte der Mann den Frauen gegenüber.

Harm verließ seine Deckung und strich durch den Raum.

»Das haben wir gleich.« Die Brünette erhob sich. Sie legte die Handschuhe ab und warf sich die Panzerweste über, holte dazu ein Nachtsichtgerät aus dem Schrank. Als sie ihre Vorbereitungen abgeschlossen hatte, nahm sie das Sturmgewehr und ging die Treppen hinauf in den zweiten Stock. Sie klappte eine Leiter aus, schnell war sie ins Freie geklettert.

*Das nenne ich mal unerschrocken.*

Harm trat zuerst zur Blonden an den Tisch und schaute, was sie tat.

Sie hatte verschiedene Passagen abgescannt und sich darangemacht, sie zu übersetzen. Ein Computer half ihr dabei, der einzelne Symbole der uralten Sprache automatisch erkannte und übersetzte. Wo die Technik versagte, nahm sie einen antik aussehenden Almanach zur Hilfe. Die Worte, die sie zusammensetzte, ergaben jedoch für ihn keinerlei Sinn.

*Silben für eine Dämonenbeschwörung?*

Harm trat zu dem Mann, der das Gleiche tat, nur dass er einen lateinischen Text vor sich hatte. Bei ihm drehte es sich um ein *artefactum*, das weder den *inferi* noch den *caelestes* – weder der Unterwelt noch den Himmelsgöttern – in die Hände fallen sollte.

*Spannend, spannend!*

Schließlich schlenderte Harm zum verwaisten Tisch der Brünetten und schaute auf die altenglische Abschrift, die wiederum auf einen gälischen Text aus Irland zurückging.

*Oh, die kenne ich sogar.*

Er hatte viele Stunden mit dem Buch verbracht und es als reines Sammelsurium der verschiedensten Spukgestalten abgetan. Ohne einen wissenschaftlichen und verwertbaren Gehalt.

*Offenbar tun die Ladys und der Gentleman das nicht.*

Er beugte sich nach vorn, um besser lesen zu können.

*Das Haar der Todesfee*
*Eine Harfe, geschaffen von Kundigen der Zwischenwelt, zusammengesetzt aus magischen Bäumen und lange Zeit unvollendet. Letztlich gemacht von den Nachtkelten, um die Tagkelten zu beherrschen und sie in ihren Bann zu schlagen. Über sie zu herrschen, mit Freude und Angst.*
*Ekstase und Tod, beides spendend. Verwandte, die in der Harfe lauern.*
*Das Haar der Todesfee vermag den Tod zu denen zu bringen, die den Tönen der Harfe lauschen. Wer an die Saiten rührt …*

Weiter war die Übersetzung noch nicht gediehen. Neben *Haar* stand geschrieben: *nicht Banshee/Todesfee, sondern des Herrn.* Daneben war eine Abbildung des Instruments, das Harm entfernt bekannt vorkam.

*Die Harfe habe ich gesehen, in einer Anzeige in der Zeitung! Sie wird mit historischen Instrumenten bei einer Ausstellung in Limerick präsentiert.*

Ein Handy klingelte, der Mann nahm das Gespräch an.

»Hier ist Lily«, hörte Harm leise und verzerrt die Stimme der Brünetten. Der Mann drückte auf die Lautsprecherfunktion, damit die Blonde mithörte. »Auf dem Dach liegen Klamotten rum, einschließlich Unterwäsche und Schuhe. Alles schicke, teure Sachen.«

*Ich Idiot! Die Windgestalt anzunehmen fällt mir leicht, aber daran denke ich noch immer nicht.*

»Merkwürdiger Ort für einen Exhibitionisten.« Der Mann stand auf und ging zum Schrank, warf seiner Kumpanin die Weste zu. »Wir kommen gleich …«

»Fuck!«, rief Lily so laut, dass man ihre Stimme durch das Dachfenster hörte. »Im Ausweis steht, dass die Sachen unserem guten Harm Byrne gehören!«

»Fuck«, wiederholte die Blonde, während sie sich rüstete. »Ruf Valesca an! Wir haben womöglich einen Besucher, der nach seinen Büchern sehen mag. Wir brauchen Verstärkung. Mit dem Unterweltboss wird nicht zu spaßen sein.«

Harm grinste.

*Da hast du verfickt recht!*

»Ich frage mich, wie er uns gefunden hat und warum seine beschissenen Sachen auf dem Dach liegen.« Der Mann beorderte Lily zurück in die Wohnung. »Der ist doch nicht normal.«

Harm hatte beschlossen, hinter der Säule zu warten, bis sie wieder zu dritt waren. Dann musste er ihnen nicht hinterherjagen.

*Es sieht ganz so aus, als gebe es heute Abend genügend Blut für mich.*

Lily kam von ihrer Erkundungstour auf dem Dach zurück; sie hatte die Kleidung mitgebracht. »Was tun wir, Brian?«

»Ich bin für zusammenpacken und verschwinden«, sagte die Blonde. »Byrne ist mir ein zu gefährlicher Gegner.«

»Wenn er hier ist, ist es sowieso zu spät, Olivy.« Brian lud durch. »Ich nehme an, dass er irgend so ein Perverser ist, der uns gleich im Latexanzug anspringen wird.«

Harm musste sich das Lachen verkneifen.

*Es kommt schlimmer für dich, Boy. Ich werde nichts tragen, wenn ich dich zerreiße.*

Sie warteten auf ein Geräusch, das ihnen einen Hinweis auf ihren Gegner geben konnte.

»Wenn es eine Warnung war?«, raunte Olivy nachdenklich.

»Wie sollen wir denn *die* verstehen?«, meinte Brian verwundert. »Oder will er, dass wir nackt aufs Dach kommen, um eine Orgie mit ihm zu feiern?«

»Warum nicht?«, warf Harm aus dem Schutz der Säule heraus ein und beobachtete sie über die Spiegelung am Fenster ihm gegenüber, so gut es ging. Er musste sich einfach melden.

Ihre Reaktion war geschult: Sie stellten sich Rücken an Rücken, sicherten in alle Richtungen und schwenkten die Läufe feuerbereit umher. Aber es gab kein Ziel für die Kugeln.

»Wo ist er?«, zischte Lily. »Ich sehe ihn nicht.« Sie zog das Nachtsichtgerät vor die Augen und drehte an einem Rädchen.

Harm nahm an, dass sie es über die Wärme versuchen wollte. Es konnte sogar funktionieren. In seinem derzeitigen Zustand war er zwar unsichtbar, aber nicht kalt.

»An der Säule strahlt was ab«, verkündete sie. »Er nutzt sie als Deckung.«

»Mister Byrne«, rief Brian. »Haben Sie die Güte und kommen Sie raus.«

»Wir sind gespannt, *was* Sie tragen«, setzte Olivy hinzu.

»Sonst ist niemand hier«, sagte Lily, die sich rasch umgeschaut hatte. »Er ist allein, wie auch immer er reingekommen ist.«

»Ihr trefft Vorbereitungen, um Artefakte zu finden«, sprach er aus seiner Deckung hervor. »Allerdings nutzt ihr dafür *mein* Eigentum.«

»Wir hätten es gern selbst von O'Malley gekauft, aber Sie waren schneller und der Glücklichere, was das angeht«, erwiderte Brian. Harm hörte, wie er eine Nummer wählte. »Valesca, hier ist Brian. Schick uns Leute. Es gibt eventuell Ärger. Und jemand soll losgehen, die Familie des Buchhändlers und den Typen selbst umzunieten. Er hat uns verpfiffen.«

»Kevin und seine Familie sind tot. Ich habe ihn zuerst umgebracht. Ich war wieder schneller«, rief er hinter der Säule hervor. »Die Köpfe stehen in einem Goldfischglas auf seinem Schreibtisch.«

»Tot ist ein gutes Stichwort«, sagte Olivy. »Kommen Sie raus, Byrne. Ich will endlich wissen, was Sie anhaben.«

*Du wolltest es so.*

Harm nahm die Windgestalt an, trat hinter der Säule hervor

und weidete sich an dem Erschrecken der Menschen. »Und? Kann ich es tragen?«

»Belua stehe uns bei«, raunte Lily. Sie hielt das Gewehr im Anschlag und schoss nicht. Sie wusste, dass es nichts gegen ihn ausrichtete. »Ein ... Geist?«

Bei *Belua* erinnerte sich Harm, dass er den Namen schon einmal gehört hatte. Damals, als er Dominic de Marat gewesen war.

»Oder ein begabter Magier. Das werden wir gleich sehen.« Brian murmelte Worte in einer unbekannten Sprache und senkte den Kopf.

*Gefährliche Gegner sollte man nicht zum Zug kommen lassen.*

Harm jagte vorwärts, materialisierte sich kurz vor dem Zusammenprall und brach Brian mit einem Handkantenhieb das Genick, als wäre sein Rückgrat ein dünnes, trockenes Ästchen; der Mann fiel, wo er gestanden hatte. »Dein Blut nehme ich mir später«, sagte er fauchend und warf sich gegen Lily.

Olivy eröffnete das Feuer, bevor er ihre Mitstreiterin erreicht hatte. Die Kugeln trafen ihn, die Salve riss Löcher in seine Flanke. Sie ließ die Garbe durch den Rückstoß kontrolliert nach oben wandern. Harms Hals wurde mehrfach getroffen.

Die Schmerzen brachten ihn zum Brüllen, und die langen Fangzähne wurden sichtbar. Sein kostbares Blut spritzte auf den Boden, gegen die Wand und auf die Bücher.

*Ihr wisst, wie man mich reizen kann!*

Dann hatte er Lily gepackt, die ihm den Lauf des Sturmgewehrs gegen das Kinn drückte. Diese Salve könnte selbst ihn umbringen, wenn die Geschosse seinen Hals durchtrennten. Er schlug den Lauf zur Seite und biss ihr in den Hals.

Als die Zähne das Fleisch aufschlitzten und das warme Rot in seinen Mund floss, fiel ihm ein, wie es ihm damals in Guérande ergangen war.

*Ihr Blut ist Gift für mich!*

Hastig spuckte er es Olivy ins Gesicht, um sie zu blenden, und ließ die sterbende, röchelnde Lily fallen.

Die Blonde schrie vor Wut auf und schoss weiter, ging dabei hastig rückwärts, um Abstand zwischen sich und den Feind zu bekommen.

Harm setzte nach, würgte dabei Reste des schädlichen Blutes heraus und bekam eine volle Ladung Stahlmantelgeschosse ins Gesicht, ehe er die Windgestalt annehmen konnte. Zwar töteten ihn die Kugeln nicht, aber die Sicht verschwamm und wurde undeutlich, die Schläge gegen Olivy krachten stattdessen gegen irgendein Hindernis.

*Fuck!*

Endlich verlor er das Gegenständliche und wurde durchscheinend. Der nächste Feuerstoß ging harmlos durch ihn hindurch und traf die Arbeitsplatte mit den kostbaren Almanachen und Nachschlagewerken. Seiten wurden in Fetzen gerissen, flogen umher.

»Nein!«, schrie er sie an. »Nicht die Bücher!« Er stürzte sich auf sie, im Sprung nahm er Menschengestalt an. Beide gingen zu Boden, das Sturmgewehr flog davon und löste dabei zweimal aus.

Die Projektile sirrten steil nach oben und zerschlugen die Fensterscheiben. Ein glitzernder, gefährlicher Schauer ging auf die beiden nieder.

Harm entging den Scherben durch die abrupt angenommene Windgestalt, aber Olivy wurde von den Stücken mehrmals getroffen. Manche zerplatzten, wenn sie flach auf ihr landeten, aber andere schnitten sie überall am Körper und vor allem an den Unterarmen, die sie zum Schutz vor das Gesicht erhoben hatte. Brian und Lily wurden ebenfalls getroffen.

*Die Nachbarn werden schon lange die Bullen gerufen haben.*

Harm nahm seine feste Form an und packte die schwerverletzte Frau an den Haaren, zog sie auf die Beine. »Ich will wissen …«

Sie öffnete den Mund und spie ihm eine schwarze Wolke entgegen, die nach schwärenden Wunden, Eiter und Blut stank. Verwesungsgeruch raubte ihm für eine Sekunde den Atem, ihm wurde schlecht. Er schleuderte sie in einem Reflex von sich.

Olivy taumelte nach links, stolperte und fiel zurück in die Scherben. Ihre Augen brachen. Sie starb, bevor er ihr Informationen entlocken konnte.

*Fuck! Dabei hat es so gut angefangen.*

Er hatte schrecklichen Durst. Die Götzenanbeter waren alle tot und für ihn als Blutquelle unbrauchbar.

*Wenigstens habe ich meinen Besitz zurückerobert.*

Mit viel Geduld und Glück würde er die bisherigen Übersetzungen nutzen können, um sein eigenes Dämonenprojekt voranzutreiben.

Zuckender Feuerschein ließ ihn herumfahren.

Harm schrie seine Wut laut hinaus: Von ihm unbemerkt hatten die Garben eine Lampe zerstört, die Funken hatten den ausgelaufenen Firnis und das Terpentin entzündet. Die brennenden Flüssigkeiten hatten sich bereits über die Bücher ausgebreitet und vernichteten die Aufzeichnungen an der Wand.

*Da haben doch die Dämonen selbst ihre Hand im Spiel!*

Von draußen erklangen Sirenen.

*Nach der Pleite im Varieté hätte mir klar sein müssen, dass die heutige Nacht nichts bringen wird. Jedenfalls nichts Gutes. Fehlt noch, dass in Limerick alles schiefgeht.*

Er nahm seine Kleider an sich, die Lily dankenswerterweise vom Dach mitgebracht hatte, um der Polizei keine verwertbaren Spuren zu hinterlassen, und machte sich unsichtbar.

*Noch einen Rückschlag will ich nicht ertragen müssen.*

Als die ersten Beamten durch die Tür stürmten und beim Anblick des Chaos und des Feuers stehen blieben, flog Harm zum zerstörten Fenster hinaus und landete neben seinem Ford, an dem die ersten Feuerwehrautos vorbeidonnerten.

Er zog sich an, machte sich sichtbar und suchte den Schlüssel – und fand ihn nicht.

*Ich habe ihn verloren!*

Harm durchwühlte seine Kleidung. Alles war da, nur nicht seine Schlüssel.

Dass es zu regnen anfing, wunderte ihn nicht.

***

# KAPITEL IV

23. Juli 2008,
Republik Irland, Limerick

Harm hatte es zur Ausstellung in Limerick geschafft, um die *Harfe des Teufels* zu bewundern. Sein Name und eine spontane Spende ohne Beleg hatten es ihm möglich gemacht, eine besondere Gunst gewährt zu bekommen: Eugeen Cardeerie, ein schmaler Ire mit langen blonden Haaren, und der stellvertretende Direktor des Museums, das in King John's Castle am Shannon angesiedelt war, erlaubten ihm, nach den Öffnungszeiten einen Blick auf die Ausstellung zu werfen. Die Präsentation war etwas ganz Besonderes: Musikinstrumente des Spätmittelalters, dargeboten im gläsernen Touristiktrakt, der in die Burg integriert worden war.

»Sollten Sie nach Wissen dürsten, Mister Byrne, fragen Sie unseren Spezialisten«, empfahl Cardeerie und hob sein Funkgerät. »Mister Smyle, kommen Sie rasch auf einen Sprung vorbei?«, sprach er hinein.

»Sehr gern, Sir«, antwortete eine Stimme mit einem Akzent, der Harm an den Osten Europas denken ließ.

»Er ist unser Nachtwächter und äußerst belesen«, erklärte Cardeerie. »Er kennt jede noch so kleine Sage über die Harfe. Ich muss zurück ins Büro. Mister Smyle wird Sie hinausführen, wenn Sie genug gesehen und gelesen haben.«

»Danke, sehr freundlich.« Sie schüttelten sich die Hände, Cardeerie ging und ließ Harm allein mit den vielen Vitrinen und den uralten Musikinstrumenten.

*Für wen ihr wohl schon spielen durftet?*

Er schlenderte zwischen den Exponaten umher, die stimmungsvoll von kleinen Strahlern beleuchtet wurden, während der Rest des Raums im Halbdunkel lag.

Das Licht erinnerte ihn an seine erste Reise mit der *tortue*. Zwei Kerzen, mehr hatte er damals nicht in seinem Unterwasserboot als Lichtspender gehabt.

*Ein Wunder, dass ich das überlebt habe.*

Es bedeutete für Harm jedes Mal einen besonderen Aufwand, um nach Irland zu gelangen, doch inzwischen besaß er darin Routine. Er hatte sich eine eigene, moderne *tortue* gekauft, mit der er von der Küste in Wales direkt unter den Wellen hindurch nach Irland übersetzen konnte. Elektromotor statt Pedalen, Navigationsgeräte statt eines Kompasses und ursprünglich für Forschungszwecke gedacht. Das U-Boot wurde in einer Schleuse geflutet, so dass er gefahrlos einsteigen konnte. Meer- und Schleusenwasser wurden durch einen Kanal gemischt, und Harm fuhr die paar Meilen bei welchem Wetter auch immer auf knappen einhundert Metern Tiefe einfach bis zur anderen Schleuse nahe von Kilcoole, die er hatte errichten lassen.

*Nein, wirklich kein Vergleich zu meiner ersten Reise, aber vor den Wellen und Strömungen vor der Küste habe ich immer noch tiefsten Respekt.*

»Guten Abend, Sir«, sagte eine weiche, melodiöse Stimme neben ihm. »Sie sind ein Freund von Mister Cardeerie.«

»Ich bin ein Freund von Freunden von Mister Cardeerie.« Der Mann hatte sich erstaunlich leise bewegt. Harm wandte sich zu ihm: markantes Gesicht und lange rote Haare, die er in einem Zopf trug.

*Er könnte glatt ein Judassohn sein.*

Er las sein Namensschildchen, das an einem schwarzblauen Sakko befestigt war. Mister Smyle. »Der Nachtwächter, ja? Sie sind die Koryphäe auf diesem Gebiet, Sir?«

»Ich bin jemand, der persönliche Neigungen mit dem Beruf verbinden kann. Wenn das zusammenkommt, zünden Eifer und Begeisterung gleichermaßen.« Er richtete seinen schwarzen Schlips, der einen Kontrast zum weißen Hemd bildete, dann legte er die Hände an die schwarzen Hosen. »Und Sie, Sir?«

»Mir ergeht es nicht anders.« Harm kam es vor, als schauten die hellgrünen Augen in seine Gedanken. Er hatte plötzlich kein gutes Gefühl.

*Ein Blutsauger. Daran habe ich keinen Zweifel. Wenn meine Unternehmung in Irland auch noch aus dem Ruder läuft wie die Aktion in London, glaube ich wirklich an einen Fluch.*

»Was wissen Sie über dieses Prachtstück?« Er zeigte auf die Harfe des Teufels.

»Dass sie töten kann und Menschen in einen Rausch versetzt. Dass die schwarze Saite niemals angeschlagen werden soll – es sei denn, man möchte den Tod über alle bringen, die dem Spieler lauschen.« Smyle lächelte. »Ein Bansheehaar, behauptet die Legende.«

»Und was sagt die Legende über die Nachtkelten? Angeblich sollen sie dieses Instrument vervollständigt haben.«

Smyles Lächeln wich wie weggewischt. »Davon höre ich zum ersten Mal, Sir.«

*Nein, das glaube ich dir nicht.*

»Ich denke«, Harm betrachtete ihn und griff zu einer List, »dass Sie dazugehören, Mister Smyle. Sind *Sie* ein Nachtkelte?«

Smyle schien zur Statue geworden zu sein. »Wie gesagt, diese Legende ist mir nicht vertraut. Sir.«

Harm zeigte auf die Kameras. »Schalten Sie die ab, und wir reden offen. Einverstanden?« Er grinste und zeigte die Zähne, ließ die Fänge nur schwach wachsen, damit es den Linsen entging, aber nicht Mister Smyle.

Der Nachtwächter ging zu dem Kästchen, das am Eingang

neben der Wand hing, schloss es auf und drückte mehrere Knöpfe. »Wir können, Mister Byrne.«

»Verraten Sie mir, zu welcher Sorte Vampir Sie gehören, Smyle? Und warum Sie eine Harfe bewachen?«

»Weil ich es als meine Aufgabe betrachte, Sir.« Das Hellgrün wirkte nun neugierig. Angst hatte er keine. »Ich spiele sie gelegentlich für meine Freunde, die aus ganz Irland angereist kommen, um ihren besonderen Ton zu vernehmen.«

*Ich muss meine Spione in Irland einbestellen. Es kann nicht sein, dass Dinge vorgehen, von denen ich nichts weiß. Niemand hat mir von Smyles Existenz berichtet.*

Harm begann zu argwöhnen, dass man an seinem Stuhl als oberster Vampir im Kingdom sägte. Und dass schon wieder etwas schiefging.

*Vermutlich stehen meine Spione auf seiner Seite. Wer weiß, was die Harfe anrichtet?*

Smyle schien seine Gedanken gelesen zu haben. »Sie sind der *Ubervampyr,* vor dem sich viele von uns fürchten. Habe ich recht?«

»Es werden bald Menschen auftauchen, die sich Diener Beluas nennen. Sie benötigen die schwarze Saite, um ihren Zielen näherzukommen«, erklärte er grob, ohne Erklärungen zu geben.

»Welche Ziele sind das?«

»Unerheblich, Smyle. Sie tun das, was Sie ohnehin machen: auf das Instrument achten. Ich gehe davon aus, dass die Götzendiener bald hier sein werden.« Harm schaute sich um. »Ich werde in der Nähe bleiben und notfalls eingreifen.«

»Ja, Sir.« Smyle hatte seine Autorität offenkundig akzeptiert, auch ohne eine echte Antwort auf die Frage nach dem *Ubervamypr* erhalten zu haben.

*Ein entsprechender Ruf ist doch was wert. Ohne ihn hätte Smyle niemals vor mir gekuscht. Er hat entschlossene Augen. Eigentlich zu entschlossen, um dermaßen zurückzustecken.*

»Sie werden niemandem von mir berichten, nicht einmal ansatzweise, Smyle. Sonst büßen Sie Ihre Existenz ein. Auch beim Artefakt tun Sie so, als würden Sie das erste Mal davon hören. Ich brauche jede Information darüber, die Sie bekommen können.« Harm sprach besonnen. »Sie wissen, was man sich über mich erzählt?«

»Ja, Sir«, sagte er wieder. »Der *Ubervampyr* ist berüchtigt. Aber es ist mir eine Ehre, Ihnen direkt behilflich sein zu dürfen. Ich tue alles, damit Sie zufrieden mit mir sind.«

*Oder bist du ein Heuchler?*

Harm ergründete ihn mit Blicken. »Sie haben nicht vor, sich ein kleines Königreich Irland zu schaffen, Smyle?« Er zeigte auf die roten Haare. »Vielleicht, indem Sie so tun, als wären Sie ein Judassohn, damit Ihre Freunde Angst vor Ihnen haben?«

Smyle schüttelte den Kopf. »Nein, Sir. Ich habe einfach nur viele gute Freunde. Sonst hätte ich das Konzert, das ich gebe, nicht erwähnen müssen.«

*Das kann viele Gründe haben. Taktik wäre einer davon. Du willst möglicherweise den Anschein erwecken, dass du treu ergeben wärst.*

Harm hatte ein Problem. Auf die Schnelle bekam er keinen seiner Vertrauten nach Limerick, die Smyle bewachen konnten; gleichzeitig benötigte er den Vampir, um auf das Artefakt aufzupassen, und konnte ihm dennoch nicht trauen.

*Keine Blöße geben.*

Also lächelte er und täuschte unendliche Überlegenheit vor, wie es sich für den *Ubervampyr* gehörte. »Es ist Ihr Versäumnis, nicht vorstellig geworden zu sein. Ihre *vielen guten Freunde* hätten Sie vor den Folgen warnen müssen. Aber sehen Sie die kommenden Stunden als Bewährungsprobe an. Wenn wir mit der Sache durch sind, möchte ich, dass Sie nach London reisen, und wir reden in aller Ruhe über Sie und die Dinge, die Sie in Irland tun, und wie wir es handhaben.«

*Großmut steht mir gut.*

»Wie Sie wünschen. Aber Sie werden sehen, dass ich harmlos und ehrlich bin.« Smyle deutete eine Verbeugung an. »Ich bin ein Viesczy. Vor einigen Jahren bin ich nach Irland gekommen, weil mich das Land faszinierte und so ganz anders als meine Heimat ist. Meine Vorstellung bei dem *Ubervampyr*, von dem meine Freunde durchaus berichteten, habe ich immer wieder verschoben. Ich muss um Entschuldigung bitten.«

»Wir reden bald darüber«, sagte Harm. Er hatte die Lüge erkannt.

*Du hast es nicht versäumt, dich vorzustellen. Du hast es absichtlich nicht getan, um deine Postion in Irland zu festigen. Natürlich lässt du alle glauben, du wärst ein Kind des Judas. Dafür wirst du hinterher bezahlen. Ich lasse mir etwas einfallen.*

Smyle nickte und drehte sich zur Vitrine. »Ist sie nicht wundervoll? Von der Harfe bin ich ... verzaubert worden. Sie hat eine unglaubliche Wirkung. Manche sagen erschreckend, manche beflügelnd.« Er deutete auf die Vitrine. »Soll ich für Sie spielen, Sir?«

»Nein, lieber nicht.« Harm sah auf die Harfe. »Was sind die Nachtkelten?«

»Meine alteingesessenen irischen Freunde bezeichnen sich als deren Nachfahren. Jeder, der in der Nacht zu Hause ist und die Harfe zu spielen vermag, *richtig* zu spielen vermag, darf sich Nachtkelte nennen. Ich bin auch zu einem von ihnen geworden, nachdem ich mein Talent unter Beweis gestellt habe.«

»Irische Vampire.«

»Irische Vampire *und* ihre menschlichen Anhänger«, fügte Smyle hinzu. »Die Menschen lebten freiwillig mit den Vampiren und gaben ihr Blut oder jagten andere Menschen, um für die Nahrung der Vampire zu sorgen«, erklärte er. »Dafür profitierten sie vom unglaublichen Wissen. Aber beim einfachen Volk waren sie verschrien und wurden selbst bald zu Gejagten. Auch die Wandler, die auf der Insel leben, stellten ihnen nach. Deswegen haben sie sich lange verborgen.«

*Wie es aussieht auch vor mir. Wer weiß, was die Nachtkelten in Wahrheit planen. Aber jetzt weiß ich von ihrer kleinen, heimlichen Welt.*

»Gut, dass Sie mir davon erzählt haben.« Harm hörte zu viel, was ihm nicht gefiel. Jemand hatte eine Kiste voller Überraschungen für ihn geöffnet. Pandoras Kiste. Er zweifelte daran, dass am Boden der Kiste Positives wartete. »Sind die Wandler eine Plage?«

»Nein, Sir. Wir haben uns seit fünfzig Jahren mehr oder weniger arrangiert.«

*Sobald ich alles unter Kontrolle habe, muss ich mir diese Nachtkelten vornehmen. Sie dürfen nicht sein.*

»Nun denn.« Harm nickte. »Sie wissen Bescheid, Smyle. Achten Sie auf alles. Die Götzenanbeter sind schwer bewaffnet und rücksichtslos. Der Glaube an ihren Dämon macht sie stark.« Er reichte ihm eine Visitenkarte. »Rufen Sie mich an, sobald Ihnen etwas auffällt. Ich werde da sein.« Er drehte sich um und ging. »Und vielen Dank für die Informationen über die Teufelsharfe.«

»Welcher Art gehören Sie an, Mister Byrne?«

Harm hob nur die Hand und winkte. Der *Ubervampyr* musste auf eine solche Frage nicht antworten.

21. Oktober 2008,
Deutschland, Sachsen, Leipzig

*Sauber und aufgeräumt. Die Putzkolonne hat ganze Arbeit geleistet.*

Eigentlich hatte Harm in Limerick warten wollen, bis die Götzenanbeter aufgetaucht waren. Doch wieder machte ihm

Deutschland einen Strich durch die Rechnung: Emma und *Emma's*, wo er am Tresen saß und wartete.

Die Kaffeemaschine brummte vor sich hin, es roch nach dem typischen Duft. Die Tische waren leer, offiziell hatte das *Royal Tea- & Coffeehouse* noch geschlossen. Harm sah in den verspiegelten Glasschrank hinter der Theke, strich sich über die kurzen, schwarzen Haare.

*Ich muss unwiderstehlich sein.*

Emma hatte ihm nach langer Zeit des Nachdenkens eine Mail geschrieben, in dem sie ihm einen Kompromiss vorschlug: Sie wollte die Geschäftsführerin von *Emma's* werden, aber alles andere wollte sie hintanstellen. Ein Gespräch – ohne die Anwesenheit von Scylla – sollte ihm verdeutlichen, wo sie trotz der übergroßen Liebe, die sie für ihn empfinde, die Probleme einer Beziehung mit ihm sah.

Harm wusste, dass es seine letzte Chance war, die emotionale Bindung Emmas zu vertiefen.

*Ich werde sie flachlegen, auch wenn es mir schwerfällt, die Schlampe anzufassen, ohne sie umbringen zu dürfen.*

Er war unruhig. Es dauerte ihm viel zu lange, bis er nach Irland zurückkehren könnte. Die Fahrt mit dem Auto kostete ihn mehrere Tage, dazu kam die Reise mit dem U-Boot. Sollten die Götzenanbeter jetzt in Limerick zuschlagen, würde er nichts dagegen tun können. Für eine Verfolgung wäre es ebenfalls zu spät.

*Fuck. Nichts läuft, wie es soll. Alles dümpelt vor sich hin, ohne voranzukommen.*

Auch die Nachtkelten blieben ein Rätsel. Er hatte nichts über Smyle und die irischen Vampire herausfinden können. Seine Bücher, in denen sich Hinweise befunden hätten, waren im Haus der Dämonendiener durchs Feuer vernichtet worden.

Auch der Polizeibericht über den Brand und die Schießerei gab nichts her. Man hatte den Fall an die nächsthöhere Dienststelle übergeben und ermittelte wegen Terrorverdächtigen. Die Claymore-Minen und Gewehre und die Anzahl von Munition konnten für einen normal denkenden Menschen nur diesen Schluss zu lassen.

*Von wegen. Es geht um Belua und Botis.*

Harm versuchte, sich an die Begebenheit von Dominic de Marat zu erinnern, der viele Abende mit der Baronin und dem verfluchten Octavius über diese Dinge und das Brechen des Pakts gesprochen hatte.

*Es ist … wie verschwommen.*

Es klopfte gegen die Glastür.

»Ja?«

Der Eingang öffnete sich, und Emma trat vorsichtig ein. Sie sah das Lokal zum ersten Mal von innen, und ihre erfreute Miene zeigte ihm, dass es ihr gefiel. Kein Wunder. War es doch genau nach ihren Vorgaben entstanden.

»Da bin ich«, sagte sie und ging auf ihn zu; unter dem hellbeigefarbenen Mantel spitzte der Saum eines schwarzen Rocks hervor. »Es sieht wunderbar aus, Alec.« Sie nutzte konsequent den Namen, unter dem er sich vorgestellt hatte. »Hier zu arbeiten wäre ein Traum!«

»Es ist *dein* Traum. Ich habe ihn für dich wahrgemacht«, sagte er sanft. »Latte Macchiato?«

»Gerne.« Emma setzte sich an den Tresen, er stand auf.

»Ich kann dir nichts versprechen. Ich bin kein guter Barista.« Harm stellte zwei Gläser unter den Ausguss und drückte die entsprechenden Knöpfe. »Es hat schon einen Grund, warum ich den Vollautomaten gekauft habe.«

Sie lächelte und wirkte entspannter als das letzte Mal. »Meine Schwester war dagegen, dass ich mich mit dir treffe, Alec.«

Er lachte auf. »Das kann ich mir denken. Ich habe ihre Stimme und ihren tödlichen Blick noch gut in Erinnerung.«

Die Maschine erfüllte ihre Aufgabe schlürfend, fauchend und

dampfend. Die Gläser liefen voll Kaffee, Milch und Milchschaum. Die drei Schichten schwebten getrennt voneinander.

»Es war in den letzten Wochen hart für mich, nichts von dir zu hören«, sagte sie und bedankte sich, als er ihr das Getränk hinstellte und für sie einen Keks aus der Dose nahm. Das Gebäck landete auf ihrem Unterteller. »Du hast mir gefehlt. Obwohl ich weiß, wer du in Wirklichkeit bist und was du getan hast. Gefühle lassen sich nicht einfach abschalten.«

Harm hätte am liebsten laut gejubelt, doch er beherrschte sich.

*Warte, bis ich dich gefickt habe. Du wirst niemals mehr einen anderen in dir haben wollen als mich. Und ich werde mich beherrschen müssen, dich nicht dabei umzubringen.*

»Mir ging es genauso«, sagte er seufzend. »Aber ich habe einfach gewartet und gewartet. Jeden Tag. Sehnsüchtig.«

Sie nippte am Macchiato und wischte sich den Milchschaum von der Oberlippe. »Lecker.«

»War die Maschine«, antwortete er und setzte sich ihr gegenüber. »Also: Wann fängst du an? Die Leipziger warten schon darauf, guten Tee und Kaffee von dir zu bekommen.«

Sie lächelte dankbar. »Deine Art und deine Freundlichkeit machen es mir unmöglich zu glauben, dass du noch eine zweite Identität hast. Als dieser Harm Byrne«, sagte sie und nahm seine Hand. Er ertrug es. »Deswegen nenne ich dich auch nicht so. Für mich bist du Alec.« Sie schluckte und nahm innerlich Anlauf. »Denkst du, du könntest nur Alec sein? Nicht nur für mich? Ich brauche diesen Alec in meinem Leben. Elena wird dich mögen, das weiß ich.«

Er rieb über ihre Hand, küsste sie und betrachtete sie lange.

*Täusche Nachdenklichkeit vor. Nichts sagen, tief durchatmen. Schau sie an und sage:*

»Was soll mit Harm Byrne geschehen?«

»Das, was wir im Varieté besprochen haben, Alec. Harm Byrne

muss verschwinden. Alles von ihm muss verschwinden.« Emma schaute sich im Laden um. »Das wird unsere neue Geldquelle. Du und ich, wir schmeißen den Laden.«

Am liebsten hätte Harm sie laut ausgelacht. Dass sie einen Schwerverbrecher darum bat, seinen Reichtum und sein luxuriöses Leben gegen das vergleichsweise schäbige Dasein eines Tee- und Kaffeeverkäufers einzutauschen, war lächerlich. Sie überschätzte ihre Wirkung maßlos.

Aber mit genau diesem Vorschlag würde er es zurück in ihr Leben schaffen.

*Es ist zum Schein.*

Er erhob sich. »Emma, ich werde Harm Byrne umbringen. Er wird einem Attentat zum Opfer fallen, damit sein Abgang auch plausibel ist. Danach bin ich Alec, ein netter, freundlicher Kellner aus England, der dich und Elena bei allem unterstützt.« Er redete eindringlich und mit tiefer Stimme, um seinen Worten Nachdruck zu verleihen. Glaubwürdiger vermochte keiner zu lügen. Und um sicherzugehen, fügte er hinzu: »Das schwöre ich dir bei meiner Liebe!«

Emma stellte das Glas ab. Sie schloss ihn in die Arme, drückte ihn an sich und gab ihm einen langen, intensiven Kuss auf den Mund.

*Ich habe sie wohl überzeugt.*

Harm stieg in die Zärtlichkeiten mit ein und stellte sich vor, es wäre Anjanka, die in seinen Armen lag. Er öffnete ihren Mantel, streichelte ihren Bauch entlang und strich spielerisch über ihre Brüste.

Sie atmete hörbar schneller und zog ihn dichter an sich heran, spreizte die Schenkel. »Die Tür ist noch offen«, hauchte sie erregt.

»Wer soll hereinkommen?«, gab er zurück und hätte seine Hände gern um ihren Hals geschlossen, um ihre Worte und sie gleich mit zu ersticken.

Emma lachte heiser. »Stell dir vor, wir könnten erwischt werden.«

»Da es dein Lokal ist, in dem wir vögeln, sollte es nicht so schlimm sein.« Er zog ihr Kleid samt BH herab, so dass die Brüste frei lagen, und packte sie mit beiden Händen, drückte sie.

Emma stöhnte auf und fuhr mit einer Hand in seinen Schritt, tastete nach seinem Ding. »Darauf habe ich so lange gewartet«, sagte sie gierig.

Harm fühlte den Widerwillen in sich wachsen, schloss die Augen und dachte erneut intensiv an seine verlorene Liebe. Dann langte er nach ihrer Weiblichkeit, berührte sie sanft durch den Schlüpfer hindurch und rieb sie. Er sog an ihren aufgerichteten Brustwarzen.

Emma stöhnte lauter.

Seine Finger fühlten warme Feuchtigkeit. Lange warten wollte er nicht, um das Unvermeidliche hinter sich zu bringen. Kurzerhand zog er ihren Slip zur Seite, ließ seine Hose nach unten gleiten und steckte seinen Harten in sie.

Emma entfuhr ein Lustschrei, und er fickte sie hart, ohne Gefühl und mechanisch. Die Illusion, es sei Anjanka, die er nahm, gelang ihm nicht. Nichts stimmte. Weder der Geruch noch das Ächzen, noch das eigene Gefühl.

Ihr dagegen gefiel es sehr. Emma wurde immer lauter, ihre eigenen Bewegungen beschleunigten sich, und sie setzte sich auf dem Sessel in Position, damit er mit der vollen Länge in sie eindringen konnte.

*Halt die Fresse! Ich schwöre, dass ich dich gleich ...*

Emma kam mit einem spitzen Schrei, dem mehrmaliges ersticktes Stöhnen folgte. Ihr Körper bebte unter der Wucht des Orgasmus, und er fühlte, wie ihr Innerstes um seinen Harten zuckte. Die Feuchtigkeit, die aus ihr tropfte, hätte für fünf Frauen gereicht.

Harm stieß noch ein paar Mal nach. Er stellte sich vor, sein

Ding wäre ein zwei Meter langes Schwert, das ihr Innerstes zerschnitt und zerteilte.

*Ich hasse dich! Ich hasse Scylla! Ihr werdet leiden, leiden und nochmals leiden, bevor ich euch umbringe.*

Er packte ihren Hals und drückte leicht zu, wechselte zu einem leichten Streicheln.

»Phantastisch«, sagte sie atemlos. »Ich schwöre, dass ich so etwas Geiles noch nie gefühlt habe!«

Harm schloss rasch die Augen, bevor sie seine Verachtung und seine Mordlust erkannte.

*Reiß dich zusammen!*

Er lehnte sich gegen sie und rang mit seinen mörderischen Emotionen, bis er sie unter Kontrolle hatte. Dann leckte er ihr über die Brüste und packte sie vorsichtig wieder zurück in die Kleidung. Sein Ding hatte an Größe verloren und glitt aus der Feuchtigkeit. Schnell schob er es in die Unterhose. »Ich auch nicht, Emma. Das war die schärfste Nummer meines Lebens.« Er zwinkerte. »Bis jetzt.«

»Auf dass noch viele weitere kommen werden«, stimmte sie zu und küsste ihn leidenschaftlich.

*Noch einen Kuss, und ich bringe sie doch um!*

Harm lachte auf und schob sie von sich. »Langsam, Chefin. Man fängt nichts mit den Angestellten an.«

Emma stimmte in die Heiterkeit ein. »Ich gehe mal schnell auf die Toilette. So kann ich nicht auf die Straße gehen. Du hast mich in eine Lustfontäne verwandelt.«

»Den Gang lang, dann rechts. Die erste Tür ist für Ladys.«

Sie strahlte und schüttelte leicht den Kopf, als könnte sie es selbst nicht fassen.

Harm nutzte die Minuten und wusch sich ihren Saft im Waschbecken ab.

*Einmal und nie wieder.*

Er trank von seinem Macchiato.

*Aber ich war gut. Sie glaubt mir.*

Als sie zurückkehrte, plauderten sie über die Zukunft des *Emma's* und welche Genehmigungen sie selbst wohl benötigte, weil er damals noch alle Genehmigungen auf seinen Namen beantragt hatte. Das würden sie schnell umschreiben lassen, vom Mietvertrag bis zur Konzession.

»Ich werde morgen wieder nach England ...«

»Schon?«, fiel sie ihm enttäuscht ins Wort.

»Ja. Wenn Harm Byrne sterben soll, muss es echt aussehen. Das kann ich nicht einfach nebenbei geschehen lassen. Vorbereitungen sind wichtig.« Harm streichelte über ihren Oberschenkel. »Bis zum Jahresende ist er tot, das verspreche ich dir.«

Emma runzelte die Stirn. »So lange noch?«

»Ich muss viele täuschen. Nicht nur meine Feinde, sondern auch meine Freunde. Und die Polizei. Das Schlimmste wäre, wenn mir keiner den Tod abkaufen würde.« Er lächelte. »Ich habe es dir versprochen«, beteuerte er. »Ab dem ersten Januar gibt es nur noch Alec.«

Sie seufzte. »Du hast recht. Verzeih mir, dass ich sofort wieder gezweifelt habe, aber ...«

Harm griff ein heikles Thema auf. »Was wird deine Schwester sagen?«

»Sie muss es akzeptieren. Du hast dich geändert.«

»Sie wird es mir nicht abkaufen.«

Emma streichelte ihm über das dunkle Haar. »Das spielt jetzt keine Rolle mehr. *Ich* glaube dir. Sie muss damit zurechtkommen.« Ihr Blick fiel auf die Uhr an der Säule. »Schon so spät?« Sie ging zur Tür. »Ich muss ins Schauspielhaus. Noch darf ich meinen Job nicht verlieren.« Sie warf ihm eine Kusshand zu. »Bis bald. Ich vermisse dich jetzt schon.« Auf der Schwelle sah sie sich nochmals zu ihm um. »Oh, du kannst mir bei Gelegenheit erklären, was die Zeichen bedeuten. Sie sind schick, aber ich verstehe nicht, was sie mit *Emma's* zu tun haben? Oder waren die Heiligen Drei Könige dieses Jahr zu früh da?«

Harm verstand nicht und schwieg.

»Bis dann!« Emma lief hinaus, der Eingang fiel zu.

*Was hat sie damit gemeint?*

Er trat hinaus und betrachtete die Fassade.

Sie waren unübersehbar: An der Tür waren die Symbole angebracht worden, von denen sie gesprochen hatte.

Es schmerzte Harm, sie anzuschauen. Er wich vor ihnen zurück, als strahlten sie Hitze ab. Es dauerte mehrere Sekunden, bis ihm einfiel, woher er sie kannte: vom Schwert, mit dem ihn der Comte angegriffen hatte.

*Noch mehr Vergangenheit.*

Jetzt wusste er, dass er sich den Verfolger mit dem Ebenholzspazierstock nicht eingebildet hatte, der ihm nachts in Leipzig auf dem Rückweg vom *Krystallpalast* begegnet war.

Allmählich wurde es Harm zu viel. Es schien auf eine Kumulation von Ereignissen hinauszulaufen, in deren Zentrum er sich befand. Gegen seinen Willen. Die fetten Jahre könnten sich dem Ende zuneigen.

*Ich lasse mich nicht ablenken. Ich verfolge meinen Plan.*

Harm nahm sein Handy hervor und hinterließ dem Vermieter eine Nachricht auf der Mailbox, dass christliche Vandalen oder die Zeugen Jehovas die Hausfront beschmiert hätten.

Er würde noch ein paar Tage in Leipzig bleiben und Zeit mit Emma verbringen, um sie stärker an sich zu binden. Notfalls, aber nur notfalls, würde er sie noch mal durchficken. Jeder andere Mann würde ihn darum beneiden, bei der Figur und dem hübschen Gesicht, das Emma vorzuweisen hatte.

Aber Harm fühlte sich dabei wie Hure und Verräter gleichzeitig.

»Anjanka«, flüsterte er traurig, nur um den Klang ihres Namens zu hören.

*Anjanka ...*

## 15. November 2008,
## Republik Irland, Limerick

Harm donnerte im Ford Mustang über die Landstraße. *Ich bringe ihn um! Ich werde ihn in kleine Scheibchen schneiden und ihm zum Schluss erst den Kopf abschlagen.*

Gemeint war damit Mister Jonathan Smyle, der verräterische Viesczy, der ihn *nicht* angerufen hatte, als sich abzeichnete, dass die Götzenanbeter über das Museum in Limerick herfallen würden.

Mitten bei den Vorbereitungen zu seinem fingierten Tod hatten ihn Spione informiert, dass zwei Gruppen in Shannon unabhängig voneinander gelandet seien. Mit auffälligem Verhalten.

Natürlich hatte ihm die Zeit nicht mehr ausgereicht, rechtzeitig vor Ort zu sein. Der Überfall auf das Museum hatte bereits stattgefunden, die Harfe war erbeutet worden.

Doch Harm hatte eine der Gruppen am Flughafen gestellt. Und sie hatten das Schwert, das Hornschwert, sein Eigentum, bei sich gehabt!

*So dicht davor. Shit!*

Aber mit ihren magischen Kräften hatten sie seinen Angriff zurückgeschlagen. Die Frau, die von den anderen Saskia genannt worden war, besaß beachtliche Fertigkeiten.

Er sah in den Rückspiegel, und sein kupferrotes Haar leuchtete. Ein Zauberspruch hatte ihm die falsche schwarze Farbe herausgelöst und der Gruppe offenbart, was er war: ein Judassohn. Der Mann in der Gruppe mit dem indischen Aussehen hatte sogar seinen alten Namen – Dominic de Marat – gekannt.

*Ich bin mir sicher, dass ich ihn niemals in meinem Leben gesehen habe. Kann es sein, dass das Schwert mich als einen seiner alten Besitzer verraten hat?*

Sie waren ihm entkommen. Samt Hornschwert. Jetzt war die Gruppe in den Nahen Osten unterwegs, vermutlich um weitere

Artefakte einzusammeln. Er hatte Leute losgehetzt, die ihn informieren würden, sobald sie sich an belebteren Orten blicken ließen.

*Ich will mein Schwert wiederhaben. Das Schwert ist der Schlüssel zu meiner Erlösung von den Pakten und zur Freiheit!*

Harm wusste, wo sich Smyle hinverkrochen hatte. Er war der Nachtwächter des Museums. Folglich kannte er sich in den Gebäuden besser aus als jeder andere Mitarbeiter. Offiziell galt Smyle als vermisst.

*Du wirst mir erklären, für wen du Verrat an mir begangen hast, du schäbiger Viesczy. Die Rache ist mein! Ich hätte dich niemals ohne Aufpasser allein lassen sollen, aber ... verdammt, warum misslingt mir alles? Macht mich mein eigener Fluch fertig?*

Harm hielt vor King John's Castle auf dem Parkplatz an, stieg aus und ging schnurstracks auf den Eingang zu. Die Türen ließen sich unter Einsatz einer großen Portion Kraft von ihm einfach auseinanderdrücken. Es war ihm gleich, ob er damit einen Alarm ausgelöst hatte. Er würde keine Rücksicht mehr nehmen; dazu war seine Laune viel zu schlecht.

Er ging durch die Vorhalle ins Touristikzentrum und sah auf den verdutzten Wachmann, der hinter dem Tresen von seiner Zeitung aufschaute. Die Schlagzeilen wurden von dem Überfall auf das Museum beherrscht, der Verlust und die Beschädigung der Teufelsharfe angeprangert.

»Sir, wie sind Sie denn hereingekommen?«, fragte er und senkte die Lektüre. Dadurch bemerkte er das rot leuchtende Warnlämpchen, dessen Schein sein Gesicht beleuchtete. »Waren Sie das? Haben Sie etwa die Tür einfach aufgebrochen?«

Harm ging auf ihn zu. »Ich bin ein Freund von Mister Carderie und suche Mister Smyle.«

»Der ist verschwunden. Seit dem Überfall.« Der Wachmann wusste nicht so recht, was er mit dem Besucher anfangen sollte. »Sir, würden Sie ...«

»Das glaube ich nicht.« Er bog das Mikrofon, mit dem die Durchsagen gemacht wurden, und aktivierte das Lautsprechersystem. »Smyle, du stinkendes Stück Scheiße! Pack deine Nachtkelten ein und erschein unverzüglich am Eingang. Wenn ich dich suchen muss«, knurrte er bösartig, »stirbst du.« Er nahm den Finger vom Knopf und lauschte, wie seine Stimme durch die Gänge und Korridore rollte.

»Sir, das reicht! Ich muss Sie bitten, dass ...«

*Her mit deiner Lebenskraft, du Penner.*

Harm warf sich über den Tresen und schnappte blitzartig zu, verbiss sich in der Kehle des Wachmanns. Der Wärter war von der Attacke geschockt und leistete nicht einmal ansatzweise Widerstand. Die paar Liter Blut, die durch Harms Kehle in den Magen rannen, waren ein willkommener Trunk. Sein Ärger verrauchte nicht, aber der Durst wurde weniger. Die Energie des roten Safts würde ihn gegen Smyle ohne besondere Anstrengung gewinnen lassen.

Harm richtete sich auf und drückte wieder den Lautsprecherknopf. »Wenn du nicht gleich hier bist, Smyle, stecke ich diesen beschissenen Laden in Brand. Dann *musst* du rauskommen.«

»Es ist nicht nötig, *Ubervampyr.*« Smyle erschien in der Tür, die zur derzeit geschlossenen Ausstellung mit den Musikinstrumenten führte. »Du bist wütend, weil ich mich nicht an deine Anweisungen gehalten habe.«

Harm stieß ein gellendes Lachen aus. »So kann man es auch sagen.« Er ließ seine Fingernägel zu geschliffenen Krallen werden und pirschte auf ihn zu. »Das kann ich dir nicht durchgehen lassen. Du versuchst, auf meine Kosten deine eigene Suppe zu kochen. Irland mag eine eigene Insel sein, aber es gehört zu *meinem* Reich!«

»Bleib stehen, *Ubervampyr*«, sagte Smyle furchtlos. »Höre, was ich dir zu sagen habe.«

»Entschuldigungen oder Drohungen interessieren mich nicht.«

»Es ist eine Verkündung.« Smyle reckte sich und sah stolz aus.

»Auch das geht mir am …« Harm sah, dass aus den Schatten Menschen und Vampire traten. Sie hielten Amulette mit Keltenkreuzen in der Hand, die für ihn leuchteten und loderten.

*Fuck! Woher wissen sie das?*

»Du magst der *Ubervampyr* sein, aber ein Teil von dir ist ein Viesczy, wie ich zu sehen glaube«, sprach Smyle, der sich bewusst weit von den Vampiren entfernt hielt. »Ich spüre die abschreckende Kraft der Symbole ebenso. Damit werden wir dich vertreiben, denn auf einen Kampf werden wir uns nicht mit dir einlassen. Dafür bist du zu stark.«

Harms Hass und seine Hilflosigkeit wuchsen gleichermaßen. Gegen die Träger der flammenden Keltenkreuze konnte er nicht angehen. Nicht physisch. Ohne Waffen war er machtlos gegen sie. Er fletschte die langen Zähne, drehte sich kampfbereit auf der Stelle – und kam sich dabei lächerlich vor. Wirkungslose Drohgebärden, die ihn seine Natur vollführen ließ.

»Hiermit verkünde ich«, rief Smyle getragen, »dass deine Herrschaft in Irland und in Nordirland beendet ist. Die Nachtkelten sind zurück an der Macht und fordern ein, was ihr angestammtes Recht ist.«

*Rebellion. Und noch eine Niederlage.*

Harm starrte ihn an. »Das sagt mir ausgerechnet ein dahergelaufener Viesczy, der keiner von ihnen ist?«

Smyle lachte. »Geh, *Ubervampyr.* Du hast hier nichts mehr verloren. Auch wenn wir dich heute nicht angreifen, werden wir nicht zögern, es morgen zu tun. Wir waren in den letzten Jahren nicht untätig und kennen deine Spione, deine Rückzugsorte und Stützpunkte. Lass es nicht zu einem Krieg kommen, den du verlieren würdest. Geh nach England und herrsche da.«

Harm brüllte sie an, sein abgründiger Hass auf sie wurde hörbar. Einige der Menschen wichen vor seinen einschüchternden Fangzähnen zurück.

»Hunde, die bellen, beißen nicht«, bekam er den Spott von Smyle zu spüren. »Auch wenn sie große Fänge haben.« Die Nachtkelten formten eine Gasse, durch die er schreiten sollte.

Harm grollte wie ein gereiztes Raubtier, dann ging er rückwärts durch die künstliche Schlucht, deren Wände mit Kreuzen versehen waren.

*Das letzte Wort ist noch nicht gesprochen. Sobald ich das Schwert habe, sehen wir uns wieder.*

Harm blickte in die Gesichter der Nachtkelten.

*Ihr werdet alle sterben. ALLE!*

Ohne eine weitere Erwiderung verließ er das Museum und stieg in den Mustang.

Harm drehte den Schlüssel und ließ den Motor aufheulen.

*Smyle begeht den Fehler, den ich vor ihm begangen habe: Er fühlt sich zu sicher.*

Er hatte beschlossen, die Vorgänge im Museum anders zu bewerten. Es war keine Niederlage, sagte er sich, sondern ein taktischer Rückzug, der in einem grandiosen Triumph enden sollte.

***

# KAPITEL V

19. November 2008, Frankreich,
drei Kilometer westlich von Bitche

*Dieses Mal bekomme ich mein Schwert!*

Harm fuhr mit über dreihundert Stundenkilometern über die *autoroute* und scherte sich um kein Verbot oder Gebot. Kein Flic würde ihn zum Stehen bringen. Eher würde er töten.

Seine Laune war gut, eine Mischung aus vielfacher Vorfreude: auf das Schwert, auf seine Rache, die steigende Mordlust und die Aussicht, sich von der Hölle zu befreien.

Die Dämonendiener hatten in den letzten Tagen mehrere Diebstähle begangen und Katastrophen ausgelöst, von Hamburg bis nach Ulan-Bator: Erdbeben, zusammenstürzende Gebäude, eine riesige Flutwelle, die Rückkehr der Pest in die Hansestadt – Harm wusste die Zeichen zu deuten, die im Fernsehen zu sehen waren. Zudem schien es mehrere Parteien unter den Götzenanbetern zu geben, was ihn jedoch nicht interessierte. Ihm ging es einzig um die Waffe.

*Das Gute ist: Je mehr von diesen Verblendeten herumlaufen, desto einfacher kann man sie verfolgen lassen.*

Und genau das hatte er als Harm Byrne glücklicherweise rechtzeitig angeordnet, dessen Geld nach wie vor Tore und Türen öffnete. Seit Ende Oktober hatte er eine kleine Armee von Spionen und Hackern in Bewegung gesetzt, die für ihn die winzigsten Spuren der Dämonenanhänger aufnahmen und über deren Schritte wachten.

Harm bog in Richtung Deutschland und Zweibrücken ab; von

da waren es wenige Kilometer bis zu seinem Zielort. Genau dort würde er sich sein Schwert zurückerobern und unter den Dieben wüten.

Sein Handy klingelte, Emmas Nummer leuchtete auf.

*Nicht jetzt, dumme Schlampe! Ich will mich nicht über dich ärgern.*

Harm ignorierte das Signal, das nach zehnmal Läuten endete; gleich darauf kam eine SMS. Auf dem Display stand: *Nimm ab! Es geht um viel Geld. Scylla*

*Fuckin fuck fuck!*

Die Melodie ertönte gleich darauf, und er nahm den Anruf entgegen. Er musste einfach.

»Ja?«

»Schön, dass du rangegangen bist, Harm«, hörte er ihre Stimme.

»Was willst du?«

»Dir gratulieren. Du hast anscheinend gewonnen.«

Würde sein Handy Bildübertragung besitzen, hätte sie ihn jetzt glotzen sehen können. »Nein«, antwortete er, »ich glaube nicht, dass du aus dem Grund anrufst.« Das Wort *anscheinend* hatte er sehr wohl vernommen.

»Doch, wirklich. Meine Schwester hat mir erzählt, wie sehr du dich anstrengst, um deinen Tod vorzubereiten, und was sich alles in ihrem Leben ab dem ersten Januar ändern soll«, sagte sie. »Ich respektiere ihre Liebe zu dir.«

»Danke. Ich ...«

»Aber ich kann nicht zulassen, dass sie sich einem Lügner anvertraut«, führte sie den Satz harsch fort. »Du magst in der Unterwelt gefürchtet sein, aber ich habe keine Angst vor dir.«

*Versau mir nicht meine Hochstimmung!*

Harm verstand es als Ankündigung. Er klammerte sich ans Lenkrad und hielt den Mustang in der Spur. Ein Unfall bei dreihundert Sachen könnte unschön werden. »Was hast du getan?«

»Mich ein bisschen umgehört, während du auf Reisen warst. Mit dem richtigen Druck erreicht man eine Reaktion, aber das muss ich dir nicht erklären. Die Idee mit den Kunstharzwürfeln ist übrigens phänomenal.«

Eine Vielzahl Szenarios jagten durch Harms Kopf und blieben Spekulation, solange sie nicht deutlicher wurde. »Komm zur Sache!«

»Die Kontodaten waren leicht zu bekommen. Auch die von deinen neuen Konten, die du erstellt hast, um dein Geld vor Emma zu verbergen. Jedenfalls genügten die Informationen der britischen Polizei. Ich habe dein Geld aus dem Weg geräumt und dir ein wenig geholfen, Harm Byrne sterben zu lassen.« Scylla lachte selbstgefällig. »Übrigens hast du einen Teil auch anonym gespendet.«

»An dich?«

»Möglich. Ich muss schließlich sehen, wo ich bleibe. Mir ist es egal, woher dein Reichtum stammt.« Sie lauschte. »Du bist bemerkenswert ruhig.«

Die Neuigkeiten trafen ihn hart und brachten seine Gedanken zum Schwirren, ohne dass er einen davon festhalten konnte. Harm nahm den Fuß vom Gaspedal, weil er fürchtete, die Kontrolle über den Wagen zu verlieren. Sein erster Impuls war, nach Leipzig zu fahren und sie endlich umzubringen. Seine gute Laune war mit dem Klang ihrer Stimme bereits verflogen gewesen.

*Das habe ich davon, dass ich meine Rache genießen wollte.*

»Du bist ein Lügner und hattest deine Chance«, vernahm er sie mit Kälte in der Stimme. »Sollte ich dich noch einmal in Leipzig oder mit meiner Schwester zusammen sehen oder dich mit ihr reden hören, reiße ich dir den Kopf ab, stecke ihn in ein Goldfischglas und ...«

Harm legte einfach auf.

»FUCK!«, schrie er so laut er konnte und trat das Gaspedal

wieder durch. Die Umgebung schoss vorbei, als wäre es ein Film, der im schnellen Vorlauf von ihm betrachtet wurde.

*Die Vorarbeit, die Vorbereitung, meine ganzen Träume von Erniedrigung und Rache, die ich an Scylla ausleben wollte, kann ich nicht mehr umsetzen!*

Er schrie seine Frustration laut heraus.

*Ich habe es der Schlampe umsonst gemacht und sie angerührt und mich mit ihrem Saft beschmutzt.*

Harm konnte gar nicht mehr aufhören zu toben. Er ließ die Wut am Beifahrersitz aus, der unter seinen Schlägen zerfledderte. Schaumstoffstückchen flogen davon, und letztlich gab die Verankerung nach.

Die Abzweigung auf die Landstraße nach Zweibrücken flog heran.

Er jagte mit quietschenden Bremsen die Ausfahrt hinab. Der Mustang drehte sich in der Abfahrt mehrmals um die eigene Achse und rammte die Leitplanken.

Harm wurde durchgeschüttelt, der Gurt hielt ihn fest. Tuckernd kam das Auto zum Stehen.

*Alles im Arsch. Alles! ALLES!*

»Fuck!«, schrie er noch einmal, öffnete die Seitentür und trat den ramponierten losen Sitz hinaus. Er legte den Kopf gegen das Lenkrad, schloss die Augen. Es gab zu viele Stellen, an denen es brannte und die er nicht löschen konnte. Sein Imperium geriet aus den Fugen, seine Pläne drohten vollends zu scheitern.

Hupend zog ein Fahrzeug an ihm vorbei. Es hielt niemand an, um nach ihm zu sehen. Harm fand es symptomatisch.

*Es kann nur mein eigener Fluch sein, der mir das alles antut. Aber warum erst jetzt, nach mehr als zweihundert Jahren? Sandrine hat Tanguy verflucht und nicht Harm Byrne.*

»Ich bin nicht Tanguy«, murmelte er und seufzte. Die unheilbringenden Kräfte schienen hier jedoch keinen Unterschied zu machen. Er war nur *eine* Person mit vielen Persönlichkeiten.

*Jammern bringt nichts.*

Harm hob den Kopf und hatte sein Formtief überwunden. Er legte den ersten Gang ein und fuhr los, donnerte die Straße weiter.

*Erst das Schwert, dann alles andere.*

Einige Stunden später saß er auf dem Dach des Ford und starrte in den Himmel, der sich zartrosa färbte. Die Sonne würde bald aufgehen.

*Fuck.*

Wieder war alles anders gekommen, als er gedacht hatte.

Harm hatte den Ort erreicht, auf dem seine Hoffnung geruht hatte, und das Schwert gefunden – um festzustellen, dass es nutzlos war! Beschädigt, unbrauchbar.

Er war in diesem Augenblick der maximalsten Enttäuschung und bittersten Erkenntnis zu sehr geschockt gewesen, um sich auf Kämpfe einzulassen, und hatte sich zurückgezogen. Nicht eine seiner Vampirkräfte hätte er anwenden und nicht einen Angriff führen können. Leer. Eine hohle Figur, eine Hülle, in der jegliche Energie erloschen war. Hass, Wut, Mordlust erschienen wie weggewischt. Er war antriebslos und durchdrungen vom schweren, niederschmetternden Gefühl der Sinnlosigkeit seines Tuns und seiner Existenz.

Harm sah dem Rosa zu, wie es sich unaufhörlich ausbreitete und das Kommen des Taggestirns verhieß.

*Ich kann den Pakt nicht mehr brechen.*

Dieser Satz wiederholte sich mantragleich in seinem Kopf.

*Anjankas wertvolle Jahre, die sie mit Übersetzen verbracht hat – vergeudet! Hätten wir doch die Stunden genutzt! Das Geld, die viele Zeit, die ich investiert habe – vergebens!*

Von Sekunde zu Sekunde stieg seine Verzweiflung und erreichte eine Intensität, wie er sie zuletzt beim Tod von Anjanka empfunden hatte. Es gab keinen Ausweg.

*Ich kann ihren letzten Wunsch nicht erfüllen.*

Harm lehnte sich nach hinten, sah zu den schwindenden Sternen. Alles wurde gleichgültig.

*Wenn ich hier liegen bleibe? Was wird die Sonne mit mir tun?*

Harm fühlte, dass sein Verstand davondriftete. Er ging zusammen mit dem Lebenswillen. Auch der Gedanke an Scylla brachte keinen belebenden Impuls.

*Mutter. Ich habe mir viel zu lange Zeit gelassen. Hätte ich sie gleich umgebracht, wäre mir viel erspart geblieben. Sie, Emma und Elena. Das Spiel lief schlecht für mich. Mein eigener Fluch hat mich ereilt. Wenigstens das hat funktioniert.*

So gab es eine Frau namens Emma, die ein Ladenlokal auf seine Kosten eröffnet hatte und die ihn niemals wiedersehen würde. Dank seines Geldes würde sie reich werden, während sein brennendes Verlangen nach Rache ihn letztlich alles gekostet hatte: seine Macht, seinen Reichtum, seinen Ruf und seine Aussicht auf Erlösung.

Er kreuzte die Arme hinter dem roten Schopf.

*Was wird die Sonne mit mir tun?*

Harm dachte an nichts mehr, sondern wartete darauf, dass er sie bald sehen würde.

Etwa eine halbe Stunde hatte er einst in den Strahlen ausgehalten. Dieses Mal würde er so lange ausharren, bis er zerfiel oder sich entzündete oder wie Wasser schmolz. Er hatte keine Ahnung, was nach dem kritischen Punkt geschehen würde.

Harm entspannte sich.

Am tragischsten fand er, dass Anjanka und er selbst im Tod nicht vereint waren. Die Tenjac dienten einem anderen Dämon als die Viesczy und die Kinder des Judas.

»Seiest du tot oder lebendig, du entkommst deiner Strafe nicht! Nimm das Unglück, das ich dir sende! Nimm es und vergehe daran, zerbrich daran und empfinde niemals mehr Trost in diesem und im nächsten Leben!«, hörte er Sandrines Stimme. »Tanguy Guivarch: Ich verfluche dich bis in die Ewigkeit! Wo immer du bist, lehnen Not und Unglück an deiner Schulter. Und wenn du Trost empfängst, soll er dir mit doppeltem Leid wieder genommen werden.«

Die Sonne wanderte über den Horizont und blendete ihn mit ihrem ersten Schein. Er musste die Augen schließen, legte die Füße übereinander und wartete.

***

# LAMENTO VII

Welchen
Sinn macht
alles? Die Liebe kann
es nicht sein. Sie
vergeht.

Ich
habe nur
ein Leben. Leider
ist es viel zu
lang.

Am Ende erkannte ich,
dass ich auch schuldig bin.
Warum habe ich meine Existenz nicht besser genutzt?
Ich habe mich viel zu leicht zu dem Leben hinreißen
lassen,
das ich geführt habe.
Verführt. Mit offenen Augen.
Doch vielleicht ... vielleicht gibt es einen Weg, ein wenig
Schaden wiedergutzumachen.
Das ist das Gute an uns Schizophrenen: Wir können alles
tun und es immer auf ein anderes Ich schieben.
Ganz egal, ob es existiert.

# DIE KURZE GESCHICHTE VON TONJA UMASCHWILI

# ODER PRÄSENS II

1. Januar 2009, Deutschland,
Sachsen, Leipzig, 00.01 Uhr

Sia lag umgeben von den Toten und umspült von deren Blut, den Stiefel der fremden Viesczy im Gesicht.

»Wage es nicht, deine Windgestalt anzunehmen«, wurde sie angegrollt. »Versuchst du, dich dem Kampf zu entziehen, sterben deine beiden Nachfahren in der gleichen Sekunde.« Die Sohle wurde von ihrer zersplitterten Nase genommen. »Auf die Beine! Zeig mir deine Kampfkunst!«

*Mit einer solchen Gegnerin hatte ich nicht gerechnet. Und warum nennt sie mich Mutter?*

Sia erhob sich, schöpfte dabei eine Handvoll Blut vom Boden und trank es, obwohl es furchtbar abgestanden war. Sie brauchte dringend Kraft gegen diese Gegnerin, die nun ebenfalls zwei lange, schmale Dolche in der Hand hielt. »Wer bist du?«

»Ich bin Tonja Umaschwili«, schmetterte sie ihr erhaben entgegen. »Mein Name wird dir nichts sagen, da er ebenso wenig stimmt wie deiner.« Sie wirbelte die Dolche geschickt in den Fingern. »Du hast mich erschaffen, *Mutter*, indem du nachlässig warst! Nach meinem Tod wurde ich zu einem Monstrum wie du. Nein, WEGEN dir!« Sie wies mit einer Klinge auf Emma und Elena. »Ich habe dich gefunden und beobachtet. Und was musste ich sehen?« Tonja holte tief Luft. »WAS MUSSTE ICH SEHEN?« Sie ging zu den Gefesselten und trat der Frau in den Unterleib.

*Sie wird sie umbringen. Früher oder später.*

Sia machte sich zur Attacke bereit.

»Meine Mutter kann sich auch liebevoll um ihre Nachfahren kümmern«, rief Tonja anklagend. »Sie kann eine Freundin werden. Sie kann sie gegen andere beschützen. Sie tut alles, damit es ihnen gut ergeht!« Sie entfernte sich wieder einen Schritt von den beiden. »Und was habe *ich* damals bekommen?«, raunte sie kichernd. »Hä? Was habe ich von dir bekommen, *Mutter?*«

»Ich weiß es nicht.« Sia dachte fieberhaft nach, was sie gegen die Wahnsinnige unternehmen konnte.

»Ich sage es dir: eine Klinge durch den Hals.« Tonja kam auf sie zu, und Sia hob die Dolche. »Du hast versucht, mich zu töten, nachdem du herausgefunden hattest, dass du mich vergessen hattest!« Sie krümmte sich, als leide sie schreckliche Schmerzen. »Vergessen und nicht einmal erlöst!«

»Wann war das?«

»Verstehst du nicht, Mutter?«, stieß Tonja kreischend hervor. Pure Hysterie. »Es ist egal, wann es geschehen ist. Du hast mein Leben zu einer einzigen Hölle gemacht! Ich habe meine geliebte Frau zerrissen, ich habe die Liebe meines Lebens verloren, ich habe Schatten gejagt, die ich für Hoffnung hielt. Alles Trug! ALLES TRUG!« Die Vampirin strauchelte und fiel im Blutsee auf die Knie. »Und ich habe mich sogar selbst verflucht!« Sie schluchzte, Speichel rann aus dem Mund und troff ins Rot. »Mein Verstand zerbrach unter der großen Last. Ich hatte mich schon entschlossen zu sterben, im Sonnenlicht. Aber etwas war dagegen ... jemand. In mir. In meinem Kopf. Und offenbarte sich mir als Tonja. Ich bin Tonja, der Racheengel!«

Sia schob sich vorsichtig nach rechts und versuchte, sich vor Emma und Elena zu stellen.

*Ja. Verrückt ist sie auf alle Fälle.*

Tonja beugte sich vor, leckte das Blut wie eine Katze auf. Dann schnellte ihr Kopf in die Höhe, Tröpfchen lösten sich von ihren Lippen und flogen durch die Luft. Jetzt grinste sie. »Mein

Leid ist deine Schuld«, knurrte sie. »*Deine* Schuld allein! Alles, was ich erdulden musste, geschah einzig, weil du mich im Stich gelassen hast!« Sie sprang auf die Füße und raste auf Sia zu.

Sia wich der ungestümen Attacke aus. Doch ihr zustoßender Dolch zischte harmlos durch Luft und nicht durch den Nacken der Gegnerin, wie sie es vorgesehen hatte.

Tonja sprang gegen die Wand, drückte sich ab und kam mit den gereckten Klingen auf sie zugeflogen. »Ich töte dich!«, kreischte sie. »Soll der Dämon, dem du dienst, deine Seele verschlingen!«

Sia wehrte die Attacke der Dolche zwar ab, doch hinter dem Sprung steckte zu viel Wucht. Sie wurde umgerissen und fiel wieder ins Blut, das hochspritzte und sie in die Augen traf.

*Ich muss sie besiegen! Emma und Elena müssen leben!*

Sie rollte sich blind zur Seite. Dort, wo sie eben noch gelegen hatte, schlug etwas Schweres, Großes ein, und der enttäuschte Schrei der Gegnerin brandete auf. Sia führte die Rollbewegung weiter, bis sie gegen die Wand stieß.

»Jetzt bist du …« Tonja fauchte.

*Es geht nicht anders.*

Sia nahm die Windgestalt an und schwebte empor. Gleichzeitig fuhr ein Leichnam durch sie hindurch und prallte ungebremst auf den Boden. Sie erkannte, dass die Vampirin mit Leichen nach ihr geschlagen hatte! Sie schleifte zwei Tote mit sich und nutzte sie wie übergroße, schlaffe Keulen.

*Sie hat unglaubliche Kraft!*

Tonja brüllte vor Wut. »Ich habe dich gewarnt, Mutter! Du hast die Regeln des Kampfes gebrochen.« Sie ließ die Leichen fallen und drückte sich ab, um gegen Elena und Emma zu springen. »Jetzt sterben sie!«

»Das wird dir nicht gelingen!« Sia materialisierte sich und warf sich schützend vor die beiden.

Tonja drosch mal mit den Fäusten, mal mit den Krallen auf

sie ein. Sias Knochen an den Armen und im Gesicht brachen unter den Hieben, ihr Fleisch wurde aufgeschlitzt. »Was ist nun mit deiner Windgestalt?«, rief sie lachend. »Traust du dich nicht mehr?«

Sia fühlte Schmerzen und Schwäche gleichermaßen, aber sie bäumte sich auf und rammte ihr die linke Hand in die Kehle.

*Ich muss sie ...*

Da erwischte die rechte Klaue ihr ungeschütztes Gesicht, zerkratzte ihr die Augen. Aufschreiend zuckte Sia zurück und erhielt drei schnelle Schläge gegen Schläfe und Stirn, die ihren Schädel zum Knacken brachten. Die Knie gaben nach, sie fiel und konnte vor Qual kaum mehr denken. Ihr Leib kam mit dem Regenerieren der zahlreichen Wunden nicht mehr nach.

*Das ... ich ...*

Aber Tonja zog sich überraschend zurück. »Denkst du, dein rascher Tod befriedigt mich?«, sagte sie aus einiger Entfernung. Es klirrte und krachte, dann strömte fühlbar eiskalte Neujahrsluft herein. »Du wirst vorher in der Seele leiden, Mutter, wie ich leiden musste.«

*Gib nicht auf! Du hast zu viel überstanden, um gegen sie zu verlieren!*

Sia lag im erkaltenden Blut. Sie öffnete den Mund, so gut es ging, und ließ es hineinlaufen. Es schwappte klumpig in sie hinein und verlieh ihr die bitter benötigte Kraft. Sie schaffte es tatsächlich unter Stöhnen, die ausgekratzten Augen zu heilen.

*Es darf nicht zu spät sein ...*

Sie wälzte sich herum und sah, dass Tonja die Tür zum Balkon aufgestoßen hatte. Die Flügel waren aus den Angeln gebrochen, Splitter schimmerten im Schnee auf.

Draußen balancierte die Vampirin mit dem Rücken zu ihr auf dem Geländer und hielt Emma am linken, Elena am rechten Arm über den Abgrund. »Du hast ihr Leben in deiner Hand«, sagte sie über die Schulter. »Wähle aus, wer von ihnen leben und wer sterben soll.«

»Das kann ich nicht!«

»Soll ich dir die Entscheidung abnehmen?«, höhnte Tonja. »Dann lasse ich *beide* fallen.«

»Nein!«, schrie Sia flehend. Ihre Sorge befeuerte ihre Fertigkeiten, die Wunden heilten bereits mit zweifacher Geschwindigkeit. Es kam ihr dennoch unendlich langsam vor. »Töte *mich!*«

»Es ist herrlich, dich so erniedrigt zu sehen. So schwach.« Tonjas Augen wurden schmaler, ein grausames Lächeln ließ die Mundwinkel nach oben wandern. »Es ist noch viel herrlicher zu wissen, wie sehr du leidest, wenn ich deine Brut töte und du sie mit eigener Hand umbringen musst, damit sie nicht als Blutsauger zurückkehren!« Tonja warf Mutter und Tochter in die Luft, fing sie an den Unterschenkeln wieder auf. »Oh, hast du gesehen? Der Trick ist mir beim ersten Versuch gelungen.«

*Ich muss sie ablenken.*

»Nein! Sie sind unschuldig!«

»Ich war *auch* unschuldig!«, schrie Tonja zurück. »Ich hatte auch Pläne und ein Leben, wie ich mir damals kein besseres wünschen konnte. Durch dich ist alles vernichtet worden!« Sie öffnete die linke Hand – und Emma verschwand in der Tiefe. Es dauerte nur drei Sekunden, bis ihr Aufschlag zu hören war. Elena schrie auf und zappelte.

*Nein!*

Sia sprang auf die Beine und rannte zum Balkon.

»Schon wieder zu spät. Das ist wohl dein Fluch.« Tonja ließ Elena fallen und trat nach Sia.

Aber Sia war darauf vorbereitet gewesen. Sie zuckte zur Seite, der Stiefel verfehlte das Gesicht. Ihre Finger schlossen sich um die fallende Elena und bekamen das volle Haar zu fassen. Das Kind schrie wie am Spieß, baumelte in ihrem Griff über dem Abgrund.

*Der Schmerz ist besser als der Tod, Kind.*

Schnell schleuderte Sia das Mädchen zurück ins Zimmer – und bekam einen Tritt, der sie in die Wohnung katapultierte. Sie krachte gegen die Wand, schnellte auf die Füße.

»Denkst du, ich würde dir das nicht erlauben, wenn ich es nicht gewollt hätte?«, sagte Tonja hämisch. »Ich spiele mit dir, nähre deine Schuld, mit der du ewig leben musst!« Lachend sprang sie an Sia vorbei und versetzte Elena einen brachialen Tritt, der sie mit einem erstickenden Quietschen abheben ließ. »Kannst du sie noch einmal retten?«

Das Mädchen flog durch die Luft, erneut über das Geländer hinweg.

Sia startete durch – und rannte in Tonjas Dolche, die sich in ihr Herz bohrten. Aber sie ertrug den Schmerz, der ihr die Luft abschnürte, rammte die Vampirin aus dem Weg und bekam das bewusstlose Mädchen ein zweites Mal zu fassen.

*Knapp.*

Sie hielt Elena am rechten Bein und um den Leib. Aus den Augenwinkeln sah sie Emmas Silhouette, die verdreht im Schnee auf dem Bürgersteig lag.

Erste Sirenen waren zu hören, Blaulicht näherte sich. Besorgte Nachbarn hatten die Polizei und einen Krankenwagen gerufen.

»Ich will sie tot sehen!« Wie eine wütende Dampflok stob Tonja heran und warf sich von hinten gegen sie.

Das Geländer gab nach. Zu dritt stürzten sie in die Tiefe.

Sia gelang es mit übermenschlicher Geschwindigkeit, sich dabei so zu drehen, dass Elena auf ihr landen würde, und nicht umgekehrt.

Tonja nahm lachend die Windgestalt an und blieb schwebend zurück; ihre Kleidung segelte weiter abwärts.

Mit einem dumpfen Knall schlugen sie auf der Straße auf. Elena quietschte nochmals, trotz ihrer Bewusstlosigkeit, aber immerhin bedeutete der Ton, dass sie noch lebte. Sia spürte dagegen sehr genau, was sie sich alles gebrochen hatte.

*Viel Zeit bleibt mir nicht, um ...*

Tonja materialisierte sich bereits neben ihnen. Nackt. »Wie heldenhaft«, säuselte sie. »Mir kam soeben eine Idee. Ich wollte dich wissen lassen, dass ich meinen Plan geändert habe. Ich werde dich, MUTTER, zuerst töten. Dann nehme ich Elena mit und ziehe sie groß. *Ich* werde ihre Mutter sein, mich um sie kümmern und viele Lügen über dich erzählen, damit sie dich hassen lernt. Über deinen Tod hinaus. Das gefällt mir noch besser als die erste Variante.«

Sia konnte nichts sagen. Der Aufprall und die Anstrengung hatten sie benommen gemacht.

*Wenn ich nur wüsste ...*

»Und dann, wenn sie alt genug ist, mache ICH sie zu einer Vampirin. Ich werde meine eigene kleine Tochter haben«, redete Tonja weiter. »Das ist der Lohn für die Entbehrungen. Dein Tod wird meine größte Freude sein, *Maman.*« Sie zog einen Dolch aus Sias Brust. »Jetzt schneide ich dir den Kopf ab. Die Bullen werden dich nicht retten können.« Sie kniete sich neben ihr in den Schnee.

Sia hustete und versuchte, schwach Widerstand zu leisten. Ihre Hände wurden einfach zur Seite geschoben.

Plötzlich erschien eine Gestalt unmittelbar neben Tonja und führte einen Schlag. Eine Klinge sirrte leise.

Tonja wirbelte herum und versuchte noch, den Hieb mit dem Dolch abzufälschen. Die Schneide hackte ihr schräg in den Nacken und schnitt ihr bis zur Hälfte durch die Wirbelsäule.

»Tanguy Guivarch!«, hallte ein lauter Ruf durch die Nacht. »Endlich!«

Es zischte aus der Halswunde, und die getroffene Vampirin gab gurgelnde, qualvolle Töne von sich. Das Schwert mit dem schlanken, schmalen Griff, das von behandschuhten Fingern geführt wurde, hatte sie verletzt und fügte ihr starke Schmerzen zu.

*Guivarch! Die Brière!*

Sia erinnerte sich.

*Soll das wirklich mein Tanguy sein? Ich habe ihn doch ...*

Tonja versuchte, sich die Klinge herauszuziehen, und ließ von ihr ab.

*Es muss enden!*

Sia wuchtete sich mit letzter Kraft in die Höhe, packte das hervorstehende Ende des Schwerts mit beiden Händen und zog an, so fest sie nur konnte.

Ein letzter Widerstand – und der Schädel wurde von den Schultern getrennt. Im Fallen veränderte er seine Form und nahm die Züge von Tanguy an, der enthauptete Leib wurde zu dem eines Mannes. Der Leichnam fiel halb auf Sia, der Kopf rollte blutend in die Schatten.

*Geschafft! Er ... ist vernichtet.*

Die Sirenen waren nun sehr nahe.

Die Rettergestalt, deren Gesicht sie wegen des Gegenlichts nicht erkennen konnte, machte einen Schritt auf sie zu. »Im Tod zeigt er seine wahre Persönlichkeit«, sagte ein Mann auf Deutsch mit einem französischen Akzent. »Mein Ahne hat seine Rache bekommen.« Er bückte sich und prüfte Elenas Puls. Seine Züge waren jung, die Wangen wurden von dichten schwarzen Koteletten geziert. »Sie lebt noch. Auch die andere Frau atmet, wie ich sehe. Das ist gut. Der Krankenwagen ist gleich da.«

Sia fühlte unendliche Erleichterung, die sie für wenige Momente sogar ihre Schmerzen vergessen ließ. Ihre Liebsten lebten! »Wer ...«

»Ich bin Louis Comte de Morangiès. Mein Vorfahr wurde einst von Tanguy Guivarch getötet, und unsere Familie schwor dem Mörder Rache. Die Jahre spielten keine Rolle.« Er atmete tief ein, eine Last schien von ihm zu fallen. »Dass es Jahrhunderte dauerte, hätte wohl niemand von unserer Familie für möglich gehalten.« Er tippte an einen imaginären Hut. »Meinen Dank für Ihre Hilfe. Ohne Sie wäre es vielleicht nicht so einfach gewesen.« Zu Sias Verwunderung zielte die geschliffene Spitze jetzt auf – ihren Hals! »Leider habe ich noch eine Pflicht: Sie sind eine Judastochter und die Mutter dieser Bestie. Das habe ich inzwischen verstanden. Zwei Gründe, auch Ihnen das Leben zu nehmen. Denn ohne Sie wäre sehr vieles im Leben meiner Familie anders gekommen. Besser gekommen.«

Bevor sie etwas erwidern konnte, schnitt die Klinge in ihr Fleisch.

Es krachte zweimal laut, und der Comte stieß einen lauten, dunklen Schrei aus. Aus seiner Brust qualmte es an unterschiedlichen Stellen.

*Das kommt nicht von seiner Körperwärme.*

Sia rutschte zur Seite, schlug das Schwert weg, das daraufhin aus den kraftlosen Fingern glitt und durch den dünnen Schnee auf das Pflaster schepperte. Ihre Energie kehrte zusehends zurück.

Der Comte bewegte tonlos die Lippen, dann brach er zusammen und fiel neben Emma nieder.

Sia sah sich nach dem Schützen um und erkannte eine breit gebaute, weiß gekleidete Männergestalt, die im Schatten auf der anderen Straßenseite verschwand. In einer Hand hielt sie eine großkalibrige Pistole, in der anderen Tanguys abgetrennten Schädel.

*Das war der Typ, den ich im Krematorium gerettet habe!*

Der erste Streifenwagen rollte auf sie zu, dahinter folgte eine Ambulanz.

Da sie keine Ahnung hatte, wie sie den Polizisten das alles erklären sollte, und auch keinerlei Papiere besaß, nahm sie ihre Windgestalt an und flog in die Höhe. In dieser Phase wurde sie nicht gebraucht.

Von oben verfolgte sie, wie die Sanitäter ausstiegen und sich um Elena und Emma kümmerten. Den Comte ließen sie nach kurzer Überprüfung liegen, nach Tanguys kopfloser Leiche schauten sie erst gar nicht. Hier gab es nichts mehr zu tun.

*Ihr werdet meine zwei Lieben retten. Es muss euch gelingen!*

Sia war erst erleichtert, als Mutter und Tochter mit Blaulicht ins Krankenhaus gefahren wurden. Dort wiederum wurde sie gebraucht. Sie konnte über ihre Kinder wachen.

### 10. Januar 2009, Deutschland, Sachsen, Leipzig, 7.31 Uhr

Sia saß an Emmas Krankenbett und hielt ihre rechte Hand. Auf der anderen Seite hockte Elena, die Linke ihrer Mutter zwischen ihre Finger gebettet.

Das Beatmungsgerät arbeitete in gleichbleibendem Rhythmus, die Herzfrequenz wurde als leiser Piepton hörbar und als leuchtende, tanzende Linie auf dem Monitor sichtbar gemacht.

*Die Melodie des Lebens,* dachte Sia. In diesem Fall erklang sie beruhigend monoton, ohne Aussetzer und schnelle Temposchwankungen. Doch echtes Leben konnte man ein Koma auch nicht nennen.

»Wird Mama wirklich wieder gesund?«

Sia hatte geahnt, dass Elena die Frage wieder stellen würde. »Das wird sie, Kleines«, beteuerte sie zum elften Mal. Sie hatte gezählt. »Es ist ein Heilschlaf, in dem sie liegt. Den braucht ihr Körper, um sich von den Verletzungen zu erholen.« Sie betrachtete das Mädchen, das sich extrem tapfer hielt. Eine Kämpferin.

Elena streichelte die Hand der Bewusstlosen. »Und wann wird das sein, Tante Sia?«

Es störte Sia nicht, dass Elena sie immer noch mit ihrem alten Namen ansprach, solange sie allein waren. »Das entscheidet deine Mama selbst. Wir können nichts daran ändern, sondern nur abwarten.« Sie ließ die Apparate nicht aus den Augen, auch wenn sie die Anwesenheit des Todes nicht spürte. Man konnte nie wissen.

Sia blickte kurz auf die Zeitung, die auf dem Tisch lag. Die Überschrift lautete: »Amoknacht zum Jahreswechsel – Irrer tötet 56 Menschen«.

Die Polizei stand laut Artikel vor einem Rätsel und hatte sich darauf eingeschossen, es mit einem Wahnsinnigen zu tun gehabt zu haben, der fast die gesamte Einwohnerschaft des Mietshauses ausgelöscht hatte. Einen echten Grund gab es nicht. Noch wussten die Reporter nichts von der Enthauptung, dem fehlenden Schädel und dass ein Franzose mit zwei Silberkugeln durchs Herz umgebracht worden war.

*Es kann noch heiß hergehen, wenn das bekannt wird.*

Elena war offiziell die einzige Zeugin und hatte der Polizei gesagt, dass sie sich durch den Schock an nichts erinnern könne.

*Schlaues Kind. Aber irgendwie ist es auch ein bisschen beängstigend.*

Sia sah auf die Uhr. »Die Sonne geht bald auf.«

»Du musst gehen.«

»Nur in den Keller. Ich habe da eine Notfallunterkunft.« Sia erhob sich und gab der schlafenden Emma einen Kuss auf die bandagierte Stirn.

*Es tut mir leid, was du mitgemacht hast.*

»Bis später. Pass gut auf deine Mutter auf.«

»Mach ich, Tante Sia.«

Sie öffnete die Tür, zögerte und lauschte in sich. Der Tod befand sich nach wie vor nicht im Zimmer.

»Tante Sia?«

»Ja?«

»Werde ich auch zu einer Vampirin wie du, wenn ich sterbe?«

Sia lief ein Schauder den Rücken hinab. »Es kann sein, mein Schatz.«

»Und Mama?«

»Das ist auch gut möglich.« Sie versuchte ein Lächeln, das ihr aber misslang.

»Werde ich dann auch die vielen coolen Sachen können, die du und der andere Vampir beherrschen?«

Sia merkte, dass das Gespräch eine Wendung nahm, die ihr nicht schmeckte. Elena hatte sich wohl die letzten Tage mit dem Thema beschäftigt. Das Akzeptieren, dass es Vampire und Werwölfe gab, hatte ungemein rasch stattgefunden und war in eine neue Phase getreten, verbunden mit der Frage: Was wird aus mir?

*Unheimlich, das Kind. Ist das der Vampirkeim in ihr, der sie nicht lange im Staunen über das Dunkle und die Kreaturen darin verharren lässt?*

Elena saß neben ihrer Mutter, hielt noch immer die Hand und sah sehr nachdenklich aus. »Würdest du uns umbringen oder am Leben lassen? Das war doch der Grund, warum dieser Vampir aufgetaucht ist: Du hattest ihn *nicht* umgebracht. Und daraufhin ist ihm wohl sehr viel Böses widerfahren.«

*Kind, hör auf, solche Fragen zu stellen!*

Sia kratzte sich am Kopf, rieb sich über das Gesicht. »Was wäre dir denn lieber?«

Elena schwieg lange. »Ich glaube, das entscheide ich, wenn es so weit ist, Tante Sia.« Sie zeigte auf den Korridor. »Schlaf gut.«

»Es ist nichts Erstrebenswertes. Und wer weiß: Vielleicht wirst du gar kein Vampir.« Sia winkte ihr zum Abschied und schritt den Gang hinunter.

Ihre Gedanken hingen dem weißgekleideten Unbekannten nach, der sie vor dem Tod durch den Comte bewahrt hatte. Sie hielt es für eine glückliche Fügung, dass er zu dieser Zeit an diesem Ort aufgetaucht war. Ihre Vermutung lautete, dass der

Werwolfjäger einfach einen Loup-Garou hatte zur Strecke bringen wollen.

*Schicksal. Ein Hoch auf dich, wer immer du gewesen bist! Ich würde dir sogar einen ausgeben.*

Und dann war da die Erinnerung an Tanguy Guivarch, den Sohn, der ihr entkommen war. Sie sah ihren ehemaligen Mann vor sich, Albert, und hörte, wie sie sich über Tanguy unterhalten hatten. Die Nacht in der Brière, als sie geglaubt hatte, ihren damals schon verrückten Sohn enthauptet und verbrannt zu haben. Irgendwie hatte er überlebt. Sie fühlte sich durchaus schuldig.

*Was für ein schreckliches Leben er hatte.*

Sia betrat den Lift und fuhr in den Keller, wo sie sich neben der Wäschekammer ein kleines Lager eingerichtet hatte. Das Pflegepersonal glaubte, dass dies ihre Umkleide und ihr Büro war. Ein Abstecher zu den eingelagerten Blutkonserven brachte ihr einen gekühlten Schlummertrunk. Typ null negativ.

Sie legte sich auf die Pritsche und sog die letzten Tropfen aus dem Beutel. Sie konnte Tanguy verstehen. Doch sie zog eine wichtige Lehre aus dem, was ihr und den beiden geliebten Menschen in dieser Nacht widerfahren war.

*Ich darf niemals mehr scheitern, wenn ich ein Leben beende.*

Sia warf den Beutel weg und schloss die Augen.

Sie bekam nicht mit, dass Elena an ihrer Liege auftauchte und ein Laken über sie deckte, damit sie nicht fror.

Das Mädchen betrachtete die schlafende Vampirin lange, ehe sie sich umdrehte und nach oben zu ihrer Mutter zurückkehrte. Die Entscheidung, was nach dem Tod geschehen würde, hatte sie für sich schon lange gefällt.

*Es wird nicht zu Ende sein.*

Denn auf diese Weise konnte sie ihre Mutter besser vor allem Bösen beschützen. Die Kräfte von Sia und diesem Tanguy hatten sie tief beeindruckt.

Elena fürchtete sich nicht davor, eine Vampirin zu werden. Ganz im Gegenteil, sie freute sich sogar ein bisschen darauf.

*Was ich mit diesen Fertigkeiten an Gutem bewirken könnte!*

Sicherlich hatte sie in jener Nacht zuerst Angst verspürt, in der Tonja das Gemetzel angerichtet hatte. Aber inzwischen hatte sich der Schrecken gelegt. Als Vampirin hätte sie ihre Freunde vielleicht retten können, als kleines Mädchen war ihr das nicht möglich gewesen.

Sie nahm einen Apfel vom Tisch und wusch ihn am Waschbecken.

*Eine Judastochter, die alles umbringt, das ihren Lieben etwas antun möchte. Wie Tante Sia.*

Elena hielt mit den Bewegungen inne, das Wasser floss kalt über ihre Hände. Sie betrachtete sich im Spiegel und drehte den Kopf leicht nach rechts, dann nach links. Sie wäre eine junge, hübsche Vampirin. Ihre Lippen öffneten sich, sie stellte sich auf die Zehenspitzen, damit sie ihre Zähne besser inspizieren konnte. Die Eckzähne waren schon immer besonders kräftig und spitz gewesen. Ein eindeutiges Indiz. Es gab für sie keinen Zweifel, dass sie sich wandeln würde.

*Je früher es geschieht, desto besser.*

»Elena?«, hörte sie ihre Mutter schwach rufen.

## Letzter Wille und Testament eines Mannes, der auch Harm Byrne hieß

*Lieber Wilson,*

*Ihnen vertraue ich nach meinem Tod die Hoheit über meine Konten an.*

*Sie selbst haben Zugriff auf das Schließfach in der Londoner Hauptniederlassung der Royal Banc of Scotland. Darin befinden sich eine Million Euro in Scheinen und etwa vier Millionen in Goldmünzen. Wie viel es wirklich ist, hängt am aktuellen Goldkurs. Es sollte jedenfalls ausreichen, Ihnen ein schönes Leben zu ermöglichen. Gehen Sie weise damit um.*
*Tun Sie mir zudem den Gefallen und nehmen Sie die weiße, schwarz bemalte Maske an sich, die in meinem Arbeitszimmer im Tresor liegt. Sie kennen die Nummer. Ich will nicht, dass sie in die Hände meiner Feinde gerät. Betrachten Sie sie als ideelles Erbstück, das mir viel bedeutet hat.*

*Ich möchte, dass Sie, lieber Wilson, auch die übrigen Konten verwalten. Eine entsprechende Vollmacht wurde den Banken bereits zugestellt. Dafür erhalten Sie pro Jahr eine Aufwandsentschädigung von einer Million Euro, die aus einem Fonds auf Ihr Konto überwiesen wird.*

*Mein Auftrag an Sie: Finden Sie Zugang zu Elena Karkow. Die genaue Adresse ist im Anhang.*
*Erlangen Sie Ihr Vertrauen und werden Sie nach Möglichkeit zu einer Art Freund, vielleicht zu einem Großvater. An ihr und ihrer Mutter habe ich vieles gutzumachen.*

*Räumen Sie den beiden sämtliche Hindernisse aus dem Weg, die sich ihnen in den Weg stellen! Heuern Sie an, wen immer Sie dazu brauchen.*
*Und studieren Sie die Aufzeichnung, die Sie auf dem beigefügten Memorystick finden. Wundern Sie sich nicht, was Sie über Vampire, Werwölfe und all die übrigen Kreaturen lesen werden.*
*Es gibt sie alle!*

*Herzlich*
*Ihr Harm Byrne*
*und viele andere*

***

# DANKSAGUNG

Vampire? Ja!

Wegen der aktuellen Nachfrage? Nein!

Denn mein Buch *Kinder des Judas,* in dem Sia die Hauptheldin ist, erschien, als die Vampirwelle und die Romantic-Fantasy-Hysterie noch gar nicht existierte. Und darüber bin ich sehr froh! Dass mit *Judassohn* endlich die Fortsetzung kommt, ist daher nur folgerichtig und lange geplant gewesen. Das wollte ich betont haben, bevor manche in wüste Spekulationen verfallen.

Die Welten von *Ritus, Sanctum, Kinder des Judas* und *Blutportale* sind durch diesen Band nochmals dichter zusammengerückt. Fäden aus den anderen Bänden werden aufgegriffen, fortgeführt und erläutert, einige Ereignisse aus der Vergangenheit erhalten Tiefenschärfe und eine neue Sichtweise.

Nicht verschweigen möchte ich, dass die Vampire aus der Art der Viesczy, die Fluchbringer unter meinen Blutsaugern, im Entstehungsprozess dieses Buches ganze Arbeit geleistet haben.

Eine ganze Reihe (!) von unerklärlichen Vorfällen begleitete *Judassohn* in der Schreib- und Lektoratsphase, angefangen beim Kontaktabriss zu meiner Lektorin aus unerfindlichen technischen Gründen bis hin zu diversen hartnäckigen Krankheitsfällen und weiteren Technikausfällen. Tutanchamuns Fluch ist dagegen Kinderkram.

Deswegen bedanke ich mich bei Angela Kuepper (diverse Technik-GAUs und Krankheiten), Anne Rudolph (krank geworden) und Carolin Graehl (noch gesund ...). Danke auch an Sonja Rüther, die wie alle anderen vom Zeitfluch erwischt wurde.

Und ich hoffe sehr, dass mir bis zum Anschlussband *Judastöchter* etwas eingefallen ist, um die Fluchbringer abzuwehren.

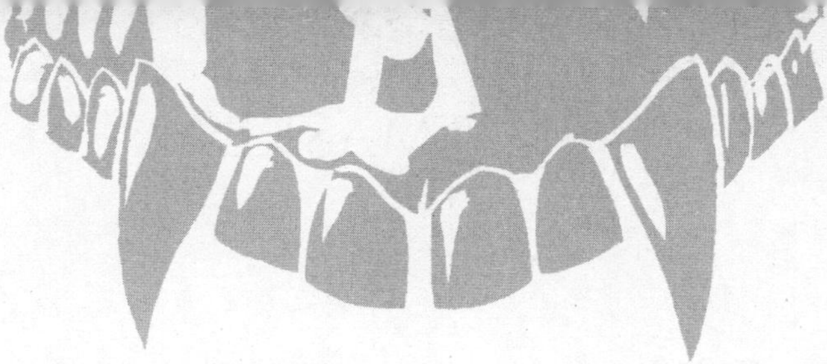

# JUDASSOHN

*Das Bonusmaterial*
*zur Taschenbuchausgabe*

Diese kleine Szene entstand nachträglich, weil mich die Maske dann doch nicht gänzlich losließ. Sie hätte durchaus auch als Ausklang aus dem Roman dienen können, kurz nachdem Butler Wilson das Testament von Harm Byrne gelesen hatte. Sie unterstreicht die Unheimlichkeit und die Besonderheit der Maske nochmals.

Jetzt findet sie auch als Kurzgeschichte den Weg ins Buch und dient, wenn man so möchte, der Abrundung.

Viel Vergnügen damit!

Markus Heitz

# BLUTMASKE

## Docklands, London, Großbritannien

Du bist dir sicher, dass es klappt?« Randy Stuart sah vom Dach des *One-Canada-Square* Gebäudes nach unten. Mehr als zweihundertdreißig Meter trennten ihn und den Erdboden, ein Sturz bedeutete den sicheren Tod. Er blinzelte und wischte sich über die Augen. Der feine Nieselregen trübte die Sicht, Wind fuhr durch seine Kleidung und ließ ihn frösteln. »Normalerweise darf eine Gondel bei diesem Wetter bestimmt nicht …«

»Es ist total einfach«, wurde er von seinem Bekannten Thomas Allister angeschnauzt. »Ein Freund von mir ist Fensterputzer, und der meinte, diese Dinger halten sogar einen Sturm aus.« Er hantierte an der Bedienungstafel des Schwenkarms herum, die Gondel schwebte heran und fuhr bis an den Dachrand. »Schwing deinen Arsch rein. Wir holen uns die Kohle.«

»Kann sein, dass diese Gondel den Sturm aushält. Aber was ist mit uns?« Seit Randy auf diesem Dach stand, bekam er Zweifel an dem Plan, den er und Allister ausgeheckt hatten, als sie von Harm Byrnes Tod gehört hatten. Allister wusste irgendwoher, wo sich eine der vielen Wohnungen der stadtbekannten Unterweltgröße befand. Gerüchten zufolge sollte es darin jede Menge Wertgegenstände, sogar Bargeld, geben, die nur auf Einbrecher wie sie warteten. Oder andere. Deswegen wollten sie die Ersten sein.

Seinen Hals wollte Randy deswegen aber nicht riskieren. »Ich habe noch keinen Fensterputzer bei einem Sturm arbeiten sehen.« Er pochte prüfend gegen das Geländer der Gondel. »Wird schon seine Gründe haben.«

Allister, ein kleiner, dicker Mann, der sich behender bewegte, als seine Statur vermuten ließ, hüpfte in die Gondel. »Kommst du jetzt oder nicht?«

Randy biss sich auf die Unterlippe.

»Dann nicht.« Allisters behandschuhte Finger legten sich an die Steuereinheit. »Aber wenn ich geschnappt und eingelocht werde, weil ich die Alarmanlage allein nicht abgeschaltet bekomme, schicke ich dir Freunde von mir vorbei. Für jedes Jahr, das ich absitzen muss, lasse ich dir einen Knochen brechen.«

»Fuck.« Randy sprang zu seinem Kumpel in die Gondel. »Du bist ein Arschloch.«

»Ich weiß. Aber wegen mir bist du bald reich«, gab er zurück. »Du kannst später gerne sagen, dass ich dich zu deinem Glück gezwungen habe.« Grinsend drückte Allister auf den Abwärts-Knopf.

Surrend wurde das Doppelkabel, an dem das Gefährt hing, abgerollt. Der böige Wind versetzte die Gondel in Schwingung.

Randy fühlte, wie sich sein Magen zusammenzog. Höhenangst hatte er keine, aber er war nicht seefest. Er schaffte es gerade noch, sich zur Seite zu beugen, dann erbrach er sich über das Geländer in die Tiefe.

»Fuck, Randy!« Allister lachte schallend und hielt die Gondel wieder an. »Hast du ein Glück, dass wir schon da sind. Byrne bewohnt das oberste Stockwerk.« Er packte ihn im Nacken und zwang ihn herum. »Los, mach schon.«

Randy riss sich los, wischte sich über den Mund und zog dann den Rucksack von den Schultern. Er wühlte darin nach seinen Utensilien, während sie vor dem großen Fenster pendelten. Gewissenhaft prüfte er, ob Drähte im Glas verliefen, ob der Rahmen unter Spannung stand oder ob es weitere Hinweise auf elektrische Sicherungen gab. »Sieht sauber aus«, meldete er und ließ sich die Bohrmaschine von Allister reichen. »Ich kümmere mich um das Schloss und messe dann noch mal.«

»Mach das. Ich genieße so lange die Aussicht«, kommentierte er vergnügt. Ihm war deutlich anzuhören, dass er bereits überlegte, wofür er den erwarteten Reichtum ausgeben wollte.

Randy teilte den Optimismus noch nicht. Ständig musste er sich Wasser aus den Augen wischen, und der heftige Wind erleichterte ihm die Arbeit auch nicht gerade. Der Bohrer fraß sich nur langsam durch das einfache Schloss, da Randy immer wieder abrutschte und neu ansetzen musste. Als er endlich fertig war, nahm er die Brechstange, um das Schiebefenster aufzuhebeln. Leise knirschend entstand ein Muster aus vielen, kleinen Rissen, doch die Scheibe bewegte sich nicht.

Der Regen hatte zugenommen und schien bemüht, den Männern in der Gondel ihre Arbeit so schwer wie möglich zu machen. Auch Allister fluchte inzwischen laut.

Schließlich gab das Schiebefenster nach. Sie sprangen in den dunklen Raum und nahmen Taschenlampen aus den Anoraks.

»Absuchen«, flüsterte Allister. »Alles einpacken, was teuer aussieht. Die Gondel hebt ein paar zusätzliche hundert Kilo.«

»Weißt du das oder hast du es nur von deinem Freund gehört?«

»Fuck, wir werden schon nicht draufgehen!« Allister sah sich kurz um. Der Raum war offensichtlich ein Arbeitszimmer. »Schreibtisch. Du.« Dann begann er selbst mit der Suche nach einem Tresor und klopfte behutsam die Wände ab.

Randy eilte auf den Tisch zu und durchsuchte ihn. Er schwor sich dabei, nie wieder mit Allister zusammenzuarbeiten. Er war unfair, grob und nervig. Das Einzige, was er richtig gut konnte, war Häuser zu finden, wo sich das Einsteigen lohnte. Nur aus diesem Grund ließ sich Randy auf die gemeinsamen Beutezüge ein. Wenn das Gerücht stimmte, dass Byrne in jeder seiner Wohnungen eine Million Pfund in bar griffbereit gehalten hatte, konnte Randy sich die nächsten paar Jahre zur Ruhe setzen. »Dann kann Allister zur Hölle fahren«, murmelte er und wühlte sich durch Papier, Stifte und Büromaterial.

Geld fand er nicht. Das ganze Unternehmen roch verdächtig nach Pleite.

»Hier!«, zischte Allister aus dem nächsten Raum. Als Randy nach nebenan kam, öffnete Allister gerade ein Fach im Kleiderschrank. Dahinter lag ein kleiner Tresor verborgen. »Komm her und mach das Ding auf!« Er schnupperte laut am Tastenfeld. »Ah, ich kann die Millionen schon riechen!«

Randy ging zu ihm und begutachtete den Safe. Ein gutes Modell, an sich kaum ohne schweres Gerät zu knacken, aber mit einem schweren Fehler in der Elektronik, die der Hersteller seinen Kunden wohlweislich verheimlichte. Eine Hintertür. »Oh, das wird schwierig.« Randy zog die Worte übertrieben sorgenvoll in die Länge. »Ich weiß wirklich nicht, ob ich das schaffe?« Er sah Allister mit hochgezogenen Augenbrauen an.

»Du kleiner Pisser verhandelst nach?«

Jetzt grinste Randy. »Erfasst. Ich will sechzig Prozent. Oder das Baby bleibt zu.«

Allister steckte eine Hand in die Jackentasche, vermutlich hatte er darin eine Waffe verborgen. »Von mir aus«, sagte er dumpf, doch ihm war anzusehen, dass er sich nur schwer beherrschte.

»Danke.« Randy demontierte geschickt die Anzeige, legte Drähte frei und schloss das Gerät an, das den Zahlencode ermittelte. In wenigen Minuten hatte er die mangelhafte Elektronik überlistet, inklusive des stummen Alarms.

Leise klickend zogen sich die Bolzen zurück.

Er sah kurz zu Allister, der an der Wand neben dem Kleiderschrank lehnte und anscheinend bereit war, Randy den ersten Blick in den Tresor werfen zu lassen. Langsam zog er die schwere Tür auf.

Dahinter funkelte ein Paradies für Diebe: ordentlich zusammengebundene Stapel Bargeld, in Pfund ebenso wie in Euro, Schmuckkästchen, Aktien und irgendwelche Papiere, die alt aussahen. Uralt.

Und eine weiße Maske, die in einem eigenen Fach lag. Sie war mit schwarzen Strichen verziert und endete am unteren Rand in einer Reihe von Zähnen. Die Eckzähne verliefen verlängert nach unten und gaben ihr ein unheimliches, dämonisches Aussehen …

»Und?«, fragte Allister ungeduldig.

Randy starrte die Larve an. Sie lähmte seine Zunge, flößte ihm von Herzschlag zu Herzschlag mehr Angst ein. Das Licht schien von den dunklen Linien vollkommen verschlungen zu werden, während das Weiß schimmerte, als handelte es sich um polierte Knochen. Die finsteren Augenhöhlen wirkten wie unermessliche Abgründe.

»Leer«, krächzte Randy endlich und schlug die Tür zu. Er hätte die Maske nicht eine Sekunde länger ertragen können. Sollte das widerliche Ding doch in dem Tresor verrotten. Da verzichtete er lieber ganz auf die Beute.

Doch Allister stand plötzlich neben ihm und öffnete den Tresor wieder. »Leer?«, schrie er ihn an und stieß ihn zurück.

Randy landete auf dem Hintern.

»Du dummes Arschloch! Das ist …« Allister langte hinein und griff sich mehrere Geldbündel. »Fuck, das ist mindestens eine Million!« Er öffnete ein Kästchen, und Goldmünzen fielen auf den dicken Teppich. Historische Münzen, wie Randy aufgrund des Zustands schätzte. »Wolltest wohl alles, was?« Allister stopfte Geld, Schmuckschatullen und Papiere in den Rucksack. »Dafür sollte ich dir die Lichter ausblasen.« Dann entdeckte er die Maske. »Ist die was wert?«

»Lass sie«, brachte Randy heiser hervor und erhob sich unsicher. »Wir sollten abhauen. Lass das Zeug hier.«

»Bist du verrückt geworden?« Allister holte die Larve heraus und hielt sie sich vors Gesicht. »Ich verwette den Arsch meiner Schwester, dass das Ding auch was wert ist.« Er lachte in seiner schrillen Art. »Buh!«, schrie er übermütig und kam näher. »Hast du Angst vor mir?«

Randy zitterte. Er war sich sicher, dass sich Allisters Stimme veränderte! Sein Lachen nahm einen dunklen Ton an, wurde bedrohlicher, während seine Augen hinter der Maske glühten wie die eines Dämons. Zumindest hatte Randy sich so immer einen Dämon vorgestellt.

Er wich vor dem Mann zurück. »Hör auf mit dem Scheiß«, sagte er. »Nimm das Ding wieder ab.«

Aber Allister schien zu gefallen, was er tat. Er krümmte die Finger zu Klauen, gab unheimliche Laute von sich und rückte dichter an seinen Kumpan. »Ich bin die Todesmaske«, säuselte er zuckersüß. »Wer mich erblickt, der muss sterben! Meine Zähne bohren sich durch deine Haut und schlitzen deine Gedärme auf!« Er kicherte, und das Geräusch hatte nichts mehr mit seiner alten Stimme gemein.

Randy wurde kalt, und seine Furcht steigerte sich. »Wenn du nicht sofort aufhörst, kriegst du was aufs Maul«, drohte er unsicher und vermied es, die Maske direkt anzuschauen.

»Meinst du, du könntest mir etwas anhaben?«, fragte Allister lachend. »Gleich beiße ich dich und saufe dein Bl…«

Das war zu viel für Randy. Mit dem Griff der schweren Taschenlampe drosch er zu und traf sowohl die Maske als auch Allisters Finger, mit denen er sie vors Gesicht hielt.

Ein gedämpftes *tock* erklang. Der Kopf des Getroffenen ruckte zur Seite, er stieß ein Keuchen aus, heulte auf und ließ den Rand los – aber die Larve haftete von selbst! Blut rann darunter hervor, sickerte über das Kinn den Hals hinab. Allister schrie und versuchte, sie mit Gewalt von sich zu reißen.

Randy bemerkte, dass die Maske nicht einmal eine Schramme davongetragen hatte, obwohl Allisters Lippe aufgeplatzt war und mindestens einer seiner Finger so aussah, als wäre er gebrochen. Er machte noch einen Schritt zurück und hob drohend die Lampe. »Bleib weg von mir!« Dann drehte er sich um und lief zum geöffneten Fenster und zur Gondel. Die Flucht durch die

Wohnungstür schien ihm wegen möglicher Alarmanlagen zu gefährlich.

Allister torkelte ihm hinterher, keuchte und schnaufte, rang mit der Maske, stieß gegen den Schreibtisch, einen Stuhl, eine Lampe, ächzte und wimmerte – bis er wie angewurzelt stehen blieb. Die Arme fielen schlaff herab, dann richtete er sich abrupt wie ein ferngesteuerter Roboter auf. Langsam wandte er sich um, die schwarzen Augenhöhlen suchten Randy. »Wohin willst du?«, wisperte er.

Randy schwang sich eben hinaus, zurück in die schwankende Gondel, und hatte alle Mühe, dabei nicht abzustürzen. Wind und Regen warfen sich gegen ihn, ließen in wanken, bevor er das Gleichgewicht wieder fand. »Mach doch, was du willst, und behalt alles. Ich fahre nach oben.«

»Aber ich will dein Blut!« Allister kam auf ihn zu, bewegte sich raubtiergleich und den Kopf leicht schief gelegt. Die Maske schien ihn größer gemacht zu haben, seinen Gang geschmeidiger.

»Fick dich!« Randy drückte auf den Aufwärtsknopf.

»Gib mir dein Blut!«, brüllte er und sprang los.

Randy riss ungläubig die Augen auf, als der Mann durch das geöffnete Fenster auf ihn zuhechtete. Dass sie sich über zweihundert Meter in der Luft befanden, spielte offensichtlich keine Rolle für den Verrückten.

Die beiden prallten zusammen und stürzten auf den Blechboden, das Gefährt schwang heftig vor und zurück. Die Konstruktion knirschte beunruhigend, ein leises Surren wie von einem reißenden Kabel erklang.

Randy konnte sich den verrückt gewordenen Allister kaum vom Leib halten, der ihn mit den falschen Zähnen zu beißen versuchte. Tritte und Hiebe fruchteten nicht, sie schienen ihm überhaupt nichts auszumachen.

Mit einem lauten Schrei riss Randy sich los und warf sich mit einem beherzten Satz zurück ins Arbeitszimmer, um durch Byrnes Wohnung zu flüchten.

Er kam keine zwei Meter weit, bevor er von Allister umgerissen wurde. Dessen Wut und Kraft waren unbändig, und dann fühlte Randy einen heißen Stich im Unterarm: Der Mistkerl hatte ihn wirklich gebissen!

Randy schlug mit aller Gewalt auf den Angreifer ein, traf den Kopf, die Maske, den Körper und trieb Allister endlich zurück. Brabbelnd und kichernd blieb der auf dem Boden knien, während Randy sich am Tisch in die Höhe zog. Aus der Wunde an seinem Arm rann Blut und tränkte den Anorakstoff. Er stolperte auf den Ausgang zu.

»Hilf mir«, hörte er Allister verzweifelt keuchen. »Es ... raubt mir meinen Verstand! Ich bekomme es nicht runter! Es klebt an meiner Haut. Bitte! BITTE!«

Randy blieb stehen und drehte sich um.

Allister saß wie ein Kind mit ausgestreckten Beinen am Boden und versuchte verzweifelt mit beiden Händen, sich die Maske vom Gesicht zu reißen. »Bitte«, ächzte er. »Es ... brennt! Und ... tut weh. Als würde es sich in meine Haut fressen!«

Randy schnappte sich einen Kerzenständer von einer Kommode. »Ich schwöre dir, dass ich dich tot prügle, wenn du noch einmal versuchst, mich zu beißen.« Misstrauisch ging er näher, seine improvisierte Waffe zum Schlag bereithaltend. Dann packte er zu und versuchte, die Maske zu bewegen. Aber obwohl sie nirgends festgemacht war, saß sie bombenfest.

Das Zittern, das unvermittelt durch Allister lief, warnte Randy, doch bevor er sich auch nur aufrichten konnte, sprang der andere auf, die Hände ausgestreckt und nach seiner Kehle greifend. Die leeren Augenhöhlen leuchteten rot wie Kohlen. »Dein Blut! Ich kann es rauschen hören!«, heulte er begehrend. »Ich will es! ICH WILL ES!«

Randy drehte sich erschrocken zur Seite, doch er bekam einen

Schlag gegen das Kinn. Der Kerzenständer glitt ihm aus den Fingern, und er stürzte neben dem Fenster nieder.

Allister war sofort auf ihm, geifernd und fauchend. Nichts an ihm war mehr menschlich.

»Du bist von dem Ding besessen!« Randy stieß die Kreatur, zu der sein Kumpan geworden war, zurück. Sein Blick fiel auf einen Brieföffner, der bei ihrem Kampf von Schreibtisch gefallen sein musste. Randy griff danach, als sich Allister mit einem Kreischen auf ihn stürzte.

Abwehrend hielt Randy den Brieföffner vor sich – und die Spitze fuhr dem Wesen in den Hals, direkt unter dem Kinn. Gurgelnd griff er sich an die Kehle.

»Weg! Runter von mir!« Randy drückte den Sterbenden mit aller Kraft von sich weg. Allister taumelte gegen das geöffnete Fenster und kippte nach draußen. Es krachte, als er in der Gondel landete.

Dann herrschte Stille.

Doch nur für einen Moment. Vom anderen Ende der Wohnung erklang ein Geräusch, ein Schlüssel wurde im Schloss gedreht. Jemand kam!

Randy atmete tief ein und erhob sich zitternd. Er musste verschwinden, um nicht wegen Mordes oder Totschlags angeklagt zu werden. Notwehr würde man ihm niemals abnehmen.

Auf dem Boden entdeckte er die schreckliche Maske. Anscheinend hatte sie sich noch vor dem Tod des Mannes von dessen Gesicht abgelöst. Mit einem Tritt kickte er sie angewidert davon, bevor er zum Fenster hinaus in die Gondel stieg.

Schnell drückte er auf den Knopf der Steuereinheit, dann noch einmal und noch einmal. Doch die Gondel schwang nur sanft im Wind und bewegte sich keinen Zentimeter nach oben.

Er kletterte zähneknirschend auf das Geländer. Er konnte kaum glauben, dass ihn immer noch niemand entdeckt hatte, als er sich am Kabel die wenigen Meter bis zum Dach nach oben zog. Allister ließ er in der Gondel zurück. Sollte die Polizei nachforschen, rätseln, was auch immer. Er wollte nur weg …

***

Jeoffray Charles Wilson betrat das Arbeitszimmer seines verstorbenen Chefs Harm Byrne, in der Hand die Post des Toten, die er hinter der Eingangstür vom Boden aufgelesen und bereits sortiert hatte.

Ihm fiel sofort auf, dass ein Fenster geöffnet war. Diebe?, fragte er sich ungläubig. *Im fünfzigsten Stock des One Canada Square, auf knapp zweihundertdreißig Metern Höhe?* Der heftige Wind spielte mit den Vorhängen, Regentropfen glitzerten auf dem Stoff wie Tau in einem Spinnennetz.

»Bloody …!« Ein schneller Rundgang bestätigte, dass der Tresor im Schlafzimmer aufgebrochen worden war. Auf den ersten Blick schien allerdings nichts zu fehlen. Ein paar Geldscheine und alte Münzen lagen auf dem Boden verstreut, der restliche Inhalt des Tresors fand sich in einem Rucksack wieder. *Seltsam.* Die Einbrecher mussten von irgendetwas in die Flucht geschlagen worden sein und hatten offensichtlich ihre Beute vergessen.

Wilson ging wieder ins Arbeitszimmer und sah zum ausgehebelten Fenster mit der gesprungenen Scheibe. Draußen sah er die Kabine des Fensterputzers. *Leer.*

Auf dem Boden vor dem Fenster bemerkte er eine weiße Maske. Er hob die Larve auf und betrachtete sie. Seine Augen wurden größer, als er eine weitere seltsame Entdeckung machte: Frisches Blut haftete sowohl an den Rändern als auch auf der Innenseite. *Und an den geschnitzten Zähnen …*

Unwillkürlich durchlief ihn ein Schauer. Schnell legte Wilson die Maske zur Seite und ließ die elektrischen Rollläden mit einem Knopfdruck herabfahren, damit es nicht weiter ins Zimmer regnete. Er schaltete das Licht an und legte sämtliche Wertsachen zurück in den Tresor. Als Letztes deponierte er die Maske wieder in ihrem Fach, obwohl er sie nur widerwillig noch einmal anfasste. Gegen das Schauern vermochte er sich auch diesmal nicht zu wehren.

Er konnte das Ding nicht ausstehen und würde sie bald in eine kleine Kiste auf irgendeinen Dachboden verbannen. Ideeller Wert hin oder her. Harm Byrne war tot, und diese Maske wollte Wilson auf keinen Fall in seiner unmittelbaren Nähe wissen.

Auf einen Anruf bei der Polizei verzichtete er. Er bedurfte keines weiteren Aufsehens. Harm Byrne und alles, was mit ihm im Zusammenhang stand, sollten ruhen.

Einschließlich der Maske.

*Lesen Sie, wie alles begann …*

# Kinder des Judas

von Markus Heitz

Leipzig 2007: Sia ist die gute Seele eines Krankenhauses. Hier steht sie denen bei, die in ihren letzten Stunden nicht allein sein sollen. Jeder, der die junge Frau am Bett eines Sterbenden wachen sieht, wird sie für einen Engel halten. Denn niemand weiß, wer sie wirklich ist. Oder was.

*Sias Geschichte geht weiter …*

# Judastöchter

von Markus Heitz

Ihr unsterbliches Leben hat die Vampirin Sia einem einzigen Zweck gewidmet: ihre letzten beiden Nachfahren zu beschützen. Sie kann trotzdem nicht verhindern, dass Emma und die junge Elena entführt werden. Doch ihre Gegner machen einen Fehler: Sie glauben, dass sie Sia mit ihren Drohungen gefügig machen können – und ahnen nicht, was es bedeutet, den Zorn der letzten Judastochter heraufzubeschwören …